Stefanie H. Heuberger
Kapitän der Unicorn's Dream – Höllenhunde

Stefanie H. Heuberger

Kapitän der Unicorn's Dream
Höllenhunde

Brighton
Verlag® GmbH

1. Auflage Framersheim April 2018

© Brighton Verlag® GmbH, Mainzer Str. 100, 55234 Framersheim
Geschäftsführende Gesellschafterin: Sonja Heckmann
Zuständiges Handelsregister: Amtsgericht Mainz
HRB-Nummer: 47526
Mitglied des Deutschen Börsenvereins: Verkehrsnummer 14567
Mitglied der GLS Gemeinschaftsbank eG Bochum.
Mitgliedsnummer: 58337
Genossenschaftsregister Nr. 224, Amtsgericht Bochum
www.brightonverlag.com
info@brightonverlag. com

Satz: Ernst Trümpelmann
Covergestaltung: Olaf Kostbar

ISBN 978-3-95876-542-9

… für mein Engelchen und meinen Piraten.
Ohne Euch wäre mein Buch nicht annähernd, was es jetzt ist!

Inhaltsverzeichnis

Vorwort

Lieber Leser,

als Schriftstellerin sehr starrköpfiger und rebellischer Natur lasse ich mir nicht von der Gewohnheit vorschreiben, wie ich mich auszudrücken habe. Daher bediene ich mich gelegentlich typisch schweizerischer Ausdrücke, die ganz bewusst nicht ins Deutsche übersetzt wurden, um den Charakter meiner Wortwahl nicht seiner Eigenheit zu berauben. Vielmehr nehme ich mir die künstlerische Freiheit, Metaphern selbst zu entwickeln und passende Begriffe so zu erschaffen, wie sie meiner Geschichte Leben und Seele geben. Stolz auf diese einzigartige Ausdrucksweise hoffe ich, dir nicht bloß mit der Handlung, sondern mit jedem Wort von *Höllenhunde* Freude zu bereiten.

Prolog

„Da, auf der Insel, da steht jemand!"

Sea schrie diese Worte über das Deck des Frachtschiffs, um alle auf die zerlumpte Person aufmerksam zu machen. Die Mannschaft wandte den Blick in die Richtung, in die sie wies, die Neugierigsten liefen zu dem siebenjährigen Mädchen an die Reling. Sea stand ganz vorn am Bug direkt über dem Galion und deutete auf den Strand der winzigen Insel, einer besseren Sandbank, die sich aus den Fluten erhob. Eigentlich hatte sie nur mit dem Fernglas das Ufer anschauen wollen, als ob sie im Spiel gerade einen neuen Kontinent entdeckte. Dass sie einen Schiffbrüchigen entdecken würde, hätte das Mädchen im Traum nicht erwartet. Da stand, die Füße schon in den Wogen des Meeres um dem rettenden Schiff näher zu sein, ein Mann der aufgeregt mit beiden Armen dem Schiff zu winkte, welches raumschots vorbeizog. Ohne dass sie jemanden weiter aufmerksam machen musste, lief einer der Matrosen nach achtern zum Heck des Schiffes und verschwand nach kurzem Klopfen in einer Tür auf der Kommandobrücke. Sie war noch nicht ins Schloss gefallen, da öffnete sie sich wieder, und der Kapitän trat mit eiligen, großen Schritten heraus, dicht gefolgt von dem Matrosen, der ihn geholt hatte. Er war ein großgewachsener, schlanker Mann mit langem, schwarzem Haar und gepflegtem Schnurrbart. Dunkelbraune, warme Augen blitzten clever aus seinem ernsten Gesicht, das im Schatten der Krempe seines Federhuts lag. Er schritt auf die Neugierigen der Mannschaft zu, die sich schaulustig in einem Ring um das Mädchen am Bug versammelt hatte. Als die Crew seine Schritte vernahm, teilte sie sich sogleich und gab ihm den Weg zu seiner Tochter frei. Der Kapitän sah über die Reling, ohne sein Fernrohr noch gebrauchen zu wollen, das sie ihm hinstreckte. Er suchte den Strand nach dem Schiffbrüchigen ab, ehe sein Blick an dem winkenden Geschöpf hängen blieb, das von weitem kaum mehr als ein schwarzer Punkt war. Es verstand sich von selbst, was er sagen wollte, die Crew wartete nur anstandshalber auf seine Kommandos. Er gab seinen Matrosen den Befehl, beizudrehen und ein Beiboot zu Wasser zu lassen. Diese machten sich emsig davon, um seinen Befehl umgehend und bestmöglich auszuführen.

Zu seiner Zufriedenheit war das Boot schon eine Viertelstunde später unterwegs zum Strand gewesen, und kurze Zeit darauf beobachtete Sea vom Schiff aus, wie ihr Vater aus dem Beiboot stieg. Der Mann war den Booten zu ihrem Landeplatz entgegen gekommen und kam auf den Kapitän zugelaufen. Es gab einen kurzen Wortwechsel, dann stiegen die Matrosen, der Kapitän und der Schiffbrüchige wieder in das Beiboot und ruderten zurück zum kleinen Frachtsegler.

***

Zurück auf dem Frachter wurde das Beiboot mit den Davits aus dem Wasser gehoben und wieder ordentlich verstaut. Noch währenddessen winkte der Kapitän seine Tochter zu sich, und sie gingen gemeinsam mit dem Ersten Maat und dem Mann von der Insel in die Kabine, die der Kapitän bewohnte. Freundlich bot er dem Mann einen Stuhl an dem Tisch an, an dem ihr Vater seinen Papierkram erledigte. Dieser setzte sich sogleich erleichtert, dankbar, wieder auf einem Stuhl sitzen zu können. Er war recht alt, fand Sea, etwa sechzig bestimmt, hatte silbergraue Haare und abgetragene Kleider. Seine Stiefel sahen durchgelaufen aus, und auch sein schwerer Gürtel hatte seine besten Tage hinter sich. Trotzdem sah er mit seinen wachen, lustigen Augen sehr sympathisch aus. Ihr Vater nahm seinen Hut mit der großen, schwarzen Feder vom Kopf und hängte ihn an einen Haken neben der Tür, dann setzte er sich auf die andere Seite des Tisches. Seinen blauen Lieblingsmantel behielt er an. Sea blieb neben dem Ersten Maat am Tisch stehen und beäugte den Schiffbrüchigen neugierig. Shark, ihr Erster Offizier und Bootsmann, machte wie immer ein grimmiges Gesicht, als hätte er immerwährend zu starken Kautabak im Mund.

„Also, Mister Albatros, nun da Eure Euphorie abgeflaut ist, könnt Ihr uns doch detailreicher erzählen, als vorher am Strand, wie Ihr auf diese gottverlassene Insel gekommen seid?", fragte der Kapitän. Scheinbar war er genauso neugierig, wie Sea selbst, was er sich aber kaum ansehen ließ. Im Gegensatz zu ihr. „Albatros?", wiederholte sie in ihrer kindlich hohen Tonlage verwundert den eigenartigen Namen des Schiffbrüchigen. Derweil starrte der Erste Maat noch immer böse zu dem Mann von der Insel, als dieser mit rauer Stimme zu erzählen begann. Seine Stimme klang staubig, als wäre noch Sand von der Insel darin: „Aye, junge Dame, eigentlich nennt mich jeder Albatros, und so werde ich auch am liebsten genannt. Und daran, wie ich auf diese verdammte Insel gekommen bin, möchte ich am liebsten gar nicht denken ..."

„Verzeiht, aber ich möchte nicht, dass Ihr in der Gegenwart meiner Tochter flucht, mein Freund", unterbrach er ihn höflich für einen Moment. Sea wusste nicht, warum ihr Vater immer wieder versuchte, diese Regel durchzusetzen. Sie wuchs mit Matrosen auf, und damit war es nicht möglich zu verhindern, dass sie hie und da Flüche aufschnappte.

„Daddy, dieses Wort kenne ich doch schon lange. Bitte erzählt weiter, Mister Albatros", gierte sie naseweis auf die Erlebnisse des Alten. Ihre Frechheit war schon fast eine ihrer Charaktereigenschaften, auf die sie wahrhaftig stolz war. Und Albatros schien sich köstlich darüber zu amüsieren.

„Du darfst mich gerne einfach Albatros nennen, Kindchen." Er lächelte sie freundlich an, wobei seine Augen funkelten wie die einer Waldmaus, und erzählte weiter: „Vor einigen Tagen wurde das Schiff auf dem ich Matrose war, von Piraten angegriffen. Es war schlechtes Wetter mit hohen Wellen und als diese Kielratten uns enterten, rammte uns ihr Seelenverkäufer. Ich stand auf der Reling um die Enterhaken abzuschneiden, und als der Kahn unsere Bordseite rammte, verlor ich das Gleichgewicht und ging über Bord. Gottlob waren es nur ein paar Kabel bis zu dieser Sandbank, sonst hätte ich es nicht geschafft. Leider schwimme ich schlecht. Aber ich wäre vermutlich sowieso lieber über Bord gesprungen, als dass ich mich in Dienst pressen lassen wollte von diesen elenden Höllenhunden. Was aus meinen Kameraden geworden ist, weiß ich nicht, Sir, aber Gott behüte sie ..."

„Und auf was für einem Schiff warst du Matrose, Alter? Du siehst überhaupt nicht wie ein Schiffbrüchiger aus und noch weniger wie ein englischer Matrose. Noch dazu dünkt mich dieses Gebiet für einen Überfall gänzlich ungeeignet. Deine Geschichte stinkt doch zum Himmel, und ich wette meine Heuer, du bist genauso ein Pirat wie die Kielratten, die dich wie ich vermute ausgesetzt haben", entfuhr es Shark in einem grimmigen Knurren. Dieser Kerl vertraute wirklich niemandem, das hatte Sea schon vor langem bemerkt. Sie mochte den Ersten Maat ebenso wenig wie sein Gebrüll, bei dem sie sich am liebsten immer die Ohren zuhalten wollte. Dummerweise hatte er aber eine gute Menschenkenntnis, und in ihr war auch das Gefühl erwacht, dass mit Albatros' Geschichte etwas nicht stimmte. Ihr Vater hatte dieses Gefühl scheinbar auch, aber er würde nicht allein wegen eines Gefühls jemanden beschuldigen.

Daher erhob sich Kapitän Matthew Horce prompt: „Ich will keine unbewiesenen Anschuldigungen hören! Hast du das verstanden, Shark? Du darfst jetzt gehen, du hast bestimmt irgendwas zu tun." Mit ernstem Gesicht setzte er sich wieder. Er brauchte nie laut zu werden, seine Worte konnten auch bei normaler Lautstärke treffen wie Projektile. Mit einem unzufriedenen „Aye, Käpt'n" drehte Shark sich um und ging ohne weitere Worte. Der Kapitän gab ihm noch den Auftrag, einen Matrosen mit etwas zu essen für Albatros zu schicken, doch die Tür fiel ohne Antwort ins Schloss. Er würde hinter vorgehaltenen Händen behaupten, er habe den Auftrag überhört.

„Sag mal, junge Dame, du warst doch diejenige, die mir vom Schiff aus zugewinkt hat, nicht wahr? Wie heißt du denn?", fragte Albatros sie freundlich lächelnd.

Sea lächelte zurück und beantwortete höflich seine Fragen, als wäre sie ein wohlerzogenes Kind: „Stimmt, das war ich. Mein Name ist Sea Horce, aber mein Dad nennt mich lieber Seepferdchen." Ein Lächeln erschien auf den Lippen ihres Vaters, weil er sich über ihre kindliche Plauderei amüsierte. Im Grunde genommen war sie ein wohlerzogenes Mädchen, sie hatte nur meistens keine Lust, es zu zeigen.

„Aha" Er betrachtete erst ihren Vater und danach sie, wie um die Familienähnlichkeit zu überprüfen. „Ganz klar, Vater und Tochter, sie ist Euch wie aus dem Gesicht geschnitten, Kapitän", schmeichelte er, aber ehe Kapitän Horce ein Wort erwidern konnte, klang ein Grollen aus der Magenregion des Schiffbrüchigen, „ ...Ich bitte um Verzeihung ...mein Magen beklagt sich."

Statt einer Antwort stand Kapitän Horce von seinem Stuhl auf und ging an die Tür. Als er seinen Hut vom Haken nahm und aufsetzte, erzählte er Albatros schmunzelnd: „Stellt Euch vor, ohne Sea wärt Ihr noch immer auf dieser Insel, sie hat Euch nämlich am Strand entdeckt. Ich gehe schnell in die Kombüse. Shark hat garantiert niemandem meine Bitte weitergegeben, Ihnen eine Mahlzeit zu verschaffen, und dann werde ich nachsehen, wo wir Euch unterbringen, Albatros. Leiste unserem Gast doch bitte solang Gesellschaft, Sea." Mit diesem Satz verschwand er aus der Tür.

Albatros wandte sich wieder Sea zu und schloss: „Dann habe ich dir also mein Leben zu verdanken."

„Nicht der Rede wert, Sir", sagte Sea lächelnd. Natürlich war es der Rede wert, wenn man jemandem das Leben rettet. Aber wenn sie es nicht gewesen wäre, dann hätte ihn bestimmt ein Anderer gesehen, versicherte sich das Mädchen. Albatros sah sie nachdenklich an, woraus sie schloss, dass er nicht ihrer Meinung war.

„Ich möchte dir trotzdem gerne etwas schenken", sagte er schließlich nach einem nachdenklichen Nasenkratzen. Sea fragte sich mit gerunzelter Stirn, was er wohl hatte, das er verschenken konnte. Er sah auch bei näherer Betrachtung aus, als sei er auf die wenigen Dinge angewiesen, die er hatte. Doch mit einem Blick zur Tür griff er verstohlen in seinen rechten Stiefel und holte das Geschenk heraus. Unter dem wortlos klaren Siegel der Verschwiegenheit hielt er ihr eine goldene Münze an einem Lederband und ein zusammengerolltes Stück Pergamentpapier hin. Sea nahm die beiden Dinge vorsichtig in die kleinen Hände und sah sie sich genauer an. Auf die eine Seite der Goldmünze waren eine Sonne, eine Mondsichel und ein Stern geprägt, auf die andere ein Jolly Roger, die Piratenflagge, mit zwei gekreuzten Schwertern. Das Pergamentpapier war eine Seekarte von einigen Inseln, die in der Mitte zerrissen worden war. In einer Ecke stand etwas geschrieben, doch sie war zu faul, um es zu lesen. Sea sah Albatros fragend an. Dieser lächelte und begann zu erklären: „Diese Münze gehört zu einem Schatz, der neben lauter solchen Goldmünzen aus Juwelen, Silber und Neuweltgold besteht. Ein Piratenkapitän, Lenoir hieß er, hat sie auf einer spanischen Galeone erbeutet – der lukrativste Überfall unter seinem Kommando! Einige der Münzen hat er von seinen Matrosen prägen lassen, wie diese hier mit Himmelskörpern und seinem Flaggenmotiv. Danach hat er sie mit einem großen Teil seiner Beute auf einer kleinen Insel versteckt. Bis auf zwei, eine davon gehört jetzt dir. Lenoir hat eine Karte gezeichnet, mit der man den Schatz finden kann. Diese hat er in der Mitte zerrissen. Vor seinem Tod hat er seinem Ersten Maat und seinem besten Freund je ein Stück Karte und eine Münze gegeben. Sein Freund wollte aber nicht, dass der Grünschnabel von einem Ersten Maat den Schatz wiederfindet und hat die Karte und die Münze mir gegeben, bevor er erschossen wurde. Und ich schenke diese Dinge jetzt dir, Sea." Sea lächelte dankend und ließ die Dinge in ihrer Tasche verschwinden. In diesem Augenblick stieß ihr Vater die Kabinentür auf und kam herein, bevor sie die Zeit hatte, sich auch mit Worten zu bedanken. Hinter ihm folgte ein Matrose mit einem Tablett, auf dem sich eine üppige Mahlzeit häufte.

***

Die neue Hauptstadt der Insel Jamaika war auch Seas Heimatort. An diesem Tag, als ihr Schiff den Hafen in Kingston erreichte, verließ Albatros das Schiff ihres Vaters. Sea hoffte, dass sie ihn wiedersah. Er hatte ihr während der ganzen Fahrt Geschichten erzählt, die zwar Seemannsgarn waren, aber interessant anzuhören. Sie mochte Seemannsgarn, weil man nie mit Sicherheit wusste, ob man auf den Arm genommen wurde. Nur bei der Geschichte des Pergamentpapiers war sie sich sicher, dass sie nicht erfunden war.

Port Kingston

Geboren worden war Sea in Port Royal, der damals größten englischen Hafenstadt der Karibik, gebaut auf einer hügligen, bewaldeten Landzunge aus sandigem Grund. Die gute Lage machte es zum idealen Handelshafen, – zumindest ungefähr bis in ihr zweites Lebensjahr – weswegen sich im Laufe der Jahre viele Kaufleute hier niedergelassen hatten. Da es auch lange Zeit der einzige Zollhafen in Westindien war, mussten ohnehin alle Güter aus der wachsenden Stadt weiterverschifft werden. Außerdem waren vom Babel der Sünden aus auch viele englische Freibeuter auf ihre Kaperfahrten ausgefahren, welche damals die Stadt verteidigten, als die Krone dem damaligen Gouverneur noch nicht genügend Wehrmacht zur Verfügung stellen konnte.

Alle spanischen Galeonen auf dem Weg von Mittelamerika nach Spanien mussten das Meer südlich von Jamaika passieren oder einen Umweg an Mittelamerika entlang in Kauf nehmen. Auf der Karibischen See wurden sie zu einer leichten Beute, und insbesondere diese gekaperten Goldschiffe trugen zu Port Royals Reichtum bei. Allerdings nur, bis die Kaperbriefe der Freibeuter aufgelöst wurden und die Royal Navy die Verteidigung der Stadt übernahm. Zu allem Überfluss sackte dann vor mehr als einem Jahrzehnt die gesamte Landzunge auf Grund eines Erdbebens ab. Zwei Drittel der Gebäude brachen ein, und die Hälfte der Bevölkerung kam ums Leben.

Inzwischen hatten die von der Verwüstung Vertriebenen eine neue Stadt aufgebaut, und diese Stadt zählte bereits wieder mehrere tausend Einwohner, während ein Wiederaufbau Port Royals nach dem anderen scheiterte. Kingston lag im Norden der riesigen Bucht auf festem Boden. Der von Port Royals Händlern und Geschäftsleuten geförderte Handel blühte, und Kingston wuchs in kürzester Zeit zum größten Hafen Jamaikas. Es löste inzwischen sogar die neue Hauptstadt Spanish Town als Regierungssitz ab, denn Regierungsgebäude und –beamte waren schon bald inoffiziell umgezogen. Schon von weitaußen auf dem Meer sah man die steinernen Festungsmauern, deren Batterie dazu diente, den königlichen Hafen bei einer Belagerung zu verteidigen. Innerhalb dieser meterdicken Mauern war auch das Gefängnis, in dem man eigentlich immer einen Piraten oder einen der Piraterie beschuldigten, halbwegs ehrlichen Mann finden konnte. Meistens saßen sie aber nicht lange in diesen dreckigen Zellen zwischen Ratten und den eigenen Exkrementen. Wie überall wurden Piraten schnellstmöglich und ohne aufwändige Prozesse gehängt. Die Leichen wurden nach der Hinrichtung in eisernen Käfigen am Kai des Hafens aufgehängt, wo sie die Vögel zerrupfen konnten, damit der Galgen wieder frei wurde. Dieser Brauch aus der Freibeuterstadt hatte das Erdbeben überlebt. Vor allem aber dienten die entseelten Überreste der Verurteilten zur Warnung, was Seeräubern in Kingston blühte. Der Galgen wurde nur bei Festen abgebaut, wenn überhaupt. Aber auch sonst war Kingston für seine allgemeine Unsittlichkeit berühmt. Nie in solchen Ausmaßen wie in Port Royal, aber deren ehemalige Bewohner würden sich niemals alle Sünden abgewöhnen können. Kurz nach der Abenddämmerung war hier im Allgemeinen niemand mehr allein auf den Straßen anzutreffen. Die Kneipen waren die einzigen Geschäfte, die dann noch etwas verkauften, nämlich fässerweise Rum und Bier. Hingegen waren während der Tagstunden in Kingston, insbesondere im Hafen, einige tausend Hände mit ihrer Arbeit beschäftigt. Schiffe wurden beladen und entladen. Die Fracht musste mit schweren Pferdewagen aus den Lagerhäusern zum Hafen gekarrt werden oder umgekehrt. Das gesamte Handelsgut aus dieser Region von Jamaika wurde in Port Kingston verschifft, weshalb die Ware in den Hafen transportiert werden musste. Für jemanden, der noch nie in einem Hafen gewesen war, sah es aus wie ein einziges Chaos.

∗

An diesem klaren Sommerabend, an dem die Dämmersonne den östlichen Hügel Kingstons mit satten Strahlen wärmte, saß Sea im Schneidersitz in ihrem Sessel vor dem offenen Fenster und zeichnete mit dem Block im Schoß. Sie war inzwischen zu einer jungen Frau von sechzehn Jahren herangewachsen, aber man schätzte sie meistens etwas jünger. Ihrer Meinung nach lag diese Tatsache daran, dass sie Puder verabscheute, was die Töchter der mehrbesseren Gesellschaft keineswegs verstanden. Ihre dunkelbraunen, gewellten Haare, in denen sich zurzeit einzelne rote und goldene Abendsonnenstrahlen verfingen, brandeten über ihre Schultern wie die Wellenkronen über den Strand. Ihre wilden, vorfreudigen Augen folgten den gezeichneten Linien übers Papier. Sie gefielen ihr an ihrem Aussehen am besten, wie sie mit ihrem warmen Dunkelbraun an die eines Rehs erinnerten. Konzentriert sahen sie zu, wie Kingstons Hafen in schwarzem Grafit auf das Papier gefesselt wurde. Die Grundmauern der Häuser waren schon länger vollendet, und Sea arbeitete seit einer halben Stunde hartnäckig am korrekten Fall der Schatten in den Gassen. Doch die sinkende Sonne wollte nicht nach ihren Regeln spielen und erschwerte ihr das Schraffieren der Schatten, wo sie konnte.

Schließlich legte Sea den Block zur Seite und sah aus dem großen Westfenster. Eigentlich war es mehr ein verglaster Balkon und erinnerte von außen an einen angebauten, halben Turm. Durch jedes Fenster in diesem Haus konnte man in den Garten sehen, außer von dieser zu einem halben Sechseck angeordneten Fenstergalerie in ihrem Zimmer aus. Da sich ihr Zimmer in der Westecke des Gebäudes befand, gegenüber dem selten benutzten Schlafzimmer ihres Vaters, konnte sie von diesem Fenster aus jederzeit den Hafen und ihre geliebte See beobachten sowie abends den Sonnenuntergang. Sie hatte in erster Linie wegen dieser Fenstergalerie um dieses Zimmer gebettelt, und ihr Vater hatte darin ihr Schlafzimmer eingerichtet. Ihm war bewusst gewesen, dass sie häufiger in Kingston zurückbleiben müssen würde, als dass er sich an diesem Blick aus dem Fenster erfreuen könnte.

Von dem Schiff ihres Vaters war allerdings noch immer nichts zu sehen, weder am Horizont noch im Hafen. Kapitän Matthew Horce war für seine Pünktlichkeit berühmt, weshalb Sea sich langsam Sorgen machte. Denn nach ihrer Rechnung hätte er schon zwei Tage zuvor angekommen sein sollen. Sein Schiff kam selten einen Tag zu spät, obwohl sich Ankunftstermine in der Seefahrt nur schwerstens schätzen liessen, und war eines der schnellsten Handelsschiffe in der Karibik, wenn nicht sogar das Schnellste. Dies lag aber auch daran, dass ihr Vater es durch Gegenden im Meer steuerte, die andere Schiffe meist mieden. Diese risikoreichen Abkürzungen durch Gebiete, in denen die Piraterie noch immer extrem war, brachten ihm einen zusätzlichen Vorsprung gegenüber anderen Handelsschiffen ein – was der Grund war, dass er selbst seine Tochter im Kampf ausgebildet hatte. Der Säbel an dem breiten, schwarzen Ledergürtel mit der silbernen, rankenverzierten Schnalle war ihr ganzer Stolz. Sie hatte ihn auf dem mit Blöcken

19

und Zeichnungen bedeckten Schreibtisch abgelegt, wo er griffbereit auf den nächsten Tag wartete. Den relativ kurzen, ungewöhnlich leichten Säbel hatte sie vor einigen Jahren von ihrem Vater geschenkt bekommen, damit sie sich verteidigen konnte, falls es nötig wurde. Denn unter Deck verstecken würde sie sich bei einem Angriff aus Prinzip nicht. Und zu Hause bleiben schon gar nicht! Sea begleitete ihren Vater auf jeder zweiten Handelsfahrt. Der simple Grund dafür war, dass ihr Privatlehrer Mister Theach schnell seekrank wurde, weswegen er sie nicht begleiten konnte. Aber darauf, dass sie vielseitig in Allgemeinwissen und Wissenschaften gebildet wurde, bestand ihr Vater trotzdem, auch wenn er sich nur ungern von seiner Tochter trennte. Seufzend nahm sie ihren Zeichenblock wieder zur Hand. Sea war eine begabte Zeichnerin, und ihr Talent sah man den Schiffen, Tieren und Landschaften auf dem Papier an. Nur mit Personen hatte sie ihre derben Probleme, daher waren sie auf ihren Bildern selten. Manchmal machte sie heimlich Versuche, aber wenn ihr das Ergebnis partout nicht gefiel, vernichtete sie es normalerweise umgehend. Aber Kingstons Hafen war ein bemerkenswert schönes Motiv: Was sie in den orangen Farben des Sonnenuntergangs sah, sah auch in schwarz-weiß auf ihrer Zeichnung gut aus. Während sie zeichnete, merkte sie kaum, wie langsam die Sonne mit letzten goldenen Strahlen versank. Bald wurde ihr klar, dass es schon dunkel über der Stadt wurde, und ihr das Tageslicht verloren ging. Aber auch ohne ihre warmen Farben sah es noch wundervoll aus, denn die erleuchteten Fenster erinnerten in der Finsternis an die Sterne darüber am Nachthimmel. Dicht an dicht schimmerten sie kreuz und quer nebeneinander bis an die Wasserlinie. Weiter draußen in der Bucht leuchteten nur vereinzelt Schiffslaternen. Aber allmählich wurde es zu spät, um sie weiter zu beobachten.

Sea stand auf, legte ihren Block auf den Schreibtisch und schloss schläfrig die Fensterläden. Anschließend zog sie ihre Stiefel und Kleider aus. Ihr war anzusehen, dass sie im Milieu der tüchtigen, wetterfesten Seemänner aufgewachsen war. Sie war zumeist mehr praktisch als elegant angezogen und machte sich bis auf einen Hauch nicht viel daraus, feminin oder reizvoll auszusehen. Die Ärmel der weißen Bluse, die ihre Schultern frei ließ, hatte sie meistens bis zu den Ellbogen hochgekrempelt, damit sie ihr nicht in den Weg kamen. Das dünne Lederband um ihren Hals, an dem die Goldmünze von Albatros baumelte, sah man auch ohne dass die Bluse einen großen Ausschnitt hatte. Der feste Baumwollstoff der langen, blauen Hose saß eng an ihren Hüften und war vom Tragen abgenutzt. Ausschweifende Kleider und Roben waren unpraktisch, daher trug sie solche nur, wenn sie nicht darum herum kam. Die schwarzen Stulpenstiefel, die, seit sie sich auf ihr Zimmer begeben hatte, am Fußende des Betts standen, reichten beim Tragen bis an ihre Knie und waren einmal umgeschlagen, so dass sie das Leder bei schlechtem Wetter noch bis in die Mitte der Schenkel hoch klappen konnte. Für eine Frau eine eigenartige Kleidungskombination, die aber niemanden weiter störte, da sie auf den ersten Blick für einen Burschen gehalten und danach kaum weiter beachtet wurde. Wer sie näher kannte, störte sich nicht an ihrem auf den ersten Blick unsittlichen Auftreten, weil sie nun einmal ihre Eigenarten hatte, und Sea scherte sich kaum darum, was andere über sie dachten. Zum Schluss löschte sie sorgfältig die wenigen brennenden Kerzen im Zimmer. Müde legte sie sich in der Wäsche ins mit Leintüchern überzogene Bett, da es im Sommer zu warm war, um ein Nachthemd anzuziehen. Mit der Überlegung, noch etwas zu lesen, warf sie einen Blick in das hohe Regal an der Wand, das mit Büchern und besonderen Erinnerungsstücken gefüllt war.

Schlussendlich blies sie die halbheruntergebrannte Kerze auf ihrem kleinen Nachttisch jedoch aus, ohne die Nase in ein Buch gesteckt zu haben.

* * *

Eigentlich hätte Sea gerne noch weiter geschlafen, wenn da nicht dieses lästige Geräusch gewesen wäre. Kaum hatte sie an diesem Morgen die braunen Augen aufgeschlagen und sich zum Weiterschlafen umgedreht, begann dieses nervtötende Klopfen. In unregelmäßigen Abständen prallte etwas gegen den geschlossenen Fensterladen. Langsam rappelte sie sich im Bett auf, zog schlaftrunken die Füße unter der Bettdecke hervor und ging dann vorsichtig tastend durch die Dunkelheit zum Fenster. Sea öffnete die hölzernen Läden und ließ das Morgenlicht ihr Zimmer überfluten. Das Licht ließ sie einige Mal blinzeln, bevor sie die Außenwelt wieder erkennen konnte. Die Helligkeit weckte sie gerade noch früh genug, dass sie sich wegducken konnte, bevor ein Kiesel an ihrem Kopf vorbei segelte. Vorsichtig – wegen der Gefahr von fliegenden Steinen – lehnte sie sich über die Fensterbank und schaute aus dem Fenster in den Garten hinaus.

Das bescheidene Haus war umgeben von einem Garten, in dem Blumen mit hellbunten, leuchtenden Farben wuchsen. Sie passten wirklich gut zu der Fassade, deren unterer Teil mehr an eine Festungsmauer erinnerte, als an ein Wohnhaus. Erst ab einem Meter über dem Boden war die Fassade glatt verputzt und weiß gestrichen worden. Ihre Mutter hatte diese rustikale Schönheit geliebt, als sie noch dagewesen war, daher hatte ihr Vater dieses unmodische Haus erstanden. Die Fensterläden waren himmelblau, denn ihr Sandkastenfreund und sie hatten diese einst ohne ihres Vaters wissen gestrichen. Er hatte seine Tochter der Farbwahl wegen ausgelacht.

Einige Faden, was einem nautischen Längenmaß von einem Meter sechsundachtzig entspricht, vor der Haustür stand ein junger Mann auf dem Kiesweg, der mit einem breiten Grinsen zu ihr hoch blickte.

„Guten Morgen, du Siebenschläfer, die Sonne scheint!", rief Math witzelnd zu ihr hinauf, „Kommst du endlich oder willst du doch nicht mehr schwimmen gehen?" Natürlich wollte sie noch mit ihrem besten Freund schwimmen gehen, wenn er schon seinen freien Tag für sie opferte!

„Augenblick, ich bin schon unterwegs!", rief Sea ihm lächelnd ihre Antwort hinunter und stürzte zu ihrer ehemaligen Spielzeugkiste, auf deren Deckel sie die schon einmal getragenen Kleidungsstücke schmiss. In Windeseile zog sie Kleider von gestern an und stieg in ihre Stiefel, über die sie beim Anziehen beinahe gestolpert wäre. Anschließend schnallte sie sich ihren Gürtel um und öffnete die übrigen Fensterläden, damit das warme Licht jeden Teil ihres Zimmers erkunden konnte. Einen kurzen Augenblick nahm sie sich die Zeit, um mit einem kleinen Fernrohr den riesigen Hafen nach dem Schiff ihres Vaters abzusuchen, doch leider ohne Erfolg. Er sollte schon längst zurück sein, dachte sie ungeduldig. Langsam machte sie sich doch ein wenig Sorgen um ihn, denn diesmal war er wirklich spät dran. Aber außer Warten konnte sie sowieso nichts tun, also konnte sie sich auch einfach einen schönen Tag machen. Sie wusch sich noch kurz katzenwäscheartig das Gesicht in dem kleinen Waschtisch mit der Porzellanschüssel neben dem Schreibtisch, nahm sich aber nicht die Zeit, den passenden Krug mit herunter zu tragen, um ihn wieder zu füllen. Eilig packte sie ein großes, weißes Leintuch in eine lederne Umhängetasche.

Sea sprang die Treppe hinunter in den Gang, der mit dem Garderobenschrank gegenüber der Haustür mehr einer winzigen Eingangshalle glich. Im Parterre waren die Wohnräume untergebracht, während die Räume im oberen Stockwerk als Schafzimmer eingerichtet waren. Durch die Tür zu ihrer Linken ging sie in das Esszimmer, in dem ein großer, schwerer Esstisch mit acht Stühlen darum stand. Kapitän Horce lud gerne Freunde ein, wenn er gerade zu Hause war. Da sie außerhalb der Innenstadt wohnten, war es abends sonst sehr ruhig um das Haus. An den hell tapezierten Wänden hingen wundervolle Bilder von segelnden Schiffen, denen sie momentan aber keine Beachtung schenkte. Sea schritt eilig durch die unauffällig wirkende Tür in die Küche. Zu ihrer Linken in der Ecke stand der eingemauerte Eisenherd mit den Holzscheiten für das Feuer davor. Rechts daneben war eine kleine Vorratskammer, in der sich immer etwas finden ließ, das schmeckte. Durch eine hölzerne Fallklappe konnte man in einen winzigen Weinkeller hinabsteigen, in dem nur ein Kind aufrecht stehen konnte. Im Gegensatz zu den meisten Seeleuten war ihr Vater ein Weinliebhaber und hatte auch ihren Gaumen darauf trainiert, guten von schlechtem Wein zu unterscheiden, wie süßen von trockenem. Zwischen dem Herd und dem Holztisch in der rechten Ecke, als Arbeitsfläche diente, war eine kleine Hintertür. Sie führte hinter das Haus auf eine kleine Wiese mit kurzem Gras. Es schien auf dem sandigen Boden nicht so gut zu gedeihen wie die Blumen im Vorgarten.

Hastig öffnete Sea den Küchenschrank neben dem Tisch und packte eilig einige Äpfel – zu horrenden Preisen aus England importiert, Bananen, ein wenig Brot und eine Flasche Wasser als Proviant in ihre Tasche. Nur Wimpernschläge später konnte sie wieder aus der Küche eilen, um mit dem großen Hausschlüssel die mächtige Doppeltür in der Eingangshalle aufzuschließen.

„Na endlich!", rief Math freudig, als Sea die Tür hinter sich zu schloss und den schweren Schlüssel in die Hosentasche steckte. Er drehte sich gehend um, und sie folgte ihm die Straße entlang. „Übrigens sind wir für dieses Ritual mit dem Steinewerfen langsam zu alt, Seepferdchen."

„Was willst du denn damit sagen?", fragte sie als sie ihn auf der Straße einholte.

„Dass ich morgens nicht mehr so lange auf dich warten will, du kleiner Langschläfer!", grinste er gut gelaunt, und sie lachte fröhlich.

„Zu Befehl, ich werde wieder pünktlich aufstehen, Sir!"

Mathias Wittards war der Sohn der Haushälterin Misses Wittards, die ihr Vater vor Jahren angestellt hatte, damit Sea den Haushalt nicht alleine führen musste. Sea kannte ihn schon seit sie denken konnte. Math hatte seine blonden, lockigen Haare zu einem kurzen Pferdeschwanz zusammengebunden. Sie passten wunderbar zu seinen wasserblauen Augen und seinem ansteckenden Lächeln, das Sea sehr an ihm schätzte. Ihr bester Freund war etwas mehr als ein Jahr älter als sie und turg feine, aber dichte Schnauzbarthaare in den Mundwinkeln, die sein Lächeln noch unterstrichen. Die zausen Bartansätze an Wangen und Kinn rasierte er gründlich. Obwohl er eine Lehre als Hufschmied machte, trug er die typische Kleidung eines Seemannes, was er vermutlich von den Matrosen ihres Vaters kopiert hatte: Hemd, feste Hose, ein paar schwere Stiefel, die ihr Vater ihm einst geschenkt hatte und einen genauso schweren Gürtel. Er gab sich zwar die größte Mühe, es zu verstecken, aber Sea vermutete, dass er ein bisschen verliebt in sie war. Ihr Vater hatte ihr einst gesteckt, dass ihr Freund auffällig gut auf sie aufpasse und einen Hang zur Eifersucht hätte, wenn sie von ihrer Freundschaft zu seinem Schiffsjungen erzählte. Aber diese Tatsache, dass ihn jemand durchschaut hatte, würde er wahrscheinlich niemals zugeben. Für sie war er einfach nur ihr bester Freund und ob er verliebt in sie war oder nicht war gleichgültig. Die luxuriösen Häuser der wohlhabenden Kaufleute und angesehenen Kapitäne der Marine waren meist nahe des Hafens in der Stadtmitte gelegen. Kapitän Matthew Horce hingegen gehörte ein für einen Kapitän relativ kleines Haus am Hang der Hügel im Osten der Stadt. Daher mussten sie die halbe Stadt durchqueren, ehe sie ihr Ziel erreichten. Sie gingen durch die schmalen Gassen auf die andere Seite der Bucht, wo der Gouverneur wohnte. Kapitän Horce und der Gouverneur waren gute Freunde, was mehr oder weniger der Grund war, weswegen Kingston zur inoffiziellen Hauptstadt wurde. Ihr Familienfreund erbaute sich seine Residenz, als er Kapitän Horce sein Häuschen vermittelte. Wie sie sich kennengelernt hatten, wusste Sea nicht genau. Ihrem Vater zufolge hatte er Edward Crown in einer englischen Hafenspelunke den Hals gerettet, lange Zeit bevor dieser Gouverneur wurde, mehr hatte er ihr nie erzählt – er hatte seine Geheimnisse. Schon vor langer Zeit hatte sie mit ihrem Paten ausgehandelt, dass sie sich jederzeit Pferde aus seinem Stall leihen konnte, wenn sie aus irgendeinem Grund Reittiere benötigte, weshalb sie auch heute nicht ins Haus gingen, um zu grüßen.

„Guten Morgen", rief Sea dem Stallknecht zu, als sie den Stall betraten. Es war ein Nebengebäude des großen Haupthauses, in dem der Gouverneur einige Reit- und Kutschpferde hielt. „Können wir uns Blackbird und Sparrow leihen oder reitet Gouverneur Crown heute aus?"

Der Stallknecht schüttelte den Kopf, während er eine Schubkarre voll Pferdemist an ihnen vorbei schob. Vermutlich musste er sie in den Garten schieben, damit der Gärtner die Pferdeäpfel unter den stolzen, englischen Rosen verteilen konnte. „Nein, er hat seit der Gründung des Vereinigten Königreichs im Mai viel Korrespondenz zu führen und keine Zeit, sich am Reiten zu erfreuen. Bewegt die zwei Pferde ruhig ein bisschen! Sie hatten zu wenig Auslauf diese Woche", meinte er gleichgültig.

Zufrieden ging Sea an den Boxen entlang. Blackbird, der Rappe, den sie normalerweise ritt, stand ganz hinten im Stall, damit er keine Probleme machte, denn der Rappe verursachte ab und an einige Kinkerlitzchen. Blackbird war ein ziemlich misstrauisches Tier. Er ließ sich nur von Leuten streicheln, die er mochte. Mancher musste um seine Finger fürchten oder hufeisenförmige Blaue Flecken erwarten, bis er jemanden einmal kannte. Sparrow, Maths kakaobrauner Liebling, stand direkt neben ihm. Er war wesentlich ruhiger als Blackbird, was wohl der Grund war, weshalb Math ihn von Anfang an bevorzugt hatte. Sea sattelte Blackbird mit dem Sattel, der gegenüber der Box an der Wand gehangen hatte. Reiten gehörte zum guten Ton, aber Satteln konnten nur die wenigsten Pferdebesitzer. Der Hengst ließ sie bereitwillig den Gurt um seinen Bauch anziehen, während Math Sparrow bereits die Bissstange zwischen die Kiefer schob. Als er sie das erste Mal begleitet hatte, war es ihm eigenartig vorgekommen, mit einem Pferd aus dem Stall des Gouverneurs auszureiten. Inzwischen hatte er sich daran gewöhnt, nicht nur zu helfen, sie zu beschlagen. Sie führten die Pferde aus dem Stall, stiegen auf und machten sich auf den Weg.

***

Nebeneinander ritten sie um die Festung der Batterie herum nach Westen und die Straße hoch in Richtung der bewaldeten Hügel. Kingston war einzig von Hügeln und Meer umgeben, die Nahrungsmittel kamen alle aus dem Landesinneren. Nicht weit vor den Toren der Stadt wurden sie von tropischem Wald umzingelt und ritten auf einer steinigen Schotterstraße bergan. Als sie den Grat eines Hügelarms erreicht hatten, ritten sie bergab nach Süden zurück zum Meerbusen, der in das Festland schwappte als wäre die Karibische See überlaufen. Am Greek Pond folgten sie einem selten genutzten Weg nach Westen, der zum Spanish Town River und den Fluss hoch nach Spanish Town führen würde, wenn sie ihm so weit folgen würden. Etwa vier Meilen von der Stadt entfernt verließen sie bei einem großen Stein, der ein Stück vom Wegrand entfernt lag und ihnen als natürlicher Markstein diente, die schmale selten genutzte Straße und folgten einem verwachsenen Schleichpfad. Hier hingen die Äste tief, und sie mussten sich auf den Pferden etwas ducken. Als sich nach einem Katzensprung der Wald vor ihnen auftat, gaben die Palmen die Sicht auf ihr Ziel frei. Es war eine kleine dreieckige Bucht mit türkisblauem Wasser, auf dem die Sonnenstrahlen tanzten. Diese spitze Form ließ Sea vermuten, dass hier einst ein Fluss in den Meerbusen geflossen war, bevor er versiegte. Da der Rest des Flussbetts komplett zugewachsen war, war sie vom Meer aus kaum zu entdecken, obwohl der Ausblick auf den Bodden sehr übersichtlich war. Ihr Vater und sie hatten sie einst zufällig mit dem Sichtglas entdeckt, als Sea noch klein war. Irgendwann hatte sie Math die Bucht gezeigt und später einer Freundin. Außer ihnen wusste wahrscheinlich niemand von diesem Ort. Da Schwimmen aber keine häufige Beschäftigung war, interessierte die Bucht auch niemanden.

Im hellen, fast weißen Sand lagen Muscheln verschiedenster Sorten. Eine weiß schäumende Brandung schob die Schalen dem Land, dann wieder dem Meer zu. Gezwitscher von Singvögeln und Möwengekreische erfüllten die salzige Luft, die in einer lauen Brise wehte, als sie auf den feinkörnigen Strand aufritten. Sea stieg von Blackbird ab. Wenn sie ihren Vater gerade nicht begleitete, war sie fast jede Woche einmal hier, und trotzdem fand sie die kleine Bucht jedes Mal wieder traumhaft. Sogar bei schlechtem Wetter brachte sie den Betrachter in Stimmung, denn dunkle Wolken oder Regen versetzten die Idylle in eine dramatische Atmosphäre, wie Maler sie lieben würden. Sie banden die Pferde im Schatten an einem tiefhängenden Ast fest, ließen die Leinen lang und sattelten ab, da sie den ganzen Nachmittag in der Bucht verbringen würden.

Sea stellte ihre Umhängetasche auf dem nächsten großen Stein ab und legte ihren schweren Gürtel mit dem Säbel und die Stiefel daneben. Math warf derweil hinter ihr seinen Gürtel achtlos in den Sand und trat die Stiefel daneben. Sie zog sich rasch die Bluse bis an den Kopf, um sie mit dem Kinn festzuhalten, und zog ihre blaue Lieblingshose aus. Ihre Unterwäsche sah ganz anders aus als die anderer Mädchen. Die normalerweise bis zu den Knien reichende Unterhose, die immer Rüschen an den Beinen hatte, konnte sie nicht ausstehen. Ihre hatte weder Rüschen noch Knöpfe, denn sie hatte diese abgetrennt wie den Rest des Stoffes bis in die Mitte der Oberschenkel. Auch Strümpfe und diese modernen, mit Weiden verstärkten Mieder konnte Sea nicht leiden. Strümpfe trug sie nur an Festtagen, weil man beim Treppensteigen keine nackten Knöchel unter dem Rocksaum sehen durfte, und es war in der Karibik ohnehin zu warm dafür. Ein schlichtes Mieder aus starkem Baumwollstoff genügte für ihre Oberweite und Taille völlig und war wesentlich bequemer als eine Schnürbrust. Aber immer noch unpraktisch zum An- und Ausziehen, dachte sie, als sie das Bändergeflecht aufschnürte. Sie legte das zartblaue Mieder auf ihre Hose und ließ die Bluse über sich fallen.

Sie würde wie immer im Hemd schwimmen.

„Komm schon, ich will endlich ins Wasser!", rief sie Math vorfreudig zu.

Er war immer ein schlaksig gebauter Junge gewesen, aber das hatte sich geändert, sobald er seine Lehre begonnen hatte. Erst jetzt, als er sein Hemd in den Sand warf, sah man seine Muskeln und breiten Schultern, die er vom harten Arbeiten in der Schmiede bekommen hatte. Man konnte nicht sagen, das Math schlecht aussah. Ihre Freundin Victoria bekam immer diesen seligen Ausdruck auf dem Gesicht, wenn sie ihn über den Hofplatz laufen sah.

„Worauf wartest du dann noch? Ich bin sowieso vor dir im Wasser!", rief er lachend, schmiss seine Hose hinter sich zu seinen Stiefeln und spurtete los. Sea rannte ihm hinterher, hatte aber keine Chance mehr, ihn einzuholen. Wie seit Kindertagen lieferten sie sich ein Wettrennen ins Wasser. Aber er hatte schon viel zu viel Vorsprung und das Meer bereits erreicht. Math stieß sich vom Sandgrund einige Meter ins tiefere Wasser, als sie erst in die weiße Brandung sprang. Kopfvoran sprang sie ins Meer. Es war erfrischend kühl, aber nicht kalt. Das Salzwasser strömte durch ihre Haare und schockte angenehm ihre Kopfhaut. Sea öffnete die Augen. Die Sonne schien von oben herab, durchstach in Strahlen das kristallklare Meerwasser und warf leuchtende Flecken auf den hellen Grund. Rechts von sich sah sie Maths Füße im weichen Sandgrund. Mit einem langen Schwimmzug tauchte sie einige Meter nach vorne und betrachtete die Muscheln, die im Wasser glänzten. Als ihr die Luft ausging, tauchte sie auf. Die kleine Bucht fiel gegen das Meer zu steil ab, deshalb konnte sie bereits einige Schwimmzüge vom Ufer weg nicht mehr stehen. Sie strich sich die nassen Strähnen aus dem Gesicht und sah sich um.

Math war auf den ersten Blick nicht zu sehen. Während sie ihn noch suchte, wurde sie an den Hüften gepackt. Sie konnte gerade noch Luft holen, bevor sie in die Tiefe gezogen wurde, wie ein Schiff von den gigantischen Tentakeln eines Tintenfisches in den Geschichten der Seemänner. Math zog sie auf Augenhöhe hinunter und grinste sie mit zugepresstem Mund an. Er legte den Arm um ihren Bauch, damit sie ihm nicht sofort entkommen konnte und versuchte, sie zu kitzeln. Sea krümmte sich zusammen und versuchte, sich zu wehren, als er seine Fingerspitzen in ihre Seite drückte. Schließlich erbarmte er sich ihrer und ließ sie auftauchen, um Luft zu holen. Sea schwamm sofort aus seiner Reichweite ins seichtere Wasser. Das gibt Rache, dachte sie und drehte sich blitzartig wieder zu Math um. Er wollte ihr gerade folgen, als sie ihm mit der Hand Wasser entgegen spritzte.

„Hey!", beschwerte er sich lachend und hielt sich die Hände vors Gesicht. Langsam kam er auf sie zu, durch seine Handflächen vor ihren Spritzern geschützt. Als Math nah genug war, um sie wieder packen zu können, wich Sea vor ihm zurück. Er nutzte den Moment, als ihm kein Wasser entgegen schwappte, um ihr mit beiden Händen Wasser entgegen zu spritzen. Sea schrie lachend auf und hielt die Hände schützend vor sich.

***

Sea hatte nicht die geringste Ahnung, wie lange sie sich gegenseitig mit Wasser bespritzt hatten, diese Spielchen waren so zeitlos. Einige Male waren sie noch zwischen den Ausläufern der Bucht hin und her um die Wette geschwommen. Schließlich kämpften sie sich aber durch die Brandung aus dem Wasser, und Math setzte sich in den heißen Sand, während dem Sea in ihrer Tasche zu wühlen begann. Das Leintuch ließ sie in der Tasche, denn die Sonne würde sie auch in Minutenschnelle trocknen. Stattdessen zog sie einen der grellgrünen Äpfel daraus hervor.

„Willst du auch einen?", fragte sie Math und zeigte ihm die Frucht.

„Gern", meinte er vorfreudig lächelnd. Sie warf ihm den Apfel zu, kramte die tönerne Flasche aus der Umhängetasche und ließ sich neben ihn in den Sand fallen. Durstig nahm sie einen großen Schluck. Das Wasser war in der Tasche angenehm kühl geblieben. Nach einigen Schlucken pflanzte sie die Flasche zwischen sich und Math, der sich hungrig über den Apfel hermachte, in den Sand und biss selbst in einen der Äpfel. Anschließend vertilgten sie das Brot, das besser sättigte als die Früchte. Als Math sich kurz darauf einen weiteren Apfel aus ihrer Tasche kramte, nahm sie ihren Kamm aus ihrem linken Stiefel. Sie hatte ihn vor einer Ewigkeit aus gutem Grund in einer Lasche darin befestigt, weil sie dann, wenn sie einen Kamm brauchte, nie einen zur Hand hatte. Mit verzerrtem Gesicht kämmte sie sich das Meersalz aus den Haaren. Das Meerwasser spülte ihr zwar das Fett aus den Haaren, aber die Salzablagerungen waren ziemlich nervig. Sie verklebten die Haare, was beim Kämmen schmerzhaft daran zog. Math genoss die Sonne und sah ihr mit einem wortlosen Lächeln zu, bis sie die Prozedur beendet hatte.

„Was machen wir jetzt?", fragte er schließlich, als sie ihren Kamm wieder in ihrem Stiefel verschwinden ließ. Sie schaute auf ihren Gürtel herab, an dem ihr Säbel hing. Kapitän Horce hatte ihn für sie schmieden lassen – einen Damensäbel, wie er die leichte Klinge scherzhaft nannte, den sie mit Leichtigkeit führen konnte – der Griff war ein einziges Kunstwerk. Die Waffe war ihr ganzer Stolz, insbesondere weil es ein so unmögliches Geschenk für ein Mädchen gewesen war. Die geflügelte Seeschlange, die die Klinge vom Griff trennte, war versilbert. Die Drachenfigur hatte ganz glatte Flügel auf der Seite der Klinge, damit die Waffe des Gegners abrutschte und nicht ihre Hand traf. Ihr Vater wusste, dass Sea Wesen gefielen, deren Existenz nicht bewiesen war. Sie glaubte genauso wenig an solches Seemannsgarn und Aberglauben wie er, aber sie liebte Geschichten. Und die Vorstellung, dass es solche Wesen gab, beflügelte jedoch jedes Mal aufs Neue ihre Fantasie, wenn sie etwas zeichnete. Etwas anderes, was Sea an ihrem Säbel sehr gefiel war, dass man den Knauf am Ende des Griffs abdrehen und einen Hohlraum freilegen konnte. Darin versteckte sie das Pergamentpapierstück, das sie vor Jahren von Albatros geschenkt bekommen hatte, weil sie ihn auf einer Insel entdeckt hatte.

„Wir könnten üben", schlug Sea vor, ohne großartig nachdenken zu müssen, „du hast deinen Säbel schließlich mit?"

„Natürlich", antwortete er fast empört, als wäre dies selbstverständlich.

„Gut, dann trainieren wir", beschloss sie lächelnd und stand auf. Sie ging zu dem Felsen und zog sich wieder an. Auch Math streifte sich wieder seine Kleider über. Er schnallte sich seinen Gürtel um, an dem sein eigener Säbel hing. Er war wesentlich schlichter als ihr eigener, und der muschelförmige Griff war mit einem schwarzen Band umwickelt. Auch wenn er nicht so kunstvoll verziert war wie ihrer, war Math trotzdem unglaublich stolz darauf. Es war der alte Säbel von Kapitän Horce, den er Math geschenkt hatte, damit er mit Sea das Fechten erlernen konnte. Seiner Mutter hatte es gar nicht gefallen, dass der Kapitän ihnen solche gefährlichen Geschenke gemacht hatte. Als sie es ihm aber ausreden wollte, hatte er nur gesagt, je früher sie sich verteidigen konnten, desto besser. Als beide wieder in ihren Stiefeln standen, stellten sie sich einander gegenüber. Langsam zog Sea ihren Säbel aus der Scheide und ging in Kampfposition.

„Bereit?", fragte sie Math.

Er zog seinen Säbel, machte sich ebenfalls kampfbereit und nickte. „Klar"

Bei ihren Übungskämpfen ging es nie darum, sich gegenseitig zu verletzen, im Gegenteil. Das Ziel war es, den anderen zu entwaffnen. Wenn einer der beiden seine Waffe verlor, hatte er zwei Sekunden Zeit, um sie zurück zu holen, sonst hatte er den Kampf verloren. In einem echten wäre man spätestens nach einer Sekunde tot. Früher hatten sie selbstverständlich mit Holzschwertern geübt, aber inzwischen wussten sie so genau was sie taten, dass sie den andern nicht unwillentlich verletzen konnten.

Sea griff zuerst an und versuchte, Math mit einer Täuschung dazu zu zwingen, aus Schreck den Säbel fallen zu lassen, tat er aber nicht. Selbstsicher parierte er den Schlag ausgezeichnet und nahm sich die Zeit, sie angeberisch anzugrinsen. Doch sie ging nicht darauf ein und ließ ihre Säbelklinge wieder auf ihn zusegeln, so dass ein Schlagabtausch folgte, bei dem Parieren und Angreifen die gleichen Bewegungen waren, als er parierte. Anschließend versuchte Math, Sea von unten zu erwischen. Doch sie schlug ihm mit der Klinge auf den Säbel und wich einen Schritt zur Seite. Nun wollte Math sie von der andern Seite angreifen, aber damit hatte Sea gerechnet. Blitzschnell parierte sie und griff ihn mit der Degenspitze auf Halshöhe an. Er schlug ihre Waffe mit Leichtigkeit von sich weg und führte eine Stichattacke auf der Höhe ihres Bauchnabels aus. Sea drehte sich geschickt zur Seite, und während die Klinge an ihrem Bauch vorbeiglitt, ließ sie ihren Säbel dicht über seinen Kopf gleiten. Wenn sie ihn hätte töten wollen, hätte sie ihn mit der linken Hand festgehalten und erstochen. Aber sie ließ Math sich wegducken und einen Schritt zurück machen. Ihre Klingenspitze glitt kurz vor seinem Brustkorb vorbei, und er wich noch ein Stück weiter zurück. Sie versuchte, Math seine Waffe aus der Hand zu schlagen, doch er drehte sich zur Seite und stieß ihren Säbel von sich weg. Nun standen sie wieder in der Ausgangsposition. Er versuchte, sie von der Seite zu treffen, aber sie blockte den Hieb behende mit dem Klingenansatz ab und stieß Maths Klinge von ihrem Körper weg. Aber er versuchte noch einmal, sie zu treffen und holte zu einem weiteren Schlag aus. Mit aller Wucht, die er aufbringen konnte, donnerte er ihr den Stahl gegen die Waffe. Ein Versuch, sie aus dem Gleichgewicht zu bringen, damit sie hinfiel.

Doch Sea ließ die Klinge an sich vorbeisegeln, stellte sich auf Maths rechte Seite und schlug von hinten mit ihrem Degen auf seinen. Die Waffe flog durch die Luft und landete vor ihnen im Sand.

„In Ordnung, du hast wieder gewonnen", keuchte Math lächelnd.

‚Wieder' war das treffende Wort, er hatte sie seit etwa einem halben Jahr nicht mehr besiegt. Sea steckte ihren Säbel zufrieden zurück in die Scheide. „Aber nur ...", wollte er fortfahren.

„Aber nur, weil du seitdem du in der Lehre bist, nicht mehr trainieren kannst. Schon klar!", schnitt Sea ihm das Wort ab und lächelte. Math hob seinen Säbel vom Boden auf.

„So ist es. Das nächste Mal hast du keine Chance gegen mich!", gab er grinsend an. Wirklich angeben, um sich aufzuspielen, tat er selten. Aber im Scherz bluffte er häufig auf diese ganz knapp übertriebene, sarkastisch angehauchte Art. Wer ihn gut kannte, wusste dass er nicht angab, vor allen andern Zuhörern spielte er sich auf. Sea zog trotzdem ihren Säbel wieder aus der Scheide und schlug gegen seinen, um ihm eins auszuwischen. Maths Waffe landete wieder auf dem Boden. Somit hatte sie gewonnen. Er schaute sie erst verdutzt an, dann begann er wieder zu grinsen.

„Hey, ich war noch nicht bereit!", protestierte er tief lachend und hob seine Waffe wieder auf.

Die beiden Freunde machten noch einige weitere Übungskämpfe. Erst als es dämmerte, bestiegen sie die Pferde. Langsam, die Abenddämmerung genießend, ritten sie zurück nach Kingston. Auf dem Hausplatz des Gouverneurs nahm der Stallknecht die Pferde entgegen. Dort entließen sie die Pferde in ihren Feierabend. Zu Fuß gingen sie durch die Gassen zurück zum Haus von Kapitän Horce. Nun saß Sea in einem der baumwollweichen Sessel an dem ebenhölzerneren Salontisch in der Mitte des Wohnzimmers und zeichnete. An den Wänden hingen Gemälde von verschiedenen Schiffen, die meisten zeigten aber den Dreimaster ihres Vaters. Darunter standen Vitrinen mit Schiffsmodellen, Büchern und allerlei Erinnerungsstücken von entfernten Orten, die Kapitän Horce besucht hatte. In einer Ecke befand sich eine große Standuhr mit einem bronzefarbenen Uhrpendel, während die übrigen Ecken von ausladenden Topfpflanzen verdeckt wurden. Auf der Ostseite war eine weitere Tür, die in eine kleine Bibliothek führte. Die wandhohen Regale waren zugestellt mit alten und neuen Büchern, und in einem Schrank stapelten sich Seekarten, die ihr Vater selten brauchte. Auf dem kleinen Tisch, der darin stand, stand ein großer Globus, den Sea manchmal anschaute und sich überlegte, was sie von der Welt noch alles sehen wollte. Immer wieder sorgte er für Garn, aus dem sie ihre Tagträume webte.

Misses Wittards und Math waren schon vor ein oder zwei Stunden gegangen. Draußen war es bereits dunkel, und trotz der brennenden Öllampe war es recht düster im Zimmer, aber dies störte sie nicht im Geringsten. Ihr Bild nahm langsam, aber sicher Gestalt an. Sea hatte die Zeichnung nur mit ihrem Grafitstift gezeichnet und schraffierte lediglich die dunkleren Orte, dies war wesentlich einfacher, als mit Tinte zu malen oder wie ein Maler Farben anzurühren. Es zeigte die geheime Bucht im Osten von Kingston von der Seeseite aus, in der sie heute mit Math schwimmen gegangen war. Als Sea die Brandung im Meer dunkel schraffierte, musste sie an das eine Mal denken, an dem Victoria, die Tochter des Gouverneurs sie begleitet hatte. Außer Math begleitete sie eigentlich nie jemand, zumal sie in Kingston nicht viele Freunde hatte. Victoria war auch nicht ihre Freundin, weil sie besonders viel gemein hatten, sondern weil sie außer zu Sea nicht zu vielen gleichaltrigen Mädchen Kontakt hatte. Schließlich waren die Töchter der Noblesse in den Kolonien herzlich karg gestreut. Aber von allen Mädchen, die für sie als Freundinnen in Frage kamen, war Sea mit ihrer spitzbübischen Ader – die sie mit Fleiß vor ihren noblen Klatschfreundinnen versteckte – am sympathischsten. Nur für Gespräche über Mode und Kosmetik war Sea einfach nicht zu haben. Damals, Jahre zuvor an diesem Tag im Juni, war Victoria mit einem langen, roten Kleid und ihrem dazu passenden Sonnenschirm im Pferdestall aufgetaucht.

Nachdem Sea sie überzeugt hatte, etwas Geeigneteres anzuziehen, musste sie dem Gouverneur beweisen, dass sie niemanden brauchten der aufpasst. Zwei Soldaten hätten sie begleiten sollen, damit seiner Tochter auf keinen Fall etwas passierte. Der Gouverneur behütete seine geliebte Rose fast zu gut. Im Übrigen hätten sie dann nicht schwimmen können, sonst hätten die Soldaten schließlich ihre Wäsche sehen können. Dies war wohl auch der Plan des Gouverneurs gewesen, denn wenn sie nicht schwammen, konnte seine Tochter nicht ertrinken. Sea war froh gewesen, als die beiden endlich allein hatten losreiten können. Als sie endlich am Strand der kleinen Bucht angekommen waren, hatte sie es nicht glauben können, dass sie es wirklich bis dorthin geschafft hatten. Eine Stunde später hatten sie zurück reiten müssen, weil Victoria Durst bekommen hatte und den von der Sonne erwärmten Fruchtsaft nicht hatte trinken wollen. Sea lächelte bei der Erinnerung daran. Victoria war nun einmal die vollkommen verwöhnte, kleine Prinzessin ihres Vaters.

***

Wenn es nicht an der Tür geklopft hätte, hätte sie ihr Bild bestimmt noch am gleichen Abend fertig bekommen. Sea zeichnete gerade noch

33

einige Möwen, als sie die Türglocke gehört hatte. Sie wunderte sich, wer zu dieser Unzeit noch Besuche machte, denn ihr Vater konnte es nicht sein: Er hatte einen Hausschlüssel und würde niemals an seine eigene Haustür klopfen. Sea sah auf die Standuhr, es war schon kurz vor elf. Normalerweise waren zu dieser Zeit nur noch Leute in den Kneipen. Sie stand auf und legte ihre Zeichenutensilien auf den Salontisch. Es klingelte noch ein Mal. Sea ging neugierig aus dem Wohnzimmer und zur Tür. Jeder andere hätte die Tür verschlossen gelassen zu dieser Uhrzeit, aber Sea war ja nicht jeder andere. Sie drehte den Schlüssel im Schloss und öffnete. Vor ihr standen zwei Männer, die sie gut kannte.

„Guten Abend, Sea. Dürfen wir reinkommen?" Augenklappe Jo lächelte sie an, wie er es jedes Mal tat, wenn sie ihm spätabends noch putzmunter die Tür aufhielt. Der Mann hinter ihm, Shark, nickte ihr widerwillig zu. Er hatte wie immer einen mürrischen Gesichtsausdruck. Sie konnte sich nicht entsinnen, dass sie ihn je hätte lächeln sehen.

„Natürlich, kommt rein" Sea hielt ihnen die Tür auf und sie traten ein.

„Wollt ihr etwas trinken?" Sie öffnete die Tür zum Wohnzimmer, als stumme Geste, dass sie es sich gemütlich machen sollten.

„Ich nehme an, du hast nur Apfelsaft", meinte Augenklappe scherzhaft, aber irgendwie fehlte der Witz in seiner Stimme.

„*Ich* nehme an, ihr wollt Rum, nicht wahr?" Sea hatte noch nie einen Matrosen Apfelsaft trinken sehen, und die Rumflasche im Vorratsraum musste sowieso weg. Wenn sie ihn nach und nach selber trinken wollte, würde dies ihrer Haushälterin nicht gefallen. Dann musste sie sich von Misses Wittards einen Vortrag anhören. Sie wandte sich ab, ohne auf eine Antwort zu warten, um des Seemanns Trost zu holen. In der Küche nahm sie zwei Schnapsgläser und ein großes Glas aus dem Küchenschrank, das sie sich an einem Fässchen mit Apfelsaft füllte. Dann holte sie die Rumflasche aus der Vorratskammer und ging durch das Esszimmer zurück ins Wohnzimmer. Die beiden Männer hatten sich schon gesetzt, als sie die Gläser auf den Tisch stellte und ihnen den geliebten Rum einschenkte. Beide gehörten zur Crew ihres Vaters. Augenklappen Jo war sein bester Freund und für sie wie ein Onkel oder zweiter Pate. Seine Haare hatten sich inzwischen fast vollkommen grau verfärbt, und eine Augenklappe, die er gar nicht brauchte, verdeckte eines der beiden blassblauen Augen. Er trug sie, damit sein linkes Auge unter Deck schon an die Dunkelheit gewöhnt war, wenn er den Niedergang hinunterkam. Im Übrigen war er gekleidet wie sie jeden Seemann kannte, mit Ausnahme der Seesoldaten der Navy, Hemd, Hose, Stiefel, Gürtel.

Individualität schafften nur eine dunkle Weste und sein alter, abgenutzter Säbel, den er schon seit Jahrhunderten zu haben schien. Früher war er auf einem anderen Schiff Matrose gewesen, aber dann hatte er angefangen zu saufen, und der Kapitän hatte ihn von seinem Schiff verbannt. Seither arbeitete er auf dem kleinen Frachtsegler ihres Vaters, der außerdem dafür sorgte, dass er nicht viel Zeit zum Trinken hatte.

Shark hatte eigentlich einen stinknormalen Namen, aber weil er angeblich einmal einen Haiangriff überlebt hatte, hatte er seinen Namen, Mark Smith, zu Shark abgekürzt. Er hatte dunkle, ungepflegte Haare und immer einen mürrischen Ausdruck im Gesicht, ungefähr einem Gargoyle auf dem Dach einer gotischen Kirche entsprechend. Seine Augen waren ihr immer klein und hinterhältig vorgekommen, wie sie sich unter seinen Brauen tief im Schatten versteckten. Im Gegensatz zu Augenklappe trug er eine dunkelrote Weste über seinem Hemd, ansonsten war der Erste Offizier und Bootsmann etwa gleich angezogen wie jeder Matrose. Er brauchte keine auffällige Kleidung, um sich Autorität zu verschaffen. Vor der letzten Fahrt hatte er sich einen neuen Säbel geleistet, denn sein alter war ihm ins Wasser gefallen. Ein anderer Matrose hatte Shark angerempelt, als er an der Reling gelehnt hatte und ihn ölte. Er hatte den tollpatschigen Kerl dafür beinahe umgebracht vor Wut. Mit einem Mann wie ihm war nicht gut Kirschen essen.

„Wo ist mein Dad? Hat er noch zu tun, dass er euch allein vorschickt?", fragte Sea, als sie sich zu ihnen setzte. Augenklappe räusperte sich und räkelte sich dabei unbehaglich wie ein an Land vertrockneter Aal.

„Um dir eben das zu erklären, sind wir hier, Sea." Er beugte sich im Sessel nach vorne und sah ihr mit seinen blassen Augen tief bedauernd entgegen, was ihre Neugierde wie ihre horrende Besorgnis weiter wachsen ließ wie ein stacheliges Unkraut. „Es ist so, wir sind vor gut einer Woche von Piraten angegriffen worden. Es gab ein Gefecht, und schließlich haben die Piraten es geschafft, unser Schiff zu entern. Dein Vater hat tapfer gekämpft. Er hat gegen zwei Piraten gleichzeitig gekämpft! Aber dann wurde er ..." Augenklappe sah zu Boden und atmete tief durch, um sich zu sammeln. Was konnte nur mit ihrem Vater sein? War er verwundet? Oder ins Wasser gefallen? Gefangengenommen worden? Dann hob er den Kopf wieder und zwang sich, Sea wieder anzusehen. Erschreckt stellte sie fest, dass er Tränen in den Augen hatte. „... Er wurde aus dem Hinterhalt erschossen." Sea spürte, wie sich eine eiskalte Finsternis in ihr ausbreitete. Sie sah in ihren Gedanken das Gesicht ihres Vaters vor sich. Seine schwarzen, gewellten Haare, seinen gepflegten Schnurrbart und seine wachsamen, braunen Augen. Sie sah ihn im Detail genau vor sich, lebendig und atmend. Nein, sie konnte nicht glauben, dass sie ihn nie wiedersehen würde. Er konnte nicht tot sein! Er konnte nicht auf diese Weise von ihr gegangen sein! Aber Augenklappe würde über etwas dermaßen Grauenvolles doch niemals scherzen. Dazu kam, dass er ein miserabler Lügner war. „Wir haben ihn dem Meer übergeben, wie er es sich gewünscht hat, als er noch lebte", krächzte Augenklappe weinerlich vor Qual.

Sea fühlte, wie ihre Augen brannten und sich mit Tränen füllten. Es schnürte ihr die Kehle zu, und ihr Körper spannte sich an wie unter Schmerzen. Dann wurde ihr kalt ums Herz, und es tat weh, als würde ihre Seele bluten. Sie sank in seine Arme, und der Blutsbruder ihres Vaters drückte sie an sich. „Nein, das kann nicht sein!", schluchzte Sea ungläubig, „das *darf* nicht wahr sein! Bitte nicht!" Die Tränen rannen ihr übers Gesicht. Eine nach der anderen verfingen sie sich im Baumwollgewebe von Jos Weste.

„Es tut mir unendlich leid, Sea." Augenklappe wiegte sie sanft hin und her, mit dem Wunsch, ihr Trost zu spenden. Doch diese dunkle Leere in ihr begann, wie eine höllische Bestie, an ihr zu nagen und sie qualvoll von innen aufzufressen. Sea konnte nicht anders. Sie weinte einfach weiter, während der Stoff an ihrer Wange nass wurde. Tausende von Gedanken schwirrten in ihrem Kopf herum, alte Erinnerungen, Fantasien. Sie sah sich mit ihrem Vater Karten studieren, erinnerte sich, wie er sie nach einem Albtraum tröstete, sie sah ihn kämpfen. Sea konnte sich nicht vorstellen, dass ihr Vater sie nie wieder in den Arm nehmen würde. Dass sie seine warme Stimme nie wieder hören würde. Dass sie nicht mehr über seinen manchmal sehr eigenartigen Humor den Kopf schütteln würde. In ihr herrschte kein Zeitgefühl mehr. Die Standuhr tickte und schlug irgendwann halb, doch sie hatte keine Ahnung, ob die Zeit raste oder stillstand. Ihr Herz zersprang vor Schmerz beinahe. Bei jedem Herzschlag dachte sie, es würde zerschellen, wie ein Schiff, das auf ein Riff auflief. Es konnte nicht sein, dass ihr geliebter Vater tot war. Sea wollte es einfach nicht glauben. Doch eine innere Stimme sagte ihr, dass es die harte Realität war.

Irgendwann hörte sie auf zu weinen. Ihr Vater hatte es gehasst, wenn sie aus irgendeinem Grund hatte weinen müssen. Er war immer da, so wie er es immer gesagt hatte, wenn sie auch nur eine Träne vergossen hatte. Sie hörte in ihren Gedanken seine liebevolle Stimme, wie er sie ‚Seepferdchen‘ nannte und wie er sie über seinen eigenen Tod hinwegzutrösten schien. Sie glaubte sogar, seine Hand auf ihrer Schulter zu spüren, und so konnte sie Tränen und Schluchzen zumindest vorübergehend unterdrücken. Er ging niemals weg, niemals – dieser feste Glaube half ihr.

„Sea, da ist noch etwas", störte Augenklappe sie gequält beim Trauern, und sie sah zu ihm auf. Es war inzwischen bestimmt fast eine Stunde vergangen, erkannte sie mit einem kurzen Blick auf die Uhr. „Du kannst dir vorstellen, dass die Crew ziemlich aufgewühlt ist. Die Matrosen sind verunsichert, weil sie nicht wissen, wie es mit ihrer Anstellung weitergeht und wer den Frachter übernimmt. Sie haben mich gebeten, sein Testament noch heute zu verlesen, da ja weithin bekannt ist, dass Matthew diese Bürde in meine Hände gelegt hat." Sea sah immer noch verweint aus, aber sie nickte und strich sich die Tränen aus ihren brennenden Augen. Ihr Vater hatte nur einem Notar und Augenklappe gesagt, wo sein Testament versteckt war. Sie hatte es jedoch nach kürzester Zeit entdeckt, und über den Inhalt war sie von ihrem Vater informiert worden. Aber sie war ohnehin die einzige Erbin, und er hatte das Testament nur geschrieben, damit ihr niemand ihr Erbe streitig machte. „Die Crew ist auf dem Schiff zurückgeblieben, um auf dich zu warten und hat uns geschickt, um dir die tragische Nachricht zu überbringen", sagte Augenklappe schmerzerfüllt, als er aufstand, „und um dich zu holen" Shark hatte die ganze Zeit ruhig in dem Sessel gesessen und gewartet, dass dies endlich zur Sprache kam. Als Erster Maat war es durchaus möglich, dass er auch etwas erbte oder seine Anstellung sich verbesserte. Wenn ein Unfähiger oder eine Frau ein Schiff erbte, wurde zumeist ein Kapitän angestellt und nicht selten war dies der vorherige Bootsmann, der das Schiff schon kannte.

„Worauf warten wir dann noch?", sagte Sea, als sie sich wie in Trance erhob und zur Tür ging. Die beiden Männer folgten ihr wortlos. Sie gingen durch die Haustür in den dunklen Vorgarten, und Sea schloss sie abwesend ab. Es war eigentlich egal, ob jemand herein konnte, sie hatte schon längst verloren, was ihr am meisten bedeutete.

***

Danach gingen sie die Straße runter in Richtung Hafen. Es kam Sea so vor, als wären noch weniger Leute auf den finsteren Straßen als sonst zu dieser Zeit. Sie fühlte sich allein. Immer wieder dachte sie an Momente mit ihrem Vater. Sie ließ ihre Tränen laufen, weinte aber leise und unauffällig. Nach einigen Minuten zügigen Fußmarschs kamen sie am Hafen an und gingen noch immer stumm über den Landungssteg. Doch Sea war so abwesend, dass sie ihre eigene Ankunft erst bemerkte, als sie die Passerelle erreichten, die auf das Schiff führte.

Das Segelschiff ihres Vaters lag ganz vorn am Steg, wo das Hafenbecken mit Steganstoß für den kleinen Dreimaster auch bei Ebbe gerade tief genug war. Vorn am Bug des kleinen Frachters hing eine hölzerne Galionsfigur, die die Form eines steigenden Einhorns hatte. Nur das Horn war schimmernd golden angemalt, ansonsten hatte man das Einhorn durchsichtig lackiert, so dass die Farbe des hellen Holzes durchschimmerte. Man sah von ihm nur den Kopf und die Vorderläufe, der Rest verschwand im dunklen Rumpf des Schiffes. Mit geschwungenen Buchstaben stand der Name des Schiffes *Unicorn's Dream* auf das tagsüber kakaofarbene Holz geschrieben. Die schimmernd perlmuttweissen Segel waren eingeholt worden. Ihre Rahen waren an den drei hölzernen Masten aufgehängt, die die Hausdächer an Höhe ein ganzes Stück übertrafen. Ein Matrose durfte keine Höhenangst haben. Ihre Takelung ähnelte der veralteten Bauweise einer Karacke, obgleich sie dafür zu hoch waren, daher bestanden die Segel sowohl aus viereckigen Rahsegeln, als auch dreieckigen Lateinersegel, die sie nach Bedarf wechselten. Allerdings setzten sie ein moderneres Besansegel am hintersten Mast, statt eines Lateinersegels, wenn sie die Rahen fuhren. Der Rumpf war in schnittigen Linien geführt, aber schlank, mit wenig Tiefgang und Höhe gebaut, weshalb das Schiff für seine Segelfläche eigentlich zu klein war. Die Segel mussten daher sorgfältig und erfahren geführt werden, damit sie bei Böen oder Sturm die Masten nicht mit dem Winddruck überlasteten. Gegen Vorder- und Achtersteven lief sie sehr spitz zu. Außerdem lag zur Stabilisierung Blei im Kielraum, da sie sonst wohl etwas kippanfällig gebaut wäre. Auch die Kupferbeplankung am Unterwasserrumpf, die in erster Linie gegen Bewuchs und Bohrmuscheln vorbeugen sollte, stabilisierte das Schiff, indem es den Schwerpunkt weiter nach unten zog. Der zusammengesammelte Baustil bot wenn man es genau nahm auch nicht genug Frachtraum für ein Handelsschiff. Dafür war sie extrem schnell und unglaublich wendig, eben identisch einem Einhorn, wie es anmutig durch das Unterholz springt. Wendiger und schneller, als die meisten anderen Schiffe überhaupt auf den Weltmeeren.

Daher transportierte ihr Vater vorwiegend wertvolle Güter, wie Seidenstoffe oder Gewürze, die ein Händler schnell und sicher verschifft haben wollte, wenn nicht sogar hin und wieder Post. Die *Unicorn's Dream* war mit Abstand das kleinste unter den dreimastigen Schiffen, die hier im Hafen ankerten. Es lagen zurzeit einige große Marineschiffe in Kingston, deren Besitz durch den König durch den Namenszusatz HMS signiert wurde – His Majesty's Ship.

Selbst einige der zweimastigen Segler der Royal Navy übertrafen die *Unicorn's Dream* noch an Größe. Aber auf die war es bei diesem Frachter nie angekommen, und für Sea war er nichts Geringeres als das schönste Schiff, das existierte.

Sie gingen die Passerelle empor und betraten das Schiff. Das Deck war geschrubbt worden und die Taue alle ordentlich zusammengerollt, soweit man es im Dunkeln erkennen konnte. Die wenigen aufgehängten Laternen spendeten gerade genug Licht, um das Deck leicht zu erhellen. Für ein Schiff ohne Kapitän war es tadellos. Aber Sea kümmerte diese Tatsache kaum. Sie gingen ohne nach links oder rechts zu sehen übers Deck nach hinten zur Tür, durch die man in die Achterkabine kam, in der der Kapitän wohnte. Es war vollkommen still an Deck, man hörte nur das stetige, leise Knarren der Planken. Als würde das ganze Schiff mit ihr trauern. Sea kamen fast wieder die Tränen, als sie die geräumige Kabine betraten, in der Kapitän Horce früher gewohnt hatte.

„Also, Jo, dann kannst du uns jetzt das Testament vom alten Horce ranschaffen, wenn du noch weißt, wo es ist", zeigte Shark keinerlei Trauer oder Mitleid mit dem armen Mädchen, das gerade ihren Vater verloren hatte. Sie war sich nicht einmal sicher, ob er letzteres Gefühl überhaupt kannte.

In dieser Kabine hatte sich gar nichts verändert. Man hätte denken können, dass Kapitän Horce jederzeit aus dem Kartenraum kommen konnte. In der Mitte stand ein Tisch mit zwei Stühlen, an dem sie immer zusammen zu Abend gegessen hatten, wenn Sea ihn auf eine Handelsfahrt begleitet hatte.

Wegen der breiten Fenstergalerie hatte man am Tag sehr viel Licht in der Kabine, wogegen es unter Deck geradezu finster war. Auf der fensterbreiten Kommode unter der Galerie lag der Säbel ihres Vaters, mit dem er sich zu verteidigen pflegte. Seit die Matrosen ihn nach dem Überfall dort abgelegt hatten, schien er unberührt auf seinen Besitzer zu warten. Sea zog es vor Trauer das Herz zusammen, und sie sah weg. Ihr Blick fiel auf sein Bett, das weiter hinten im Zimmer stand. Ein echtes Bett in seiner Kabine zu haben, war der einzige Luxus, den sich ihr Vater geleistet hatte. Er war zu lang gebaut gewesen, um bequem in einer Hängematte zu liegen. Sea hatte immer in einer kleinen Kabine ein Deck weiter unten geschlafen, wenn sie ihn begleitete.

Gedankenversunken sah sie zu, wie Augenklappe zu einem der Stühle trat und ihn zur Seite stellte, um an das Versteck mit dem Testament zu kommen. Er ging neben dem Tisch in die Knie und steckte einen Finger in ein Loch im Boden. Unter Sharks erstaunten Augen hob er eine Diele aus dem gewölbten Bretterboden. Mit einem weiteren Griff holte er einen versiegelten Brief zwischen den Brettern hervor. Shark streckte ihm schon die Hand hin, damit er dem Befehlshabenden das Schriftstück übergab, doch Augenklappe ging den Brief fest in der Hand demonstrativ an ihm vorbei. Stattdessen nickte er ihr zu und sagte zustimmend: „Dann können wir jetzt die Crew wecken. Die Männer brennen darauf zu erfahren, wer ihr neuer Kapitän wird."

***

Einen Moment später zog Augenklappe Jo an dem Seil, mit dem man die kleine Messingglocke läutete. Auf dem ganzen Schiff schallte das helle, metallische Klingeln. Sie mussten nicht lange warten. Vielleicht eine oder zwei Minuten später stand die gesamte Crew vor ihnen auf dem Hauptdeck versammelt. Derweil hatte Sea noch einige weitere Laternen entzündet, damit sie die anwesenden Männer erkennen konnte. Dass die Männer alle anwesend waren, bewies, dass keiner es gewagt hatte, in eine Spelunke zu gehen. Man konnte sich vermutlich nicht richtig vergnügen, ohne zu wissen, ob man auf ein Schiff mit Kapitän zurücktorkeln konnte, um sich sein nächstes Glas zu verdienen. Sea hatte die Mannschaft noch nie so bedrückt und schweigsam erlebt. Vor dem Landgang kannte sie die Crew nur geschwätzig und vorfreudig. Aber der Verlust von Kapitän Horce schien sogar den hartgesottenen Seemännern nahe zu gehen. Nicht einfach ein Brotgeber, sondern auch ein angesehener Kamerad war in alle Ewigkeit auf See zurückgeblieben.

Sea stieg nach dem Entzünden weiterer Laternen zu Shark und dem Vollstrecker des Testaments auf die Kommandobrücke, blieb aber abseits an der Reling stehen, während sich die beiden Männer vor dem Kompasskasten aufgebaut hatten. Augenklappe trat einen Schritt vor und zeigte der Mannschaft den Brief, indem er ihn hoch in die Luft hob.

„Das ist das Testament von Kapitän Matthew Horce, welches ich nun zu verlesen die Ehre habe. Mit etwas Glück hat er auch niedergeschrieben, wer euer neuer Kapitän sein soll." Augenklappe riss den Umschlag an der Seite auf, klappte den Brief bedeutungsvoll auseinander und begann vorzulesen:

„Hier steht geschrieben: *Ich, Kapitän Matthew Horce, halte hier fest wem ich meinen Besitz vermache, damit niemand auf die Idee kommt, auf einen Anteil zu beharren der ihm nicht zusteht. Dies betrifft mein Haus in Kingston mitsamt seinem Inventar, meine Ersparnisse und insbesondere meinen geliebten Frachtsegler, den Courier Schooner die Unicorn's Dream. Ich vermache mit diesen Zeilen mein ganzes Allodium ... meiner einzigen Tochter, Sea Horce"*

Augenklappe betrachtete Sea mit erstaunter Ungläubigkeit in seinem Blick. Sie wurde gerade Besitzerin eines Frachtschiffs, eigentlich sollte sie sich freuen. Aber sie konnte nicht, sie wollte ihren Vater zurück und nicht seinen Besitz. Doch ihr Dad hatte sie schließlich von klein auf beinahe für diesen Beruf ausgebildet. Nun musste sie das starke Mädchen sein, das sie schon immer gewesen war und Kapitän werden, damit ihr Vater ihr stolz auf die Schulter klopfen konnte, wenn sie ihn eines Tages an einem besseren Ort wiedersah. Vor Trauer wären ihr fast wieder Tränen über ihr entschlossenes Gesicht gerollt. Es kam Sea schon geradezu vor, als versuchte ihr Vater, sich selbst mit der *Unicorn's Dream* zu ersetzen. Als hätte er es geahnt und für den schlimmsten Fall vorgesorgt.

„Ist das alles?", fragte Shark ungläubig und weckte damit Augenklappe Jo aus seinem erstaunten Schweigen. Jo wandte sich wieder dem Testament zu.

„*... Da ich ihr für ihr Alter eine scharfe Vernunft beimesse, soll meine Tochter meinen Nachlass unter Beratschlagung ihres Paten, Edward Crown, selbst verwalten.* Unterzeichnet hat Matthew mit vollem Namen und Titel im Dezember des letzten Jahres", endete Augenklappe.

„Was? Das ist doch nicht möglich!" Keineswegs überzeugt riss Shark Augenklappe das Papier aus den Händen und drehte es ungläubig hin und her, was ihr nicht unbedingt abwegig vorkam. Vielleicht war der Plan ihres Vaters gewesen, dass sie das Schiff vermietete oder einen Kapitän anstellte und von den Einnahmen lebte. Dann wäre Shark mit Sicherheit der geeignetste Kapitän für die *Dream*. Aber dann hätte er nicht dergleichen viel Zeit aufgewandt, um ihr die Schiffsführung und Navigation zu verdeutlichen.

„Da muss doch noch mehr stehen!", knurrte der Erste Maat sicher, konnte aber keine weiteren Zeilen finden.

Augenklappe zog ihm das Testament wieder zwischen den Fingern hervor und versuchte, ihn mit einem feindseligen Blick zu erstechen. Er konnte Shark, genau wie sie selbst, einfach nicht ausstehen. Aber dieser machte seine Arbeit als Erster Offizier so gut wie kein anderer. Er war ein ebenso guter Seemann und Navigator wie er ein unangenehmer Zeitgenosse war. Jedoch begann ein wütender Höllendrache sich brüllend in ihren Eingeweiden zu winden. Shark konnte doch nicht ernsthaft glauben, dass er mehr Anspruch auf das Schiff ihres Vaters hatte als sie selbst.

„Warum sollte ich nicht euer neuer Kapitän werden?" Ihre herausfordernde Frage war mehr an Shark gerichtet, als an die Crew. Sea baute sich dominant neben Augenklappe vor der Mannschaft auf. „Wenn mein Vater der Meinung war, dass ich der Kapitän dieses Schiffes sein soll, dann bin ich es, von diesem Moment an. Und wer mich als Kapitän nicht akzeptieren kann oder will, der soll *mein* Schiff auf der Stelle verlassen!"

Ein irritiertes Raunen ging durch die Crew. War es eine gute Idee, wenn ein junges Mädchen Kapitän wurde? War das überhaupt möglich, da sie keinerlei politisches oder juristisches Recht besaß? War sie fähig, den Nachlass und das Schiff ihres Vaters zu verwalten? Allerlei solche Fragen gingen durch die Reihen der Männer, aber keiner bewegte sich. Einige schienen auf Sharks Reaktion zu warten, doch dieser stand felsenfest auf den Planken ohne die geringste Absicht zu gehen. Als die murmelnden Stimmen nach und nach wieder verstummten, schloss sie schließlich endend: „Sehr gut, dann ist die Sache geritzt! Ich übernehme als Kapitän Horce persönlich das Kommando über die *Unicorn's Dream*. Die Konditionen eurer Anstellungen bleiben die selben wie bisher, und der Landgang ist heute Nacht erlaubt."

Ein Teil der Crew begann freudig aufzujubeln, als hätten sie in einer Schlacht einen Sieg errungen. Der andere brauchte einen Augenblick ehe er einstimmen konnte, aber zum Schluss johlten die meisten der Matrosen. Sie hatten hoffentlich verstanden, dass Kapitän Horce gewusst hatte, was er tat, als er Sea das Amt des Kapitäns überließ. „Hat noch jemand etwas zu sagen?"

Augenklappe meldete sich ein wenig unsicher zu Wort. „Käpt'n, du weißt, dass es Tradition ist, dass ein neuer Kapitän seiner Mannschaft einen ausgibt?" Der alte Säufer grinste sie verlegen an.

„Ich weiß, dass du mir eine Lüge erzählst. Aber zur Feier des Tages und im Gedenken an meinen Vater werde ich trotzdem darauf eingehen." Sea kannte fast jeden dieser Matrosen seit Jahren, also wusste sie auch, was sie am liebsten tranken. „Ihr geht voraus in den *Anker*, ich gebe einen aus!", gab der neue Kapitän ihren ersten Befehl.

Die Crew johlte und jubelte aus Vorfreude laut auf, ähnlich einer Meute Jagdhunde, die einen Fuchs witterten. Nun waren sich die Männer ihrer Heuer sicher, und ihren nächsten Tropfen Rum bezahlte ihnen auch noch ihr neuer Kapitän – ein wahrer Grund zu feiern. Ihre Matrosen gingen gut gelaunt mitten in der Nacht über die Passerelle genannte Rampe von Bord. Mit ausgelassenen Shanties sowohl den verlorenen als auch den frisch in Dienst gestellten Kapitän preisend, als hätten sie schon getrunken, machten sie sich auf den Weg in die Kneipe, die *zum Rostigen Anker* hieß.

***

Sea ging in die Achterkabine, in der sie in Zukunft selbst wohnen würde, wenn sie auf See war. Unter dem Bett stand die schöne gewölbte Truhe aus dunklem Holz, in der ihr Vater das Geld für die Heuer der Matrosen und andere Ausgaben verwahrte. Schließlich sollte sie nicht das Erste sein, was jemandem auffiel, wenn er hereingebeten wurde. Kapitän Horce hatte den gleichen etwas verrückten Tick für geheime Verstecke gehabt wie sie, aber die Truhe unter dem Bett war nicht seine beste Idee gewesen. Zum Glück wurde der größte Teil ihres Vermögens von einem vertrauenswürdigen Bankier verwahrt. Das Loch im Boden hingegen hatte sie selber vorgeschlagen – sie hatte nur vorerst nicht gewusst, dass es sich um das Versteck für das Testament handelte. Augenklappe hatte damals ein ganz schön blödes Gesicht gemacht, als ihr Vater nach einer Säge gefragt hatte. Dann hatte er den Deckel für das Loch aus einer Bodendiele gesägt und die Säge zurück gebracht.

Augenklappe hatte ihn danach irritiert gefragt, was es denn zu sägen gegeben hatte. Ihr Vater hatte ihm die Hand auf die Schulter gelegt, gelächelt und gescherzt, er habe seinen eigenen Sarg gezimmert, ehe er seinen Freund eingeweiht hatte.

Sea lächelte bei der Erinnerung schmerzlich, als sie die gewölbte Kiste öffnete und musste schon wieder mit der Trauer kämpfen, um nicht zu weinen. Die hölzerne Truhe war bis oben hin mit silbernen Pfund Sterling- Münzen angefüllt, jeweils zu bestimmten Beträgen in lederne Beutel gefüllt. Sea schnappte sich einen, dann schloss sie die Kiste wieder und schob sie zurück unter das Bett. Den Beutel ihrem Säbel gegenüber an ihren Gürtel befestigend stand Sea auf und verließ das Zimmer.

∗∗∗

Auf dem Großdeck sah sie bereits niemanden mehr stehen, als sie aus ihrer Kabine trat und die Tür hinter sich schloss. Jeder einzelne Matrose war zum *Rostigen Anker* vorausgegangen, wie Sea es angeordnet hatte. Eigentlich wunderte sie dies nicht besonders, schließlich hatte sie die ganze Mannschaft zu einem Drink eingeladen. Nur an der Reling weilten noch die dunklen Umrisse einer Gestalt. Shark drehte sich zu ihr um, als sie auf ihn zutrat.

„Wieso bist du nicht im *Anker*?", fragte Sea neugierig ihre linke Augenbraue hoch ziehend und verschränkte interessiert die Arme. Normalerweise war Rum das Einzige, wofür sich der Erste Maat begeistern konnte.

Als Antwort starrte er sie verachtend an wie einen stinkenden Mistkäfer, der zappelnd in seinem Bier ertrank. „Ich weiß nicht, was sich dein Vater dabei gedacht hat, als er dieses Testament geschrieben hat. Er hätte jeden als Erben dieses Schiffes nehmen können, und dann nimmt er ausgerechnet dich." Augenblicklich stieg die Wut glühend heiß in ihr auf wie die Lava aus dem Erdinneren. Sie war die einzige Erbin ihres Vaters, und er hatte dieses Testament nur verfasst, damit niemand auf die Idee kam, ihr das Schiff streitig zu machen. Aber Shark war anscheinend tatsächlich der Meinung, dass er mehr Anrecht auf die *Unicorn's Dream* hatte und ein besserer Kapitän wäre. Sie schien ihm schon immer ein Dorn im Auge gewesen zu sein, nun dämmerte ihr, warum.

„Du kannst noch immer gehen, wenn ich dir als Kapitän nicht passe, und auch du hast mich mit ‚Kapitän Horce' anzusprechen, verstanden?", stellte sie ruhigen Blutes klar. Von einem Kerl wie Shark wollte sie sich nicht in den Wahnsinn treiben lassen.

Er stampfte, massig wie ein Bulle, schnaubend an ihr vorbei zu der Treppe, die in den Bauch des Schiffes führte und verabschiedete sich dabei spöttisch: „Aye, Käpt'n" Als er in der Dunkelheit im Rumpf der *Unicorn's Dream* verschwand, konnte Sea noch hören, wie er abschätzig knurrte: „Ein Mädchen als Kapitän, so eine Schnapsidee!" Genervt schüttelte sie den Kopf und dachte sich dabei Wörter für ihn aus, für die Misses Wittards sie aufgehängt hätte. Danach schloss sie sorgfältig die Tür der Kapitänskabine ab und steckte den Schlüssel, während sie der Reling entlang ging, in ihre Hosentasche. Anschließend verließ sie ihr Schiff über die Passerelle zum Steg.

***

Der *Rostige Anker* war eine im Keller eines großen Lagerhauses eingerichtete Kneipe, die in einer engen Gasse wenige Häuser von der Hafenstraße entfernt ihren Eingang hatte. In ihr herrschte eine Atmosphäre, die einem englischen Pub glich. Dies hing vermutlich mit der Düsternis in der Gaststube und der niedrigen, von dunklen Balken durchzogenen Decke zusammen. Allerdings hingen im *Anker* nicht unzählige, nutzlose Sammelstücke an den Wänden wie in den meisten britischen Gasthäusern. Sondern die holzverkleideten Mauern wurden nur von einigen nautischen Antiquitäten verziert, beispielsweise alten Riemen. Die wenigen Laternen, die die Kneipe leicht aufhellten, waren die gleichen, wie man sie auf Schiffen gebrauchte. Und auch der Geruch nach hopfigem, britischem Bier, das allerdings aus einer Brauerei vor Ort stammte, trug zu dieser Stimmung bei. Mit den düsteren Gestalten, die man dort traf, wollten die meisten Leute allerdings nichts zu tun haben. Im Gegenteil, wenn ein Grünling oder Landlubber die Taverne erstmals betrat, trafen ihn Blicke, die verhießen, dass er noch am selben Abend in einer finsteren Gasse abgestochen werden würde. Doch sie hatte nie mitbekommen, dass eine dieser stummen Drohungen je wahr gemacht worden wäre. Sie dienten mehr zur Abschreckung von Gesindel, das im schlimmsten Fall mit blutiger Nase und einem blauen Auge vor die Tür gesetzt wurde. Das Ansehen der Kneipe hatte die Nachbarschaft verdorben, denn rund um sie fanden in ganz Kingston vermutlich die meisten Prügeleien statt. Auch innerhalb der Spelunke wurden hie und da Schulden mit Schlägen eingefordert, aber wer sich nicht einmischte, hatte keine Keilerei zu fürchten. Mit der Zeit hatte sie sich daran gewöhnt. Wenn ihr etwas entgegen geflogen kam, und das konnte alles Mögliche sein, duckte sie sich einfach darunter weg. Nebenbei bemerkt konnte sich Jemand mit sicherem Auftreten bedenkenlos einen gemütlichen Abend im *Anker* machen, denn die durchschnittlichen Kneipengäste waren wie bissige Hunde nur für Jemanden gefährlich, der seine Angst zeigte. Da Sea aber nicht ängstlich, sondern respektvoll mit bissigen Hunden umging, hatte sie seit Kindertagen nie Probleme mit aggressiven Kneipengästen gehabt. Aber Sea hatte diese Kneipe nicht vorgeschlagen, weil sie ihr die Gäste besonders sympathisch waren, sondern weil eine Freundin von ihr darin arbeitete und sie deswegen öfters Gast dort war. Außerdem vertrug der Wirt glücklicherweise keinen Tabakqualm, weshalb nicht einer der Gäste wagte, in dieser Gaststube zu rauchen. Dies waren die wenigen Gründe, weswegen sie diese Kneipe doch als angenehm empfand.

Sea stieg die zwei Stufen von der Gasse zum Eingang der Kneipe hinab und stieß kräftig die schwere Holztür auf. Als sie sich vor ihr öffnete, stach ihr ihre Crew bereits ins Auge. Die achtzehn Männer belegten die drei großen Tische ganz hinten beim Schanktisch, jenseits der Stufe, die sich aus irgendeinem Grund mitten durch die Spelunke zog. Als sie die Tür hinter sich schloss, was wegen ihres Gewichtes deutlich zu hören war, drehten sich einige freundliche Gesichter der Crew zu ihr um. Natürlich war ihr klar, dass nicht ihre ganze Mannschaft begeistert war, dass ihr neuer Kapitän eine junge Frau war. Sie waren auch nicht alle anwesend, es müssten zweiundzwanzig Matrosen sein. Doch Bill, ein leicht übermütiger, blonder Matrose, winkte sie zu sich und rief: „Hey, Käpt'n, setz dich zu uns!"

Erstaunt drehten sich die übrigen Leute, die in der Kneipe saßen, zu ihr um. Einige schauten verwirrt, andere starrten sie feindselig an, weil sie Sea bereits kannten. Leider war sie auch schon in eine oder zwei Prügeleien verwickelt gewesen, allerdings nicht mit Absicht. Jedoch hatte sie sich, als Mädchen, das sich prügelt, wenn es sein muss, in den meisten Erinnerungen eingebrannt. Aber Sea kümmerten die außenstehenden Leute herzlich wenig. Sie schlenderte durch die Gaststube und setzte sich zwischen Bill und Augenklappe zu ihrer Mannschaft.

„Sea, schön, dass du mal wieder hier bist" Mary klopfte Sea grüßend auf die Schulter. Sie war vor zwei Monaten neunzehn geworden und trug, wie meistens, ihr langes, smaragdgrünes Lieblingskleid und den zu kurz geratenen Schurz. Neben ihrer schwarzen, hochgesteckten Frisur trug sie ein Tablett mit unzähligen, gefüllten Rumgläsern. Ihre Freundin ging einmal um jeden der drei Tische herum und stellte vor jedes Crewmitglied eines der Gläser ab. Danach kehrte sie zu Sea zurück und genoss es, mit ihrer Freundin zu plaudern. „Hey, wie kommt es eigentlich, dass du plötzlich Kapitän genannt wirst?", fragte sie neugierig wie ein kleines Kind.

Sea lächelte sie an, um zu verstecken, dass sie die Antwort auf diese Frage, wie eine kalte Messerklinge im Bauch, quälen würde. „Wie wäre es, wenn du uns zwei Gläser Orangensaft holst, dich zu mir setzt und ich es dir dann von vorne erzähle?", verschaffte sie sich die Zeit, sich zu sammeln. Mary verschwand mit einem Lächeln hinter der Theke, das ihr die böse Vorahnung Marys verriet, und tauchte kurz darauf mit zwei Gläsern in den Händen wieder auf. Sie stellte den Saft auf der hölzernen Tischplatte ab und nahm sich vom Nachbartisch einen Stuhl. Dankend setzte sie sich zwischen Sea und Bill an den Tisch, weil beide auseinander rutschen mussten, um ihr Raum zu bieten. Sea seufzte tapfer und begann mit ihrer deutlichen Stimme gesammelt:

„Also, erst mal, warum man das Testament meines Vaters verlesen musste, kann dir jemand anders erzählen, in Ordnung?" Sea hatte keine Lust, ihr das selbst zu erzählen, sonst brach sie wieder in Tränen aus.

Entsetzt weiteten sich Marys helle, olivfarbene Augen, und ihr Lächeln wich aus ihrem Gesicht, als sie diese Worte vernahm. „Was? Kapitän Horce ist …"

Sea bat sie mit einer traurigen Geste, nicht weiterzusprechen, denn ihr wurde wieder so kalt und dunkel ums Herz. Doch zu ihrer Erleichterung sagte ihre Freundin nichts und nickte nur trauernd. Obwohl Sea sich alle Mühe gab, in kurzen Sätzen zu erzählen, die sich leicht aus dem Mund spucken liessen, riss die Erzählung eine trockene Wunde wieder auf. Gegen Ende wurden ihre Erzählungen immer knapper, dennoch schnürte die Trauer ihr die Kehle zu.

Wieder liefen leise Tränen über ihre Wangen, doch das dazugehörige Schluchzen konnte sie unterdrücken. Dieses Testament hatte ihr Sicherheit gegeben, es war ,als hätte ihr Vater ihr stolz die Hand auf die Schulter gelegt. Nur deshalb konnte sie die Tränen abwischen und ihre Trauer wieder verschließen.

„Unglaublich", seufzte ihr Freundin traurig. Sie sprach vom Tod des Kapitäns, einem Stammkunden, dessen Anekdoten und Schlussfolgerungen auch sie immer gern gelauscht hatte.

Aber Sea gaukelte sich selbst vor, Mary spräche von den Umständen, die sein Tod ausgelöst hatte. So konnte sie das Thema wechseln. „Aye, eigentlich kaum zu glauben. Mir, einem Mädchen! Du kannst dir sicher vorstellen, dass Shark mit der Wendung der Dinge gar nicht zufrieden war."

Sea hatte sich während sie sprach zu Mary vorgeneigt, weil sie nicht so laut sprechen wollte. In einer beliebten Kneipe herrschte nun einmal eine gewisse Lautstärke, auch wenn der *Anker* im Moment glücklicherweise nicht vollkommen besetzt war. Nun lehnte sie sich in ihren Stuhl zurück, erleichtert, dass die wieder aufflammende Wut über Shark ihre Trauer milderte.

Mary nickte mit hartem Gesicht. Sie kannte Shark, denn der fühlte sich in solchen Kneipen wie zu Hause und hatte auch schon im *Anker* für Aufsehen gesorgt, was Betrunkene hin und wieder taten. Auch ihr war er sehr unsympathisch mit seiner mürrischen Art. „Er hat auf dein Erbe spekuliert, weil er dachte, dass ein Mädchen nicht Kapitän werden kann. Diese Einstellung passt zu ihm", sagte Mary genervt und trommelte mit den Fingern auf dem Tisch. Sie wiegelte ihre Freundin absichtlich noch auf, damit die Wut sie von der Trauer ablenkte.

„Exakt, aber der Rest der Mannschaft hat es dafür umso besser aufgenommen. Besser als erwartet, wenn ich ehrlich bin." Sea lächelte schmerzlich und nahm dann einen großen Schluck Saft aus ihrem Glas, mit dem sie ihre Kehle wieder weitete und einige aufkommende Tränen erneut schluckte.

„Sea, schau mal zur Tür", sagte Mary in diesem Moment angespannt. Ihre hell olivgrünen Augen waren gebannt auf die Eingangstür in Seas Rücken gerichtet. Sea stellte ihr Glas ab und sah aus dem Augenwinkel über ihre Schulter. Ein Mann an die Dreißig mit kantiger, Bartstoppeln übersäter Visage betrat den *Anker*. Noch im Türrahmen sah er sich mit tief sitzenden Augen verstohlen um. Seine Haare waren unter einem schwarzen Kopftuch versteckt, und seine Kleidung war grob und scheinbar bereits hundert Mal geflickt worden. Die Stammgäste kannten diesen Mann als einen groben Raufbold, mit dem man sich besser nicht anlegte, während ihm andere Stimmen nachsagten, dass er mit Schmuggelgut handelte. Allerdings war nur seine Grobheit bewiesen. Dank dieser Eigenschaft wurde er auch des Öfteren von einem Wirt auf die Straße gesetzt und hatte sich in einigen Kneipen gar ein Rayonverbot eingehandelt. Ebenso hatte ihn ihres Wissens nach auch der Wirt des *Ankers* für immer vor die Tür gesetzt, weil er sich im Suff nicht beherrschen konnte.

„Hat Johnny nicht Hausverbot bei euch?", fragte sie Mary und hob fragend ihre linke Augenbraue an, wie sie es bei jeder Frage tat.

„Doch, und leider bedeutet das Ärger, wenn er trotzdem hier auftaucht. Der Chef hat ihn letztes Mal zusammen mit zwei Stammgästen rausgeworfen. Aber die sind auf See und allein hat er gegen diesen ..." Sie brach ab, um kein unfreundliches Wort in den Mund zu nehmen.

„... doch nichts zu melden", sagte Mary sichtlich aufgeregt. Es brauchte eine Menge, dass sie sich über etwas aufregte, sie war als Schankmädchen Einiges gewöhnt.

In der Kneipe wurde es leiser. Ob niemand dem Raufbold auffallen wollte oder ob nur einige Gäste gespannt auf die Reaktion des Wirts warteten, ließ sich nicht feststellen. Aber dass etwas nicht stimmte, konnte man förmlich riechen. Johnny ging durch die Kneipe in Richtung Ausschank, wobei er Mary ein gieriges Lächeln zu warf. Sie schüttelte sich, als ob ihr kaltes Wasser den Rücken hinunter lief, was Sea vermuten ließ, dass dieser gierige Blick der Grund für ihre Aufregung war. Leider gehörte Mary zu der Sorte Frau, der immer irgendein Kerl nachlief, und offenbar hatte auch Johnny sie einst angegraben. Anscheinend nicht auf die anständigste Weise. Auch der Wirt machte kein sehr glückliches Gesicht, als er dem Mann zusah, wie er auf ihn zukam. Sea fand, dass Welch, den alle nur mit seinem Nachnamen ansprachen, ohne seine hilfreichen Stammgäste recht hilflos zu sein schien.

Wenn er auch von zwar kurzem, aber kräftigem Körperbau war, war der gute Wirt nicht mehr der Jüngste. Aber als wäre er nicht dreist genug, überspannte Johnny den Bogen auch noch. Noch im Gehen pfiff er nach dem Schankmädchen: „Mary! Kundschaft!" Mary schluckte leer, aber Sea nahm das Problem in die Hand, ehe sie hätte aufstehen können.

„Hey, Johnny, hast du nicht Hausverbot im *Anker*?", rief Sea ihm zwei Schritte bevor er die Theke erreichte zu und zog fragend ihre linke Augenbraue hoch. Mary starrte sie entsetzt an, als hätte sie es gewagt, einen bissigen Wolfshund zu necken. Sie wusste zwar, dass Sea sich wehren konnte, aber ganz recht schien es ihr nicht zu sein, dass sie sich einmischte. Einige Leute, die in der Kneipe saßen, drehten sich schaulustig zu ihr um. Ihre Matrosen unterbrachen ihre Gespräche und beobachteten sie aufmerksam.

Ebenso drehte ihr Johnny sein steinhartes Gesicht zu. Seine Nase saß etwas schief in seiner braungebrannten, tabakfahlen Visage, als wäre sie einst gebrochen gewesen.

„Und?", antwortete er feindselig, als wüsste er gar nicht, was das Wort bedeutete. Er sprach schwerfällig, offenbar hatte er schon getrunken.

„Dann solltest du vielleicht besser wieder gehen, meinst du nicht?", riet sie ihm und legte den Arm über die Stuhllehne. Seiner Mimik zufolge schien er diesen Rat als Herausforderung anzusehen. Offenbar hatte sie mit der Wortwahl nicht ganz getroffen.

„Willst du dich mit mir anlegen, Kleine?", fragte Johnny in einem bedrohlichen Bass und kam langsam auf sie zu. Augenklappe, der zu ihrer Rechten saß, flüsterte ihr zu, sie solle sich nicht in Schwierigkeiten bringen, doch dies war bereits passiert.

„Wenn du mich so fragst, anstatt zu gehen, wie ich dich freundlich darauf hingewiesen habe, aye, dann könnte ich mir das überlegen." Tonangebend stand Sea auf und verschränkte wartend die Arme. Johnny war einen Schritt vor ihr stehen geblieben und sah mit einem gehässigen Blick auf sie hinab, als hoffte er sie einzuschüchtern.

„Du hast ein reichlich großes Mundwerk, Kleine …"

„Dafür bin ich berühmt, oder?", erwiderte sie in ihrer tatsächlich leicht berüchtigten Frechheit. Sie brauchte jedoch eine gehörige Ration Kühnheit, um keine kalten Füße zu bekommen und das Weite zu suchen. Denn er machte durchaus einen furchteinflößenden Eindruck.

Und er schien kein Kerl zu sein, der eine zweite Vorwarnung gab. „Du hast es so gewollt, vorlaute Göre. Da der alte Horce dich nicht erzogen hat, werde ich dir eben Respekt beibringen", sagte er schadenfreudig, und seine Bierfahne schlug ihr ins Gesicht. Ohne weiter nachzudenken hob der Rechtshänder seine linke Hand und schlug mit der flachen Hand nach ihr, um ihr wie einem ungezogenen Kind eine Ohrfeige zu geben. Ein Zeichen, dass er sie unterschätzte. Sea duckte sich unter seiner Hand weg, machte einen Schritt an ihm vorbei und stellte sich flink hinter ihn, um für den Moment außer Reichweite zu sein. Fast erstaunt drehte er sich um und wollte noch einmal zuschlagen, dieses Mal mit rechts. Aber Sea machte noch einen Schritt zur Seite und wich seiner Hand aus. Indem sie sich nicht treffen ließ, machte sie diesen Raufbold jedoch nur wütend, das wusste sie. Der Kerl musste hier raus, bevor noch jemand zu Schaden kam. Zornig versuchte Johnny, sie festzuhalten und schlug mit der Faust nach ihr. Sea duckte sich noch einmal, stellte sich wieder hinter ihn und trat ihn in den Rücken, um ihn umzustoßen. Wenn sie versucht hätte ihn zu boxen, hätte es ihn gerade einmal gekitzelt. In den Beinen jedoch hatte Sea die einzigen kräftigen Muskeln ihres Körpers. Ihm weiterhin durch die Finger zu schlüpfen, war keine Option, denn sonst würde er sie früher oder später zu fassen bekommen. Vom Stoß verlor Johnny das Gleichgewicht und stürzte nach vorne auf einen Tisch, an dem zwei Männer saßen. Sie konnten gerade noch mit den Stühlen vom Tischrand wegrutschen, ehe der Raufbold ihr Bier vom Tisch fegte. Spätestens jetzt, da die Bierbecher klirrend am Boden zersprangen, hatte jeder in der

Kneipe aufgehört zu reden und beobachtete gebannt, wie Johnny sich wieder aufrappelte. Ein, zwei Wimpernschläge später stand er wieder vor ihr – allerdings hatte er vom Zuschlagen wohl genug. Er griff in sein Hemd, zog einen ellenlangen, zweischneidigen Dolch heraus und attackierte Sea damit. Kurz weiteten sich ihre Augen entsetzt, aber die Trance hielt sie nicht zurück. Blitzartig und rein intuitiv wich sie aus, um Distanz zwischen sich und die glänzende Klinge zu bringen. Einige Männer aus ihrer Crew sprangen alarmiert auf. Eine Prügelei war keine große Sache, für manche Matrosen gar ein Spaß, aber ihre Crew würde nicht zulassen, dass ihr jemand ans Leder ging. Sie versuchten, Johnny zu fassen zu bekommen, aber er wich ihnen aus oder stieß sie beiseite mit dieser Bärenkraft, die wütende Betrunkene entwickelten. Er drängte Sea an die Wand, um ihr jeden Fluchtweg abzuschneiden. Irren Zorn in den Augen riss er das Messer zu den Balken empor. Sea zwang sich mit klopfendem Herz zu warten. Erst als er die Klinge auf sie nieder stach, drehte sie sich im letzten Moment zur Seite. Johnny rammte den Dolch knapp an ihrer Schulter vorbei in einen senkrechten Stützbalken. Die Waffe barst so tief in das Holz, dass sie einen Moment steckenblieb. Die Zeit, die der Raufbold brauchte, um sie heraus zu ziehen, nutzte Sea und trat ihn direkt unter die Rippen. Er krümmte sich vor Schreck über den plötzlichen Schmerz zusammen und verlor den Dolch aus der Hand. Der landete geräuschvoll auf dem Boden. Mit einem schnellen Griff hob Sea ihn auf und machte sofort einen Satz nach hinten, da Johnny sie sonst mit der Faust direkt an der Schläfe erwischt hätte. Er versuchte ein weiteres Mal, sie zu schlagen, doch sie wich ihm ein weiteres Mal aus. Schnell stellte sie sich hinter ihn und hielt ihm von hinten seinen eignen Dolch an die Kehle.

Johnny versteinerte augenblicklich zu einer tief atmenden Statue. Das Risiko, dass sie ihm die Kehle durchschnitt, war ihm zu groß, um sich zu wehren. Beide keuchten tief, und Sea glaubte zu hören, wie einer der Gäste des *Rostigen Ankers* seinen Wettgewinn verlangte. Augenklappe klatschte in die Hände und lachte, während Sea noch keuchte. „Wer bringt nun wem Manieren bei?"

„Schon gut, Kleine, ich gebe mich geschlagen", beeilte Johnny sich ärgerlich zu knurren.

Ein selbstbewusstes Lächeln stahl sich auf ihr Gesicht, ohne dass Sea es beabsichtigte. „Gut für dich, das nächste Mal bringe ich dich nämlich direkt auf die Stadtwache und erstatte Anzeige wegen Hausfriedensbruch und versuchter Körperverletzung! Rack, Bill, bitte, würdet ihr so nett sein und Johnny vor die Tür begleiten", bat sie ihre Freunde.

Der großgewachsene, braunhaarige Matrose Rack, der als erstes aufgesprungen war, um ihr zu helfen, packte Johnny kraftvoll am linken Arm. Ebenso war Bill sofort zur Stelle und packte kaum weniger kräftig seinen rechten, damit sie den Dolch von seinem Hals nehmen konnte. Zusammen lenkten sie den mürrisch starrenden Mann zum Eingang. Grob schoben ihre Matrosen ihn vor die Tür, wobei er über die Stufen stolperte. Der Länge nach fiel Johnny in eine dreckige Pfütze, was die beiden keineswegs störte. „Lass dich hier nicht mehr blicken!", brüllte einer zur Tür hinaus, als Sea durch den Türrahmen sah, wie er sich aufrappelte, mit Schlamm bespritzt, wie ein altes Wildschwein.

Rack schlug die Tür zu, und die beiden kehrten zufrieden zu ihrem Tisch zurück. So hätten sie ihn zwar nicht vor die Tür geleiten sollen, aber er hatte immerhin versucht, sie umzubringen, weswegen die Reaktion ihrer Freunde mehr als gerechtfertigt war. Eigentlich hätte sie ihn wirklich wegen versuchter Körperverletzung einkerkern lassen sollen, aber diese Blamage war fast Strafe genug. Sie rammte Johnnys Dolch gerade genug tief in das weiche Holz des Stützbalkens, dass er steckenblieb und setzte sich wieder auf ihren Stuhl. Rack lächelte sie an, als er sich ihr gegenüber an den Tisch setzte.

„Für meine Hilfe gibst du mir noch einen aus, oder?" Sea schüttelte lächelnd den Kopf über diesen plumpen Witz. Aus der Gaststube bugsieren hätte sie den Trunkenbold auch noch selbst gekonnt, nachdem sie ihm schon sein Messer an den Hals gesetzt hatte. Aber aus dem Klischee des süßen, kleinen Mädchens, dem die Matrosen nur zu gerne mit großen, schweren Dingen halfen, würde sie niemals herauswachsen, erst recht nicht für die Matrosen, die sie schon damals gekannt hatten.

***

„Vielen Dank, Miss Horce", vergalt sich der grauhaarige, bejahrte Wirt und schmunzelte dankbar aus seinem faltigen Gesicht, „ich gebe ehrlich zu, dass ich mir nicht sicher bin, ob ich ihn alleine aus meiner Gaststube bekommen hätte." Sea hob abwehrend ihre Hand vor die Schulter.

„Bedankt Euch besser nicht, Welch, Ihr habt gerade einen Kunden verloren", versuchte sie ihm mitzuteilen, dass es nicht der Rede wert war. Am liebsten hätte sie sich noch für die kaputten Bierkrüge entschuldigt, aber der bejahrte Wirt lachte auf, als hätte sie einen Witz gemacht. „Ich bitte Euch, auf diesen Gast kann ich verzichten", lachte er hustend.

Sea ließ nachdenklich den Blick umherschweifen, bis er an einem Tisch kleben blieb, denn sie musste noch etwas anderes wieder gutmachen. „Ich finde, die beiden Herren da hinten sollten je ein neues Bier bekommen. Geht auf meine Rechnung." Sea deutete mit dem Daumen auf die beiden Männer, auf deren Tisch Johnny versehentlich gelandet war. „Und für Rack und Bill je noch ein Glas Rum", bat Sea noch lächelnd, um Racks Wunsch zu erfüllen.

„Eure Rechnung geht aufs Haus, Miss Horce", lachte der Wirt, und sie protestierte sofort.

„Kommt nicht in Frage, die erste Runde zahle ich selbst!", bestand sie darauf, ihre Crew aus eigener Tasche einzuladen und wandte sich wieder ihrer Freundin zu.

„Du musst doch wahnsinnig sein, dass du dich mit Johnny anlegst. Du hast gemerkt, dass er nicht leicht kleinzukriegen ist", schimpfte sie mit ihr, empört wie eine streitende Rohrammer. Scheinbar ärgerte sich Mary darüber, dass sie Sea auf Johnny aufmerksam gemacht hatte.

„Ich konnte doch vor meiner Mannschaft nicht kneifen, Mary. Außerdem hätte er vermutlich nicht darauf gehört, wenn ich es mit Höflichkeit versucht hätte. Nun wird er sich aber eine ganze Weile nicht mehr hier zeigen", vermutete Sea lächelnd, „zumindest nicht, wenn du an die große Glocke hängst, dass er von einem Mädchen aus der Kneipe geworfen wurde. Hier im *Anker* kennt ihn jeder. Er würde sich zu Tode schämen, wenn er sich hier noch einmal zeigen müsste." Mary schüttelte den Kopf und lächelte, als wäre ihre Freundin unverbesserlich. Doch wo Sea Recht hatte, musste sie ihr Recht geben.

∗∗∗

Etwa eine Stunde später war Sea nicht mehr bei Laune. Es war nach zwei Uhr am Morgen, und die Müdigkeit machte ihr zu schaffen. Ihre Augen brannten ohnehin schon seit Stunden vom Heulen, und allmählich konnte sie die Lider nicht mehr offen halten. Außerdem begann

Sea sich drastisch zu langweilen. Die Witze ihrer Crew waren nicht auf dem Niveau einer jungen Frau, weshalb Sea sie noch nie wirklich witzig gefunden hatte, und da die Männer bereits ziemlich betrunken waren, wurden diese zunehmend schlimmer. Im Übrigen war ihr eigentlich nicht nach Witzen zumute. Aber solange sie sich auf die Späße der Matrosen hatte konzentrieren können, hatte sie zumindest ihre Trauer verdrängen können. Mit zunehmender Langeweile und schwindender Konzentration fiel es ihr immer schwerer, die Traurigkeit im Griff zu behalten. Dafür schien der Landgang die Crew zu erleichtern. Augenklappe war inzwischen so besoffen, dass er auch zwischen den Witzen lachte. Allerdings würde er vermutlich ohnehin besser schlafen, wenn der Rum ihm bis zum Morgen half zu vergessen, warum sein Freund Matthew nicht bei ihnen war. Jack Raymond, ein schottischer Matrose mit roten Haaren und harten Gesichtszügen, den man als Freund von Shark bezeichnen konnte, lag schon beinahe unter dem Tisch. Was sie keineswegs wunderte, nach der Unmenge Bier und Rum, die er sich schon in den Rachen gekippt hatte. Mary war vor einer Weile aufgestanden, um weitere Gäste zu bedienen. Da die inzwischen gut besuchte Spelunke nicht den Anschein machte, als ob ihre Freundin heute noch einmal zum Tratschen Gelegenheit haben würde, entschloss sie sich, den *Anker* nun zu verlassen. Sie stand auf und machte ihre Crew mit dem kräftigen Klang ihrer Stimme aufmerksam: „Männer!" Tatsächlich verstummte die Crew und brachte ihren Worten respektvolle Aufmerksamkeit entgegen.

„Ihr schlaft morgen euren Rausch aus, sonst seid ihr zu nichts zu gebrauchen. Bis morgen Nachmittag seid ihr wieder arbeitsfähig. Ich werde um ein Uhr wieder an Bord kommen", befahl sie und verabschiedete sich, während sie ihre Beine zwischen den Stühlen hindurch lenkte.

„Wieso erst um eins?", lallte Rack neugierig. Er war fast genauso besoffen wie Augenklappe und schwankte, als wäre er bereits wieder auf See.

„Ich finde, einige Bekannte sollten diese Sache mit meinem Dad erfahren. Außerdem muss ich den Notar und Vaters Bankier in Kenntnis setzen, und Unterricht hab ich auch noch. Das dauert alles seine Zeit", antwortete ihm Sea etwas bedrückt von der Kälte, die sich wie eisiger Nebel wieder über sie legte, und sie musste sich bemühen, nicht schon wieder zu tränen. Sich einzureden, dass ihr Vater nie wirklich von ihr ging, half ihr zwar, aber wirklich befriedigend war es auch nicht. „Also dann, bye" Sie hob ihre Hand zu einem Gruß und ging durch die Kneipe. Mary winkte sie noch zu, als diese sich einen Wimpernschlag lang zu ihr umdrehte und ging durch die Tür die Stufen hinauf. Schließlich stand sie in der dunklen, engen Gasse, in die kein Lichtstrahl des fast vollen Mondes vordringen konnte. Leise schluchzend machte sie sich auf den Heimweg. Allein in der Dunkelheit konnte sie in Frieden trauern. Kalte Tränen glitzerten auf ihren Wangen im bleichen Mondlicht, als sie auf die nächstgrößere Straße hinaustrat.

***

Am folgenden Vormittag ging Sea vom Büro des Notars die breite Straße hinunter, die in Richtung des Hafens verlief, und bog dann in eine querverlaufende Nebengasse ein. Als Misses Wittards sie an diesem Morgen geweckt hatte, hatte sie rasch ihre Tränen weggeblinzelt, damit sie sie nicht sah. Sie hatte diese Nacht geträumt, wie sie neben ihrem Vater an der Reling stand. Wie sie es in der Vergangenheit einige Male erlebt hatte, erzählte er ihr mit seiner warmen Stimme, was er sich über das vor ihnen liegende Gebiet angeeignet hatte. Es war so wundervoll gewesen, diese Erinnerung wieder zu durchleben, auch wenn ihr im Schlaf ihr geliebtes Meer aus den Augen geronnen war. Als sie sich von ihrer Decke befreit hatte, hatte sie sich vorgestellt, wie sie Misses Wittards ganz tapfer erzählte, wo ihr Vater verblieben war. Sie hatte sogar noch über Misses Wittards Aussage gelächelt, dass sie und Math genau gleich seien, weil sie beide Langschläfer waren und Math zu spät in die Schmiede gekommen wäre, wenn sie ihn nicht geweckt hätte. Aber als sie einige Minuten später vor ihr in der Küche gestanden hatte und ihr von der schrecklichen Tatsache berichten wollte, hatte sie diese furchtbaren Worte beinahe nicht über die Lippen gebracht. Sea hatte versucht, es kurz und schmerzlos zumachen, was ihr nicht sonderlich gelungen war.

„Die *Unicorn's Dream* ist übrigens gestern Abend im Hafen eingelaufen. Augenklappe hat gesagt, dass Dad ...", erinnerte sie sich tapfer an ihre eigenen Worte. Danach hatte sie schlucken müssen. „ ...erschossen wurde!"

Misses Wittards bläuliche Augen hatten sich vor Entsetzen und

Trauer geweitet, als sie die Nachricht vernommen hatte. Sanft hatte sie das weinende Mädchen ins Esszimmer gelenkt, auf einen Stuhl gesetzt und ihr ein belegtes Brot auf den Teller gelegt, wohl in der Hoffnung, dass sie ihre Leere damit füllen könnte. Sie hatte versucht, Sea zu trösten, fand aber einfach nicht die richtigen Worte. Sea hatte den Kopf hängen lassen und war froh gewesen, dass ihr die Haare ins Gesicht fielen. So hatte sie zumindest ihre Tränen nicht sehen können.

Als sie die nächste Hauptstraße erreichte, ging sie wieder ein Stück gegen den Hafen hinab. Schon von Weitem hörte sie das Schlagen des Hammers und das Wiehern der Pferde. Die Schmiede, in der Math seine Lehre machte, war nur noch einige Häuser entfernt. Die Werkstatt war im Erdgeschoss, und in den paar Zimmern im ersten Stock wohnte die Familie des Schmiedes. Glücklicherweise hatte der Hufschmied keinen eigenen Sohn, sondern zwei Töchter, weshalb Math die Lehre in seiner Schmiede machen konnte. Vor der zur Straße hin geöffneten Schmiede standen drei Pferde an einen Pfosten angebunden. Blackbird tänzelte aufgeregt hin und her, während die beiden Braunen ganz ruhig dastanden und sich zu wundern schienen, welche Fliege den Hengst dermaßen aufregte. So wie es aussah, bekam Blackbird neue Hufeisen. Ein Prozess, den er nicht ausstehen konnte, auch wenn er den Schmied mochte. Sea streichelte das schwarze Pferd, und ihr gewohnter Geruch beruhigte es ein wenig. Man hatte ihr jeweils gesagt, dass sie eine besondere Wirkung auf Tiere habe, was sie immerwährend mit Stolz erfüllte. Sie strich Blackbird noch einmal über die Nüstern, dann betrat sie die Schmiede. Der Schmied, ein stämmiger, grauhaariger Mann, stand vor seinem Amboss und bereitete mit einem immensen Hammer, den Sea vermutlich nicht einmal anheben konnte, ein glühendes Hufeisen vor. Um das Metall nicht anfassen zu müssen, hielt er es mit einer großen Zange fest. Vom Schmiedefeuer war es sehr warm in der Werkstatt, und dem Schmied lief der Schweiß über das faltige Gesicht. Auf einem anderen Amboss stellte Math Hufnägel her, indem er mit einem etwas kleineren Hammer auf glühende Stifte schlug, die er ebenfalls mit einer Zange festhielt.

Math sah auf, als er sie bemerkte. „Guten Morgen, Sea", begrüßte er sie erfreut mit dem Lächeln, das sie so liebte.

„Guten Morgen", grüßte sie wehleidig. Sea freute sich ihn zu sehen, doch sie musste auch ihm die schlechte Nachricht über ihren Vater erzählen. Aber das Risiko, das sie schon wieder weinen musste, war ihr zu groß.

„Ist schon wieder bei einem Pferd des Gouverneurs ein Hufeisen abgefallen?", fragte der Schmied und stellte den riesigen Hammer neben dem Amboss auf den Boden. „Seine Gäule verlieren ihre Eisen schneller als alle andern."

Sea lächelte über diese offensichtliche, scherzhafte Übertreibung und antwortete: „Nein, heute bin ich wegen Math hier." Natürlich sah sie, wie der Schmied vielsagend die Augenbrauen in die Höhe schob und grinsend den Hammer hob, um weiter zu arbeiten, als sie sich zu ihrem Freund umdrehte.

„Ich muss dir was erzählen."

Math hob mit einem Seitenblick auf seinen Lehrmeister den Hammer, um weiter Hufnägel aus dem heißen Eisen zu formen. „Wenn es dich nicht stört, dass ich nebenbei weiterarbeite, dann erzähl." Math war immer ein wenig darum bemüht, dass sein Lehrmeister ihn nicht für faul hielt.

„Gestern Abend ist die *Unicorn's Dream* im Hafen eingelaufen. Aber mein Dad war nicht an Bord ...", sagte sie laut durch das metallische Klirren des schlagenden Hammers. Math sah erschrocken auf.

„Wieso?" Ihr Vater war schon immer etwas wie sein Idol gewesen, was vielleicht daran lag, dass er seinen Vater nicht kennengelernt hatte. Mister Wittards war Matrose gewesen und seit Maths drittem Lebensjahr auf See verschollen. Da er kein Geld mehr nach Hause brachte, war Misses Wittards gezwungen gewesen, sich eine Stelle zu suchen, während ihr Vater eine Haushälterin suchte, die sein Haus und seine mutterlose Tochter betreute. Über den Verlust ihres Ehemannes war Maths Mutter nie hinweggekommen. Darin lag auch der Grund, weshalb Math – obwohl es sein Traum war, mit Kapitän Horce in See zu stechen, um das abenteuerliche Leben eines Seemanns zu leben – den Beruf des Hufschmieds erlernte. Seine sorgenkranke Mutter ließ nicht zu, dass er zur See fuhr und ihr auch noch von der See entrissen werden könnte. Statt einer Anstellung als Schiffsjunge hatte ihr Vater ihm das Lehrgeld vorgeschossen, damit er diesen profitablen, ehrenwerten Beruf erlernen konnte. Mutter und Sohn hatten ihrem Vater viel zu verdanken, und es würde Math hart treffen, dass sein Held nicht mehr unter ihnen weilte.

Sea sah ihn an und musste sich bemühen, dass ihr nicht schon wieder die Tränen wie warme Wasserfälle über das Gesicht rannen. Sie brachte es nicht übers Herz, diese Tatsache laut auszusprechen – die Schreckensnachricht seiner Mutter zu erzählen hatte ihr bereits den Rest gegeben. „... Am Besten, du kommst heute Abend zum Schiff und fragst einen der Matrosen. Die können dir das genauer erzählen", entschuldigte sie sich mit schmerzverzerrtem Gesicht. Sie drehte sich zur offenen Seite der Schmiede um und wollte schon auf die Straße fliehen. Aber Math hielt sie mit seiner besorgten Frage auf, sobald sie sich nur umgedreht hatte.

„Sea, was ist los?", fragte er energisch und ließ den Hammer neben dem Amboss niedersinken.

„Etwas ganz Schreckliches", antwortete sie traurig über ihre Schulter,

„Wir sehen uns dann heute Abend. Bis dann!" Sie winkte ihm kurz zu und eilte abwesend aus der Schmiede.

„Bis dann ...", verabschiedete Math sich verunsichert. Er sah ihr etwas verdutzt hinterher, als sie auf der Straße verschwand. Sea hätte gerne gelächelt, als sie hörte, wie der Schmied belustigt versuchte, Math aufzuziehen.

„Du solltest aufpassen, dass dir dieses Mädchen nicht noch ganz wegläuft!", riet er seinem Lehrburschen lachend. Math bekam nun wahrscheinlich ein dunkelrotes Gesicht vor Scham. Der Schmied vermutete wahrscheinlich auch, dass Math in Sea verliebt war. Aber sie trauerte zu sehr, um lächeln zu können. Selbst die Hitze des Feuers in der Hufschmiede hatte nicht genügt, um die leere Kälte aus ihr zu vertreiben.

∗∗∗

Vor dem Besuch bei ihres Vaters Bankier hatte Sea einige Male Luft holen müssen, aber eine weitere Stunde später hatte sie auch dieses unangenehme Gespräch fast ohne Tränen überstanden. Nur noch einmal würde sie die Schreckensnachricht an diesem Vormittag überbringen müssen, dann hatte sie bis zum Abend Zeit, um sich zu sammeln. Die Residenz des Gouverneurs war nach der Festung vermutlich das größte Gebäude der Stadt und war prächtig gebaut, wie ein kleiner Palast.

Sie hatte zwei Stockwerke, erkennbar an den zwei Reihen großer, breiter Fenster, eine modische cremefarbene Fassade und eine aufwändige Treppe vor dem Haupteingang. Der im Barock gebaute Wohnsitz war weitläufig gebaut und standesgemäß mit Rosengarten und Ballsaal ausgerüstet, wie es ein englischer Edelmann als selbstverständlich ansah. Die geräumigen Zimmer waren ausgestattet mit prachtvollen Bildern über der gemusterten Tapete und gefüllten Vitrinen an den Wänden, die keine andere Aufgabe hatten, als den Reichtum der Familie zu zeigen.

Sea stieg die hellen Stufen der Treppe vor dem Haus empor und klopfte an die riesige Doppeltür. Sie klingelte nie, da das Personal sie inzwischen am Klopfen erkannte. Geöffnet wurde der Haupteingang von dem faltigen Dienstboten mit der gepuderten Perücke, der ihr jedes Mal die Tür öffnete.

Freundlich begrüßte er sie: „Guten Tag, Miss Horce. Ihr Lehrer ist bereits vor einer Viertelstunde eingetroffen. Er und die junge Miss Crown sind im Studierzimmer im ersten Stock." Gestisch bat er sie in das Anwesen des Gouverneurs und seiner Tochter. Victorias Mutter lebte in England, deshalb kannte Sea sie nicht.

Der Freundlichkeit halber lächelnd betrat sie die Eingangshalle. „Danke, aber heute muss ich zuerst mit Gouverneur Crown sprechen. Ist er in seinem Arbeitszimmer?"

Der Dienstbote nickte stumm, vermutlich weil er wusste, dass sie heute wieder zu spät sein würde. Aber Sea beachtete diese Tatsache überhaupt nicht und ging geradewegs durch einen Gang im Erdgeschoss. Im hintersten rechten Zimmer arbeitete der Gouverneur. Sea wusste zwar nicht, was genau er für Arbeiten erledigte, aber in diesem Schreibzimmer war Edward meistens vorzufinden. Sie klopfte an die Tür und hörte sofort die Stimme des Gouverneurs. „Herein!", rief er bester Laune. Sea öffnete die Tür und steckte den Kopf in das Zimmer. An den Wänden standen Regale und Vitrinen mit unzähligen Büchern und Andenken. Der Orangenbaum vor dem offenen Fenster füllte den hellen Raum mit einem fruchtigen Duft. Vor einem anderen der riesigen Fenster stand ein schwerer, hölzerner Schreibtisch, an dem der Gouverneur saß und irgendein Dokument unterschrieb. Er trug ein rotes Herrengewand und auf dem Kopf eine graue, gepuderte Perücke, deren Locken sein gemeißeltes Gesicht umrahmten. Perücken waren auch eine dieser Moden, die Sea keineswegs verstand, in etwa wie die tiefen Ausschnitte bei Kleidern. Ein Glück waren Moden in den Kolonien nicht sonderlich ausgeprägt.

„Guten Tag, Herr Gouverneur. Könnte ich Sie eventuell kurz von ihrer Arbeit abhalten?", fragte Sea höflich und öffnete die Tür ein Stück weiter.

Gouverneur Crown lächelte sanft und sagte fast erleichtert: „Aber natürlich, ich bitte darum, komm herein, Sea. Bitte, setz dich und hör endlich mit diesem ‚Herr Gouverneur'-Unsinn auf." Mit der Hand deutete er einladend auf einen gepolsterten Stuhl gegenüber seines Arbeitsplatzes.

Eigentlich hatte er ihr schon in Kindertagen angeboten, ihn Edward zu nennen, schließlich waren er und ihr Vater Freunde seit der Jugend und er niemand Geringeres als ihr Pate. Aber sie ärgerte ihn einfach zu gerne. Sea schloss möglichst leise die Tür hinter sich und ging durch den Raum auf den ihr zugewiesenen Stuhl zu. Sie lehnte ihre Tasche an eines der Stuhlbeine und setzte sich. Der Gouverneur lehnte sich im Stuhl zurück und fragte: „Was gibt es denn, über das du mit mir reden möchtest? So todernst habe ich dich noch selten erlebt."

Ihr Pulsschlag flog wie ein Pfeil in die Höhe, und sie versuchte, sich zu beruhigen, bevor sie diese grauenhaften Worte wieder in den Mund nehmen musste. Innerlich machte sie sich gefasst auf eine heiße Flut aus Tränen, die ihr übers Gesicht rannen, als sie mit Erzählen begann: „Ich habe furchtbare Nachrichten zu überbringen. Als die *Unicorn's Dream* gestern in Kingston angekommen ist, kam ein Matrose zu mir und erzählte mir, warum mein Vater ...nicht an Bord war. Vor einigen Tagen wurde sein Schiff von Piraten angegriffen. Mein Dad wurde in einem Kampf aus dem Hinterhalt erschossen. Ich fand, du solltest diese Geschichte erfahren." Sea ließ schmerzerfüllt den Kopf hängen, doch der Gouverneur hatte die Tränen in ihren Augen längst gesehen.

Zuerst starrte er wie betäubt ins Leere, als müsste er erst entscheiden, ob sie sich einen düsteren Scherz mit ihm erlaubte oder die Wahrheit sprach.

Dann legte sich sein Gesicht in schmerzliche Falten, als ihm bewusst wurde, dass Matthews kleine Sea so einen Möchtegern-Witz selbst nicht lustig finden könnte.

„Heilige Mutter Gottes ...", wurde ihm klar, was passiert war. Er nahm seinen Stuhl, stellte ihn neben sie und ließ sich darauf nieder. Er legte ihr tröstend seine Hand auf die Schulter.

„Sea, hör um Himmels Willen auf zu weinen! Matthew hat es auf den Tod gehasst, wenn du geweint hast ..." Er sprach mit ruhiger Stimme, und Sea sah aus dem Augenwinkel durch ihre Haare seinen tröstenden Blick. Seine Augen glitzerten unnatürlich feucht, er musste selbst Tränen zurückhalten.

„Glaub mir, wenn ich Matthew zurückholen könnte, würde ich es sofort tun." Sie schluckte leer und füllte die kalte Leere in ihrem Brustkorb mit warmer Luft. Niemand konnte ihren Vater zurückholen, und so leer die Welt ohne ihn auch erschien, sie würde lernen müssen, ohne ihn zu leben. Tapfer nickte sie ihrem Paten zu, dessen Patenpflichten ihn nun einholen würden. Er hielt ihr ein besticktes Taschentuch hin. Sea nahm es dankend an und wischte sich die Tränen aus dem Gesicht.

„Was ist eigentlich mit der *Unicorn's Dream* passiert? Wenn sie verschollen wäre, wüsstest du nicht so genau was passiert ist ...", fragte der Gouverneur, als sie sich wieder vollends gesammelt hatte, „wer ist nun ihr Kapitän? Hast du es in Mister Smiths Hände gegeben?" Er schien nicht wirklich interessiert daran zu sein, wahrscheinlich wollte er nur das Thema wechseln, um Sea auf andere Gedanken zu bringen. Dafür war Sea unglaublich dankbar.

„Nein, aber er hat sie nach Kingston gesegelt. Ich habe mich selbst zum Kapitän erklärt. Dad hätte es kaum anders gewollt", antwortete Sea ein letztes Mal schluchzend und gab ihm das Taschentuch zurück.

Edward stutzte einen Moment. „Herrgott im Himmel, er hat ja sein Testament angepasst!", erinnerte er sich haareraufend wieder, „er hat dir das Recht eingeräumt, deinen Besitz selbst zu verwalten und meine Patenpflichten auf ein paar Ratschläge eingeschränkt."

„Deine Vormundschaft hätte mich von dieser Entscheidung nicht abgehalten." Ihr Pate seufzte. Ihr Vater hatte ihr das Recht eingeräumt, selbst über den Verlauf ihres Lebens bestimmen zu dürfen, was Edward nie als gut befunden hatte.

„Ich weiß, du bist vortrefflich ausgebildet, und Matthew vertraut deinem gesunden Verstand. Du bist bestimmt der erste, weibliche Kapitän in der Geschichte der Seefahrt. Und du wirst dich als Frau in dieser Männerwelt vermutlich noch beweisen müssen. Aber ich wette, du wirst einer der besten Kapitäne überhaupt. Wann stichst du das nächste

Mal in See?" Er lächelte sie an, als er diese Frage stellte – das tröstete sie unglaublich. Auch wenn sie nicht wirklich glaubte, dass diese Freude echt war. Theoretisch gesehen war ihr Pate nun ihr Ziehvater und dank seiner gesellschaftlichen Stellung nicht daran interessiert, dass sie zur See fuhr. Eine Frau fuhr nicht zur See, das schickte sich nicht. Sie konnte ihm ansehen, dass es ihm lieber wäre, wenn er sie bevormunden und damit ihre Geschäfte, Anlagen und die Wahl eines vorteilhaften Gatten selbst tätigen könnte. Praktisch würde sie sich die Freiheit der Seefahrt nicht nehmen lassen – darüber wusste der Gouverneur Bescheid. Aber sie schätzte, dass er ihr Trost spenden wollte.

„So bald als möglich. Allerdings wird das noch einige Tage dauern." Sea versuchte, ihm für seine tröstenden Worte ein Lächeln zu schenken, auch wenn es ihr nicht sonderlich gut gelang.

„Sehr gut. Ich möchte gerne informiert werden, bevor du in See stichst, und ich werde deinen Lehrer davon unterrichten, weswegen du wieder einmal für einige Zeit nicht an seinem Unterricht teilnimmst. Aber nun komm, er erwartet dich bestimmt schon sehnsüchtig. Ich werde ihn bitten, dich für heute vom Unterricht zu befreien ..."

„Nein, ich möchte gerne am Unterricht teilnehmen. Dad würde es nicht schätzen, wenn ich mir nicht alle Möglichkeiten zur Bildung zunutze machen würde. Vielleicht vermag es mich sogar etwas von ihm abzulenken."

„Wie du möchtest ..."

Ihr Pate stand auf und verließ ihr voran das Schreibzimmer. Schweigend liefen sie den Gang entlang und gegenüber der großen Eingangstür die Treppe empor. Ihre Schritte hallten auf dem hellen Marmorboden. Im ersten Stockwerk des Westflügels befand sich das Zimmer neben der Bibliothek, in dem sie zusammen mit Victoria unterrichtet wurde. Gegenüber war Victorias Schlafzimmer und am Ende des Korridors der Badesalon. Der Gouverneur öffnete die Tür ohne anzuklopfen. Dieses Recht nahm er sich in seinem eigenen Haus außer an der Zimmertür seiner Tochter. Er ließ Sea eintreten und bat den Lehrer, Mister Theach, kurz mit ihm unter vier Augen zu sprechen. Dieser rückte blinzelnd seine Brille zurecht und kratzte sich in seinem Philosophenbart, ehe er irritiert nach dem Hausherrn das Zimmer verließ, während Sea sich neben Victoria an den Tisch setzte.

„Hast du heute schon wieder verschlafen?", neckte das blondgelockte Mädchen sie leicht schief lächelnd. Wie so häufig schillerte Victoria auch heute als wäre sie mit Juwelen besetzt. Das lange violette Kleid war großzügig geschnitten, damit der Schmuck auf jeden Fall zur Geltung kam. Falls jemand zum Tee zu Besuch kam, musste die Tochter des Gouverneurs schließlich zeigen, dass sie wohlhabend genug war, um selbst werktags Schmuck zu tragen.

„Ich habe noch mit Edward geredet." Sea hatte keine Lust, ihr Lächeln zu erwidern. Jetzt sah Victoria genauso irritiert aus wie Mister Theach.

„Wieso? Über was habt ihr geredet? Sag schon!" Victoria war sonst nur neugierig wenn es um Klatsch ging, dass sie sich dafür interessierte, erschien Sea ein wenig ungewöhnlich.

„Bitte, frag später deinen Vater, über was wir geredet haben. Ich möchte lieber nicht darüber sprechen", sagte Sea entschieden und zog das schwere Buch, das sie auf heute hatte lesen sollen, aus der Tasche. Victoria hakte nicht weiter nach. Sie kannte Sea gut genug, um zu wissen, dass sie ihre Gründe hatte, wenn sie ihr etwas nicht erzählen wollte.

***

Als die Tür wieder aufging und Mister Theach hereintrat, begann ihre Lektion. Wie so häufig kontrollierte ihr Lehrer, ob die Hausaufgaben erledigt wurden, indem er sie mit Fragen löcherte. An manchen Tagen schien er darauf erpicht zu sein, Sea einen Vortrag über nicht gemachte Übungen zu halten, aber wie so oft, gelang es ihm auch an diesem Tag nicht. Dies war seine einzige unangenehme Eigenschaft, ansonsten war er ein kompetenter Lehrer, den das Unterrichten sichtbar freute. Selbst wenn Victoria ihn einmal hinter seinem Rücken geräuschlos nachäffte, was er aber wahrscheinlich jedes Mal mitbekam, blieb er bei Laune. Glücklicherweise konnte dieser schon etwas ältere Lehrer mit dem weißen Philosophenbart wirklich alles ignorieren, was er nicht wissen wollte. Als lernfreudiger Mensch schien ihn der Unterricht über Naturwissenschaften immer um zwanzig Jahre jünger zu machen, er wirkte danach jung wie ein Schuljunge und nicht mehr wie ein Lehrer. Daher ging er nur zu gerne direkt zur Physik über. Die heutige Lektion befasste sich mit dem Flaschenzug, den sie anhand eines Exemplars, das sie am Kronleuchter aufhängten, untersuchten. Aber obwohl Sea Physik beinahe so liebte wie ihr Lehrer, konnte sie sich nicht konzentrieren. Ihre Gedanken sanken tief in die See, dahin wo der Körper ihres Vaters lag, und sie versuchte zu ergründen, wie es zu diesem tragischen Vorfall hatte kommen können.

✳✳✳

Sea war in dieser Lektion so abgelenkt gewesen, dass der mitfühlende Lehrer seinen Unterricht vorzeitig beendete, ohne sein Mitleid auszusprechen. Mister Theach hoffte wohl damit, nicht noch Salz in die Wunde zu streuen, wofür Sea durchaus dankbar war. Allerdings konnte sie sich nun vollends auf ihren verlorenen Vater konzentrieren, was ihr nicht gerade half. Victoria hingegen erhob sich erleichtert, strich ihr Kleid glatt und wartete nur noch ungeduldig auf sie, um die Unterrichtsstunde endlich zu verlassen. Physik und Mathematik waren nicht ihre Stärken. Stattdessen hatte sie ein immenses Wortschatzgedächtnis und keinerlei Probleme mit der Grammatik von Fremdsprachen. Kurz darauf hatten sie bereits ihre Bücher in Victorias prunkvollem Schlafgemach mit Aussicht auf den Rosengarten deponiert und Sea war froh, dass sie ihrer Freundin nichts vom Tod ihres Vaters erzählt hatte. Anstatt mit Mitleid ihr Leiden zu verschlimmern, würde sie für Ablenkung sorgen. Es war eine Erleichterung für ihr belastetes Herz, die heitere Frage zu hören, die die Gouverneurstochter wie seit Kindertagen stellte: „Also, was machen wir jetzt?"

„Ich weiß es nicht. Hast du eine Idee?", fragte Sea Victoria etwas abwesend. Draußen konnten die warme Sonne und die zwitschernden Singvögel noch so sehr versuchen, sie heraus zu locken, gegen ihre Trauer halfen sie nicht. Sonst hatte sie immer eine Idee, auch wenn sie Victoria nicht immer gefiel. Normalerweise schlug sie vor, auszureiten oder sich draußen im Garten die Zeit zu vertreiben, obwohl Victoria diesem Vorschlag nicht unbedingt häufig nachkam. Aber heute war es ihr relativ egal, was sie machten, solange Victoria sie nicht herausputzte. Sie war immer wieder froh, dass Victoria auch aus dem Puppenalter heraus war. Die Tage an denen sie früher mit ihr und dem Puppenhaus gespielt hatte, waren die schlimmsten, an die sie sich erinnern konnte.

„Ich habe ein neues Lied auf dem Klavier gelernt. Es ist ein Shanty. Wenn du es kennst, könntest du mir den Text beibringen", sagte Victoria selbstzufrieden. Das war eine ihrer besseren Ideen, und Klavier spielen war eines ihrer Talente, weshalb sich Victoria wenig später im prachtvoll eingerichteten Salon auf ihren gepolsterten Hocker setzte. Sie legte die zarten Finger auf die Elfenbeintasten des pompösen Wandklaviers und spielte eine kurze Melodie, die sie immer zuerst anschlug, wenn sie sich ans Klavier setzte. Währenddessen lehnte sich Sea mit der Schulter an die Seite des Instruments. Ihre Freundin bat freudig um ihre Aufmerksamkeit: „Also, hör mal her."

Sie tippte auf den weißen Elfenbeintasten des Instruments eine Melodie, die eindeutig ein Shanty war. Sea brauchte einen Augenblick, bis sie die noch ungeübte Tonfolge erkannte, die tröpfelnd unter dem Klavierdeckel hervor klang. Als sie das Seemannslied mit Sicherheit identifiziert hatte, begann sie das Lied mitzusummen. Victoria sah sie erwartungsvoll an, bis Sea zu singen begann. Ihre Stimme erfüllte den Raum durch ihren Körper, wie das Sonnenlicht durch die klaren Fenster das Zimmer erhellte. Sie war nicht wirklich eine schlechte Sängerin, im Gegenteil. Auf der *Unicorn's Dream* hatten ihr die Matrosen oft gesagt, sie singe wie eine Sirene, was ihrer Meinung nach aber wesentlich übertrieben war. Sea sang den Text, den sie auf dem Schiff hin und wieder gehört hatte. Bei diesem Lied hatte jede Crew seine Lieblingsstrophen, die die Matrosen manchmal sogar selbst erfanden, aber der Anfang war im Allgemeinen immer der gleiche:

„What shall we do with a drunken sailor,
what shall we do with a drunken sailor,
what shall we do with a drunken sailor,
early in the morning?

Hooray and up she rises,
hooray and up she rises,
hooray and up she rises,
early in the morning"

So verbrachten die beiden Mädchen den kurzen Rest des Vormittags im Salon im Ostflügel des Gebäudes.

✳✳✳

Am Nachmittag hatte Sea es kaum erwarten können, wieder in den Hafen auf ihr Schiff zu kommen. Sie war nach einem appetitlosen Mittagessen gleich wieder gegangen, in der Hoffnung, dass sie ihre neue Arbeit zumindest teilweise ablenken würde. Sie sah die *Unicorn's Dream* schon von weitem, als sie mit schnellen Schritten die Hafenstraße hinunterlief. Sie war zwar kleiner als die meisten Marineschiffe der Royal Navy, aber immer noch größer als die Vielzahl der Boote, welche den Kai verstopften. Im Übrigen fiel sie einem Schiffskenner ohnehin wegen ihrer ungewöhnlichen Bauweise ins Auge.

Sea schlängelte sich am Kai entlang durch die schwer beschäftigten Arbeiter und Transportkarren, bevor sie zügig über den Steg lief, der den Kai in die Bucht hinaus verlängerte. Es war ein ungeheures Glück, dass die *Unicorn's Dream* am Steg hatte festmachen können, normalerweise ankerten größere Schiffe in der Bucht und wurden mit den Beibooten beladen, was allerdings viel mehr Zeit benötigte. Stolzerfüllt trat sie über die Passerelle an Deck, auch wenn es sie mit Schmerz überflutete, dass das Schiff nun ihr gehörte und nicht mehr ihrem Vater. Jetzt bei Tageslicht sah sie, wie sauber die Matrosen das Schiff wirklich gehalten hatten. Die kakaobraunen Planken waren blank gescheuert, auf denen sich die Tauenden zusammenrollten, wie schlafende Schlangen. Die perlweißen Segel hingen ordentlich an den Mastbäumen, wie schimmernde Tropfen nach dem Regen an den Ästen. Auf den ersten Blick konnte sie nur einen einzigen Mangel entdecken, und ihr fielen häufig sogar Kleinigkeiten auf. Offenbar hatte eine Kanonenkugel im Gefecht die Reling durchschlagen, denn diese war grob mit einem Balken geflickt worden. Aber ansonsten schienen sich die in der Sonne Karten spielenden Matrosen ihre Pause verdient zu haben.

Weiter hinten, achtern auf dem Deck stand Augenklappe und diskutierte wild mit einem knorrigen, teuer gekleideten Mann und Nina, einer alten, eigenwilligen Gewürzhändlerin, die sie sehr gut kannte und mochte.

Denn die beiden hatten die Gemeinsamkeit, dass sie sich lieber mit ungezwungenen, durchschnittlichen Leuten abgaben, als sich in standesgemäße Gesellschaft zu begeben. Vermutlich rührte dies daher, dass sie ebenso wie Kapitän Horce, ursprünglich aus der Gesellschaftsschicht der Handwerker stammte. Sie war jung mit einem betagten Gewürzhändler verheiratet worden und hatte kurzerhand dessen Geschäft in

Venedig übernommen, als sie verwitwete. Sie führte ihr Geschäft sehr erfolgreich, weshalb sie von den neidischen Verwandten ihres Gatten scharf verurteilt worden war. Schließlich floh sie vor einer Enteignung durch einen gekauften Richter mit ihrem Vermögen in die Karibik, wo ihr Geschäft erneut aufblühte.

Der Mann hiess Andrew Harvey und war ein reicher Händler, einer von Kapitän Horces ehemaligen Kunden, der seine eiligsten Lieferungen meistens von der *Unicorn's Dream* spedieren ließ. Er wirkte gehetzt und zornig, offenbar weil er erfahren hatte, was mit ihrem Vater passiert war. Denn Matthew Horce war der einzige Kapitän, der ihm schnell genug zu sein schien. Der Gedanke an ihren Vater war, als wäre es plötzlich mehrere Grad kälter geworden. Die kalte Sehnsucht brannte ihr wieder in den Augen. Doch Sea blinzelte einige Male und vertrieb dieses Brennen tapfer, als sie sich ihnen näherte. In diesem Moment schrie Harvey Augenklappe gerade mit hochrotem Kopf an.

„Und wer ist nun der neue Kapitän?", vergaß er seine gezwungene Höflichkeit beinahe vollkommen. Augenklappe, der sie schon bemerkt hatte, wies mit der Hand auf sie und sagte recht gelassen, wenn nicht gar amüsiert:

„Da kommt er, der neue Kapitän."

Der mittelalte Händler sah sich nach ihr um und zog unsicher seine kräftigen Augenbrauen zum Haaransatz empor, wobei seine Stirn tiefe Schluchten bildete. Harvey hatte sein Geld mit gut geplantem Handel von wertvollsten und hochwertigsten Textilien aus aller Welt gemacht und war seit einigen Jahren auch An- und Verkäufer bester Sattler- und Schuhleder. Er hatte es immer eilig, denn Zeit ist Geld, und war ein aufbrausender Mann.

Außerdem war er dafür bekannt, keinen Spaß zu verstehen.

Verwirrt sah er zwischen ihr und Augenklappe hin und her, bevor er Jo irritiert fragte: „Die Kleine von Horce ist der neue Kapitän?" Er musterte sie gleichermaßen ungläubig wie misstrauisch, als sie sich an Augenklappes Seite stellte.

„Ja, das bin ich allerdings", antwortete Sea als würde sie eine Herausforderung annehmen, lächelte aber höflich dazu, „wie kann ich Euch helfen, Mister Harvey?" Er sah sie einen Moment nachdenklich an, bevor er antwortete.

„Ich brauche einen Kapitän, dessen Schiff meine englische Spitze sowie einige bestickte Seiden- und Brokatstoffe nach Santo Domingo und Ware von Santo Domingo hierher nach Kingston transportiert. Selbstverständlich zu den gleichen Konditionen wie noch der letzte Transport. Aber nur unter der Bedingung, dass dieses Schiff unter deinem ...Eurem Kommando gleich schnell ist, wie unter deinem Vater", erklärte er sachlich, aber sehr unhöflich. Er schien nicht zu wissen, ob er mit ihr in der Höflichkeitsform oder wie mit einem Kind sprechen sollte.

„Ich wüsste nicht, warum die *Unicorn's Dream* langsamer sein sollte als früher, und ich hatte auch nicht vor, die Preise zu heben", gab sie sich die größte Mühe nicht unhöflich zu klingen, was ihr sehr gut gelang. Der Händler grinste auf seine unsympathische Art. Er hatte vom Rauchen gelbe Zähne bekommen, und sein Lachen wirkte gestellt.

„Sehr gut, wann fahrt Ihr, Miss Horce?", erinnerte er sich bei seiner Frage an die Höflichkeitsform.

Sea antwortete ohne zu zögern: „Übermorgen!" Mit einem ungewöhnlich zufriedenen Gesichtsausdruck ging der Händler Richtung Passerelle davon.

„Dann lasse ich meine Ware zum Hafen bringen", rief er, als er mit großen Schritten von Bord ging, was ihr mehr als Recht war.

∗∗∗

Nina sah ihr mit tröstendem Blick entgegen, als sie den Blick auf die alte Händlerin richtete. „Sea, du hättest mir ruhig jemanden schicken können, der mir diese schreckliche Nachricht überbringt. Dann wäre ich zumindest nicht völlig unvorbereitet gewesen", schimpfte Nina viel mehr trauernd als wütend. Ihre Lachfalten hatten sich zu traurigen Furchen verzogen. Ihr Vater hatte schon sehr viele Transporte für sie gemacht, daher waren sie seit Jahren enge Bekannte. Dies war auch der Grund, weshalb Sea sie manchmal ‚Nonna' nannte, was ihr die alte Dame, wie vielen jungen Leuten, schon als kleines Kind angeboten hatte.

„Ich weiß es auch erst seit gestern", rechtfertigte sich Sea traurig.

„Armes Mädchen, erst deine Mutter und jetzt dein Vater", seufzte die Händlerin mitleidend. Nonna Nina nahm Sea in den Arm, wie eine Großmutter ihre Enkelin. Sea drückte sie ganz fest und musste sich bemühen, nicht wieder in Tränen auszubrechen. Es tat gut, dass ihr auch Nina Trost spenden wollte, auch wenn es kaum etwas bewirkte.

„Bitte, lass uns nicht darüber reden. Es geht mir besser, wenn ich Dads Schicksal verdrängen kann ...", bat sie und blinzelte eventuell aufkommende Tränen aus ihren Augen. Nonna Nina nickte verständnisvoll zustimmend.

„Du hast Recht. Kommen wir gleich zum Geschäft. Das wird dich ablenken. Passenderweise brauche auch ich eine Lieferung aus Santo Domingo", wechselte sie das Thema in dem tiefen Glauben, dass es für das Mädchen einfacher war, nicht an ihren verblichenen Vater erinnert zu werden.

„Wie du eben gehört hast, ist Hispaniola ohnehin das Ziel der Reise", erwiderte Sea dankbar und versuchte, ihre Trauer zu überspielen, indem sie lächelte, „aber wenn es dich nicht stört, gebe ich zuerst meinen Matrosen noch einige Aufträge."

***

Sea ging zu der Messingglocke und zog an dem Seil, um sie zu läuten. Sie musste natürlich nicht lange warten, bis ihre Crew sich auf dem Deck versammelt hatte. Kaum war der Klang der Glocke über den Planken verklungen, kamen die Matrosen den Niedergang hinauf, und die Kartenspieler steckten ihre Karten in die Hosentaschen, bevor sie sich vor der Brücke versammelten. Mit respektvoller Aufmerksamkeit richteten sich alle Augen auf den neuen Kapitän, als sie laut zu sprechen begann. Sie informierte die Mannschaft über den gerade gefassten Entschluss, am übernächsten Morgen in See zu stechen. Anschließend ließ sie sich informieren, was bei dem Gefecht gegen die Piraten Schaden genommen hatte. Da sie ihren Ersten Offizier und Bootsmann aber nicht in den Reihen der Matrosen entdecken konnte, musste ein anderer sie statt seiner orientieren.

Ihr Freund John Rackham, genannt Rack, wie jener Teil eines Segelschiffes, der die Bäume drehbar an den Masten befestige, trat einen Schritt vor. „Sie haben uns die Segel mit ihren Kanonen durchlöchert – weiß Gott, wo sie so viel Pulver und Kugeln herhatten, aber die Kanoniere waren zum Glück nicht die Besten. Da drüben haben sie die Reling erwischt, aber Rumpf und Takelage haben nichts abbekommen.

Der Schaden war nicht gravierend, deshalb hat Shark beschlossen, mit der Reparatur zu warten, bis wir in Kingston sind. Dies ist auch der Grund, wieso wir erst vor zwei Tagen in Kingston angelegt haben", antwortete er gut hörbar, „die Schäden an der Reling haben wir noch unterwegs notdürftig repariert. Ansonsten hat die *Dream* den Überfall schadlos überstanden, und bis auf ein paar Blaue Flecken haben wir keine Verletzungen zu verbuchen."

Sea nickte nur gefühllos über diese Information. Unter anderen Umständen hätte es sie sehr gefreut, dass ihre *Unicorn's Dream* nur kleine Schäden genommen hatte. Aber der Tod ihres Vaters hing wie eine schwarze Wolke über der Besatzung, und niemand wirkte ernsthaft glücklich.

„Dann repariert die Segel! Augenklappe, Chisel, ihr nehmt euch eine Hand voll Männer und repariert die Reling!", gab sie der Mannschaft mit klarer Stimme ihr nächstes Kommando. Die Crew irrte einen Moment auf dem Deck herum, da einige beinahe in einander liefen, als sie begannen, den Befehl auszuführen. Einige gingen durch den Niedergang unter Deck, um Nadeln und Garn zu holen, was sie zum Flicken der Segel brauchten. Andere klommen behände die Webeleinen in den Wanten zum Mast empor, wobei sie die Salings rasch erreichten. Flink wie Eichhörnchen kletterten sie über die Fußpferde genannten Taue an den Bäumen entlang. Sie lösten die Haltetaue und ließen eines der zerlöcherten Segel an Leinen herunter. Nur ein paar Matrosen blieben unten auf dem Deck stehen und breiteten das Tuch aus, um die Risse erreichen zu können. Als die Matrosen wie der Mastbaum auf dem Hauptdeck ankamen, bekam jeder Nadel und Garn in die Hand, und die Crew setzte sich in kleinen Gruppen um die Löcher. Schwatzend begannen sie, die Risse mit Segelstich zu nähen. Augenklappe und Chisel, der Matrose, der die Aufgaben des Bootszimmermanns ausführte, trugen mit fünf weiteren die Hobelbank und einen Balken an Deck. Sie würden den Balken vor Ort in die Reling einpassen und verzapfen. Aber es war ihr ein Dorn im Auge, dass der einzige, der seine Arbeit nicht machte, der Erste Maat war. Dabei sollte Shark, als Erster Offizier, eigentlich dafür sorgen, dass die Arbeit an Bord organisiert war. Genervt wandte sie sich wieder der Gewürzhändlerin zu.

„Nonna, könntest du bitte drinnen auf mich warten?", bat sie und wies auf die Tür zu ihrer Kabine, „ich muss kurz eine Kielratte aufscheuchen." Nina drehte sich mit einem Schmunzeln um und verschwand in der Tür zur Kapitänskabine, während Sea sich unter Deck begab. Sea fand Shark einen Moment später, wie er demonstrativ in seiner Hängematte lag und sie nicht eines Blickes würdigte. Breitbeinig baute sie sich vor ihm auf, verschränkte die Arme und fragte ihn genervt: „Warum bist ausgerechnet du, der Erste Maat, der einzige, der seine Arbeit nicht macht?"

Sehr lange würde sie sich von ihm nun nicht mehr auf der Nase herumtanzen lassen. Wenn sie ihn noch einmal mehr an seine Arbeit scheuchen musste, würde er wie jeder Matrose die Konsequenzen tragen. Shark öffnete nicht einmal die Augen, um zu ihr aufzusehen, sondern ließ sich, die Arme hinter dem Kopf verschränkt, von seiner Hängematte wiegen.

„Keine Lust", brummte seine markerschütternd tiefe Stimme gelangweilt. Er öffnete eines seiner Augen halb und grinste sie mit seinem widerlichen Grinsen an. „Oder brauchst du mich an Deck, weil niemand darauf hört, was ein kleines Mädchen sagt?", spottete er schamlos über sie und zeigte ihr seine ergrauten Zähne.

Auf Seas Gesicht breitete sich ein Ausdruck aus, als würde sie ihn im nächsten Moment ermorden. „Die Crew führt jeden meiner Befehle aus, aber darum geht es überhaupt nicht. Es geht darum, dass du deine Aufgabe auf diesem Schiff zu erfüllen hast, wie jeder andere Matrose", knurrte sie ihn mit vor kaltem Zorn glühenden Pupillen an. Doch er belächelte sie nur hämisch mit seinem widerwärtigen Grinsen und schloss sein Auge wieder ganz.

„Ach, die Männer erfüllen *wirklich* deine Kommandos? Dann kann ich meine Aufgaben getrost auf später verschieben", brummte er provozierend und ging damit endgültig zu weit. Dass sie sich als Kapitän erst unter Beweis stellen musste, um in diesem Rang wirklich akzeptiert zu werden, war ihr bewusst. Aber provozieren lassen würde sie sich nicht und schon gar keine Respektlosigkeit dulden! Während das jähzornige Untier in ihrer Bauchhöhle wutkaltes Feuer zu speien begann, zog Sea wütend ihren Degen aus der Scheide und durchtrennte mit einer kurzen Bewegung das Halteseil seiner Hängematte. Eine auf Schiffen häufig angewandte Methode, um Faulpelze aus dem Schlaf zu reißen. Shark krachte mitsamt seiner Liege zu Boden und schlug mit einem dumpfen Geräusch auf den Planken auf. Mit einem schmerzlichen Ächzen rappelte er sich wieder auf, und sein Gesicht nahm wieder den üblichen verbitterten Ausdruck an, der sie schon lange nicht mehr beeindruckte.

„Wenn du glaubst, dass ich dich nicht von meinem Schiff werfen kann, bist du auf dem Holzweg. Im Gegenteil, wenn du dich nicht sofort an die Arbeit machst, kannst du auf einem andern Schiff anheuern, verstanden?", wies sie ihn lauter als nur deutlich zurecht. „Aye", donnerte seine tiefe Stimme mürrisch, bevor er an ihr vorbei in Richtung Treppe stampfte, dass die Planken des Zwischendeckes unter ihm erzitterten wie bei einem Erdbeben. Dies war das letzte Mal, dass Sea ihn verwarnt hatte. Das nächste Mal würde sie ihn ohne weitere Verwarnung und in hohem Bogen von diesem Schiff schmeißen. Er war ohnehin nur noch hier, weil sie versuchte herauszufinden, wieso ihr Vater ihm nicht schon gekündigt hatte.

✳✳✳

Noch immer leicht gereizt betrat Sea kurz darauf ihre Kabine und schloss die Tür unabsichtlich laut hinter sich. Nonna Nina hatte sich bereits an den Tisch gesetzt und wartete auf sie.

„Was war denn?", machte sie ihrer Neugierde Luft. Sea setzte ein Lächeln auf, als sie auf den Tisch zutrat.

„Ach, ich musste einen Matrosen zurechtweisen", antwortete sie ungerührt und setzte sich zu ihrer Kundin.

Nina lächelte sie freudig an und stellte fest: „Du hast dich an deinen Titel als Kapitän anscheinend schnell gewöhnt." Sie hatte sich gar nicht daran gewöhnen müssen, sie hatte einfach alles von ihrem Vater übernommen, wie er es ihr all die Jahre vorgemacht hatte. Doch dies konnte sie gar nicht erst erklären, da ihr Gespräch von einem Klopfen an der Tür unterbrochen wurde. Rack öffnete sie ohne auf ihre Antwort zu warten und trat einen Schritt in den Raum.

„Mister Harvey steht bereits mit seinen Gütern am Steg, Käpt'n. Einige Männer stellen Bündel mit Stoffen vor die Unicorn's Dream", erklärte er in einem kurzen Satz sein Eindringen. Sea sah entschuldigend Nonna Nina an, wie um zu fragen, ob sie sie ein weiteres Mal kurz vernachlässigen durfte. Als die Händlerin nickte, erhob sie sich wieder. „Moment, ich komme." Rack wich vor seinem neuen Kapitän zurück, als sie an ihm vorbei durch die Tür trat.

Gefolgt von dem Matrosen und Nina, deren Neugierde niemals zu versiegen schien, schritt Sea über das größtenteils von Segeltuch bedeckte Deck. Sie sah einer Gruppe Männer zu, wie sie Stoff-Bündel von hinter Pferde gespannten Wagen hoben und diese vor ihrem Segler auf dem Steg platzierten, während sie über die Passerelle ging.

Kaum hatte sie den Stapel der Bündel vor sich einen Moment betrachtet, kam der Händler auch schon auf sie zugeeilt. „Eure geschäftsinternen Transporte werden immer schneller, Mister Harvey. Ich hatte eigentlich erwartet, dass Ihr die Ladung erst morgen früh herbringt", gestand sie. Der Händler grinste ungewöhnlich gut gelaunt, als er ihr erklärte: „Je früher die Waren auf dem Schiff sind, desto weniger muss ich mich darum kümmern. Ich habe wichtigere Geschäfte zu erledigen, und Zeit ist schließlich Geld."

Rack beugte sich seitlich zu ihr vor, wie er es so häufig tat, um ihr etwas ins Ohr zu raunen. „Käpt'n, die ganze Crew ist mit dem Reparieren des Segels und der Reling beschäftigt. Im Moment hat niemand Zeit, um etwas zu verladen", flüsterte er ihr zu.

„Ich weiß", antwortete Sea ihm gelassen, ohne sich um die Lautstärke zu scheren. In diesem Augenblick donnerte Sharks tiefe Stimme an ihre Ohren.

„Rack, mach, dass du Nadel und Faden wieder in die Hände bekommst und den andern hilfst, das Segel zu flicken", brüllte er betäubend laut auf den Steg hinab. Rack verdrehte genervt die Augen.

„Warum ist der alte Sklaventreiber eigentlich noch auf *deinem* Schiff?", raunte ihr Freund ihr noch einmal zu.

„In erster Linie, weil ich hoffe herauszufinden, warum Dad ihn nicht schon rausgeschmissen hat", erklärte sie knapp.

Rack brummte unzufrieden, bevor er Verwünschungen murmelnd zurück auf das Schiff trottete. Die beiden Händler und der Kapitän sahen dem Matrosen einen Augenblick nach, bevor Sea das Wort ergriff: „Bitte, entschuldigt die kurze Gesprächsunterbrechung, aber vor heute Abend können wir Eure Ware nicht verladen. Die ganze Mannschaft ist mit Reparaturen beschäftigt."

Der Händler sah sie ein wenig unzufrieden an, dann zuckte er mit den Schultern. „Sorgt einfach dafür, dass meine Spitze pünktlich in Santo Domingo ankommt. Mein Geschäftspartner wird sie wie immer umgehend in Empfang nehmen. Ihr erinnert Euch doch noch an Senior Ramirez?", sagte er, wartete kurz auf ihr Nicken und kratzte sich an seinem Zinken als er weitersprach. „Hier ist der nötige Papierkram mit der Handelslizenz. Ich habe keine Zeit, morgen noch einmal vorbeizukommen, daher gebe ich Euch die Lizenzen umgehend. Ihr Herr Vater besaß schließlich auch immer die Flexibilität, die Papiere sofort anzunehmen." Eilig kramte er einige Papiere aus seiner ledernen Aktentasche und drückte sie ihr in die Hand. Anschließend drehte er sich auf dem Absatz seiner glänzend polierten Stiefel um und ging ohne irgendeine Verabschiedung.

Nonna Nina meldete sich nun auch wieder zu Wort und sagte: „Ich muss jetzt auch wieder gehen. Den Kakao, den du für mich nach Santo Domingo bringen sollst, schicke ich morgen Nachmittag." Sea nickte zustimmend und entschuldigte sich bedrückt: „Entschuldige, dass ich plötzlich keine Zeit mehr habe." Die Händlerin hatte sich so viel Zeit genommen, und sie hatten trotzdem nicht wie früher miteinander plaudern können.

„Das ist doch nicht deine Schuld, Kind", verzieh Nina ihr und winkte zum Abschied, als sie schon am Steg entlang zum Kai wanderte. Ebenfalls winkend verabschiedete sich Sea und ging wieder an Deck ihres Schiffes. Von der Reling aus sah sie zu, wie Nina sich durch die Arbeiter die Straße hoch schlängelte und in Richtung ihres Ladens verschwand.

***

Nach kurzem Überfliegen der Handelsunterlagen hatte Sea die Dokumente in einer Schublade verstaut, bis sie sie im nächsten Hafen benötigte. Danach hatte sie sich, wie sie es schon früher getan hatte, zu ihrer Mannschaft an Deck gesetzt und geholfen, die Risse in den Segeln zu nähen, was Kapitäne im allgemeinen nicht zu tun pflegen. Aber die Männer schienen es ebenso zu schätzen, wie sie, dass sich nicht alles auf einen Schlag veränderte, sondern dass sie sich dazusetzte und ihren Gesprächen lauschte wie schon als kleines Mädchen. Es dauerte einige Stunden, bis alle Risse in den Segeln vernäht waren, aber sie waren trotzdem früher mit Flicken fertig geworden, als Sea erwartet hatte. Die Crew konnte noch die Hälfte der Ware an Bord bringen, ehe Sea ihnen ihren verdienten Feierabend gewährte. Die meisten Matrosen gingen noch in irgendwelche Kneipen, während andere sich unter Deck in ihre

Hängematten legten. Sea setzte sich wieder in die Kapitänskabine und las die Handelsdokumente noch einmal durch, bis es nach Feierabend an der Tür klopfte.

„Herein", rief sie abwesend und die Tür öffnete sich sogleich. Math steckte ein ernst blickendes Gesicht hindurch.

„Guten Abend, erzählst du mir jetzt endlich, was mit deinem Dad ist?", erkundigte er sich mit besorgter Neugierde. Er redete definitiv nicht gern um den heißen Brei. Sea schluckte ihre Traurigkeit hinunter und füllte die plötzlich über sie hereinbrechende Kälte mit warmer Abendluft auf, auch wenn es nicht viel bewirkte. Durchatmend stand sie auf und trat auf ihn zu.

Kurz vor ihm blieb sie stehen und sah zu seinen Augen auf. Sie setzte schon an, um ihm die traurige Tatsache zu berichten, brachte es aber nicht übers Herz, es ihm selber zu erzählen: „Ich denke, das erzählt dir besser Augenklappe."

Sie nahm ihn an der Hand und zog ihn sanft mit sich durch die Tür auf das Deck hinaus. Math schloss hinter sich die Tür und ließ sich unsicher von ihr zum Niedergang und in den Rumpf hinabziehen, bis auf das Zwischendeck. Augenklappe war einer der Matrosen, die nicht ausgegangen waren, weswegen sie ihn friedlich schlafend in seiner Hängematte vorfanden. Sea führte Math bis vor seine Schlafstelle, bevor sie ihren Freund los ließ, um den schnarchenden Matrosen zu wecken.

„Wach auf!", verlangte sie sanft und begann leicht an Jos Schultern zu rütteln.

Dieser schlug die Augen auf, rappelte sich auf und fragte verschlafen:

„Was ist denn, Sea?" Er setzte sich quer auf seiner Hängematte auf, wie ein Kind auf einer Schaukel, und betrachtete die beiden müde.

„Math möchte wissen, was mit Dad passiert ist. Ich bring' es nicht übers Herz, es ihm selbst zu erzählen", erklärte sie traurig und bemühte sich, nicht allzu weinerlich zu klingen. Math begann allmählich sich darüber zu ärgern, dass sie nicht zur Sache kamen.

„Wieso? Was ist denn nun mit Kapitän Horce!?", entfuhr es ihm gereizt vor Besorgnis. Sea setzte sich auf eine Kiste, die in der Nähe stand, und sah zu Boden. Wenn sie versuchen würde, es selbst zu erzählen, würde sie nur ein heißes Tränenmeer heulen. In ihr wurde es immer unglaublich kalt vor Sehnsucht, wenn sie an ihren geliebten Vater dachte. Augenklappe wies Math mit der Hand an, sich ebenfalls zu setzten, was er ohne Fragen tat.

Augenklappe räusperte sich und erzählte Math von dem Piratenüberfall, wie einen Tag zuvor Sea. Math stieg ein entgeisterter Ausdruck ins Gesicht. Mit jedem Wort das Augenklappe sagte, weiteten sich seine blauen Augen, und in Sea wurde es mit jeder Silbe kälter. Als Augenklappe seinen Bericht beendet hatte, sah Math Sea mitleidig an. Nun verstand er, weshalb sie es ihm nicht selbst erzählt hatte. Unter diesem Blick konnte sie ihre Traurigkeit nicht mehr zurück halten. Wieder hatte sich diese dunkle, kalte Leere in ihrer Seele ausgebreitet. Tränen liefen ihr erneut über das Gesicht, und sie begann herzzerreißend zu schluchzen. Math setzte sich wortlos zu ihr auf die Kiste und nahm sie in den Arm. Er wiegte sie hin und her, und die Wärme seines Körpers vertrieb langsam die düstere Kälte aus ihr. Er sagte nicht ein Wort. Er konnte sie nicht mehr trösten, als er es schon tat, indem er einfach dasaß und sie in den Armen hielt.

Sea war sich nicht sicher, wie viel Zeit vergangen war, bis Math seine Umarmung irgendwann lockerte. Es hätten Minuten, aber auch Stunden sein können. Er sah sie einen Moment an, dann löste er sich von ihr und stand auf.

„Komm, es wird Zeit, dass wir nach Hause gehen", sagte er feinfühlig und hielt ihr seine Hand hin. Als Sea nach seiner Hand griff, zog er sie auf die Beine. Sie verabschiedeten sich von Augenklappe, der sich wieder in seine Hängematte legte und wohl noch eine Weile wach liegen würde, während sie die Treppe hoch auf das Deck gingen.

***

Hand in Hand gingen sie über die Passerelle, durch den Hafen, schlenderten am verlassenen Kai entlang und die spärlich von Laternen beleuchtete Straße hoch. Nur ein oder zwei Mal begegneten sie einer Gestalt, die an ihnen vorbeiging, doch Sea realisierte diese nicht wirklich. Sie war in Gedanken bei ihrem Vater und nicht auf dem Heimweg durch die Dunkelheit den Hügel hinauf. In Seas Haus brannte noch Licht, als sie das Gartentor aufstießen.

Misses Wittards war noch nicht gegangen, also konnte es noch nicht allzu spät sein. Math öffnete ihr die Haustür und ließ Sea los, damit sie hindurch gehen konnte. Dann betrat er das Haus und schloss verantwortungsbewusst die Tür hinter sich. Misses Wittards kam aus dem Esszimmer, um nachzusehen, wer das Haus betreten hatte, als sie die Tür zuschlagen hörte. Sie war eine drahtige Frau, deren blonde Haare immer zu einem satten Knoten geflochten waren.

„Guten Abend ihr beiden. Ich dachte, du bleibst heute Nacht auf dem Schiff, Sea", gestand sie ein wenig überrascht.

Doch Sea schüttelte nur müde den Kopf und entgegnete bedrückt: „Ihr könnt von mir aus nach Hause gehen, Misses Wittards. Ich lege mich schlafen." Dann drehte sie sich zu Math um, obwohl sie sich lieber nicht von ihm verabschieden wollte. Seine Anwesenheit tröstete sehr, und sie wünschte sich nichts mehr, als noch eine Weile an seiner Schulter liegen zu dürfen. Er sah sie einen Moment lang an, als verspüre er den gleichen Wunsch, und gab ihr dann einen Kuss auf die Stirn.

„Gute Nacht, Seepferdchen", sagte er mit sanfter Stimme.

Sea stellte sich auf die Zehenspitzen und gab ihrem besten Freund einen Kuss auf die Wange. Er war fast einen Kopf größer als sie, deshalb kam sie nicht höher. „Gute Nacht, Math", erwiderte sie und ging die Treppe hoch in ihr Zimmer, während Misses Wittards noch einige Male unsicher zwischen ihr und ihrem Sohn hin und her blickte. Was sie wohl nun von ihrem Sohn dachte, nachdem sie sich vor ihren Augen mit Kuss verabschiedeten? Math bekam vermutlich noch am gleichen Abend die Leviten zum Thema höfliche Distanz zu Damen gelesen. Seine Mutter hatte es sonst schon nie geschätzt, dass sie regelmäßig zusammen schwimmen gingen. Aber dieser Kuss auf ihre Stirn würde bei der strengen Mutter einiges Misstrauen in Maths Tugend auslösen.

∗∗∗

Als Sea sich am nächsten Morgen neben Victoria an den Tisch setzte, wurde sie erst einmal angestarrt. Erst dachte sie es läge daran, dass sie viel zu früh war, denn Sea war nach einer unruhigen Nacht früh erwacht. Dann brach Victoria abrupt ihr Schweigen. Sie lächelte Sea schief an und gab vor zu schimpfen: „Also, dass du jetzt Kapitän bist, hättest du mir auch selbst sagen können."

Sea war sich nicht sicher, ob sie auch lächeln sollte. „Der Gouverneur hat es dir also erzählt", stellte Sea ernst fest.

Victoria unterstrich ihr „Selbstverständlich!" mit einem Nicken. „Und ich habe auch Verständnis dafür, dass du es mir nicht selbst erzählen wolltest. Es ist so schon schlimm genug. Mir sind die Tränen gekommen, als Papa es mir erzählt hat, und ich hab mich geärgert, dass ich dir kaum angemerkt habe, dass du Trost und nicht nur Ablenkung brauchst. Papa will beim Mittagessen noch mit dir über eine Trauerfeier reden."

Sea murrte darauf nur unbeeindruckt, denn weder sie noch ihr Vater waren fleißige Kirchengänger.

Nach einem Moment brach Victoria das kurze Schweigen wieder und fragte Sea freudig: „Nun erzähl schon: Wann stichst du mit deinem Schiff in See? Und wohin geht die Reise?"

Sea war froh, dass sie das Thema wechselte und strahlte sie wie ein Honigkuchenpferd vorfreudig an. Bald konnte sie Kingston und die trauernde Bekanntschaft hinter sich lassen und später mit neuer Kraft zurückkehren.

„Ich fahre mit der *Unicorn's Dream* morgen nach Santo Domingo. Einige Stoffe von Harvey und Kakao von Nina müssen dahin."

Ihre Freundin runzelte verwundert die Stirn, als sie den Zielort der Reise erfuhr. „Santo Domingo? Aber um Handel mit dem spanischen Teil von Hispaniola zu treiben, brauchst du doch eine Lizenz?", wunderte sie sich.

Sea schüttelte den Kopf und klärte sie über die Umstände auf: „Nein, nicht der Kapitän des Frachters, der Händler braucht eine Lizenz. Ich habe nur eine Art Kopie davon."

Die Tür ging auf, und kurz darauf begann Mister Theach mit seinem Unterricht. Zu Seas Glück zog er seine Mathematik- und Französischlektionen diesmal bis zum Mittagessen durch, weshalb sie zumindest reichlich Ablenkung bekam. Ihre Köpfe rauchten wie Kamine, als sie sich im Esszimmer zu Gouverneur Crown an die Tafel setzten. Sea war an diesem Tag eingeladen – zur Feier ihres neuen Titels als Kapitän – und ihr Pate hatte an nichts gespart. Nach dem Essen folgte der unangenehme Teil. Sie setzten sich in den Salon, ihr Pate schenkte sich einen Brandy ein und bat sie darum, im detailreicher vom Tod seines Freundes zu erzählen. Sea erfüllte seinen Wunsch mit Tränen im Gesicht, denn sie konnte verstehen, dass er mehr darüber erfahren wollte. Auch er war nicht mit dem wenigen Wissen befriedigt, das sie über den Todesfall wusste, und akzeptierte missmutig. Dass Sea am nächsten Morgen schon in See stechen wollte, hielt Edward für sehr unpassend. Da sie sich aber nicht umstimmen ließ, planten sie die Trauerfeier für Matthew für nach Seas Rückkehr. Edward wollte, dass sie anwesend war und dass ihre Matrosen nach der Feier für die Trauernden Spalier standen.

Obwohl Sea bevorzugt hätte, nicht an einer Trauerfeier teilhaben zu müssen, akzeptierte sie die Bitte und stimmte zu. Edward würde die Feier organisieren und ihren wenigen Verwandten in England schreiben. Nachdem endlich alles geregelt war, hatte Victoria noch ein wenig auf ihrem Klavier gespielt, um sie wieder in Laune zu bringen. Musik hatte eine unglaubliche Wirkung auf ihr Gemüt, und Sea hatte bald sogar halbherzig dazu gesungen. Der Gouverneur hatte in einem Sessel gesessen und ihnen zugehört, wobei er für sich selbst die Musik mit dem Finger dirigierte, als er merkte, dass sein Patenkind wieder einigermaßen Freude verspürte. Doch trotz der verhältnismäßig guten Stimmung hatte sich Sea schon bald von ihnen verabschiedet. Bis zu ihrem Aufbruch am nächsten Morgen mussten noch ein paar Dinge erledigt werden.

***

Die Straße war wie immer voll mit Menschen, die ihren Geschäften nachgingen. Gekonnt schlängelte Sea sich durch die Leute, bis sie den Hafen erreicht hatte. Der Steg war natürlich voll mit Waren, die auf irgendwelche Schiffe verladen werden mussten. Auch auf der *Unicorn's Dream* waren einige Matrosen mit dem Beladen des Schiffes beschäftigt. Ein Teil der Ladung war bereits verstaut, als Sea ihren Frachter betrat. Jeder der Matrosen an denen sie vorbeigegangen war, grüßte sie freundlich.

„Tag, Männer", antwortete sie den Umständen entsprechend gut gelaunt und ging auf Rack zu, der im Augenblick die Aufsicht zu haben schien.

Rack winkte ihr zu und grüßte belustigt: „Tag, Käpt'n" Für ihre Freunde würde es vermutlich vorerst ein Witz bleiben, sie mit ihrer neuen Betitelung anzusprechen. Aber solange sie ihr als Kapitän den Respekt entgegen brachten, ihre Befehle auszuführen, sah sie darin kein Problem.

„Warum hast du die Aufsicht?", fragte Sea und lehnte sich an die Reling, „Das ist doch Sharks Aufgabe." Rack zuckte mit den Schultern. „Der liegt immer noch in seiner Hängematte. Er meint, solange du noch nicht hier bist und ihm Anweisungen gibst, würde er keinen Finger regen."

Sea verdrehte stöhnend die Augen und erwiderte genervt: „Dann werde ich ihn mal aus seiner Hängematte holen." Sie ging über das Deck auf die Messingglocke zu und läutete alle Mann an Deck. Diesmal kam sogar Shark ohne Extraeinladung die Treppe hinauf und gesellte sich zu den andern Matrosen. „Bis der Kakao von Nina im Hafen ankommt, sind alle Stoffballen auf dem Schiff! Ihr wisst, was ihr zu tun habt!"

Die Matrosen nickten zustimmend und machten sich daran, die Stoffballen auf die *Unicorn's Dream* zu verladen. Auch Rack half nun, die Ballen in den Schiffsbauch zu bringen, da Shark seine Arbeit wieder aufgenommen hatte und dafür sorgte, dass der Schoner ordnungsgemäß beladen wurde. Jeder Matrose nahm einen der bequem von einem Mann zu tragenden Stoffballen auf die Schulter, brachte sie in den Rumpf und holte den nächsten. Dabei konnten die Ballen auch vorteilhafter gestapelt werden. Auf diese Weise dauerte es nicht lange, bis die ganze Ladung verstaut und mit Seilen gesichert war.

***

Am späten Nachmittag fuhren Nonna Nina und ihr Angestellter, der ihr im Laden mit der Logistik und beim Liefern half, mit einem Karren in den Hafen. Sea winkte ihr vom Schiff aus zu, als sie die beiden heranfahren sah. Natürlich benötigten sie mit dem Wagen wesentlich mehr Zeit, um das Treiben am Kai zu durchqueren. Doch bald darauf hielt ihr Hilfsarbeiter die Pferde an und stieg vom Kutschbock. Fleißig hievte er einen Kakaosack nach dem andern auf den Steg, während Nina vom Karren kletterte und über die Passerelle an Bord der *Unicorn's Dream* schlenderte. Auf dem Steg machte sich die Crew ohne zusätzlichen Befehl daran, die Säcke auf das Schiff zu bringen. Nonna Nina lächelte Sea an und begrüßte sie: „Wie ich sehe, ist alles klar Schiff, Käpt'n. Deine Matrosen haben nicht an Selbständigkeit verloren."

„Ja, die Crew macht ihre Arbeit so gut und selbständig, wie ich es von ihr kenne. Ist das deine ganze Ladung, die nach Santo Domingo soll?", antwortete Sea ihr lächelnd und nickte in Richtung Karren.

„Ja, diesmal ist das tatsächlich alles. Die Ladung aus Santo Domingo wird ein wenig größer sein. Ich bekomme Ingwer, Safran und Oregano geliefert. Außerdem eine kleine Kiste Lorbeer und Nelken", sagte Nonna Nina und sah verträumt in den Himmel. Gewürze waren ihr Leben und ihre Liebe, was auch ihre liebenswerten Rundungen allzu gut vermuten ließen. „Ich habe dir wie immer eine Liste mit der Bestellung gemacht. Alles Weitere besprechen wir bei einer Tasse Tee ..."

∗∗∗

Der Karren am Steg war längst geleert, und die Matrosen hatten die letzten Kakaosäcke an Bord der *Unicorn's Dream* geschleppt, als Nina ihre Teetasse leerte. Es war ihnen Beiden wichtig, dass sie zwischendurch ausgiebig plaudern konnten, wie sie es seit Seas Kindertagen taten. Nina verabschiedete sich mit einer herzlichen Umarmung, bevor sie auf den Karren stieg und sich zurück zu ihrem Laden kutschieren ließ. Am nächsten Morgen würde Sea wieder für eine Weile auf See sein. Sie freute sich, endlich einmal wieder von Kingston wegzukommen, sie liebte ihren Heimathafen, aber es zog sie trotzdem wieder auf das Meer hinaus. Den Matrosen erlaubte sie in die Kneipe zu gehen, sie selbst verabschiedete sich nur von Mary und ging danach wieder. Sea wollte sich ausschlafen, denn sie wollte so früh wie möglich in See stechen.

Santo Domingo

Sea erwachte früh an diesem Morgen und blinzelte verschlafen ihre Tränen weg. Sie freute sich unglaublich, endlich wieder zur See zu fahren, doch die Trauer um ihren Vater verfolgte sie in ihren Träumen noch viel mehr, als es sie am Tag belastete. Sie hatte sich vor dem Einschlafen überlegt, im Bett ihres Vaters zu schlafen, wie sie es als Kind manchmal getan hatte, wenn sie Albträume geplagt hatten. Aber vermutlich bewirkte es nichts, wenn sie nicht aus diesem Traum erwachen konnte. Abwesend stand sie aus dem Bett auf, ging zu ihrem Schrank und schlüpfte in eine frische Bluse mit dem gleichen bequemen Schnitt wie die meisten anderen. Sie legte die Hose an und zog die Stiefel über die Füße. Zuletzt schnallte sie sich ihren Gürtel mit dem Säbel um, der über Nacht auf der alten Spielzeugkiste vor dem Bett gelegen hatte.

Danach holte sie ihren Seesack unten aus dem Schrank heraus und füllte ihn mit Kleidern. Obendrauf legte sie einen Block und eine kleine Tasche mit einigen Stiften. Den winzigen Block, den sie immer mit sich herum trug, steckte sie in ihre Hosentasche. Unten im Haus hörte sie die Haustür ins Schloss fallen. Misses Wittards hatte gerade das Haus betreten. Sea ging zu ihrem Schreibtisch, schob ihre Zeichnungen zusammen und legte sie in die oberste Schublade. Sonst waren sie im Zimmer verteilt oder die Hälfte fehlte, wenn Misses Wittards irgendwann das Fenster öffnete, um zu lüften. Sie öffnete die Fensterläden, wie sie es jeden Morgen tat. Draußen war es noch dunkel, als sie die kühle Morgenluft in ihre Lunge hinab zog. Sea warf sich ihren Seesack über die Schulter und verließ ihr Zimmer.

***

Als Sea das Esszimmer betrat, um zu Misses Wittards in die Küche zu gehen, wartete Math darin schon auf sie. Er saß an seinem bevorzugten Platz mit dem Rücken zum Eingang und drehte den Kopf zu ihr, als sie die Tür schloss.

Schon vom Gang aus hatte sie gehört, wie er sich gerade durch die offene Küchentür mit seiner Mutter unterhalten hatte. Er lächelte sie an und begrüßte sie trotz der frühen Stunde hellwach: „Guten Morgen, Seepferdchen"

„Guten Morgen, Math", erwiderte Sea sein ansteckendes Lächeln gespielt und setzte sich mit einem Gruß in die Küche an den Tisch. Misses Wittards kam mit einem Korb voll aufgeschnittenem Brot in der Hand aus der Küche.

„Guten Morgen, Sea. Du bist heute ja wirklich früh dran", sagte sie munter, als sie den Korb auf den Tisch stellte. Sea antwortete lächelnd: „Ich sagte doch gestern, dass ich heute früh aufstehe ..."

„Dann bringe ich euch gleich etwas zum Frühstück", sagte Misses Wittards, als sie wieder in der Küche verschwand. Sekunden später stand sie mit einem Glas Marmelade und Butter wieder vor ihnen.

* * *

Nachdem sie das benutzte Geschirr vom Frühstück in die Küche getragen hatten, verabschiedeten sie sich sogleich. Da sich Math dazu entschlossen hatte, Sea erst am Hafen zu verabschieden, liefen sie gemeinsam die Pflasterstraße zum Anlegeplatz hinunter. Diese Nacht war Vollmond gewesen, und obwohl es bereits dämmerte, strahlte der Mond am Himmel und erleuchtete die stillen Gassen mit silbernem Licht. Sea sog die angenehm kalte Seeluft ein, als sie den belebten Kai der scheinbar schlafenden Stadt erreichten. Die *Unicorn's Dream* lag, sich aufgeregt im Seegang wiegend, am Steg vertäut und schien nur darauf zu warten, endlich wieder in See zu stechen. Sea konnte ihr Fernweh nur zu gut verstehen, sie wurde selbst davon geplagt. Auch wenn sie immer gerne wieder im Heimathafen einlief, manchmal packte sie die Abenteuerlust, und sie wollte in die Welt hinaus. Sea stellte ihren Seesack für ihre Verabschiedung auf den Boden, als sie am Landungssteg stehen blieben und sich ansahen. Wenn man nicht wusste, dass sie zur See fuhr, hätte man auf die Idee kommen können, dass sie hier ihren geliebten Seemann verabschiedete. Er sah sie sich von oben bis unten genau an, wie um sie sich genau einzuprägen für den Fall, dass sie für immer auf See verblieb.

„Was ist, Math? Irgendetwas hast du doch?", fragte Sea ihn seufzend, obwohl sie schon ihre Vermutungen hatte. Nun konnte er seinen Beschützerinstinkt für sie einfach nicht mehr verbergen. Vor Sorge verzerrte er das Gesicht, als würde er in eine bittersaure Limette beißen.

„Ich finde es nicht richtig, dass du wieder zur See fährst. Ich meine, früher, als Kapitän Horce noch auf dich Acht gegeben hat, konnte man dir deine Freiheit lassen. Aber nun, da niemand mehr auf dich Wildfang aufpasst, mache ich mir ein wenig Sorgen, dass du dich in Schwierigkeiten reitest", antwortete Math mit besorgt verschränkten Armen. Eigentlich hätte sie erwartet, dass ihm seine Worte peinlich seien und er mit leicht erröteten Wangen auf den Boden starren würde, wie er es als Kind ab und an getan hatte. Aber der junge Mann hielt selbstsicher ihrem Blick stand und sah ihr in die Augen. Sea legte die Arme um ihren besten Freund und kuschelte den Kopf an seine Schulter. Vermutlich nur unabsichtlich hatte er sie an ihren Vater erinnert, und ein eisiges Meer aus Sehnsucht breitete sich in ihrem Körper aus. Aber die warme Glut in seinem Brustkorb brachte zumindest die gröbsten Eisberge zum Schmelzen. Math genoss einen Moment ihre Umarmung und wiegte sie, wie die Wellen ein Schiff, bevor sie sich schließlich wieder voneinander lösten.

„Mich musste noch nie jemand beschützen und mich wird auch in Zukunft *keiner* beschützen müssen. Ich kann mich schon selbst wehren", versicherte sie ihm standfest. Doch Math schüttelte ungläubig den Kopf.

„Und was, wenn du es *nur ein einziges Mal* nicht kannst?"

Sea lächelte ihn tröstlich an, gab ihm einen Kuss auf die Wange und versprach: „Ich komme immer wieder nach Kingston zurück, das schwöre ich dir." Sie schulterte ihren Seesack wieder und ging den Steg entlang. An der noch immer angelegten Laderampe blieb sie stehen und winkte ihrem Freund zum Abschied.

„Bis dann!" Sea ging über die Passerelle und betrat ihr Schiff, den Blick die Zeit abschätzend nach Osten auf den kamillegelb werdenden Horizont gerichtet.

„Bis dann", rief Math ihr nach und schlenderte, immer wieder über die Schulter blickend, zurück in die Stadt.

***

Rack war einer der Matrosen, die sich schon aus ihren Hängematten hatten lösen können und an ihren Arbeitsplätzen auf ihre Kommandos warteten. Vollkommen munter stand er an der Reling und hatte ihnen anscheinend bei ihrer Verabschiedung zugesehen. Schon zu dieser frühen Stunde begann er sie gut gelaunt zu sticheln: „Das sah ja niedlich aus, wie du dich von dem Pferdeschuhster verabschiedet hast."

Sea seufzte leicht genervt darüber, dass er diese für ihn typische Stichelei amüsant fand, versuchte aber nicht, sich ihr Lächeln zu verkneifen.

„Müssen wir diesen Blödsinn wirklich schon wieder durchkauen? Math ist Hufschmied und damit ein ehrbarer Handwerker, der einem Seemann in nichts nachsteht", verteidigte sie ihren Freund, als sie über das Großdeck nach achtern ging.

Rack folgte seiner Freundin in Richtung des Hecks zu den Stufen, die auf das Achterdeck führten. „Ich bin einfach der Meinung, dass du als Freunde Männer verdient hast, die deinem Niveau entsprechen", kam er schulterzuckend zur Sache. Dummerweise zählten Racks *vorgespielter* Ansicht nach nur Männer als echte Männer, die in der Seefahrt arbeiteten. Dass die Arbeiten der Landlubber zwar andere, aber ebenso gefährlichen Risiken boten, die sie zu ganzen Kerlen machten, ignorierte er absichtlich. Tatsächlich brauchte er nur eine Ausrede für seinen Neid auf Maths Freundschaft zu ihr.

„Aye, das Gefühl habe ich manchmal auch, wenn ich mich mit dir unterhalte", stichelte sie ihren Freund zurück und löste ein amüsiertes Glucksen bei Bill aus, der in diesem Moment den Niedergang empor eilte.

„Gib 's auf, Rack, gegen ihre Schlagfertigkeit wirst du nie ankommen!", lachte er und erhaschte dafür einen gespielt gereizten Blick von Rack. An Schlagfertigkeit hatte sie ihren Freund tatsächlich schon in jungen Jahren übertroffen.

„Geh und läute alle Mann an Deck, Rack! Sonst kommen die übrigen Faulenzer nie auf die Beine", befahl sie ihm, um nicht noch mehr Zeit zu vertrödeln.

„Aye", murrte er und eilte in großen Schritten zu der Messingglocke. Sekunden später schallte das Läuten über das Deck und war vermutlich noch in weitem Umkreis zwischen den Schiffsmasten zu hören. Da ein Großteil der Mannschaft sich schon vor ihrem Eintreffen an Deck begeben hatte, stiegen einzig noch die Langschläfer mit lauten Schritten den Niedergang empor. Indessen ging die Sonne am östlichen Horizont auf und blendete über die Hügel in den Hafen.

Im ersten hellen Licht des Tages gab Sea eine Reihe von Kommandos, die sie von ihrem Vater in jedem Hafen wieder gehört hatte: „Passerelle einholen!" Einige der Matrosen hievten die Brücke mit Hilfe des
Davits, den sie normalerweise für das Aussetzten von Beibooten benutzten, an Bord und verstauten sie im Schiffsrumpf.

„Fockmarssegel und Klüver setzten! Die vorderen Leinen lösen!
Die Leine am Backbordheck zum Loswerfen klarmachen!", befahl Sea
deutlich und begab sich hinter das Ruder, als der Erste Maat den Befehl über die Reling auf den Steg hinab brüllte. Ein Hafenarbeiter löste
die Leinen von den Pfählen am Steg, die Matrosen jene an den Pollern
im Wasser, ehe sie die Leinen einholten und aufrollten. Währenddessen kommandierte Shark in ohrenbetäubender Lautstärke das Setzen
der Segel. Die Matrosen kletterten über die Webeleinen, zwischen den
Wanten genannten Stützseilen, zwischen Mast und Reling empor. Über
als die Fußpferde bezeichneten Leinen an den Bäumen rutschten die
Matrosen an den Rahen entlang. Die Zeisinge, Seile, die die Segel als
Bündel zusammenhielten, wurden gelöst und das Tuch zu seiner vollen
Größe entfaltet. An ihren unteren Ecken wurden sie mit Leinen fixiert.
Ein ordentlicher Nordostwind fing sich in ihnen, der das Schiff von
dem Druck in den vorderen Segeln an der letzten Leine mit dem Bug
zur See zu drehen begann.

„Loswerfen!", befahl sie ans Backbordheck, und die Matrosen warfen die *Unicorn's Dream* los. Sea ließ sie einige Faden weit treiben, dann
drehte sie das Ruder und nahm Kurs auf die offene See. Da sie ruhigen
Seegang hatten und die *Unicorn's Dream* ein relativ kleines Schiff war,
war sie fähig, genug Muskelkraft aufzubringen, um das Ruder selbst zu
bewegen.

„Alle Unter- und Bramsegel setzen! Anschließend die Royals!"
Als sie sich ein Stück weit vom Land entfernt hatten, brachte sie den
Frachtsegler auf den richtigen Kurs nach Südwest. Im Rückenwind ließ
sie die Leesegel setzen.

Etwa eine Viertelstunde nachdem sie abgelegt hatten, übergab Sea
das Ruder an ihren Steuermann. Während Augenklappe Jo es übernahm, machte Sea sich voller Freude nach vorne zum Bug auf. Neben
dem Bugspriet, dem vordersten, schräg in Fahrtrichtung strebenden
Mast, blieb sie auf dem Galion stehen und ließ sich den Passat-Wind
durch die Haare streicheln.

Manche sagten den Seemännern nach, sie hätten Herzen aus Eiche, wie ihre Schiffe, und seien geboren, um zur See zu fahren. Das Landleben hatte seine schönen Seiten, aber die Sehnsucht trieb die Seeleute trotzdem auf das Meer hinaus. Sie atmete die salzige Luft ein und sah zu, wie der Vordersteven die Wellen zerteilte und die regenbogenfarbig glitzernden Tropfen bis unter die Galionsfigur spritzten. Die *Unicorn's Dream* preschte durch die sanften Wogen und hinterließ weiße Schaumkronen auf den Bugwellen. Dabei wiegte der Bug, wie er über die Wellenberge hinweg glitt und ins Wellental sank, den halbstarken Kapitän tröstend. Vermutlich würde sie ihren Vater niemals gehen lassen können, aber über den Wellen fühlte sie sich ihm nahe, als stünde er neben ihr. Die Nähe des Meeres machte ihn lebendig, und in der *Unicorn's Dream* schien er sowohl noch zu atmen, als auch zu denken. Tapfer blinzelte sie ihre Tränen aus ihren Augen.

Sea beobachtete, wie Kingston hinter ihnen kleiner wurde und in dem grünen Landstreifen verschwamm, während der Segler sie auf die offene See hinaustrug. Dafür erhellte sich der Himmel im Osten allmählich, bis ein kristallenes Azurblau das Firmament durchtränkte.

Etwa eine Stunde später betrat Sea durch die gefensterte Tür den kleinen Kartenraum, in dem man zwischen der Kommode mit den Karten und dem Navigationstisch gerade genug Platz hatte, um den Stuhl unter dem Tischbrett hervorzuziehen. Draußen strahlte die Sonne inzwischen taghell über den fast wolkenlosen Himmel. Dem Wetter zufolge würde der Ostwind vermutlich den ganzen Tag anhalten. Dadurch mussten sie zwar gegen ihn aufkreuzen, hatten aber stetig eine gute Brise in den Segeln. Geschäftig zog sie die große Schublade der Kommode in der Achtergalerie auf und nahm die Karte der Großen Antillen heraus. Anschließend setzte sie sich an den Tisch, rollte sie auf und klemmte die vier Ecken unter Gewichten auf die Tischplatte. Den Kompass nahm sie aus der kleinen Kiste, die auf dem Tisch stand. Er ergänzte den stationären Kompass des Kartenraums, der beweglich aufgehängt von der Wand in Fahrtrichtung hing. Die *Unicorn's Dream* bewegte sich Richtung Südost, und anderthalb Stunden waren sie auf See seit die Landzunge von Port Royal die letzten Koordinaten angegeben hatte. Sea legte das Kursdreieck auf die Karte, bestimmte die Richtung, in die sie unterwegs waren, und zeichnete sie auf der Karte ein. Wenn Rack in den nächsten Augenblicken in den Kartenraum kam, um ihr zu sagen, wie viel Fahrt sie gerade machten, konnte sie auch ihre Position errechnen.

Aber anstatt zu warten, stand Sea auf und ging in die Kapitänskabine. Ihr Seesack lag auf dem Bett, wo sie ihn am Morgen hingelegt hatte, und sie zog abwesend die Zeichenutensilien heraus, die sie neben der Tasche auf die Matratze schmiss. Irgendetwas zu zeichnen würde sie vielleicht von dem Gesicht ihres Vaters ablenken, das immer wieder vor ihrem inneren Auge auftauchte. Aber zumindest musste sie nicht mehr jedes Mal heulen, sondern konnte ihre Tränen wegblinzeln. Den Seesack verstaute sie auf der untersten Ablage im Kleiderschrank neben dem Bett. Und beschloss, das Gepäckstück nicht so bald wieder hervorzuholen. Es lagen noch Kleider ihres Vaters im Schrank und diese zu sehen, ihres Vaters Duft zu riechen, hatte ihr sofort einen Stich versetzt. Wehmütig stieß sie die Schranktür wieder zu. Den Stift steckte sie in die Hosentasche und verließ, den Block unter den Arm geklemmt, ihre Kabine.

∗∗∗

Ganz hinten am Heck lehnte Sea sich an die Reling und kramte den Stift wieder aus der Tasche. Neben ihr ließ Rack die Leine ins Wasser hinab, an der der Logscheit befestigt war. In einer vom Logglas, einer speziellen Sanduhr, bestimmten Zeit zählte er die Knoten, die sich in regelmäßigen Abständen von einem Faden auf der zu Wasser gelassenen Leine befanden und die er sich durch die Finger gleiten ließ. So konnte er messen , wie schnell das Schiff fuhr. Aber Sea war es zu diesem Zeitpunkt, da sie mit Zeichnen begann, nicht mehr wirklich wichtig, zu wissen, wie schnell sie waren. Während das Bild auf ihrem kleinen Block Gestalt annahm, erinnerte sie sich, wie lange sie Rack schon kannte. Er war mit etwa vierzehn Jahren als Schiffsjunge auf die *Unicorn's Dream* gekommen als sie ungefähr sechs gewesen war. Seither war er nie auf einem andern Schiff gesegelt und kannte fast jede Ritze dieses Frachters. In dieser Zeit hatten sie sich sehr eng angefreundet, des Öfteren behandelte er sie wie eine Kleine Schwester, auf die er aufpassen musste.

„Vierzehn Knoten. Wir machen gute Fahrt, Käpt'n", sagte er lächelnd zu Sea und begann, das Seil wieder einzuholen. Sie ,Kapitän' zu nennen schien noch immer mehr ein Witz für ihn zu sein als ein autoritärer

Titel. Das Brett, an dem es befestigt war, kam rasch näher. Die *Unicorn's Dream* konnte schneller fahren, wenn es nötig war. Aber vierzehn Knoten war immer noch schneller als die meisten anderen Schiffe, also war sie mit dieser Durchschnittsgeschwindigkeit mehr als zufrieden.

„Sehr gut"

„Was ich dir noch sagen wollte ...", begann Rack nicht mehr so unbeschwert, „als Augenklappe dir erzählt hat, was mit deinem Dad passiert ist, hätten Bill und ich ihn gerne begleitet, aber er meinte, wir sollen dich nicht überrennen. Und Shark als Ersten Maat konnte er nicht davon abhalten mitzugehen."

„Schon verziehen, Rack", nahm sie seine Entschuldigung an. Er nickte betrübt. „Es tut mir sowieso leid, was passiert ist. Wenn ich nicht am Bug gekämpft hätte, hätte ich ihm vielleicht helfen können. Oder vielleicht zumindest den dreimal verfluchten Höllenhund, der das getan hat, erwischt!", warf er sich selbst vor.

„Hör auf!", befahl sie scharf, „Du musst dir bestimmt keine Vorwürfe machen, Rack. Ich will im Augenblick sowieso nicht über dieses Thema reden." Sea steckte den Stift in die Tasche und klemmte ihren Block unter den Arm. Sie hatte keine Lust, schon wieder an ihren Verlust erinnert zu werden, sie kämpfte schon wieder mit dem Brennen in ihren braunen Augen. „Wenn du mich suchst, bin ich wieder in meiner Kabine sobald ich Position und Kurs bestimmt habe", teilte sie ihm mit. Rack schwieg und sah ihr entschuldigend nach, wie sie auf die Steuerbrücke herabstieg.

✳✳✳

Am späten Nachmittag des zweiten Tages auf See klopfte es an die Tür des Kartenraumes, und Shark stand in der Tür. Dass er klopfte war eine Seltenheit. Sea war gerade mit Navigieren beschäftigt, deshalb lag die große Seekarte noch immer vor ihr auf dem Tisch ausgebreitet. Sie hob den Kopf und fragte:

„Was ist?"

Er zeigte mit seinem Daumen über seine Schulter. „Da halten zwei Schaluppen mit einer ziemlichen Geschwindigkeit auf uns zu."

Sea zog ihre Augenbraue hoch und fragte: „Haben sie eine Flagge gezeigt?"

Shark schüttelte den Kopf. Natürlich hatten sie keine Flagge gezeigt, vermutlich waren es Küstenpiraten, die die *Unicorn's Dream* ihrer geringen Größe wegen unterschätzten. Neugierig stand Sea auf und ging an ihm vorbei auf das Deck hinaus. Die Mannschaft stand backbord, also in Fahrtrichtung links, an der Reling und sah aufs Meer. Mit Ausnahme von Augenklappe, welcher am Ruder stand, wo er als Steuermann auch hingehörte. Sea stellte sich zwischen zwei Matrosen und betrachtete die beiden kleinen Schiffe, die vermutlich gestohlene Beiboote waren. Die Schaluppen hielten von Süden her genau auf sie zu, um sie in Küstennähe einzukesseln und verfolgten sie unter Segel und Riemenkraft mit einem waghalsigen Tempo. Shark hielt ihr das Fernrohr hin, den Kieker, auch wenn ihn scheinbar jede noch so kleine Aufgabe ihr gegenüber anwiderte. Sie nahm sein Verhalten kühl, nahm ihm das Fernrohr aus der Hand, zog es auseinander und sah hindurch. Die Boote waren voll besetzt, denn die Taktik der Küstenräuber war es, kleine, verletzlich erscheinende Frachter im wahrsten Sinne mit Männern zu überrennen. Sie konnten nur mit Geschwindigkeit und Überzahl gewinnen.

Aber sie unterschätzten die *Unicorn's Dream*. Sie könnten ihnen davonkreuzen, aber Sea war der Meinung, dass ihre Crew diese Strandräuber problemlos von der Bildfläche fegen konnte.

„Wann habt ihr zuletzt schießen geübt?", fragte sie, während sie schon die Entfernung zum Gegner abschätze und bekam von Shark ein unbeteiligtes Schulterzucken zur Antwort. Dieser respektlosesten aller Antworten zufolge, konnte es den Matrosen nicht schaden, sich ein wenig in Selbstverteidigung zu üben. Die Kapitänstochter nahm das Fernrohr herunter und drehte sich zu ihrer Crew. Auf ihr Gefühl konnte sie sich in den meisten Fällen verlassen.

„Stückmannschaft, ladet unsere kleinen Knallbüchsen am Backbordheck, die beiden achtersten! Shark, lass den Männern Gewehre ausgeben." Einen Augenblick lang sahen ihre Matrosen sie irritiert an, dann verschwand die Stückmannschaft unter Deck, um die kleinen Kanonen mit nur vier Pfund schweren Kugeln zu laden.

„Du erwartest Piraten?", erkundigte Rack sich, ob sie das gleiche dachten.

„Dieser Auftritt lässt keinen anderen Schluss zu."

Die Schaluppen waren kein Kabel mehr von der *Unicorn's Dream* entfernt, als Sea entdeckte, dass sie doch eine taschentuchgroße Flagge mit sich führten. Es war der Black Jack, die Piratenflagge, die auch ‚Jolly Roger' genannt wurde. Da Seas Verdacht nun sogar bestätigt war und die Schaluppen sich als Küstenpiraten entpuppt hatten, fackelte sie nicht mehr lange.

Inzwischen waren die kleinen Kanonen, die die *Unicorn's Dream* auf dem Zweiten Deck mitführte, geladen. Eigentlich waren es zu wenige und sie waren zu klein, um das Schiff richtig zu verteidigen, aber sie waren schließlich auch nur als Notlösung zum Zeitschinden gedacht. Die wahre Stärke ihres Frachtseglers war eindeutig seine Geschwindigkeit, die sie absichtlich drosseln ließ. Letztendlich sollten ihre ungeübten Kanoniere auch treffen.

„Kanoniere! Versenkt oder beschädigt die Schaluppen, konzentriert euch vorerst auf die zurückliegende! Ich denke, es ist genug Zeit, um einmal nachzuladen, falls ihr nicht beide vergrault, übernehmen die Schützen den Rest. Ein Kugelhagel wird ihnen die Lust auf einen Überfall verderben und euch wieder etwas in Übung bringen. Gib mir auch ein Gewehr, ich hab schon lang nicht mehr geschossen", erklärte sie kurz und deutlich. Ein Matrose händigte ihr einen gestopften Vorderlader aus. Als sie sich das nächste Mal umdrehte, stellte sie fest, dass sich der Abstand zwischen den Schaluppen und dem Frachter rasch verkleinerte.

„Achtung, Kanoniere! Feuer frei!", gab sie der Stückmannschaft die Freiheit, den Abschussmoment selbst zu bestimmen. Der Kopf der Mannschaft richtete nun mit Keilen die Kanone aus und fühlte die Bewegung des Decks mit dem Wellengang, ehe er die Zündung der Lunte befahl, kurz bevor das Schiff die geplante Neigung erreichte.

„Feuer!", tönte es aus der geöffneten Stückpfortenklappe.

Die Lunten wurden entzündet, und die verhältnismäßig kleinen Kugeln wurden vom Druck des brennenden Pulvers aus den Kanonenläufen geschleudert. Die ersten beiden Kugeln verfehlten den Rumpf, wobei die zweite zumindest ein Stück Segel mitriss, anstatt wie die andere mit einer spritzenden Wasserfontäne in der Tiefe zu verschwinden. Dann schwiegen die Geschütze eine Minute, bis sie nachgeladen waren. Die nächste Kugel traf knapp unterhalb des Wasserspiegels den Bug der Schaluppe und riss ein Leck in den Rumpf. Das vierte Geschoss zerstörte eine ganze Reihe Riemen. Dieser Gegner konnte von Glück reden, wenn er es mit dem Schaden wieder an Land schaffte, wie erwartet wendete die langsamere Schaluppe. Während die eine unterwegs zum sicheren Land war, schien die andere nicht aufgeben zu wollen, obwohl die Piraten nun keineswegs mehr in der Überzahl waren.

Tapfer hielten sie weiterhin auf den Frachter zu. Inzwischen hatten die Schützen ihre Gewehre auf der Reling abgestützt und nahmen sich alle Zeit, um zu zielen. Zu seinen Füßen hatte jeder von ihnen ein weiteres Gewehr platziert. Da diese nur einen Schuss hatten, war es ganz praktisch, einen zweiten geladenen Lauf bei sich zu haben.

„Feuer frei, Käpt'n?", fragte jemand, obwohl die Piraten für einen ungeübten Schützen noch zu weit entfernt waren.

„Wartet bis kurz bevor sie die Pistolenreichweite passieren." Sie beobachtete die Insassen der Schaluppe noch einige Riemenzüge lang und hörte ihrem mörderischen Gebrüll zu, bevor sie das Feuer frei gab. Es galt, den richtigen Augenblick abzupassen, damit die Büchsen nicht schon leer waren, bevor die Piraten den Abstand erreichten, in dem sie am effektivsten zu beschießen waren. Die ersten Schüsse knallten aus den Läufen, und einige der Piraten schrien schmerzlich auf. Sie erwiderten das Feuer, aber hinter der Reling waren ihre Matrosen bestens geschützt vor den Schüssen, die von unten nach oben kamen. Die Piraten hingegen konnten auf dem Deck des kleinen Schiffs nirgends Deckung finden und waren dem Kugelregen nahezu schutzlos ausgeliefert. Sea wartete und beobachtete, bevor sie auch nur daran dachte zu schießen. Zwei oder drei weitere Versuche wurden unternommen, Nähe zu gewinnen, einen der Haken über die Reling zu werfen, aber sie misslangen. Schließlich wendeten die wenigen der unverletzten Küstenpiraten die Schaluppe und zogen sich wüst fluchend zurück.

Als sie einigen Abstand gewonnen hatten, entschied Sea, ihre Schießübung zu verschieben. Sie erhob sich, gab ihr Gewehr zurück an einen der Matrosen und beobachtete die Schaluppen. Die, welche sie mit den Kanonen beschossen hatten, lag reichlich tief im Wasser, sofern dies zu erkennen war, scheinbar kamen ihre Insassen mit Wasserschöpfen nicht nach. Auf See wurde mit Piraten eben genauso kurzen Prozess gemacht wie an Land. So konnte man recht viele Probleme umgehen.

Unter Jubel sahen ihre Matrosen den beiden Schiffen hinterher, bis Sea sie zur Weiterfahrt trieb. „Na los, seht zu, dass wir hier weg kommen! Shark, lass die Segel anbrassen, zum Aufkreuzen vertragen die noch einiges an Wind. Die *Dream* soll wieder in Fahrt kommen", gab sie ihren Matrosen deutlich zu verstehen. Shark gab die Befehle mit seiner lauten, mürrischen Stimme erneut wieder, und die Hände waren in kürzester Zeit an den Brassen. Bald standen die Segel wieder voll im Wind, und die *Unicorn's Dream* nahm Fahrt auf. Sea blickte sich einen Moment nach den Schaluppen um, als die Arbeit größtenteils getan war. Sie hatte in dieser Viertelstunde genug Distanz bekommen, dass sie die beiden besegelten Boote nur noch als Punkte auf den Wellen ausmachen konnte.

∗∗∗

Einen weiteren Tag später trug Sea gerade die Ereignisse ins Logbuch ein, als sie von draußen laute Rufe vernahm. Bis auf die Piraten, die sie versenkt hatten, war nichts Außergewöhnliches passiert seit sie Kingston verlassen hatten. Die Crew hatte wahrscheinlich den größten Teil der Zeit mit Würfeln oder Kartenspielen verbracht. Einmal hatte der Wind kurz nachgelassen, dann wieder aufgefrischt, und einmal hatte es einen trockenen, leichten Windsturm gegeben, was am Ende der Hurrikan-Saison nicht weiter bemerkenswert war. Sea schrieb den Satz noch zu Ende, ehe sie aufstand.

Die Rufe stammten wie erwartet von der Topsaling oben am Großmast, die Krähennest genannt wurde, weil dort noch vor Jahrhunderten Krähen gehalten worden waren. Wie die Taube in der Bibel hätten diese den Seefahrern den Weg zum Land gezeigt, falls diese die Orientierung verloren. Heutzutage – in der Epoche von Uhr und Sextant – war das Federvieh überflüssig. Nur der Name blieb. Der Matrose brüllte immer wieder „Land in Sicht!" aufs Großdeck hinab. Kaum hatte Sea das Deck betreten, kam Rack sofort auf sie zugeeilt. Er hielt ihr das Fernrohr hin, das sie annahm und auseinander zog. Sea setzte es an ihr rechtes Auge und sah hindurch. Die *Unicorn's Dream* war dem Land schon recht nahe. Sie sah nicht nur einen grünen Landstreifen, sondern schon verschwommene Einzelheiten. Sie hielten genau auf eine Stadt mit einem großen Hafen zu. Sea gab Rack das Fernrohr zurück und lächelte.

Einige Matrosen pfiffen jetzt schon Feierabendlieder, denn sie hatten ihr Ziel erreicht und dies bedeutete, dass sie bald an Land gehen konnten. Und an Land gab es Kneipen ... „Hisst die Flagge!", befahl Sea, doch ihre Matrosen hatten den Befehl vorhergesehen und waren bereits dabei, die Flagge an der Fahnenstange entlang hochzuziehen. Die erst wenige Monate alte, rote Flagge der britischen Handelsschiffe mit dem Union Jack in der oberen Ecke. Sie kamen dem Land rasch näher. Bald konnte man auch ohne Fernrohr die einzelnen Häuser erkennen. Im Licht der untergehenden Sonne sahen sie aus, als wären sie golden und orange angemalt worden. Sea steuerte die *Unicorn's Dream* persönlich in den Hafen. Die Matrosen holten die Segel ein. Das Schiff trieb noch ein Stück und kam neben dem Landungssteg zum Liegen. Die *Unicorn's Dream* wurde mit dem Steg vertäut und die Passerelle angelegt.

Als alles erledigt war, stellte sich Augenklappe neben sie und wollte ihr etwas sagen. „Käp'n, ..." Sea schnitt ihm das Wort ab.

„Landgang erlaubt, Augenklappe" Sie kannte diese Männer seit frühester Kindheit und wusste inzwischen, was sie wollten. Eigentlich wollten sie wohl alle unbedingt ihren Feierabend in der Kneipe verbringen.

„Kommst du nicht mit?" Rack sah fast ein wenige verwirrt aus. Sea zog ihre Augenbraue hoch, sah ihn gespielt irritiert an und fragte scheinheilig:

„Was soll ich denn in einer Kneipe?" Hätte sich nicht der größte Teil der Crew bereits zum Gehen umgewandt, hätte sie sich diesen Unsinn nicht erlaubt. Da sie aber inzwischen nur noch unter Freunden waren, konnten sie auch etwas herumalbern. Rack beugte sich zu ihrem rechten Ohr vor und antwortete gerade heraus: „Rum saufen!" Sea musste auflachen. Ihr Lachen klang immer ein wenig wiehernd, wie ein Pferd. Sie stieß seine Schulter weg. Rack lehnte sich neben sie an die Reling und lachte mit ihr.

„Klar, ich und Rum saufen", lachte Sea. Racks Lachen wurde zu einem Lächeln. „Hey, vor uns kannst du nichts verheimlichen. Wir wissen, dass du den Rum genauso liebst, wie wir." Sea lehnte sich an seinen Arm.

„Das kann sein, aber ich weiß, im Gegensatz zu dir, wann genug ist." Das sah Rack als Herausforderung an.

„Das musst du mir aber beweisen. Ich wette, wenn du mit in die Kneipe kommst, bist du früher besoffen als ich", nahm er ihre Herausforderung an, „und zwar nach dem ersten Glas schon!"

„Nur in deinen Träumen", erwiderte Sea lächelnd, „aber ich habe leider zu tun. Ich möchte noch heute zu Ninas Geschäftspartner, und da unten kommt noch jemand den Steg entlanggewatschelt."

Ein Mann in feiner Kleidung und teurem Schuhwerk lief zügig über den Steg auf die *Unicorn's Dream* zu. Er hatte sich ein Buch unter den Arm geklemmt, eine Brille mit dicken Gläsern auf der Nase und sah recht griesgrämig aus. Er fragte die Matrosen, die gerade über die Passerelle den Steg betraten, wer der Kapitän dieses Schiffes sei. Sea sah, wie ein Matrose auf sie deutete und der Mann ihn ansah als hätte er einen Witz gemacht. Doch er versicherte ihm anscheinend, dass er es ernst damit meinte, dass sein Kapitän ein Mädchen war.

Rack begann breit zu grinsen. „Von dir hätte ich wirklich nicht erwartet, dass du kneifst", stichelte er sie trotzdem weiter, weshalb Augenklappe den Kopf zu schütteln begann.

„Pass auf was du sagst, mein Freund." Sie sah ihn mit einem drohenden Blick an. Aber Rack grinste und forderte sie weiter heraus: „Du hast doch sonst vor nichts Angst. Warum hast du ausgerechnet Angst zu verlieren?"

Sea kam langsam näher auf ihn zu, um den Eindruck zu verstärken.

„Übertreib es nicht, Rack", warnte sie ihn gereizt. Eine Nasenlänge vor ihm baute sie sich mit verschränkten Armen auf.

„Ich will nur nicht, dass dein Zeichenblock zu schnell voll wird", versuchte Rack grinsend sich herauszureden. Wo er Recht hatte, hatte er Recht. Wenn ihr Zeichenblock voll war, wurde sie immer wütend und ging allen, sich selbst eingeschlossen, auf die Nerven. Aber Rack hatte auf diese Worte mit Absicht verzichtet, denn sie wusste es schließlich selbst. Sea zuckte mit den Schultern, als sie gespielt murrte: „Also gut, ich komme nach …Seit ihr wieder im *Fisch*?" Ihre Freunde gingen nebeneinander von Bord, wobei sie auf der Passerelle hintereinander gehen mussten, weil diese schmal war. Dem bebrillten Herren ließen sie den Vortritt.

„An unserem Stammtisch!", winkte ihr Rack vom Steg aus zu, ehe sie sich dem Fremden zuwandte. Kopfschüttelnd und unsicher trat der Mann auf sie zu, als bezweifelte er, an der richtigen Adresse zu sein. Was in dieser ungewöhnlichen Situation aber nicht anders zu erwarten war.

„Entschuldigt bitte vielmals, junge Dame, seid Ihr Kapitän Horce?", fragte der spanische Hafenwart unsicher, aber in erstaunlich gutem

Englisch. Sea nickte und antwortete: „Ja, das bin ich. Wie kann ich ihnen helfen?"

Er blinzelte ungläubig, antwortete aber: „Ihr wisst, dass das Anlegen im Hafen zahlungspflichtig ist", sagte er und schob seine Brille hoch.

„Und wie viel kostet das Anlegen in Santo Domingo nochmal?"

„Fünfzehn Achterstücke pro Tag" Typischerweise versuchte auch dieser Beamte, die Leute übers Ohr zu hauen.

„Wucherpreise könnt Ihr jemand anderem in Rechnung stellen, Señor. Von mir bekommt Ihr so viel Gold wie ich bei meinem letzten Besuch gezahlt habe und mehr nicht. Sollte er es wagen, mir mehr als fünf Achterstücke täglich für die nächsten drei Tage zu berechnen, werde ich Ihren Vorgesetzten den Aufpreis gerne persönlich bezahlen." Sea griff in ihre Hosentasche und zog einige Münzen heraus, die sie dem Mann in die Hand drückte. Der drehte sich mit einer kurzen Empfehlung um und ging, was Sea mehr als recht war. Zuzulassen, dass Anlegegebühren in seine Tasche wanderten, war nicht in ihrem Sinne. Sollte er sich doch ärgern.

∗∗∗

Als er verschwunden war, holte Sea Ninas Bestellliste und ging durch eine schmale Straße in die Stadt. Es dauerte eine Weile, bis Sea den Laden von Nonna Ninas Geschäftspartner wiederfand. Für sie sah hier in Santo Domingo alles ähnlich aus. Sie klopfte an die Tür und trat einen Schritt zurück. Ein grauhaariger Mann öffnete, der sie augenblicklich erkannte. „Guten Abend, Miss Horce. Kommt herein.", sagte er freundlich und in bestem Englisch.

Sie folgte ihm durch den Eingang und sah sich um. Sein Ladenlokal hatte sich nicht verändert. Es sah ähnlich aus wie in Nonna Ninas Laden, überall Kräuter und Gewürze in allen Farben, die alle möglichen Gerüche verströmten. Ninas Geschäftspartner, dessen Namen sie häufig vergaß, obwohl es eine hundsgewöhnliche Namenszusammenstellung war, schloss die Tür. „Ihr seid bestimmt hier, um mir zu berichten, dass die Lieferung aus Kingston angekommen ist", stellte er fest. Sea beugte sich vor und sah sich einige Gewürze an. Der Gewürzhändler kannte sie als neugieriges Mädchen, das alles untersuchte. So fiel ihm mit etwas Glück nicht auf, dass sie ihn gerade nicht ansehen wollte.

97

„Ja, allerdings. Und wenn Ihr die Kakaosäcke morgen am Hafen abholen kommt, wäre es sehr freundlich, wenn Ihr gleich die nächste Lieferung nach Kingston vorbeibringen könntet", sagte Sea und betrachtete ein grünlich-braunes Gewürz, das sie als gemahlenen grünen Pfeffer identifizierte.

„Was möchte Nina denn gerne?", fragte er interessiert. Sea stellte sich wieder gerade hin, erinnerte sich und antwortete: „Ingwer, Oregano und was war es noch gleich ...Safran und noch was ...Sie hat wie immer eine Bestellliste verfasst, bitteschön."

Sie händigte ihm die Liste aus, und er nickte bestätigend. „Für den gleichen Preis, für den ich von ihr Kakao bekomme, nehme ich an."

Sea zuckte mit den Schultern. „Sie hat mir zumindest kein Geld mitgegeben, mit dem ich mehr Ware bezahlen könnte."

Er sah sie ein wenig irritiert an und fragte dann: „Euch? Ihr meint Eurem Vater?" Sea atmete lange aus, dann stieß sie die Worte aus ihrem Mund und versuchte, sie selbst zu überhören.

„Mein Vater ist bei einem Piratenüberfall umgekommen. Ich bin jetzt der Kapitän der *Unicorn's Dream*." Er sagte kein Wort, worüber sie wirklich froh war. Sea schluckte und versuchte ganz ruhig zu atmen, als sie sagte:

„Bitte entschuldigt mich. Wir sehen uns morgen im Hafen. Schönen Abend noch, Señor." Ohne ein weiteres Wort verließ Sea den Laden, sonst hätte der Gewürzhändler an ihrer bebenden Stimme erkannt, dass ihr Tränen über die Wangen rannen.

***

In der Stadt war es schon dunkel, als Sea die Gasse zurück zum Hafen hinunterging. Ursprünglich hatte sie direkt zum sogenannten *Fisch* gehen wollen. Aber als sie die Hände in die Hosentaschen schob, musste sie feststellen, dass sie kein Geld bei sich hatte. Daher würde sie nun einen Umweg machen müssen. Wie die meisten anderen Hafenstädte hatte auch Santo Domingo seine Probleme mit Kleinkriminellen, auch wenn es etwas weniger waren als in Kingston. Den Erzbischof, der hier seinen Sitz hatte, kümmerte dies nicht. Er verließ sein Haus sowieso nie. Die Leute, die sich wie in Kingston nachts in gewissen Stadtteilen nicht mehr aus ihren Häuser trauten schon eher, deshalb war niemand in der Gasse zu sehen. Im Hafen war es weit heller. Obwohl der Vollmond vorbei war, erleuchtete der Mond den Hafen wie eine übergroße Laterne und tränkte die Welt in silbernes Licht. Sea ging über den Steg. Auf der *Unicorn's Dream* war es still. Die Matrosen, die nicht in einer Kneipe waren, mussten schon schlafen. Der Einzige, der grüßte, war die Hafenwache. Eigentlich wollte sie nur noch den Logbucheintrag für heute machen und sich dann schlafen legen. Da sie aber zugesagt hatte, noch in den *Fisch* zu kommen, konnte sie nicht einfach hier bleiben, sonst würden ihre Freunde noch glauben, sie sei verloren gegangen.

Sea ließ die Tür zu ihrer Kabine offen stehen und schnappte sich ihren Geldbeutel. Doch dann fiel ihr Blick auf das Logbuch, das geschlossen vor ihr auf der Tischplatte lag, und sie blieb stehen. Als sie letztlich darin gelesen hatte, war ihr aufgefallen, dass sie den Überfall nicht gefunden hatte.

Vorübergehend hatte sie es vergessen, doch nun wurmte es sie, nicht zu wissen, was genau passiert war. Sie zog es zu sich heran und öffnete es an der Stelle, wo sie die Schreibfeder als Lesezeichen eingeklemmt hatte. Sie blätterte einige Seiten zurück und suchte das Datum, an dem ihr Vater das letzte Mal einen Hafen verlassen hatte. Sea begann an dem Tag Ende Juli zu lesen, an dem die *Dream* in Dominica auslief. Einige Seiten, die einige Tage auf See beschrieben. Ganz normale, alltägliche Tage auf einem Segelschiff. Und dann kam die Seite, auf der sie zum ersten Mal selbst das Logbuch führte. Sie zog die linke Augenbraue hoch, wie sie es immer tat, wenn sie etwas in Frage stellte. Sie blätterte noch einmal zurück, dann wieder vor. Sie fehlte. Die Seite mit der Seeschlacht, in der Kapitän Horce, ihr Vater, ums Leben gekommen war, fehlte. Und die folgenden Tage bis sie selbst das Logbuch führte, ... fehlten alle. Niemand hatte den Tag vermerkt, an dem ihr Vater gestorben war und wie es passiert war. Verärgert schlug sie das Buch wieder zu. Dann musste sie eben die Matrosen fragen, was genau an dem Tag geschehen war, an dem ihr Vater starb.

***

Ihr Weg führte Sea ein Stück vom Hafen weg in die Stadt. Es war inzwischen stockfinster zwischen den Hausfassaden, und es waren kaum noch Leute unterwegs. Sie spazierte trotzdem durch eine breite Straße und bog anschließend in eine Gasse ein, als wäre es helllichter Tag. Die Gasse führte gegenüber auf eine andere Straße. Doch sie blieb vorher stehen. Kaum zu glauben, dass sie das Lokal in diesen Gassen so schnell gefunden hatte. In der Hauswand war eine Tür eingelassen, über der ein bemaltes Schild hing.

Darauf war ein Fisch abgebildet, die spanischen Worte konnte Sea nicht lesen, die Farbe war abgeblättert. Deshalb nannten sie die Kneipe nur den *Fisch*, weil sie den exakten Namen bisher noch nicht hatten herausfinden können. Schon einige Faden bevor sie sie erreicht hatte, hörte man Gelächter und Gerede von Leuten. Sea öffnete die Tür und wollte gerade in die Kneipe gehen, als sie sah, dass etwas auf sie zugeflogen kam. Sie duckte sich, ließ das Ding über ihren Kopf hinwegsegeln und drehte dann den Kopf,um nachzusehen, was ihr beinahe an den Kopf geflogen wäre. Den Scherben auf der Straße zufolge musste es ein Tonbecher für Bier gewesen sein. Sea schüttelte verständnislos den Kopf und betrat dann die Kneipe, die in diesem Hafen ihr Stammlokal war. Warum Rack ausgerechnet hier immer wieder einkehren wollte, war ihr aber bis heute ein Rätsel.

Sea sah sich um, nur um festzustellen, dass alles beim Alten war. In einer Ecke prügelten sich zwei oder drei Männer und warfen mit allem, was sie zu fassen bekamen nach einander. Einer von ihnen hatte wohl auch den Bierbecher geworfen. Die übrigen Männer in der Kneipe kümmerte die Rangelei nicht besonders. Sie interessierten sich mehr für die Serviertochter oder für die Witze, die sie sich untereinander erzählten. Weiter hinten in der Kneipe winkte ihr jemand. Bill war mit seinen strohblonden, langen Haaren und dem braunen Hut und Mantel, die er selbst bei sündiger Hitze nie ablegte, schnell zu erkennen. Er saß mit Augenklappe an einem Tisch in der Ecke. Rack musste sich auf seinem Stuhl umdrehen, um sie anzusehen, was völlig untypisch für ihn war. Er bevorzugte einen Platz mit dem Rücken zur Wand, da er das Ein und Aus in der Spelunke gern beobachtete. Sonst war niemand von ihrer Crew hier, denn jeder Matrose hatte in jedem Hafen eben seine eigene Lieblingskneipe. Sie ging zu dem Tisch, an dem die Matrosen der *Unicorn's Dream* saßen und setzten sich zu ihnen.

Die schwarzhaarige Serviertochter kam an ihren Tisch, lächelte Rack an und trat so nah an ihn heran, dass sie beinahe auf ihm saß. „Was hättet ihr gerne?", fragte sie auf Englisch, wobei ein starker Akzent in ihrer hohen Stimme lag. Sie hatte anscheinend schon gemerkt, dass sie nicht von hier waren. Sie legte Rack ihre Hand auf die Schulter. „Die erste Runde Rum", bestellte dieser, wobei er mit dem Finger einen Kreis in die Luft malte. Hätte das Personal kein Englisch gesprochen, hätte er nicht einmal die Frage verstanden. Womöglich der Grund, dass er sich hier so wohl fühlte.

„Aber gern", antwortete sie liebevoll lächelnd. Dann beugte sie sich zu Seas Ohr vor. „Bist du nicht ein wenig jung, um mit einem Seemann in die Kneipe zu gehen?", flüsterte sie ein wenig irritiert. Sea sah sie an, als gäbe es nichts Selbstverständlicheres auf der Welt, auch wenn es das keineswegs war.

„Ich glaube nicht, dass man ein bestimmtes Alter haben muss, um mit einigen Freunden etwas trinken zu gehen." Die Serviertochter zuckte mit den Schultern und ging los, um ihre Bestellung zu holen. Sea sah ihr einen Moment nach, dann drehte sie sich zu Rack um und begann lächelnd, ihn zu sticheln: „Ich glaube, sie findet dich attraktiv."

„Wie kommst du darauf?", fragte er peinlich berührt. Ein Hauch von Röte legte sich für einen Augenblick über seine Wangen, ehe er sich wieder fing. Sea stützte ihre Ellenbogen auf den Tisch und erklärte: „Ich bin mir ziemlich sicher, dass sie mit ihrer Frage vorhin eher erfahren wollte, was wir für eine Beziehung zu einander haben, sonst hätte sie nicht von *einem* Seemann geredet."

Rack sah sie fragend an. „Wie? Du meinst, sie dachte, wir seien ein Paar?" Sea nickte zufrieden darüber, dass er es selbst ausgesprochen hatte.

„Das ist doch nicht dein Ernst!", lachte Bill Sea an, doch Augenklappe stimmte nicht wie von ihm erwartet in sein Gelächter ein.

„Sie wird schon Recht haben, Bill. Als Mädchen weiß Sea ja wohl am besten wie Frauen denken", wurde Sea stattdessen von ihm verteidigt.

Die Serviertochter kam mit den Rumgläsern in den Händen zurück und verteilte sie vor ihren Gästen. Dann versuchte sie wieder mit Rack zu flirten, aber der wimmelte sie recht schnell ab. Beleidigt ging sie zu einem anderen Tisch.

Sea wartete absichtlich, bis die drei Männer schon ein Gläschen gehabt hatten, ehe sie die Sache ansprach. Wenn sie ihr wirklich erzählen konnten, wie ihr Vater getötet wurde, würde sie sich unweigerlich an ihn erinnern. Hoffentlich musste sie nicht heulen, auch wenn ihr beim bloßen Gedanken an ihren Verlust danach zumute war. Sie wurde von den Matrosen sonst schon für ein kleines Mädchen gehalten, sie musste es nicht auch noch verschlimmern, auch wenn ihre Freunde ihrem Ruf nie würden schaden wollen. Außerdem wollte sie sie nicht noch mehr belasten als mit der Frage, die sie bald stellen würde.

„Kann ich euch etwas fragen?", begann sie, als das Gespräch eine Pause einlegte und alle einen Moment nach dem Roten Faden suchten.

„Was willst du wissen, Käpt'n?" Augenklappe klang bedrückt, als wüsste er bereits um was es ging und versuchte, das Beste daraus zu machen.

„Mir ist aufgefallen, dass zwischen dem Tag an dem Dad starb und dem, an dem ich angefangen habe das Logbuch zu führen, einige Tage fehlen. Wieso hat niemand Einträge in das Buch gemacht in dieser Zeit?", fragte Sea enttäuscht. Das Logbuch war das einzige Medium, mit dem sie, ohne jemanden fragen zu müssen, hätte erfahren können, wie genau ihr Vater gestorben war. So musste sie jemanden wieder an das Geschehene erinnern, obwohl derjenige es vermutlich auch lieber vergessen würde. Schließlich war Matthew Horce nicht unbedingt ein unbeliebter Kapitän gewesen. Ihr schien, der Großteil der Crew hatte ihn gemocht und würde sich nicht gern an sein Ableben erinnern. Aber auch wenn es ihr vor Trauer beinahe das Herz zerriss, sie wollte erfahren, wie ihr Vater starb.

Augenklappe sah beschämt in seinen halbleeren Rumbecher. „Das müssen wir wohl vergessen haben", sagte er in einem trauernden Krächzen. Er trank den Zuckerrohrbrand aus, als wäre er ein mutmachendes Elixier, dann konnte er ihr erst wieder in die Augen sehen. „Es war eine recht wirre Zeit, und wir waren uns nicht so recht sicher, wer das Sagen hatte. Ich zum Beispiel traue Shark und seinen Kumpanen schließlich nicht über den Weg."

Sea nickte ernst, darüber wusste sie Bescheid. Schmerzlich schluckte sie leer, nahm sich zusammen und kam zur Sache: „Bitte, erzählt mir, was genau an dem Tag passiert ist, an dem mein Dad getötet wurde. Ich will wissen, wie er starb."

Augenklappe sah sie traurig an. In seinen blassen Augen konnte sie sehen, wie das Herz in seinem Brustkorb von neuem zu bluten begann. Auf eine Art tat es ihr wirklich leid, dass sie fragte. Sie ließ das Leid in den anderen neu aufbrennen. Er atmete tief durch und überwand sich seelenwund zu erzählen: „Wir waren von den Jungferninseln nach Kingston unterwegs. Es war der zweite Tag, an dem wir auf See waren. Ich habe gerade Mittagsschlaf gehalten, als der Matrose im Krähennest geschrien hat, er sehe Segel auf zwei Strich steuerbord. Das Schiff hielt auf unser Fahrwasser zu, so dass es dieses in kurzer Zeit schneiden würde, also haben wir Matthew geholt. Als das Schiff nah genug war, zeigte es seine Flagge. Den Black Jack. Wir haben dann natürlich sofort versucht, uns mit den Kanonen zu verteidigen, aber diese Kielschweine waren schon zu nah, und mit diesen Kügelchen hätten wir keine Eierschale durchschießen können. Ich frage mich ja schon länger, warum wir solch unnützes Geschütz überhaupt haben. Jedenfalls, nur Augenblicke später standen sie schon auf der *Unicorn's Dream*. Die Crew musste sich mit Händen und Füßen gegen diese bis an die Zähne bewaffneten Höllenhunde verteidigen. Dein Vater war wirklich ein tapferer Mann. Erst hat er einen der Piraten besiegt, dann hat ein zweiter ihn angegriffen. Als er ihn schon beinahe in Davy Jones Kiste geschickt hatte, kam noch einer hinzu. Sie kämpften kurz, und er stieß den einen weg. Ich musste mich kurz umdrehen, weil ich selbst angegriffen wurde. Dann hat es geknallt, und als ich mich wieder umdrehte, lag Matthew tot am Boden."

Augenklappe lehnte sich auf der Bank zurück und legte die Hand über die Augen, als könnte er sie vor der Erinnerung verbergen. Scheinbar konnte er noch immer nicht glauben, dass sein bester Freund von ihnen gegangen war. Sea hatte sich ihre Gefühle bis zum letzten Satz verkneifen können. Aber obschon sie sich die größte Mühe gab nicht zu weinen, kullerte ihr eine Träne übers Gesicht. Rack legte ihr tröstend die Hand auf die Schulter. Daher atmete sie tief durch, riss sich noch einmal zusammen und fragte mit rauem Hals:

„Wie seid ihr den Piraten dann davon gekommen?" Sie hatte schon den Wasserfall aus Tränen zurückhalten können, den todtraurigen Tonfall konnte sie nicht unterdrücken.

Augenklappe sah wehleidig auf, aber seine Stirn legte er in nachdenkliche Kerben. „Ich weiß es nicht genau", sagte er und hielt kurz inne, „ich vermute, die Piraten haben ein Schiff der Marine an der Kimm entdeckt, welches wir im Tumult nicht gesehen haben. Auf jeden Fall zogen sich diese Kielratten plötzlich zurück. Die haben sich kurzerhand auf ihr Schiff gerettet und die Flucht ergriffen. Die Toten

103

haben wir ins Meer geworfen und danach haben wir deinen Vater bestattet, wie es sich für einen Kapitän gehört."

Rack strich ihr mit der Hand über die Schulter und seufzte tief. „Ich weiß leider auch nicht viel mehr, ich habe am Bug vorn gekämpft als es passiert ist. Ich wünschte, ich hätte deinem Dad helfen können oder ich hätte zumindest diesen verfluchten Höllenhund zu Davy Jones schicken müssen ...", warf Rack sich selbst vor. Sie suchte in ihrem Kopf alle Fakten zusammen, um ihre nächste Frage zu ermitteln. „Weißt du, wie das Piratenschiff hieß?", fragte Sea und hoffte, dass ihr dieser Hinweis etwas brachte. Sie wollte den Kerl finden, der ihren Vater ermordet hatte, auch wenn sie noch nicht wusste, was sie dann mit ihm machte. Rack nickte abwesend, beugte sich vor und sprach den berüchtigten Namen mit leicht gedämpfter Stimme, als könnte er Unheil abwenden: „Es war zweifellos die *Killing Lady*. Aber warum willst du das wissen?" Rack hob fragend die Augenbraue, wie sie selbst es manchmal tat und sah sie einen Wimpernschlag forschend an. „Willst du dich an ihm rächen?"

Sea konnte nicht anders, als ratlos mit den Schultern zu zucken. „Du weißt, dass ich normalerweise nicht wirklich nachtragend bin, aber ich muss zugeben, dass ich den Mörder meines Vaters gern am Galgen hängen sehen würde. Auch wenn es keine große Genugtuung wäre." Der Schmerz breitete sich in ihrem Brustkorb um ihr Herz aus, als wollte er es im Schlag ersticken. Es tat so weh, dass ihre rehbraunen Augen wieder zu brennen begannen. Sie versuchte, das überquellende Wasser wegzublinzeln. Rack hatte ihre Tränen bereits vorhergesehen, konnte aber nicht mehr tun als schmerzlich, voll Verständnis zu nicken.

***

Die Zeit verstrich sehr schnell. Die Matrosen leerten ein Glas nach dem anderen und fingen an, genauso besoffen zu klingen wie sie waren. Die Kneipe war jetzt noch besser besucht als vorher, soweit dies möglich war. Rack und Augenklappe erzählten sich irgendwelches dummes Zeug, so blau waren sie bereits. Bill hatte sich zurückgehalten und war deshalb nur angetrunken, worüber sie aber reichlich froh war. Sea hatte den zweiten Becher Rum, den Rack für sie bestellt hatte, nicht angefasst. Damit hätte sie die Wette mit Rack schon vor einer Stunde gewonnen gehabt, und wenn Rack mit dem vollen Zeichenblock nicht Recht gehabt hätte, wäre sie längst gegangen.

Doch inzwischen hielt sie weder seine Witze, die er Augenklappe Jo unaufhörlich erzählte, noch sein Lallen länger aus. Außerdem war sie müde und wollte sich endlich hinlegen.

„Bill, sorgst du dafür, dass die zwei", sie zeigte erst auf Rack, dann auf Augenklappe, „überhaupt bei der *Unicorn's Dream* ankommen?" Sea fragte ihn ganz leise, weil es die beiden nicht hören sollten. Sie wollte sie nur ungern wütend machen, was in der Trunkenheit allzu leicht passieren konnte. Bill nickte zur Bestätigung. Sea schenkte ihm ein dankbares Lächeln und stand auf. Jetzt griff sie erst nach dem Rumbecher und trank ihn rasch aus, denn schließlich ließ man kein volles Glas stehen. „Ich gehe jetzt, sauft nicht mehr zu viel", sagte sie und drehte sich zum Gehen.

„Warum willst du denn schon gehen?", fragte Rack lallend.

„Weil ich unsere Wette gewonnen habe. Gute Nacht allerseits", lächelte Sea zurück, schlängelte sich dann um die Kneipentische und verschwand durch die Tür nach draußen.

∗∗∗

Sea hatte in dieser Nacht recht unruhig geschlafen, und die Morgensonne, die durch die Fenster schien, weckte sie viel zu früh. Sie hatte wieder von ihrem Vater geträumt. Seit sie es wusste, erinnerte sie sich jede Nacht an ihn.

Zumindest im Traum bei ihm zu sein war wundervoll. Das Problem war eher das Aufwachen und ihn wieder verlassen zu müssen. Misses Wittards hatte Recht, sie war ein typischer Langschläfer. Aber als sie das Deck betrat, merkte sie, dass sie da nicht die einzige war. Ihre Crew hatte am Abend anscheinend zulange in der Kneipe gesessen und musste nun ihren Rausch ausschlafen.

Niemand war auf dem Deck. Dabei war sie bestimmt nicht zu früh aufgestanden. Auf den anderen Schiffen und auf dem Steg herrschte bereits ein wildes Treiben. Und da kam auch schon Ninas Geschäftspartner. Nun fiel ihr auch endlich sein Name wieder ein. Seit ihrem vorletzten Aufenthalt in Santo Domingo durfte sie Ignacio Soley Alvarez beim Vornamen nennen. Wie Nonna Nina vor einigen Tagen saß er auf einem Wagen, der mit Säcken beladen war, allerdings hatte er mehr als einen Helfer dabei. Der ist früh dran, dachte Sea. Nonna Nina wäre nie schon am Morgen gekommen, um ihre Lieferung abzuholen, dafür kannte sie die Seeleute zu gut. Sie läutete die Messingglocke. Es dauerte etwas länger als sonst bis ihre Matrosen vor ihr standen. Schließlich hatte sie noch vor Minuten friedlich in ihren Hängematten gelegen.

„Ich weiß, für Männer die zu viel gesoffen haben, wecke ich euch zu früh. Aber die *Unicorn's Dream* muss entladen werden. Die Ware, die nach Kingston soll, ist bereits unterwegs", sagte sie und zeigte zum Anfang des Steges. Die Crew wurde umgehend wach. Shark brachte mit seiner lauten, tiefen Stimme alle dazu, ohne ein Wort die Kakaosäcke und die Stoffballen aus dem Schiffsbauch auf den Steg zu schaffen.

Durch die arbeitenden Matrosen hindurch kam Ninas Geschäftspartner auf Sea zu. „Guten Morgen, Kapitän Horce", rief er ihr zu. Er trug eine Holztruhe unter dem Arm. Als er vor ihr stand, sprach er in normalem Ton weiter. „Welches sind die Kakaosäcke von Nina? Die Männer, die mir beim Transport helfen, möchten mit der Arbeit beginnen."

Sea zeigte auf die Säcke, die ihre Crew schon auf dem Landungssteg abgestellt hatte. „Es kommen noch einige dazu. Ninas Kakaosäcke sind die einzigen Säcke, die wir mit der *Unicorn's Dream* transportiert haben – sie sind nicht zu verwechseln. Aber ihre Arbeiter könnten mit denen beginnen." Er nickte und ging, um seinen Helfern mitzuteilen, was sie von dem Wagen auf den Steg und vom Steg auf den Wagen hieven konnten. Sie begannen sofort damit, den Wagen zu entladen und die Gewürzsäcke auf den Steg zu tragen.

Ninas Geschäftspartner kam zurück und klopfte auf den Deckel der Kiste. „Jetzt zum Geschäftlichen" Sea öffnete die Tür zur Kapitänskabine und hielt sie ihm auf, damit er eintreten konnte. Er ging an ihr vorbei und wartete, bis sie ihn freundlich dazu aufforderte, sich doch zu setzen. Dies tat sie während sie die Tür hinter sich schloss. Sie setzte sich ihm gegenüber.

„Also, ich habe hier das Geld für den Transport des Kakaos." Er öffnete die Truhe und ließ Sea hinein blicken. Sie war gefüllt mit englischen Pfund Sterling und spanischen Achterstücken. Sea hatte nicht die geringste Idee, wie man in einer spanischen Kolonie an englisches Geld kam, aber so wichtig war es ihr auch nicht. Sie musste einfach ihren Matrosen ihre Heuer auszahlen können. Und als Gewürzhändler, der eigentlich nur vom Import und Export von Gewürzen lebt, besaß Ignacio wohl Geld aus allen möglichen Ländern.

„Ich nehme an, dass es genau abgezählt ist, wie man es von Euch kennt", sagte Sea zustimmend.

Er lächelte. „Selbstverständlich" Dieser Mann würde nie jemanden betrügen, erst recht nicht, wenn der Jemand ihn kannte.

Die Tür ging auf, und ein Mann betrat, ohne anzuklopfen, das Zimmer.

Er sah recht geschäftig aus und schien es sehr eilig zu haben. „Ich muss zu Kapitän Horce. Sofort!", dröhnte er mit übersetzter Lautstärke.

Sea stand auf, während Ninas Geschäftspartner die Truhe schloss und sich beleidigt abwandte. Unhöflichkeiten konnte er nicht leiden. „Wie kann ich Ihnen helfen?", fragte Sea freundlich.

„Welches sind meine Stoffe? Mein Geschäftspartner aus Kingston hat Stoffe für mich mit dem Schiff von Kapitän Horce nach Santo Domingo transportieren lassen", sagte er gestresst und trat hektisch vom einen Fuß auf den andern.

„Ihr meint die Spitze und die bestickten Seiden- und Brokatstoffe von Mister Harvey?", fragte ihn Sea. Er nickte mit hochgerecktem Zinken.

Englische Spitze war von einer einmaligen weltberühmten Qualität. In ganz Europa trugen Adlige und Reiche Kleider aus diesen Stoffen oder ließen ihre Salonsitze damit beziehen. Daher war die Nachfrage zu Friedenszeiten immer sehr hoch. „Das sind die Stoffballen, die auf dem Steg stehen, Señor Ramirez", erkannte sie endlich sein fahles Gesicht wieder. Er bedankte sich nicht, sondern verschwand durch die Tür. Sea folgte ihm und blieb an der Reling stehen. Der Händler brüllte seine Arbeiter an, sie sollten die Stoffballen auf die Karren verladen. Was ihre Eile betraf, passten Harvey und Ramirez ebenso wundervoll zusammen, wie betreffend ihrer Arroganz, ihrer Unhöflichkeit, ihrer Gesprächslautstärke und ihres Geschäftssinns. Zwei eher unangenehme Zeitgenossen, aber die treusten Kunden, die sich ein Express Kurier wünschen konnte. Denn obwohl er darüber noch kein Wort verloren hatte, war sich die Kapitänstochter sicher, dass die nächste Lieferung für Harvey innerhalb von vierundzwanzig Stunden im Laderaum der *Unicorn's Dream* verschwinden würde. Sea schüttelte den Kopf über das lächerliche Benehmen, während Ignacio an sie heran trat.

„Möchtet Ihr, dass ich ihm vom Schicksal eures Vaters berichte, Kapitän?", fragte er sie sanft. Sie nickte.

„Ich wäre Euch überaus dankbar, wenn Ihr mir diesen Gefallen tätet."

***

Es dauerte einige Stunden, bis die Stoffbündel alle vom Steg verschwunden waren, was Sea bei dieser Menge an Ladung nicht wunderte. Es waren einige Wagenladungen voll Stoff. Die Männer hievten sie auf die Karren, die zum Teil von Eseln, zum Teil von Pferden gezogen wurden. Die meisten Mitglieder ihrer Crew hatten ihnen nicht lange dabei zugesehen, wie sie sich abmühten, sondern bald mitangepackt. Diese Hilfsbereitschaft schätzte Sea ungemein.

Der Händler stand mit hochrotem Kopf am Steg und trieb alle zur Eile, aber niemand beachtete ihn. Dafür waren alle viel zu beschäftigt. Während der Arbeit diskutierten die Matrosen und Arbeiter miteinander oder brachten sich gegenseitig neue Lieder bei. Es klang zwar sehr sonderbar, denn die Matrosen mussten mit den paar Worten Spanisch, die sie sprachen, diskutieren, und die Arbeiter mussten versuchen, sich mit dem bisschen Englisch, das sie verstanden, zu behelfen. Interessanterweise verstanden sich am Ende trotzdem alle hervorragend.

Sea stand an der Reling und zeichnete auf den Block und summte oder sang die Lieder der Matrosen mit, die heute außergewöhnlich gut arbeiteten. Aber dem Händler ging es trotzdem nicht schnell genug. Ab und zu half Sea irgendwas, wenn sie konnte. Sie zurrte die Seile nach, die die Stoffballen zusammenhielten oder machte Ähnliches. Das Herumschleppen der Stoffe überließ sie den Matrosen und Arbeitern, für so schwere Arbeit war sie einfach nicht stark genug. Irgendwann im Laufe des Nachmittags tippte Nonna Ninas Geschäftspartner dem Händler auf die Schulter und wechselte einige Worte mit ihm. Sea wusste, was er dem Händler erzählt hatte und war froh darüber, dass sie es nicht selbst hatte tun müssen.

So verging der Nachmittag im Hafen von Santo Domingo.

***

Sea begann das Geld zu zählen, was bei dieser Menge eine mühselige Arbeit war. Aber sie musste getan werden, damit jeder Matrose seine Heuer bekam. Und jeder musste gleichviel in Achterstücken wie in Pfund Sterling bekommen wie der andere, wenn sie schon beide Währungen zur Verfügung hatte. Pfund war zwar die offizielle Währung in Kingston, aber man konnte noch heute mit Achterstücken bezahlen, wie zu Zeiten Henry Morgans. Sea zählte erst den Inhalt der Truhe des Händlers, dann den von Ignacio.

Anschließend holte sie die Truhe ihres Vaters unter dem Bett hervor, prüfte, ob sie sie heben konnte und wuchtete die kleine, aber schwere Geldtruhe auf den Tisch. Schon ihr Vater hatte nach jeder Bezahlung Geld zurückgelegt. Der Anteil, den sie für eventuelle, spontane Wartungen am Schiff aufhob, verblieb auch unterwegs hinter den zwei Schlössern gegenüber jedem Scharnier.

Ersparnisse für größere Wartungen oder Investitionen und ihr eigener Gewinn überbrachte sie regelmäßig ihrem Bankier. Dann schob sie die Truhe wieder unter das Bett. Die Heuer der einzelnen Matrosen füllte sie in kleine Beutel. Als Sea mit Auszählen fertig geworden war, rief sie nach Rack. Er verkündete normalerweise, dass die Mannschaft ihren Lohn holen konnte. Es war seine Aufgabe seit er Schiffsjunge war. Kurz darauf kam jeder Matrose der Reihe nach herein, und Sea warf jedem einen Beutel zu. Auf der Liste mit den Namen der Crewmitglieder machte sie für jeden Beutel einen Hacken hinter den Namen. Nach wenigen Minuten war die Sache mit der Heuerverteilung erledigt. Doch als Rack sie dazu anstiften wollte, den Abend wieder mit ihnen im *Fisch* zu verbringen, gab sie nicht nach. Sie wollte noch im Logbuch den fehlenden Überfall nachtragen. Daher setzte sie sich nach der Heuerverteilung wieder an den Tisch und klappte das Logbuch auf.

Sie schrieb nieder, was ihr ihre Freunde am Vorabend erzählt hatten. Und obwohl sie versuchte, jedes Detail aufzuschreiben, hatte sie das Gefühl, der Eintrag sei sehr oberflächlich. Sie las das Geschriebene mehrere Male durch und machte Ergänzungen. Es machte sie genauso traurig zu wissen, dass so viele Einzelheiten fehlten, wie zu wissen, auf welche Weise ihr Vater sterben musste. Langsam las Sea die Worte immer wieder durch, egal wie sehr sie die Trauer schmerzte. Tränen perlten über ihre Wangen und trafen auf das Buch, als sich Augenklappes Erzählung vor ihr in Bilder verwandelte. Sea weckte sich aus dem Tagtraum, bevor sie ihren Vater sterben sehen konnte und zwang sich, die Gedanken aus ihrem Kopf zu vertreiben. Sie blätterte die Seite um und machte sich zerstreut daran, die Ereignisse des Tages zusammenzufassen.

***

Sea war vollkommen in ihren Gedanken versunken gewesen, weshalb sie nahezu erschrak, als es an der Kabinentür klopfte. Etwas zerstreut bat sie den Gast einzutreten. Sie staunte nicht schlecht, dass ausgerechnet Shark die Tür aufstieß. Er war der letzte, den sie erwartet hätte, und zu ihrer Verwunderung begrüßte er sie aussergewöhnlich höflich. Er schien sogar zu versuchen, seine mürrische Art zu verbergen. Sie musste sich Mühe geben, nicht allzu verdutzt zu klingen, als sie ihn ebenfalls begrüßte.

„Habt Ihr vielleicht einen Augenblick Zeit, Käpt'n?", fragte er, ohne dass er sich durch den Türrahmen gewagt hatte. *Ihr?* Und ihren Titel hatte er auch nicht wie sonst mit einem abwertenden Tonfall gemurrt. Was war denn in ihn gefahren, dass er so höflich war? Neugierig nickte sie und bot ihm mit einer stummen Geste einen Stuhl an. Hätte sie auch nur den Mund geöffnet, hätte sie ihn mit ihrem Erstaunen vermutlich beleidigt.

„Ich denke, wir haben mit unserer Zusammenarbeit ziemlich schlecht angefangen", sagte er und traute sich weit genug in den Raum, um die Tür hinter sich schließen zu können.

„Das könnte man wohl so sagen", stimmte sie ihm zu und wurde umso neugieriger, was folgen würde. Shark räusperte sich, als wäre ihm die Situation reichlich unangenehm.

„Ich habe mich beim Verlesen des Testaments nicht sonderlich angepasst verhalten. Mir kam die Idee von einer Frau in Eurem Alter als Kapitän eines Schiffes …absurd vor. Ich dachte an Eure fehlende Erfahrung und zweifelte an Eurer Autorität. Wie sich herausstellte habe ich diese als einziger untergraben, Käpt'n, verzeiht bitte vielmals …Aber ich bin durchaus bereit, meine Vorurteile beiseite zu schieben und noch einmal mit einer reinen Weste zu beginnen, wenn Ihr dem Irrglauben eines alten Seebären verzeihen könnt", erklärte Shark, warum er sie aufsuchte. Sea wären beinahe die Augen aus dem Kopf gekullert, und sie dachte erst einmal, sie hätte sich verhört.

Wenn Mark Smith sich entschuldigte, dann musste es ihm wirklich ernsthaft leidtun. Doch dann schenkte sie ihm ein Lächeln, um die Entschuldigung anzunehmen. „Ich kann", sagte sie, „und ich freue mich auf eine künftig gute Zusammenarbeit."

Auch er verzog seinen Mund zu einer Grimasse, die wohl ein schlecht gelungenes Lächeln darstellen sollte. „Ich dachte mir, dass wir diese Abmachung wohl mit einer Flasche Wein besiegeln könnten", meinte er und zeigte ihr eine grüne Flasche, die er mitgebracht hatte, „Euer Vater war für diese Art der Entschuldigung immer zu haben, und da der Apfel nicht weit vom Stamm fällt ..."

Offenbar hatte sie sich in ihm wirklich getäuscht, er konnte ebenso freundlich sein wie laut wenn er wollte. Diese Seite hatte er ihr gegenüber bestimmt noch nie gezeigt, daran hätte sie sich erinnert. „Nur zu gern, aber nun setzt dich doch endlich", schmunzelte sie und stand vom Tisch auf, um Gläser für den Wein zu organisieren.

Während Shark sich an ihrem Tisch niederließ, kramte sie zwei Kristallgläser hinter einem Kommodentürchen hervor. Ihr Vater hatte darin auch einige Flaschen für unterwegs eingelagert, aber Shark eine von diesen anzubieten, wäre unhöflich gewesen.

„Verzeih mir, ich bin ein bisschen erstaunt. Woher dieser plötzliche Sinneswandel?", konnte sie sich die Frage nicht verkneifen und reichte ihm einen Korkenzieher.

„Wir sitzen im wahrsten Sinne des Wortes im gleichen Boot, und es werden bestimmt Situationen auf uns zu kommen, in denen wir uns untereinander vertrauen müssen", meinte er und drehte das Werkzeug in den Korken, während sie die Gläser vor ihm aufstellte.

„Ich schätze diese Überlegung, solche Situationen gibt es auf See zur Genüge", erwiderte sie und sah dem Ersten Offizier zu, wie er einige großzügige Schlucke dunklen Weins in eines der Gläser füllte.

„Würdest du ...Verzeihung, würdet Ihr den Wein probieren? Leider kenne ich mich mit dieser Art Getränk nicht einmal annähernd aus", bemühte er sich um eine zivilisierte Wortwahl. Sie tat ihm den Gefallen und griff nach dem Weinglas. Kennerisch hielt sie es ins Licht und betrachtete die dunkelrote Farbe des klaren Getränks. Wenn er von Wein wirklich keine Ahnung hatte, war sie sich nicht sicher, ob er einen guten Tropfen erwischt hatte. Aber sie verdrängte ihr Misstrauen aus Höflichkeit. Dann schwang sie, wie sie es von ihrem Vater gelernt hatte, ihr

Glas unter ihrer Nase, damit sich der Duft des Weins entfalten konnte. An und für sich roch er nach einem erdigen Rotwein, dem eine würzige Muskatnote entstieg. Jedoch erfasste sie auch einen leichten Duft, der ihr in einem Wein sehr fremd erschien – er biss etwas in der Nase, wie zu starker Schnaps, aber der Duft erinnerte sie mehr an Hyazinthen. Wenn sie nicht so eine feine Nase hätte, hätte sie ihn vermutlich nicht wahrgenommen, er war so zart. „Der hat einen ungewöhnlichen Duft ... Was für eine Traube ist das denn?"

Shark machte ein überfragtes Gesicht und hob die Schultern an. „Da fragt Ihr den Falschen, Käpt'n! Ich habe keinen Schimmer, ich wäre nie auf die Idee gekommen den Händler nach der Traubensorte zu fragen", entgegnete er ratlos.

„Wie schade, das wäre wirklich interessant gewesen", meinte sie und starrte in ihr Weinglas. Eigentlich misstraute sie dem Gesöff und hätte unter allen anderen Umständen wohl niemals einen Schluck davon genommen. Aber sie wollte den beschlossenen Waffenstillstand nicht damit gefährden, dass sie ihren Ersten Offizier beleidigte. Er wartete schließlich nur darauf, dass sie den Wein probierte und ihn als gut genug befand. Also setzte sie sich das Kristallglas an die Lippen und probierte, denn so schlimm konnte das Getränk ja nicht sein. Tatsächlich schmeckte er auch nicht sonderbar. Es war ein gewöhnlicher Mittelklasse-Rotwein für eine Gesellschaft, der man nicht schon vor dem Essen den Brandy auftragen wollte.

„Nicht schlecht, meine Erwartungen sind übertroffen", musste sie nicht einmal schwindeln. Shark nickte mit einer für seine Verhältnisse sehr zufriedenen Miene. Er hob die Flasche wieder vom Tisch ab und füllte ihre beiden Gläser auf. Als er seine Freude ausdrückte, bemerkte sie, dass sie eigentlich schon reichlich müde war. Doch sie wollte ihn jetzt nicht hinauswerfen und überspielte ihre Müdigkeit, indem sie das Gespräch vorantrieb. „Also, wie können wir uns gegenseitig die Zusammenarbeit erleichtern?", kam sie auf das alte Thema zurück. Sie lehnte sich im Stuhl zurück, denn die Müdigkeit begann sie bleischwer nach unten zu ziehen.

Eigenartig, normalerweise wurde sie am Abend lebendiger anstatt so schnell müde. Der Druck in ihrem Kopf verwandelte sich in Kopfschmerzen. Und es rumorte in ihrem Bauch, denn der Wein schien sich nicht mit ihrem Abendessen zu vertragen.

„Vermutlich wäre es am besten, wenn wir uns weiterhin aus dem Weg gehen, wenn uns die Arbeit nicht zusammenzwingt", hörte sie Sharks Stimme von weitem als stünde er im Bug. Ihr war nach diesem Satz bereits speiübel, und das Rumoren in ihrem Magen wuchs sich zu schmerzhaften Krämpfen aus. Irgendwas war gar nicht in Ordnung mit diesem Wein! Sie lehnte sich wieder nach vorne, um die Arme auf den Tisch zu stützen. Durch die Bewegung wurde ihr auch noch schwindlig, und in ihrem Kopf begann sich das Zimmer zu drehen.

„Was war das für ein Wein?", fragte sie und klammerte sich am Tisch fest, um nicht vom Stuhl zu fallen.

Shark hatte noch keinen Schluck getrunken, als hätte er gewusst, dass der Wein schlecht war. Natürlich wusste er das, denn er hatte die Flasche mit dem Giftstoff geimpft, der ihr so zu schaffen machte! Sie legte sich möglichst flach über den Tisch, um ihr Gleichgewicht zu unterstützen.

„Es sind Drogen im Wein, oder?", fragte sie und bemerkte, dass ihr das Sprechen Mühe bereitete. Sharks immer mürrischer Gesichtsausdruck wurde zu einem bösen Grinsen, bei dem es Sea lieber gewesen wäre, wenn er weiterhin seine mürrische Zufriedenheit behalten hätte. Es war ein bestätigendes Grinsen.

„Warum?" Ihr Magen krampfte sich schmerzhaft zusammen, wie bei der Lebensmittelvergiftung, die sie sich einst zugezogen hatte.

„Ich habe lange darauf gewartet, Kapitän zu werden, und du warst es schon viel zu lange, kleines Miststück. Dein Vater hätte dich besser aus seinem Testament gestrichen, wenn du mich fragst" Shark verschwamm zeitweise vor ihren Augen, aber sie verstand seine Stimme deutlich, auch wenn sie weit entfernt wirkte. Und ihre Gedanken waren trotz des stechenden Kopfschmerzes noch gerade schnell genug, um zu verstehen. Die Wut begann sich wie ein Meeresungeheuer in ihrem Bauch zu winden. Die Hitze darum herum, wie in einem Vulkan, der kurz vor dem Ausbruch stand, linderte sogar den Schmerz ein wenig.

„Jetzt wird mir einiges klar! Schon seit du angefangen hast für meinen Vater zu arbeiten, war es das, was dich interessierte, nicht wahr? Sein Titel als Kapitän und die *Unicorn's Dream*. Und wenn es nicht ein Pirat getan hätte, hättest du ihn früher oder später selbst umgebracht, du Höllenhund!", brachte sie gerade noch die Worte zusammen, aber für einen wütenden Tonfall hatte sie keine Kraft mehr.

„Was für ein schlaues Mädchen du doch bist!", lachte er sie höhnisch aus, als sie sich nicht mehr weiter am Tisch festklammern konnte. Mitsamt dem Briefpapier und den Schreibfedern, die sie mit sich zog, fiel sie von ihrem Stuhl herab. Erst versuchte sie sich wieder aufzurappeln, aber sie musste feststellen, dass sich die Welt in alle Richtungen drehte, wenn sie sich auch nur rührte. Daher blieb sie am Boden liegen und sah unter dem Tisch hindurch zu, wie Shark aufstand und davonging. Sie schaute sich mit verschwommenem Blick um. Ihre Augen blieben am Papier hängen. Hoffentlich konnte sie noch schreiben! Langsam griff sie nach der Feder, mit der sie zuletzt geschrieben hatte. Vielleicht war ja die Tinte noch feucht.

„Du hattest recht Ray, das Zeug wirkt hervorragend", hörte sie Shark rufen. Vermutlich war er zur Tür gegangen und hatte seinen Kumpan herein gelassen.

„Das habe ich dir doch gesagt. Und was willst du nun mit dem Gör machen?", fragte Jack Raymonds raue Stimme mit seinem schottischen Akzent. Sea probierte die Feder auf dem Blatt aus, auf das sie den besten Blick hatte, denn Shark und Ray beachteten sie schließlich nicht, wenn sie sie für ohnmächtig oder gar tot hielten. Sie schrieb, was für ein Glück! Sie wollte ihren Freunden zumindest mitteilen, warum sie nicht mehr unter ihnen weilen würde. Wenn sie es schon nicht mehr aufhalten konnte … *Shark meutert*, buchstabierte sie in ihren Gedanken und kritzelte es unbeholfen auf das Papier. Ihre Schrift sah aus, wie sie sich fühlte. Soweit sie dies mit dem verschwommen Blick überhaupt feststellen konnte.

„Nach wie vor, wir bringen sie wie mit diesem Landlubber abgemacht zum Sklavenmarkt. Wir wollen schließlich etwas davon haben, dass wir sie am Leben lassen, oder?" Sharks Stimme wurde undeutlicher, aber sie hatte ihn verstanden. Konzentrier dich auf die Nachricht, befal sie sich in Gedanken, obwohl sie am liebsten aufgeatmet hätte. Zumindest sterben würde sie an der Droge wohl nicht. *Droge im Wein*, kritzelte sie weiter, wobei ihre Schrift nach unten abdriftete.

„Gut so! Ich hätte nur ungern Blutflecken auf meiner Seele." Rays Stimme hörte sich an wie vom Wind verweht, sie verstand ihn kaum noch. Aber sie war zum ersten Mal in ihrem Leben froh darüber, dass jemand gläubig war. *Sklavenmarkt*, kritzelte sie noch auf den Zettel, wobei das ‚t' vergessen ging. Anschließend ließ sie die Feder aus der Hand fallen und drehte mühsam möglichst unauffällig das Blatt Papier um, so dass die nicht beschriftete Seite oben lag. Hoffentlich würde einer ihrer Freunde die Botschaft finden ... Nun wurde ihr endgültig schwarz vor Augen. Sie schloss die Lider in der Hoffnung, dass sich nicht mehr alles um sie herum drehen würde. Sie spürte noch einige Schritte auf dem Deck, als jemand auf sie zu trat. Dann verließ sie die Welt um sich herum und fiel in eine tiefe Finsternis. Ihre Gedanken erschlafften, wie es ihr Körper getan hatte, im reinen Nichts.

Auf See

Sie hatte gespürt, wie sie grob bewegt worden war und immer mal wieder neu platziert wurde. Daher wunderte sie sich nicht, als sie mit brummendem Kopf erwachte. Sie befand sich an einem Ort, den sie nicht kannte. Es war ein kleiner enger Marktplatz, auf dem nur eine einzige Laterne brannte. Ihr Licht war nur trübe, und ihre Augen mussten sich erst an diese Lichtverhältnisse gewöhnen, ehe sie mehr erkannte. Sie lag auf einigen Säcken, die wohl mit einem Korn gefüllt waren, denn sie waren hart und unbequem. In ihrer Nähe hockten einige Männer auf dem Boden. Die meisten von ihnen stammten aus Afrika, nur die wenigsten hatten eine helle Hautfarbe. Shark und Ray diskutierten daneben mit einem kleinwüchsigen, rundlichen Mann, der mit dem Rücken zu ihr stand. Weiter hinten befand sich ungeduldig noch ein Grüppchen Männer, deren Gesichter sie kannte, aber im Augenblick fielen ihr die Namen nicht ein. Neben ihr stand ein Tisch, auf dem sich unzählige Waffen türmten. Sea erwachte erst richtig, als sie ihren Säbel mitsamt der Scheide achtlos darauf geworfen vorfand anstatt in ihrem Gürtel. Jetzt erinnerte sie sich auch, was passiert war, und ihr wurde klar, wo sie sich befand. Sie musste auf Santo Domingos Sklavenmarkt sein, und ihre meuternden Matrosen waren gerade dabei, sie aus dem Weg zu schaffen.

Obwohl sie unglaubliche Kopfschmerzen hatte, flammte Wut in ihr auf. Die Droge hatte anscheinend noch nicht ganz nachgelassen, denn sie wollte augenblicklich nach ihrem Säbel greifen und auf die Füße springen. Doch sie musste feststellen, dass ihre Hände auf dem Rücken gefesselt waren. War vielleicht auch besser so, sonst hätte sie gehandelt ohne zu denken. Sie betrachtete den Tisch mit den Waffen, denn sie hatte sofort eine Idee, wie sie sich befreien konnte.

Die Männer wirkten glücklicherweise tief ins Gespräch verstrickt. „Aye, Ihr könnt diesen Brieföffner von einem Säbel dazuhaben. Hauptsache Ihr bringt das Gör weit weg von hier und noch viel weiter von englischem Herrschaftsgebiet!" Shark wirkte gehetzt, als fühlte er sich jetzt schon verfolgt. Unauffällig griff sie nach einem kleinen Messer am Tischrand, das sie gerade so erreichen konnte. Vorsichtig drehte sie es mit den Fingern. Es zum Durchschneiden der Fesseln zu benutzen, würde viel zu lange dauern. Daher schob sie die Klinge in den Knoten und versuchte sowohl ihn zu lösen, als auch einige einzelne Seilwindungen zu durchtrennen.

„Lass uns endlich gehen, Shark", drängte Ray mit unterdrückter Stimme. Verschwindet besser bevor ich frei komme, sonst schicke ich euch geradewegs in die Hölle! Die Wut übermannte sie wieder, und sie zerrte so kräftig an den Fesseln, dass diese tatsächlich nachließen. Mit den Fingern löste sie das letzte Gewirr und verlor sich in der in ihr aufschäumenden Wut. In dieser Gefühlswelle ließ die Droge sie das Nachdenken vergessen. Kaum war sie die Fessel los, stand sie auf den Füßen. Mit einem einzigen Griff auf den Waffentisch hielt sie ihren Säbel in der Hand und zog die Klinge aus der Scheide. „So einfach mache ich es euch nicht, mich loszuwerden!", ließ sie ihre Wut heraus.

Leider hatte Shark aber längst bemerkt, dass sie nicht mehr wehrlos war. Er zog seinen Säbel, noch bevor sie ihn erreichen konnte. Der Sklavenhändler machte wie Ray erschrocken einen Satz aus dem Weg. Doch anstatt wie Ray eine Waffe zu ziehen, ging er hinter einigen Säcken in Deckung. Sea hob ihre Waffe und ging auf ihren Ersten Offizier los, ohne großartig einen Gedanken zu verschwenden. Sie war blind in der glühenden Wut! Doch schon nach dem ersten Hieb wurde Sea klar, dass Shark nicht interessierte, wer sein Gegner war. Er parierte und schlug zurück, als kämpfte er gegen einen gewöhnlichen Piraten. Und zwar genauso aggressiv. Doch im brennenden Zorn war es ihr egal. Sea sprang zurück, um der Klinge auszuweichen, machte einen Schritt nach vorne und stand nun mit dem Rücken zu ihrem Gegner. Dann drehte sie sich hinter ihn und schlug waagrecht mit dem Degen zu. Wenn er sich nicht geduckt hätte, hätte sie ihm die Klinge mitten ins Gesicht geschlagen. So glitt sie leider über seinen Kopf hinweg. Shark drehte sich zu ihr und schlug noch einmal nach ihr, während Ray hinter ihr seinen Säbel zog. Sea wich zurück. Richtung Platzmitte, wo sie mehr Raum hatte, sich zu bewegen. Er schlug wieder nach ihr, diesmal parierte sie. Er packte mit der freien Hand ihr Handgelenk und hielt sie fest. Doch im Spiel betrügen konnte sie auch! Er hatte es darauf angelegt, wenn sie die Gelegenheit hatte, würde sie ihn töten. Ehe Ray ihm helfen konnte indem er sie erstach, trat sie Shark gezielt zwischen die Beine. Davon abgelenkt ließ er sie los und krümmte sich zusammen.

Ray machte einen Stritt nach vorne und hätte sie wahrscheinlich mit seinem Entermesser erstochen, wenn sie sich nicht gerade noch zur Seite gedreht hätte. Die Klinge glitt an ihrem Bauchnabel vorbei. Mit der linken Hand packte sie seinen Säbelgriff und gab ihm einen Tritt. Doch sie verfehlte seinen Bauch, und er taumelte nur am Becken getroffen zurück. Aber er war abgelenkt, und sie hatte die Zeit, hart gegen seine Klinge zu schlagen, ganz unten am Griff. Durch die Überraschung fiel ihm der Säbel aus der Hand, und er musste entwaffnet zurückweichen. Sie drehte sich wieder zu Shark um. Er brachte sich gerade wieder in Kampfposition, den Schmerz deutlich im Gesicht eingebrannt. Sie hätte die Zeit gehabt, ihn in Davy Jones Kiste zu schicken, aber ein Fremder wehrte ihren Schlag ab. Er warf sie kraftvoll zurück und griff an. Aber Sea parierte jeden seiner Hiebe, während sie sich diesen Kerl genauer ansah. Er war nur wenig älter als Math, siebzehneinhalb Jahre alt, vielleicht achtzehn, und wie bei Math wuchsen seine Barthaare tüchtig in den Mundwinkeln und am Kinn. Er war ebenfalls nicht ganz einen Kopf größer als sie. Aber der Fremde war zweifellos ein Seemann, denn nur wer immerzu Wind und Wetter ausgesetzt war, hatte solche gebräunte Haut. Seine glatten, schwarzen Haare standen zerzaust unter seinem roten Kopftuch hervor, das wirkte wie in Blut getränkt. In seinem offenen Kragen baumelte ein kleiner Haifischzahn an einem Lederband zwischen seinen Schlüsselbeinen. Seine Hemdsärmel waren bis über die Ellbogen hochgeschlagen, und seine schwarzen Hosen verschwanden in braunen Seemannsstiefeln. Der Schwertscheide gegenüber hing ein Dolch an seinem schweren, braunen Gürtel. Daneben steckten griffbereit zwei Pistolen, deren drei Läufe im Dreieck angeordnet waren. Höchstmoderne Waffen mit enormer Ladekapazität. Aber seine eiskalten, seegrasgrünen Augen, die Sea an die kalte Haut eines Seeungeheuers erinnerten, wirkten gefährlicher als all seine Waffen. Würde ihr Blut vor Adrenalin nicht brodeln, wäre es ihr unter diesem Blick in den Adern gefroren. So aber wurde sie nur noch wütender, und sie schlug mit aller Macht zurück.

„Warum zum Teufel mischt du dich ein?"

„Neugierde", erwiderte er und musterte Sea von oben bis unten. Der junge Mann sah ihr einen Moment in die Augen, dann betrachtete er einen Augenblick ihren Hals. Vermutlich suchte er Angriffspunkte. Diese Unachtsamkeit nutzte Sea aus und versuchte, ihn von rechts unten am Bauch mit der Säbelspitze zu erwischen. Gekonnt schlug er die Klinge von sich weg. Sie griff ihn noch einmal an, diesmal schlug sie eine Finte von oben gegen seinen Hals. Aber er stieß sie mit so viel Kraft von sich weg, dass Sea nach hinten springen musste, um nicht das Gleichgewicht zu verlieren.

Der Fremde lächelte und gab zu: „Du bist wirklich gut!" Dann zuckte er mit den Schultern und ergänzte seine Worte: „Zumindest für ein Mädchen" Sea lächelte zurück, als könnte sie kein Wässerchen trüben. „Danke, gleichfalls", sagte sie keck und schlug ganz unten am Griff gegen seinen Säbel. Er war wohl etwas erstaunt über ihre Frechheit gewesen und hatte nicht aufgepasst, denn seine Klinge flog ihm einfach aus der Hand. Jetzt stand er mit verdutztem Gesicht, dafür ohne Waffe vor ihr, und sie hielt ihm genießerisch ihre Säbelspitze gegen die Brust. Aber ihre Wut galt nicht diesem Dummkopf, und sie wandte sich nach Shark um, gerade um seinen Angriff zu blocken. Sea wollte ihn angreifen, doch der Fremde packte sie an beiden Handgelenken. Doch anstatt sie festzuhalten, damit ihr Erster Maat sie erstechen konnte, zog er sie aus seiner Reichweite. Sie versuchte, sich aus seinem Griff zu winden und dem Kampf endlich ein Ende zu setzen, aber er hielt sie so fest, dass sie sich kaum rühren konnte. Wohl mehr erstaunt, als außer Puste, ließ Shark seinen Säbel sinken.

Doch dem jungen Mann war er momentan egal. Er sah sie eindringlich mit seinen eisgrünen Augen an, dass es ihr einen Schauer über den Rücken jagte. „Ergib dich und lass den Säbel fallen!", befahl er ihr halblaut.

„Wenn ich ihn loslasse, bekomme ich ihn nie wieder zurück, und ich hänge sehr daran." Sie erwiderte seinen Blick ohne auch nur zu blinzeln, obwohl sie sich dabei fühlte, als würden ihr Eisblumen auf der Haut wachsen. Sie würde noch mehr verlieren, wenn sie ihren Säbel fallen ließ.

„Du bekommst deinen Säbel zurück, aber du musst ihn jetzt fallen lassen", versprach er flüsternd.

„Warum sollte ich dir trauen?"

„Weil du keine andere Wahl hast", antwortete er prompt. Sie prüfte die Ehrlichkeit in seinen Augen, doch aus dieser Kälte konnte man nichts lesen.

Und sie ließ ihren Säbel fallen, denn er hatte Recht, sie hatte keine andere Wahl!

Der Sklavenhändler kam mit einem Strick angelaufen, und der Fremde fesselte ihre Handgelenke mit einem satten Knoten. Plötzlich hatte sie das Gefühl, es war eine dumme Idee gewesen, ihm zu vertrauen. Shark nickte ihm zu und bedankte sich mit einem einzigen kurzen Wort, dann ging er mit Ray zügigen Schrittes davon. Die übrigen Meuterer folgten ihnen in eine der finsteren Gassen.

„Shark, glaub ja nicht, dass du mich so einfach los wirst!", schrie sie ihm nach, doch er warf nicht einmal einen Blick zurück.

„Zu wem gehört das Mädchen?", fragte der Fremde den Sklavenhändler, der ihm sofort mitteilte, dass er ihr Besitzer sei. Pah! Wäre sie nicht in dieser dummen Situation, hätte sie ihm die Meinung gegeigt. In der Zwischenzeit gesellte sich ein Grüppchen fremder Männer zu ihnen, doch der junge Mann beachtete sie kaum.

„Hast du deinen Spaß gehabt, Käpt'n, können wir jetzt weiter?", fragte einer von ihnen ungeduldig.

„Du bist Kapitän?", entfuhr es ihr erstaunt. Er musste ein richtiger Teufelskerl sein, wenn er es in seinem Alter schon zum Kapitän gebracht hatte. So ein Pech wie sie hatte schließlich nicht jeder! Er lächelte sie lässig von der Seite an, wie wenn ihn ihre Verblüffung amüsieren würde.

„Hättest du nicht gedacht, was?", meinte er und wandte sich dem Händler zu, „was wollt Ihr denn für das Mädchen haben?"

Sea verkniff sich mühselig die Flüche, die ihre Zunge formte. Zum Glück stand sie unter Drogen, wer weiß wie die ganze Sache sonst abgelaufen wäre. Sie gab sich in Gedanken eine Ohrfeige. Es als Glück zu bezeichnen unter Drogen zu stehen – wie konnte sie nur so einen Stuss denken?

Auf das kugelartige Gesicht des Händlers legte sich derweil ein Grinsen, und er rieb sich seine speckigen kleinen Hände. Er verursachte einen Brechreiz in ihrem Magen: Menschenhandel war so etwas Widerwärtiges! „Was würdet Ihr denn für sie bieten, junger Freund? Ihr seht, sie ist eine hervorragende Fechterin und hübsch obendrein", begann er zu feilschen, doch einer der Männer hinter ihr wollte das Geschäft schon im Keim ersticken.

„Käpt'n, wir wollten nur die Gefangenen zu Barem machen und

dann wieder gehen. Auf dem Schiff nützt uns die Kleine nichts, Frauen an Bord bringen nur Unglück." Typischer Aberglaube, hätte Sea ihm am liebsten an den Kopf geworfen, aber sie biss sich auf die Zunge.

Der junge Kapitän hingegen schien seinen Matrosen nicht einmal zu hören. „Unsere drei Gefangenen im Tausch gegen das Mädchen mitsamt ihrem Säbel", bot er dem Sklavenhändler an. Dieser bekam leuchtende Schweinsäuglein bei einem Blick auf diese Gefangenen. Wetterfeste Seemänner, die auch auf Plantagen harte Arbeiten verrichten konnten. Was war ihnen wohl widerfahren, dass sie nun Leibeigene waren, die man wie Rinder verkaufen konnte?

„Abgemacht", sagte der Händler und hob sogar selbst ihren Säbel vom Boden auf, um ihn in die Scheide gesteckt seinem neuen Besitzer zu übergeben. Der junge Mann wirkte zufrieden, während seine Matrosen beinahe der Schlag traf. Auch sie konnte nicht anders als die Stirn zu runzeln. Wieso war sie ihm so viel wert?

„Das kann doch nicht dein Ernst sein!", entfuhr es einem seiner Männer, als er widerwillig die Gefangenen bei den Sklaven auf die Knie zwang. Ein Gehilfe des Händlers kettete sie an den Fußgelenken mit den anderen zusammen.

„Das ist mein völliger Ernst!" Er steckte ihr gut gelaunt ihren Säbel in den Gürtel, wobei er seine Matrosen angrinste, als wüsste er von etwas auf das sie erst kommen mussten. „Hat mich gefreut, mit Euch Geschäfte zu machen", verabschiedete er sich eilig und zog sie an den Handfesseln davon. Sie folgte ihm nur zu gerne. Hauptsache weg von diesem Sklavenmarkt.

„Und jetzt raus aus diesem Loch", knurrte er seinen Matrosen zu, als er an ihnen vorbeiging. Er führte sie in die nächste Gasse, ehe einer der Männer protestieren konnte. Sie hätten für diese drei Gefangenen vermutlich eine ordentliche Summe bekommen und hatten vermutlich kein Verständnis für ihren Kapitän. Hatte sie selbst eigentlich auch nicht. Ein großgewachsener Seemann von mehr als einem Faden in der Höhe, also nicht ganz zwei Meter, holte sie ein und ging neben seinem Kapitän. Unter seinen langen, schwarzen Haaren schimmerte auf jeder Seite ein großer, goldener Ohrring. Im Gesicht hatte er einen schlecht geschnittenen, kurzen Bart mit passendem Schnauz. Sie sahen allesamt reichlich wild aus. Der Hüne boxte den jungen Mann freundschaftlich gegen die Schulter. „Dafür, dass du eigentlich kein Freund von Menschenhandel bist und Geiseln lieber gleich beseitigst, hast du aber großzügig eingekauft."

„Wenn ich richtig liege, wird dich das bald nicht mehr wundern", versprach der Kapitän seinem Freund, wieder mit diesem wissenden Grinsen auf den Lippen.

„Mich würde es übrigens auch brennend interessieren, was ich für einen Nutzen für euch habe", machte sie die beiden auf sich aufmerksam.

Der Kapitän lächelte sie aber nur an, wie ein kleines Kind. „Das wirst du noch früh genug erfahren, Süße. Wie heißt du eigentlich?"

„Horce", nannte sie ihren Nachnamen zuerst, in der Hoffnung Verwechselungen mit ihrem Lieblingstier auszuschließen, „Sea Horce. Wer seid ihr nun?" Der Großgewachsene lachte als er ihren Namen hörte, und auch der halbstarke Kapitän drehte sich mit amüsiertem Gesicht zu ihr um.

„Das erzähle ich dir, wenn wir ein bisschen Abstand zwischen uns und dieses Nest gebracht haben", sagte er, als sie aus der Gasse in eine menschenleere Hafenstraße einbogen. In der Gasse war es stockfinster gewesen, hier brannten zumindest einige Laternen. Falls sie überhaupt noch in Santo Domingo waren, befand sie sich nicht mehr in einem Stadtteil, den sie kannte. Dann würde sich ihr Schiff vermutlich auf der gegenüberliegenden Seite des Hafens befinden. Grob zerrte der Fremde sie an ihren Fesseln weiter die Mole entlang. Allmählich scheuerten die Seile ihr die Haut auf, und es begann zu schmerzen. Auf ihre Frage, ob sie ihre Fesseln nicht bitte lösen konnten, antwortete der junge Mann nur knapp.

„Erst wenn wir im Boot sitzen, wo du uns bestimmt nicht mehr entwischen kannst." Als ob fünf ausgewachsene Männer sie nicht vom Ausreißen abhalten könnten!

***

Sie lief den Rest des Weges stumm hinter den Männern her, aber auch die Matrosen sprachen kaum miteinander. Dem Himmel zufolge würde es noch Stunden dauern bis er anfing zu grauen, vermutlich war es etwa zwei Uhr morgens. Zu dieser Uhrzeit wurden bestimmt nur noch auf dem Schwarzmarkt Geschäfte geschlossen, denn auf einem normalen Sklavenmarkt hätte Shark sie vermutlich nicht so einfach verkaufen können. Ihre Freunde würden vermutlich ungefähr zu dieser Uhrzeit auf dem Rückweg aus der Spelunke sein. Hoffentlich fiel ihnen gleich auf, dass sie fehlte, dann hatte sie noch eine geringe Chance gefunden zu werden, bevor sie endgültig entführt wurde. Hoffentlich fanden sie ihre Nachricht überhaupt! Wenn sie nicht zurückkam, würde Rack, ihr selbsternannter Großer Bruder, sich nie wieder im Spiegel ansehen können.

„Hier entlang", zerrte sie der junge Mann über einen schmalen Holzsteg, an dessen Ende ein kleines Beiboot vertäut war. Seine Männer folgten ihnen und warteten auf dem Landungssteg, bis sie beide darin auf den Bänken saßen. Dann setzten sie sich an die Riemen, und der letzte von ihnen machte die Leine los, ehe er ins Boot sprang.

***

Einige Minuten später waren sie schon ein ganzes Stück vom Land entfernt. Von weitem waren zwar die Lichter schön anzusehen, aber sie musste feststellen, dass es bestimmt kein ihr bekannter Stadtteil war. Um genau zu sein waren sie nicht einmal mehr im Hafen von Santo Domingo, sondern am Hafen einer kleinen Ortschaft östlich davon. Über das Meer konnte sie eine große Lichtquelle sehen, die unweigerlich die Stadt sein musste. Sie war also weiter von ihrem Schiff entfernt als erwartet. Und das Schiff, auf das sie zu ruderten, würde sie noch viel weiter wegbringen.

„Könnt ihr mir jetzt bitte die Fesseln abnehmen? Mir tun die Handgelenke weh, und abhauen werde ich hier bestimmt nicht mehr. Ins Wasser springen und davonschwimmen, darauf habe ich zu dieser Uhrzeit wirklich keine Lust." Sie war die Erste, die seit Minuten der Stille sprach, und der Kapitän wandte sich zu ihr um. Kopfschüttelnd über ihre Wehleidigkeit – dabei hatte sie es lange genug mit den scheuernden Fesseln ausgehalten – löste er das Seil, mit dem ihre Handgelenke zusammengezurrt waren. Sea rieb sich die wunden Stellen als sie sich bedankte. „Wer seid ihr nun?", verkniff sie sich diese Frage nicht auch noch länger.

„Kapitän Salvador Black von der *Queen Roses Death*", stellte er sich vor. Ihre Augen wurden erstaunt größer, als sie den Namen hörte, den sie bereits von Steckbriefen kannte. Auf diesen jungen Piraten war ein ordentliches Kopfgeld ausgesetzt, dafür dass er nicht übermäßig bekannt war. „Ich sehe, du hast meinen Namen schon gehört." Er grinste auf eine lässig selbstgefällige Art und Weise, so dass sie ihn als einen Angeber abstempelte.

Aber sie nickte, denn es hatten sich schon einige ihr bekannte Marinekapitäne über ihn geärgert. „Der Pirat, über den so wenig bekannt ist", erklärte sie, „du siehst überhaupt nicht aus wie auf den Steckbriefen." Dass er besser aussah, wollte sie ihm lieber nicht sagen.

„Und das soll auch so bleiben", meinte er abschließend und beendete das Gespräch wieder für eine ganze Weile. Wenn sie ehrlich war, war sie auch zu müde, um zu diskutieren und zu müde, um Angst zu haben. Denn wenn er sie für einen solchen Preis erstanden hatte, dann bestimmt nicht, um ihr sofort die Kehle durchzuschneiden.

***

Bis sie das Schiff erreichten, wäre sie beinahe eingeschlafen. Doch als sie die *Queen Roses Death* erblickte, wurde sie wieder wach. Der Segler war etwas größer als die *Unicorn's Dream* und sah in ihren Augen ziemlich makaber aus. Die Planken, aus denen der Dreimaster gebaut worden war, waren aus dunklem Holz, so dass man sie ohne die Laternen vom Land aus nicht gesehen hätte. Ihr schauderte leicht, als ihr Blick die unheimliche Galionsfigur streifte. Aus der geschnitzten Leiche einer Meerjungfrau standen an einigen Stellen ihre hölzernen Knochen hervor, weshalb sie zu vermodern erschien.

Sie musste zugeben, wenn es jetzt nebelig gewesen wäre, hätte sogar sie es für ein Geisterschiff gehalten. Aber in diesem Moment warfen die Laternen tanzende Lichtstreifen auf die Wellen, in deren Glanz das Schiff eher geheimnisvoll aussah. Die Piraten pullten ihr Beiboot an ihre Backbordwand. Die Crew musste sie längst erkannt haben, denn es wurde keine Frage nach ihrer Identität ausgerufen. Stattdessen wurden die Davits, eine Art schwenkbarer Holzkran für das Aussetzen und wieder Verstauen der Beiboote, übers Wasser hinausgedreht und deren Haken heruntergelassen.

Über eine sogleich von oben ausgerollte Strickleiter kletterte der Kapitän der Bordwand entlang auf die Reling zu. Er war gerade einmal halb oben, als der großgewachsene Pirat ihr mit einem eindeutigen Nicken zeigte, dass sie ihm folgen sollte. Mit einem mulmigen Gefühl im Bauch stellte sie die Füße in die Sprossen und kletterte hinter Kapitän Black her.

Natürlich wurde sie als Frau nicht gerade freundlich von den Seemännern angestarrt, während sie die Beine über die Reling schwang. Jeder von ihnen schien sich die Zeit zu nehmen sie zu mustern, so dass sie sich irgendwie kleiner vorkam als sonst. Wahrscheinlich wäre sie aus Versehen einen Schritt zurückgetreten, wenn der Hüne nicht direkt hinter ihr über die Reling geklettert wäre. Er legte ihr die Hand auf die Schulter, wie um sie am Weglaufen zu hindern. Aber die Piraten betrachteten eher ihren jungen Kapitän mit misstrauischen Blicken. Sie mussten sich wie sie fragen, was er mit ihr vorhatte.

„Gegen die Göre hat unser Kapitän die Gefangenen eingetauscht, alle drei!", teilte der nächste Pirat, der hinter ihnen die Leitersprossen erklomm und die Beine über die Reling schwang, der Crew aufgebracht mit.

Nun wandelten sich die misstrauischen Blicke in verärgertes Starren, denn es war offensichtlich, dass sie für diese drei Seemänner wesentlich mehr hätten herausschlagen können. Doch der junge Kapitän blieb lässig und lehnte sich die Hände in den Hosentaschen mit seinem wissenden Lächeln gegen die Reling. „Bring sie runter, Diego! Wenn du wieder da bist, werde ich erklären, was es mit meiner Vermutung auf sich hat", befahl der junge Pirat dem großen Mann, der sie im nächsten Moment den Niedergang hinuntersteuerte. Sie hatte keine Zeit gehabt, um zu protestieren oder sich zu wehren. Er hatte sie einfach bei den Schultern gepackt. Dabei hatte sie eigentlich am ehesten das Recht zu wissen, wieso Kapitän Black diesen ganzen Aufwand auf sich nahm. Aber sie wurde schon im nächsten Moment auf die steile Treppe geschubst.

Unter Deck war es ziemlich dunkel, denn nahe beim Niedergang hing nirgends eine Laterne, man sah gerade noch wo man hintrat. Diego bugsierte sie eine weitere Treppe hinunter. Ganz unten im Schiff waren rechts und links Gitter mit verschließbaren Türen, die eigentlich für Güter gedacht waren, sich aber problemlos als Gefängniszellen benutzen liessen.

Diego schob sie in das Linke und schloss die Tür mit einem großen Schlüssel ab. „Ich bin gespannt, was er mit dir vorhat", sagte er und ließ den Schlüssel in seiner Hosentasche verschwinden. Dann ging er ohne weitere Worte wieder die Treppe hinauf, und Sea sah sich in der Zelle um. Es gab gar nichts in diesem Käfig, nicht mal einen Hocker oder eine Kiste auf die sie sich hätte setzen können. Daher setzte sie sich auf den Boden und lehnte sich gegen die schräge Bordwand. Entgegen ihren Erwartungen konnte sie nach kurzer Zeit schlafen. Als sie nach einigen Stunden wieder erwachte, kramte Sea ihren winzigen Zeichenblock und den Stift aus der Hosentasche und setzte sich im Schneidersitz gegen das Gitter gelehnt auf die Planken. Aus Wut über Shark begann sie eine Seeschlange mit großen, scharfen Zähnen zu zeichnen.

Sie musste sich überlegen, wie sie wieder von diesem Piratenschiff runter kam und sich ihre *Unicorn's Dream* wieder zurückholte.

∗∗∗

Sea war sich nicht sicher, wie lange sie in der Zelle gesessen hatte. Aber sie hatte in dieser Zeit einige sehr detailreiche Bilder gezeichnet – vermutlich handelte es sich um Stunden. Nach einiger Zeit hatten sich ihre Augen an die Dunkelheit gewöhnt, und sie konnte die Linien auf dem weißen Papier gut genug sehen. Erst die Seeschlange aus Wut über Shark und später die *Unicorn's Dream* aus Sehnsucht nach ihrem Vater. Was ihre Ideen wegen eines Fluchtversuches betraf, blieb ihr wohl nichts weiter übrig, als zu warten bis die Piraten in einem Hafen anlegten. Denn ein Fluchtversuch mitten auf dem offenen Meer war vielmehr ein Selbstmordversuch. Zu versuchen, mit einem Beiboot zu verschwinden, war zu auffällig. Die Piraten würden es bemerken und sie mit einem einzigen Schuss in Davy Jones' Kiste befördern oder einfach wieder einsammeln wie Treibgut. Und wenn sie einfach ins Wasser sprang, würde sie wahrscheinlich mitten auf dem Meer an Erschöpfung sterben. Sich auf ihr Glück zu verlassen und es einfach zu versuchen, wäre einfach nur naiv. Aus dieser Zelle heraus zu kommen, wäre ihr kleinstes Problem. Diese Piraten hatten tatsächlich eine Zellentür, deren Scharniere vollkommen durchgerostet waren. Sie hätte der Tür also nur einen kräftigen Tritt geben müssen, um sie auf zu bekommen. Aber solange sie auf See waren, nutzte eine offene Tür ihr auch nicht wirklich viel. Irgendwann waren ihr die Ideen ausgegangen, was sie zeichnen konnte. Hinterher hatte sie auch noch recht lange gesungen.

Später hatte sie angefangen, irgendeinen Fantasiehafen zu zeichnen. Wenn sie schon keinen realen Ort wusste, den sie zeichnen konnte, musste sie eben einen erfinden.

Als Sea hörte, dass jemand die Treppe hinunter kam, stand sie sofort auf. Sie steckte den Zeichenblock wieder in ihre Hosentasche, als sie Diego sah. Sie hatte erst jetzt die Zeit, ihn sich genauer anzusehen, in der Nacht hatte sie seine spanischen Gesichtszüge gar nicht bemerkt. Diego zog den großen Schlüssel wieder aus seiner Hosentasche und schloss die Tür auf.

„Komm schon, der Käpt'n will mit dir reden", sagte er und wollte sie am Oberarm packen.

Aber sie zog ihren Arm weg, ging an ihm vorbei aus der Zelle und sagte: „Ich finde den Weg schon selbst!" Er zuckte gleichgültig mit den Schultern. Sea ging die Treppe hinauf, und Diego folgte ihr wortlos.

Sea wurde von der Sonne geblendet, denn es war schon helllichter Tag. Sie hatte wohl wesentlich länger in der Zelle gesessen, als sie erwartet hatte. An Deck drehten sich natürlich alle Augen zu ihr, als sie die Treppe empor stieg. Erst als Diego hinter ihr auftauchte, setzten sie fort was auch immer sie taten. Auf jeden Fall arbeitete im Moment nicht mal die Hälfte der Piraten etwas. Die meisten spielten Kartenspiele oder würfelten.

Die Raumverteilung war bei allen Schiffen ungefähr gleich, deshalb wusste Sea sofort, wo sie auf diesem Schiff die Kapitänskabine suchen musste. Diego klopfte an und öffnete die Tür, ohne auf eine Antwort zu warten. Er hielt sie für Sea auf, und Sea betrat, gefolgt von Diego, den Raum. Es sah kaum anders aus als in der Kabine, in der sie noch bis vor kurzem gewohnt hatte. Das Bett – ebenfalls ein richtiges Bett – stand in der gleichen Ecke wie bei ihr. Der Tisch war ein wenig größer und ragte von der Wand her ins Zimmer, aber auch dieser Raum hatte breite und hohe Fenster, die ihn mit Licht tränkten. An der Stelle von Bildern hingen in dieser Kabine aber alte Waffen an den Wänden.

Der junge Piratenkapitän saß an dem Tisch an der Wand und kritzelte etwas in ein Buch, von dem Sea vermutete, dass es das Logbuch war. Als er die beiden sah, legte er die Feder weg und stand auf. Diego verschwand ohne ein Wort aus der Tür, während er um den Tisch herum ging und sich auf der Vorderseite daran lehnte.

Sea verschränkte trotzig die Arme und fragte: „Also, was willst du von mir?" Sie machte sich nicht die Mühe, einen Piraten mit der Höflichkeitsform anzusprechen, auch wenn er Kapitän war. Sie sah ihn nicht als eine Autoritätsperson – oder zumindest nicht ihr gegenüber, also konnte sie es sich sparen.

Er musterte sie noch einmal von oben bis unten. Bei ihren Haaren, ihren Augen, ihrem Hals und natürlich ihrem Busen blieben seine Augen kurz hängen, obwohl es bei ihr nicht viel zu sehen gab.

„Sea Horce heißt du?", fragte er schließlich nach. Sea nickte kalt.

„Süss", sagte er lächelnd.

Sea zog ihre Augenbraue hoch. „Was ist daran süß?"

Er zuckte mit den Schultern und antwortete lächelnd: „Ich finde nur, ‚Seepferdchen' ist ein süßer Name." Eigentlich hatte er Recht, es war ein süßer Name, süß wie Zucker. Doch diesen Triumph würde sie diesem Angeber von einem Piraten nicht gönnen.

„Horce schreibt man mit C", sagte Sea kalt und machte eine Pause.

„Aber warum hast du mich denn nun zu dir bestellt, Käpt'n Black?", fragte Sea schließlich interessiert weiter.

„Ich habe einen Vorschlag für dich. Anstatt dich in einer Zelle zu langweilen, könntest du etwas arbeiten." Dieser Vorschlag hörte sich eigentlich nicht schlecht an. Sicherheitshalber fragte sie aber nach: „Um was für eine Arbeit handelt es sich denn?" Sie ließ ihre Stimme absichtlich in einen widerwilligen Ton fallen.

„Mein Schiffskoch Luigi könnte ein wenig Hilfe gut gebrauchen", antwortete er und fragte gleich nach, „hast du noch Fragen?" Sea nickte und fragte dann gerade heraus: „Was habe ich eigentlich für einen Nutzen für dich?" Er lächelte und ging wieder um den Tisch herum als er antwortete: „Das erfährst du noch früh genug."

Sea zuckte mit den Schulten und drehte sich zur Tür um. Sie konnte warten. „Na gut. Dann gehe ich jetzt runter in die Kombüse." Sie konnte sich weit Schlimmeres vorstellen als Kartoffeln zu schälen. Besser als sich unten in der Zelle zu langweilen war es auf jeden Fall.

„Wenn noch etwas ist, kannst du dich an meinen ersten Maat, Diego, wenden", sagte Kapitän Black abschließend, als er sich wieder an den Tisch setzte. Sea nickte und verließ die Kabine.

✳✳✳

Als Sea die Tür wieder schloss, lehnte Diego daneben und wartete schon auf sie. „Na, soll ich dir die Kombüse zeigen oder muss ich dich wieder einsperren?", fragte er freundlich lächelnd. Langsam wurde er ihr richtig sympathisch.

„Die Kombüse", antwortete sie und lächelte zurück. Jetzt strahlte Diego sie beinahe an.

„Gute Wahl. Hätte mich gewundert, wenn du freiwillig weiter hättest da unten rumsitzen wollen", meinte er und stieß sich von der Wand ab. Er ging an ihr vorbei zur Treppe, die in den Schiffsbauch führte. Dort winkte er sie zu sich. „Komm schon!", sagte er und Sea folgte ihm in den Schiffsbauch.

Die Kombüse war eine kleine, offene Küche direkt vor dem Großmast auf dem zweiten Deck. Der Boden unter dem großen Ofen war mit Ziegelplatten ausgelegt, damit die Funken aus dem Innern keinen Brand verursachen konnten. Über dem zum Heck geöffneten Herd befand sich eine Art Abzug, aus dem Dampf und Rauch direkt ins Freie geleitet wurde. Auf der *Unicorn's Dream* sah die Kombüse ähnlich aus, war aber bedeutend kleiner. Im Herd hing ein einzelner, riesiger Kochtopf, dessen Wasser noch nicht kochte. Gegenüber dem Herd stand ein schmaler Tisch, der als Arbeitsfläche diente und einige Schubladen hatte, in denen Kochlöffel, Kellen und andere Dinge aufbewahrt werden konnten. Backbord daneben befand sich ein Regal, dessen Ablagen mit Tellern und Besteck überfüllt waren. Luigi, der Schiffskoch, saß in der Enge dazwischen auf einem Schemel und schälte Kartoffeln. Ihm gegenüber stand ein noch freier Hocker.

Als Sea und Diego an besagtem Mast vorbeischritten, hob er den Kopf. Er trug eine Augenklappe und hatte einen buschigen Schnauz unter der Nase. Er legte das Messer hin und warf die geschälte Kartoffel in den großen, mit Wasser gefüllten Topf. Dann stand er auf und Sea konnte sehen, dass er ein recht grob gearbeitetes Holzbein hatte. Kein Wunder, dass er in der Küche arbeitet, dachte sie, mit dem Ding konnte man bestimmt nicht richtig laufen.

„Du hast dich also für den Küchendienst entschieden", stellte er erfreut fest. Diego beugte sich zu ihrem Ohr vor, wie Rack es manchmal tat, um ihr etwas zuzuflüstern. „Keine Sorge. Er sieht zum Fürchten aus, ist aber auf diesem Schiff bei Weitem am wenigsten gefährlich", flüsterte er ihr ins Ohr, dann sagte er zu Luigi, „vorstellen könnt ihr euch selbst. Ich hab anderes zu tun." Er drehte sich auf dem Absatz um und ging wieder nach oben an Deck.

Luigi wies auf den Hocker vor sich und setzte sich. Sea stieg über einen Kartoffelsack, der ihr im Weg lag und setzte sich neben ihn. „Der Käpt'n hat mir schon gesagt, dass ich in Zukunft vielleicht Hilfe bekommen werde", sagte er und zog die oberste Schublade der Küchenablage auf. Er holte ein Messer heraus und schob die Schublade wieder zu. Das Messer hielt er ihr hin. Sie nahm es an, holte eine Kartoffel aus dem Sack und begann sie zu schälen. Sie war zwar weder sehr schnell noch geübt im Potaken drehen, aber weit gründlicher als der Koch.

Luigi redete munter weiter: „Ich komme mit Schälen fast nicht nach. Diese verfluchten Piraten fressen mir irgendwann die Haare vom Kopf." Sea musste lächeln bei dieser Vorstellung und erwiderte: „Das kann ich mir lebhaft vorstellen."

Luigi lächelte sie freundlich an und schälte weiter. „Wie heißt du eigentlich, junge Dame?", fragte er.

„Sea Horce"

Er nickte und fragte: „Sea, wie das Meer?" Sea nickte zustimmend.

„Dass ich Luigi heiße, hat man dir gesagt, nehme ich an."

„Ja, hat man", antwortete sie und nickte noch einmal.

„Also Sea, gibt es irgendwas, was du wissen möchtest? Du musst neugierig auf Schiff und Crew sein ..."

Sea war unglaublich froh, dass er das fragte. Denn so kam ein Gespräch zustande, das das Kartoffeln Schälen wesentlich interessanter machte. Luigi erzählte ihr von sich selbst und der Crew des Piratenschiffs. Früher war er selbst ein aktiver Pirat gewesen und hatte mit dem Rest der Crew Schiffe geplündert. Dann hatte er einen Kampf und verlor dabei sein Auge. Ein Matrose hatte es ihm ausgestochen. Deshalb war er einen Moment abgelenkt gewesen, und der Matrose trennte ihm das Bein ab. Überlebt hatte er, weil ihm ein Freund zu Hilfe gekommen war. Und da der Italiener nun kampfunfähig war, arbeitete er in der Kombüse. Die Crew, so erzählte er, bestand zu einem großen Teil aus Engländern, aber es gab auch viele Matrosen anderer Herkunft. Ein weiterer großer Teil bestand aus Spaniern, die er mit den wenigen Portugiesen in einen Topf warf. Dann gab es noch einige Franzosen und einige Schwarze, von denen er nicht genau wusste, aus welchen Teilen des Kontinents sie kamen. Zumeist handle es sich um entlaufene Sklaven, die sich nicht auf einer Plantage hatten zu Tode arbeiten wollen, sie hätten aber auch einen südamerikanischen Wilden. Ergänzt wurde die Mannschaft durch eine Hand voll Niederländer und einen Dänen. Italiener war er der einzige, weshalb sich Sea nicht wunderte, dass er völlig ohne Akzent Englisch sprach, welches an Bord die Geschäftssprache zu sein schien. Dann gab er ihr noch einige Ratschläge, wie zum Beispiel, sich von den Jacks an Bord der *Queen Roses Death* fern zu halten, von denen es offenbar nicht wenige gab. Auf ihre Frage nach dem Grund, antwortete er, sie hätten einen schlechten Charakter.

Daraus schloss sie, dass Luigi mal einige schlechte Erfahrungen mit irgendeinem Jack gemacht hatte. Im Übrigen sollte sie nur aufpassen, dass sie zwischen sich und die Franzosen möglichst viel Distanz brachte. Als Begründung erklärte er ihr, sie seien sexistisch und deshalb für ein Mädchen besonders gefährlich – auch dies ein Vorurteil. Außerdem konnte sie sich wehren, wenn es nötig war, aber dies konnte Luigi nicht wissen.

„So, das ist genug!", sagte Luigi und warf einen Blick in den großen Kochtopf. Er war jetzt fast bis zum Rand mit geschälten Kartoffeln gefüllt.

„Endlich, ich dachte schon, wir werden nie fertig", meinte Sea erleichtert und legte das Messer neben sich auf den Hocker. Der Schiffskoch öffnete die Tür des Ofens und legte Holz nach. Das Feuer begann zu prasseln. Jetzt hieß es warten, bis die Holzscheite zu Glut wurden. Erst dann entfaltete sich die Wärme eines Feuers richtig. „Du hast jetzt Feierabend, Sea", sagte er lächelnd zu ihr. Sea lächelte zurück und bedankte sich. Sie stand auf und ging aus der Kombüse hinauf auf das Deck. In der Kombüse war es wegen des Feuers im Herd recht warm, deshalb war sie froh, dass draußen eine kühle Abendbrise wehte. Diego stand hinterm Ruder. Sea ging die Stufen, die zum Achterdeck führten, empor auf ihn zu. Als Diego sie bemerkte, lächelte er und fragte: „Ihr seid schon fertig?"

Sea hob ihre linke Augenbraue an und fragte: „Wieso schon? Wir haben immerhin den ganzen Nachmittag Kartoffeln geschält." Dieser Kerl hatte anscheinend einen ähnlichen Charakter wie Rack, was ihn Sea sehr sympathisch machte. Aber sie konnte sich nicht vorstellen, dass er nicht wusste, wie viel Arbeit es war, für so viele Leute zu kochen. Wahrscheinlich war es ein Witz.

„In Ordnung, ich frage anders. Gibt es bald was zu essen?", fragte der Erste Offizier. Sea zuckte mit den Schultern und antwortete: „Kann noch ein wenig dauern."

„Macht nichts", meinte Diego, dann fragte er wieder lächelnd, „und, was hast du jetzt mit deinem Feierabend vor?"

Diesmal lächelte sie zurück als sie antwortete: „Ich dachte mir, ich setzte mich auf die Treppe und zeichne." Sie ging zur Treppe und setzte sich auf die oberste Stufe. Den Rücken lehnte sie an die Reling, den einen Fuß stellte sie auf die oberste Stufe, und das andere Bein streckte sie aus.

„Worauf willst du denn zeichnen?", fragte Diego. Sea zog ihren winzigen Zeichenblock und den Stift aus der Hosentasche und zeigte ihn Diego. „Darauf" Er hob verstehend die Augenbrauen. Sie legte den Block auf ihr angewinkeltes Knie und überlegte: „Die Frage ist nur, was ich zeichnen soll." Er zuckte lächelnd mit den Schultern.

Die geheime Bucht in der Nähe von Kingston nahm langsam Gestalt an.

Sie zeichnete zwei Pferde in den Hintergrund. Wahrscheinlich weil sie sich danach sehnte, wieder mit Math schwimmen zu gehen. Aber da war sie nicht ganz sicher. Zuerst machte sie grobe Skizzen, danach zeichnete sie immer genauer darüber. Sie hatte vor, so viele Details wie möglich einzubauen, damit sie auf möglichst kleinem Raum möglichst lange zeichnen konnte. Sie hatte schließlich keine Ahnung, wann sie sich wieder einen neuen Block besorgen konnte, wenn dieser voll war. Diego bewegte sich die ganze Zeit nicht vom Ruder weg. Sea merkte, dass er ab und zu den Blick zu ihr schweifen ließ. Ihre Kritzeleien machten ihn anscheinend neugierig. Als die Sonne im Westen zu sinken begann, kam ein Pirat an Deck und rief die andern zum Essen.

Offensichtlich wechselte die Wache direkt nach dem Essen, denn hinter ihm stieg eine ganze Meute Matrosen den Niedergang hinauf, als er Diego am Ruder ablöste. Dieser ging nicht sofort mit den andern Piraten hinunter, sondern blieb bei ihr stehen.

„Darf ich mal sehen?", fragte er neugierig und nahm ihr den Block aus der Hand, ohne auf eine Antwort zu warten. Er blätterte den Block durch und sah sich ihre Zeichnungen an. Seine Augen wurden nach jedem Blatt größer und größer. „Die sind fantastisch", gestand er anerkennend, als er noch nicht einmal durch die Hälfte des Blockes durch war, „du hast wirklich Talent." Sea zog ihr ausgestrecktes Bein an, und er setzte sich neben sie auf die Treppe. In aller Ruhe sah er sich eine nach der anderen die restlichen Zeichnungen an.

Als er bei dem unvollendeten Bild von der Bucht angekommen war, also ganz hinten, sah er sich die Zeichnungen noch einmal von vorne an.

„Ich hätte nicht gedacht, dass du so gut zeichnen kannst. In diesem Milieu kommt diese Feinheit des Talents, glaub' ich, reichlich selten vor", gestand er, als er zu Ende geblättert hatte. Anschließend gab Diego ihr den Block zurück, obwohl er ihn anscheinend gern noch einmal durchgeblättert hätte. Er stand auf und ging die Treppe hinunter, während Sea damit begann, nach dem Blatt mit der angefangenen Zeichnung zu suchen. Sie legte sich den Block wieder auf ihr Knie und wollte weiter zeichnen.

„Kommst du nicht mit?", fragte Diego und drehte sich zu ihr um, „du bist doch bestimmt genauso hungrig wie ich." Sea schüttelte den Kopf und sah ihn an als sie antwortete: „Nicht wirklich"

Diego lächelte, zuckte mit den Schultern und ging ein Stück die Treppe hinab. Dann blieb er stehen. „Ist vielleicht auch besser so. Luigi ist nicht der beste Schiffskoch", meinte er amüsiert und wollte unter Deck gehen.

Aber seine Bemerkung machte Sea stutzig, und sie fragte mit hochgezogener Augenbraue: „Wieso ist er der Koch, wenn er nicht kochen kann?"

„Weil er der einzige ist, der genug Mumm hat, um einer Crew, die aus Piraten besteht, etwas vorzusetzen, das er selbst gekocht hat", rief er hinauf. Sea musste lächeln, obwohl sie sich nicht sicher war, ob er es ernst meinte oder einen Witz gemacht hatte.

Die Sonne versank im Meer, und es wurde langsam dunkel. Auf der *Queen Roses Death* wurden nach und nach Laternen angezündet. Sea war sich nicht sicher, ob ihr Licht das Schiff freundlicher oder noch unheimlicher machte. Das Treiben auf dem Schiff ließ langsam nach. Piraten waren wohl die einzigen Matrosen, die nicht in Tag- und Nachtschichten arbeiteten, was Sea nicht großartig wunderte. Die Dunkelheit störte sie nicht. Sie zeichnete einfach weiter, so viele Details wie möglich. Sie hatte das Gefühl, sonst zu schnell fertig zu sein. Also verzierte sie den Strand mit Muscheln, den Himmel mit Möwen und deutete bei jedem Baum im Hintergrund mit Strichen die Blätter an. Sea war so mit Zeichnen beschäftigt, dass sie nicht aufsah, als sie hörte, dass die Tür der Kapitänskabine zugemacht wurde. Anscheinend wollte Kapitän Black ein wenig frische Luft schnappen. Sie hörte, wie seine Schritte auf sie zukamen.

„Was machst du denn da?", fragte er und blieb bei ihr stehen. Jetzt sah sie doch auf.

„Das siehst du doch."

Er zog einen Mundwinkel lächelnd nach oben und fragte weiter: „Darf ich mal sehen?"

Sea zuckte mit den Schultern, hielt ihm den Block hin und erwiderte:

„Klar, warum nicht?" Dabei zog sie das ausgestreckte Bein wieder an, damit er sich wie Diego zu ihr setzen konnte. Er ging auf den Wink ein und setzte sich zu ihr. Sie legte die Arme um die angewinkelten Beine und sah ihm zu, wie er die Zeichnungen in ihrem Zeichenblock ansah. Langsam blätterte er sich Blatt für Blatt durch den Block. Die Zeichnungen schienen ihn richtig zu fesseln, seine kalten Augen folgten aufmerksam den schwarzen Linien über jedes Blatt.

„Ist das ein bestimmtes Schiff?", fragte er und zeigte ihr, welche Zeichnung er meinte. Es war das Bild, das sie in der Zelle gezeichnet hatte.

„Das ist meine *Unicorn's Dream*", erklärte sie, „Glaub es, oder glaub es nicht, aber ich bin Kapitän eines kleinen Frachters, ...oder besser ich war."

„Nein, das kann ich tatsächlich nicht glauben. Ein Mädchen als Kapitän ist wohl kaum möglich!" Der Kapitän sah sie an, als glaubte er, ihr Seemannsgarn durchschaut zu haben. Sea nahm es ihm auch nicht übel, es war so unwahrscheinlich, so unglaubwürdig. „Du hast das Schiff auf jeden Fall gut getroffen", begann er wieder zu lächeln, „diese Galionsfigur ist bestimmt einzigartig in der ganzen Karibik, dieses Schiff würde ich nun auch erkennen."

„Danke", nahm Sea ausnahmsweise ein Kompliment entgegen.

„Die Bauweise scheint ebenso unkonventionell zu sein, wie ihr Name kitschig. Ist die Takelung beim Zeichnen aus Versehen so groß geraten oder scheint die Takelung wirklich zu groß für den Rumpf zu sein?"

„Nein, der Rumpf wirkt wirklich zu klein. Diese Bauweise war ein erfolgreiches Experiment – dieser Schoner sollte ein kleines, schnelles und wendiges Schiff werden, das bei jedem Wind und Wetter gesegelt werden kann und schnell aufkreuzt. Eine kleine Werft in Portsmouth hat diesen Courier Schooner als Expressfrachter für einen Großunternehmer, der mit eigenen Schiffen Überseehandel trieb, entwickelt", erklärte Sea in der Kurzfassung.

„Und warum der kitschige Name? Durftest du das Schiff taufen, Süße?", höhnte der junge Pirat mit einem breiten Lachen.

„Nein, hätte ich das Schiff getauft, hätte sie wohl *Wind Chaser* oder *Morning Breeze* geheißen. Laut meinen Matrosen musste der Name zu den Namen der zwei anderen Frachter passen, und angeblich hat die damals neunjährige Tochter des Unternehmers das Schiff taufen dürfen. Ich glaube, *Dragon's Request* und *Griffin's Desire* hissen die anderen Frachter ..."

„Manche Leute haben eigenartige Vorlieben ...", meinte Kapitän Black und begann wieder in ihrem Block zu blättern. Er schien nicht recht zu wissen, ob er sie weiterhin mit Fragen löchern sollte oder ob er es lieber bleiben ließ.

Aber Sea fühlte sich ohnehin nicht nach einem langen Gespräch. Nachdenklich sah sie zu dem mit Sternen übersäten Himmel empor. Leider hatte das Gespräch sie an ihren Vater erinnert und daran, wie sehr sie ihn vermisste. Es war wie tiefer und immer tiefer im Meer zu versinken. Je tiefer sie hinunter sank, je kälter wurde ihr ums Herz und desto stärker der Druck. Deshalb musste sie ihr Schiff zurückbekommen, es war das einzige Erinnerungsstück, bei dem sie sich ihrem Vater wirklich nahe fühlte.

„Was ist los?", fragte der Piratenkapitän neugierig, „Wenn sogar ein gefühlloser Pirat wie ich dir ansieht, dass etwas nicht stimmt, muss es schrecklich sein." Er hatte anscheinend gemerkt, dass sie im Moment nicht gerade glücklich war, denn er lächelte nicht.

„Ich glaube, die *Unicorn's Dream* habe ich aus Sehnsucht nach meinem Vater gezeichnet", antwortete sie betrübt.

„Wieso? Vermisst du ihn so sehr? Du bist doch noch keine vierundzwanzig Stunden auf der *Rose*." Sea versuchte, ihr schweres Herz zu

ignorieren und ihre Trauer nicht wie eine Flutwelle über sich hereinbrechen zu lassen. Sie würde sonst nur wieder weinen und das wollte
sie nicht, ihrem Vater zuliebe.

„Er wurde umgebracht", sagte sie kurz und bündig und gab sich
Mühe, ihre eigenen Worte zu überhören. Dabei drehte sie sich Richtung Schiffsbug, stützte die Arme auf die angezogenen Knie und starrte
auf das Deck hinaus.

Es tat weh es laut auszusprechen, aber sie riss sich zusammen und
ließ keine Tränen aus ihren Augen rinnen. „Es ist noch keine zwei Wochen her." Er sah sie sprachlos an. „Entschuldige", sagte er dann leise,
„Ich wollte dich nicht kränken." Seine Worte klangen, als sei er mit
seiner Lage etwas überfordert, Trösten war wohl nicht seine Stärke. Sie
schüttelte leicht den Kopf und starrte weiter auf das Deck.

„Nicht so schlimm. Das konntest du nicht wissen."

„Wie ist das passiert?", fragte er sanft.

Sea wusste nicht wieso es ihn interessierte, aber vielleicht tat es ihr
gut, wenn sie es jemandem erzählte. „Mein Dad war Kapitän auf der
Unicorn's Dream", begann sie zu erzählen, „vor einiger Zeit wurden sie
von Piraten angegriffen. Während der darauffolgenden Schlacht wurde
er erschossen. Ich war zu der Zeit zu Hause. Ein Freund von ihm hat
mir erzählt, was passiert ist und sein Testament von mir verlangt. Mein
Vater hat mir alles vererbt, was er besessen hat, auch das Schiff. Ich hätte
es nicht übers Herz gebracht, sie zu verkaufen oder einen Kapitän ein-
zustellen, der auch noch erwartet, dass ich an Land zurückbleibe. Nun
weißt du auch, wie *ich* Kapitän wurde ..." Sie atmete tief durch. Es war
wie die Traurigkeit auszuatmen, und ihr wurde tatsächlich leichter ums
Herz. „Ich vermisse meinen Dad sehr", war sie in Gedanken noch bei
ihrem Vater. Aber es selbst laut zu erzählen, schien erleichternd zu sein.

Irgendwie schien es ihr nun viel leichter, sich damit abzufinden,
auch wenn es wehtat. Aber sie konnte nicht glauben, dass sie das alles
ausgerechnet einem Piraten erzählte.

Er legte die Ellbogen auf seine Knie. „Klingt als hättest du deinen
Vater sehr gern gehabt", stellte er fest, „und so hört sich die Vorstellung,
dass ein Mädchen Kapitän wird sogar fast plausibel an."

Sea hatte ihn die ganze Zeit nicht angesehen, doch nun drehte sie
den Kopf zu ihm. „Du deinen etwa nicht?" Sie konnte sich nicht vorstellen, dass man seinen Vater nicht mögen konnte.

„Ich hab ihn nie wirklich kennengelernt. Er war Pirat und wurde aufgehängt, als ich noch ein kleines Kind war", antwortete er gefühllos, und zuckte mit den Schultern. Er schien nicht großartig darunter zu leiden, dass er ohne seinen Vater aufgewachsen war. Aber er erinnerte sie an eine Frage, die sie schon länger stellen wollte. „Wie kommt es eigentlich, dass du einen spanischen Vornamen und einen englischen Nachnamen hast?"

„Mein Dad war Engländer, daher der Nachname Black, und meine Mama ist Spanierin. Mein Vater hat sie entführt, in einem karibischen Fischerdorf versteckt und geheiratet. Oder zumindest hat sie mir die Geschichte so erzählt. Und weil sie lange auf einen Retter gewartet hat, hat sie mich Salvador genannt. Das bedeutet Retter oder Heiland", antwortete er amüsiert lächelnd.

Sea musste ebenfalls lächeln als sie sarkastisch meinte: „Passt ja wundervoll zu einem Piraten!"

Salvador musste lachen. „Stell dir mal vor, du erzählst jemandem, du wurdest vom Heiland ausgeplündert", witzelte er lachend, „was der Kerl wohl für ein Gesicht machen würde?" Jetzt musste Sea auch lachen. Sie konnte sich lebhaft vorstellen wie jemand aussah, dem man so einen Seemannsgarn weismachen wollte. Aber ihr Gelächter beruhigte sich schnell wieder. Sea atmete noch einmal tief ein und wieder aus, dass ihr Lachanfall auch ganz sicher durch war.

Er atmete ebenfalls tief durch. Dann stand er auf und ging die Treppe hinab. Unten stellte er den einen Fuß auf die vierte Stufe und stützte den Arm auf das angewinkelte Knie. Er streckte ihr ihren Zeichenblock hin und fragte: „Soll ich dir zeigen, wo wir dich unterbringen?" Sea nahm ihm ihren Block aus der Hand und dachte einen Augenblick nach. Wo sie diese Nacht schlafen sollte, hatte sie sich noch gar nicht überlegt.

„Klar", entschied sie dann laut, „Gerne"

Er begann wieder zu lächeln und sagte: „Gut, dann komm" Dabei stieß er sich mit dem Fuß von der Treppe weg. Sea stand auf und steckte ihren Block und den Stift in ihre Hosentasche. Anschließend ging sie die Stufen zu ihm hinunter und folgte ihm in den Rumpf des Schiffes.

***

Kapitän Black führte sie ganz nach hinten ins Heck. Dort stieß er rechts eine Tür auf und ging zur Seite, damit sie eintreten konnte. Der Raum war winzig. Wenn sie einen Grundriss des Schiffes auf ihrem Block gezeichnet hätte, wäre dieser Raum nur wenige Quadratmillimeter groß. Hätte er nicht ein kleines Fenster in der Außenwand gehabt, hätte Sea es für eine Besenkammer gehalten. Aber es war mehr als sie erwartet hatte. Die Kabine war groß genug, dass ein schmales Bett – eher eine Pritsche mit Strohmatte – darin Platz hatte. Sonst schliefen Matrosen in Hängematten. Dem Bett gegenüber war ein Haken an die Wand genagelt, an den man einen Mantel oder einen Gürtel hängen konnte. Der Piratenkapitän lehnte sich mit der Schulter an den Türrahmen.

„Eigentlich ist das die Kabine des Ersten Maats, aber Diego meinte, dass sie für dich gut geeignet wäre", erklärte er ihr, „er schläft sowieso viel lieber in einer Hängematte." Diese Bemerkung machte sie neugierig.

„Wieso denn das?", fragte sie.

Er lächelte wieder und antwortete belustigt: „Er sagt, hier habe er nicht einmal genug Platz, um aus dem Bett zu fallen." Darüber musste Sea ebenfalls lächeln, denn der Erste Maat hatte Recht. In dieser kleinen Kabine konnte er wohl weder aufrecht stehen, noch gerade liegen, weil die Kabine und das Bett beide zu kurz waren. Sogar diagonal über den Boden hätte er sich den Kopf gestoßen. Sie sah sich noch einmal um.

„Und warum ist diese Kabine für mich gut geeignet?", fragte sie neugierig weiter. Salvador zog etwas aus der Hosentasche und zeigte es ihr. Es war ein Schlüssel.

„Sie lässt sich abschließen." Sea zog fragend die Augenbraue hoch und sah ihn an. Wollte er sie hier drin einschließen? Der Pirat musste grinsen, als er ihren misstrauischen Blick sah. „Diego und ich waren der Meinung, dass es für dich sicherer wäre, wenn du dich hier drin einschließen könntest", erklärte er weiter und hielt ihr den Schlüssel hin, „ich nehme an, dass du auf nächtliche Besuche gern verzichtest."

Sie brauchte sich den schlimmsten Fall nicht einmal vorzustellen, um der gleichen Meinung zu sein. „Allerdings!", stimmte sie ihm zu und nahm den Schlüssel entgegen. Es war kaum zu glauben, was er für einen Aufwand für sie betrieben hatte. Salvador lächelte sie wieder leicht an und betrachtete sie noch einmal von oben bis unten. Dann stieß er sich vom Türrahmen ab und sagte: „Also dann, gute Nacht,

Sea." Sie wünschte ihm ebenfalls eine gute Nacht als er sich umdrehte und in Richtung der Treppe ging. Er war noch nicht weit entfernt, als sie es sich anders überlegte. Sea trat aus der Kabine.

„Sall?" Er drehte sich um, die Hände in den Hosentaschen. „Danke!", sagte sie lächelnd, „So viel Gastfreundschaft hätte ich nicht erwartet."

„Gern geschehen", meinte er und sie glaubte, ihn durch die Dunkelheit zurücklächeln zu sehen. Dann drehte er sich wieder um und ging. Sea verzog sich in ihre Kabine und schloss die Tür sicherheitshalber sorgsam ab. Das Argument mit den ungebetenen Gästen sollte sich nicht bewahrheiten. Danach öffnete sie ihre Gürtelschnalle, zog den schweren Gürtel aus und hängte in an den Haken. Sie setzte sich auf das Bett, zog die Stiefel ebenfalls aus und stellte sie darunter. Schließlich blies Sea noch die Kerze aus und legte sich mitsamt ihren Kleidern ins Bett, auch wenn sie sich nicht sicher war, ob sie mit den Gedanken an den vergangenen Tag schlafen konnte. Was hatte sie für einen Nutzen für diese Piraten, dass diese sie nicht nur am Leben ließen, sondern auch noch freundlich mit ihr umgingen?

***

Sea schlug die Augen auf. Sie war am frühen Morgen schon einmal aufgewacht und hatte aus dem Augenwinkel aus dem Fenster gesehen. Es war draußen noch dunkel gewesen, also hatte sie sich wieder zur Wand umgedreht. Sekunden später hatte sie wieder geschlafen, weil sie am Abend zu lange wach gelegen hatte. Nun war sie vom Heulen des Windes wieder geweckt worden. Dieses Geräusch hatte sie plötzlich hellwach gemacht. Sea streckte ihre nackten Füße aus dem schmalen Bett und stand auf. Der Wind rüttelte an ihrem Fenster, als sie auf es zuging, um hinaus zu sehen. Der Himmel war grau und mit Wolken verhangen, und die Wellen prallten schon ziemlich hoch gegen die Außenwand des Schiffes. Sea kannte das Wetter auf See gut genug, um zu wissen, was sie erwartete. Es würde noch heute einen Sturm geben, da war sie sich sicher. Sie wandte sich vom Fenster ab. Das Wetter konnte sie sowieso nicht verändern, also konnte sie genauso gut arbeiten. Jetzt erst erinnerte sie sich daran, dass sie eigentlich längst in der Kombüse sein und Kartoffeln schälen sollte. Genau wie alle anderen Matrosen hatten diese Piraten wahrscheinlich schon Hunger, bevor sie gearbeitet hatten. Und sie als Küchenhilfe sollte Luigi eigentlich dabei helfen, dafür zu sorgen dass sie ihr Essen möglichst schnell bekamen. Denn je früher diese Männer gegessen hatten, desto früher begannen sie zu arbeiten. Sea zog sich eilig die Stiefel über die Füße und schnallte sich den Gürtel um. Dann schloss sie die Tür auf und verließ ihre Kabine. Den Schlüssel nahm sie sicherheitshalber mit und steckte ihn zu ihrem Block in die Hosentasche.

Als sie zur Kombüse eilte, saß Luigi schon auf seinem Schemel und zog einer Kartoffel die Schale ab. Der Brei für das Frühstück brodelte schon längst im Herd. Er sah auf und grinste als er sie sah. „Du bist wirklich früh heute", sagte er sarkastisch. Sea schenkte ihm zur Entschuldigung ein Lächeln und nahm ein Messer aus der Schublade.

„Verzeihung, ich habe ein wenig verschlafen. Ich muss mich an den neuen Tagesablauf erst noch gewöhnen", sagte sie und setzte sich neben ihn auf den freien Hocker. Sie nahm eine Kartoffel aus dem Sack neben ihr und begann sie zu schälen.

**

Der Regen prasselte laut und rhythmisch gegen die Bordwände und auf das Deck. Sea versuchte es zu ignorieren, aber das Wetter wurde immer schlimmer. Als sie die letzte Kartoffel für das Frühstück geschält hatte, hatte es zu regnen begonnen. Auch der Wind wehte von da an stärker, das hörte man auch in der Kombüse. Die Piraten schienen sich beim Frühstück darüber unterhalten zu haben, denn sie hatte von der Kombüse aus einige besorgte Worte aus der Messe aufgeschnappt. Es stimmte, dass sie grauenhaftes Wetter hatten, aber die Angst, dass der Sturm zu einem Orkan heranwachsen würde, fand sie ein wenig übertrieben. Obwohl die Hurrikan-Saison noch nicht ganz vorbei war und damit doch noch ein gewisses Risiko zu Stürmen bestand.

Aber gerade von Seeleuten hätte sie erwartet, dass sie sich vor so einem bisschen Sturm nicht fürchteten. Doch sie musste feststellen, dass sie selbst auch nicht viele Stürme erlebt hatte, die schlimmer gewesen waren. Das Schiff machte große Bewegungen auf der Wasseroberfläche, wenn es Wellenberge erklomm oder in die Täler dazwischen rutschte. Die Arbeitsutensilien, die sie für die nächste Mahlzeit brauchten, mussten sie festbinden, um zu arbeiten.

Doch wenn der Wellengang nicht schwächer wurde, würde es heute kalte Kost geben, da sie nicht kochen konnten, wenn der Kessel pendelte, und das Holz im Ofen hin und her geschlagen wurde. Die Planken knarzten, und die Masten ächzten unter dem Gewicht der Wellen und des peitschenden Windes. Aber Sea schälte dennoch Kartoffeln für das Mittagessen, um damit das Pökelfleisch zu strecken, falls das Wetter sich besserte. Doch wie zum Trotz wurde der Seegang keinen Funken schwächer. Ehrlich, dachte sie um sich abzulenken, dass sich diese Piraten ab diesem Essen nicht langweilten.

Sea schaute immer öfters aus der Spalte einer nicht korrekt angebrachten Stückpforten-Lucke, zu der sie irgendwann ihren Arbeitsplatz verlegt hatte, mehr, als dass sie Kartoffeln schälte. Dies war auch wesentlich interessanter. Zum Orkan fehlte inzwischen wirklich nicht mehr viel. Der Wind peitschte immer stärker gegen das Holz des Schiffsrumpfs und die Wellen schlugen inzwischen viel zu hoch gegen das Schiff. Ab und zu spritzte es durch den Spalt, so dass die Kartoffeln und sie wohl nicht mehr gesalzen werden mussten. Es schaukelte so sehr, dass sie den Kartoffelsack zwischen sich und die Wand geklemmt hatte, damit er nicht dauernd umfiel. Und trotz allem schien der Sturm immer noch stärker zu werden. Es begann zu blitzen und zu donnern. Würde sie die Situation einem Kind beschreiben, würde sie erzählen, dass der Regen das Meer füllte und deshalb die Wellen höher und höher wurden. Sea versuchte, sich nicht darauf zu konzentrieren und begann, wieder der Kartoffel die Pelle abzuschälen. Dann blitzte es wieder, und sie zählte die Sekunden bis zum Donner. Dies war das einzige, was sie befürchtete. Dass das Gewitter so nahe war, dass der Blitz in den Mast einschlagen könnte. Denn wenn der Mast brach, konnten sie das Segeln vergessen und saßen womöglich manövrierunfähig mitten auf dem Meer fest. Blitze suchten sich immer den höchsten Punkt, um einzuschlagen, das wusste sie von Mister Theach. Und dies war auf See nun mal die Mastspitze. Sea zählte. Bei fünf donnerte es. Also war das Gewitter weit genug weg, dass sie keinen Blitzeinschlag fürchten mussten. Was das Wetter allerdings noch immer nicht besser machte. Inzwischen mussten die Wellen das Schiff überspülen, denn sie überlegte sich schon, ihren Arbeitsplatz wieder in die Kombüse zu verlegen, damit die Kartoffeln am Ende nicht versalzen waren. Sea wollte gerade weiterschälen, als sie ein Geräusch hörte, das nicht zum Sturm dazugehörte. Es war das schrille Klingeln der Messingglocke. Ihr Läuten sollte alle Piraten, die noch nicht an Deck waren, an Deck holen. Dann war der Sturm also schlimm genug, dass sie die Rahen der Top- und Marssegel auf Deck herablassen mussten. Instinktiv sprang sie auf, warf das Messer und die Kartoffel weg und stürzte zum Niedergang.

„Wo willst du hin?", fragte Luigi sie irritiert.

„Ich gehe nur nachsehen, ob alles in Ordnung ist!", rief sie, ohne sich umzudrehen. Dann stürmte sie die Treppenstufen hinauf.

Der Wind und der Regen peitschten ihr ins Gesicht als sie das Deck betrat. Das Schiff war ein einziges heilloses Durcheinander. Die Deckmatrosen hatten alle Hände voll zu tun, da sie für jedes Manöver gebraucht wurden. Der Wind riss an den Segeln, dass der Mast zu brechen drohte, obwohl die Top- und Marssegel bereits eingeholt worden waren. Die Matrosen waren gerade dabei, die Großsegel aufs dreifache zu reffen, ihre Fläche so klein wie möglich zu machen. Vom Deck aus wurden sie in die Höhe gezogen, während die Großgasten die Segel falteten. Diese Arbeit wäre auch ohne das Wasser schwer genug gewesen, aber die Wellen überspülten gnadenlos immer wieder das Deck. Der Seegang warf die Matrosen in den Bäumen hin und her, und der Wind zerrte an ihren Leibern, als versuchte das Schiff sie abzuschütteln. Doch das Schiff kämpfte an ihrer Seite gegen den Sturm. Sea hoffte nur, dass bei diesem Wetter keiner den Halt verlor – ein Absturz aus der Takelage würde fast mit Sicherheit tödlich enden. Außerdem sah Sea auf den ersten Blick, dass als nächstes die Rahen der Topsegel auf das Deck gerettet werden mussten oder ein kräftiger Windstoß würde sie wegreißen. Dann duckte Sea sich auf die Treppe als die nächste Welle kam und hielt sich am Geländer fest. Hätte sie es nicht rechtzeitig gemerkt, wäre sie zu Boden gerissen worden. Das kühle Salzwasser strömte über sie hinweg und staute sich auf der anderen Seite des Schiffes am Schanzkleid, ehe es wieder ins Meer floss.

Sall hatte am anderen Ende des Schiffes zu tun. Er schien ein Kapitän von der Sorte zu sein, die auch einmal selbst mit anpackten, was für einen Befehlshaber mehr als selten war. Zusammen mit Diego und einigen anderen Piraten zog er an einem Tau und half, das Fockgroßsegel zu reffen.

Sie sah sich um und entschied, wo ihre Hilfe am nötigsten gebraucht wurde. Wenn sie nicht auf diesem Schiff festgesessen hätte und sie nicht die Sicherheit hätte haben wollen, dass sie das Land wiedersah, versuchte sie sich selbst, ihren Drang den Piraten zu helfen, zu erklären, wäre sie wieder nach unten gegangen. Aber so hetzte sie zu der dringendsten Arbeit und packte mit an. Ungefragt schloss sie sich einem Trupp Deckmatrosen an, die nach dem Reffen das Großsegel anbrassten. Gemeinsam zogen sie an dem Tau, um das Segel auszurichten. Sie wurden von einer Welle überspült, aber dank des Gewichtes dieser Männer rutschten sie keinen Millimeter zur Seite. Einer der Piraten vertäute das Seil wieder an der Nagelbank.

Vielleicht war es nur nass und kalt an Deck, und Sea hatte deshalb das beunruhigende Gefühl, dass der Sturm noch immer schlimmer wurde, womöglich täuschte ihre Wahrnehmung aber nicht. Sea hatte keine Zeit mehr auch nur daran zu denken, wieder zu Luigi in die Kombüse zu verschwinden. Die Segel waren nun auf die kleinstmögliche Fläche gerefft, und als nächstes mussten die Rahen der Topsegel gerettet werden, damit sie nicht doch noch vom Sturm mitgerissen wurden. Sall hatte offenbar ebenso wenig wie sie einen derart heftigen Sturm erwartet, sonst hätte er schon vor dem Sturm das Bergen der obersten Segel angeordnet. Acht Mann stiegen bereits im Fock- und Großmast empor, um das Herunterlassen der Rahen vorzubereiten, während sich die Decksmatrosen an den Fallen und Brassen sammelten.

Sobald die Topgasten die Rah gelöst hatten, würden die Decksmatrosen sie an den Fallen langsam auf Deck absenken. Damit sie währenddessen nicht unkontrolliert mit dem Wellengang in der Luft pendelte, würden die Matrosen an den Brassen – mit denen das Segel ausgerichtet wurde – die Rah stabilisieren.

Sea machte gleichzeitig mit zirka acht anderen auf Befehl kehrt, um auf dem Achterdeck die Brassen zu bedienen. Weil sie beim Wenden auf den nassen Planken ausrutschte, war sie einige Schritte hintennach. Mit Blick nach achtern sah sie schon die nächste, immense Welle auf das Schiff zurollen. Auf der Kommandobrücke krallten sich die vier Steuermänner am Ruder fest, um den Ruck der Welle abzufangen. Sie und die Decksmatrosen, die das Achterdeck in diesem Moment erreichten, würden schutzlos von einer übergroßen Welle überspült werden. Ihr würde es gerade reichen, um sich am Treppenabsatz hinter das Schanzkleid zu ducken. Als Sea dieses erreichte, konnte sie sich gerade noch ducken und mit beiden Händen die Treppenstufen erfassen, als die Welle über das Schiff brach. Die Wassermassen waren so unglaublich stark, dass sie beinahe den Halt unter den Füßen verlor und mitgerissen worden wäre. Ohrenbetäubend rauschte die Welle über sie hinweg, und das kalte Salzwasser durchzog ihre vor Nässe klebenden Kleider. Die See zerrte an ihr, aber Sea vermochte sich festzuhalten, ohne sich zu rühren. Von so einem bisschen Sturm würde sie sich nicht in die Knie zwingen lassen. Dann ging die Welle vorbei, und sie drückte sich durch das restliche Wasser mit den Beinen hoch. Dabei fiel ihr Blick auf das Ruder. Es drehte frei ohne dass jemand es festhielt. Das Schiff war dabei überzuholen, bekam langsam gefährliche Schieflage, so dass das Deck steil abfiel. Einer der Steuermänner purzelte offenbar verletzt an die gegenüberliegende Reling, während sich die anderen drei rutschend hochrappelten. Einer von ihnen musste in der Welle den Halt verloren haben. Ohne ihn konnten die drei anderen das Ruder nicht mehr halten und hatten loslassen müssen, sonst hätten die wirkenden Kräfte ihnen die Arme ausgerissen. Sie hatten sich festgehalten, wo auch immer sie konnten, an was auch immer sie erreichten.

Der nächste zog sich gerade am Kompasskasten hoch. Das Schiff richtete sich langsam aus der extremen Schieflage auf, und die Steuermänner sprangen gleichzeitig mit Sea auf die Füße. Sie stürzten alle mit dem gleichen Gedanken an das drehende Ruder. Solange das Schiff auf dem Wellenkamm befand, mussten sie das Rad erwischen und festhalten, damit es nicht weiterdrehen konnte. Falls sie es nicht schafften, würden sie die Kontrolle über das Schiff verlieren und die nächste große Welle würde es kippen. Dann würden sie kentern. Acht Hände griffen zeitgleich an die Griffe des Ruders und hielten sie fest. Der vierte Steuermann hing ohnmächtig mit einem Arm über der Reling. Für mehr als einen kurzen, angstvollen Blick auf ihn reichte die Zeit nicht, denn das Schiff sackte bereits ins Wellental. Sea stemmte sich mit aller Kraft gegen das Ruder, damit es sich nicht weiter drehen konnte. Wenn einer von ihnen jetzt losließ, würden die drei andern das Rad nicht mehr halten können, und sie würden nur mit viel Glück mit bleibenden Schäden davonkommen.

Aber da jeder die Konsequenzen kannte, stemmten sie sich verbissen mit aller Kraft dagegen.

Langsam, einen Griff des Ruders nach dem andern ergreifend, drehten sie am Rad, und langsam brachte sie das Schiff wieder auf Kurs.

Wieder brachen Wellen über sie herein. Sea spannte alle Muskeln in ihrem Körper an und drückte sich auf den Boden, um nicht weggespült zu werden. Dann begann das Ruder, wieder an ihren Armen zu reißen. Sea hielt es mit aller Kraft fest. Noch eine Sekunde, dann wäre es ihr aus den Händen gerutscht. Aber Sall stand hinter ihr und stemmte sich mit ihr ins Ruder. Er war genau im richtigen Moment gekommen, dachte sie.

„Was zum Teufel machst du hier oben?", brüllte er ihr gegen den Sturm zu. Seine Stimme klang sowohl wütend als auch erstaunt. Man merkte ihm deutlich an, dass der Sturm auch an seinen Kräften zerrte.

„Steuern, was sonst!", schrie sie zurück. Sie wurden wieder von einer Woge kalten Meerwassers überspült, und sie drückte sich erneut gegen den Boden. Die Gefahr ging vorüber, und der Wind peitschte ihr wieder ins Gesicht. Man bekam das Gefühl, dass dieser Sturm nie enden würde.

„Du musst verrückt sein, dass du freiwillig hier hoch kommst!", brüllte ihr Sall zu. Obschon sie in diesem gottlosen Sturm wahrscheinlich mitten auf See festsaßen, musste Sea lächeln. Verrückt war das treffende Wort, um sie zu beschreiben, fand sie. Eine ihrer Eigenschaften, auf die sie unglaublich stolz war.

„Du hast es erfasst!", schrie sie lächelnd zurück. Er lächelte sie an, als ob ihm diese Tatsache gefiel. Das Ruder wollte sich wieder mit einer ungeheuren Stärke drehen, diesmal in die entgegengesetzte Richtung. Aber Sall stellte sich an die Seite und zog dagegen. Sea versuchte so gut wie nur irgend möglich, ihm zu helfen und drückte das Ruder mit geballter Kraft.

Am Bug schien man schon nach kurzer Zeit zu spüren, dass ein Mann fehlte. Die vom Sturm geschwächten Piraten hatte ihre liebe Mühe, die pendelnden Rahen an Deck niederzulassen. Im Übrigen machten es ihnen die kalten Wellen und der peitschende Wind nicht gerade einfacher. Dieser Sturm schien kein Ende zu nehmen. Wieder wurde das Schiff von einer Welle überrollt. Sea drückte sich erneut gegen den Boden, um nicht mitgerissen zu werden. Ich habe schon schlimmere Stürme überstanden, dachte sie, um sich selbst zu motivieren und ließ die Welle über sich hinwegrollen. Sie sah zu den Piraten auf dem Großdeck hinüber. Ein Pirat hatte einen anderen am Arm gepackt und hielt ihn fest. Die Wellen waren so stark, dass dieser anscheinend beinahe weggespült worden wäre. Sie sah sich um, die nächste Woge würde bald wieder über sie hereinbrechen.

„Du musst ihnen helfen!", schrie sie Sall durch den heulenden Wind zu.

„Weiß ich auch!", brüllte er zurück, „aber ihr könnt das Steuer niemals zu viert halten! Dafür bist du zu schwach." Da mochte er vielleicht Recht haben, aber die Crew brauchte seine Hilfe deutlich mehr, und wenn Sea sich etwas in den Kopf setzte, dann tat sie es.

„Ich krieg das schon hin!", schrie Sea durch den peitschenden Wind.

„Unterschätz die Kleine nicht, Käpt'n, wenn sie keine Erfahrungen mit Stürmen hätte, wäre sie unter Deck geblieben!", unterstützte sie einer der Steuermänner. Seine vom Sturm geprägte Miene wurde weicher. „Sicher?", brüllte er die Frage gegen den Sturm.

„Sicher!", versicherte sie ihm schreiend. Der junge Pirat schien nicht wirklich überzeugt. Aber als die nächste Welle über das Schiff hereingebrochen war, ließ Sall das Ruder so plötzlich los, dass es Sea beinahe mitriss, als es sich drehen wollte. Sie stemmte sich mit ihrem ganzen Gewicht dagegen, um zu verhindern, dass sich das Ruder verstellte. Sall sprang an die Reling, anstatt zu seinen Matrosen am Fockmast zu stürzen. Was machte er da, fragte sich Sea als er sich bückte. Sall griff nach einer zusammengerollten Leine, drehte sich um und sprang mit zwei großen Schritten wieder an ihre Seite. Sie hatten nun wieder den Boden des Wellentals erreicht, und die Zugrichtung am Ruder änderte sich erneut.

„Was hast du mit der Leine vor?", schrie sie. Wenn doch nur der Wind aufhören würde. Es brauchte zu viel Kraft, jedes Mal zu schreien, wenn man etwas sagen wollte. Sall schlang das Seil einige Male um ihre Hüften und verknotete es mit einem festen Seemannsknoten in ihrem Gürtel.

„Dafür sorgen, dass du nicht weggespült wirst!", brüllte er und knotete das andere Ende des Taues am Ruder fest. Sie schüttelte den Kopf, wehrte sich aber nicht. Hauptsache, er half danach seinen Matrosen.

Sall wartete bis nach der nächsten Welle, dann rannte er über das Deck und packte beim schwächsten Trupp Deckmatrosen mit an. Das schien den Piraten neue Kraft zu geben, und sie waren fähig, die Rah niederzulassen, ehe eine weitere Welle das Schiff überspülte. Vielleicht bildete sie sich das ein, aber sie hatte das Gefühl, je mehr Kraft die Piraten schöpften, desto mehr ließ der Sturm nach. Sea begann zu summen. Dieser Sturm würde ein Ende haben, wie alle andern auch. Irgendwann begann sie zu singen. Das Lied mit der Shanty- Melodie, das Augenklappe ihr vor Jahren in einem Sturm wie diesem beigebracht hatte.

> *„Wath pen can well report the plight*
> *of those who travel on the seas?*
> *To pass the weary winter's night*
> *with stormy clouds, wishin' for day,*
> *with waves that tross them to 'n' fro,*
> *their poor estate is hard to show.*
>
> *When shoals and sandy banks appear*
> *what pilot can direct his course?*
> *When foaming tides draw us so near.*
> *Lord! What fortune could be worse?*
> *Then anchors hold must be our stay,*
> *or else we fall into decay"*

Die Zeit schien beim Singen viel schneller zu vergehen und gleichzeitig stehen zu bleiben. Auch der Sturm schien nicht mehr so schlimm, und das Ruder schien nicht mehr so schwer zu halten. Es war, als würde sich das Unwetter langsam beruhigen. Mit jeder Strophe, die sie sang, schien der Himmel heller zu werden, und mit jedem Mal, mit dem sie das Lied wiederholte war es, als würde der Wind schwächer werden. Es hörte bald auf zu regnen, und die Wellen, die zuvor riesige Berge geschlagen hatten, wurden allmählich zu flachen Hügeln. Die Sonne brach langsam durch die dichten Wolken. Einige der Piraten hatten angefangen mitzusummen oder zu singen. Und wie die Sonnenstrahlen breiteten sich die Hoffnung und die gute Laune wieder auf dem Deck aus.

> *„To return from exile our ship requires,*
> *that gentle calm the coast will clear,*
> *their hearts can fulfill thier desires,*
> *that long have wept with morning cheer,*
> *to leave the seas with their annoy*
> *at home at ease to live in joy"*

Bald würde das Wetter wieder so sonnig sein wie sonst immer in der Karibik, denn der Himmel wurde mit jeder halben Stunde heller. Ihre nassen Kleider und Haare trockneten rasch, sobald die Sonne wieder durch die Wolken drang. Zwei der Steuermänner, die sie unterstützt hatten, hatten ihre Schicht irgendwann beendet, weshalb sie inzwischen nur noch zu zweit am Steuer standen. Erst jetzt hatte Sea wieder die Zeit, sich über den ohnmächtigen Steuermann Gedanken zu machen. Sie sah sich suchend um. Der Steuermann lag nicht mehr an der Reling. Sie sah sich noch einmal um und fragte sich, wo der Kerl hingekommen war. Dann ließ sie ihren Blick über das Deck wandern, aber sie konnte ihn nicht finden. Er musste von Bord gespült worden sein.

Dafür sah sie Sall auf sich zukommen.

„Ist dir aufgefallen, dass einer deiner Steuermänner fehlt?", fragte sie ihn, als er neben ihr stehen blieb. Er schien genau zu wissen, welchen sie meinte, denn er sah sich suchend um. Als er ebendiesen Steuermann nicht finden konnte, drehte er sich zum Bug.

„Diego, hast du Green irgendwo gesehen?", rief er seinem Ersten Maat zu. Diego drehte sich abrupt um, als er seinen Namen hörte.

Er schüttelte verwundert den Kopf und antwortete: „Nein, nicht mehr seit er im Sturm an der Reling lag und Sea seinen Platz eingenommen hat." Er kam zum Ruder und fragte: „Wieso?"

„Er fehlt", antwortete Sall knapp, „wahrscheinlich über Bord gegangen." Diego nickte und überlegte. „Dann brauchen wir einen neuen Steuermann", stellte er fest. Sea hob die Augenbraue. Ließ sie das Verschwinden eines Matrosen wirklich so kalt? Sall begann zu lächeln.

„Ich finde, Sea macht ihre neue Arbeit ganz gut", sagte er und sah sie an, „sieht so aus als müsste ab jetzt wieder jemand anderes Kartoffeln schälen." Sea stellte den Fuß ins Ruder, damit es seine Position nicht veränderte und begann, den Knoten in dem Seil um ihre Hüften zu lösen.

Dabei fragte sie, noch immer mit gehobener Augenbraue: „Ist es euch so egal, dass ihr einen Matrosen verloren habt?" Ihre Gleichgültigkeit machte sie richtig wütend. Immerhin war dieser Green auch ein lebendes Wesen, oder eher gewesen. Sall zuckte gleichgültig mit den Schultern.

„Ich kann keinen Seemann brauchen, der keinem Sturm trotzen kann. Green hat sowieso nichts getaugt, und unbeliebt war er auch. Er wäre so oder so draufgegangen", sagte er mit einer grausamen Gleichgültigkeit und schlenderte in Richtung der Kapitänskabine davon.

***

Erst als sich in ihrer Magengegend ein Gefühl der Leere ausgebreitet hatte, merkte Sea, wie viel Zeit vergangen war. Nun wusste sie auch, wohin die Piraten so schnell verschwunden waren. Zu Luigi in die Messe.

Glücklicherweise schien der bemerkt zu haben, dass sie die einzige war, die beim Essen fehlte. Ihr Magen hatte gerade begonnen, sich schmerzhaft bemerkbar zu machen, als der Schiffskoch mühevoll die Treppe hinaufgehumpelt kam. Mit den Worten „Ich dachte mir, dass du vielleicht auch Hunger hast" hatte er ihr einen Zwieback hingehalten. Sie hatte ihn dankbar angenommen und hineingebissen, ohne sich auch nur einen Schritt vom Ruder zu entfernen. Auch der letzte Steuermann hatte sie nämlich stehengelassen, um etwas zu essen, da das Wetter es zuließ, einen einzelnen Steuermann zurückzulassen. Gierig hatte sie das harte Gebäck verschlungen, während Luigi den Kapitän fütterte. Der Zwieback hatte keineswegs gereicht, um sie zu sättigen, was Luigi sofort auffiel als er wieder an ihr vorbeigehen wollte. Lächelnd war er stehen geblieben und hatte ihr hochheiligst versprochen, von seinem Stew bis zu ihrer Freiwache etwas aufzubewahren. Nun war das einzige, was sie noch störte, die Salzablagerungen in ihren Haaren. Ganz ehrlich, dachte Sea, ich liebe das Meer, aber in meinen Haaren hat es nichts zu suchen. Einmal mehr war sie froh darum, dass sie das Ding auf See immer mit sich herumtrug. Sea stellte den Fuß wieder ins Ruder und zog den Kamm aus ihrem Stiefel. Sie begann, sich damit durchs Haar zu fahren. Die ersten paar Züge zogen unglaublich, weil das Salz ihre Haare völlig verklebt hatte. Aber mit der Zeit entfernte sie damit das ganze Salz aus ihren Haaren. Als diese wieder ihre gewohnten leichten Wellen bekommen hatten, steckte sie den Kamm zurück in ihren Stiefel.

***

Zwei Tage später hatte die Abenddämmerung bereits eingesetzt als sie die Insel vor ihnen wahrnahm. Sea hatte sich auf die langsam sinkende Sonne konzentriert und wie sie den Himmel in alle Farben zwischen rot und violett verfärbte. Die dunkle Silhouette der Insel im Nordosten nahm sie deshalb erst im Nachhinein wahr. Der Pirat im Krähennest musste schlafen, den er hätte sie schon eine gute Viertelstunde vor ihr sehen und melden müssen. Als hätte er ihre Gedanken gehört, schallten Rufe vom Krähennest über das Schiff. „Land in Sicht, Land in Sicht!", verkündete der Pirat erfreut. Du bist ja früh, dachte Sea sarkastisch. Die übrigen Piraten versammelten sich nach und nach an Deck. Diego stellte sich zu ihr, sah zu der Insel herüber und grinste. Er schien sie auf den ersten Blick zu erkennen. Schließlich trat Sall aus der Kapitänskabine. Die Augen der Piraten folgten ihm erwartungsvoll, als er die Stufen zum Ruder emporstieg und sich an die Reling stellte. Diego streckte ihm ein Fernrohr entgegen, das er wortlos annahm und hindurchsah. Sea war sich sicher, dass er die Insel wie Diego schon längst erkannt hatte. Die *Queen Roses Death* war inzwischen nur noch eine gute Meile vom Land entfernt. Der junge Piratenkapitän gab Diego das Fernrohr zurück, drehte sich zu seiner Crew um und sagte fröhlich: „Männer, wir laufen in den Hafen ein." Unter den Piraten breitete sich eine fröhliche Stimmung aus. Sea trat vom Ruder weg, als Sall es ergriff und selbst übernahm.

Während der Kapitän sein Schiff in den kleinen Hafen steuerte, begann seine Crew, die Segel einzuholen. Unter zwei Segeln manövrierten die Piraten ihr Schiff noch bis an seinen Liegeplatz, bevor die *Queen Roses Death* mit Leinen vertäut wurde. In den meisten Häfen hätten sie weiter draußen geankert und hätten die Boote ausgesetzt, aber hier hatte die Küstenform mit dem tiefen Hafenbecken zugelassen, dass sie bis an die Mole segeln konnten. Daher wurde anschließend die Passerelle angelegt. Sall legte die Arme auf das Ruder und wartete, bis sich alle vor ihm versammelt hatten. Als sich alle Augen zu ihm gedreht hatten und alle Münder verstummten, begann er zu lächeln.

„Amüsiert euch!", befahl er seinen Matrosen. Unter Jubel verließen die Piraten das Schiff. Sea blieb an der Reling stehen und sah sich um. Salvador beobachtete sie, wie sie den Hafen musterte. Nach einiger Zeit grüßte er schließlich lächelnd: „Willkommen auf Tortuga!"

Rack

Es war kurz nach dem Ein-Uhr-Schlag in der Frühe, als Seas Freunde Seite an Seite torkelnd aus dem dunklen Gewirr von Santo Domingos Gassen auf die Hafenstraße einbogen. Augenklappe Jo konnte selbst nach seinen fast fünfzig Jahren Lebenserfahrung seinen Alkoholkonsum nicht zuverlässig steuern, weshalb ihn die beiden jungen Männer links und rechts unterstützten, damit er nicht stürzte. Bill hatte wie meistens noch vor zwölf Uhr aufgehört zu zechen und war bereits wieder annähernd nüchtern. Und auch Rack war ausnahmsweise urteilsfähig und konnte an Land das Gleichgewicht halten, da Sea sie nicht begleitet hatte. Wenn er ein Problem hatte, überlegte Rack sich, dann war es seine selbsternannte Kleine Schwester abzufüllen, ohne sich dabei selbst zu betrinken. Häufig füllte er sich bei dem Versuch selbst ab. Da sie ihre Freunde aber nicht begleitet hatte, bemerkte Rack beim ersten Blick, mit dem er die *Unicorn's Dream* am vor Schiffen berstenden, dunklen Kai ausmachen konnte, dass der Anblick des Frachters seltsam erschien. Er kam nicht sofort darauf, aber als sie sich dem Segler näherten, wurde ihm bewusst, was ihn störte. Das Licht fiel anders auf die Planken, als er es gewohnt war. Die Laternen an Bord waren offenbar anders verteilt, als in anderen Nächten, in denen sie vom Landgang zurücktorkelten, um sich in die ersehnte Hängematte zu legen. Normalerweise brannte in der Kapitänskabine kein Licht mehr, wenn die Matrosen aus den Kneipen zurückkehrten.

„Eigenartig, dass Sea zu dieser Uhrzeit noch wach ist, obwohl sie nicht mit uns unterwegs war", wunderte sich Bill mit kritischem Blick nach dem Licht, als hätte er seine Gedanken gelesen.

„Das dachte ich auch gerade", murmelte er, während sie Augenklappe auf die Passerelle zusteuerten. Rack musste sich seiner hohen Körpergröße wegen sehr weit herunterbeugen, um Augenklappe zu stützen, weshalb ihr Weg über die Gangway eine Herausforderung für seine Balance war. Da er angetrunken war und sein Gewicht beim Schwanken seine Freunde aus dem Gleichgewicht brachte, schlenkerten die drei Männer mal links, mal rechts auf der hölzernen Rampe, ehe sie endlich das Deck erreichten.

„Wo sich unsere Hafenwache wohl herumtreibt? Wenn *uns* schon niemand nach unserer Identität fragt, kann jeder sich auf das Schiff schleichen, ohne bemerkt zu werden", wunderte sich Bill misstrauisch und sah sich nach dem Matrosen um, der als Hafenwache eingeteilt worden war. Im Hafen war immer mindestens ein Matrose zur Wache abgestellt, damit das Schiff nie unbeaufsichtigt war. Seine Aufgabe war es auch, keine Fremden an Bord zu lassen. Daher verwunderte es nicht nur Bill, dass niemand kam, um nachzusehen, wer die *Dream* betrat. Aber anstatt des wachenden Matrosen entdeckte Racks Freund eine Absonderlichkeit, die ihn in helle Aufregung versetzte. „Was zum Himmel ...? Rack, sieh mal, Seas Kabinentür steht sperrangelweit offen!"

Rack wandte alarmiert seinen Blick nach achtern. Sea schloss Türen immer. Die See hatte ihr dies angewöhnt, denn wenn sie eine Tür offen stehen ließ, schlug die nächste Welle sie laut klappend zu. Das Licht zu später Stunde, keine Hafenwache an Bord und die offene Tür waren zu viele Eigentümlichkeiten, um Zufall zu sein.

„Komm, wir sehen nach ihr!", entschied Rack und befreite sich von Augenklappe Jos Arm. Bill tat es ihm nach und zusammen setzten sie den betrunkenen Seemann mit dem Rücken an die Reling.

„Warte kurz hier, Jo, wir sind jeden Moment zurück ...", sagte Rack, ehe er hinter Bill her zur offenen Kabinentür eilte. Die Matrosen blieben in der Tür stehen, als sie die Unordnung in der Kapitänskabine sahen. Der gewölbte Parkettboden war mit Akten und Papier zugedeckt, die eigentlich säuberlich aufgestapelt auf den Tisch gehörten. Weingläser standen befüllt und verlassen auf dem Tisch, die bauchige Flasche noch halb voll daneben. Das Logbuch lag offen am Rand der Tischplatte, als wäre es nur für einen Augenblick zur Seite gelegt worden. Aber von ihrem Kapitän fanden sie keine Spur. Einen hoffnungsvollen Moment lang dachte Rack Sea würde im Bett liegen, aber dieses war leer und unberührt.

„Was zum Teufel ist hier passiert?", entfuhr es ihm erschrocken, „wo ist Sea?" Plötzlich spürte er keine Trunkenheit oder Ermüdung mehr, denn die Sorge herrschte über seine Gedanken.

„Das beunruhigt mich allerdings auch", erwiderte Bill und drehte eine Runde in der Kabine ihres verschwunden Kapitäns, um sich umzusehen.

„Hoffen wir, dass sie unter Deck ist ... Am besten wir bringen Augenklappe in seine Hängematte und sehen nach."

Rack nickte betont kühl, um zu verbergen, wie sehr ihn Seas Verschwinden und die Unordnung zusammen beunruhigten. Bill erschien es gleich zu gehen, aber keiner der Männer wollte dem anderen seine Sorge zeigen. Sie gingen wieder nach draußen an Deck und stemmten den betrunkenen Seemann wieder auf seine Füße. Ohne seine Kommentare zu ihren schwermütigen Gesichtern zu beachten, bugsierten sie ihn zum Niedergang. Kaum standen sie auf dessen unterster Stufe, rief Bill in die Dunkelheit des Schiffsrumpfs nach ihrem Kapitän. Niemand antwortete. Die beiden nüchternen Matrosen legten ihren betrunkenen Freund in seine Hängematte, besorgten sich Licht und durchstreiften den Schiffsrumpf. Aber sie fanden die junge Frau nicht, und auch auf erneute Rufe antwortete keine Frauenstimme. Die wenigen Reaktionen waren lallende Ausrufe von Matrosen, die schlafen wollten. Schließlich gingen sie wieder an Deck und betraten durch die noch immer weit offenstehende Tür die Kapitänskabine.

„Ich befürchte, Sea ist tatsächlich nicht an Bord ...", sprach Bill eine bekannte Tatsache aus.

„Wo zum Teufel könnte sie zu dieser Uhrzeit hin gehetzt sein? Ein volles Weinglas stehen zu lassen, ist nicht ihre Art, und es müsste schon ein absoluter Notfall sein, dass sie ihren Papierkram am Boden liegen lässt ..." In Racks noch leicht angetrunkenen Gedanken spielten sich Szenarien ab, von Fremden, die Sea bedrohten, von Sea, die weinend in einer dunklen Ecke saß. Obwohl er doch wusste, dass sie sich wehren konnte, ertappte er sich dabei, wie er betete, dass der Grund ihrer Abwesenheit ein banaler war. Hoffentlich war sie nur unterwegs, um einem ihrer betrunkenen Matrosen den Kopf aus der Schlinge zu ziehen. Betrunken in einem fremden Hafen gerieten Seemänner nur allzu leicht in Schwierigkeiten, davon konnte auch er ein Lied singen. Auch ihn hatten die Worte von Kapitän Horce schon vor Problemen bewahrt.

„Was auch immer so wichtig war, dass sie ihre Papiere nicht zusammengesammelt und dafür die Tür offen hat stehen lassen, sie wäre sicher dankbar, wenn wir die Dokumente einsammeln und das Licht löschen", schlug Bill betont ruhig vor und begann die Handelspapiere aufzusammeln, die in der ganzen Kabine auf dem Boden verteilt lagen.

„Meinetwegen brauchen wir das Licht nicht auszulöschen, ich werde hier warten bis Sea zurück ist. Ich werde ohnehin kein Auge zu tun,

155

bis ich weiß, wo sie ist", gab Rack zu und kniete sich nieder, um Bill zur Hand zu gehen.

„Mir geht's nicht anders, Rack. Die offene Tür, Licht in der Kabine, volle Weingläser, zerstreute Dokumente, das aufgeschlagene Logbuch ... das alles kann nichts Gutes bedeuten! Ich glaube ernsthaft, dass ihr etwas zugestoßen ist"

Rack erwiderte nichts. Seine Gedanken waren anderswo. Stumm sammelte er Papier zusammen, stieß es zu Stapeln zusammen und drehte die beschriebenen Seiten der Blätter nach oben. Bis ihm ein Blatt in die Hand fiel, dass nur auf einer Seite und nur mit drei kurzen Zeilen beschriftet war. Er konnte kaum lesen und gerade einmal seinen eigenen Namen schreiben, deshalb gab er das verdächtige Schriftstück an Bill weiter. Dieser warf nur einen kurzen Blick darauf, und seine Augen weiteten sich erschrocken.

„Heilige Mutter Gottes!", entfuhr es ihm und er riss seinem Freund den Zettel aus der Hand, um ihn noch einmal zu lesen, „Rack, Sea wurde entführt!"

„Was?"

„Auf diesem Papier steht *Shark meutert, Droge im Wein, Sklavenmarkt.* Offenbar hat Shark sie mit einem Gift betäubt, und sie hat auf den Zettel gekritzelt, bevor sie das Bewusstsein verloren hat", erklärte Bill aufgeregt. Wut lag in seiner Stimme, was Rack gut nachvollziehen konnte. Sie hatten Shark noch nie gemocht, aber dass er Sea betäubte und entführte, damit sie nicht mehr zwischen ihm und dem Kapitänstitel stand, brachte sie in Rage. Ebenso wie Augenklappe trauten die beiden ihm alles zu. Und mit größter Wahrscheinlichkeit war er in diesem Moment dabei, ihre Freundin auf dem Sklavenmarkt zu einem Spottpreis zu verscherbeln, damit sie nie wieder in die Nähe der *Unicorn's Dream* kam.

„Was machen wir dann noch hier? Wir müssen sofort zum Sklavenmarkt von Santo Domingo, ehe Shark sie Gott weiß wohin verkauft!" Rack wollte seinen Freund schon packen und mit sich auf Deck hinaus zerren, aber Bill brachte ihn mit einem einfachen Satz wieder zur Vernunft.

„Nur nichts überstürzen! Weißt du denn, wo sich Santo Domingos Sklavenmarkt befindet?"

„Ich nicht ..., aber Ninas Geschäftspartner. Ich schlage vor, du suchst in Seas Dokumenten seine Adresse, und ich wecke noch ein paar von den Männern. Womöglich brauchen wir Verstärkung."

„Tu das, ein paar zusätzliche Fäuste können nicht schaden."

***

Kaum eine halbe Stunde später standen vier Matrosen der *Unicorn's Dream* in der Tür zum Laden von Ninas Geschäftspartner. Rack und Bill hatten als Begleitung die zwei Matrosen gewählt, die urteilsfähig waren. Die restlichen hilfsbereiten Hände hatten sie in ihren Hängematten zurückgelassen, damit diese ihren Rausch ausschliefen. Ninas Geschäftspartner hatte schlaftrunken und vom Fenster aus einen Moment gebraucht, um sie zu erkennen. Aber nach nur einem Wort war er ins Erdgeschoss gestürzt und hatte ihnen hellwach die Tür geöffnet. Die Wichtigkeit der Lage hatten sie dem betroffenen Mann im langen weißen Nachthemd rasch erklärt. Dieser wusste auch sofort, wo Sea zu suchen war.

„Auf dem Sklavenmarkt müsst ihr es nicht erst versuchen, dort wird sie nicht sein. In Santo Domingo müssen weiße Sklaven als Leibeigene deklariert sein. Es wird eurem Maat kaum möglich sein, Sea dort einfach zu verkaufen. Außerdem können nachts selbstverständlich keine sauberen Geschäfte abgewickelt werden. Sea wurde mit Sicherheit zum Schwarzmarkt verschleppt." Er erklärte den vier Matrosen, wo er ihren Kapitän vermutete.

„Gebt mir fünf Minuten, um mich anzuziehen, dann führe ich euch selbst ins Schwarzmarktviertel", schlug er vor, ihnen den Weg zu zeigen, aber die Matrosen hatten nicht die Geduld zu warten, bis er sich umgezogen hatte.

„Wir werden uns zurechtfinden. Wenn wir uns sputen, finden wir sie vielleicht bevor Shark sie verschachert", meinte Rack ungeduldig.

„Bitte unterrichtet mich sofort davon, wenn ihr sie findet. Falls nicht, werde ich alles in meiner Macht Stehende tun, um sie aufzuspüren", versprach der Gewürzhändler feierlich. Die Matrosen bedankten sich und nachdem sie ihm mit wenigen Worten versprochen hatten, ihn über Seas Verbleib zu informieren, sobald sie mehr wussten, eilten sie in das Schwarzmarktviertel der Stadt. Mit hastigen Schritten folgten sie dem langen Kai entlang, bis zu einem kleinen Dorf am östlichsten Ende des Hafenbeckens.

Bis eine Kirchenglocke halb vier Uhr am Morgen schlug, waren die vier Matrosen schon fast eine Stunde durch die dunklen Hinterhöfe geirrt, in denen die illegalen Geschäfte abgewickelt wurden. Während in den Gassen und Straßen keine Menschenseele zu entdecken war, herrschte in den geschlossenen Höfen reges Markttreiben. Im Dämmerlicht weniger Laternen feilschten zwielichtige Gesellen um die Preise von Diebesgut, Waffen, Sklaven und Frauen. Einige versiffte Gestalten wollten ihnen Drogen andrehen.

Mehrmals versuchten junge Frauen, sie ins nächste Bordell zu locken, und doppelt so häufig wollte ihnen ein Schmuggler ihre Säbel abschwindeln. Aber ebenso wenig Erfolg wie die Händler mit ihnen hatten, hatten die Matrosen beim Versuch, Sea zu finden. In jedem Hinterhof fragten sie nach ihr, beschrieben sie den Leuten, aber selbst wenn sie jemanden fanden, der ihre Sprache verstand, konnte dieser ihnen meistens nicht weiterhelfen.

Rack hatte sich nach kurzer Zeit stumm dafür verflucht, dass sie nicht auf Ninas Geschäftspartner gewartet hatten. Jemand, der Spanisch sprach, hätte ihre Suche erheblich vereinfacht. Die Müdigkeit zerrte an ihren Kräften, und sie sehnten sich mit jeder Minute mehr nach ihren Hängematten. Doch sie suchten verbissen weiter, indem sie sich quer durch den Schwarzmarkt fragten. Eines der Mädchen, das sie angesprochen hatte, hatte ihnen bestätigen können, dass sie einige Männer mit Sea hatte vorbeikommen sehen. Als sie ihnen auch noch eine Richtung hatte zeigen können, in die die Männer das Mädchen in Hosen geschleppt hatten, bedankten sie sich großzügig mit einem Achterstück.

Nun hetzten sie aus einer finsteren Gasse auf einen kleinen, schwach beleuchteten Platz hinaus. An einer Hauswand waren Säcke gestapelt, und ein Tisch mit Waffen stand wie eine Verkaufstheke davor. An einer anderen Hauswand saßen Sklaven dicht bei einander zusammengekettet. Rack musterte sie hoffnungsvoll. Die meisten waren schwarze Männer, eine Handvoll Weiße, aber keine einzige Frau. Aber vielleicht hatte der Händler ihre Freundin zumindest gesehen. Er steuerte geradewegs auf den kleinwüchsigen, fetten Mann in teuren Kleidern zu, der hinter dem Tisch saß. Auf Englisch sprach er ihn an und stellte bei der Begrüßung fest, dass der Händler mit den Schweinsäuglein ihrer Sprache mächtig war.

„Wie kann ich den Herren behilflich sein? Ich habe die besten Sklaven im Angebot. Oder gedenken die Herren ihre Säbel zu Geld zu machen?" Schon die Art, wie er angesprochen wurde, machte den Händler Rack absolut unsympathisch. Seinen Begleitern erschien es ähnlich zu gehen, denn sie tauschten misstrauische Blicke untereinander aus. Aber wenn sie einen Hinweis auf Seas Aufenthaltsort bekamen, war er es wert, sich mit ihm abzugeben.

„Wir suchen eine junge Frau mit langem braunen Haar, braunen Augen und einem schmalen Körperbau", begann Rack seine Freundin zu beschreiben.

„Sie ist leicht zu erkennen. Sie trägt blaue Hosen und schwarze Stiefel. Am Gurt trägt sie einen leichten, kurzen Säbel und scheut sich nicht, Gebrauch davon zu machen." Bill ergänzte die Beschreibung so treffend, dass von Rack keine weiteren Worte nötig waren.

„Natürlich, natürlich, Ihr meint die junge Fechterin, die mir vor einigen Stunden verkauft wurde", nickte der Händler und rieb sich verstohlen die Hände, „ein hübsches Mädchen. Hätte ich gewusst, dass sie so gefragte Ware ist, wäre sie vielleicht noch hier. Aber ich muss Sie enttäuschen, gnädige Herren, ich habe das Mädchen bereits vor gut zwei Stunden verkauft."

„Verkauft?!" Rack traf beinahe der Schlag. Sea war verkauft worden und womöglich schon Meilen entfernt.

„Ja, meine Herren, verkauft. Oder besser eingetauscht gegen diese drei kräftigen Seemänner. Vielleicht wollt Ihr statt des Mädchens einen von ihnen erwerben?" Rack wäre ihm beinahe an die Gurgel gesprungen in seiner Wut. Aber er beherrschte sich und packte den speckigen Händler stattdessen am Kragen.

„An *wen* hast du unsere Freundin verkauft, du elendes Kielschwein? Na sag schon." Er staunte beinahe selbst darüber, wie furchteinflößend er in seiner Wut wirken musste. Dem fetten Sklavenhändler floss das Blut aus dem Gesicht, und er erblasste vor Furcht. Er starrte Rack mit weit aufgerissenen Augen an, wie ein Schwein den Schlachter. Dann rief er wimmernd nach seinem Gehilfen. Dieser war im Schatten einer Hauswand in Deckung gegangen und lugte unsicher zu den vier hartgesottenen Matrosen herüber.

„Bleib du besser, wo du bist!", rief der rothaarige Fockmarsgast drohend herüber und krempelte die Hemdsärmel hoch. Selbstverständlich blieb der Handlanger, wo er war.

„Wir fragen dich nur noch einmal: *Wo ist unsere Freundin?*", versuchte Bill erneut Seas Aufenthaltsort aus dem Händler herauszuquetschen. Er stotterte vor Angst und behauptete, er wüsste es nicht. Dann fiel der speckige Händler am Kragen baumelnd in Ohnmacht. Rack ließ ihn wütend fallen.

„Und jetzt? Der erzählt uns nichts mehr, und sein Lakai versteht uns vermutlich nicht einmal ...", sinnierte er laut. Aber Bill konnte nur die Schultern heben. Ehe er ein Wort erwidern konnte, antwortete ein anderer.

„Wir wissen, wo eure Freundin ist!", machte einer der drei weißen Sklaven auf sich aufmerksam, „Wir wurden gegen sie eingetauscht." Die Matrosen der *Unicorn's Dream* traten näher an die Gefangenen heran. Offenbar waren die drei Gefangenen Engländer und keine hiesigen Verbrecher, die durch einen Gerichtsentscheid in Leibeigenschaft gerieten. Bei näherer Betrachtung erkannten die Matrosen sie als englische Seemänner, raue Gesellen mit wettergegerbter Haut.

„Ihr seid ja Engländer", stellte Bill fest, „was zum Himmel ist euch widerfahren, dass ihr auf Santo Domingos Schwarzmarkt gelandet seid?"

Während der Fockmarsgast dem Gehilfen des Händlers mit Worten und Zeichen zu verstehen gab, er solle die drei weißen Sklaven befreien, stellten sich die Unglückseligen vor. Daw, Smith und Hopkins hießen sie und waren ihrem Dialekt zufolge im geliebten Vaterland aufgewachsen.

„Wir waren Matrosen auf einem Frachtschiff, ehe eine Bande Piraten uns überfallen hat. Wir hatten nicht die geringste Chance. Keine halbe Stunde brauchten diese Klabautermänner, bis sie uns gekapert hatten. Wir sind die einzigen Überlebenden", begann Daw zu erklären, während der Gehilfe hastig wie ängstlich die Ketten der Engländer löste.

„Die Piraten haben uns hierher gebracht, um uns zu Barem zu machen. Aber ihr halbstarker Kapitän wollte aus einem unerfindlichen Grund unbedingt eure Freundin haben. Also hat er uns kurzerhand gegen sie eingetauscht", ergänzte Hopkins heiser.

„Und wo ist unsere Freundin nun?", fragte Rack ungeduldig. So viel

Verständnis er auch für sie hatte, im Augenblick wollte er in erster Linie wissen, wo Sea war.

„Sie ist auf der *Queen Roses Death* ...", beantwortete Smith endlich ihre Frage. Aber diese Antwort hätten Seas Matrosen lieber nicht bekommen wollen und hofften inständig, dass sie sich verhört hatten.

„Wie bitte ...?" Bill musste zwei Mal den Kopf schütteln, um sich klar zu werden, dass er richtig verstanden hatte.

„Ihr habt richtig gehört, Sir. Eure Freundin ist bei Salvador Black."

Tortuga

Die Ile de la Tortue, die Schildkröteninsel, wie die Pirateninsel eigentlich genannt wurde, lag im Meer nördlich der spanischen Insel Hispaniola. Aber für den Alltagsgebrauch war das spanische Wort für Schildkröte, Tortuga, viel praktischer. Abwechslungsweise war sie eine Kolonialinsel der Spanier und der Franzosen gewesen, bis die Bukaniere sie als Stützpunkt eroberten. Nun war sie *der* Ort in der Karibik, wenn man mit Schmuggelgut Handel treiben wollte oder sein Geld mit Hehlerei verdiente. Aus dem einfachen Grund, dass ihre Bevölkerung zum größten Teil aus Piraten bestand, brauchte ein Verbrecher keine Justiz zu fürchten. Leise Stimmen flüsterten sogar, auf der Insel werde mehr Umsatz gemacht, als gleichzeitig in London, einer der größten Städte der Welt. Denn auf dieser Insel vertrieben die Seeräuber die Ausbeute ihrer Kaperfahrten – bestehend aus Waren, manchmal ganzen Schiffen und Gefangenen – was einen prächtigen Gewinn abwerfen konnte.

Das Geld, das sie daraus gewannen oder direkt von ihren Fahrten mitbrachten, wechselte hier ebenfalls den Besitzer. In den Kneipen flossen der Rum und das Bier jeden Tag und jede Nacht in Strömen, was zu vielen Betrunkenen und nicht selten zu Konflikten führte. Diese endeten fast immer in Prügeleien oder jeglichen Sorten von Selbstjustiz. Wer danach noch bei Bewusstsein war, suchte sich irgendwo ein Bett. Diese waren keineswegs schwer zu finden, denn sowohl Gasthäuser als auch Bordelle gab es zur Genüge. Da der größte Teil der weiblichen Bevölkerung aus Prostituierten bestand, die die Franzosen eingeschifft hatten, um die Insel zu zivilisieren, ging es in beiden Lokalen heiß her. Über die Wirkung des Versuchs konnte man sich streiten, aber das Nachtleben auf dieser Insel war mehr als nur ausgeprägt.

***

„Das ist die berühmte Pirateninsel?", fragte Sea abwesend. Sie lehnte sich mit verschränkten Armen an die Reling und ließ ihre Augen über den kleinen Hafen schweifen. Dunkelheit legte sich allmählich über die Landschaft, und die Lichter in den Fenstern wurden nach und nach entzündet. Viele waren schon hell erleuchtet. Aus dem Innern der winzigen Stadt drangen Geräusche von Musik, Gelächter, lallendem Gesang, und hie und da hörte man Schüsse. In den Straßen musste es dem Lärm zufolge zugehen wie bei einem Volksfest. Sall stützte noch immer die Arme auf das Ruder und ließ die Augen nicht von ihr, als wollte er die Wirkung der Ortschaft auf sie erraten. Auf ihre Frage antwortete er nur mit einem Nicken. Die Crew der *Queen Roses Death* war bereits in den dunklen Gassen verschwunden, und die Matrosen saßen vermutlich längst in den Spelunken.

„Warum bist du eigentlich noch hier? Deine Crew ist bestimmt schon in irgendeiner Kneipe und bekommt gerade das erste Bier hingestellt", fragte sie ihn, ohne die Augen von den Lichtern zu lassen. Wäre es nicht Tortuga gewesen, hätten sie beinahe romantisch ausgesehen. In Gedanken war sie jedoch eigentlich bei ihrem Fluchtplan. Tortuga wäre eine Möglichkeit, von diesem Piratenschiff zu verschwinden. Aber es war unwahrscheinlich, dass hier ein Schiff anlegte, das sie nach Kingston zurückbringen könnte. Nein, dachte sie, dann würde sie entweder hier festsitzen oder die Piraten würden sie wieder aufspüren.

„Das Risiko, dass du versuchst abzuhauen, wenn ich dich alleinlasse, ist mir ehrlich gesagt zu groß", antwortete Sall geradeheraus. Einen Wimpernschlag lang fühlte sie sich tatsächlich ertappt. Diese Antwort passte, als hätte der Pirat ihre Gedanken gelesen. „Aber ich werde mir heute auch einen angenehmen Abend in der Kneipe machen. Mit anderen Worten, du kannst dich jetzt entscheiden, ob ich dich wieder auf dem Orlopdeck in deine Zelle sperre, oder ob du mitkommst und dir Tortuga ansiehst." Er grinste, als ob er sich sicher wäre, zu wissen, für welche Variante sie sich entscheiden würde.

Tatsächlich hatte sie wirklich keine Lust, sich in dieser Zelle zu langweilen, und ihre Neugierde auf den Piratenstützpunkt war ohnehin zu groß, um zu bleiben. „Dann sehe ich mir eben Tortuga an", sagte Sea und lächelte zurück.

„Sehr gut!", sagte er und löste sich vom Ruder, „gehen wir!" Sea folgte ihm, als er zielstrebig voraus die Treppe aufs Großdeck hinunter ging. Auf der Gangway holte sie ihn ein und ging wortlos neben ihm den Anlegesteg entlang, bis sie in eine der Gassen der kleinen Stadt abbogen.

***

Im Gegensatz zu der kleinen Gasse, die zur Anlegestelle führte, in der es so finster war, dass sie nicht sehen konnte, wo sie hintrat, war es auf den kleinen, dazwischen liegenden Plätzen mit ihrer Dämmerbeleuchtung geradezu hell.

Sea ließ ihren Blick über die mit Leuten gefüllten Straßen und Plätze schweifen, als sie den Flecken durchquerten. Obwohl es noch früher Abend war, waren die meisten Säufer, aus denen scheinbar die gesamte Bevölkerung bestand, schon betrunken und lachten schallend. Einige prügelten sich, schossen mit Gewehren in die Luft – nur aus Freude an dem Lärm. Andere traten ihre Abstinenz mit Füßen, indem sie versuchten, ganze Fässer alleine zu leeren, sich blauen Nebel von Pfeifenrauch in die Lungen zogen oder Tabak mit ihren schiefen Zinken schnupften. Überall standen Fässer, die mit Bier oder Rum gefüllt waren vor den Kneipen oder auf Karren herum, und über dem Kaff hing dichter Pfeifennebel, deshalb stank es in allen Gassen und Winkeln fürchterlich nach alkoholischen Getränken, Tabakrauch und Exkrementen. Aber der Geruch schien weder die Piraten großartig zu stören, noch die Weiber, die ihnen zu gefallen versuchten. Am Tag musste das Städtchen leer sein, denn Lieferungen wurden offenbar auch erst abends ausgeliefert. Die Zugpferde, die vor die großen Brauerei- und Brennereikarren gespannt und dort vergessen worden waren, taten Sea richtig leid. Mit ihrem Tiergehör mussten sie diesen Lärm aushalten, der schon für Menschen laut war, und der Pfeifendunst musste ihre Nüstern reizen. Alles in allem war Tortuga nicht der angenehmste Ort, den sie sich vorstellen konnte. Interessant schien er allerdings zu sein.

Sall schritt quer durch das Getümmel, ohne sich darum zu kümmern, was um ihn herum geschah und wen er anrempelte. Sie hingegen hatte die Angewohnheit, sich durch die Leute zu schlängeln, um niemanden zu stören, daher kam sie ihm im Gedränge kaum nach. Hin und wieder sah er sich nach ihr um, um sie nicht zu verlieren. Er führte sie durch eine weitere Gasse über einen kleinen, düsteren Platz mit einem Waschbrunnen. Laternen brannten in dieser Ecke der Ortschaft keine, und das einzige Licht drang aus der schäbigen Schenke, auf die der junge Pirat Kurs hielt. Auf der Veranda ließ sie ihren Blick noch einmal kreisen, um sich diesen Ort und aus welcher Gasse sie hergekommen waren zu merken. Dann folgte Sea ihm in die Spelunke, auf deren abgeblättertem Türschild eine Meerjungfrau mit einem Glas in der Hand abgebildet war.

***

Sie traten durch die Tür in die schummrig beleuchtete Kneipe, die mit der tiefen Decke dem *Anker* nicht unähnlich aussah. Die Männer, die die Tische besetzten, saßen diskutierend vor ihren Gläsern oder vergnügten sich mit irgendwelchen Weibern, die Sea keines weiteren Blickes würdigte. In einer Ecke spielte jemand begeistert Musik, ohne sich daran zu stören, wenn die Mandolinentöne nicht alle richtig klangen. Diego stand mit einigen anderen Piraten der *Queen Roses Death* am Ausschank auf der andern Seite der Schankstube. Als er sie sah, winkte er sie zu ihnen. Während sie auf ihn zugingen, schaute Sea sich weiter im Raum um. An einigen Tischen wurde Karten gespielt, an anderen gewürfelt, aber auf allen Spieltischen stapelten sich Säulen von Münzen.

„Ich hätte nicht gedacht, dass du sie wirklich dazu überreden kannst, mit in die *Sirene* zu kommen", gestand Diego grinsend und boxte Sall freundschaftlich gegen die Schulter, als sie sich zu ihnen an den schweren hölzernen Tresen gesellten, der die halbe Kneipe durchzog.

„Nur Sache der Überredungskunst", erwiderte dieser genauso grinsend und bestellte mit einer Geste zwei Gläser Rum. Diese wurden sogleich von einem Fässchen hinter dem Ausschank gezapft. Sea lehnte sich stumm neben den beiden gegen die Theke. Ihrer Meinung nach war es mehr Erpressung gewesen als Überredungskunst, aber sie erwiderte nichts.

Als der grauhaarige Schankwirt die vollen Gläser vor ihnen abstellte, stutzte er zuerst. Er war ein faltiger, korpulenter Mann von stattlicher Körpergröße mit gerader Nase. In seinen sturmgrauen Augen lag dieses Erstaunen, dem sie immer mal wieder begegnete. Offenbar war ihm erst jetzt, da er das Gläschen vor ihr abstellen wollte, bewusst geworden, dass er eine Frau vor sich hatte. Vermutlich hatte er sie in ihren Seemannskleidern für einen jungen Burschen gehalten, dem sein Kapitän aus guter Laune einen ausgab. Nun war er sich allerdings nicht mehr sicher, für wen das zweite Glas Rum bestimmt war, denn Frauen tranken keinen Schnaps.

„Verzeihung, Miss, ich hab dich für einen Schiffsjungen gehalten", sagte er und aus seinem Erstaunen wurde Amüsement, „aber für ein Matrosen hast du zu wenig Barthaare." Die Piraten der *Queen Roses Death* lachten gut gelaunt, und auch Sea verkniff sich ihr breites Lächeln nicht. Einen witzigen Spruch als ersten Eindruck hielt sie für durchaus passend in einer Schenke.

„Kann passieren. Mädchen in Hosen sieht man nicht oft", nahm sie seine Entschuldigung an.

„Durchaus nicht", lachte der Wirt und wandte sich an Sall, „und für wen ist nun das zweite Glas Rum, Käpt'n?"

„Also von mir aus könnt Ihr mir den Rum gern stehen lassen", warf sie dazwischen, ehe der junge Pirat sich von seinem Gespräch abwenden und antworten konnte, „ich glaube, ich habe ihn bitter nötig." Um ein Glas Rum zu berappen, sollte ihr Notgroschen in der Hosentasche ausreichen.

„Ein Mädchen, das Rum trinkt! Jetzt hab ich definitiv alles gesehen", meinte der Wirt längst nicht so erstaunt wie zuvor und ließ ihr das Rumbecherchen stehen.

„Dann bring mir ein zweites! Eigentlich waren beide Gläser für mich bestimmt", bestellte Sall sofort erneut und wandte sich dann mit forschendem Blick zu ihr um, „du trinkst Rum?"

Sea hätte am liebsten über die Gesichter der Piraten gelacht. Sie war mit einem Säbel auf ihn losgegangen und er wunderte sich, dass sie Schnaps trank? „Du wirst dich, was mich betrifft, bald über nichts mehr wundern."

„Also gut", meinte er und hob sein Glas, um mit ihr anzustoßen, „Auf die *Rose*"

„Liefere mir erst einen Grund, weswegen *ich* auf die *Queen Roses Death* trinken sollte", sagte Sea, stieß aber trotzdem mit den Piraten an.

Diegos Bassstimme wurde allerdings betont empört als er sie mehr gespielt als wütend zurecht wies. „He, die Schiffskasse bezahlt immerhin alles, was du konsumierst, also kannst du dich auch ein wenig dankbar zeigen!", schimpfte er lachend, während seine Kameraden ihren Lebenstrank genossen.

„Wieso bezahlt die Schiffskasse für mich?"

„Selbst wenn du selber Geld hättest und selber zahlen würdest, hätte die *Rose* dich eingeladen, Kleine", meinte einer der Piraten und verursachte, dass ihre linke Augenbraue fragend nach oben flog.

„Ich habe dich mit allem, was dir gehört und was du auf dir trägst, auf dem Sklavenmarkt erstanden, was im Klartext bedeutet, dass du mit all deinen Besitztümern Eigentum der Crew der *Queen Roses Death* bist", erklärte Sall lässig grinsend.

„Schade nur für euch, dass ich dem Kielschwein, dem du mich abgehandelt hast, auch schon nicht gehört habe", konterte Sea selbstbewusst, „leibeigen kann man nur durch einen Gerichtsbeschluss werden und nicht durch Entführung. Glaubt also nicht, dass ich mich je als euer Eigentum sehen werde." Sie kippte sich die Hälfte des Rums in den Rachen.

Zu ihrem Unmut lachten die Piraten amüsiert, wie über ein trotzendes kleines Mädchen.

„Wir werden sehen ...", grinste der junge Kapitän und wandte eine Frage an einen seiner Matrosen, womit endlich das Thema wechselte. Sie könnte sich kaum ein unangenehmeres Gespräch vorstellen, als dass ihr jemand erklärte, sie wäre ab sofort Leibeigene einer Bande dreckiger Piraten. Aber sollten sie doch glauben, was sie wollten.

∗∗∗

Im weiteren Gesprächsverlauf hatte sie praktisch nichts mehr gesagt und auch nicht immer zugehört. Ein klein wenig beleidigt hatte es sie schon, als ihr Eigentum bezeichnet zu werden, daher hätte sie sich nicht einmal beteiligen wollen, wenn das Thema interessant gewesen wäre. Sie hatte das Geschehen in der Kneipe verfolgt und dem Mandolinespieler zugesehen, wobei sie versuchte herauszufinden, ob er nicht fähig war zu spielen oder sein Instrument zu stimmen. Daher fuhr sie erschreckt zusammen, als sie hörte, wie die Kneipentür zugeschlagen wurde.

„Mit so etwas wie dir gebe ich mich keine Sekunde länger ab!" Gefolgt von einem krummen, grauhaarigen Piraten, der seine besten Tage längstens hinter sich hatte, schritt ein blondes Mädchen mit gereiztem Gesichtsausdruck durch die Kneipe. Sie war nicht viel älter als sie selbst, wirkte in ihren Augen aber abartig schlampig: Sie trug viel zu viel Schminke, was sie billig und künstlich aussehen ließ, wie eine schlecht gemalte Porzellanpuppe. Sie schien zu glauben, dass der Puder ihre kleinen Schönheitsmakel überdeckte, aber die hohen gewölbten Augenbrauen und das leicht gespaltene Kinn kaschierten sie nicht. Der allzu große Ausschnitt des verwaschenen, ehemals blauen Kleides war unter dem Niveau jeder ehrenhaften Frau. Dass es am Saum dreckig war, fiel offenbar kaum jemandem auf. Ihre hochgesteckten Haare standen in alle Richtungen ab, als wäre sie frisch aus dem Bett aufgestanden und hätte sich nicht die Zeit genommen, sich zu frisieren.

„Aber Clair ..." Mehr konnte der alterskrumme Pirat nicht sagen, denn Clair drehte sich um und gab ihm eine gut gezielte Ohrfeige, wie Sea es nicht hätte besser machen können.

„Nichts aber! Such dir ein anderes Mädchen, mit dem du dich vergnügen kannst! Aber wag es ja nicht, mir noch einmal unter die Augen zu kommen", fuhr sie ihn kreischend an.

Der grauhaarige Pirat schien zwar besoffen zu sein, aber er gab ohne Widerworte nach. Mit einem Gesicht, als würde er gleich anfangen zu weinen, torkelte er hin- und herwankend davon. Mit dieser Frau wollte man sich scheinbar nicht anlegen.

Clair sah ihm mit steinerner Miene nach, bis er die *Sirene* verlassen hatte, um danach tief durchzuatmen, wie um sich zu beruhigen und sah sich dann nach jemandem um, den sie kannte. Schließlich entdeckte sie Sall am Ausschank und kam zielstrebig auf ihn zu. „Käpt'n Black!", machte sie sich freudig bemerkbar. Ihre Stimme klang wie ein verstimmtes Instrument und ihre Sprachatmung ließ eine verstopfte Nase vermuten.

Sall verdrehte genervt die Augen als er sie hörte und ignorierte sie entschieden.

„Du hättest mir sagen können, dass du wieder auf Tortuga bist", warf Clair ihm verführerisch lächelnd vor und hängte sich an seine Schulter. Er wehrte sich nicht, auch wenn er anscheinend nicht sehr glücklich über ihre Gesellschaft war. Dann fiel Clairs Blick auf sie und ihre Miene wandelte sich, als hätte sie den Grund für alles Schlechte dieser Welt erkannt.

„Wer ist das?", fragte sie Sall und starrte Sea so feindselig an, dass sie sie einen Moment lang an Shark erinnerte. Aber sie wartete nicht auf eine Antwort, sondern kam bedrohlich langsam auf Sea zu. Und mit ihrem Aussehen wirkte sie bedrohlicher, als alles, was Sea bisher gesehen hatte.

Selbst Johnny mit dem Dolch in der Hand hatte ihr nicht dermaßen Angst eingejagt. Vermutlich hätte sie ohne diesen scheußlichen Puder nicht annähernd so furchteinflößend ausgesehen. Als wollte sie sie zur Rede stellen, zeigte sie mit dem Finger auf sie.

„Du willst mir meinen Liebling ausspannen!", klagte sie Sea eifersüchtig an, „du willst dich zwischen meinen Salvador und mich drängen, du Miststück!"

„Was?" Hätte das Mädchen ihr nicht beinahe mit ihrem spitzen Finger ein Auge ausgestochen, wäre Sea sich nicht einmal sicher, dass sie gemeint war. Aber das Mädchen starrte sie an, als sei sie der Grund allen Übels dieser Welt, weshalb Sea fast panisch wurde, weil sie nicht begriff.

„Würde es sich um einen Kunden handeln, könnte ich eventuell über diesen Fauxpas hinwegsehen, aber nicht Salvador!"

Es dauerte einen Augenblick, bis es Sea dämmerte, was Clair meinte. Aber dann fiel der Groschen, und sie begriff: Clair war eine der vielen Prostituierten auf Tortuga, und sie dachte, dass sie ihr einen Kunden abjagen wollte. Sie schüttelte sich innerlich bei dem Gedanken an diese grauenhafte Vorstellung. „ ...Nein, nein, Käpt'n Black ist kein Kunde von mir", versicherte sie ihr eilends, „ich bin in deinem Gewerbe nicht mal tätig ..."

Clair schien ihr nicht zu glauben. „Wie kannst du Miststück auch noch wagen, mich anzulügen, nachdem ich dich auf frischer Tat ertappt habe?!" Sie hob die Hand, um Sea zu schlagen, ohne Widerworte zuzulassen. Sea wartete nur auf den Moment zum Ausweichen, aber Sall packte Clair am Handgelenk, bevor sie zuschlagen konnte.

„Hör her, ich werde nie ein Kunde von dir sein und noch viel weniger dein Liebhaber, Clair! Eine Hure hatte ich nie nötig, dafür habe ich genügend andere Angebote, wie du weißt", stellte er verärgert klar, „weshalb ich auch nie Interesse an dir entwickeln werde, also akzeptier endlich, dass ich nichts von dir will, oder geh zum Teufel!"

Sea kamen diese Aussagen glaubhaft vor, denn sie konnte in dem Lustmädchen nichts Reizvolles erkennen, nichts, was auch nur im Entferntesten Salls Aufmerksamkeit erregen könnte. Clair hingegen schien diese Klarstellung zutiefst zu verletzten. Sie drehte sich mit enttäuschten, flehenden Augen zu ihm um und starrte ihn an, wie der Alte noch vor einer Minute sie.

„Warum verleugnest du unsere Liebe immerwährend? Ich liebe dich und du mich, das wissen wir beide und alle, die Augen im Kopf haben! Was für einen anderen Grund könnte es haben, dass mir meine übrige Kundschaft davonläuft, als dass sie Angst vor deiner Rache hätten!", versuchte sie ihn zu überzeugen und hängte sich wieder an seine Schulter, als wollte sie ihm nahe sein. Sea war sich nicht sicher, ob sie nur versuchte, ihn um den Finger zu wickeln oder ihr Sall wirklich den Kopf verdreht hatte. Aber sie war so oder so sehr fanatisch. Zum Glück war sie Salls Problem. Er verzog keine Miene – anscheinend war Clair nicht die Erste, die diesen Versuch machte.

„Vor meiner Rache? Ich würde sogar bare Münzen dafür zahlen, wenn dein Irrsinn einen anderen treffen würde ..."

„Ich denke, das könnt ihr ohne mich lösen" Sea wollte sich aus dieser unangenehmen Situation möglichst raushalten. „Ich gehe besser, Käpt'n ...", verabschiedete sie sich, drehte sich um und wollte schon zur Tür flüchten. Sie sagte besser nicht, dass sie auf die *Queen Roses Death* zurückkehren wollte, sonst würde sie noch falsch verstanden werden.

„Dann willst du nicht mehr wissen, wieso ich dich gekauft habe?", rief Sall ihr gereizt nach. Sea blieb abrupt stehen als sie seine Frage hörte, denn ihre Neugierde war ihr verletzlicher Punkt. Die Arme herausfordernd verschränkend drehte sie sich wieder zu ihm um und ignorierte, wie unpassend diese Frage in dieser Situation war. Sie wollte nicht wissen, was Clair dachte, denn für sie musste ihr Gespräch sehr eindeutig klingen.

„Ich höre?"

Sall schob Clair von sich weg, griff in seine Hosentasche und warf dem grauhaarigen Wirt ein paar Münzen hin. „Komm mit!", befahl er, als er an ihr vorbei auf die Kneipentür zu schritt, „ich wollte ohnehin zum Geschäft übergehen." Er warf seiner Verehrerin ein zwielichtiges Grinsen zu, dass nicht feststellen ließ, wie ernst seine Worte zu nehmen waren. Misstrauisch zögerte Sea einen Moment. Sie überlegte sich, ob er ihr die gleiche Aufgabe zudachte, die Clair zu ihrem Beruf gemacht hatte. Doch sie vertrieb den Gedanken wieder in der Hoffnung, dass er sich nicht bewahrheiten würde, und folgte dem jungen Piraten aus der *Sirene*.

„Warte nur", schrie Clair ihnen aufgebracht über den Platz nach, „du kommst noch früh genug zu mir zurück gekrochen! Und denk ja nicht, ich wisse nicht warum ihr zu zweit verschwindet." Sie war ihnen aus der Spelunke nachgerannt, als Sea dem jungen Kapitän zum Hafen folgte.

„Lieber lasse ich mich aufhängen!", brüllte Sall genervt zurück. Sie schien ihm unglaublich auf den Geist zu gehen, und auch nicht zum ersten Mal. Er beruhigte sich erst, als sie sich einen Weg durch das Getümmel gebahnt hatten und die finstere Gasse zurück zur Anlegestelle betraten.

„Du wolltest sie nur loswerden, oder? Du hast gar kein Interesse daran, mir zu erzählen, was ich hier soll", begann Sea zu raten, als sie versuchte, die Gasse entlang zur Anlegestelle mit ihm Schritt zu halten.

„Doch, ich werde es dir erzählen, aber das liegt tatsächlich größtenteils daran, dass ich Clair loswerden wollte. Sie ist mit Abstand das Einzige, was mich in die Flucht schlägt. Alles andere könnte ich vertreiben oder sonst loswerden, wenn es mich stört, aber *sie* ist einfach zu hartnäckig", antwortete er noch immer leicht gereizt, „aber früher oder später hätte ich es dir sowieso erzählen müssen, denn eigentlich hoffe ich auf deine Partnerschaft."

„Partnerschaft für was?" Er antwortete, sie würde es schon sehen. Für den Rest des Wegs schwieg er. Bald hatten sie das Schiff erreicht. Der Kapitän führte sie geradewegs in seine Kabine hinter der Brücke.

* * *

Sall war bereits dabei, die Öllaterne über dem Tisch anzuzünden, als Sea hinter sich die Tür schloss. Die Flamme erhellte das Zimmer nur teilweise in einem schummrigen Licht.

„Setz dich irgendwo hin", sagte er und ging hinter dem Tisch in die Knie. Er öffnete ein Türchen in der Kommode, die unter der Fenstergalerie eingelassen war.

„Also, wieso bin ich so wertvoll für dich, dass du mich gegen den Willen deiner Crew erstanden und an Bord genommen hast?", fragte Sea neugierig während sie sich an den Tisch setzte.

„Wegen der Münze an deiner Halskette", antwortete er prompt und nahm ein kleines Kästchen von der Größe einer Schmuckschatulle heraus, das er auf den Tisch stellte. Er setzte sich ihr gegenüber, öffnete es und legte ein Stück Pergamentpapier und eine goldene Münze vor ihr auf den Tisch. Sea nahm die Münze erstaunt zwischen die Finger und betrachtete sie: Auf die eine Seite waren die Himmelskörper, auf die andere ein Jolly Roger geprägt, genau wie auf der, die an ihrem Hals baumelte.

„Die beiden Münzen gehören zu dem gleichen Schatz, den …“, begann er zu erklären, aber Sea unterbrach ihn.

„Weiß ich, dieser Kapitän Lenoir hat eine Karte zu seinem Beuteversteck gezeichnet, sie in zwei Teile gerissen und sie seinem Ersten Maat und einem Freund gegeben“, klärte sie ihn gestikulierend auf, um ihm die Märchenstunde zu ersparen.

Sall nickte nicht wirklich überrascht. „Sehr gut, du weißt also Bescheid. Hast du den andern Teil der Karte?“, fragte er energisch, beugte sich zu ihr vor und stützte sich auf seine verschränkten Arme.

Sie überlegte kurz, was die cleverste Antwort war. Erst dann sagte sie: „Aye, ich hab sie, aber ich habe sie sicherheitshalber versteckt.“

„Wo?“

„Hier auf dem Schiff, nachdem du mir die Kabine gezeigt hast“, antwortete sie, „ich wollte sie vor euch Piratenpack in Sicherheit wissen.“

„Dann zeig sie mir!“, verlangte er.

Dies war die Gelegenheit, auf die sie gehofft hatte: „Nein …“

Er sah sie fragend an und wirkte schon fast wieder etwas ärgerlich. „Wieso nicht?“

„Was hätte ich denn davon wenn *du* Lenoirs verschollenen Beute findest?“, fragte Sea kühl.

Sall begann wieder zu lächeln, als hätte er selbst daran denken müssen mit ihr zu handeln. „Einen Teil der Ausbeute natürlich. Bei Piraten wird alles gerecht geteilt, aber ich kann für dich bestimmt einen größeren Anteil raushandeln. Ist das ein Deal?“ Er hielt ihr schon die Hand zum Handschlag hin, doch sie griff nicht danach.

„Sall, ich habe kein Interesse an Geld, erst recht nicht an gestohlenem. Aber ich habe einen anderen Vorschlag.“ Er sah sie interessiert an, wie ein Kaufmann, der Gewinn roch, und sie fuhr fort: „Ich schlage vor, ich helfe dir dabei, diesen Schatz zu finden. Dafür hilfst du mir, mein Schiff, die *Unicorn's Dream*, zurück zu bekommen.“

Der Piratenkapitän lehnte sich im Stuhl zurück und überdachte ihren Vorschlag einen Moment lang. „Als Pirat würdest du dich wirklich gut machen, Süße. Du weißt, was du willst und du weißt, wie du es bekommst", meinte er grinsend.

„Also haben wir unseren Deal?", fragte sie und streckte ihm die offene Hand entgegen.

„Deal", bestätigte er, und sie besiegelten ihren Handel.

„Gut, dann hole ich dir die Karte", sagte sie zufrieden lächelnd und stand auf. Mit zwei großen Schritten war sie bei der Tür, die sie mit einem „Augenblick" öffnete und auf das Deck hinaustrat.

Sea schraubte den Knauf ihres Säbels ab, nachdem sie sicherheitshalber die Tür geschlossen und sich vergewissert hatte, dass sie nicht beobachtet wurde. Wenn dieser Pirat versucht sie hereinzulegen, würde er jede Ritze auf diesem Schiff absuchen können. Aber ihren Teil der Karte würde er nicht finden. Den würde sie weiterhin mit sich herumtragen.

Schnell aber vorsichtig zog sie das Pergamentpapier aus dem Griff. Fest zusammengerollt hatte es in dem winzigen Versteck problemlos Platz. Anschließend drehte sie den Knauf wieder auf den Griff. Einen Moment wartete sie noch, schließlich sollte Sall glauben, dass sie irgendwo im Schiffsbauch herumlief. Für einen Piraten war er in Ordnung, aber Sea musste sicher sein, dass er sie nicht über den Tisch zog. Schließlich öffnete sie die Tür und trat wieder ein.

***

„Bitteschön", sagte Sea, während sie ihm den Fetzen präsentierte. Sie schloss rasch die Tür und kam zum Tisch zurück.

„Zeig her!" Sall stand auf und stützte sich auf den Tisch. Sea setzte die beiden Kartenteile in der Tischmitte zusammen, stützte sich ebenfalls auf den Tisch und betrachtete das vergilbende Pergament. Sie hatte von Albatros die rechte Seite der Karte geschenkt bekommen. In die rechte obere Ecke war eine Windrose gezeichnet worden, die Norden anzeigte. In der linken oberen Ecke ihres Teiles sah man eine kleine Insel und rechts davon eine noch viel kleinere. Die in der linken unteren Ecke war etwas größer. In der Mitte von Salls Kartenstück waren drei verschieden große Inseln zu sehen, die ein Dreieck bildeten. Ganz links verlief von oben nach unten eine schnurgerade Linie, auf der zwei zweistellige Zahlen standen. Über die untere Seite des Pergaments zog sich ein Schriftzug über beide Teile. Die Worte standen in zwei Zeilen, oben fünf, unten zwei. Der Riss verlief genau zwischen dem ‚i' und dem ‚e' und zwischen ‚s' und ‚D'.

„*Der Schlüssel liegt im Herzen des Delfins*", las Sea laut vor.

„Hätte mich gewundert, wenn der alte Dreckspirat es uns einfach gemacht hätte", meinte Sall wenig überrascht. Sie nickte nachdenklich.

„Also das Herz eines Delfins ist nicht schwer zu finden", begann er witzelnd zu raten.

„Und jetzt? Willst du jedem Delfin, den du findest, das Herz aus der Brust reißen, in der Hoffnung auf diese Weise den Schlüssel zu bekommen?", fragte sie belustigt, „Im Übrigen, was hat das mit den Inseln zu tun?"

Sall schnaubte lachend.

„Nein, das ist ein Rätsel, also ist die Lösung logisch, vermutlich sogar einfach, aber wahrscheinlich so komplex verpackt, dass man nur schwer darauf kommt", fuhr Sea wieder ernst fort.

„Du kennst dich damit aus?"

„Ich rätsle zum Zeitvertreib."

„Und hast du eine Idee?", fragte er.

Sie hob den Kopf und sah in seine kalten, seegrasgrünen Augen. „Im Augenblick nicht", gestand sie, „aber ich glaube, wenn du mir ein bisschen Zeit gibst, kann ich herausfinden, wo das Herz des Delfins liegt und wie es mit den Inseln zusammenhängt."

„In Ordnung", meinte Sall gelassen, „dann versuche ich inzwischen, diese Inseln auf einer Karte zu finden. Jetzt wo ich weiß, dass die Linie ein Nord-Süd-Meridian ist, sollte das eigentlich möglich sein." Er hatte Recht, ohne die Windrose auf ihrem Teil der Karte hätte er die Inseln niemals finden können. Die Linie hätte genauso gut ein Breitengrad sein können. „Zum Glück weiß ich, dass dieser Käpt'n Lenoir die Karibik nie verlassen hat. Somit kann ich ausschließen, dass es der östliche der beiden Meridiane ist", fuhr Sall fort, „das erspart mir eine Menge Arbeit."

Sea nickte, damit wäre auch das geklärt. „Was denkst du, wie lange du brauchen wirst, um die Inseln zu finden?", fragte sie.

„Keine Ahnung, aber heute werde ich sie definitiv nicht mehr suchen", meinte der junge Pirat.

„Vertraust du mir genug, dass ich morgen alleine ein paar Stunden spazieren gehen darf?", fragte Sea lächelnd und versuchte ihn zu überreden, „dabei kann ich am besten nachdenken."

Sall überlegte rasch, dann erlaubte er ihr: „Von mir aus, da wir gleichberechtigte Partner sind, wirst du vermutlich nicht ausreißen. Aber vor Sonnenuntergang hast du dich wieder bei mir zu melden. Wenn ich dich zurückholen muss – und glaub mir, Mädchen, ich finde dich – blüht dir was."

Sea strahlte ihn dankend an. Mehr Vertrauen hätte sie gar nicht erwartet. „Danke", sagte sie und rollte ihren Teil der Karte zusammen.

„Eigentlich dachte ich, du lässt die Karte bei mir", sagte er beiläufig und richtete sich auf.

„So naiv bin ich nicht", konterte sie und ließ die Karte in ihrer Hosentasche verschwinden, „Wenn du die Karte zur Verfügung haben willst, will ich dafür lieber nicht entbehrlich sein." Er zuckte mit den Schultern als wäre es ihm gleichgültig. Sea erwiderte nichts und ging zur Tür, denn das Gespräch war beendet. „Gute Nacht, Käpt'n", sagte sie lächelnd, die Hand schon auf der messingenen Türklinke und öffnete einen Spalt breit.

„Gute Nacht, Sea", erwiderte er, als sie die Tür schon wieder hinter sich schloss.

***

Sea verschloss hinter sich die Tür der Kabine. Es war so finster, dass man kaum die Hand vor Augen sah. Sie tastete auf dem Brett über dem schmalen Bett, das als Ablage diente, nach den Streichhölzern, fand sie und zündete die Kerze an. Sie erfüllte die Kabine mit schummrigem Licht. Sea schraubte wieder den Knauf von ihrem Säbelgriff und versteckte die Schatzkarte erneut sorgfältig darin. Mit einem dankbaren Gedanken an Albatros schraubte sie den Knauf wieder auf den Säbel. Wenn er ihr die Karte nicht geschenkt hätte, würde sie nun wahrscheinlich gehörig in Schwierigkeiten stecken. Und diesen Deal mit Sall hätte sie ebenso wenig machen können. Sie legte ihren Gürtel ab und hängte ihn auf. Danach streifte sie die Stiefel ab, legte sich hin und löschte die Kerze.

***

„Guten Morgen", rief Sea Diego zu, als sie erst Stunden nach Tagesanbruch an Deck trat. Er sah nicht wirklich ausgeruht aus, wahrscheinlich war er bis in die frühen Morgenstunden in der Kneipe gewesen. Trotzdem grinste er sie so breit wie verschlafen an und verschränkte vorwurfsvoll die Arme. Sie kam zu ihm herüber und gesellte sich zu ihm an die Reling, in der Hoffnung, noch ein paar Worte zu wechseln.

„Guten Morgen, Sea", grinste er, „na, was habt ihr zwei denn gestern noch getrieben, du und Sall?"

Sea musste lächeln, denn Rack hätte auf genau die gleiche Weise versucht sie aufzuziehen. „Wir haben gar nichts getrieben!", verteidigte sie sich gut gelaunt, „er war also gestern nicht mehr in der *Sirene* und hat dir erzählt, was wir ausgehandelt haben?"

„Nein, in die *Sirene* ist er gestern nicht mehr gekommen, was mich nach dem Zusammenstoß mit seiner Verehrerin nicht wundert", sagte der Pirat gleichgültig, „aber wenn ich wissen soll, was ihr ausgemacht habt, dann wird er es mir schon noch erzählen."

„Soll mir recht sein", sagte Sea und dachte einen Moment darüber nach, ob sie nun fragen sollte, oder ob sie es besser bleiben ließ, „diese Clair macht mich neugierig, Diego. Wenn Sall gar kein Kunde von ihr ist, warum fährt sie mich dann so an?"

Diego lachte kurz auf. „Clair ist meiner Meinung nach eines der Mädchen, die tatsächlich in Sall verliebt sind." Sea hob die linke Augenbraue und sah ihn fragend an. „Also wirklich schlecht sieht er nicht aus, gib' s zu", meinte dieser grinsend.

„Ich hab nie behauptet, dass Sall nicht gut aussieht" Er sah wirklich gut aus, aber sein Aussehen allein war kein Grund, sich in ihn zu verlieben. „Aber allein deswegen wird sich Clair nicht in ihn verliebt haben. Dafür ist sie etwas zu fanatisch."

„Etwas? Du meinst reichlich fanatisch, oder? Außerdem hat es seine Chancen bei Frauen nicht gerade verschlechtert, dass er Kapitän geworden ist. Das bessere Salär und die Verantwortungsposition haben ihn schlagartig noch begehrter gemacht", fuhr Diego fort, „manchmal glaube ich, er ist hier der Traumprinz jedes Mädchens zwischen zwölf bis zwanzig Jahren." Diego lachte, als käme ihm selbst seine Aussage übertrieben und angeberisch vor.

Sea zuckte mit den Schultern. „Wenn du meinst ...", sagte sie gleichgültig und schlenderte, die Hände in die Hosentaschen steckend, auf die Passerelle zu. Eigentlich hatte sie mehr über Clair und ihre Branche erfahren wollen und nicht über den Teufelskerl Salvador Black.

„Wo willst du hin?", rief er ihr stirnrunzelnd nach.

„Am Strand spazieren gehen", antwortete sie gelassen.

„Bist du verrückt? Sall dreht mir den Hals um, wenn ich dich einfach so weg spazieren lasse", sagte er aufgeregt, „und dir auch, wenn er dich wiederfindet!"

„Keine Sorge, dein Käpt'n hat mir erlaubt, ein paar Stunden spazieren zu gehen", beruhigte Sea ihn und ging von Bord.

***

Es dauerte nicht lange, bis Sea den Weg von der Anlegestelle zum Strand gefunden hatte. Sie war einfach dem Kai bis zum Stadtrand gefolgt. Die ersten fünfzig Faden lagen Ruderboote wie gestrandete Wale nebeneinander auf dem hellen Sand. Fischernetzte waren an Pfählen zum Trocknen aufgehängt worden. Einen Moment dachte sie fast, sie befände sich in einem gewöhnlichen Fischerdorf. Der Strand im Südwesten der kleinen Piratenstadt sah wundervoll aus, wie er die weite blaue Bucht nördlich des Kaps umrandete. Rechts das dunkle tiefe Meer der Windward Passage, dessen sanfte Wellen mit weißen Schaumkronen auf das Land zurollten und links dichter dunkelgrüner Wald, aus dem Vogelstimmen zwitscherten. Die Forstwirtschaft, mit der sich Tortugas Bewohner seit einigen Jahrzehnten ein zusätzliches Trinkgeld verdiente, schien das Westende noch nicht erreicht zu haben. Angeblich war die Insel an einigen Orten bereits kahlgerodet. Der cremefarbene Strand war mit verschiedenen Muscheln übersät, von Mies- über Venusmuscheln bis zu Engelsflügeln entdeckte sie alle Arten, die sie kannte. Hin und wieder nahm sie eine der Schönsten auf und trug sie mit sich. Erst wenn sie eine Schönere fand, warf sie sie in den Sand zurück und trug den nächsten Schatz mit sich. Gegen Mittag wurde es ihr zu heiß. Daher hängte sie ihre Kleider in einen Busch und kühlte sich im Meer ab. Sea schwamm ein Stück hinaus, tauchte ab und zu eine Strecke und schwamm wieder zurück an Land. Am Strand setzte sie sich auf einen sonnengewärmten Stein und ließ ihre Haut und Haare an der Sonne trocknen. Dann setzte sie sich in den Schatten eines Baumes. Sie nahm ihren Kamm aus dem Stiefel, begann, sich das Salz aus den Haaren zu kämmen und dachte nach. Das *Herz des Delfins*, überlegte sie, was konnte das nur sein. Mit dem *Delfin* war garantiert kein echter Delfin gemeint, soviel stand fest. Logischerweise musste der *Delfin* ein Ort sein, der einen Übernamen bekommen hatte. Dass eine der Inseln auf der Karte in irgendeiner Sprache ‚Delfin' oder ‚Delfininsel' hieß, nach dem Vorbild der Schildkröteninsel Tortuga, bezweifelte sie allerdings.

Wie sollte man denn herausfinden welche? Sea schüttelte für sich den Kopf. Das konnte es nicht sein. Die Lösung musste einen logischen Grund haben. Sie steckte den Kamm zurück in ihren Stiefel. Es gab auch keine Insel auf der Karte, die wie ein Delfin geformt war, was ohnehin zu naheliegend wäre, also konnte sie diese Lösung auch ausschließen. Und wenn die Flecken auf der Karte nun nicht einmal Inseln waren? Sie könnten genauso gut Seen mitten auf dem Land darstellen, was wiederum auch keinen Sinn machte. Ihr fehlte der Geistesblitz. Sea seufzte und begann, sich wieder anzuziehen. Nachdem sie eingekleidet war und sich ihren Gürtel mit dem Säbel wieder um die Hüften geschlungen hatte, machte sie sich auf den Weg. Langsam schlenderte sie über den hellen Strand zurück zu der kleinen Ortschaft. Sie hatte gar nicht bemerkt, wie viel Zeit vergangen war. Die Sonne begann schon zu sinken, als Sea den winzigen Hafen betrat, auch wenn sie den Horizont noch längst nicht erreicht hatte.

***

Sall und Diego standen auf der andern Seite des Decks an der Reling. Der Piratenkapitän stützte sich mit dem Rücken zu ihr auf das Geländer und sah in die Bucht hinaus. Diego lehnte ihr zugewandt neben ihm und beobachtete den Steg und den dahinterliegenden Kai.

„Ich glaube, du musst sie doch nicht suchen gehen", sagte er zu Sall und nickte Sea grüßend entgegen. Sie winkte ihm als sie auf die beiden zu schritt. Irgendwie hatte sie das Gefühl, schon erwartet worden zu sein.

Tatsächlich drehte Sall sich zu ihr um und kam zum Geschäft, ohne sich die Zeit zu nehmen, auch nur mit einer Geste zu grüßen. „Du hast dir aber Zeit gelassen", meinte er ungeduldig, „und? Hast du etwas herausgefunden?"

„Leider ist mir die zündende Idee noch nicht gekommen", antwortete sie, „ich fürchte, ich brauche noch ein bisschen mehr Zeit." Es enttäuschte sie selbst ein wenig, dass sie noch nicht den Ansatz einer Lösung im Kopf hatte. Aber bei Worträtseln der herkömmlichen Art war der Lösungsspielraum auch wesentlich kleiner.

Sall zuckte gleichgültig mit den Schultern. „Macht nichts", sagte er, „hol die Karte und komm dann zu uns in den Kartenraum. Ich muss etwas überprüfen."

„Aye", bestätigte sie seinen Befehl und drehte sich um. Offenbar hatte er eine Inselgruppe gefunden, die diejenige auf der Karte sein könnte, und wollte die Anordnung vergleichen. Sie ging rasch die Treppe in den Schiffsrumpf hinunter und ging darunter in Deckung. Sie drehte den Knauf ihres Degens ab, zog die Schatzkarte heraus und verschloss den Hohlraum wieder. Eilig machte sie sich auf den Weg zum Kartenraum.

***

Einen Moment später klopfte Sea an die Tür und trat ein, ohne auf eine Antwort zu warten. Der Kartenraum war praktisch eingerichtet und sah nicht großartig anders aus als der auf der *Unicorn's Dream*. Wie auf vielen Schiffen war die zum Deck gewandte Wand verglast, damit kein Licht verloren ging. An der Wand stand der Kartenschrank und in der Mitte ein Tisch mit einem Stuhl, um das Navigieren bequemer zu machen. Sall und Diego standen davor und beugten sich über eine große, auf dem Tisch ausgebreitete Karte, die sie mit Bleigewichten in den Ecken beschwert hatten. Sie wandten sich nach ihr um, als sie zur Tür herein kam.

„Und? Was hast du herausgefunden?", fragte sie neugierig und hielt Sall die Schatzkarte hin.

Er nahm sie an und legte sie zu seinem eigenen Stück auf den Tisch. „Ich glaube, ich habe die Inseln gefunden, die auf der Karte abgebildet sind." Er legte die Kartenstücke nebeneinander und schob sie in die Tischmitte, dass man die große Karte darunter sehen konnte. „Auf dem Meridian auf Lenoirs Karte stehen die Angaben 83 Grad 54 Minuten. Also habe ich entlang dieser Linie nach den Inseln gesucht, aber erst einmal nichts gefunden. Anschließend habe ich sie auf detaillierteren Karten gesucht, hatte aber auch kein Glück.

Dann habe ich mich erinnert, dass ich in der Galeriekommode einst Karten von meinem Vorgänger gefunden habe, der relativ viel über Lenoir gewusst hatte. Karten, auf denen im Nachhinein Sandbänke und Untiefen eingetragen wurden, weil dieses Gebiet nun mal kaum kartographiert ist. Auf einer dieser Karten habe ich wie ihr seht ein paar Markierungen von Sandbänken entdeckt, die ...“ Er verglich die Schatzkarte mit der Seekarte. „ ...genau die gleiche Anordnung haben, wie die Inseln auf der Karte zu Lenoirs Beute.“ Sall zeigte auf der Karte auf einige kleine Punkte. „Die Zeichnungen stellen also keine Inseln dar, sondern Sandbänke oder Untiefen, und das seichte Gewässer in dem diese liegen, hat die Koordinaten 83 Grad 54 Minuten West und 18 Grad 48 Minuten Nord.“

„Misteriosa Bank ...“, erkannte Sea die Koordinaten. Sall nickte zur Bestätigung.

„Misteriosa Bank?“, fragte Diego aufgeregt nach. „Ihr meint, die Misteriosa Bank aus den Geschichten? Die, in dem die Matrosen verschwinden?“ Sea kannte die Geschichten, die sich um Misteriosa Bank woben, denn nur dank diesen hatte sie die Koordinaten erkannt. Wenn man an sie glaubte, konnte es einem kalt den Rücken hinunterlaufen beim bloßen Gedanken dorthin zu fahren.

„Glaubst du diese Ammenmärchen etwa?“, fragte ihn Sall ungläubig.

„Dass an diesem Ort Männer verschwinden, ist eine Tatsache, Sall, auch wenn die Geschichten *dir* unglaubwürdig erscheinen!“, verteidigte sich Diego bestimmt. „Die Matrosen werden vielleicht nicht von Wassergeistern in den Tod gelockt, aber dort müssen Männer verschwunden sein, sonst gäbe es die Geschichten nicht!“

„Diese Ammenmärchen sind absolut unglaubwürdig, und es kommt für mich auch nicht darauf an, ob in Misteriosa Bank Männer verschwinden oder nicht! Wenn wir Lenoirs verschollene Beute finden wollen, müssen wir wohl oder übel dort hin, denn Misteriosa Bank ist unser einziger Anhaltspunkt“, wies Sall seinen Ersten Maat zurecht. „Wir stechen morgen in See, und das Ziel wird Misteriosa Bank sein.“ Diego nickte ernst, als würde er ein Todesurteil akzeptieren. Gegen das Machtwort seines Kapitäns konnte er alleine nichts ausrichten, somit war die Diskussion beendet.

Sea sah aus dem Fenster und rollte ihren Teil der Schatzkarte zusammen, den sie in der Hosentasche verschwinden ließ. Draußen dunkelte es schon. Bald würden die ersten Matrosen um Landgang bitten, vorausgesetzt, dass Piraten überhaupt um etwas baten. Vielleicht war es auch selbstverständlich, dass sie das Schiff nach Lust und Laune betreten und verlassen konnten.

„Kommst du heute überhaupt mit in die *Sirene*?", fragte Diego seinen Kapitän schließlich, um endlich das Thema zu wechseln. „Du bist gestern nicht zurückgekommen."

Sall sah ihn an und fragte sarkastisch: „Was ist das denn für eine Frage?" Diego setzte ein Grinsen auf – so kannte er seinen Freund – und drehte anschließend den Kopf zu ihr.

„Und du?", fragte er Sea, während Sall seinen Schatzkartenteil zusammenrollte.

Sea schüttelte zur Antwort unsicher den Kopf: „Lieber nicht."

Sall hob den Kopf und steckte die zusammengerollte Karte in die kleine Kiste auf dem Tisch, in der man Kompass und Messgeräte verstaute. „Auch wenn du dich wieder zwischen der *Sirene* und der Zelle entscheiden musst?", fragte er grinsend.

Sea überlegte nur kurz ehe sie sicher war, was sie wollte. „Wenn du mir genügend Papier zum Zeichnen gibst, nehme ich die Zelle", entschied sie schließlich auch in der Hoffnung, es würde ihn ärgern, dass sie sich nicht erpressen liess.

Er sah sie fragend an, als glaubte er einen Moment lang sich verhört zu haben. „Wie kommst du denn auf diese Schnapsidee?"

„Weil ich keine Lust habe, Clair noch einmal über den Weg zu laufen", antwortete sie ihm sachlich als Sall die große Seekarte aufrollte.

Diego lachte laut donnernd auf. „Du hast doch nicht etwa Angst vor ihr?"

„Du etwa nicht? Clair ist kein Weib, sondern das reinste Biest!", witzelte sein Freund weit übertreibend und löste bei Diego ein erneutes fröhliches Lachen aus.

„Nein, Angst habe ich nicht direkt, aber wenn sie glaubt, dass ich auf dem Strich arbeite, glauben das vielleicht auch andere und von denen will ich mich fernhalten." Sie verabscheute den bloßen Gedanken, einen fremden Mann über sich zu haben. Bei dieser Vorstellung lief es ihr kalt den Rücken hinunter.

„Keine Sorge, du bist die letzte, die man in Tortuga für eine Dirne halten würde. Clair hat in erster Linie einen Grund gebraucht, um dich

von mir fern halten zu können", erklärte Sall gelassen und legte die Seekarte in den Kartenschrank.

„Dann hoffe ich einfach mal, dass du nicht lügst", sagte Sea unsicher,
war aber doch ziemlich erleichtert. Sall grinste, ging zur Tür und hielt
sie ihnen auf. Diego ging an ihm vorbei und verließ den Kartenraum.

„Kommst du?", fragte Sall, als sie Diego nicht sofort folgte.

„Du wirst mir sowieso kein Papier geben, also kann ich auch mit in
die *Sirene* kommen. Ich kann dann immer noch gehen", tat sie ihm lächelnd den Gefallen. Er schenkte ihr ein triumphales Grinsen, während
sie an ihm vorbei ging, als wollte er ihr unter die Nase reiben, dass er
mal wieder gewonnen hatte.

∗∗∗

Tortugas Straßen waren genauso voll wie am Vorabend, obwohl es erst
kurz vor acht Uhr war, als sie sich wieder zwischen den eng stehenden
Häusern hindurchschlängelten. Die Ortschaft war so eng ineinander
verbaut, wie in einem auf einer Hügelkuppel gebauten Dorf, das den
steilen Hängen darum nicht zu nahe kommen durfte. In manche Gassen drang wohl auch bei helllichtem Tag kein Sonnenstrahl. Wie am
Vorabend schallten Gelächter, Flüche, Musik und der Klang von Schüssen quer durcheinander an ihre Ohren, während sie neben Sall und
Diego her durch das Getümmel ging. Die Leute waren bereits wieder
betrunken, und Sea fragte sich, ob sie tagsüber überhaupt noch nüchtern wurden. Sie erkannte den Weg, den sie gingen, bereits wieder und
wusste, wo sie ausgehen würden. Tatsächlich erreichten sie bald den
kleinen Platz mit dem Waschbrunnen. Die *Sirene* schien die Lieblingskneipe der Piraten der *Queen Roses Death* zu sein, denn als Diego ihr
die Tür aufhielt, erkannte Sea einige von ihnen am Ausschank wieder.
Der Kapitän und sein Erster Offizier gingen sofort auf ihre Kameraden
zu.

„Drei Gläser Rum!", bestellte Diego gut gelaunt, als sie sich an die
hölzerne Theke lehnten. Der junge Barkeeper stellte so schnell drei Gläser vor ihnen ab, als wären sie aus dem Nichts aufgetaucht. Von den
Gesichtszügen her sah er dem grauhaarigen Wirt sehr ähnlich, auch
wenn seine Figur weit schlaksiger war. Wahrscheinlich waren sie Vater
und Sohn. Er lächelte sie verheißungsvoll an und verschwand um einen

anderen Gast zu bedienen, was ihr mehr als Recht war. Sea lehnte ein wenig abseits der Piraten und hörte ihnen zu, wie sie zu diskutieren begannen, ohne sich in irgendeiner Weise an dem Gespräch zu beteiligen. Diego hatte es sich nicht verkneifen können, von ihrer Fahrt nach Misteriosa Bank zu erzählen. Wie erwartet waren die Piraten über diese Nachricht nicht besonders glücklich. Mit dem Seemannsgarn über das Verschwinden der Matrosen versuchten sie, Sall von dieser Idee abzubringen, wie Diego es auch schon versucht hatte. Eine ganze Weile hörte er zu, wie seine Matrosen auf ihn einredeten.

„Ihr könnt mir so viele Schauergeschichten erzählen wie ihr wollt, wir fahren morgen nach Misteriosa Bank", setzte der junge Piratenkapitän sich schließlich genervt durch. „Der einzige Hinweis, den wir haben, führt nun einmal dort hin!" Aber so schnell gaben seine Matrosen nicht auf und versuchten hartnäckig weiter ihn umzustimmen, worauf er mit weitaus triftigeren Argumenten konterte.

Sea hörte ihnen nicht weiter zu, denn der junge Barkeeper lehnte sich ihr gegenüber an die Theke. Er hatte haselnussbraune Haare, blassgraue Augen und eine gerade Nase, so dass er seinem Vater wie aus dem Gesicht geschnitten war. Zwischen schmalen Lippen hervor lächelte er sie wieder verheißungsvoll an. Mit einem Lächeln, das sie im Gegensatz zu dem Schmunzeln des Wirts nicht leiden konnte und das ihr irgendwie die Laune verdarb. Er hat doch bestimmt genug zu arbeiten, dachte Sea genervt, was will er ausgerechnet von mir?

„Hey", begrüßte er sie fröhlich.

„Hey", erwiderte sie misstrauisch.

„Bist du alleine hier?"

„Eher nicht, wieso?" Langsam wuchs ihr Misstrauen ihm gegenüber. So fingen normalerweise diese Gespräche an, deren Ziel es war, eine Beischläferin zu finden. Die einzigen Flirts, denen selbst sie nicht selten ausgesetzt war und von denen sie sich meistens mit einem Korb ohne Boden entledigte.

„Weil ich keinen Mann an deiner Seite gesehen hab' und dachte, ich leiste dir ein wenig Gesellschaft", gab er lächelnd zu. Immerhin war er direkt, aber auf einen solchen Flirt wollte sie nicht einmal einsteigen, um ihn abblitzen zu lassen. In diesem Piratenkaff lief vermutlich einiges anders, als sie es kannte, und einem Missverständnis wollte sie lieber aus dem Weg gehen.

Im Übrigen machte sein Interesse sie misstrauisch. Er war etwa Mitte zwanzig, und diese Altersklasse sah sie normalerweise noch als kleines Mädchen an.

„Nette Idee von dir, aber es wäre mir lieber, wenn du dir zum Liebäugeln ein anderes Mädchen suchst", versuchte sie ihn freundlich abzuwimmeln.

„Und du siehst hier noch ein Mädchen, das so hübsch ist wie du?", flirtete er ungeniert weiter.

Ein Ungeheuer begann sich in ihr zu winden, denn langsam machte er sie wütend. Genervt verdrehte sie die Augen und warnte ihn mit gelassener Stimme, aber deutlich: „Ich meine es ernst. Ich bin nicht bei Laune, um zu flirten. Bitte, lass mich in Ruhe!"

Er wollte etwas erwidern, wurde aber von jemandem gerufen: „Hey, Gale, nochmal vier Glas Rum!" Endlich, dachte Sea erleichtert, jetzt verschwindet er. Gale füllte rasch vier Gläser mit Rum, wobei er eine Sintflut auf dem Tische verursachte, nahm die Gläser geschickt zwischen die Finger und verschwand. Sea atmete erleichtert durch, es hätte nicht mehr lange gedauert, bis sie doch die Beherrschung verloren hätte. An manchen Tagen hatte sie für solchen Unsinn keine Nerven übrig, und heute war zu seinem Pech einer dieser Tage. Leider ließ er sie aber nicht in Ruhe. Sekunden später lehnte sich Gale so selbstverständlich neben ihr an die Theke, als hätte sie ihn eingeladen.

„Ich sagte, lass mich in Ruhe", warnte Sea ihn noch einmal.

„Wenn ich das aber nicht möchte, Hübsche?", fragte er herausfordernd.

„Dann bist du selbst schuld", antwortete sie ihm genervt. „Ich habe auf jeden Fall keine Lust mehr, mich mit dir herum zu ärgern." Sie stieß sich von der Bar ab und drehte sich zu den Piraten der *Queen Roses Death*. Gerade als sie ihnen zurufen wollte, dass sie gehen würde, packte Gale sie am Oberarm.

„Wo willst du denn hin?", sagte er in diesem scheinheiligen Tonfall, als könnte ihn kein Wässerchen trüben. Das Ungeheuer in ihr begann vor Wut zu brüllen. Wie konnte er es wagen, zu versuchen, sie auf so plumpe Art aufzuhalten indem er sie festhielt?

„Lass mich los!", befahl Sea ihm in einem bedrohlichen Tonfall ohne ihn anzusehen.

„Wieso sollte ich denn?" Sie gab ihm eine letzte Chance und versuchte, sich aus seinem Griff zu winden, es gelang ihr aber nicht. Stattdessen fing sie Salls Blick auf. *Du hast selbst mir die Stirn geboten. Wann setzt du dich endlich zur Wehr?*, schien er zu fragen. Und sie war seiner Meinung, es wurde Zeit, dass eine Frau Gale die Leviten las. Sie drehte sich zu ihm um, langsam, in der Hoffnung zumindest ein bisschen bedrohlich zu wirken.

„Weil ich es sage", antwortete sie gereizt.

„Schade, dass deine Worte mich nicht beeindrucken", meinte er mit einem fiesen, scheinheiligen Tonfall und überspannte den Bogen endgültig. Für ihn war es ein spaßiges Spiel, denn er glaubte zu gewinnen, selbst wenn er sie aufforderte, sich zu wehren. Aber diesmal würde er sein Spielchen verlieren und die Niederlage würde wehtun. Sie boxte Gale knapp unter den untersten Rippen in den Bauch, wo der Schmerz jedem einen Augenblick den Atem nahm, so dass er sie erschrocken losließ und sich reflexartig zusammenkrümmte. Dann gab sie ihm einen Schubs gegen die Stirn, der ihn aus dem Gleichgewicht brachte. Rückwärts stürzte er mit dem Rücken gegen den Ausschank. Mit einem Arm an der Tischplatte hängend saß er am Boden und sah sie erstaunt an. Wahrscheinlich hatte er nicht erwartet, dass sie so reagieren würde.

„Du brauchst gar nicht so dumm zu schauen, du bist selbst schuld!", rechtfertigte Sea ihre Tat. Die Piraten der *Queen Roses Death* begannen zu lachen, anscheinend hatten sie erwartet, dass ihre Auseinandersetzung so enden würde. Sie bemerkte erst jetzt, dass auch die Augen der meisten Kneipengäste auf sie gerichtet waren. Auch von ihnen hörte man leises Gelächter. Der grauhaarige Barkeeper schüttelte den Kopf darüber, wie sein Junge sich lächerlich gemacht hatte. Ihr war es egal, ob sie sich über Gale amüsierten, es geschah ihm Recht. Aber Sea hatte keine Lust mehr in der *Sirene* zu bleiben.

„Diego", sagte sie, und er horchte auf. „Wenn du mich suchen sollst, ich bin irgendwo am Meer", rief sie ihm rasch zu, dann kehrte sie sich auf dem Absatz um und verließ die Kneipe, ehe jemand hätte protestieren können.

∗∗∗

Der Mond erhellte den Strand, als sie an den auf dem Kiel liegenden Booten vorbei ging. Der helle Sand leuchtete magisch in diesem Licht.

Die mit silbernen Lichtflecken übersäten Wellen des Meeres brandeten in melodischen Klängen gegen das Land. Tortuga mochte ja eine gottverdammte Pirateninsel sein, aber dieser Strand war wie die Bucht nahe Kingston einfach fantastisch. Fast schade, dieses glitzernde Panorama nach ihrem Abenteuer nie wieder zu sehen. Aber für einen Frachter war es besser, sich von der Pirateninsel fern zu halten.

Etwa fünfzig Faden vom letzten Boot entfernt setzte Sea sich in den kühlen Sand. Sie legte die Ellenbogen auf die Knie und sah aufs Meer hinaus. Sie wusste noch immer nicht richtig, was sie von dieser Insel halten sollte. Aber zumindest kann ich nicht sagen, dass ich mich hier langweile, dachte sie amüsiert. Langeweile war für sie das Schlimmste und wahrscheinlich das Einzige, woran sie sterben könnte. Und das obwohl sie als Überlebenskünstlerin nicht leicht tot zu kriegen war. Sie seufzte und begann wieder über ihr eigentliches Problem nachzudenken. Was war der *Delfin* und wo war sein *Herz*? Sie hatte zwar einige Vermutungen, was die Lösung sein könnte. Aber eine logische Lösung für ein Rätsel ließ sich beweisen, und dieser Beweis fehlte ihr. Sea versank langsam in ihren Gedanken. Manchmal verlor sie sich für einige Zeit in ihrer Fantasie. Es verschlug sie in Gedanken zeitweise an ferne Orte, sie spielte Szenen im Kopf durch und musste einen Moment sogar ihre Tränen zurückhalten, als sie an ihren Vater dachte. Bis sie wieder aus ihren Träumen aufschreckte und sich wieder auf ihr Problem mit dem Delfin konzentrieren konnte.

✳✳✳

Irgendwann erwachte Sea erneut aus ihren Gedanken. Sie hörte das Knirschen von Schritten im Sand und wandte den Kopf nach dem Geräusch um. Eine dunkle Gestalt kam auf sie zu. Zuerst dachte sie, diese Gestalt sei Diego, aber sie bemerkte, dass die Silhouette nicht großgewachsen genug war, dann erkannte sie Sall. Die Hände in den Hosentaschen schlenderte er auf sie zu. Ihr fiel auf, dass er gerade laufen konnte. Diego wäre wahrscheinlich besoffen gewesen und wäre über den Sand geschaukelt wie ein Wüstenschiff.

„Hey", begrüßte er sie, „Darf ich mich zu dir setzten?"

„Du wirst es sowieso tun, also warum nicht", meinte Sea und sah wieder aufs Meer hinaus.

„Stimmt", gab er zu und ließ sich neben ihr in den Sand fallen. Er stützte die Ellenbogen auf die Knie und sah ebenfalls auf die glitzernden Wellen.

„Und was hältst du nun von Tortuga?"

Sea wusste nicht, ob er aus Interesse fragte oder nur, um das Gespräch in Schwung zu bringen, rief sich die letzten zwei Tage aber trotzdem in Erinnerung. „Weiß ich nicht genau", gab sie ehrlich zu. „Die Leute sind ziemlich ...gewöhnungsbedürftig", meinte sie unsicher und dachte dabei an Clair und Gale, auf deren Bekanntschaft sie hätte verzichten können.

Sall schien an die gleichen Personen zu denken, als er klarstellte: „Du hattest einfach nur Pech. Es gibt auch Leute auf Tortuga, die vollkommen in Ordnung sind."

Sie zuckte gleichgültig mit den Schultern. „Wenn du meinst" Sie überlegte einen Moment weiter, dann fuhr sie fort: „Was das Getümmel auf den Straßen betrifft, ... wenn man gerade Lust hat unter die Leute zu gehen scheint es ganz amüsant zu sein."

Sall lächelte zufrieden.

„Aber der Strand hier gefällt mir an Tortuga definitiv am besten", sagte Sea und ihre Stimme nahm ungewollt einen fast schwärmerischen Tonfall an.

„Das Meer, so in Mond- und Sternenlicht getaucht, sieht traumhaft aus." Einen Augenblick war ihr der schwärmerische Ton ein wenig peinlich, dann vertrieb sie das Gefühl wieder. Typisch Mädchen, musste er sowieso jedes Mal denken, wenn sie den Mund öffnete.

„Freut mich, dass dir auf dieser Insel wenigstens etwas gut gefällt", meinte der Pirat zufrieden, ohne sein Lächeln zu verlieren.

„Was gefällt dir denn an Tortuga?", fragte sie interessiert. Sie konnte sich vorstellen, dass es etwas mit den Weibern, den Kneipen oder sogar mit beidem zu tun hatte, wollte aber gerne seine Meinung hören. Sall sah zu den Sternen am Himmel hinauf und überlegte einen Augenblick.

„Wahrscheinlich, dass ich hier nicht gleich aufgehängt werde, wenn ich meinen Namen sage. An jedem anderen Ort würde man mich lynchen", erklärte er. „Außerdem kann ich hier meine Geschäfte reibungslos und in Ruhe abwickeln."

Sea lachte leise und ließ sich rückwärts in den Sand kippen. Sie sah zum Sternenhimmel empor, an dem die Sterne prunkvoll und doch schlicht leuchteten, wie kein Juwelier sie hätte eindrucksvoller platzieren können.

Nach den Tiefen des Meeres gab es nichts so Wundervolles in dieser Welt wie die Sterne am Himmelsgewölbe, davon war sie überzeugt seit sich zum ersten Mal dieses kühle Licht in ihren braunen Augen reflektiert hatte. Sie war noch sehr klein gewesen damals – vielleicht hatte ihre Mutter sogar noch gelebt – als sie mit ihrem Vater auf dem Achterdeck gestanden hatten, um Sternschnuppen fallen zu sehen.

„Der Himmel sieht wundervoll aus heute Nacht", sagte Sall als er sich neben sie legte und ebenfalls den Himmel betrachtete. Irgendwie hatte sie das Gefühl, er fand das Himmelsgewölbe in erster Linie schön, weil sie das Sternenlicht mit solcher Leidenschaft in sich aufsog. Doch Sea nickte nur zustimmend. Nicht, dass sie ihn noch in Verlegenheit brachte, indem sie ihn fragte, was ihm denn am Himmel so gefiel.

„Sie sind traumhaft ... Nicht viele Dinge regen die Fantasie so an wie die Sterne."

„Inwiefern?", fragte Sall ein wenig irritiert.

Sea spürte, wie ihr Lächeln etwas breiter wurde. „Wenn die Sterne die Fantasie nicht anregen würden, hätte wahrscheinlich nie jemand Sternbilder erfunden, oder?"

„Kennst du dich damit aus?" Mädchen mit ihren Eigenheiten!

Wahrscheinlich lachte er sie in Gedanken aus und hielt sie für eine Poetin, oder etwas dergleichen.

„Ich kenne nur ein paar Sternbilder, die ich dir zeigen kann", sagte sie trotzdem und begann am Himmel nach den ihr bekannten Sternbildern zu suchen. „Ganz im Norden ist der Polarstern, den kennst du wahrscheinlich", begann sie ihm die Positionen der Sternbilder zu beschreiben. Sall nickte. Natürlich kannte er ihn, schließlich brauchte man ihn auf kleinen Booten noch heute zum Navigieren. „In Richtung Nordosten etwa auf halber Höhe ist ein rechteckförmiges Sternbild ...das ist der Pegasus." Es war eines ihrer Lieblingssternbilder: Ein mythisches Wesen, etwas, dessen Existenz nicht bewiesen war und das ihre Fantasie anregte, war genau nach ihrem Geschmack.

„Was muss ich mir denn unter einem Pegasus vorstellen?", fragte er neugierig mit tief gefurchter Stirn und drehte den Kopf zu ihr, um sie fragend anzusehen.

Sea sah ihn an wie um sicherzustellen, dass der Kerl, der sich neben ihr im Sand liegend offenbar tatsächlich für Sternbilder interessierte, und der junge Piratenkapitän, der sie vor gerade mal einer Woche auf einem Sklavenmarkt eingetauscht hatte, ein und dieselbe Person waren. Seine grünen Augen wirkten im Sternenlicht tief wie die See, als würde sie in ihnen versinken. „Ein weißes Pferd mit Flügeln, das sich die Alten Griechen ausgedacht haben", antwortete sie knapp und sah wieder zum Himmel, ehe sie fürchten musste, in seinen Augen zu ertrinken.

Er lachte ausgelassen, als ob ihm die Idee von einem fliegenden Pferd reichlich verrückt vorkam, was sie durchaus war.

„Wenn du vom Pegasus auf etwa der gleichen Höhe zurück nach Norden blickst, findest du ein Sternbild, das aussieht wie ein Kreuz, das ist der Schwan."

Sall nickte wieder. „Südlich davon sind drei kleine Sterne. Haben die auch einen Namen?" Er schien wirklich Interesse am glitzernden Sternenhimmel zu haben.

„Ich glaube, das ist der Adler ... da bin ich mir aber nicht sicher", antwortete Sea unsicher. „Aber bei dem daneben bin ich mir sicher, dass es der ..." Ruckartig setzte sie sich auf und schlug sich die Hand an die Stirn.

„Natürlich! Wieso bin ich nicht schon früher darauf gekommen?", rief sie laut aus.

Sall setzte sich irritiert auf. „Was ist denn los?", fragte er mit gerunzelter Stirn.

Seas Herz begann zu rasen, denn sie hatte es herausgefunden! Sie pries die Alten Griechen in Gedanken. Heureka, sie hatte es! Rasch sprang sie auf die Füße. „Ich glaube, ich habe unser Rätsel gelöst", erklärte sie ihm aufgeregt und machte sich schnellen Schrittes auf den Weg zurück zur *Queen Roses Death*. Sall sprang etwas verblüfft auf und holte sie wortlos ein.

***

Es war die einzige logische Lösung für dieses Rätsel, also musste sie richtig sein. Schon nach kürzester Zeit hatten sie das Piratenschiff erreicht und hasteten an Bord. Sall ging mit hastigen Schritten an ihr vorbei und öffnete ihr die Tür zum Kartenraum. Darin war es trotz der

Fenster stockfinster, so dass Sall mit raschen Bewegungen eine Kerze auf dem Tisch und eine kleine Öllaterne darüber entzündete. Sofort durchströmte das warme, flackernde Licht das Zimmer. Sea öffnete umgehend den Kartenschrank und begann die Seekarten zu durchsuchen.

„Welche Karte brauchst du?", fragte Sall, trat hinter sie und sah über ihre Schultern in den Schrank.

„Die genauste der Untiefen von Misteriosa Bank, die du hast."

Er wühlte ein wenig in seinen Karten, dann zog er aus der zweiten Ablage eine heraus und sah sie kurz an. „Die zeigt alles zwischen der Insel Grand Cayman und den Swan Islands, aber die Sandbänke sind nicht eingezeichnet ...", dachte er laut, rollte sie wieder zusammen und legte sie zurück. Der Kapitän ging in die Knie und begann ganz unten im Schrank nach der richtigen Karte zu suchen. Sea sah ihm wortlos zu. Schließlich zog er eine relativ kleine Karte heraus und hielt sie ihr hin. „Diese zeigt nur Misteriosa Bank." Sea nahm ihm die Karte aus der Hand und breitete sie auf dem Tisch aus. Mit den spöttisch die ‚Crew' genannten Gewichten fixierte sie rasch die Ecken. Weil das Gebiet aus seichtem Wasser bestand war quasi die ganze Karte hellblau und nur am Rand etwas dunkel. Die sechs Untiefen leicht links oben sahen aus wie weisse und graue Farbflecken. Sea beugte sich über den Tisch und stützte sich mit den Armen darauf. Sall lehnte sich mit verschränkten Armen neben sie gegen die Tischplatte und sah auf die Karte.

„Also, was ist der *Delfin* und wo ist sein *Herz*?", forderte er sie neugierig auf zu erklären.

Sie holte Luft und begann zu erklären: „Das Sternbild, das ich dir gerade zeigen wollte als mir die Lösung eingefallen ist, ist der Delfin. Das Sternbild hat ziemlich genau die gleiche Anordnung wie die Untiefen von Misteriosa Bank."

„Also die Inseln sind der *Delfin*, und was ist nun mit dem *Herz*?", fragte er als ob er sie daran erinnern müsste.

„Du hast doch selbst gesagt, das Herz eines Delfins sei nicht schwer zu finden, oder?"

Dank Mister Theach wusste sie nicht nur, dass ein Delfin ein Säugetier aus der Ordnung der Wale war und somit nicht zu den Fischen gehören konnte, welcher Irrglaube weit verbreitet war, sondern konnte auch ungefähr bestimmen, wo sich sein Herz befinden müsste. Sie zog ihren Stift aus der Hosentasche und zeichnete mit wenigen gut platzierten Linien die Umrisse eines Delfins über die Anordnung der Inseln. Die Herleitung war damit einfacher nachzuvollziehen. Anschließend schätzte sie mit Hilfe der Brust- und Rückenflosse ab, wo das Herz sitzen müsste und zeichnete das Gebiet als Kreis ein. Sie drehte die Seekarte zu Sall und legte den Finger auf die markierte Fläche.

„Ungefähr hier geht unsere Suche weiter", löste sie das Rätsel schließlich auf.

„Gut, dann wissen wir jetzt wohin wir segeln müssen. Und was dann?", fragte der junge Piratenkapitän neugierig auf ihre Idee.

„Ich fürchte, das werden wir erst im *Herzen des Delfins* erfahren. Offenbar wird es offensichtlich sein, wie wir fortschreiten müssen", gestand Sea nach kurzem Überlegen. Was auch immer es war, es würde etwas sein, das sie bemerken würden. Denn sie glaubte nicht, irgendeinen Hinweis übersehen zu haben, es waren so wenige auf der geteilten Karte.

„Na gut, dann fahren wir nach Misteriosa Bank und lassen uns überraschen", meinte Sall zufrieden lächelnd. Er stieß sich von der Tischkante ab. „Lösch die Kerze!", befahl er sanft und ging um sie herum zur Tür. Sea blies die Kerze aus und folgte ihm.

„Gehst du noch einmal in die *Sirene*?", fragte sie als er ihr die Tür aufhielt.

„Ich denke nicht", meinte er amüsiert, „sonst muss ich mir noch mehr Seemannsgarn über Misteriosa Bank anhören. Meine Männer haben sich inzwischen bestimmt schon wieder neue Schauermärchen ausgedacht"

Sie lächelte amüsiert. „Wenn das so ist, dann gute Nacht, Käpt'n", wünschte sie ihm, als er in der offenen Kabinentür stehen blieb.

„Gute Nacht, Sea", wünschte Sall ihr und sah ihr nach, bis sie unter Deck verschwunden war.

Unter schwarzer Flagge

Die *Queen Roses Death* war nun bereits den dritten Tag auf See seit sie Tortuga verlassen hatten. Im Gegensatz zur *Unicorn's Dream*, deren Matrosen in Tagschichten und Nachtschichten arbeiteten, segelten die Piraten in Küstennähe vorwiegend am Tag. Deshalb ankerte das Piratenschiff während der Nacht südlich von Kuba in der Nähe einer Sandbank, um nicht auf dem Meer herum zu treiben. An diesem Morgen betrachtete Sea misstrauisch noch einmal den hellgrau bewölkten Himmel aus dem kleinen Fenster, bevor sie die Kabinentür hinter sich schloss. Gedankenversunken wie jeden Morgen, wenn sie noch müde war, trottete sie auf die Schiffsmitte zu. Wie seither jede Nacht aufs Neue, hatte sie von ihrem Vater geträumt und wieder hatte sie ihre Tränen aus den Augen wischen müssen, als sie aufwachte. Ihn wiederzusehen erfüllte sie jedes Mal mit Glück, aber ihr fehlte danach immer etwas, wenn das Tageslicht sie durch die Lider blendete. Vermissen würde sie ihn immer, aber hoffentlich musste sie bald nicht mehr jedes Mal weinen, wenn sie an ihn dachte. Sea ging auf der Innenseite durch die an Seilen von der Decke hängenden Tische. Die Piraten saßen munter schwatzend eng nebeneinander auf den Bänken und schaufelten sich ihre erste Mahlzeit in die Münder. Ohne großartig jemanden zu grüßen schlenderte sie um den Großmast herum nach vorne zu der Kombüse.

Luigi schöpfte gerade einem Piraten seine zustehende Ration, als er sie bemerkte. Eine vollgefüllte Holzschale in den Händen haltend ging der Pirat an seinen Tisch, ohne sich die Zeit zu nehmen, um zu danken. Aber der Koch beachtete den Höflichkeitsmangel nicht, falls er ihn durch die Gewohnheit überhaupt noch bemerkte.

„Als Küchenhilfe hättest du heute wieder völlig verschlafen", grinste er sie belustigt unter seinem buschigen Schnurrbart hervor an, „aber als Matrose kommst du gerade noch rechtzeitig." Sea nahm sich lächelnd einen Teller von dem Stapel.

„Ich wünsche dir auch einen guten Morgen, Luigi", ließ sie sich nicht von ihm sticheln. Schmunzelnd schöpfte er ihr anderthalb Schöpflöffel voll Brei in die hölzerne Schale, der vermutlich aus Grieß bestand. Dass sie nicht solche Mengen essen konnte wie ein ausgewachsener Mann, hatte er sich aber inzwischen eingeprägt. Andernfalls hätte er auch ihren Teller bis zum Rand mit Grießbrei angefüllt.

„Wenn du nicht bald anfängst mehr zu essen als ein Vögelchen, hast du bald kein Fleisch mehr auf den Knochen, Mädchen", warnte er sie und stellte den großen Topf auf dem Zubereitungstisch ab.

„Einige Wochen werde ich schon noch ertragen", erwiderte Sea und holte einen Löffel aus einer der Kombüsen-Schubladen. „Unterernährt bin ich schließlich bei weitem nicht."

Der Koch schüttelte darauf nur den Kopf und füllte seinen eigenen Teller. Mit dem gefüllten Löffel schon im Mund setzte sie sich auf einen der Hocker und stellte die Holzschale auf den Knien ab, wie sie es als Küchenhilfe auch getan hatte. Ohne sie erst zu fragen, füllte Luigi zwei Becher mit verdünntem Bier und drückte ihr einen davon in die Hand. Dann setzte er sich ächzend auf den zweiten Hocker und begann mit vollem Mund mit ihr zu plaudern.

Nach einigen Minuten wurde ihr Gespräch allerdings abrupt unterbrochen.

„He, Kleine, anstatt dich mit Luigi zum dritten Mal über das gleiche Thema zu unterhalten, könntest du dich zu uns setzten. Ich hab' eine Frage", rief einer der Piraten akzentstark vom ersten Tisch aus. Sea lehnte sich auf dem Hocker zurück, bis sie aus der Kombüse im Schiffsrumpf nach achtern sehen konnte. Der dunkelhäutige Seeräuber mit der breiten Nase und dem palmgrünen Kopftuch, den sie von den beiden Abenden in der *Sirene* wiedererkannte, winkte sie mit der Hand zu sich. Als Diego, der neben dem Dunklen auf der Bank saß, seinen Löffel aus der Hand legte und ihr ebenfalls das Zeichen gab sich zu ihnen zu setzten, richtete sie sich wieder in die Senkrechte auf.

Gemütlich nahm sie ihren Teller vom Schoß und ihren Becher zur Hand, bevor sie von ihrem Hocker aufstand. Sie entschuldigte sich für einen Moment bei Luigi und trat aus der Kombüse auf den von der Decke hängenden Tisch zu.

Kaum hatte sie die schwebende Tischplatte erreicht rutschte der Pirat, der dem Dunkelhäutigen gegenüber saß, auf der Bank zur Seite, um ihr Platz zu bieten. Normalerweise saß Sall Diego gegenüber auf der engen Bank, aber ihr war aufgefallen, dass er beim Frühstück recht häufig fehlte. Meistens ließ sich dann einer der Piraten dazu herab, ihrem Kapitän dessen Ration nach oben zu bringen.

„Und was wäre das für eine Frage?", neugierte sie, als sie auf der überbesetzten Bank Platz nahm und die hölzerne Schale vor sich abstellte. Wegen des Platzmangels saßen auf den kurzen Bänken je drei Männer, wie die Hühner auf der Stange, auch wenn nur zwei bequem nebeneinander essen könnten. Zum Glück hatte sie recht schmale Schultern, sonst hätte sie vermutlich nicht erst versucht, sich auf das Sitzbrett zu quetschen. Der Dunkle grinste mit elfenbeinfarbenen Zähnen hinter seinen prallen Lippen hervor.

„Was ich schon über dich in Erfahrung gebracht habe, macht mich neugierig", begann er mit starkem französischem Akzent, als sie sich einen weiteren Löffel Brei in den Mund schob.

„So? Was hast du denn bereits über mich in Erfahrung gebracht?", fragte sie weiter, sobald sie ihren Bissen geschluckt hatte. Der Dunkelbraune biss ein großes Stück von seinem Schiffszwieback ab und sprach sachlich mit vollem Mund weiter.

„Zum Beispiel, dass du im Gegensatz zu den meisten Frauen, die ich kenne, Bier und scheinbar sogar gerne Rum trinkst, wie ich beim Essen und in der *Sirene* herausgefunden habe …" Würde sie dies nicht tun, würde sie auf einem Schiff schließlich auch verdursten, überlegte Sea. Das Wasser musste mit Bier oder Rum gemischt werden, um es zu desinfizieren, sonst bekam der Durstige von dem abgestandenen Wasser nur Durchfall. „… Und unser Kapitän mag ein Grünschnabel sein, aber um ihm im Duell mit der Klinge die Stirn zu bieten, braucht es einiges an Können. Ich hätte zumindest nicht erwartet, dass er je seine Waffe aus der Hand verliert. Ich würde nicht ausschließen, dass er dich auch eingetauscht hätte, hätte er die Münze nicht an deinem Hals entdeckt. Aber wenn du nicht unbedingt diesen anderen Kerl in die Hölle hättest schicken wollen, hättest du Blacks hohe Gemütstemperatur vermutlich auf Grabeskälte abgekühlt. Oder zumindest hat es sich in deiner Erklärung so angehört, Pierre", berichtete der dunkle Seeräuber weiter über seine Erkenntnisse.

Vielsagend nickte er dem hellhäutigen, braunhaarigen Piraten ihm gegenüber zu, welcher offensichtlich Pierre war, doch dieser tat nichts dergleichen. Dann schob er sich einen weiteren Bissen Zwieback zwischen die Zähne.

Sea schluckte den Grießbrei in ihrem Mund hinunter, um zu antworten. „Wenn ich ehrlich bin, bezweifle ich, dass ich ihn umgebracht hätte. Außerdem hätte ich seine Aufmerksamkeit wohl gar nicht geweckt, und er hätte sich nicht erst in einen Schlagabtausch verwickeln lassen, wenn ich nicht auf Shark losgegangen wäre", erwiderte sie und griff nach ihrem Becher.

„Aber du wolltest mich etwas zu meiner Person fragen?" Mit erwartungsvoll gespitzten Ohren nahm sie einige Schlucke verdünntes Bier.

„Die Geschichte kursiert schon länger in der Crew, aber die meisten halten sie für Seemannsgarn. Wie sollte es möglich sein, dass ein Mädchen – erst noch in deinem Alter – Kapitän auf einem Schiff wird? Ich hätte es nicht einmal für möglich gehalten, dass eine Frau diesen Titel überhaupt tragen kann", sagte er, ausnahmsweise bevor er sich den Mund füllte.

Trotz dessen, dass sie diese Frage eigentlich erwartet hatte, kroch die Trauer in ihre Venen, und sie fröstelte, als wäre es plötzlich tiefster Winter geworden. Vermutlich war ihr Herz gerade eingeschneit worden oder im Schlag eingefroren. Aber sie zwang sich ihren Schluck Bier herunter zu schlucken, ohne sich irgendetwas anmerken zu lassen. Diese Frage würde sie in Zukunft noch öfter gefragt werden. Und auch wenn die Trauer sie beinahe erstach, wie mit einer eiskalten Klinge, konnte sie nicht jedes Mal heulen, wenn sie an ihren Vater erinnert wurde. Vermutlich würde Weinen ihre Trauer nur verschlimmern, wenn sie sich an den Hass ihres Vaters auf ihre Tränen erinnerte. Da er immer irgendwo in der Nähe war, würde sie ihn damit genauso quälen, wie sich selbst.

Nachdenklich stellte Sea den Becher wieder auf dem Tisch ab, während sie nach möglichst genauen Worten suchte, um ihre Erklärung kurz und bündig zu halten. Schließlich verschränkte sie innerlich seufzend die Arme auf dem Tisch. In gemütskalten, klaren Sätzen erzählte sie ihrer Tischgesellschaft von ihrem außergewöhnlichen Erbe.

„Also hast du dich eigentlich selbst zum Kapitän bestallt", schloss der Dunkelhäutige, als sie geendet hatte, und schob seinen leeren Teller von sich weg. Nickend versuchte Sea ihre Tränen zurückzuhalten, nachdem sie sich ohne zu heulen durch die Geschichte gekämpft hatte. Auch sie schob die Holzschale von sich weg. Den letzten Rest wollte sie nicht mehr essen, denn die Sehnsucht füllte ihren Magen bleischwer.

„Könnte man so sagen. Ich konnte besser damit leben, das Schiff selbst zu führen, als einen Kapitän anzustellen, der vermutlich noch erwarten würde, dass ich zu Hause bleibe", versuchte sie das leichte Brennen in ihren Augen zu ignorieren. Nun schob auch Pierre seinen Teller in die Tischmitte, sofern dies auf dem schmalen Tisch möglich war, und brachte sich in das Gespräch ein.

„Soweit ich das beurteilen kann, passt diese Entscheidung zu dir. Vermutlich hätte jeder mit einem Herz aus Eiche so gehandelt", meinte er und schob sich den letzten Brocken Zwieback in den Mund, „Vermisst du ihn?"

Dafür, dass sie Piraten waren und töteten ohne mit der Wimper zu zucken, konnten sie erstaunlich sensibel sein. Aber Sea wunderte sich inzwischen ohnehin über nichts mehr an diesen Seeräubern und starrte stattdessen auf den Rest des Breis in ihrer Schale. Traurig rührte sie einige Male mit dem Holzlöffel darin herum.

„Mach's nicht noch schlimmer!", bat sie ihn ohne ihn ansehen zu können, aus Angst, sie würde in Tränen ausbrechen. Ihr wurde jedes Mal eiskalt, wenn sie an ihren Vater erinnert wurde, als würde sie schmerzhafte Frostbeulen im Brustkorb bekommen. Als Pierre ihren schmerzlichen Gesichtsausdruck sah, fragte er nicht weiter nach. Einen Moment saßen die Seeräuber wortlos um den hängenden Tisch. Sea konnte nicht deuten, ob sie stumm waren, weil sie nicht wussten, was sie sagen sollten oder ob es ihnen egal war. Irgendwann schien es Diego zu ruhig an ihrem Tisch zu werden, und er wechselte das Thema.

„Irgendjemand sollte unseren Kapitän füttern. Inzwischen sollte der auch wach sein", sagte er mit dem letzten Bissen Brei im Mund mehr zu ihr, als zum Rest der Tischgesellschaft. „Eigentlich könntest du das machen."

Unwillkürlich zog Sea ihre linke Augenbraue nach oben. „Sehe ich in deinen Augen aus wie eine Serviertochter? Ich hab' auch keine Lust, ihm sein Frühstück zu bringen. Wenn er Hunger hat, wird er kommen und es selbst holen." Als Piratenkapitän hatte er ihres Wissens weder das Recht auf besseres Essen noch das Recht darauf, dass ihn jemand bediente. Eine Regel, die ihr sehr vernünftig vorkam, da der Platz zum Kochen in der Kombüse überall knapp und ein Kapitän schließlich kein besserer Mensch war.

„Sei dir da nicht so sicher! Wahrscheinlich wird Luigi nach oben humpeln, bevor Sall auf die Idee kommt, etwas zu essen. Und das trotz dessen, dass er mit seinem Holzbein große Mühe hat, die steilen Stufen hinauf und hinab zu steigen", sagte Diego grinsend. Luigi, mit dem sie sich gut verstand, mühevoll in die Kapitänskabine humpeln zu lassen, würde ihr Gewissen nicht zulassen, was der Erste Maat schamlos ausnutzte.

„Elender Pirat! So offensichtlich mein Gewissen auszunutzen!", knurrte sie und packte ihren Teller, um ihn abzuwaschen. Darauf brach ihre Tischgesellschaft in amüsiertes Gelächter aus, wobei Diegos kraftvolle Stimme die andern übertönte und den ganzen Schiffsrumpf erfüllte. Grinsend, als hätten sie das Gespräch belauscht, sahen einige Seeräuber von den andern Tischen zu ihnen herüber und konzentrierten sich danach wieder auf ihre Gespräche.

„Du bist selbst schuld, wenn du noch ein Gewissen hast und sogar darauf hörst!", lachte der Erste Maat, während sie zu dem Trog ging, in dem das Geschirr gewaschen wurde. Sea konnte nur den Kopf schütteln, auch wenn sie dabei lächeln musste. Rasch rieb sie ihre Schale im Wasser aus, während sie dem Koch mitteilte, dass sie dem Kapitän sein Frühstück bringen würde. Luigi füllte eine weitere Holzschale mit dem Rest Brei, der in seinem Topf warm geblieben war, und drückte sie ihr mitsamt Löffel und einem Krug in die Hände. Auf den Krug legte er einen Schiffszwieback, bevor er sich mit einem schlecht gelungenen Lächeln bedankte.

✷✷✷

Mit großen Schritten strebte Sea die Stufen hinauf, um ihre Aufgabe möglichst schnell zu erledigen. Einen Moment später klopfte sie mit dem Ellbogen an die Tür der Kapitänskabine.

„Komm rein!", klang Salvadors Stimme deutlich durch das Holz, aus dem das gesamte Schiff bestand.

„Ich bin's", klärte sie ihn in der Sicherheit auf, er würde ihre Frauenstimme erkennen. Wenn er lange schlief, konnte es gut sein, dass er erst aufgestanden war und noch nicht vollständig angezogen. Diesen Anblick konnte sie sich ersparen, schließlich wollte sie ihn weder nerven oder unhöflich sein noch wollte sie ihn ohne Kleidung zu Gesicht bekommen.

„Kommt nicht drauf an, komm rein oder bleib draußen", drang es lässig durch die Tür. Mit der Hand, in der sie die Schale hielt, drückte sie behutsam die Türklinke herab, um nichts zu verschütten. Mit dem Fuß stieß sie die Tür auf und trat ein. Sall sass, gemütlich den einen Knöchel auf das Knie gelegt, mit dem Rücken zu ihr am Tisch und lehnte sich im Stuhl zurück. Auf den Knien hatte er ein großes Buch aufgeschlagen. Über die Schulter sah er ihr zu, wie sie auf den Tisch zutrat.

„Ich soll dir dein Frühstück bringen", erklärte sie betont gleichgültig.

Als Sea an den Tisch trat, um den Holzteller und den Krug darauf abzustellen, erkannte sie, dass es ein leicht veralteter Atlas war.

„Darf ich raten? Diego hat dich abkommandiert", sagte er mit seinem allwissenden, lässigen Grinsen. Es ärgerte sie schon beinahe, dass er Recht hatte.

„Du kennst ihn gut", erwiderte sie und betrachtete die offene Seite des Atlas'. Sie zeigte den nördlichen Teil von Südamerika, der schon sehr genau vermessen war. Es musste ein englischer Atlas sein, diese enthielten genauere Karten von Afrika und Südasien bis Indonesien. Südamerika war allerdings noch nicht genau kartographiert worden, weswegen man den Zeichnungen von dem Land südlich des Amazonas mit Vorsicht begegnen sollte.

„Es sieht ihm ähnlich, mir eine Serviertochter zu schicken, wenn schon mal eine vorhanden ist", wollte der junge Kapitän sie ärgern. Diego war klar, dass sein Freund es wie jeder Mann genießen würde, wenn ein nettes Fräulein ihn bediente. Sein zufriedenes Lächeln noch auf den Lippen betrachtete er wieder den Atlas und versuchte ihr vorzugaukeln, ihre Reaktion interessiere ihn nicht.

„Wenn es nach mir gegangen wäre, hättest du dein Frühstück selbst holen dürfen, Käpt'n", gönnte sie ihm seinen Triumph nicht. „Wenn du dich für Südamerika interessierst, solltest du es mit einem spanischen Atlas versuchen. Die sind zwar nicht genau, zeigen aber wesentlich mehr."

Darauf zuckte der junge Pirat mit den Schultern und klappte das Buch zu. „Ich stöbere nur gerne in Atlassen, dafür müssen sie nicht genau sein oder viel zeigen", meinte er und legte das Buch auf die andere Tischseite, stattdessen nahm er den Löffel zur Hand. Nachdenklich betrachtete er einen Augenblick den Brei in seinem Teller, um ihn zu identifizieren.

„Ich glaube, es ist Grieß und ich warne dich: Es schmeckt nach nichts", teilte sie ihm ihre Vermutung mit und drehte sich zur Tür, um ihn allein essen zu lassen. Über die Schulter schenkte er ihr ein Lächeln und drehte sich soweit, dass er seinen Unterarm auf die Stuhllehne stützte.

„Danke, dass du mir mein Frühstück rauf gebracht hast." Einen Moment wich er erstaunt ihrem Blick aus, als ihm klar wurde, dass er sich bedankt hatte. Aber sein Gesicht nahm im gleichen Wimpernschlag seinen lockeren Ausdruck wieder an.

„Gern geschehen", erwiderte sie, ohne sich darüber zu wundern, dass er sich bedankte. Die Moral kehrte meistens mit einer Frau auf ein Schiff zurück. Sein lässiges Lächeln auf dem Gesicht sah er ihr nach, bis Sea die Tür hinter sich schloss.

***

Der Himmel war zwar immer noch gräulich bewölkt, brachte aber einen gleichmäßig starken Nordost Passat mit sich, der den Dreimaster zügig gegen Westen segeln liess. Inzwischen war es später Vormittag geworden, und Sea stand am Ruder, wie es sich für den Steuermann gehörte. Auch die übrigen Piraten gingen ihrer Arbeit als Matrosen nach. Einige knieten mit angestrengtem Gesichtsausdruck am Boden und schrubbten die Planken mit Sandsteinen, bis das helle Holz unter einer schmutzdunklen Schicht erschien. Hin und wieder stand einer von ihnen auf und ließ einen Eimer an einem Seil ins Meer hinab, um ihn zu füllen. Schwungvoll kippte derjenige das Meerwasser auf dem Deck aus, um den Schmutz nach dem Scheuern von den Planken spülen zu können. Andere rollten die Taue ordentlich zusammen, dass diese wie Schlangen an Deck lagen. Wieder andere brassten ab und zu die Segel an oder ab, um mehr Wind zu bekommen, indem sie die Brassen genannten Taue anspannten oder lockerten. Sie flickten irgendwas, das kaputt war oder arbeiteten sonst irgendetwas. Man konnte wirklich nicht sagen, Piraten seien keine guten Seemänner. Aber die Vorstellung, nach Misteriosa Bank zu segeln schien ihnen gar nicht zu bekommen. Anscheinend glaubte wirklich ein großer Teil der Crew wie Diego an das Seemannsgarn über diesen Ort. An Deck war es erdrückend still, wenn niemand großartig Lust hatte ein Gespräch zu beginnen und auch nach Singen war scheinbar niemandem zumute.

„Segel ein Strich Backbord voraus!", brüllte der Pirat im Krähennest zu ihnen herunter. Die Worte zerschnitten das drückende Schweigen. Sea sah backbord an der Spitze des Piratenschiffes vorbei. Leider entdeckte sie wirklich weiße Topsegel und Mastspitzen über dem Wasser. Hoffentlich war es kein Handelsschiff, denn wenn es keine Waren an Bord hatte, würden es die Piraten nicht angreifen. Sie hatten kein Interesse an beutelosen Schlachten. Diego kam mit großen Schritten die Treppenstufen empor. Sall trat auf das Deck hinaus und stellte sich an die Reling. Diego holte das Fernrohr und trat neben ihn.

„Ein Strich Backbord sagte er, oder?", erkundigte sich der Kapitän, nahm ihm das Fernrohr aus der Hand, zog es auseinander und sah hindurch. „Aye!", bestätigte Diego.

Sall beobachtete das andere Schiff einige Zeit, dann pfiff er leise.

„Spanische Handelsflagge!", informierte er seinen Ersten Maat. „Sieht nach Beute aus. So ein plumpes Schiff holen wir problemlos ein, und wenn die Mannschaft ebenso plump ist, haben wir leichtes Spiel." Schließlich schob er das Fernrohr wieder zusammen, gab es Diego zurück und befahl seiner Crew:

„Macht euch kampfbereit! Hisst den Black Jack!"

Wer nicht ohnehin schon kampfbreit war, was Piraten eigentlich immer waren, suchte noch seine Waffen zusammen oder zurrte einen Verband fest. Währenddessen zog einer der Piraten die schwarze Flagge am Heck auf. Da die Piraten anonym in Santo Domingos Schwarzmarktviertel angelegt hatten, sah sie erstmals zu, wie Kapitän Blacks Erkennungszeichen den Flaggenmast erklomm. Jeder Piratenkapitän hatte eine eigene schwarze Flagge, die er selbst entwarf. Salls Flagge zierte ein Totenschädel in der Mitte, hinter dem von rechts nach links ein Schwert verlief. Es kreuzte sich mit einem von links nach rechts verlaufenden Knochen, der am oberen Ende in Flammen stand, wie eine brennende Fackel.

Sea machte Sall augenblicklich Platz, als er ihren Platz am Ruder übernahm, blieb aber daneben stehen.

„Du solltest dich vielleicht ein bisschen besser bewaffnen. Allein mit deinem Säbel hast du schlechte Chancen, einen Enterkampf zu überstehen", riet er ihr mit einem leicht besorgten Unterton.

„Ich habe nicht vor, mich in einen Piratenüberfall einzumischen", erwiderte sie.

„Ich fürchte, das ist ziemlich unvermeidlich", meinte er, „außer du versteckst dich irgendwo unter Deck, aber dann würdest du den ganzen Spaß verpassen."

Sea zog ihre linke Augenbraue nach oben und sah ihn fragend an. „Du bezeichnest einen Überfall als Spaß?"

„Auch ich nehme Überfälle ernst, aber ob du es glaubst oder nicht", gestand Sall breit lächelnd, „jemanden durch lautes Gebrüll und Schwingen von Enterdegen einzuschüchtern, macht Spaß! Zumindest wenn man nicht der ist, der eingeschüchtert wird. Es ist wie wenn ein kleiner Junge die Tauben auf einem Kirchplatz aufscheucht – lustig mitanzusehen!" Sea stellte sich die brüllenden, säbelschwingenden Piraten vor. Die Vorstellung war lächerlich, wirklich zum Lachen. Ohne es zu wollen musste sie lächeln, aber über seinen Kindskopf und nicht über die Vorstellung eines bibbernden Gegners. Sall lächelte sie zufrieden an, als er es sah.

„Stimmt, diese Vorstellung ist wirklich zum Lachen", gab sie zu, „aber aus einem Überfall halte ich mich trotzdem raus."

„Von mir aus", meinte Sall schulterzuckend, „aber du solltest an Deck bleiben, vielleicht kannst du noch etwas von uns Piraten lernen." Er zwinkerte ihr zu. „Ah, warte ..., nimm den, nur zur Sicherheit." Er griff an seinen Waffengurt und hielt ihr einen Dolch mitsamt der Scheide hin, aus der er ihn ein Stück herauszog, um ihr den Klingenansatz zu zeigen. Er hatte eine schmale, zweischneidige Klinge und war mit dem Griff keine ganze Elle lang. Sea zog fragend ihre linke Augenbraue hoch und sah zu Sall auf.

„Was soll ich denn damit?"

„Unter Piraten ist es besser, noch ein Ass im Ärmel zu haben", antwortete er knapp, steckte das Meuchelinstrument zurück in die Scheide und drückte es ihr in die Hand, „Man weiß nie, wann einem so ein Ding das Leben retten kann." Sie drehte es noch einmal in der Hand. Es war und blieb eine Waffe für Meuchelmord, die sie eigentlich nicht wollte. Allerdings sprach er wahrscheinlich aus Erfahrung und er würde schon seine Gründe haben, ihn ihr zu geben. „Am besten du versteckst ihn irgendwo, wo du schnell hingreifen kannst und man ihn nicht sofort sieht", riet Sall ihr, während sie überlegte, was sie mit dem Dolch machen sollte. Wenn er am Gürtel hing, war er offen zu sehen und an einen anderen Ort konnte man nicht schnell hingreifen. Schließlich steckte sie ihn mitsamt der Scheide in ihren rechten Stiefel.

Inzwischen war die *Queen Roses Death* so nah an dem anderen Schiff, das Sea mehr erkennen konnte, als nur weiße Segel. Es war ein Schiff spanischer Bauweise und sah aus wie eine zu klein geratene Galeone. Ein schwerfälliges Transportschiff mit einem sehr bauchigen Rumpf und plumpen, übergroßen Rahsegeln. *Brema*, was spanisch Goldbrasse bedeutet, stand darauf geschrieben. Als ihre Crew den Black Jack erkannt hatte, hatten sie das Schiff sofort gewendet und versuchten, den Piraten mit dem Wind davon zu segeln. Daher konnte sie die Namensplakette am Heck lesen.

Aber ihren Fluchtversuch wusste der junge Kapitän zu unterbinden. Mit Pierre steuerte er das Piratenschiff parallel zur *Brema*, um aufzuholen.

Gleichzeitig hielten die beiden die *Rose* im toten Winkel der gegnerischen Kanonen. Im Abstand von zwei Kabeln hatten die Piraten gute Chancen, mit den Bugkanonen zu treffen. Für die Kanonen der kleinen Galeone waren sie aber nicht erreichbar.

„An die Geschütze!", befahl Sall auf das Hauptdeck hinunter, „setz ihnen einen Schuss vor den Bug!"

Die Kanoniere liefen eilig auf das Kanonendeck, als sie den Befehl vernahmen. Sie würden einen einzelnen Schuss abgeben, der vor dem Bug der *Brema* auftreffen sollte, ohne das Schiff zu beschädigen. Eine eindeutige Aufforderung sich zu ergeben, der die kleine Galeone allerdings nicht nachkam. Anstatt beizudrehen und ihre Ladung und Wertgegenstände kampflos den Piraten abzutreten, setzten sie mehr Tuch, indem sie Stagsegel zwischen den Masten setzten. Allerdings brachten diese bei ihrem Winkel zum Wind kaum Vortrieb.

„Was für Feiglinge ...", dachte Sall laut.

„Sie hatten ihre Chance", meinte Pierre mit zuckenden Schultern.

„Zerschießt ihnen die Masten mit den Kettenkugeln!", folgte sogleich die Reaktion, „Auf die Posten, Männer!" Während die Schützen Schießpulver und die zwei durch eine Kette verbundenen Kanonenkugeln in die Kanonen stopften, postierten sich die übrigen Piraten an den Tauen. Die *Rose* holte noch etwas auf, dann gab der Kapitän das Feuer frei. Die Kanoniere entzündeten die Lunten, das Schießpulver explodierte, und der Druck beförderte die Kugeln mit einem Knall aus dem Lauf der Kanonen. Sich an ihren Ketten um sich selbst drehend flogen die Kugeln auf die kleine Galeone zu und trafen den mittleren der drei Masten. Krachend zerstörten die Ketten das Holz, als sie knapp unter der Saling durch den Mast flogen. Der Mast fiel nach backbord in sich zusammen und verursachte ein panisches Chaos an Deck. Der junge Piratenkapitän steuerte sein Schiff immer näher an das völlig unbewaffnete Heck der zu kleinen Galeone.

Während die *Brema* durch den fehlenden Antrieb des umgeschossenen Mastes und dessen Wiederstand im Wasser beinahe zum Stillstand kam, postierten sich die Piraten vorne am Bug in den Wanten und an der Reling.

Kaum waren sie nah genug an dem anderen Schiff, warfen die Piraten Enterhaken an Seilen auf die Galeone. Diese verfingen sich im Tauwerk und an der Reling. Mit den Seilen vertäuten die Piraten die beiden Schiffe aneinander. Anschließend stürmten sie mit fürchterlichem Gebrüll und geschwungenen Enterdegen die kleine Galeone.

„Vom Bug aus solltest du gefahrlos zusehen können", meinte Sall knapp zu ihr und sprang die Stufen hinab. Eigentlich bin ich gar nicht so sicher ob ich euch zusehen will, überlegte sie sich, während er schon am Bug von einem Schiff zum andern sprang. Mit wenigen Schritten war er auf dem Hauptdeck und mitten im Geschehen.

Auch wenn Sea mit einem Überfall nichts zu tun haben wollte, machte es sie doch neugierig, welche Strategie die Piraten im Kampf verfolgten. Sie ging die Reling entlang zum Bug und beobachtete die Piraten und ihre Gegner. Brüllend stürzten sich die Männer aufeinander. Sie hieben mit den Säbel und Entermessern aufeinander ein, schossen mit Pistolen aufeinander und versuchten, sich gegenseitig mit Dolchen abzustechen. Hin und wieder durchfuhr ein Schrei das Klirren der Säbel und Knallen der Schüsse. Sea ignorierte sie so gut es ging, um sich nicht vorstellen zu müssen, was der Person gerade widerfahren war. Ihrer Meinung nach war es ein einziges Chaos. Sie hatte Mühe herauszufinden, welche Männer zur *Brema* und welche zur *Queen Roses Death* gehörten.

Aber bei dem Mann, der ihr gegenüber auf dem Heck der *Brema* auftauchte, war sie sich sicher, dass er keiner der Piraten war. Erst dachte Sea, er hätte sie nicht einmal bemerkt. Aber dann hob er die Hand und richtete irgendein Ding auf sie. Erschrocken weiteten sich ihre Augen als sie die Pistole erkannte. Sie reagierte augenblicklich und ließ sich hinter der Reling zu Boden fallen. Gerade als sie auf dem Deck aufschlug, hörte sie wie der Schuss knallte. Es wunderte sie nicht, dass er auf sie schoss. Vermutlich hielt er sie für einen Piraten. Rasch rappelte sie sich auf und sah über die Reling. Brüllend rannte der Spanier auf sie zu. Einen Säbel in der Hand sprang er hinüber auf die *Queen Roses Death*. Sea konnte ihren gerade noch aus der Scheide ziehen und gegen ihn erheben, bevor er damit auf sie einschlug. Sall hatte Recht, es war nicht möglich, sich aus einem Enterkampf herauszuhalten, dachte sie als sie den Schlag parierte. Sie wich einen Schritt zurück. Eigentlich wollte sie gar nicht gegen ihn kämpfen, aber sich umbringen lassen wollte sie definitiv auch nicht. Wieder parierte sie einen Hieb. Sie wich einen weiteren Schritt zurück. Wenn sie sich zu weit nach vorne treiben liess, würde sie ziemlich in der Klemme sitzen. Sea liess ihren Blick kurz kreisen, als ihr Gegner das nächste Mal ausholte. Vielleicht konnte sie ihr Duell an einen Ort verlagern ,an dem sie einen Vorteil hatte. Als sie den nächsten Hieb des Spaniers parierte, stieß sie seinen Säbel soweit wie möglich von sich weg. Die Zeit, die ihr Gegner zum Ausholen brauchte, nutzte sie und sprang auf die Reling und hinüber auf die *Brema*. Wie schon erwartet, folgte er ihr.

Immer wieder angreifend trieb der Spanier sie über das Achterdeck vor sich her. Wenn sie sich nicht bald etwas einfallen liess, wie sie ihn loswurde, dann würde sie auf der anderen Seite des Decks an der Reling festsitzen und ihn schließlich angreifen müssen. Inzwischen war sie nur noch wenige Schritte von der Reling entfernt. Vielleicht konnte sie ihn überzeugen, dass sie keine Gefahr darstellte? Krampfhaft suchte sie in ihrem Kopf nach dem wenigen Spanisch, das sie konnte. Sie parierte bis sie schließlich ihren Satz zu Stande brachte.

„Yo no soy un pirata!", übermittelte sie ihm gebrochen, ,*ich bin kein Pirat!'*. Der Spanier sah sie einen Augenblick erstaunt an bevor sich sein Blick wieder festigte. Entschlossen fuhr er mit der Klinge auf ihren Hals zu, als wollte er sie köpfen. Aber sie wich aus und wuchtete ihren Körper unter dem Säbel weg. Sie sprang aus seiner Reichweite und floh mit raschen Schritten die Treppe auf das Großdeck hinunter, auf dem die Piraten noch immer erbarmungslos mit den Matrosen der *Brema* kämpften. Die beste Methode ihren Gegner loszuwerden, war, ihn in einen Kampf mit jemandem anders zu verwickeln. Aber als Sea den Treppenabsatz erreichte, stieß sie jemand um. Sie spürte, wie der Spanier sie mit einem kräftigen Stoß von den Stufen stieß und sie nach der Deckmitte hinfiel. Noch in der Luft verlor sie den Säbel aus der Hand. Einige Schritte vor ihr landete er klirrend auf dem Deck.

So schnell Sea konnte, rappelte sie sich wieder auf, blickte sich um und suchte nach dem Spanier, der säbelschwingend von der Treppe auf sie zu sprang. Jetzt brauchte sie Deckung. Zwischen den beiden Treppen und dem Ruder gab es nur einen Fluchtweg, welcher der Spanier versperrte. Er grinste sie schadenfroh an, weil sie ihm schutzlos ausgeliefert war. Sie saß in der Falle, und der siegesgewiss grinsende Spanier stand noch zu weit weg, um ihn treten zu können. Sie musste abwarten, ausweichen und mit ihren bloßen Händen das Beste draus machen.

„Fang!", rief irgendjemand aus dem Kampfgetümmel. Sea drehte für einen Sekundenbruchteil den Blick in Richtung der Stimme. Lange genug um zu sehen, wie ihr ein Pirat etwas zu warf und sich sofort wieder selbst wehren musste. Sea griff nach der Pistole, die ihr in der Luft entgegenflog. Die Feuerwaffe landete mit dem Griff in ihrer Hand. Sie spannte den Hahn und legte den Finger an den Abzug. Durchatmend zielte sie und schoss ohne weiter nachzudenken. Rauchend löste sich die einzige Kugel aus dem Lauf und traf am unteren Ende der Klinge, direkt am Griff. Der Aufprall der Kugel und der Schreck schlugen dem Spanier den Säbel aus der Hand. Irritiert sah er auf seine nun unbewaffnete, rechte Hand. Diesen Moment nutzte Sea aus. Sie drehte die Pistole in der Hand und hielt sie am warm dampfenden Lauf fest.

Anschließend machte sie einen Schritt nach vorn und schlug den Spanier mit dem Griff der Pistole, wie mit einem Hammer, zwischen die Rippen. Er krümmte sich vor Schmerz zusammen. Sie packte seinen linken Ärmel und zog ihn mit aller Kraft auf die andere Seite, während sie ausholte. Noch einmal ließ sie den Griff auf den Spanier niedersausen und schlug ihm damit auf den Hinterkopf. Bewusstlos sank er vor ihren Füßen auf den Boden.

Die Schlacht der Piraten hatte sich inzwischen auf dem ganzen Schiff in jeder Ecke ausgebreitet. Steuerbord und backbord von ihr kämpften die Spanier auf den Treppen erbittert gegen die Seeräuber. Mit anderen Worten – sie konnte sich nicht auf die *Queen Roses Death* zurückziehen. Ob sie wollte oder nicht, sie steckte nun mitten in einem

Piratenüberfall. Sie suchte das Deck nach ihrem Säbel ab, während sie die Pistole in ihren Gürtel steckte. Er lag am Fuß der Backbordtreppe, neben dem Fuß eines kämpfenden Spaniers. Die Kontrahenten schenkten einander nichts, obwohl die spanischen Seeleute keine guten Kämpfer waren. Auf dem Deck verteilt sah man tiefrote Blutpfützen, in einigen von ihnen lagen regungslose Körper, aber keiner der Männer beachtete sie, sofern er nicht über sie stolperte. Alle waren damit beschäftigt dafür zu sorgen, dass es ihnen nicht gleich erging, wie den Leichen auf den Planken. Die Seemänner gingen noch genauso aggressiv auf einander los, wie zu Beginn des Kampfes. Mit Kampfgebrüll hoben sie mit den Säbeln und Entermessern aufeinander ein. Schüsse waren kaum noch zu hören. Die eingeschossigen Pistolen waren im Kampf schwer nachzustopfen, daher konnte man sie, wenn man seinen Schuss benutzt hatte, nicht mehr gebrauchen. Sea wartete, bis sich die beiden Kämpfer ein Stück von ihrem Säbel entfernten, bevor sie ihn holte. Als der Spanier den Pirat einen Schritt zurückdrängte, machte sie einen Satz nach vorne und schnappte sich ihre Waffe.

Anschließend musste sie sofort das Weite suchen, denn der Spanier hatte sie bemerkt. Zwischen den Hieben, mit denen er parierte, fand er die Zeit sie anzugreifen. Mit Wucht stieß er die Klinge auf die Stelle herab, an der sie gerade noch ihren Säbel aufgehoben hatte. Als er sie nicht erwischte, beförderte er den schon älteren Piraten mit einem Tritt von sich weg.

Anscheinend war die Gefahr, dass sie ihn von hinten erstach, größer, als dass der ältere Pirat ihn umbrachte. Erneut hob er seine Waffe über den Kopf und schlug nach ihr, worauf Sea auswich.

„Yo no soy un pirata!", versuchte sie es erneut, aber es half nichts. Sea machte gerade noch einen Schritt weg, bevor sich die Klinge in ihren Bauch bohrte. Sie rammt den Spanier mit der Schulter, der nur für einen Augenblick das Gleichgewicht verlor. Doch die Zeit, die er brauchte, um sich wieder zu fangen, genügte um an ihm vorbei auf das Deck hinaus zu laufen. Aber er attackierte sie wieder, und sie musste parieren. Zurückweichend versuchte sie ihrem Gegner zu entgehen, um möglichst bald in Deckung zu gehen und in Sicherheit zu warten, bis der Überfall vorbei war. Besorgt warf sie zwischen zwei Hieben einen Blick über ihre Schulter. Wenn sie sich weiter der Reling entlang zurückdrängen ließ, würde sie früher oder später am umgefallenen Großmast eingekesselt. Aber sich rückwärts durch die kämpfenden Seeräuber um den Mast herum zu schlängeln, käme einem Selbstmord gleich. Es passiert viel zu schnell, dass man in einem Kampf eine Klingenspitze ins Auge bekam, die gar nicht für einen bestimmt war.

In diesem Moment riss ihr Gegner sie wieder aus ihren Gedanken. Der Spanier schlug ihr seine Säbelspitze an der Nase vorbei. Erschrocken machte sie einen Satz nach hinten und prallte mit dem Rücken gegen den umgestürzten Mast. Er hatte zu ihrer Linken die Reling nicht ganz zerschlagen und stand darauf auf. Seine Spitze trieb auf den Wellen. Zu ihrer Rechten stand das von den Kettenkugeln durchschossene Ende schräg auf dem Deck auf.

Ihr Gegner hob seinen Säbel gegen den Himmel empor, bereit, seinem Kampf ein blutiges Ende zu setzen. Doch Sea konnte im letzten Moment mit geweiteten Augen davonhechten, während die Klinge neben ihrer Schulter ins Holz des umgekippten Mastes barst. Die Nase auf die gegenüberliegende Reling gerichtet landete sie flach auf den Planken, als er den Stahl ächzend wieder aus dem Holz riss. Er stach gerade auf sie herab, und sie rollte ihren Körper unter dem an dieser Stelle etwa zwei Fuß in die Luft ragenden Ende des Mastes hindurch. Für den Augenblick außer Reichweite ihres Gegners, drehte sie sich auf der anderen Seite blitzartig auf die Knie und sprang wieder auf, um nicht aus Versehen getroffen zu werden. Doch der Matrose folgte ihr mühelos über den rund meterbreiten Mast, indem er sich mit der Hand darauf stützte und seitlich darüber sprang. Eigentlich hätte sie ihn im Sprung genauso mühelos erstechen können, aber ihn zu töten war nicht ihre Absicht. Stattdessen ließ sie ein weiteres Mal die Klinge sinken, um ihm noch einmal zu zeigen, dass sie gar nicht kämpfen wollte, was er in seinem Kampfrausch gar nicht wahrzunehmen schien. Kaum kam der Matrose wieder mit den Füßen auf den Planken auf, schlug er bereits wieder mit seiner Waffe nach ihr.

Genervt blockte sie auch diesen weiteren Schlag ab. In schnellen Schritten floh sie vor ihm aus der Masse der Kämpfenden heraus und parierte nur ungefähr jeden dritten oder vierten Hieb. So nahe wie sie dem Bugspriet tatsächlich schon war, musste sie sich nicht mehr auf ihr Umfeld konzentrieren. Es war ein Wunder, dass ihr Gegner und Sea das ganze Schiff unbeschadet überquert hatten, ohne vom Glückstreffer eines Kämpfenden niedergestreckt worden zu sein. Aber wenn sie diesen hartnäckigen Matrosen nicht loswurde, würde er sie am Bug in die Enge treiben.

Schließlich sah sie hinter sich, als sie den nächsten Schlag abblockte. Ihr Fuß stand unheimlich nahe am vorderen Rand des Decks, der wegen des Bugspriets dummerweise keine Reling hatte. Wenn sie noch einen weiteren Schritt zurück getan hätte, wäre sie auf das Galion hinabgestürzt. Im gleichen Moment entdeckte sie, wie die gegnerische Klinge auf Brusthöhe von der Seite auf sie zu segelte. Sea konnte gerade noch schnell genug den Kopf einziehen und in die Hocke gehen, um nicht in zwei Teile geschnitten zu werden.

Allerdings vermutete sie im gleichen Gedanken, dass er ihre vom Schwung fliegenden Haarspitzen ein wenig kürzte. Sie hatte sich noch nicht wieder erhoben, da hob er seinen Enterdegen über den Kopf, als wollte er sie in der Mitte spalten, wie ein Scheit mit einer Axt. Sea riss ihren Säbel waagrecht über sich und ließ die feindliche Waffe über die Klinge in das Holz des Bugspriets gleiten. Ohne ihr Fortfahren planen zu müssen, packte sie den Spanier mit der freien Hand am Handgelenk. In der gleichen Bewegung zog sie ihre Waffe zurück, befreite sich von dem Risiko sich selbst zu schneiden.

„Perdón!", entschuldigte sie sich im Voraus und schlug ihm mit dem metallenen Säbelgriff ins Gesicht. Hätte ein Mann ihn auf diese Weise geschlagen, wäre er womöglich an der Verletzung gestorben. Da sie aber nicht allzu kräftig war, würde er es mit starkem Nasenbluten und Schwellungen überleben. Vorausgesetzt er konnte schwimmen. Von ihrem Schlag abgelenkt und aus der Balance gebracht, taumelte der Matrose einen Schritt zurück, wobei er ins Leere trat. Mit einem erschrockenen Schrei stürzte er rückwärts auf das Galion. Doch er landete nur mit den Beinen auf dem Holz, und das Gewicht seines Oberkorpers zog den Spanier über das Galion herab.

Kopfvoran verschwand er mit einer springbrunnenartigen Fontäne in die salzigen Wellen unter dem Bugspriet. Hoffentlich war er nicht einer von diesen Dummköpfen, die nie Schwimmen gelernt hatten. Unter Seemännern war es weit verbreitet nicht schwimmen zu können, da man, falls man bei Sturm über Bord ging, nicht qualvoll auf dem Meer verendete, sondern schmerzlos ertrank. Allerdings ertrank ein Matrose auch, wenn er nur wenige Faden vom Schiff entfernt war, weil er nicht zum Schiff zurückschwimmen konnte. Aber Sea hatte nicht die Zeit zu warten, bis er wiederauftauchte, sonst würde sie noch im Warten erstochen werden. Bevor sie ein Hieb erwischen konnte, entschied sie sich, am nächstbesten Ort in Deckung zu gehen. Mit einem präzisen Sprung hüpfte sie auf das Galion hinab und duckte sich neben den Bugspriet. Ihren Säbel steckte sie sicherheitshalber noch nicht in die Scheide zurück, als sie den Kopf gerade genug hoch hob, um über das Großdeck spitzeln zu können.

Die Piraten hatten zwar sichtlich die Übermacht, allerdings wehrten sich die Spanier trotzdem mit vor Anstrengung verzerrten Gesichtern. In ihrem verbissen Kampf stolperten sie über die reglosen Körper zu ihren Füßen, ohne sie zu bemerken. Kaum eines der mondbleichen Gesichter atmete noch, einige schienen in ihrem Blut ertrunken zu sein. Das Deck war beinahe vollkommen mit tiefroter Flüssigkeit benetzt, die wegen der Wölbung der Planken auf den Seiten des Schiffes an der Aussenwand hinab tropfte. Pierre schien rückwärts zu Boden gefallen zu sein und hatte sich wieder aufrichten können, denn die Rückenseite seines Hemdes war rot mit Blut durchtränkt. Wie sie bemerkte, war auch Diegos Schulter rot verschmiert, als sie ihn mit dem Rücken zum abgebrochenen Großmast entdeckte. Nachdem sie einen Moment die säbelschwingende Menge abgesucht hatte, fand sie sogar den jungen Kapitän inmitten des Gewimmels.

„Diego!", rief Sall durch das Klirren der aufeinander einschlagenden Säbel nach seinem Freund. Inzwischen stand der Erste Maat mit versteinertem Gesichtsausdruck steuerbord des Schiffes im Gewirr der schlagenden Klingen, wo die Piraten die Matrosen zusammengetrieben hatten, wie Wölfe eine Schafherde.

„Aye!"

„Die Fockgroßfallen!", befahl der Kapitän über das Kampfgebrüll hinweg. Diego nickte, bevor er mit schnellen Schritten zur Nagelbank an der Reling lief und jeden zur Seite wischte, der ihm im Weg stand. Sall befreite sich von seinem Gegner, indem er seinen Gegner mit einem Faustschlag in Richtung Mast beförderte und lief zur gegenüberliegenden Nagelbank.

In diesem Moment bemerkte Diego, dass sein Gegner ihm gefolgt war. Der Matrose wollte ihn von hinten erstechen, aber er wich ihm aus und gab ihm einen Schubs. Kopfüber fiel der Matrose über die Reling und verschwand mit einem platschenden Geräusch im Wasser. Sall erreichte derweil die Nagelbank, wo das Tauwerk, das die Segel hielt, an einem Ort vertäut war.

Mit einem kurzen Blick versicherte er sich, dass Diego bereit war.

„Achtung, Männer ... Jetzt!"

Zeitgleich kappten die beiden Piraten mit einem einzigen Schlag ganz bestimmte Leinen. Perfekt aufeinander eingespielt, reagierte auch die Crew sofort auf den Befehl und hechtete aus der Gefahrenzone, während über ihnen die durchtrennten Seile den Segeln keinen Halt mehr boten. Die Segel lösten sich von den Bäumen, den Querbalken der Masten, und fielen auf das Deck herab. Einer Lawine gleich, begruben die Tücher die Spanier unter sich und rissen sie zu Boden.

Nun begannen die Piraten eifrig damit, alles, was sich unter dem Stoff bewegte, mit ihren Enterdegen abzustechen. An den Stellen, an denen ihre Waffen herabstießen, breiteten sich große Blutflecken im Gewebe aus.

Erstickte Schreie drangen durch den Stoff und hallten über das Deck. Sea drehte sich weg, so etwas musste sie auch mit einem Tuch darüber nicht sehen. Einzelne spanische Matrosen, die nicht vom Fockgroßsegel beerdigt wurden, ergaben sich nacheinander. Da sie plötzlich von gegnerischen Säbeln umringt waren, war ihre Überlebenschance größer, wenn sie aufgaben. Als den unverletzten Spaniern die Hände hinter dem Rücken mit festen Seemannsknoten verschnürt wurden, kletterte Sea wieder auf das Großdeck. In einer Reihe wurden die Matrosen auf das blutverschmierte Deck gesetzt.

Von den Spaniern schienen nur drei von dreißig oder mehr übrig geblieben zu sein, während ihr unter den Piraten kein Fehlender auffiel. Einer von ihnen war der Matrose, den sie niedergeschlagen hatte. Mit angstverzerrten Gesichtern warteten sie darauf zu erfahren, was mit ihnen geschehen würde. Im Augenblick schien dies allerdings gar nicht nötig zu sein. Keiner der Piraten interessierte sich für die Gefangenen.

„Bringt alles, was einen Wert hat, auf die *Queen Roses Death*!", befahl Sall. Daraufhin verschwanden die meisten Piraten unter Deck und einige in der Kapitänskabine. Nun wurde das gesamte Schiff nach der erhofften Beute abgesucht. Sea blieb bei der Reling stehen und sah dem Meer zu, wie es weiß brandend gegen die Bordwand schlug und die gekaperte Galeone schaukelte. Sie würde den Seeräubern bestimmt nicht helfen, ihre Beute auf ihr Schiff zu bringen. Sie hatte sich schon viel zu sehr eingemischt. Zufrieden lächelnd nahm Sall sich die Zeit, mit ihr einige Worte zu wechseln und gesellte sich zu ihr an die Reling.

„Wie war das? Du hältst dich aus einem Piratenüberfall heraus?", fragte er herausfordernd, als er sich neben sie gegen die Reling lehnte.

„Ursprünglich hatte ich das vor." Sie lächelte nicht zurück. Nach einem Kampf, in dem es Tote gegeben hatte, wollte sie nicht lächeln.

„Scheint als wäre es dir misslungen"

„Du hast es gewusst, oder?", fragte sie und zog ihre Augenbraue hoch.

„Was?"

„Dass ich mich vom Bug aus nicht aus diesem Überfall halten kann", klärte sie ihn auf. Grinsend sah er einen Moment auf das Meer hinaus.

„Nein, gewusst habe ich es nicht, aber ich gebe zu, dass ich es gehofft habe."

„Und wieso das?"

„Ich wollte mir ein Bild davon machen, was du kannst."

In diesem Moment bugsierten zwei Piraten einen fein gekleideten Mann durch den Türrahmen der Kapitänskabine, der sich heftig wehrte. Mit Händen und Füßen schlug er wild um sich und versuchte sich zu befreien. Aber die Piraten hatten ihn fest im Griff und schoben ihn aus der Tür. Sea wurde erst jetzt bewusst, dass sie den Kapitän der *Brema* während des Kampfes nirgendwo gesehen hatte. Vermutlich war es der Mann, den die beiden Piraten gerade die Treppe hinab auf das Hauptdeck schleiften. Zumindest würde dies die feine Kleidung erklären.

„Käpt'n! Sieh dir an, was wir gefunden haben!", rief einer der beiden Piraten zu ihnen hinüber, während sie den Mann zu den anderen gefangenen Matrosen schleppten. Neben dem Kerl, dem sie eines übergezogen hatte, zwangen sie ihn auf die Knie. Mit einem Strick fesselten sie ihm die Hände.

Der junge Kapitän steckte die Hände in die Hosentaschen und schlenderte den Männern entgegen.

„Dann ist das der vermisste Kapitän?", fragte er, als er bei ihnen ankam.

Der dunkelhäutige Pirat zuckte mit den Schultern.

„Scheint so!", meinte er und begann zu lachen, „Rat mal, wo wir ihn gefunden haben. Der Feigling hat sich in einem Schrank versteckt!"

Man konnte zusehen, wie Salls Gesichtsmuskulatur sich verhärtete. Missbilligend sah er auf den Kapitän der *Brema* herab.

Ob er der Kapitän dieses Schiffs sei, fragte er ihn auf Spanisch.Hochnäsig, aber mit angsterfülltem Ausdruck antwortete er irgendetwas. Sea verstand es nicht, deutete es aber als *,Wer denn wohl sonst?'*.

Aufgebracht verlangte er seine augenblickliche Freilassung, wobei er so schnell sprach, dass Sea kaum verstand. Allmählich kam er richtig in Rage und zog die Aufmerksamkeit der Piraten auf sich, die gerade einige Kisten an Deck schleppten. Er schien furchtbare Angst zu haben und zitterte, als er stotternd brüllte.

,Ihr habt kein Recht, mich und meine Mannschaft festzuhalten, dreckige Piraten!', übersetze Sea in Gedanken und bemerkte, dass er sich selbst zuerst nannte. Mit dem Sprechen hatte sie ihre liebe Mühe, aber sie verstand die Sprache zumindest im Kontext.

Salls Augenbrauen sanken vor Wut tiefer in sein Gesicht, und seine kalten Augen füllten sich mit Hass. Er packte den Kapitän der *Brema* am Kragen, und eine Flut von gehässigen, spanischen Worten brach dem Verängstigten entgegen.

„Cuatezón! ...", knurrte er zähnefletschend, dann kam Sea mit Zuhören fast nicht mehr nach. *,Feigling! Du sprichst für deine Mannschaft, versteckst dich aber in einem Schrank und lässt deine Männer im Kampf sterben!'*, übersetzte Sea sich selbst langsam Wort für Wort. Angewidert stieß Sall den Kapitän von sich weg.

Die Piraten hatten sich inzwischen auf dem Deck versammelt. Sie standen zwischen den Kisten und Truhen, die sie gerade aus dem Schiffsrumpf geholt hatten und hörten neugierig zu, was die beiden Kapitäne einander zu sagen hatten.

„Glotzt nicht so!", befahl Sall, als er sich zu ihnen umdrehte, „bringt die Beute auf die *Rose*!"

Von ihrem Kapitän aufgescheucht, hoben die Piraten die Kisten wieder hoch, während zwei von ihnen eine breite Planke zwischen die Schiffe verlegten. Anschließend trugen sie die unterschiedlich großen Kisten nacheinander auf das Piratenschiff. Die kleineren Kisten klemmten sie sich unter die Arme. Einige Truhen waren so groß, dass zwei Männer sie tragen mussten oder gar die Ladebäume verwendet wurden. Während Sall eine Kiste auf die Schulter nahm und mitanpackte, tauchte Diego in der Tür auf, die in den Schiffsbauch führte.

„Käpt'n, die Pulverfässer und die Kugeln nehmen wir auch mit, oder?", fragte er.

„Was ist das denn für eine Frage? Munition können wir immer gebrauchen, das weißt du doch selbst", gab Sall zurück. Man hörte aus seiner Stimme heraus, dass der Kapitän der *Brema* ihm ziemlich auf den Geist gegangen war. Mit der Bestätigung „Aye" verschwand der Maat wieder unter Deck. Einige Minuten später tauchte er mit zwei kleinen Pulverfässern unter den Armen wieder auf und brachte sie auf die *Queen Roses Death*. Inzwischen kehrten die Piraten nacheinander auf die *Brema* zurück. Zielstrebig gingen sie wieder unter Deck. Kurz darauf tauchten sie beladen mit Kugeln und Pulverfässern wieder auf. Als sie auf das Piratenschiff zurückkehrten, überlegte Sea sich, ob sie auch zurückgehen sollte. Sie fühlte sich fehl am Platz, sie gehörte nicht an den Tatort eines Überfalles. Dann fielen ihr die leise betenden Spanier wieder auf und neugierig, was mit ihnen geschehen würde, entschloss sie sich zu warten.

Einige Minuten später trugen die Piraten bereits die letzten Kisten an Deck. Die übrigen Piraten, die aus dem Rumpf des Schiffes emporkamen, hatten alle leere Hände. Die Fracht wurde über die Planke getragen und einfach auf dem Deck abgelegt. Während der letzte Teil der Beute auf der *Queen Roses Death* verstaut wurde, erstattete Diego seinem Kapitän Bericht.

„Alles was einen Wert hat ist auf der *Queen Roses Death*, Käpt'n", meldete er zufrieden, als er vor ihr auf dem Deck neben Sall angelangt war.

„Sehr gut!", erwiderte Sall und verschränkte missbilligend die Arme, „dann haben wir nur noch ein kleines Problem aus der Welt zu schaffen." Er starrte mit finsterem Blick zu den spanischen Matrosen herüber. Diego folgte mit den Augen gleichgültig seinem Blick.

„Und was willst du mit ihnen machen?"

Sall überlegte einen Moment, bevor er fragte: „Männer haben wir keine verloren, oder?" Diego sah sich noch einmal nach den Piraten um. Wenn zu viele Matrosen im Kampf gefallen waren, wurden die Spanier als Seemänner gebraucht. Wenn nicht, sah es schwarz für sie aus. Diego schüttelte den Kopf als er sich wieder umdrehte.

„Keinen einzigen!", antwortete er gleichgültig. Sall nickte, in seinem Gesicht ein Hauch von Erleichterung, und setzte sich in Bewegung. Einige Schritte vor den Gefangenen blieb er stehen.

Die Crew hatte bis eben auf dem vom Blut rotbefleckten Deck gestanden und geschnorrt. Nun erregte Sall ihre Aufmerksamkeit wesentlich mehr. Mit ihren blutverschmierten Stiefeln oder nackten Füssen schlenderten sie schaulustig auf ihn zu und bildeten einen weiten Kreis um ihn und ihre Gefangenen. Sea hingegen blieb mit verschränkten Armen an der Reling stehen, während Sall auf Spanisch mit dem Kapitän der *Brema* zu sprechen begann. Der Mann wurde leichenblass. Auf den Gesichtern der Piraten dagegen breitete sich allgemeines Grinsen aus. Der junge Pirat fasste sich kurz: ,*Da ich keine Männer verloren habe, seid ihr mir im Weg. Am besten, ihr verabschiedet euch*' oder so ähnlich. Sea war sich erst nicht sicher, ob sie richtig verstanden hatte.

In den Gesichtern der Gefangenen aber breitete sich blankes Entsetzen aus. Die Furcht verfärbte ihre Angesichter totenbleich. Angsterfüllt, und auf eine gewisse Weise ungläubig, starrten sie den jungen Piratenkapitän an. Sall zog eine seiner dreiläufigen Pistolen aus seinem Gürtel. Mit dem Daumen spannte er den Hahn. Unbehagen breitete sich in Sea aus. Es konnte doch nicht sein, dass Sall diesen Männern, die mit größter Anstrengung diesen Kampf überstanden hatten, einfach so das Leben nahm? Er konnte sie doch nicht umbringen, weil sie gut genug gekämpft und überlebt hatten. Als wollte er sie um jeden Preis vom Gegenteil überzeugen, hob er die Hand und zielte. Einige Piraten, die ihre Schüsse nicht verbraucht hatten, taten es ihm gleich, als wollten sie auch ihren Spaß an der Hinrichtung haben. Todesfürchtend kniffen die Spanier die Augenlider zusammen. Zitternd krümmten sie sich auf dem Deck zusammen, wimmerten und machten sich so klein wie möglich, als könnten die Kugeln sie auf diese Weise nicht treffen. Sea konnte ihre Angst spüren, der Boden bebte unter ihrem Zittern. Sall legte den Finger an den Abzug.

„Das ist doch nicht dein Ernst?", entfuhr es Sea, und sie stieß sich von der Reling ab. Sie hatte lange genug gewartet, bis sie eingriff. Die Piraten liessen die Waffen sinken und drehten sich erstaunt um. Als sie auf den Kapitän zuschritt, gaben sie wortlos den Weg frei. Sie pflügte einen Graben durch die Männer und baute sich breitbeinig vor Sall auf.

„Was ist?", fragte er genervt und verschränkte, die Waffe noch in der Hand, die Arme.

„Du kannst doch diese Männer nicht einfach umbringen!", beherrschte sie ihre Wut gerade noch genug, um ihn nicht anzufahren.

„Ach, und warum nicht?", fragte er mit hochgezogenen Brauen.

„Weil du keinen Grund hast! Du hast in diesem Kampf keinen Mann verloren, und du hast deine Beute. Du hast keinen Verlust, wenn du diese vier Nasen einfach zurücklässt", versuchte sie ihn zu überzeugen. Dass sie dabei ein wenig gereizt klang, konnte sie nicht verhindern. Die Wut glühte rot in ihr, wie geschmolzenes Gestein.

„Das sind Hasenfüße! Diese Tatsache genügt als Grund", erwiderte er relativ gelassen.

„Tut es nicht!", gab Sea zurück, und er verdrehte genervt die Augen.

„Im Übrigen ist einzig der Kapitän ein Waschlappen." Sall starrte sie mit einem eisigen Blick an.

„Diese Matrosen hatten zu viel Angst, etwas gegen diesen Waschlappen von einem Kapitän zu unternehmen. Solche Feiglinge haben nicht das Recht zu atmen, und du nimmst so etwas auch noch in Schutz?", knurrte der junge Kapitän sie mordlustig an. Doch Sea hielt seinem eisigen Blick stand, obwohl es ihr die Nackenhaare sträubte.

„Ich mag auch keine Feiglinge, deshalb muss ich sie noch lange nicht umbringen! Bitte, spring doch über deinen Schatten und hab ein Herz mit ihnen", zwang sie sich zu bitten, ohne ihren glühenden Unterton zu verlieren. Die Crew lachte über den Vorschlag, aber Salls Gesichtsausdruck versteinerte. Der Blick seiner tanggrünen Augen bohrte sich stählern in ihre Pupillen.

„Ich bin Pirat, Sea, ich – habe – KEIN – HERZ!", versicherte der Kapitän ihr mit einer bestürzenden Ehrlichkeit. Sea spürte, wie sich das Entsetzen in ihrem Gesicht ausbreitete. Wie konnte man nur so etwas von sich behaupten? Kein Herz zu haben, kein Mitgefühl zu empfinden, nicht lieben zu können.

Eine grauenhafte Vorstellung. Aber der Pirat ließ ihr nicht die Zeit, weiter darüber nachzudenken.

Als wollte er diese Tatsache beweisen, hob Sall seine Waffe an ihr vorbei. Wie auf Kommando, zielten auch die selbsternannten Henker mit schadenfrohen Gesichtern auf die Todgeweihten. Sie drehte sich zu den gefangenen Spaniern, die überhaupt nicht wussten, wie ihnen geschah. Aus dem Augenwinkel sah sie Salls Finger an den Abzug gleiten. Instinktiv kniff sie die Augen zusammen und drehte sich blitzartig von den Spaniern weg, als der Schuss neben ihr aus dem Lauf donnerte. Nun, nachdem der Kapitän das Feuer freigegeben hatte, schossen auch die Henker. Hinter ihr zerschnitten angstvolle Schmerzensschreie die nach Pulver riechende Luft. Jedoch verstummten sie augenblicklich, wie erstickt im Rauch der Pistolen. Einen Herzschlag später herrschte Totenstille, und Sea schlug die Augen auf. Es ist vorbei, dachte sie. Die Spanier waren tot und sie hatte ihnen nicht helfen können. Entgeistert sah sie auf, direkt in Salls Gesicht. Der junge Pirat sah zufrieden auf sie herab. Zufrieden darüber, ihr bewiesen zu haben, wie herzlos er war. Verständnislos schüttelte sie den Kopf.

„Mörder!" war das einzige Wort, das ihr einfiel.

„Danke für das Kompliment", grinste er und zog die Augenbrauen nach oben. Sie warf ihm einen hassenden Blick zu und drückte sich an ihm vorbei.

Unter den Blicken der Crew schlängelte Sea sich durch die lachenden Piraten. Dabei vermied sie es pingelig, zu den irdischen Resten der Spanier zu sehen, die hinter ihr auf dem Deck lagen. Die Bilder, die sie nicht gesehen hatte, konnten sie auch nicht in ihren Albträumen verfolgen. Eine Erfahrung, die sie schon früh genug machen durfte. Sie konnte es nicht verstehen. Wie konnte man nur einfach so jemanden umbringen? So sehr sie es auch versuchte, sie fand keinen Grund, mit dem man eine dermaßen bestialische Tat rechtfertigen konnte. Mit verständnislosem Gesicht und mitleidendem Herz stieg sie auf die Planke und ging auf die *Queen Roses Death* hinüber. Mit einem Satz sprang sie auf der anderen Seite hinunter.

„Sea!" Obwohl sie eigentlich nicht wollte, zwang sie sich dazu, sich noch einmal zu Sall umzudrehen. „Du hilfst Luigi vorläufig wieder beim Kartoffelschälen, anstatt am Steuer zu stehen", befahl er mit harter Stimme, „du weißt warum, nehme ich an?"

Sea nickte, auch wenn es keine Aufgabe war, sondern eine Strafe. Sie drehte sich wieder um und wollte schon unter Deck gehen. Wut breitete sich wieder in Seas Magengegend aus und verwischte das Entsetzen.

„Weil ich das Wort gegen deinen Entscheid erhoben habe, Käpt'n", antwortete sie mit zornigem Ton über ihre Schulter. Demonstrativ steckte sie die Hände in die Hosentaschen und schlenderte auf die steile Treppe zu.

***

Luigi sah von seiner Arbeit auf, als Sea zur Tür herein kam. Er saß auf dem hinteren der beiden Hocker neben einem Sack und schälte Kartoffeln. Ohne zu zögern nahm sie ein Messer aus der Schublade und setzte sich zu ihm auf den zweiten Hocker. Der Koch warf ihr einen verwunderten Blick zu. Unbehelligt nahm sie eine Kartoffel aus dem Sack und erklärte knapp, wieso sie hier war.

„Ich habe das Wort gegen den Kapitän erhoben und wurde dafür zum Kartoffelschälen verdonnert", fasste sie sich kurz und begann der Kartoffel die Schale abzuziehen.

„Und wie ist es dazu gekommen, dass du das Wort gegen ihn erheben musstest?", hakte Luigi neugierig nach, „wir haben genug Zeit, du kannst ruhig von vorne erzählen."

Sea seufzte und begann ihm zu erzählen, dass sie einmal mehr zu neugierig gewesen war. Sie fasste kurz zusammen, dass sie mehr über die Strategie der Piraten hatte erfahren wollen und wie die Spanier ihr auf keinen Fall glauben wollten. Etwa an dieser Stelle hatte es draußen geknallt, als wenn etwas in die Luft fliegen würde. Luigi meinte, dass die Anderen vermutlich einen Rest Pulver im Magazin angezündet und ein Loch in den Rumpf der *Brema* gesprengt hätten, damit das Schiff sank – Sall verwischte seine Spuren. Bald kam sie zu der Stelle, an der der Kapitän und Diego die Fallen, wie diese Taue hiessen, kappten und die Piraten die Spanier alle gleichzeitig unter das fallende Segel beförderten. Ein Beweis, wie bewundernswert gut die Seeräuber aufeinander eingespielt waren. Schließlich endete sie damit, dass sie ihm erzählte, wie sie versucht hatte die dem Tod geweihten Gefangenen zu retten und dafür zum Küchendienst verdonnert wurde.

„Weißt du, dich zum Kartoffelschälen zu verurteilen ist längst nicht die schlimmste Strafe. Er hätte dich auch einfach zusammen mit den Spaniern erschießen können", meinte Luigi, als ihre Erklärung beendet hatte. Sea warf die geschälte Kartoffel in den Topf, der vor ihnen stand.

„Diese Strafe stört mich keines Wegs, Luigi. Mich stört, dass ich den Spaniern nicht helfen konnte und dass es Black überhaupt für nötig gehalten hat, sie zu erschießen", sagte sie ernst und sah ihn mit durchdringendem Blick an. Der Schiffkoch nickte akzeptierend. Dann ließ er ihren Blick fallen und sah an ihr vorbei. Als sie über ihre Schulter sah, lehnte sich der junge Kapitän gerade gegen den kleinen Tisch mit der Schublade.

„Darf ich mit Sea kurz reden?", fragte er Luigi, wie ein Schiffsjunge, der keinerlei Autorität besaß.

Dieser stand von seinem Hocker auf, humpelte an seinem Kapitän vorbei und meinte gleichgültig: „Natürlich. Ich muss sowieso ein dringliches Geschäft erledigen. Lasst euch Zeit, mit diesem vermaledeiten Holzbein wird es eine Weile dauern, bis ich zurück bin." Leise über seine hölzerne Prothese fluchend hinkte er in Richtung Bug davon, wobei sein Holzbein bei jedem zweiten Schritt wie ein Schlagholz klang.

Nachdem Luigi klopfend davongehumpelt war, senkte sie den Blick wieder auf die Kartoffel nieder. Mit ihr sprechen konnte er auch, ohne dass sie zu ihm aufsah. Obwohl ihr nicht danach war, mit ihm zu reden. Sall schien das zu spüren. Er setzte sich auf Luigis Hocker, nahm eine Kartoffel zur Hand und begann zu ihrer Überraschung tatsächlich, sie mit Luigis Messer zu schälen. Sie beobachtete ihn einen Augenblick misstrauisch aus dem Augenwinkel. Eigentlich traute sie ihm nicht wirklich zu, dass er mit einem Küchenmesser nur halb so gut umgehen konnte, wie mit seinem Säbel.

„Pass auf das du dich nicht schneidest! Luigi hat die Messer geschliffen und ich möchte nicht, dass du die Kartoffeln verblutest", machte sie ihn auf die frisch geschärften Messerklingen aufmerksam.

In diesem Moment biss er die Zähne zusammen und meinte dann gelassen: „Schon passiert." Sea schüttelte den Kopf und schälte weiter.

„Dir sollte man besser kein Küchenmesser in die Hand geben."

„Zu meiner Verteidigung: Ich habe seit ich Kapitän wurde keine Kartoffeln mehr geschält", verteidigte er sich und wartete darauf, dass sie etwas erwiderte. Aber sie erwiderte nichts, er sollte endlich zur Sache kommen. Sie schälten einige Streifen Schale von ihren Kartoffeln, ehe der junge Pirat der Gesprächspause ein Ende setzte. „Sea, wir sitzen wahrscheinlich noch eine ganze Weile zusammen auf diesem Schiff fest und eigentlich möchte ich lieber mit dir befreundet sein, als dass du mich hasst. Wenn ich an Gale denke, glaube ich, dass mir das einige Blaue Flecken erspart."

Er hätte sie mit dieser Aussage anscheinend gern zum Lächeln gebracht und im Grunde hätte sie auch gern gelächelt, wenn nicht das Entsetzten über den Mord an den Spaniern noch auf ihr gelegen hätte.

„Du bist ein Mörder!", erinnerte sie ihn, warum sie wütend auf ihn war.

„Ich hatte schon meine Gründe, weswegen ich sie loswerden wollte", antwortete er kühl auf den Vorwurf. Der Höllendrache begann sich wieder glühend in Seas Eingeweide zu winden. Sie schoss dem Kapitän einen brennenden Blick, wie einen flammenden Pfeil, entgegen.

„Noch einmal. Dass sie Feiglinge waren, weil sie versucht haben, dir davon zu segeln, ist kein Grund sie zu ermorden!"

„Erstens", verdeutlichte er ihr messerscharf, „hasse ich Feiglinge aus tiefster Seele, und Feigheit ist für mich sehr wohl ein Grund, jemanden ins Jenseits zu befördern. Und Zweitens steckten natürlich noch mehr Überlegungen dahinter." Er dämpfte seine Stimme unauffällig ein wenig, indem er wieder gelassener sprach. „Im Allgemeinen ist es mir lieber, wenn es nach einem Überfall keine Zeugen gibt. Aber meine Crew könnte mir diese Vorsicht selbst als Feigheit unterstellen und das würde genügen, um mich als Kapitän zu suspendieren. Weshalb es besser ist, Mitwisser aus einem absurden Grund zu beseitigen. Und außerdem musste ich dir einen Denkzettel verpassen ..."

Sea konnte nur verständnislos den Kopf schütteln und warf die nächste geschälte Kartoffel in den Topf. Es war trotzdem Mord! Aber es würde keinen Unterschied machen, ob sie ihn ein weiteres Mal auf die Sinnlosigkeit dieser Straftat aufmerksam machte oder nicht.

„Hast du noch einen Grund mehr?", fragte sie ohne ihn anzusehen und nahm eine weitere Knolle aus dem Sack. Er schob nachdenklich die Lippen vor und schüttelte schließlich den Kopf.

„Nein"

„Lügen tust du auch noch", warf sie dem Piraten rabiat vor.

„Wie kommst du denn darauf?"

„Weil ich das Gefühl nicht loswerde, dass du in Wahrheit Spaß am Töten hast!", fauchte sie ihm zornig ihre Vermutung entgegen. Der Pirat begann zu grinsen.

„Bin ich so durchschaubar? Unter Piraten erreicht man mit Brutalität während Überfällen wesentlich mehr Ansehen, als es den meisten von uns lieb ist. Aber du musst wissen, wenn man schon so oft getötet hat, wie ich, lässt es einen mit der Zeit völlig kalt. Irgendwann ist es nur noch verbrauchte Munition", erklärte er kühl.

„Kannst du Nachts noch ruhig schlafen?", fragte sie ihn entsetzt.

„Aye, kann ich. Für mich ist Töten nichts Schlimmes mehr. Ich verdiene meinen Lebensunterhalt damit!", gab der Piratenkapitän zu, „und ich verlange auch nicht von dir, dass du mir das verzeihst. Aber vielleicht kannst du es mir vergessen?" Aus dem Augenwinkel warf er ihr einen hoffnungsvollen Blick zu. Sea schüttelte traurig den Kopf. Die Gesichter der angsterfüllten Spanier geisterten noch darin herum.

„So etwas kann und will ich dir weder vergeben noch vergessen. Aber ich kann versuchen es zu ignorieren, solange ich auf deiner *Queen Roses Death* festsitze." Salvador schenkte ihr ein zufriedenes Lächeln und stand auf.

„Wir haben auf der *Brema* eine Kiste gefunden, mit deren Inhalt du vielleicht mehr anfangen kannst, als wir. Möchtest du dir ansehen, was es ist?", bot er ihr an. Wie bei jeder Frage, zog sie ihre Augenbraue empor.

„Und meine Strafe?"

„Kann ich vorübergehend aufheben. Kartoffeln schälen kannst du später immer noch", meinte er und sein Lächeln wurde noch verschmitzter. Sie konnte nicht anders, sie musste dieses Lächeln erwidern. Schmunzelnd stand sie auf und folgte ihm zum Niedergang.

***

Als sie den Niedergang hinauf auf das Hauptdeck kamen, waren die Piraten bereits dabei, die durchstöberte Beute aufzuräumen. Sie trugen Fässer und Kisten an ihnen vorbei in den Laderaum hinab, während einige andere die Segel anbrassten. Anscheinend hatten die Seeräuber ihre Heuer bereits erhalten, an ihren Gürteln hingen schwere Beutel und ihre Hosentaschen wirkten prall gefüllt. Dieser Teil der Beute, der nicht aus barem Geld bestand, wurde anscheinend erst in Tortuga auf den Markt gebracht und später der Erlös in Sterlingsilber ausgezahlt. Sea sah sich nach der *Brema* um, aber wie es aussah, hatten sie schon einige Meilen zurückgelegt. Ihre Masten waren das einzige, was sie glaubte nordöstlich hinter ihnen auf dem Wasser ausmachen zu können. Anschließend folgte sie dem Piratenkapitän über das Hauptdeck auf eine Holztruhe zu. Diego wartete mit zwei weiteren Piraten grinsend daneben. Den einen erkannte sie als den Braunhaarigen, der ihr die Pistole zugeworfen hatte – sie hatte Pierre im Kampf gar nicht erkannt. Neben ihm stand der Dunkelhäutige.

„Das hat aber lange gedauert", zog Diego sie auf, „Was habt ihr zwei denn angestellt?"

Für diese frechen Worte boxte ihn Sall freundschaftlich gegen die Schulter, als er neben ihm ankam. Danach drehte er sich zu ihr um und wies sie mit einem Wink an, die Truhe zu öffnen. Misstrauisch trat sie an die hölzerne Kiste heran und hob den Deckel an. Sie war gefüllt mit unterschiedlich gefärbten, wallenden Kleidungsstücken, die ein guter Schneider aus schimmernden Stoffen gefertigt hatte. Mit den Fingerspitzen hob Sea eines von ihnen aus der Truhe und sogleich flog ihre linke Augenbraue nach oben. Es war ein bordeauxviolettes, die Schultern frei lassendes Kleid, das Victorias Herz hätte höher schlagen lassen. Ihr gefiel es eigentlich auch, aber sie würde es aus Prinzip niemals anziehen. Sie warf einen Seitenblick auf Salvador, der nur auf ihre Reaktion wartete.

„Du erwartest aber nicht, dass ich dieses Ding anziehe, oder?", fragte sie ihn argwöhnisch.

„Ich wüsste nicht, was du sonst damit machen solltest", meinte er ein wenig irritiert, „gefällt es dir nicht?"

„Es ist schön, aber ich trage grundsätzlich keine Kleider", gab sie zu.

Der Schwarze, nach dessen Namen sie beim Frühstück nicht gefragt hatte, hob erstaunt die Augenbrauen an.

„Ungewöhnlich für eine Frau!", warf er in ihr Gespräch ein, „Was stört dich denn an Kleidern?"

„Die Dinger sind unpraktisch, auf See pfeift der Wind darunter durch oder bläht sie auf und man kann damit nicht gut klettern, erst recht nicht über die Webeleinen in den Mast hinauf", warf sie ihm genervt einige Gründe gegen den Kopf. Übrigens würde sich in diesem Fall eine Traube schaulustiger Matrosen unter den Wanten beziehungsweise unter dem Kleid bilden. Dass ein Kleid jederzeit angehoben werden konnte, um einen Blick darunter zu werfen, erwähnte sie gar nicht erst. Außerdem konnte sie mit Kleidern nichts anfangen. Sie erinnerten sie immer daran, dass sie als Frau kein Recht hatte zu entscheiden, was ihre rebellische Zunge umso mehr lockerte. Zu irgendeinem festlichen Anlass hätte sie ihrem Vater oder dem Gouverneur diesen Gefallen vielleicht getan, aber um die Neugierde der Piraten zu stillen, würde sie bestimmt kein Kleid anziehen. Doch der junge Kapitän machte hartnäckig einen Schritt auf sie zu und startete noch einen Versuch, sie zu überreden.

„Als Steuermann würde es dich aber nicht stören", sagte er und nahm ihr das Kleid aus den Händen. Fast zärtlich hielt er ihr das Kleidungsstück gegen die Schultern und betrachtete sie von oben nach unten. „Stehen würde dir dieses Kleid zumindest"

Wütend riss sie ihm das Kleid wieder aus den Fingern und warf es ihm gereizt über die Schulter.

„Weißt du, wenn dir dieser Funsel so gefällt, solltest du ihn selbst anziehen", versuchte sie ihn zum Schweigen zu bringen. Doch der junge Pirat lachte nur über ihre Frechheit.

„Ich glaube nicht, dass es mir nur halb so gut steht, wie dir", konterte er grinsend, „ich habe nicht wirklich die Figur dazu."

Die drei übrigen Piraten begannen lauthals über diese Bemerkung zu lachen, wobei Diegos kräftige Bassstimme über das Deck klang, dass sich die Crew verwundert zu ihnen umdrehte. Wäre der Versuch sie in ein Kleid zu stecken nicht der Grund für das Gelächter gewesen, hätte sie gerne mitgelacht. So aber hatte sie nur kalte Ignoranz für Salls Bemerkung übrig.

Einen Moment später verstummte das Gelächter der Piraten glucksend.

„Nein, Sea", pflichtete Diego seinem Freund bei, „es wäre wirklich schade, wenn du das Kleid nicht zumindest anprobieren würdest."

„Le couleur de cette robe va très bien avec ses yeux et ses cheveux", meinte Pierre halblaut aus dem Hintergrund zu dem namenlosen Schwarzen, ohne sich in ihr Gespräch einmischen zu wollen. Dieser nickte zustimmend. *Die Farbe dieses Kleides passt sehr gut zu ihren Augen und Haaren*, verstand Sea relativ gut. Manchmal war es doch ganz gut, dass sie Französisch mit Victoria bei Mister Theach lernen musste.

„Elle ne va pas!", stellte sie scharf klar. *Es passt nicht!* Daraufhin breitete sich ein Hauch von Erstaunen in seinem Gesicht aus. Diego kratzte sich infolgedessen nur verständnislos am Kopf.

„Französisch kann die Göre auch noch, weigert sich aber so etwas Banales zu tun, wie ein Kleid anzuziehen", wunderte er sich laut. „Irgendeines der Kleider in dieser Kiste wird dir doch wohl gut genug gefallen, um es anzuziehen." Es war, als würde in Sea Gestein aufbrechen und Lava würde heiß glühend aus dem Meeresgrund brodeln. Hatten sie nicht Besseres zu tun, als das kleine Mädchen zu ärgern?

„Muss ich euch Höllenhunden wirklich noch bildlich darstellen, was ich von Kleidern halte, verdammt nochmal?!", fauchte Sea ohrenbetäubend. Diego wurde vor Schreck einen halben Kopf kleiner, als er den Kopf einzog. Sie entschied sich, ohne dass die Piraten ein Wort erwidern konnten. Mit zwei Schritten trat sie auf die Truhe zu, griff hinein und packte das erste Stoffstück, das ihr zwischen die Finger kam. Sie hob ein gelbes Kleid aus der Kiste und zog ihren Säbel wieder aus der Scheide. Die Seeräuber folgten ihren Bewegungen mit irritiertem Blick. Diego legte seine Stirn in tiefe Falten, während Sall seine Augenbrauen unsicher nach oben zog. In einem waagerechten Schnitt durchtrennte sie das Kleidungsstück in der Mitte und fing den Stoff im Fall auf. Die Piraten starrten sie an, als wäre sie nicht bei Trost. Senkrecht teilte sie die Stücke ein weiteres Mal, ohne sich um ihre Zuschauer zu kümmern. Mit den vier zerfetzten Stoffstücken in der Hand stampfte sie gereizt auf die Reling zu und warf das viergeteilte Kleid an der Außenwand hinab. Der Wind trug sie einige Faden weit über die Wellen, bis sie auf dem gräulichen Wasser auftrafen.

„Ich hoffe, ihr habt euch meine Meinung zu Kleidern eingeprägt!", knurrte sie bissig, doch schon wieder wesentlich ruhiger. Den schweigenden Gesichtern der Piraten zufolge hatte sie ihre Botschaft nun deutlich gemacht und drehte sich, um zu gehen.

Im Vorbeigehen zog sie die leere Pistole aus ihrem Gürtel und warf sie Pierre zu, der sie geschickt auffing.

„C'est ton pistole, n'est-ce pas?", fragte sie ihn, ob es nicht seine Waffe sei. Er machte ein Gesicht, als hätte er ganz vergessen, dass sein Schießeisen fehlte.

„Mais oui, c'est le mien", bestätigte er ihr unsicher, dass es seine Pistole war. Rasch steckte der Pirat seine Faustwaffe wieder in seinen Gürtel zurück.

„Merci pour m'aider dans bataille", bedankte Sea sich für seine Hilfe während des Überfalles.

„Avec plaisir!", entgegnete Pierre ihr, *mit Vergnügen*. Sie konnte ihm noch ein dankendes Lächeln schenken, bevor ihre Augenbrauen wieder genervt tiefer in ihr Gesicht sanken. Anschließend drehte sie sich auf dem Absatz um und ging mit unabsichtlich lauten Schritten zum Niedergang.

„Was hast du denn jetzt wieder vor?", fragte Diego neugierig, als sie schon auf der ersten Stufe stand.

„Kartoffeln schälen! Ich habe Besseres zu tun, als mich mit euch über Kleider zu streiten", fauchte Sea schärfer, als sie es vorgehabt hatte. Über die Schulter sah sie, wie die Piraten verständnislos die Köpfe schüttelten und mit den Schultern zuckend akzeptierten. Sonderlich enttäuscht sahen sie nicht aus, vermutlich hatten sie schon erwartet, dass sie sich nicht in ein Kleid stecken lassen würde. Wahrscheinlich hatten die Seeräuber sie ärgern wollen oder sie testeten aus, was sie mit ihr machen konnten, überlegte sie. Genervt lief sie die Stufen hinab, um sich wieder in die Kombüse zu begeben. Für heute waren ihre Nerven genug strapaziert worden.

Im Herzen des Delfins

Misteriosa Bank lag zwischen der Halbinsel Yukatan und Jamaika im Meer. Die See war in diesem Gebiet sehr seicht, an manchen Stellen konnte man beinahe den Grund sehen. Aber ein Schiff konnte das versunkene Gebirge problemlos übersegeln, wenn die Wellen nicht zu hoch waren. Was die meisten Seeleute davon abhielt, durch Misteriosa Bank zu segeln, war auch nicht die Angst, auf Grund zu laufen, sondern die Angst, einfach so zu verschwinden. Die Geschichten um Misteriosa Bank besagten, dass sie ungefährlich sei, solange schönes Wetter war. Gefährlich wurde dieser Ort erst wenn Nebel aufzog. Innerhalb von Augenblicken würde er angeblich dick, dass man die Hand vor Augen nicht mehr sah. Wenn dies passierte, gerieten die Matrosen in Panik. Sie würden unruhig und begannen wie blind auf dem Deck hin und her zu laufen. Manchmal liefen sie gegen die Reling und stürzten darüber hinweg ins Wasser. Man hörte nur noch ein Platschen und sah den Matrosen nie wieder. Nach anderen Geschichten war dieser plötzlich aufziehende Nebel nicht einmal etwas Natürliches. Es war ein von Wassergeistern heraufbeschworenes Gefängnis. Die Seemänner konnten nichts mehr sehen und konnten deshalb nirgendwo hin fliehen. Sie waren den Wassergeistern schutzlos ausgeliefert. Und wenn man die Stimmen kichernder Mädchen vernahm, wusste man, dass man einen Kameraden zum letzten Mal gesehen hatte. Er wurde von den Wassergeistern von dem Schiff herunter in sein nasses Grab gezogen.

Sea stand am Ruder und dachte über die verschiedenen Geschichten über Misteriosa Bank nach. Das man im Nebel gegen die Reling laufen und über Bord fallen konnte, kam ihr noch glaubhaft vor, aber die Geschichte mit den Wassergeistern hielt sie für reines Seemannsgarn. Die *Queen Roses Death* hatte die seichten Gewässer des Delfins bereits am späten Vormittag erreicht. Die höchsten Sandbänke, die seine Umrisse markierten, waren nicht mehr als karge Sanddünen, die aus dem Wasser ragten. Außer von einigen Möwen schienen sie völlig unbewohnt. Einige Markierungen waren tatsächlich nur Untiefen. Auch der Abstand zwischen den Markierten Hindernissen war nicht sonderlich groß, vom Schwanz bis zur Nase des Delfins vielleicht etwa sechzig Meilen. Dies hatte Sea von der Karte abgelesen, als sie Sall das Herz des

Delfins gezeigt hatte. Vor etwa einer Stunde hatten sie die Düne, die das Schwanzende symbolisierte, passiert. Die Crew der *Queen Roses Death* schien schon den ganzen Tag ziemlich angespannt, dabei war es gar nicht nebelig. Allerdings war das Wetter an diesem frühen Nachmittag auch nicht das Beste. Der Himmel war grau, und der Wind war auch nicht wirklich optimal. Er genügte zwar um vorwärts zu kommen, aber er wäre nicht stark genug um Nebel wegzublasen.

Sall stand vermutlich zum zehnten Mal von seinem Kartenspiel auf, kam mit großen Schritten die Treppe hinauf und stellte sich breitbeinig neben ihr auf.

„Verdammt, dieser Leichtmatrose hat noch immer nichts entdeckt!", fluchte er ungeduldig. Mit ‚dem Leichtmatrosen' war der Pirat im Krähennest gemeint, der noch immer nichts gesichtet hatte. Sea schüttelte nachdenklich den Kopf.

„Es sollte eigentlich demnächst auftauchen, was auch immer wir suchen, oder?", fragte sie nach.

„Wenn deine Koordinaten stimmen, sollten wir das *Herz* innerhalb der nächsten halben Stunde sehen, sonst sind wir daran vorbei", antwortete er.

„Meine Koordinaten sind richtig", versicherte sie dem Kapitän gelassen, „ich bin gespannt, auf was wir stoßen werden." Sall nickte und verschränkte die Arme vor der Brust.

„Ich auch", meinte er erwartungsvoll. In diesem Augenblick brüllte der Pirat im Krähennest endlich zu ihnen hinunter, und sie hoben die Köpfe im Takt, um zu ihm in den Mast aufzusehen.

„Käpt'n, steuerbord voraus befindet sich eine Sandinsel", brüllte er auf die Kommandobrücke. Mit der Hand wies der Matrose nach Nord-Westen auf die Kimm, wie der Horizont auf See genannt wurde. Diego, der die Worte bereits vernommen hatte, sprang mit hastigen Schritten die Treppe empor und stellte sich zu ihnen. Er holte dabei das Fernrohr hervor, das er Sall hinhielt.

Der Kapitän griff wortlos danach, trat an die Reling und suchte das Meer nach der Düne ab, schien sie aber nicht zu finden, während Diego neugierig seinem Blick folgte. Nicht dass Sall das Fernrohr nicht selbst geholt hätte, sein Erster brachte es ihm als Geste zur Unterstützung seiner Autorität. Wenn sie die Zeit dazu hatten, konnten die beiden ihren Status auch hin und wieder demonstrieren.

„Wie weit ist sie entfernt?", fragte er den Piraten im Krähennest in einer Lautstärke, die man vermutlich meilenweit hörte. Dieser zuckte mit den Schultern. Bei ihm kam die Frage in Gesprächslautstärke an, während sie sich an liebsten die Ohren zugehalten hätte.

„Sieben Meilen vielleicht", brüllte er herunter. Der Kapitän nickte, schob das Fernglas zusammen und gab einige Befehle, um den Kurs zu korrigieren.

***

Etwa eine Stunde später konnte man die Insel bereits deutlich erkennen. Das Piratenschiff hielt weiterhin gemütlich darauf zu, denn bei so wenig Wind konnten sie ohnehin nicht schneller segeln. Vielleicht eine Kabellänge vor dem Landstück ließen die Piraten das Lot ins Wasser hinab, um die Tiefe zu prüfen. Bis auf rund zweihundert Meter lenkten sie das Schiff noch an das Cay heran, bevor ihnen das Risiko, einen Findling im seichten Wasser zu rammen, zu groß wurde. Näher als ein Kabel, also einen zehntel Seemeile, hätten sie ohnehin nicht durch das seichte Wasser herandriften sollen, sie hätten sich sonst im Sand festgefahren. Sie brauchte Sall nicht zu erklären, wieso sie nicht näher an ihr Ziel heran fuhr. Dort schossen sie gegen den Wind auf.

„Segel bergen, Anker werfen!", kommandierte der Kapitän, obwohl er genauso gut ‚Jetzt' hätte befehlen können. Die Crew stand schon ungeduldig an ihren Stationen und schien nur noch der Form halber auf die voraussehbaren Befehle zu warten. Als Salls Stimme über dem Deck erklang, begann die Mannschaft augenblicklich die Befehle auszuführen, und sie sahen zu, wie sich ein Segel nach dem anderen in sich zusammen faltete und der Anker in die Tiefe glitt.

„Lasst den Kutter und eine Jolle ins Wasser!", befahl er nach kurzer Zeit den Piraten, die gerade erst die Segel eingeholt hatten. Kaum standen sie wieder auf den Planken drehten sie an den Davits die Boote über das Wasser und ließen sie auf die ruhigen Wellen hinab. Die Männer waren so beschäftigt, dass nur Sea auffiel, dass langsam grauer Nebel aufzog. Aber sie beschloss, sie nicht darauf aufmerksam zu machen. Sie wollte schließlich keine Panik unter den Matrosen auslösen, die an diese Geschichten glaubten. Als die Boote im Wasser trieben, winkte Sall sie zu sich, und sie folgte ihm die Treppe hinunter.

„Die Bootsmannschaften an die Riemen! Diego, du nimmst den Kutter, Sea, du kommst mit mir! Der Rest wartet hier, stellt einen Ausguck auf die Großmastsaling", befahl er der Reihe nach und stieg über die Reling, um an einer Strickleiter in die Jolle hinunter zu steigen. Diego deutete ihr, es ihm gleich zu tun. Sie nickte, stieg über die Reling und stellte den Fuß auf eine Leitersprosse. Rasch kletterte sie zu Sall ins Beiboot hinunter.

Fünf weitere Piraten stiegen zu ihnen ins Boot, ehe sie sich in die Riemen legten und auf den sandigen Strand zu ruderten. Sall saß im Bug der Jolle und musterte ihn aufmerksam. Wahrscheinlich überlegte er sich bereits, wo sie nach dem *Schlüssel* suchen sollten. Diego hatte sich in das andere Boot gesetzt und gab seiner Crew gut gelaunt den Takt zum Ziehen an.

Sea saß hinter Sall und sah in das klare Meerwasser. Nur wenige Meter unter ihnen lag ein Wald aus dunklem Seegras über dem hellen Sand.

Dazwischen lagen hin und wieder große Findlinge verstreut, die ein wenig fehl am Platz zu sein schienen, aber gut ins Bild passten. Wenn sie genau hinsah, erfasste ihr Blick sogar einige kleine Fische, die im seichten Wasser zwischen dem Tang Schutz vor Raubfischen suchten. Sea sah auf und musterte den Himmel, der Nebel war etwas dichter geworden.

An Salls Schulter vorbei sah sie nach vorne und fasste die Insel ins Auge. Sie erstreckte sich als breite Sandbank etwa eine Meile von Ost nach West und machte den Anschein, als sei sie von einer einzigen Welle aufgeworfen worden und könnte im nächsten Sturm wieder weggeschwemmt werden. Die niedrigen Palmen, die auf ihr wuchsen, schienen allerdings darauf zu vertrauen, dass die großen Felsen, die überall aus den Wellen ragten, ihre Insel an Ort und Stelle verankerten. Wenn der dichterwerdende Nebel nicht gewesen wäre, hätte dieser Strand vermutlich richtig idyllisch gewirkt, so aber sah er ein wenig rau aus. Sea senkte ihren Blick von den aufziehenden Nebelschwaden wieder auf das graublaue Wasser hinab, auf einen Felsen, an dem die Piraten das Boot vorbeipullten. Er war von grauen Seepocken und schwarzen Muscheln überwuchert. Ein roter Seestern versuchte, eine mit seinen Tentakeln zu öffnen, um ihr weiches Fleisch im Inneren der harten Schale zu fressen.

Einen Moment später ging ein Ruck durch das kleine Boot, als sie auf den Strand auffuhren. Aus reiner Gewohnheit und weil sie auf einer der vorderen Bänke saß, sprang sie zusammen mit zwei Piraten aus dem Boot in die kühle Brandung. Zu dritt zogen sie das Beiboot ein Stück auf den Strand, damit es nicht davon treiben konnte, falls sie es zurückließen. Die Matrosen sprangen nacheinander über den Rand der Boote in den Sand, um ihre Arbeit zu erleichtern. Als der junge Kapitän neben ihr die Stiefel in den Sand setzte, erreichte auch das Boot des Ersten Offiziers das Landstück und wurde auf die Sandbank aufgezogen, wie ein frisch gefangener Wal. Neugierig ließ Sea ihren Blick umherschweifen. Bewohnt schien das karg bewaldete Cay auf jeden Fall zu sein. Eine kleine Eidechse huschte zwischen den am Boden liegenden, dürren Palmwedeln erschreckt davon.

„Also Sea, hast du eine Idee, wie wir nun an den *Schlüssel* kommen?", fragte Sall herausfordernd mit verschränkten Armen, als alle Piraten auf dem schmalen Strand standen. Sea sah sich noch einmal suchend um.

„Nein", antwortete sie ehrlich, „aber wo auch immer dieser *Schlüssel* ist, wir werden ihn schon von alleine finden. Sonst hätte uns die Karte mehr Hinweise gegeben." Sall runzelte die Stirn.

„Im Klartext, du willst, dass wir einfach die ganze Insel absuchen?", fragte er sicherheitshalber nach. Sea nickte zur Bestätigung.

„Exakt! Oder hast du eine bessere Idee?"

„Was?", entfuhr es Diego erstaunt, „ich will dich nicht beleidigen, Sea, aber diese Idee ist lächerlich: Wo sollten wir denn anfangen?" Er drehte sich zu seinem Kapitän um, um einen Vorschlag zu machen. „Ich schlage vor, wir rudern zurück zum Schiff. Zu versuchen, die ganze Insel abzusuchen, ist doch reine Zeitverschwendung! Dieses Cay mag ja ein winziges Landstück sein, aber um auf ihm diesen *Schlüssel* zu finden, ist sie immer noch zu groß", argumentierte er. Seinem beunruhigten Gesicht zufolge, schien er die Geschichten über die Wassergeister von Misteriosa Bank für wahr zu halten.

Leider hatte sie gemerkt, dass Diego an das meiste Seemannsgarn glaubte, das man ihm erzählte. Zumindest bis er mit eigenen Augen einen Beweis sehen konnte, dass er im Irrglauben war.

Doch bevor Sall überhaupt den Mund öffnen konnte, zog Sea bereits ihre linke Augenbraue hoch und erwiderte: „Ach, und du weißt noch, wo sich das Schiff befindet?" Sie konnte sich ein Lächeln einfach nicht verkneifen.

Diego und die übrigen Piraten sahen sich um. Dichter Nebel hatte sie eingeschlossen, man sah nicht mehr weiter, als bis zu den Felsen, die einige Meter entfernt in der Brandung lagen. Beunruhigtes Gemurmel breitete sich unter den Piraten aus. Flüsternd überlegten sie, ob an den Geschichten etwas dran sei. Der Kapitän ließ sie sich einen Moment genervt fragen, ob ihr letztes Stündchen geschlagen hatte, bis er dem Getuschel mit seiner kräftigen Stimme ein Ende bereitete.

„Dann haben wir mehr als genug Zeit, um diese verfluchte Insel abzusuchen", meinte er unbeeindruckt. Die Piraten musterten ihren Kapitän, einige zustimmend, andere unsicher.

„Wir sollen hier bleiben, Käpt'n?", fragte ein Seeräuber nervös und schluckte leer. Sall verdrehte genervt die Augen, als er antwortete.

„Willst du etwa in den Nebel hinausrudern?...Du würdest die *Queen Roses Death* gar nicht erst erreichen, sondern dich im Nebel verirren. Und auf der Insel können wir zumindest nicht abtreiben", unterband er kalt jedes weitere Widerwort. Schließlich wandte er seine Aufmerksamkeit wieder Sea zu. „Hast du einen Vorschlag, wie wir diesen *Schlüssel* finden könnten?", fragte er und steckte wartend die Hände in die Hosentaschen.

„Die Karte hat uns keine weiteren Hinweise gegeben, also müsste uns sein Versteck von alleine auffallen", antwortete sie bestimmt. Der junge Pirat brummte nachdenklich, zog die Hände wieder aus den Taschen und verschränkte die Arme vor dem Brustkorb, wie er es so häufig tat.

„Ergo suchen wir nach irgendetwas Unnatürlichem. Zum Beispiel einem Stein, der auffällig auf einem Hügel steht, geschnitzten Kerben in einer Palme oder sonst einem menschlichen Zeichen", teilte der Kapitän der Crew seine Überlegungen mit.

In diesem Moment durchfuhr ein lautes Lachen den Nebel, das die Piraten vor Streck zusammenfahren ließ. Erschrocken drehten sie sich zu den verschwommenen Umrissen der Palmen um. Sea konnte beinahe fühlen, wie den meisten von ihnen die Schauergeschichten, die sich um Misteriosa Bank wanden, eiskalt über den Rücken rannen. Sie fixierten die durch den Nebel auf sie zuhinkende Silhouette mit aufgerissenen Augen.

Begeistert lachend trat die Gestalt in ihr Blickfeld. Ein grauhaariger, alter Mann humpelte ihnen entgegen. Seine Kleider waren zerrissen und staubig, trotz der vielen sauber genähten Stellen. Mit sich brachte der Alte einen starken Geruch nach totem Fisch und dem Fehlen von Seife, wofür er vermutlich nichts konnte. Aber in seinem Gesicht strahlte ein Grinsen, als würde er alte Freunde willkommen heissen.

„Ich hab doch gewusst, dass ich Stimmen gehört habe! Erst dachte ich, dass ich den Verstand doch noch verliere, aber dann hab ich mir gesagt, nachsehen muss ich trotzdem", begann er zu labbern und schloss den Piraten, der ihm am nächsten stand, wie einen verloren Sohn in die Arme. Gleich darauf ließ er den verdutzten Seeräuber wieder los, bevor sich dieser wehren konnte und schüttelte dem nächsten energisch die Hand. Während dessen plauderte er munter weiter: „Und ich habe schließlich gewusst, dass hier irgendwann wieder Menschen auftauchen. Ich wusste zwar nicht, wann, aber ich wusste, dass jemand kommt. Und hier seid ihr! Ist manchmal ein bisschen einsam hier, aber man freut sich dafür umso mehr, wenn man mal wieder andere Leute trifft."

Der grauhaarige Alte stapfte durch die Gruppe der Piraten direkt auf das Meer zu, als würde sein Ziel direkt in den Wogen liegen. Das ihn die Männer mit verständnislosen Gesichtern musterten, bemerkte er überhaupt nicht. Kurz bevor er die Füsse in die Brandung stellte, blieb er stehen und formte seine Hände vor dem Mund zu einem Trichter.

„Hast du gesehen, Sirenia, es sind wieder Menschen auf meine Insel gekommen, wie ich es dir gesagt habe", rief er erfreut über die leichten Wellen, was Sea daran zweifeln liess, dass er seinen Verstand noch beisammen hatte. Die Piraten tauschten unsichere Blicke untereinander aus, woraus sie schloss, dass sie von dem gleichen Gedanken heimgesucht wurden.

„Wer ist denn bitte Sirenia?", fand Diego langsam, aber als Erster seine Stimme wieder. Der Alte drehte sich zu ihm um. Ungläubig sah er ihn an und runzelte die Stirn.

„Was willst denn du für ein Seemann sein, der keine Meerjungfrau erkennt?", stellte er krächzend seine Gegenfrage, wie eine alte Krähe. Jetzt ist es definitiv, dachte Sea sicher schmunzelnd, der arme Kerl hat seinen Verstand verloren!

Aber der Erste Maat vergewisserte sich mit einem kurzen Seitenblick auf das Wasser, dass nicht tatsächlich irgendwo eine Meerjungfrau schwamm, bevor er sich fade verteidigte: „Ich kann keine Meerjungfrau sehen." Der Grauhaarige stellte sich neben seine Schulter und zeigte mit dem Finger auf das Meer hinaus.

„Eine schlanke, blonde Frau mit grünen Augen und ausgesprochen hübschem Gesicht. Sie sitzt da vorne auf dem Felsen. Der Nebel ist nicht so dick, dass du sie nicht sehen kannst", bemühte er sich Diego seine Freundin zu zeigen. Doch der hatte nur Augen für den offensichtlich sinneskranken Einsiedler und machte ein Gesicht, als würde er dem Irren am liebsten einen Vogel zeigen.

„Ich kann nirgends eine Meerjungfrau entdecken!", versicherte er dem Einsiedler kühl, ohne einen zweiten Blick zu benötigen, um sich zu vergewissern. Der Grauhaarige schüttelte seufzend den Kopf und kapitulierte, wohl mit dem Gedanken, dass Diego blind sein musste. Sea konnte nicht anders, sie musste darüber kichern, dass der übergeschnappte Alte den Ersten Maat für verrückt hielt.

„Diego, er meint den Felsen mit dem roten Seestern, an dem wir vorher die Boote vorbeigepullt haben", klärte sie den Seeräuber auf und erreichte, dass die Piraten verwirrt die Köpfe zu ihr drehten. Diego starrte sie an, als wäre sie nun auch von allen guten Geistern verlassen. Der Einsiedler jedoch begann zu strahlen, wie ein kleines Kind, dem man ein Stück Karamell schenkte. Er klopfte ihr wohlgemeint, aber äußerst hart auf den Rücken und präsentierte sie grinsend dem Ersten Maat.

„Siehst du, Junge, dieses Mädchen hat Augen im Kopf!", lachte er ihn zufrieden an und machte sich den niedrigen Palmen entgegen humpelnd auf den Weg.

Sall nutzte den Augenblick aus, in dem der Einsiedler nicht zuhörte, um ihr halblaut eine Frage zu stellen. „Du siehst da nicht wirklich eine Meerjungfrau auf dem Felsen, oder?"

Er runzelte unsicher die Stirn, als sorgte er sich darüber, ob sie noch bei Sinnen war. Sea begann zu lächeln. Er dachte zu weit, wie die meisten Menschen es immer taten.

„Natürlich sehe ich keine Meerjungfrau auf diesem Felsen, das habe ich aber auch nie behauptet!", versicherte sie dem jungen Kapitän und genoss die verwirrten Blicke der Piraten. Doch schließlich erbarmte sie sich ihrer und erklärte: „Personen stellen von alleine Behauptungen auf, wenn sie nicht alles erfahren. Ich habe nur gesagt, dass ich den

Felsen sehe, und er nahm von alleine an, dass ich somit die Meerjungfrau auch sehe." Während einige der Seeräuber noch immer ein wenig verwirrt aussahen, lachte Sall halblaut auf.

„Also du bringst die Leute dazu sich selbst anzuschwindeln und bist damit keine Lügnerin", verstand er amüsiert.

„Wenn du so willst", bestätigte ihm Sea in diesem Moment, als der Einsiedler stehen blieb und sich zu ihnen umschaute.

„Wo bleibt ihr denn?", unterbrach er ihr Gespräch, das er wie gehofft nicht gehört zu haben schien, „Ich kann euch zwar nichts zu Trinken anbieten, aber dafür eine umgefallene Palme, auf der das Sitzen beinahe so bequem ist, wie auf einem Stuhl." Einige der Piraten kicherten leise über den Glauben, dass ein einfacher Stuhl ein Luxus zu sein schien. Dass der Kapitän auf einem Schiff meist der Einzige war, zu dessen Inventar richtige Stühle gehörten, schienen sie vollends zu vergessen. Der Einsiedler drehte sich wieder um und winkte ihnen im Weitergehen, ihm zu folgen.

Der junge Kapitän schritt ohne zu zögern hinter dem alten Einsiedler her, während er zwei Namen aufrief, deren Besitzer bei den Booten bleiben sollten. Diego und einige der anderen schlichen mit Gesichtern hinter ihm her, als wäre ihnen der Alte nicht geheuer. Sea allerdings machte der alte Kauz neugierig, und sie schritt zügig hinter ihm her, um ihn einzuholen. In ihr drängten sich eine ganze Reihe von Fragen auf, die sie ihm stellen wollte.

Irgendwie musste er schließlich auf diese bessere Düne gekommen sein, und er sah aus, und roch insbesondere, als wäre dies schon längere Zeit her. Sall sah sich nach ihr um, als sie zu ihm aufschloss.

„Was mich noch interessiert ...", nahm er ihren Gesprächsfaden gedämpft wieder auf, „warum war es dir wichtig ihn glauben zu lassen, dass du seine imaginäre Freundin auch siehst?" Sein neugieriger Gesichtsausdruck machte ihr direkt Lust, ihn selber darüber grübeln zu lassen. Dazu kam, dass sie den Grund ihrer Reaktion für sehr offensichtlich hielt.

„Er ist mit Abstand das Menschlichste, das wir auf dieser Sandbank finden können", klärte sie den Piraten aber trotzdem auf. „Wenn er tatsächlich etwas mit Lenoir zu tun hat, ist es wahrscheinlich besser wenn er nicht weiß, dass wir ihn für übergeschnappt halten. Vielleicht hat er irgendwelche Informationen, die uns helfen könnten."

Sie machte einen Bogen um die erste der niedrigen Palmen und machte einen großen Schritt über einen zu Boden gefallenen Palmwedel. Es waren keine Kokospalmen, wie sie an der recht hellen Rinde erkannte. Von Kokosnüssen hatte sich der alte Einsiedler also sicherlich nicht ernährt.

In diesem Moment blieb der alte Kauz einige Meter vor ihnen stehen und wandte sich zu ihnen um, wobei er die Sicht auf sein Lager frei gab. Es befand sich etwa in der Mitte der Insel an der höchsten Stelle, damit die Flut es nicht erreichen konnte. Deshalb könnte man in alle Richtungen das Meer zwischen den Palmenstämmen hindurch sehen, wenn das Wetter nicht so nebelig wäre. Auf der westlichen Seite seines Lagers hatte er sich einen ganz einfachen Unterschlupf gebaut, der nur aus einem schrägen, mit Palmblättern gedeckten Dach und zwei Stützen bestand. Darunter lag eine fein säuberlich zusammengefaltete Decke, die scheinbar seit Jahren niemand gewaschen hatte, und ein Stapel alte, verschließbare Porzellantöpfe. Gegenüber der offenen Seite des Unterschlupfes lag der umgestürzte Palmenstamm, den er als Bank benutzte. Dazwischen befand sich eine winzige, mit Steinen gerahmte Feuerstelle. Er achtete gut darauf, dass ihm die Glut nicht erlosch. Ein Stück trockenes Treibholz glühte in der Feuerstelle, und daneben war ein ganzer Stapel aufgeschichtet. Der Einsiedler öffnete die Arme und lud sie höflich ein:

„Macht es euch irgendwie bequem!"

Die Piraten neben ihr tauschten mit gerunzelter Stirn Blicke aus, als wären sie sich gerade ein weiteres Mal darüber klar geworden, dass der Alte seinen Verstand verloren hatte. Doch Sea konnte sich keinen Grund ausdenken, die freundliche Einladung abzulehnen. Mit gutem Beispiel ging sie voran und setzte sich auf die Palme, als wäre sie ein gemütlicher Sessel in einem Wohnzimmer.

„Darf ich Euch etwas fragen, Mister?", fragte sie höflich, ohne sich darum zu kümmern, dass sie gerade eine Frage stellte. Der alte Einsiedler setzte sich ächzend auf der anderen Seite der Feuerstelle auf den sandigen Boden.

„Selbstverständlich! Fragen darf man immer, wenn man die Antwort nicht scheut", antwortete er ihr strahlend.

„Wie lange seid Ihr schon auf dieser Insel?", machte sie ihrer Neugierde Luft, während Sall sich neben ihr auf der improvisierten Bank niederliess. Das faltige Gesicht des Einsiedlers nahm einen nachdenklichen Ausdruck an.

Er überlegte einen Moment und erwiderte schließlich seufzend: „Das weiß ich nicht mehr. Ich habe das Datum vergessen, an dem der alte Lenoir mich ausgesetzt hat"

Neben ihr hellte sich Salls Gesicht auf, während Diego, der sich gerade neben ihn gesetzt hatte, beinahe wieder aufgesprungen wäre. Er riss ungläubig die Augen auf und fragte mit in Falten gelegter Stirn: „Was? Lenoir hat dich hier ausgesetzt? Aber der ist seit bald fünfzehn Jahren tot!"

Der Einsiedler sah ihn eindringlich an, als überlegte er sich, ob Diegos Behauptung stimmen konnte.

„Oh! Tatsächlich? Als ich ihn damals das letzte Mal sah, war er in etwa Fünfzig und quicklebendig", überlegte er laut und brummte nachdenklich, wobei er sie an einen Bären erinnerte. Der bärtige Pirat, der sich seitlich hinter ihr gegen eine aufrechte Palme gelehnt hatte, verschränkte nun die Arme. Er schüttelte ungläubig den Kopf, wobei seine Hunderte von mausgrauen Zöpfen und die Goldohrringe um sein faltiges Gesicht schwangen wie ungenaue Uhrpendel.

„Das ist kaum möglich! Soviel ich weiß, war Lenoir in den Mittfünfzigern, als ihn die Kugel erwischt hat und das würde bedeuten, dass du seit ungefähr ..." Er blickte beim Rechnen auf seine Hände herab, wie ein Kind, das rechnen lernte. „... zwanzig Jahren auf dieser Insel festsitzt!", entfuhr es ihm, als er das Ergebnis der Rechnung herausfand. Der alte Einsiedler nickte zustimmend, als würde diese Antwort in etwa stimmend.

„Das ist sehr wohl möglich", versuchte er ihn zu überzeugen, „wie es aussieht, bin ich der lebendige Beweis." Sea wunderte sich, wie er mit einer solchen Gelassenheit über seine Gefangenschaft auf dieser Insel sprechen konnte, aber vermutlich lag dies an seinem Sonnenstich.

„Von was habt Ihr Euch all diese Jahre ernährt?", fragte sie ihn neugierig. Der Alte zog die Augenbrauen nach oben, als wäre ihm gerade etwas Wichtiges eingefallen.

„Gut, dass du mich erinnerst, ich muss nachher nachsehen, ob ich eine Krabbe oder einen Fisch im Hummerkorb gefangen habe. Meistens esse ich Fisch, und hin und wieder fange ich eine Krabbe, eine Eidechse oder sogar einen Seevogel, es gibt hier mehr essbare Dinge, als man glauben könnte", erzählte er mit fast schwärmender Stimme. „Das einzige Problem ist das Wasser, diese verfluchte Düne hat leider keine Süsswasserquelle. Aber zumindest hat mir der alte Lenoir ein paar Töpfe dagelassen."

Er zeigte mit dem Daumen über seine Schulter auf die drei gestapelten Tongefässe, was Diego und einige andere ein weiteres Mal dazu brachte, verwundert die Stirn zu runzeln. Der schwarzhäutige Pirat, der ihr gegenüber stammgerade zwischen den Palmen stand, war es, der die Frage stellte. Er hörte auf mit dem Knauf eines seiner beiden Entermesser zu spielen, die ihm rechts und links am Gürtel hingen, und fragte mit verschränkten Armen:

„Wie, die Töpfe? Hast du damit Regen aufgesammelt?"

Der alte Einsiedler nickte heftig, als er diese weitere Frage genussvoll beantwortete: „Ja, wenn es mal geregnet hat, habe ich Regen gesammelt. Aber hier regnet es nur etwa alle paar Wochen, oder ich glaube, dass es Wochen sind. Nein, es war der Nebel, der mich am Leben gehalten hat." Vermutlich ließ sich der Alte deshalb alles aus der Nase ziehen, weil er ein wenig Aufmerksamkeit suchte. Es war kein Wunder, dass er sich in seiner Einsamkeit mit einer erfundenen Meerjungfrau angefreundet hatte.

Die Piraten tauschten Blicke aus, als wären sie zu dem Schluss gekommen, dass dem Alten nicht einmal Gesellschaft noch helfen konnte. Seas Augen aber weiteten sich, und ein breites Lächeln breitete sich über ihren Lippen aus. Es war fantastisch, wie erfindungsreich Menschen wurden, um zu überleben.

„Ihr habt mit den Töpfen den Tau, den der Nebel hinterließ, von den Palmblättern gesammelt!", löste sie sein kleines Rätsel strahlend auf. Der Alte schenkte ihr ein bestätigendes Lächeln.

„Ah, die junge Dame hat nicht nur Augen, sondern auch einen Kopf! Ja, es ist ein unglaubliches Glück, dass hier mehrmals am Tag Nebel aufzieht und wieder verschwindet. Ich habe mich schon immer gefragt, woran dieses Phänomen liegt", erzählte er ungewöhnlich ausführlich.

Nun meldete sich der junge Kapitän selbst zu Wort, nachdem er dem Gespräch eine Weile aufmerksam aber stumm gelauscht hatte. „Über das Wetter musst du uns nicht fragen, das ist auch für uns ein Rätsel. Aber mich macht etwas anderes viel neugieriger: Wer bist du und woher kennst du Kapitän Lenoir?", brachte er das Gespräch schließlich auf den Punkt. Der alte Einsiedler legte nachdenklich die Stirn in Falten und musterte den jungen Piraten, als überlegte er sich, ob er ihm solch wichtige Informationen preisgeben konnte.

„Mein Name ist Albert Cod. Ich war damals Matrose auf Lenoirs Schiff, als ich noch jünger war ...", erzählte er ihnen dann aber doch. Kurz versank er in alten Erinnerungen, bevor er sich, die Stirn in Falten gelegt, wunderte:

„Warum interessierst du dich für meinen Käpt'n, Junge?"

„Weil ich per Zufall an ein von ihm ausgestelltes Stück Pergamentpapier gekommen bin, das uns geradewegs hierher geführt hat. Wir suchen den *Schlüssel im Herzen des Delfins*. Kannst du uns da weiterhelfen?", erwiderte Sall lässig. Die Augen des Einsiedlers begannen zu strahlen, wie Laternen, als hätte sich endlich eine ersehnte Hoffnung erfüllt.

„Ah! Ihr sucht also Lenoirs verschollene Beute. Ich dachte mir schon, dass die junge Dame nicht grundlos eine dieser Münzen um den Hals trägt, die wir damals geprägt haben. Seid ihr Piraten, dass ihr vom *Schlüssel* wisst, oder wie bist du an die Karte gekommen, Junge?"

„Piraten", antwortete der Kapitän grinsend mit einem Seitenblick auf sie, den sie nicht beachtete. Wenn er sie ‚Pirat' nannte, würde sie garantiert nicht darauf reagieren, sonst würde sie diesen Titel schließlich bestätigen.

„Ihr habt diese Münze geprägt?", fragte sie Cod stattdessen und zeigte ihm die Goldmünze an ihrem Hals.

„Ja, mein Vater war Münzer und ich wusste wie man Münzen prägt oder umprägt. Der alte Lenoir hat es geliebt, alles irgendwie zu kennzeichnen, genauso wie er es geliebt hat, den Himmel zu betrachten. Wir mussten nach den Überfällen auch immer schwarze Farbe über einige Leichen giessen und diese in den Masten aufhängen, damit jeder sehen konnte, wer das Schiff überfallen hat." Er schüttelte verständnislos den Kopf, wie wenn er noch heute nicht verstand, wieso sie ihre Zeit mit Zeichen verschwendet hatten. „Aber was wisst ihr über den Schatz?", nahm er das alte Thema wieder auf.

Salvador zuckte nur mit den Schultern: „Gerade genug, um hierher zu finden. Ich gebe zu, anfangs glaubte ich nicht einmal daran, dass dieser Schatz wirklich existiert ..." Die dunklen Augen des Alten begannen zu leuchten wie Kerzenflammen in der Dunkelheit.

„Und wie er existiert, mein Junge! Dreizehn Kisten, bis zum Rand angefüllt, nicht nur mit diesen Goldmünzen, sondern auch Juwelen! Ein Anteil ist vermutlich genug um ein Leben lang auch eine Frau und ein Kind zu ernähren, wenn man nur ein kleines bisschen mit Geld umgehen kann", erzählte er ihnen. Diegos Pupillen begannen vor Goldsucht zu glänzen, wie die des Einsiedlers. Sie funkelten wie die Edelsteine, die er sich gerade vorstellen musste. Ihm stand die Gier geradezu auf die Stirn geschrieben, während sich über Salls Lippen nur ein siegesgewisses Grinsen legte.

„Und wo befindet sich Lenoirs verschollene Beute, Cod?" Der junge Kapitän lehnte sich erwartungsvoll noch ein Stück mehr zu dem alten Kauz vor. Doch der Einsiedler zuckte nur mit den Schultern.

„Das wüsste ich auch gerne!", bedauerte er, „aber ich hab den Hinweis nicht gesehen, den Lenoir versenkt hat."

„Versenkt?", fragte der Schwarze mit den zwei Säbeln zwischen den Palmenstämmen hervor. Der Alte drehte sich zu ihm und wies mit der Hand nach Südwesten.

„Aye, irgendwo dahinten auf dem Wasser haben sie vom Beiboot aus irgendwas versenkt." Sall folgte mit seinem Blick dem Arm des Einsiedlers und versuchte, den richtigen Punkt auf den Wellen zu finden. Wie erwartet hatte er aber kein Glück.

„Wo genau?", fragte er Cod, die Augen noch auf die Wellen gerichtet.

„Erst eine Gegenfrage: Würdet ihr mich auf eurer Fahrt mitnehmen? Das Ziel ist mir egal. Hauptsache ich darf in meinem Leben noch einmal die Zivilisation sehen, so paradiesisch diese Insel auch ist." Der alte Kauz sah sich tagträumerisch ringsherum um, als würde ihm seine Sandbank als Wohnort wirklich gefallen. Vielleicht war es gut, dass er verrückt geworden war. So hatte er scheinbar nicht bemerkt, dass er in Wahrheit auf einer Gefängnisinsel eingekerkert war. Hinter seinem Rücken zeigte der Schwarze ihm einen Vogel. Der junge Kapitän zuckte nur gleichgültig mit den Schultern.

„Von mir aus, wir werden schon eine Arbeit finden, bei der du dich nützlich machen kannst. Aber zuerst will ich den Hinweis!" Cod sprang flink wie ein Kind auf die Beine, was man ihm wegen seines faltigen Gesichts gar nicht zutrauen würde.

„Mein Herd ist der höchste Punkt der Insel! Lenoir hat ihn mit einer beschrifteten Steintafel gekennzeichnet, aber ich fand sie als Ofenboden praktischer", behauptete er und zeigte auf seine Feuerstelle, „Ich kann zwar nicht lesen, aber Lenoir sagte mir, was darauf steht: *Siebenundsiebzig Faden ist mein Arm lang, wenngleich er sich nicht zwischen West und Süd entscheiden kann, ist das Ziel vom Höhepunkt aus zum Greifen nah.* Er war eben poetisch veranlagt. Im Grunde heißt es einfach, vom höchsten Punkt der Insel aus seien es exakt siebenundsiebzig Faden genau nach Südwesten bis man den Hinweis erreicht. Es war ihm wichtig, dass er nicht durch Zufall gefunden werden könnte, deshalb ist er nicht auf der Insel versteckt worden."

Sall grinste zwar schief aber so verständnisvoll, als hätte er ebenso gehandelt. „Versteh ich. Schliesslich ist seine Beute scheinbar von einer beträchtlichen Summe", meinte er und erhob sich von der gekippten Palme, „Diego, hast du eine Messleine bei dir im Boot?"

Der Erste Maat nickte prompt und schickte gleich selbst jemanden, diese zu holen: „Pierre, hol die Leine und zurr ihr eines Ende an der umgestürzten Palme fest." Er stand ebenfalls von der Palme auf und erkundigte sich kurz, ob sie mit beiden Booten aufbrachen. Aber sein Kapitän schüttelte den Kopf und steckte die Hände in die Hosentaschen.

„Nein, meine Bootsmannschaft samt Boot bleiben hier für den Fall, dass sich der Nebel vollständig verzieht. Wenn man bis zur *Rose* sehen kann, können wir nämlich meiner Bootscrew vom Boot aus zeigen, dass sie die Messleine losbinden können. Wir müssten dann nicht nochmal zurückrudern", erklärte er, „Cod, du packst in dieser Zeit dein Zeugs zusammen."

Der Einsiedler nickte eifrig, während die meisten Piraten ihrem Kapitän zum Strand folgten. Als Pierre mit einer dünnen, auf einer großen Holzrolle aufgerollten Leine wieder in Cods Lager auftauchte, erhob sich auch Sea.

Einen Augenblick sah sie zu, wie er das Ende des Seils von der Rolle wickelte und es um den Stamm ihrer Bank schlang. Anschließend drehte sie sich um und spazierte gemächlich ans Ufer, wobei sie noch mitbekam, wie Cod Pierre auf die Schulter tippte.

„Ist dieser Grünschnabel wirklich euer Kapitän oder benimmt er sich nur so?", fragte er den beschäftigten Franzosen. Dieser nickte recht uninteressiert, bestätigte aber den Verdacht des Alten. Der Einsiedler kratze sich verwundert am Kopf und sah zu dem jungen Kapitän hinab, der am Strand scheinbar das Zeichen für das Losmachen der Messleine besprach.

„Zu meiner Zeit hätte niemand einem blutjungen Mann so viel Verantwortung in die Hände gegeben. Der jüngste Käpt'n, den ich kannte, war etwa dreißig und längst kein Grünschnabel mehr." Sea musste unwillkürlich kichern, als sie seine Meinung hörte. Was würde der gute Cod wohl denken, wenn er erführe, dass *sie* schon für einige Zeit Kapitän gewesen war? Vermutlich würde er ihre Crew für so verrückt halten wie die Piraten ihn, dass sie ein Mädchen in diesem Posten duldeten.

„Glaub mir, Cod, das ist auch heute nicht die Norm! Black ist sicherlich der jüngste Piratenkapitän in der Karibik", klärte sie ihn kichernd auf und schloss sich dann Pierre an, der die Leine festgemacht hatte und nun ebenfalls durch den feinen Sand zum Strand stapfte.

***

„Foncé, du bleibst hier, Diego geht an die Pinne!", hörte sie den jungen Kapitän zu Pierres dunkelhäutigem Freund sagen, dessen Namen sie bisher nicht gewusst hatte. Dieser blieb sogleich in der Brandung stehen und begann stattdessen das Boot zu schieben, als Diego auch schon seinen Platz einnahm. Pierre und Sea erreichten das Ufer, während die Piraten mit vereinten Kräften Diegos Boot ins seichte Wasser schoben. Sie wateten einige Schritte durch die Brandung, bis sie knietief in den Wellen standen. Dort hielten einige von ihnen das Boot stabil, um ihren Crewgenossen den Einstieg zu erleichtern. Diese kletterten auf beiden Seiten zu zweit gleichzeitig über die Reling, damit das Beiboot nicht auf einer Seite zu schwer wurde. Sall überwachte sie einen Augenblick und schritt so gleichgültig durch das Wasser auf sie zu, wie wenn er übers Trockene ginge. Als er sich zu ihnen umdrehte, stand der Kapitän schon bis zum Rand seiner Stiefel in den klaren Wogen.

„Sea, du kommst auch mit, setz dich in den Bug!", rief er ihr zu und steuerte ebendiesen Platz an. Zügig folgte sie ihm durch das kühle Meerwasser an den Bug des Beibootes, worin sich der junge Kapitän gerade auf der Bank niederließ. Er streckte ihr die Hand entgegen, um ihr beim Einsteigen zu helfen. Aber ehe er ihr hätte behilflich sein können, hatte Sea schon die Hände auf die Reling gestützt und sich ins Boot gezogen. Kaum saß auch Pierre auf der Ruderbank, gaben die

Piraten dem vollbesetzten Boot einen Stoß, um es in Fahrt zu bringen, während die Bootsmannschaft die Riemen ins Wasser legte. Inzwischen grub Sall einen kleinen Kompass aus seiner Hosentasche und gab den Kurs an. Diego saß im Heck des Bootes an der Pinne, wo normalerweise Foncé seinen Platz hatte. Wortlos, aber mit nachdenklichem Gesicht korrigierte er die Fahrtrichtung. Dabei zählte er die Knoten der Messleine, die ihm mit jedem Faden durch die Hand rannen. Trotz dessen, dass er die Faden zählte, sah der Erste Maat kurz über seine Schulter, um die Entfernung zu überprüfen.

„Eine Frage, Käpt'n", sprach er Sall schließlich an, „nehmen wir den verrückten Alten wirklich mit?"

Der junge Kapitän zuckte gleichgültig mit den Schultern: „Mal seh'n. Wenn wir den Hinweis finden, sehe ich keinen Grund ihn hier zu lassen, immerhin hat Cod sich uns gegenüber kooperativ verhalten. Womöglich ist er sogar noch nützlich." Der Erste Maat erwiderte nichts und zählte stattdessen konzentriert die Knoten, die ihm durch die Hand rannen. In gleichmäßigen Zügen pullten die Piraten das Boot nach Südwesten, während Salls Bootsmannschaft am Strand wartete.

***

„Siebenundsiebzig Faden!", rief Diego nach einer Weile aus, als ihm besagter Knoten durch die Hand rutschte. Wie auf Kommando hoben die Piraten die Riemen aus dem Wasser und zogen diese in das Boot. Das Wasser war im Augenblick ruhig genug, dass sie das Beiboot unbehelligt treiben lassen konnten. Sea hatte fast die ganze Fahrt ununterbrochen ins Wasser gestarrt. Aber außer den reflektierenden Wellen hatte sie an diesem grauen Tag nichts erkennen können und den Blick wieder ins Boot gerichtet. Da sich der Nebel inzwischen allerdings wieder etwas verzogen hatte, sahen sie nun vielleicht mehr. Die Piraten starrten rechts und links der Reling in die Tiefe und suchten den Grund ab. Doch sie konnten es noch so konzentriert versuchen, den gesuchten Hinweis schienen sie nicht zu entdecken. Sea sah nun ebenfalls wieder neugierig über den Bootsrand herab. Einige Meter unter ihrem Kiel befand sich eine Sandbank, die mit hohem Seegras bewachsen war und aussah wie ein bewaldeter Hügel an Land. Die einzelnen Algen waren vermutlich je einen Faden lang, standen aber nicht dicht genug, um den sandigen Grund völlig zu verdecken. Dazwischen ragten vereinzelt große Felsbrocken aus der Sandbank. Neben ihr brummte Salvador nachdenklich.

„Sieht so aus, als müsste jemand hinabtauchen. Von hier oben aus kann *ich* nicht erkennen, ob hier etwas versenkt wurde", stellte er fest, als er den Blick aus dem Wasser hob und sich zu den Piraten umdrehte, „Ramiro, du kannst doch schwimmen?"

Der pockennarbige, braune Pirat mit dem Schnauz an einem der Steuerbord-Ruder kratze sich in seinen krausen Haaren. Er hatte den einen Arm in der Schlinge und pullte nur mit einer Hand.

„Ich bin mir nicht so sicher, ob das mit dem frischen Schnitt, den ich mir auf der *Brema* zugezogen habe, eine gute Idee ist. Und da Diego gerade mal den Kopf über Wasser halten kann, wirst du wohl selbst baden gehen müssen, Käpt'n." Er grinste.

„Waschlappen!", rächte sich der Kapitän umgehend schmunzelnd für die Frechheit.

„Ich hab' zumindest eine Ausrede", erwiderte Ramiro schulterzuckend. Sall öffnete schon den Mund, um etwas zu erwidern, doch ein lautes Räuspern unterbrach ihn, bevor er ein Wort sagen konnte. Der kurze, stämmige Matrose auf dem Platz direkt hinter ihr starrte ungläubig in die Tiefe unter ihnen und krallte trotz der ruhigen See die Finger in die Reling, als wären die Wellen masthoch.

„Der glatte Stein unter uns bewegt sich", teilte er mit, als könne er seine Behauptung selbst nicht glauben. Die Piraten richteten ungläubig den Blick auf ihn, was er nicht einmal bemerkte, denn er sah immer noch in die Tiefe als sähe er Gespenster. Reflexartig folgte Sea seinem Blick, obwohl sie an seiner Aussage zweifelte. Einen Faden unter dem Bootskiel trieb tatsächlich eine graue Silhouette aus dem Tang nach oben. Als sie nah genug an der Wasseroberfläche angelangte, erkannte Sea durch die durch das Wetter getrübten Wellen eine ihr bekannte Gestalt. Es war ein schwerfällig wirkendes Tier mit einer breiten Schnauze und einer noch breiteren walartigen Schwanzflosse.

„Jetzt macht der Name Sirenia einen Sinn!", rief sie kichernd aus, als die Bootsmannschaft unter „hä?" und „oh" das Tier entdeckten. Zwei weitere Tiere mit den gleichen Proportionen tauchten aus dem Wald aus Seegras auf. Das eine war ein ganzes Stück kleiner, ein Jungtier. Sall stützte sich auf die Reling und lehnte sich weit über den Bootsrand hinaus, um die Tiere zu betrachten. Aus dem Augenwickel warf er ihr einen neugierigen Blick zu.

„Könntest du das genauer erklären?", fragte er im Befehlston. Die Tiere schwammen bis an den Rand ihres Sichtfeldes von dem Beiboot weg, als wäre ihnen das fremde Treibgut nicht geheuer.

„Das sind Manatis, karibische Seekühe, deren lateinischer Name *Sirenia* ist", teilte sie den Piraten ihr Wissen aus einem Zoologiebuch ihres Lehrers mit und stellte eine Vermutung auf, „Cod wird diese Tiere bei seiner Ankunft oder von seiner Insel aus beobachtet haben. Anfangs wird er noch erkannt haben, dass es Seekühe sind, daher der Name. Aber nachdem ihm die Sonne zu lange auf den Kopf geschienen hatte, sahen seine Augen in einer von ihnen eine Meerjungfrau anstelle eines Manatis, nehm' ich an."

Sea beobachtete wie die Seekuh mit ihrem Kalb wieder im Seegras verschwand, die erste trieb abwesend wie im Tagtraum in einigem Abstand vom Boot über dem Seegrasteppich.

Der kurze Matrose verzog trotzdem eine unsichere Miene: „Mir sind diese Viecher nicht geheuer. Ich finde, wir sollten später nach dem Hinweis suchen, wenn sie weitergezogen sind. Es dauert bestimmt nicht lange, bis sie auszutesten beginnen wie viel Kraft unser Bootsrumpf verträgt. Ich hab gehört, bei Haien soll es vorkommen, dass sie Beiboote umdrehen." Er warf einen hoffnungsvollen Blick nach seinem Kapitän, doch Sall beachtete ihn nicht und versuchte, das friedliche Tier im Wasser einzuschätzen.

„So ein Unsinn!", entfuhr es Sea, bevor der junge Kapitän eine Entscheidung fällen konnte, „Seekühe sind Pflanzenfresser und interessieren sich für nichts, dass ihnen nicht zu nahe kommt. Und angreifen würden sie ohnehin nie, es sind Fluchttiere."

Der Kleinwüchsige brummte ungläubig, und ein blutiger Gedanke schien ihm durch den Kopf zu gehen. „Mir wär lieber, ich könnte die Viecher erschießen, aber im Wasser reichen die Schüsse nicht so weit."

Er murmelte so leise, dass ihn nur die Ohren in seiner Nähe hören konnten. Allerdings konnte sie aus den Worten nicht schließen, ob das Misstrauen wirklich den Manatis gehörte oder eher ihrer Aussage. Sea war klar, wie unbeliebt sie bei den meisten Piraten war, immerhin war es ein verbreitetes Gerücht, Frauen an Bord würden Unglück bringen. Aber sowohl die Möglichkeit, dass der Kurze sie nicht für voll nahm, als auch, dass er ihr misstraute, empörte sie. Ersteres war bei den meisten Männern eine normale Denkweise, Misstrauen hingegen hatte sie wahrlich nicht verdient.

„Dann beweise ich eben, dass Seekühe friedliche Tiere sind. Ich tauche!", entschloss sie kurzerhand. Anstatt weiter das seltene Tier zu beobachten, sahen die Piraten ihr mit gerunzelter Stirn zu, wie sie schon ihre Gürtelschnalle öffnete, um ihren Waffengürtel abzulegen.

„Du kannst schwimmen?", fragte Sall mit unsicher angehobener Augenbraue, denn diese Fähigkeit war bei einer Frau noch seltener zu finden, als sie unter Männern verbreitet war. In seinem Gesicht glaubte sie eine versteckte Sorge zu sehen, wobei sie sich vermutlich täuschte. Selbstsicher streifte Sea die Stiefel ab und kramte den kleinen Block und den Grafitstift aus der Tasche, um sie hinein zu legen, damit beides nicht nass wurde.

„Besser als jedes Seepferdchen, die können nur mit der Strömung treiben", lächelte sie ihn an und setzte sich auf den Bootsrand. Mit verdutzten Gesichtern sahen die Piraten zu, wie sie die Beine über die Reling schwang und sich in die sachten Wellen hinab stieß.

Sea schoss, die Füsse voran, durch die Wasseroberfläche in das kühle Nass, wobei sich ihr vor Kälte die Nackenhaare sträubten, als hätte sie etwas Unheimliches gehört. Im ersten Moment glaubte sie sich in einer kalten Strömung zu befinden, weswegen sie leicht frierend wieder nach oben schwamm. Doch nachdem sie sich instinktiv geschüttelt hatte und einen Augenblick verweilte, hielt sie die Temperatur durchaus für aushaltbar. Ohne die witzelnden Piraten zu beachten, schwamm Sea einige Züge vom Beiboot weg, dann schnappte sie Luft und tauchte senkrecht in die Tiefe. Sie sah nicht unbedingt weiter, als vom Boot aus, aber was in der Nähe war, war zumindest scharf. Kaum spürte sie einen leichten Druck auf dem Trommelfell, war sie auch schon tief genug, um nach der obersten Spitze einer Seepflanze zu greifen. Sich an dem groben Seegras festhaltend sah sie sich um. Wie erwartet, tauchten die Seekühe wieder aus ihrer submarinen Weide auf und verschwanden mit langsamen, aber kraftvollen Schwanzschlägen zügig aus ihrem Sichtfeld. Von den flachen Steinen waren mehr Manatis gewesen, als sie vermutet hatte. Eine weitere Kuh schwamm mit ihrem Kalb aus dem Seegraswald auf und floh vor dem fremden Geschöpf. Etwas weiter entfernt vom Boot verzogen sich rasch zwei verschwommene, graue Tiere.

Zufrieden suchte sie den Grund nach dem versenkten Hinweis ab. Zwischen den Stielen hindurch überflog sie aufmerksam den hellen Sand, in dem die groben Wasserpflanzen ihre Wurzeln geschlagen hatten. Sie achtete auf Unregelmäßigkeiten im Sand oder auf Dinge, die nicht ins Wasser gehörten. Aber selbst wenn sie gewusst hätte, was sie suchte, hätte sie auf den ersten Blick vermutlich nichts gefunden. Also ließ sie die Spitze der Wasserpflanze wieder los und schwamm wieder an die Wasseroberfläche. Sie atmete einige Male tief durch, dann schwamm sie einige Züge an eine andere Stelle. Darauf holte sie Luft und tauchte wieder hinab, um sich für die Suche an einem Seegrashalm fest zu halten.

***

Sea hatte irgendwann aufgehört zu zählen, wie viele Male sie schon getaucht war, aber sie hatte bestimmt jede mögliche Stelle rund um das Beiboot mehrere Male abgesucht. Der Erfolg war allerdings ausgeblieben. Sie hatte in einigen kleinen Sandhügeln gewühlt, Wasserpflanzen zur Seite geschoben, um besser zu sehen und dabei die verschiedensten Fische aufgeschreckt. Es war schön anzusehen gewesen, wie sie in alle Richtungen davon stoben, stattdessen hätte sie aber lieber den Hinweis gefunden. Kopfschüttelnd tauchte sie wieder nach oben und schwamm mit schnellen Zügen zum Heck des Bootes. Rasch strich sie sich ihre nassen Haare aus dem Gesicht und hielt sich mit beiden Händen an der hölzernen Reling fest.

„Diego, bist du sicher, dass du dich beim Faden Zählen nicht verzählt hast?", fragte sie, während sie sich ein Stück an der Reling hoch zog.

„Siebenundsiebzig Faden, wie's der verrückte Alte gesagt hat", bestätigte der Erste selbstsicher.

„Du hast also immer noch nichts gefunden?", fragte der junge Kapitän aus dem Bug, „Wir sind genau nach Südwesten gefahren, die gemeinte Stelle muss hier sein."

„Wie ich es dir schon vor einer Weile gesagt habe, kann ich hier nichts finden, das ein Hinweis sein könnte", verteidigte sie sich. Schon vor einigen Tauchgängen war sie zum Boot zurück geschwommen, um mitzuteilen, dass sie das Gesuchte nicht finden konnte. Jedoch schickten die Piraten sie wieder in die Tiefe, um erneut danach zu suchen. Einige der Seeräuber musterten sie immer noch skeptisch, die anderen schien sie überzeugt zu haben, dass sie trotz angestrengter Suche nichts fand. Der Pirat, der ihr nicht glauben wollte, dass Seekühe ungefährlich seien, drehte sich auf seinem Platz nur halb zu ihr um.

„Du hast es gehört: Der gemeinte Platz muss hier sein. Du hast bestimmt nicht richtig nachgesehen", versicherte er unbeeindruckt, „oder willst du behaupten, dass dieser Franzose, hab' den Namen vergess'n, den Weg von der Insel her falsch vermessen hat!" Er gluckste, als wäre dies die unwahrscheinlichste Vermutung dieser Welt, dabei war sie gar nicht der Meinung, dass Lenoir keine Faden hatte zählen können. Sie sinnierte einen Augenblick, dann schoss ihr die Lösung durch den Kopf. Jede Nation hatte unterschiedlich lange Faden, vielleicht hatten sie sich in der Länge vertan.

„Diego, aus welchem Land stammen die Längenangaben dieser Messleine?", fragte sie mit gegen den Himmel gezogener Augenbraue. Der Maat runzelte die Stirn und sah sie forschend an.

„Englische Faden, wieso?", erwiderte er erst unsicher, aber einen Wimpernschlag später beantwortete er sich die Frage selbst, „Natürlich … Lenoir als Franzose wird mit Französischen Faden gerechnet haben." Er verdrehte die Augen, wie wenn er überlegte, warum er nicht selbst an dieses Detail gedacht hatte.

„Da haben wir das Problem", verwarf Pierre unter dem Riemengriff die Hände, „Französische sind nur acht Neuntel so lang wie Englische Faden." Der junge Kapitän ließ keine weiteren Kommentare zu. Stattdessen starrte er einen Augenblick ins Leere und rechnete halblaut im Kopf.

„Siebenundsiebzig geteilt …sind …mal acht sind …Wir sind acht einhalb Englische Faden zu weit südwestlich", teilte Sall schlussendlich laut mit. „Sea, halt dich irgendwo am Heck fest, wir schleppen dich! Wenden!"

Während die Piraten das Boot wendeten, blieb Sea wie befohlen am Heck hängen, damit sie den Riemen nicht in den Weg kam. Die Seeräuber begannen schon im Takt zu rudern, als die Rolle der Messleine von Hand zu Hand in den Bug an Sall weitergereicht wurde. Ein Neuntel war zwar keine große Differenz, aber sie hätte an dieser Stelle wirklich ewig suchen können. Mit der Zeit hatte sie im Wasser doch an Motivation verloren. Hoffentlich waren die falschen Längenangaben die einzigen Hürden, die ihnen auf der Suche nach dem Hinweis noch im Weg standen. Eigentlich hatte sie keinen Elan mehr, um nochmals eine halbe Stunde im nebelverhangenen Meer zu schwimmen, überlegte sie sich, während sie sich von dem Beiboot durch die Wellen ziehen liess.

Der junge Kapitän zählte die Knoten, während er die Leine wieder auf der hölzernen Rolle aufrollte. Schon nach wenigen Zügen gab er den Befehl, das Boot zu stoppen. Die Piraten stellten die Riemen quer, um das Beiboot einigermaßen an der Stelle zu halten und sahen ins Wasser hinab.

„Hier müsste es sein. Sieht jemand etwas?", fragte Sall in die Runde und spähte selbst neugierig in die Tiefe. Einen Moment suchten die Seeräuber stumm das dunkle Wasser ab. Sea sah durch die leichten Wellen herab, wobei einige Perlen Meerwasser aus ihren nassen Haaren wieder in die See tropften und kleine ringförmige Wellen aufwarfen. Wegen dem Lichtreflex des Himmels konnte sie unter der Oberfläche aus diesem Winkel kaum einen Umriss erkennen. Da sie sowieso schon im Wasser war, könnte sie eigentlich auch gleich unter der Wasseroberfläche suchen, überlegte sie.

„Da!", meldete einer der Piraten in diesem Augenblick, „Da, steuerbord schräg achtern, da glänzt etwas!" Ruckartig blickte die gesamte Bootsmannschaft in die besagte Richtung, um das glänzende Ding zu sehen, bevor der Kapitän ihr sein Gesicht grinsend wieder zuwendete.

„Würdest du nachsehen, ob wir unseren Hinweis gefunden haben?" Sie murrte mehr zum Trotz, als dass es sie wirklich störte.

„Von mir aus ..."

Die Position des glänzenden Gegenstandes lag zu Diegos Rechten einen Schwimmzug neben dem Heck, allerdings ungefähr anderthalb Faden unter der Wasseroberfläche. Weil es sich genau zwischen den Spitzen der Wasserpflanzen befand, war es auch bei nur leichtem Spiegeln der Wellen kaum zu sehen. Sea nahm einen tiefen Atemzug und tauchte senkrecht in die Tiefe. Als sie näher an den Gegenstand heranschwamm, erkannte sie was es war. Vor ihr trieb ein großes, fassförmiges Glasgefäß, das sie an ein viel zu großes Tintenfässchen erinnerte. Durch das trübdurchsichtige Material zeichnete sich im Licht ein quaderförmiger Gegenstand ab. Eine rostige Kette, die mit einer genauso rostigen Eisenspange am Glas fixiert war, hielt das mit Luft gefüllte Gefäß auf immer der gleichen Höhe. Das andere Ende musste im Grund verankert sein, damit der Hinweis nicht abtrieb.

Sea machte einen kräftigen Schwimmzug und packte die Spitzen der Wasserpflanzen, um sich daran weiter herunter zu ziehen. Sie fischte nach dem Glas und betrachtete es genauer. Verschlossen war das Gefäss mit einem breiten Korken, der nach dem Verschließen zur Dichtung dick mit Teer eingestrichen worden war, welcher außerdem die Spange zusätzlich mit dem Glas verklebte. Den Gegenstand konnte sie durch das milchige Glas nicht genauer erkennen. Sie liess mit der einen Hand das Seegras wiederlos und zog kräftig an der Kette. Sie konnte die Kette nicht aus dem Boden ziehen, das Gewicht am unteren Ende war zu schwer. Und von der Kette lösen konnte sie das geteerte Glas nicht, deshalb ließ sie die Kette los und schwamm mit zwei langen Zügen an die Wasseroberfläche.

Sie hielt sich mit der Hand an der Reling fest, nachdem sie das Beiboot erreicht hatte. Aufmerksam drehten sich die Gesichter nach ihr um, um von ihrer Entdeckung zu hören.

„Das glänzende Ding ist ein großes, am Korken mit Teer abgedichtetes Glas, das mit einer Eisenspange an einer Kette festgemacht ist", erklärte sie den Piraten, „die Kette hängt an einem Gewicht, das ich nicht anheben kann. Entweder wir ziehen das Glas mitsamt dem Gewicht an einem Tau aus dem Wasser oder ich kann versuchen, es von der Metallklammer zu lösen. Dazu bräuchte ich zwar Werkzeug, aber ich glaube, die Spange ist nahezu so durchgerostet, dass es gehen müsste."

Sall liess sich einen kurzen Moment Zeit, um die Informationen zu verarbeiten, bevor er fragte. „Was glaubst du, was ist es für ein Gewicht?"

Sea zuckte unter ihrer nassen Bluse mit den Schultern. „Eine Kettenkugel oder sonst ein Gewicht …oder es steht einfach irgendwo an, so dass ich es nicht heraufziehen kann", antwortete sie aus dem Wasser herauf.

„Wir haben kein rechtes Werkzeug bei uns, auch keine Stangen, die man als Brecheisen benutzen könnte", entschuldigte sich Diego kurzerhand, aber daran hatte er wirklich nicht denken können. Der Kapitän schien sich bereits für das weitere Vorgehen entschieden zu haben, noch bevor sie alle ihre Vermutungen aufgezählt hatte.

„Dann versuch's mal mit dem Dolch, den ich dir gegeben habe, bis wir was Besseres gefunden haben …" Er zog den Dolch aus ihrem Stiefel und übergab in ihr. Es war nicht unbedingt das ideale Werkzeug, aber um das Pech abzulösen, würde sie die Klinge vielleicht verwenden können. Sie erwiderte nichts weiter, sondern stieß sich umgehend wieder von dem Beiboot los und tauchte erneut in die Wellen. Nach zwei Zügen durch das kalte Wasser hatte sie das auftreibende Gefäss erreicht und hielt sich wie zuvor an der alten Kette fest. Das Glas war nur am Korken mit Teer abgedichtet, deshalb entschied Sea zu versuchen, nur die verklebte Spange von dem Glas zu lösen. Mit der Klinge kratzte sie über das Pech bis es abbröckelte. Auf der einen Seite hatte sie die Spange schon etwas abgelöst, als sie zum Luftholen auftauchte.

Drei Tauchgänge später hatte sie den Teer soweit abgelöst, dass es sich in der Eisenspange bewegte, wenn sie daran zu rütteln versuchte. Sie brachte Salls Dolch ins Boot zurück, um die Hände frei zu haben. Mit den Fingern hielt sie die Spange fest und drückte mit dem Fuß das Glas heraus. Das Gefäss rutschte aus der Halterung und trieb an die Oberfläche. Zufrieden schwamm Sea ihm nach und packte es über den Wellen wieder, damit es nicht abtrieb.

„Ich hab's", teilte sie den Piraten mit, als sie sich die nassen Haare aus dem Gesicht strich.

„Gut gemacht", hörte sie einige wenige Stimmen. Sea schwamm mit drei schnellen Zügen zum Bug des Beiboots zurück und übergab das Glas an den Kapitän, der es umgehend dem nächsten Piraten in die Hände drückte. Sea versuchte währenddessen, sich über die Reling zu hieven, um sich wieder an ihren Platz zu setzten. Allerdings war vom Wasser aus zurück ins Boot zu klettern nicht das einfachste Unterfangen, und sie war froh, dass Sall ihr erneut seine Hand entgegenstreckte. Diesmal griff sie dankbar lächelnd danach und zog sich mit der freien Hand an der Reling hoch. Als er sie nahe der Achsel am Arm hielt, hätte er sie aber vermutlich ohne ihre Hilfe wie einen Fisch aus dem Wasser ziehen können. Zügig schwang sie die Beine über die Bordwand. Tropfend setzte Sea sich auf ihren Sitzplatz und entschloss sich, ihre kalten Füße in die trockenen Stiefel zu stecken.

Inzwischen hielt der Seeräuber, dem Sall das Glas in die Hände gedrückt hatte, dieses auf die Reling. Er zog seine Pistole aus dem Gürtel und schlug mit dem Griff gegen den Boden des gläsernen Behälters. Klirrend zersprang das Material, die Scherben fielen neben dem Rumpf ins Wasser. Der Pirat legte seine Waffe zur Seite, zog vorsichtig die Schatulle zwischen den scharfen Glaskanten hervor und reichte sie seinem Kapitän. Der Totenkopf mit den gekreuzten Schwertern, der auf den Deckel geschnitzt war, war unverkennbar Lenoirs Flaggenemblem.

Wortlos nahm Sall es in die Hände und öffnete den Deckel. In ihm lag ein zusammengerolltes Stück Pergament. Mit gerunzelter Stirn nahm er es heraus, entrollte es hastig, überflog die Zeilen ...und stöhnte genervt auf.

„Nicht schon wieder!", entfuhr es ihm ärgerlich, „Als ob *ein* Rätsel nicht gereicht hätte!" Der Kapitän ließ das Kästchen achtlos zwischen seinen Füßen ins Boot fallen. Am liebsten hätte er dem Klappern wohl auch noch das Papier nachgeworfen.

„Noch ein Rätsel? Was ist es diesmal?", fragte Diego von achtern. Ohne ein weiteres Wort aber mit grimmigem Gesicht reichte Sall das Pergamentstück durch die Reihen der Ruderer, bis Diego es an der Pinne entgegen nehmen konnte. Dieser las die Zeilen mit gerunzelter Stirn. Sea glaubte allerdings nicht, dass er schon über dem Rätsel brütete, sondern dass der Spanier Probleme damit hatte, englische Worte zu entziffern. Schließlich zog er verstehend die Augenbrauen nach oben und stiess einen erstaunten Pfiff aus.

„Ich glaub', dieses ist schwieriger als das letzte", meinte der Erste Maat mit einem letzten Blick auf das Schriftstück, bevor er es dem nächsten Ruderer in die Hand gab. „Auf diesem *Hinweis* ist auf den ersten Blick nichts Nützliches. Auf dem letzten stand immerhin der Längengrad geschrieben."

Das Pergament ging derweil von einem Piraten zum nächsten durch die Reihen. So konnte jeder es lesen, falls er lesen konnte. Diejenigen, die es nicht konnten, ließen es sich ins Ohr flüstern. Dass jeder etwa gleich viel wusste, konnte man wie eine Bestätigung der Gleichberechtigung sehen. Deshalb wunderte es sie nicht, als der Pirat mit den mausgrauen Zöpfen das Pergament nicht an sie, sondern direkt an seinen Kapitän weiter gab.

Schließlich war sie kein Crewmitglied und nicht gleichberechtigt, was sie als Frau allerdings sowieso nicht wäre. Jedoch gab der junge Kapitän das Schriftstück umgehend an Sea weiter, ohne den Blickwechsel mit dem Piraten abzubrechen.

„Die Lösung dieses Rätsels wird zu einem großen Teil an ihr hängen bleiben. Also sollte sie wissen, wie das Rätsel lautet, Jack-Knife", begründete er seinen Entscheid locker, als sie ihm das Schriftstück aus der Hand nahm. Jack-Knife schnaubte wie ein Bulle, akzeptierte aber Schulter zuckend, anstatt sich mit unnützen Wiederworten aufzuhalten. Sea betrachtete währenddessen neugierig das Pergamentpapier. Wie die Karte, war es auch schon recht vergilbt und hatte rissige Ränder. Aber dafür, dass es all diese Jahre in einem eingemachten Kästchen in der See getrieben hatte, war Lenoirs schöne Handschrift deutlich darauf zu lesen.

> *Der Vogel unter den Weissen Bö'n,*
> *ewig im Schatten des Tages verweilt,*
> *wo Glanz sich im Dunkeln verlör',*
> *dort Nachtlicht des Wassers Weg weist!*

Sea las die Zeilen einige Male aufmerksam durch, um sie sich möglichst gut einzuprägen. Um die Lösung zu finden war es wichtig, die exakten Worte zu kennen, wenn sie darüber nachdachte.

„Stört es dich, wenn ich das Rätsel auf meinen Zeichenblock kopiere, Käpt'n?" Sall betrachtete aus dem Augenwinkel erst das Pergament, dann sie, bevor er mit den Schultern zuckte.

„Wenn du denkst, dass du es dann schneller oder ohne meine Hilfe lösen kannst, von mir aus", entschied er selbstgefällig, „pass einfach auf, dass du es nicht irgendwo verlierst." Seine Selbstgefälligkeit war vermutlich als ironische Auflockerung gemeint, um ihr etwas zu kontern zu geben. Normaler weise hätte sie aus Spaß versucht, seiner Selbstgefälligkeit mit einigen passenden Worten die Zweige zu stutzen. Da sie den Mord auf der *Brema* aber noch immer nicht vollkommen verdrängt hatte, erwiderte sie nichts. Sall sollte ruhig spüren, dass sie seine Tat nach wie vor zu tiefst verabscheute und sich nicht auf ein amüsantes Wortgefecht einlassen würde.

Stattdessen kramte sie Block und Stift aus der Hosentasche und schrieb das Rätsel auf eine neue Seite ab. Dabei achtete sie darauf, die Buchstaben im richtigen Abstand voneinander zu schreiben, falls das Schriftstück eine Verschlüsselung oder etwas Ähnliches enthielt. Außerdem gefiel ihr Lenoirs Handschrift, weshalb sie versuchte diese nachzuahmen. Anschließend gab sie das Schriftstück zurück an den jungen Kapitän. Sall rollte das Pergamentstück zusammen und stopfte es in seine Hosentasche.

Während Sea damit beschäftigt gewesen war, Lenoirs Rätsel abzuschreiben, hatten die Piraten sich wieder in die Riemen gelegt. In geübt gleichmäßigen Zügen ruderten sie zurück zum Strand. Sea betrachtete einen Moment die Insel und den grauen Himmel darüber, bevor sie den Blick in die ebenso graue See tauchte. Vielleicht hatte sie noch einmal die Chance, eines der Manatis zu beobachten. Vorher war das Wasser so klar gewesen, dass sie noch einige Meter unter dem Kiel relativ scharf hatte sehen können. Nun, als sich der Nebel wieder unter den dunklen Wolken auszubreiten begann, spiegelte das Meer zu stark, um noch etwas zu erkennen.

∗∗∗

Die Piraten ruderten das Boot in langen, gleichmäßigen Zügen wieder auf das Herz des Delfins zu, ohne sich von der Trübheit des Wetters behelligen zu lassen. Noch konnten sie schließlich die Insel problemlos durch die Nebelschwaden erkennen. Aber der Nebel wurde mit jedem Ruderschlag dichter, so dass sie kaum noch mehr als zwei Faden weit sahen, als sie den Strand erreichten. Sie stiegen aus und zogen das Boot aufs Land. Das zweite Ruderboot lag in Sichtweite auf dem Kiel, aber die Mannschaft war nicht zu sehen.

„Hey, wo seid ihr Klabautermänner?", rief der Mann, der dem Nebel ebenso zu misstrauen schien wie den Seekühen. Er bekam keine Antwort. Die Nebelschwaden um sie herum enthüllten keine Umrisse, und die See übertönte jedes eventuelle Geräusch. Diego wurde bleich in seinem braungebrannten Gesicht, als wartete er nur noch auf das Kichern von Mädchen. Sein Aberglaube an Schauergeschichten musste wirklich sein schwacher Punkt sein. Er schien jeden Moment einen Wassergeist zu erwarten, der ihn in den Tod ziehen wollte. Auf eine gewisse Weise hatte Sea sogar Verständnis für ihn, denn der kühle Nebel schien auf sie einzudrücken, als wollte er sie zermalmen.

„Wo seid ihr?", fragte Sall erneut laut in den Nebel. Auch er bekam keine Antwort, wie wenn die Nebelschwaden seine Mannschaft verschlungen hätte.

„Cod?" Auch dieser antwortete nicht.

„Gehen wir sie suchen, der Nebel wird sich vermutlich bald wieder verziehen", schlug Sea vor, um die erdrückende Stille mit Worten zu füllen. Sogar Sall schien etwas angespannt zu sein, was ihm überhaupt nicht ähnlich sah.

„Bleibt nah zusammen!", befahl er seiner Crew und schritt voraus. Irgendwas stimmt hier tatsächlich nicht, hatte sie das Gefühl als sie ihn einholte, oder bildete sie sich das ein?

„Cod?", fragte er erneut in die Schwaden, als er auf dessen Lager zumarschierte. Er bekam vorerst keine Antwort, und nur die Geräusche von Schritten und Wellen waren zu hören.

Sea erschrak deshalb, als so unerwartet eine Stimme an ihr Trommelfell drang. Zeitgleich mit den Piraten drehte sie sich nach ihr um. Die Männer sahen aus, wie wenn ihnen der raue Tonfall bekannt vorkäme, und einige runzelten missachtend die Stirn.

„Wer hätte gedacht, dass die Leute dich vorwitzigen Bengel einmal mit ‚Kapitän Black' ansprechen würden?", drang es aus den Nebelschwaden. Aus dem Schatten einer Palme trat eine graue Gestalt, aus der die Umrisse eines Mannes erkennbar wurden, sobald dieser einige Schritte auf sie zukam. Der Mann war vermutlich Ende Vierzig, hatte einen spitzen Kinnbart und lange, rote Haare, auf denen ein schwarzer Hut mit einer roten Feder sass. Seine jähzornigen Augen lagen in tiefen und schwarzen Gruben in seinem aschfahlen Gesicht, das an einen Totenschädel erinnerte. Der rote Mantel mit den blitzenden Silberknöpfen passte zu seinem Hut. Unter ihm schien der Mann stark bewaffnet zu sein, denn unter dem Stoff zeichneten sich die Umrisse von Waffen ab. Salls Gesichtszüge wurden hart wie Stein, und mit den vor Zorn strotzenden Pupillen sah er aus, als würde er den Mann jeden Moment anfallen wie ein tollwütiger Wolf.

„Night", nannte er ihn knurrend beim Namen und griff ungewollt schon an seinen Pistolengriff.

„Ich hoffe doch, du glaubst nicht, dass ich ohne Begleitung zu Besuch komme, Black", erwiderte er ohne seine Zeit mit irgendeiner Art von Begrüßung zu verschwenden. Zwei unbekannte Piraten traten hinter ihm aus den trüben Schwaden. Der eine hatte schwarze Haare und war am ganzen Körper sowohl vernarbt als auch tätowiert. Der andere sah mit seinen zwei unterschiedlich farbigen Augen keineswegs weniger furchteinflössend aus.

Sea vermutete, dass eines der beiden ein Glasauge war, allerdings wusste sie nicht, ob es das braune oder das blaue war. Daran ob er blond oder braunhaarig war konnte sie es nicht erkennen, denn seine Haare waren auf wenige Millimeter zurückgestutzt. Auch diese beiden waren nicht weniger bewaffnet, allerdings zeigten sie ihre Pistolen ganz offen. Während die Piraten der *Rose* nur leicht bewaffnet waren, sahen diese Männer aus wie bereit für einen Überfall auf einen starken Gegner.

Sea und ihre Bootsgenossen sahen sich um, während eine Überzahl an Piraten mit grimmigen Gesichtern zwischen den Palmen hervortraten. Wegen des dichten Nebels hatte sie sich problemlos unbemerkt um sie scharen können. Ihre Schritte hatte das Meer übertönt. Einige von ihnen hielten Piraten der *Queen Roses Death* Pistolen an die Köpfe oder Messer an die Kehlen, dass diese nicht wagten, einen Mucks zu machen. Sie hatten die komplette zweite Bootsmannschaft als Geiseln genommen.

„So ein Hasenfuß wie du würde sich nie alleine von seiner Nussschale trauen. Ich hab' gar nicht erwartet, dass du allein bist", machte Sall seiner Wut umgehend Luft. Night schien sich an der Beleidigung kaum zu stören.

„Trotz dessen, dass dir mehrmals der Hintern versohlt wurde, bist du immer noch vorlaut, Junge. Aber was willst du eigentlich in Misteriosa Bank?", fragte er stattdessen gerade heraus. Er schien die Antwort schon zu wissen.

„Meiner Crew beweisen, dass es keine Wassergeister gibt! Das Gerede darüber geht mir allmählich auf den Geist!", meinte Sall ohne nachdenken zu müssen und sah einen Moment zu Diego. Dieser ließ sofort beschämt den Kopf hängen, was ihr aber mehr gespielt vorkam als echt. „Was treibt dich her?", stellte er eine Gegenfrage und verschränkte die Arme.

„Mir ist zu Ohren gekommen, dass du auf der Suche nach Lenoirs Schatz bist. Dachte mir, ich seh' mal nach, wie du dabei so vorankommst." Er grinste wieder auf eine fiese, hinterhältige Weise, die sie wegen seines totenbleichen Gesichts auch noch so gespenstisch aussehen ließ, dass Sea schauderte.

„Ach ja! Und wo hört man solche Gerüchte?", fragte Sall neugierig, „deine Quellen haben auch schon besser Neuigkeiten gesammelt, sie informieren dich hundsmiserabel." Seine Miene war noch immer gefroren vor Wut, und auch seine Augen hatten nichts von ihrem eisigen Zorn verloren.

Doch Sea war sich sicher, dass er bei weitem erstaunter war, als er sich anhörte. Selbst ihre rehbraunen Augen wurden ein wenig größer, und um sie zu erstaunen brauchte es eine Menge. Woher wusste Night, dass sie den Schatz suchten? Woher wusste er, dass sie bereits einen Schritt weiter gekommen waren? Dass ihr Reiseziel Misteriosa Bank gewesen war, hatte Diego in alle Welt ausgerufen, aber den Grund für die Reise hätte eigentlich niemand kennen sollen.

„Denkst du, ich kann mit dieser Karte mehr anfangen als du damals? Drei Farbkleckse und eine Linie, bei der man nicht weiß, ob sie ein Längengrad oder ein Breitengrad ist, sind nicht die besten Hinweise. Und auch die Worte am Rand der Karte haben mir nicht wirklich geholfen. Ohne den zweiten Teil der Karte ist es unmöglich, damit etwas zu finden. Wenn du mehr weißt als ich, könntest du dein Wissen mit mir teilen. Dann hätte ich vielleicht mehr Glück bei meiner Suche. Aber vermutlich ist die Karte sowieso eine Fälschung, ...du kannst sie zurückhaben, wenn du willst", schlug der junge Pirat dem gespenstischen Kapitän vor.

Wichtigtuerisch betrachtete dieser seine nicht allzu gut gepflegten Nägel. „Du brauchst es gar nicht abzustreiten", antwortete er und ein fieses Grinsen breitete sich in seinem Gesicht aus. „Ihrem Kettenanhänger zufolge ist dies das Mädchen, dem Albatros, dieser alte Dreckspirat, seinen Teil der Karte anvertraut hat. Somit hat Black auch die zweite Hälfte der Karte, nicht wahr, Sea?" Es war mehr eine Feststellung als eine Frage. Er sah von seinen Nägeln auf und starrte Sea mit blutunterlaufenen Augen an. „Außerdem war Cod so freundlich mir zu bestätigen, dass Lenoirs Karte dich nach Misteriosa Bank geführt hat."

Sea leistete seinem bohrenden Blick ohne auszuweichen Widerstand, bis sich Night unbekümmert wieder seinen Nägeln zuwandte. Sall bedachte seinen nächsten Schachzug, aber sie wollte sich nicht weiter zurückhalten:

„Und welche Klatschtante hat Euch so viel über mich erzählt?" Night gab ihr keine Antwort.

„Du solltest dir ein Beispiel an diesem Mädchen nehmen, Black, sie weiß wie man Autoritätspersonen angemessen anspricht", riet er und ließ sich bequem auf Cods Palmenbank nieder. Verflucht, nun hatte sie ihn auch noch in der Höflichkeitsform angesprochen! Ihre gute Erziehung hatte ihre Nebenwirkungen. Wird nicht wieder vorkommen, dachte sie, was irgendwie eine Entschuldigung an Sall war, obwohl sie eigentlich nicht wusste, aus welchem Grund es ihr leidtat.

Aus dem sich lichtenden Nebelvorhang tauchte ein auf bekannte Weise hinkender Schatten auf, und einige Schritte später trat Cod gut gelaunt in ihren Sichtbereich. „Ich habe alle meine Sachen zusammengepackt und mich ausführlich von Sirenia verabschiedet. Ich musste dem armen Fräulein versprechen, dass ich irgendwann zurückkomme, damit sie nicht mehr so bittere Tränen weint."

Night nickte uninteressiert, ohne den Alten anzusehen. „Wir sind gerade mitten in den Verhandlungen", brummte er.

„Als ob du je verhandelt hättest ...", entgegnete der junge Pirat aufmüpfig, „selbst wenn ich den Hinweis gefunden hätte, würde ich dir das nicht mitteilen." Nie und nimmer würde ein Pirat sein Wissen mit jemandem teilen, wenn er keinen Vorteil darin sah. Wenn Sall allerdings angeblich *nichts* wusste, würde Night vermutlich aufhören, Fragen zu stellen und gehen. Doch Salls Taktik schien nicht aufzugehen.

„Also gut, du vorwitziger Bengel, da du nicht so kooperativ bist, wie ich es gern hätte, machen wir eben einen Handel", verlor der rote Kapitän allmählich die Nerven, „ich hab' gehört, aus dir soll ein richtiges Vorbild an Loyalität geworden sein, und du würdest kein Crewmitglied zurücklassen. Aber wie sieht's aus wenn du dich zwischen Lenoirs Hinweis und einem beträchtlichen Teil deiner Crew entscheiden müsstest?"

Die fremden Seeräuber lachten schadenfroh und rasierten drohend ein wenig die Bartspitzen an den Hälsen der Geiseln. Seas rehbraune Augen weiteten sich ungläubig über eine solche Unmenschlichkeit. Das Leben einer ganzen Bootsmannschaft gegen das Rätsel zu Lenoirs Schatz war ein Handel wie vom Teufel persönlich. Alle Gesichter drehten sich dem jungen Kapitän zu. Die Geiseln starrten ihn mit beschwörenden Blicken an, um seine Entscheidung zu erzwingen. Hass brannte in seinen eisigen Augen, der das Herz eines Menschen im Schlag einfrieren musste. Jedoch grinste ihn der Schädel des roten Kapitäns schadenfroh an, als wäre er immun. Salvador schien sich die blutigsten Szenen und die schlimmsten Beleidigungen für ihn auszudenken, als er wortlos in seine Hosentasche griff.

„Widerwärtige Drecksau von einem Höllenhund", murmelte er gerade so laut, dass sie es hören konnte. Night schien ihn so anzuwidern, dass er erbrechen könnte, und Sea konnte dieses Gefühl nur zu gut verstehen. Ihr Entsetzen hatte sich in puren Hass verwandelt. Diego und dem Rest ihrer Crew erging es wohl gleich, einige spuckten angeekelt in den Sand. Cod war der Einzige, der nicht zu verstehen schien. Er sah zwischen den Fronten hin und her, als wüsste er nicht um was es ging.

Sall zog das Pergament aus der Hosentasche. Er zeigte es Night mit hasserfülltem Blick. Dann bückte er sich unerwartet und blitzartig. Aus der Feuerstelle, die Night und ihn voneinander trennten, nahm er das auf einer Seite glühende Stück Treibholz. Drohend hielt er das Pergamentstück über das glühende Ende. Herausfordernd sah er den roten Kapitän an. Dieser starrte so mürrisch zurück, dass Sea unweigerlich an Shark denken musste.

„Mach keinen Unsinn, Junge, wenn dir ihr Leben lieb ist", warnte er, und Jähzorn blitzte aus den schwarzen Höhlen seiner tiefen Augen hervor. Salls Selbstbewusstsein trug keinen Kratzer davon.

„Du bekommst den Hinweis, sogar ohne Russflecken", versicherte Sall, „aber ich übergebe es erst, wenn meine Crew vollzählig in den Booten sitzt."

„Woher weiß ich, dass dieser Fetzen da der Hinweis ist?", wollte der Schädel wissen. Sall las die ersten zwei Zeilen auf dem Pergamentpapier vor.

„Der Vogel unter den Weissen Bö'n, ewig im Schatten des Tages verweilt …So viel Poesie kann nur von Lenoir stammen, oder?", meinte er mit angehobenen Augenbrauen. Night juckte es sichtlich in den Fingern, als würde er am liebsten einen Abzug durchziehen. Doch würde er mit einer Pistole auf Sall zielen, würde die Crew des Kutters allesamt die Waffen heben. Der rote Kapitän starrte ihn gehässig an, winkte dann aber mit der Hand ab.

„Lasst seine Spielkameraden laufen!", befahl er die Geiseln frei zu lassen, „Und jetzt gib das Rätsel schon her, nerviger Bengel!" Jedoch kümmerte sich Sall erst um seine Crew. Aufmerksam sah er zu, wie die Piraten die Pistolen und Dolche von Schläfen und Hälsen sinken liessen. Die Hände an die eigenen Waffen gelegt, entfernten sich die Geiseln zackig von den fremden Seeräubern. Sie wollten sich kampfbereit hinter dem jungen Kapitän einreihen, aber dieser hielt noch immer drohend den glühenden Stock unter das Pergamentstück.

„Worauf wartet ihr Dummköpfe, zu den Booten!", befahl er ohne den Blick von Night abzuwenden. Niemand zögerte, die Piraten machten auf dem Absatz kehrt und hasteten zu den Beibooten an den Strand hinunter. Die Messleine ließen sie an der Palme angebunden, sie würden sie zurücklassen. Auch Sea wandte sich zügig ab.

„Cod", winkte der junge Pirat den Alten mit einem Nicken zu sich und begann hastig zu flüstern, „ich vertrau' denen nicht. Ich möchte, dass du ihnen Lenoirs Wegbeschreibung erst gibst, wenn meine Männer samt mir in den Booten sitzen, dann kommst du nach." Sea beschleunigte ihren Schritt ins Rennen, als sie sein Gemurmel vernahm. So schnell es ging hastete sie über den weichen Sand zu den Booten hinunter. Sie hatte eine böse Vorahnung! Night fasste in seinen Gehrock, als Sall dem Einsiedler das Pergamentpapier in die Hand drückte. Dann ließ er den verdutzten Alten stehen und rannte ihr nach zu den Booten. Die Bootsmannschaften hatten diese inzwischen schon gewendet und ins Wasser geschoben.

„Gib es her, Cod!", befahl Night mit kalter Stimme und zielte hinter ihrem Rücken anscheinend schon auf Sall. Doch Cod schien nicht zu begreifen, was um ihn herum ablief.

„Willst du den Jungen etwa erschießen?", hörte sie ihn irritiert fragen. Nur wenige Schritte bevor sie die Jolle erreichte, donnerte es hinter ihr. Der Schuss hatte nicht Sall gegolten, sie hörte seine Schritte ...und Nights Stimme: „Worauf wartet ihr noch?! Holt sie euch!"

Die ersten Schüsse seiner Lakaien knallten als sie in die kalte Brandung sprang und gleich darauf ins Boot kletterte. Dummerweise war der Nebel während der Verhandlungen wieder lichter geworden und hinderten niemanden am Zielen. Sie sah sich kurz nach Cod um. Wie leider schon erwartet, lag er reglos vor Night im Sand. Die Männer in den Booten zogen die Pistolen und duckten sich.

„Legt euch doch in die Riemen verdammt noch mal!", brüllte der junge Kapitän und sprang nach wenigen Schritten durch die Wellen ins Boot. Die Piraten an den Riemen warfen den anderen ihre Schusswaffen zu und ruderten mit eingezogenen Köpfen. Sall zog seinen Dreiläufer aus dem Gürtel und spannte die Hähne mit je drei zackigen Bewegungen. Beide beugten sie sich tief hinter die Reling, um vor den Schüssen in Deckung zu gehen, während ein donnernder Kugelhagel über sie hinweg zog. In Diegos Boot schrie jemand schmerzlich auf, aber in ihrem Boot beachtete es niemand. Sall und die anderen Piraten, die nicht mit Rudern beschäftigt waren, lugten nur ganz knapp über den Bootsrand. Gerade genug weit, um schießen zu können. Der junge Pirat zog den Abzug durch, und am Strand fiel einer der Männer in den Sand. Dafür schrie direkt hinter ihr am Riemen einer der Piraten vor Schmerz auf. Eine Kugel hatte Salls Ärmel zerfetzt und anschließend den Matrosen direkt hinter ihm in die Brust getroffen. Erschrocken sah Sea zu wie er sich schmerzlich reckte, dann sackte er in sich zusammen.

Die Ruderer legten aufgeschreckt einen Zahn zu, während Nights Lakaien immer noch aus allen Rohren schossen, als hätten sie ihr gesamtes Magazin mit auf die Insel genommen. Allein der Drang in einer Gefahrensituation etwas zu tun, ließ Sea nach einer der Pistolen greifen, die die Piraten ins Heck gereicht hatten. Sall beobachtete sie misstrauisch aus dem Augenwinkel, als sie über die Reling lugte, um zu zielen. Hoffentlich traf sie auch ihr Ziel, überlegte sie ohne ihn zu beachten, eigentlich wollte sie den Seeräuber nicht erschießen. Ihr Ziel, halb verdeckt von einer Palme, schoss auf die Schützen in Diegos Beiboot. Es lag mehr als zwei Bootslängen hinter der Jolle. Um nicht zu zögern, zielte Sea und drückte ab ohne weiter nachzudenken. Eine Kugel bohrte sich eine Hand breit neben ihr in die Reling und lenkte sie ab. Erst einen Herzschlag später dachte sie wieder an den Piraten hinter der Palme. Dummerweise hatte sie ihn in die Schulter getroffen, anstatt in die Hand, aber ihr Ziel hatte sie erreicht: Schießen würde er vermutlich nicht mehr, denn mit der anderen Hand konnte er sehr wahrscheinlich nicht zielen. Und so würde er zwar sein Leben lang mit Blei im Arm herumlaufen, aber sie würden ihm nicht die Hand absägen. Vorausgesetzt er starb nicht an einer Blutvergiftung.

„Nicht lähmen, Erschießen!", befahl der junge Kapitän, wie wenn er erkannte hätte, dass sie nicht vor hatte, einen Mann zu töten. „Wir sollten möglichst viele von ihnen loswerden, solange wir noch nicht außer Reichweite sind"

Erneut zog er den Abzug einer der Pistolen durch, denn seine Dreiläufer waren schon längst leer. Von Nights Matrosen lagen zwei erschossen im Sand, zwei weitere versteckten sich verletzt. Ihr gespenstischer Kapitän schoss hinter einer Palme hervor auf das Heck der Jolle. Von ihm waren nur sein Arm mit der Pistole und das zielende Auge zu sehen. Sea zog den Kopf ein, als ein weiterer Schuss das Heck traf.

Night schien es einzig auf Sall abgesehen zu haben, die Kugel, die seinen Ärmel zerfetzte, musste von ihm stammen. Eine Pistole nach der anderen feuerte er auf ihn ab. Wieder traf er die Reling unheimlich nahe neben ihrer Hand. Mit klopfendem Herzen griff Sea nach der zweitletzten geladenen Pistole, die Sall kreuz und quer unter der Pinne gelagert hatte. Entgegen seinem Befehl zielte sie auf Nights Arm und drückte ab. Aber sie waren schon zu weit entfernt, sie traf den Stamm der Palme, was sie nicht sonderlich störte. Die Schüsse von Nights Matrosen hatten schon seit einigen Ruderschlägen nur noch platschende Fontänen auf der Wasseroberfläche verursacht. Diese Pistolen waren auch nicht für Distanz gebaut worden, dafür waren sie zu ungenau. Der junge Kapitän zielte zwar noch, ließ den Lauf aber wieder sinken. Es hatte keinen Zweck mehr, denn auf diese Entfernung wäre der Schuss nur verschwendet gewesen.

Während die Ruderer noch in Eile pullten, beruhigte sich Seas Puls allmählich. Sie sah sich nach dem getroffenen Matrosen um. Er bewegte sich nicht, atmete nicht. Sie zog an seiner Schulter, um ihn zu drehen, obwohl sie schon vermutete, dass ihm nicht mehr zu helfen war. Sall half ihr den Matrosen auf den Rücken zu drehen, denn er hatte festgestellt, was sie besorgte. Aufgerissene leere Augen starrten aus dem kalten, bleichen Gesicht. Er musste innerlich verblutet sein, als die Kugel ihn traf. Er war gestorben ohne das Boot mit Blut zu überschwemmen.

„Wir kümmern uns auf der *Rose* um ihn", meinte der junge Pirat kühl und sah sich nach dem Kutter um.

Diegos Bootsmannschaft ruderte wie verrückt und hatte die Jolle inzwischen eingeholt. Und da sich der Nebel wieder gelichtet hatte, konnten sie sogar bis zur *Queen Roses Death* sehen. Auf der Insel konnte sie durch die letzten grauen Schwaden nichts mehr erkennen, sie waren zum Glück schon zu weit entfernt. Jetzt ging es darum wer schneller Distanz zum anderen schuf. Night würde versuchen, sie einzuholen, auch wenn er hatte, was er wollte. Cod hatte dafür mit dem Leben bezahlt. Er tat ihr leid, und sie bekam sowohl ein schweres Herz wie einen Kloß im Hals, während sie an ihn dachte. So ein Ende hatte der verrückte Einsiedler wahrlich nicht verdient. Allerdings wären sie wahrscheinlich nicht ohne irgendein Todesopfer davongekommen, und er hatte Sall die nötige Zeit verschafft, um es bis ins Boot zu schaffen.

Immerhin lebte der größte Teil von ihnen!

***

Kurze Zeit später kletterte Sall als zweitletzter aus dem Beiboot, während ein Matrose noch die Davits befestigte. Den Kutter hatten sie schon längst gehievt und verstaut. Die Bootscrew lichtete schon den Anker, schließlich wollten sie so schnell wie irgend möglich von Misteriosa Bank verschwinden. Den Rest der Männer, die nicht zum Lichten gebraucht wurden, hatte der Erste Maat in die Masten geschickt, um die Segel zu setzten. Diego wartete schon am oberen Ende der Strickleiter, als der junge Kapitän hinter ihr über die Reling stieg.

„Gab's irgendwelche Opfer in deinem Boot?", fragte sein Kapitän ihn, und er nickte knapp.

„Ein Toter, drei Verletzte, die sich gerade untereinander verarzten. Den Toten haben wir gleich im Kutter liegen gelassen, um den kümmern wir uns später."

Auch die Leiche in der Jolle hatten sie auf den Bootsplanken zurück gelassen. Im Moment hatte niemand Zeit für eine Bestattung, und in den Booten störten die Leichname zumindest nicht. Die Matrosen hievten gerade den Leichnam mitsamt der Jolle aus dem Wasser.

„Wen hat's erwischt?", fragte Sall weiter, schon mit schnellen Schritten unterwegs auf die Kommandobrücke. Sea eilte ihnen nach zum Ruder, wo sie bald gebraucht wurde, und hörte zu wie Diego antwortete.

„Haul-Up-Jack", sagte er und sah zu wie die Jolle über die Reling geschwungen wurde. Sall verzog seine Mine, klang aber nicht so traurig, wie der Sinn der Worte vermuten ließ.

„Schade", meinte er nur knapp, „als Topgasten werde ich den vermissen." Der Erste nickte knapp als er zusah, wie die Jolle an ihrem Platz abgesetzt wurde.

„Ich ersetze unseren seligen Remie am Steuer", fuhr der Kapitän fort, „sieh du zu, dass diese Faulpelze die Segel anbrassen."

Diego scheuchte die Matrosen mit seiner lauten Stimme auf. Das Schiff wurde in taktvollen Arbeitsschritten gewendet. Kürzeste Zeit später brachten die Piraten die *Queen Roses Death* auf Kurs, während der junge Kapitän ihr half, das Ruder zu halten, bis das Manöver abgeschlossen war. Der Nebel hatte sich bis zu diesem Moment erneut vollständig verzogen. Sie konnten gerade über die Stelle hinweg, wo das

Herz des Delfins sein müsste, beobachten, wie auf dem zweiten Piraten-schiff die Segel gesetzt wurden.

Allerdings war die *Rose* ihm voraus, und das Schiff wirkte auch nicht, als würden ihr die fremden Seeräuber folgen wollen. Warum sie die *Queen Roses Death* wohl nicht gekapert hatten, bevor sie ihnen auf-gelauert hatten? Hatten sie die *Rose* im Nebel nicht gesehen? Sea beob-achtete das Piratenschiff aufmerksam, so lange sie noch konnte. Denn sobald sie daran vorbei waren, konnte sie es vom Ruder aus nicht mehr sehen.

Es war etwa so groß wie die *Queen Roses Death,* und die drei Mas-ten waren ausschließlich mit dreieckigen Lateinersegeln betakelt. Ihre dunkelrote Farbe stach sich von dem dunklen Blau des Meeres ab, wo-gegen man das dunkle Holz des Schiffes nicht richtig sah. Gehisst war eine schwarze Flagge. Es war Nights persönlicher Black Jack: Ein To-tenkopf mit einer roten Feder am Hut, der eine Sanduhr in seiner Kno-chenhand hielt. Der Schädel erinnerte sie ungeheuer an den Kapitän selbst, und sie schauderte bei dem Gedanken, er würde sie beobach-ten. Das Schiff sah sonst schon makaber genug aus, doch die Galions-figur setzte der Wirkung die Krone auf. Das Piratenschiff war gerade nahe genug, um diese zu erkennen. Einen weiblichen, überall außer an seinem hölzernen Körper schwarz bemalten Engel. Den Namen des Schiffes konnte sie nicht lesen. Dafür waren sie glücklicherweise bald zu weit weg. Kaum hatten sie die Strömungen durchquert, hatte Sall ihr das Ruder übergeben. Das Wetter war ruhig, und sie konnte es alleine halten. Stattdessen hatte er sich mit zornigem Gesicht an die Steuer-bord-Reling gelehnt. Dort stand er nun seit fast einer halben Stunde, beobachtete nachdenklich das andere Piratenschiff und bohrte seine Finger in das Holz. Obwohl Nights Schiff ein ganzes Stück entfernt war, wirkte er gehetzt. Auf ein Gefecht mit diesem Schiff schien er sich wohl lieber nicht einlassen zu wollen, was vermutlich auch nicht profitabel gewesen wäre.

„Woher zum Teufel weiß dieser verfluchte Höllenhund, dass wir auf der Suche nach Lenoirs Schatz vorankommen?!" Sein gelassener Ton-fall steigerte sich in Wut, als er sich irgendwann zu ihnen umdrehte. Kalter Zorn glänzte in seinen eisigen Augen.

„Woher verdammt nochmal weiß er von Sea?!", fragte er in die Run-de und hielt sich mit Mühe unter Kontrolle. Die Piraten wurden aufmerksam und Sall bemerkte sofort, dass ihm jeder Mann an Deck zuhörte.

„Wenn einer von euch eine Antwort hat, soll er sprechen!", forderte er die Crew auf. Sea sah sich um. Keiner der Piraten gab auch nur einen Ton von sich. Die meisten fanden plötzlich ihre Schuhspitzen ganz interessant. Dabei war klar, dass mindestens einer von ihnen wusste, woher Night so viel wissen konnte. Aber niemand antwortete.

„Wenn ihr schon stumm bleibt wie die Fische, dann seht zu, dass wir hier weg kommen! Kurs auf Tortuga!", trieb er sie verärgert zur Eile an. Seine Crew ging wieder an die Arbeit. Da die Segel im Wind waren, würden sie vermutlich Pistolen stopfen. Nur für den Fall, dass sie doch eingeholt wurden.

„Wer ist dieser Night eigentlich?", wagte Sea schließlich neugierig zu fragen. Der Kapitän beobachtete mit gereizter Miene das andere Schiff.

„Der Kapitän der *Killing Lady*."

„Das ist die *Killing Lady*?!", entfuhr es ihr. Der Name hatte sie einen Sekundenbruchteil in der Zeit zurückversetzt, zu dem Punkt, an dem Rack ihr von den Piraten erzählt hatte. Auf diesem Schiff segelte wahrscheinlich der Mörder ihres Vaters. Und vielleicht hatte sie jetzt die Möglichkeit, ihn zu finden. Aber was tat sie, wenn sie ihn gefunden hatte?

„Aye, wieso?", fragte Sall. Einen Moment lang wusste sie nicht ob sie lügen oder mit der Wahrheit antworten sollte.

„Man könnte sagen, ich habe eine Rechnung mit einem dieser Piraten offen", entschied sie sich für den Kompromiss. Er stieß sich von der Reling ab.

„Ich frag dich später nach den Zusammenhängen. Erst will ich wieder Munition in den Läufen!", wandte er sich vom Gespräch ab und ging in seine Kabine. Sie hörte seiner Stimme an, wie Wut und Hass in ihm brodelten. Auch er schien mit diesem Schiff einen Zusammenstoß gehabt zu haben, deren Beulen noch nicht geglättet waren.

***

Sall hatte sich umsonst gehetzt. Bis zum Sonnenuntergang hatten sie die *Killing Lady* weit hinter sich gelassen, sie war gerade noch als kleiner schwarzer Punkt am leuchtenden Horizont zu sehen. Night war nicht daran interessiert, sie einzuholen. Im letzten Licht der Sonne wurden auch die Toten bestattet. Wie es sich gehörte, waren die Seemänner in ihre Hängematten eingenäht worden, worin ihre Freunde sie auf Brettern an Deck trugen. Der Kapitän hatte sich dafür sogar erneut aus seiner Kabine begeben. Noch immer brodelnd vor Wut beauftragte er Pierre aus der Bibel zu lesen, anstatt es selbst zu tun. Mit dem Vorwand, dass er es für einen Franzosen auf Französisch lesen konnte. Der tote Remie musste ein gottfürchtiger Mensch gewesen sein. Für Haul-Up-Jack las einer seiner englischsprachigen Freunde, auch wenn es dieser mit dem Glauben wohl nicht so eng gesehen hatte, dann wurden die Leichen nach altem Brauch dem Meer übergeben.

Sea war froh, dass Leichen nicht so lange lagerbar waren, sonst hätte sie damals auch die Bestattung ihres Vaters mitansehen müssen. Der Gedanke stimmte sie traurig und sehnsüchtig. Sie mochte keine Bestattungen, weder zu Land noch zu Wasser. Mit dem Abschied endete zum Glück auch ihre Schicht, und auch der Kapitän verzog sich wieder in seine Kabine. Diego war der Einzige der sich an diesem Abend zu ihm wagte, denn er wirkte wirklich aufgebracht. Auch wenn er außer Vorsprung nichts verloren hatte, vertrug er außer der seines Freundes wahrscheinlich keine menschliche Anwesenheit.

Dass sie das Rätsel kopiert hatte, war der reinste Glücksfall und der Beweis für ihre gute Intuition.

Nachdem die Sonne endgültig verschwunden war, verrammelte Sea sich mit einer Hand voll Obst in ihrer Kabine, wo sie den Rest des Abends verbrachte. Sie ließ sich den Tag noch einmal durch den Kopf gehen, bevor sie irgendwann auf der harten Matratze einschlief.

Unter angebrassten Segeln

In dieser Nacht hatte Sea ziemlich unruhig geschlafen. Was vermutlich an ihrem Traum lag, von dem sie nicht wusste, ob er ihr gefallen hatte oder nicht. In diesem Traum hatte sie, wie in anderen zuvor, neben ihrem Vater an der Reling der *Unicorn's Dream* gestanden, und er hatte ihr etwas über das Gebiet erzählt, das vor ihnen lag. Dies hatte er zu seinen Lebzeiten schon immer getan. Er hatte nie die Gelegenheit verpasst, ihr etwas beizubringen, wenn er konnte. Seit er gestorben war, hatte sie diesen Traum immer mal wieder gehabt. Der Beweis, dass ihr Vater noch immer da war und auf sie aufpasste. Aber dieses Mal hatte sich der Traum verändert. In diesem Traum trat Math neben sie an die Reling und nahm sie bei der Hand. Sie drehte den Kopf zu ihrem Vater. Er ignorierte es und erklärte weiter die Landschaft, während die *Unicorn's Dream* sich langsam vom Land entfernte, bis es verschwand. An seiner Stelle sah sie nun ein anderes Schiff. Die *Queen Roses Death* trieb auf sie zu. Während sie zu den brüllenden Piraten hinüber sah, packte sie jemand am Handgelenk. Ihre Hand rutschte Math zwischen den Fingern hindurch, als der Jemand sie fort zog. Sie drehte sich um und sah in Salls Gesicht. Er zog sie quer durch die Reling auf sein Schiff, als wäre diese nur ein Trugbild. Als sie zu Math und ihrem Vater zurück blickte, war sie aber bereits wieder in festem Zustand und vorhanden. Die beiden versuchten ihr zur Hilfe zu kommen, aber die Piraten hielten sie auf der *Dream* zurück. Sea versuchte zu ihnen zu laufen, zurück auf ihr Schiff zu klettern, aber Sall ließ sie nicht los. Selbst als die *Unicorn's Dream* in der Ferne verschwand, hielt er sie weiter am Handgelenk fest.

Sea blinzelte. Es war schön zumindest in der Nacht ihren Vater hin und wieder zu sehen, auch wenn es sie mit einer furchtbaren Sehnsucht erfüllte.

Aber was hatten Math und Sall in diesem Traum zu suchen gehabt? Dass sie Math vermisste, wusste sie, aber Sall hätte in diesem Traum wirklich nicht vorkommen müssen. Sie setzte sich auf. Der Traum hatte sie an etwas erinnert: Math und ihre übrigen Freunde machten sich vermutlich unheimlich Sorgen um sie oder hielten sie gar für tot, und sie saß immer noch auf diesem Piratenschiff fest. Sie war noch immer eine Gefangene auf Salls Schiff, wenn auch etwas anders als in ihrem Traum. Es wurde Zeit, dass sie von der *Queen Roses Death* herunterkam.

Nachdenklich stieg sie aus dem Bett. Anschließend warf sie sich ihre Bluse über den Kopf, zog ihre Stiefel an und schnallte den Gürtel um. Dann schloss sie die Tür auf, steckte den Schlüssel, um ihn nicht zu verlieren zu ihrem Block in die Hosentasche und machte die Tür zu. In Richtung Niedergang ging sie den engen Gang entlang.

＊＊＊

Sea stand nun bereits wieder seit einigen Stunden am Ruder. Im Augenblick war der Seegang so ruhig, dass sie es ausnahmsweise alleine hielt. Als sie an diesem Morgen aufgewacht war, war die *Queen Roses Death* schon längst an der Insel Little Cayman vorbei. Es war der Anbruch des dritten Tages auf See, seit sie von Misteriosa Bank geflohen waren. Die *Killing Lady* hatten sie schon vor Tagen abgehängt. Wahrscheinlich kamen sie bald in das Gebiet, in dem die Piraten die zu klein geratene Galeone ausgeraubt hatten.

Anscheinend freuten sie sich schon, das geraubte Geld auf Tortuga in den Kneipen auszugeben, oder zumindest hörte es sich so an. Sea hatte seit sie auf diesem Schiff war öfters bemerkt, dass es, wenn ein Matrose ein Lied zu pfeifen oder zu summen begann, nur wenige Sekunden dauerte, bis die gesamte Crew einer nach dem anderen einstimmte. Das Lied, das die Piraten gerade sangen, hatte sie sofort erkannt. Immerhin war es auch auf ihrem Schiff einer der populärsten Shanties. In der zweiten Strophe stimmte sie selbst mit ein. Ihre helle Stimme stach aus dem tiefen Männerchor heraus.

„*... Give him a dose of salt'n'water,*
give him a dose of salt'n'water,
give him a dose of salt'n'water
early in the morning!

Hooray and up she rises,
hooray and up she rises,

hooray and up she rises
early in the morning!

Give him a dash with a besoms rubber,
give him a dash with a besoms rubber,
give him a dash with a besoms rubber
early in the morning!

Hooray and up she rises,
hooray and up she rises,
hooray and up she rises
early in the morning ... "

Aus irgendeinem Grund tauchten nun die Ereignisse in Misteriosa Bank wieder in ihrem Kopf auf. Sie hatte in den letzten Tagen sehr häufig über Night und die *Killing Lady* nachgedacht, und wie die *Rose* mit ihr in Verbindung stand. Aber wissen konnte sie es erst, wenn sie gefragt hatte. Diego sah aber schon den ganzen Morgen beschäftigt aus, also hatte sie es gar nicht erst versucht ihn zu fragen. Hingegen hatte sie den jungen Kapitän heute noch nicht einmal zu Gesicht bekommen.

„Diego! Bitte, stell kurz jemanden anders ans Ruder, ich möchte kurz mit Sall reden." Diego sah mit gerunzelter Stirn vom Großdeck zu ihr herauf.

„Bist du verrückt? Der ist noch immer wütend genug um jedes menschliche Lebewesen in der Luft zu zerfetzen, das sich näher als zwei Schritte an ihn heran wagt. Oder was glaubst du, warum sich in den letzten Tagen niemand zu ihm getraut hat?", übertrieb er vermutlich maßlos.

„Angeblich haben Frauen eine sehr beruhigende Wirkung!", rief sie lächelnd zurück. Ihr wurde erst im Nachhinein klar, dass sie wahrscheinlich etwas sehr Dummes gesagt hatte. Seinem Grinsen zufolge würde Diego diese Behauptung voll ausnutzen, um sie aufzuziehen.

„Also gut, wenn du meinst", lachte der Erste Maat und sah sich nach jemandem um, den er ans Ruder beordern konnte. „Cole, hinters Ruder!", befahl er kurzerhand. Cole, ein korpulenter Pirat mit Hut, von dem man denken könnte, dass er sich noch nie im Leben gewaschen hatte, führte schief singend den Befehl aus und stellte sich hinter das

Ruder. Anschließend klopfte Sea an die Tür der Kapitänskabine. Als keine Antwort kam, trat sie trotzdem ein.

***

Sall stand an der Achtergalerie, lehnte mit dem Arm an der Wand und starrte durch das nicht ganz so saubere Fensterglas. Als er hörte wie Sea die Tür hinter sich schloss, warf er einen Blick über die Schulter.

„Was ist?", fragte er. Auch wenn er sich beherrschte, hörte man noch, dass er tatsächlich noch wütend war.

„Bist du immer noch wütend, weil du nicht weißt, wo Night seine Informationen her hat?", fragte sie ihn gerade heraus, ohne so zu tun als hätte sie einen Vorwand, um ihn aufzusuchen.

„Aye, oder hätte ich einen anderen Grund, um schlecht gelaunt zu sein?", knurrte er ohne sie anzusehen.

„Ich weiß gar nicht, wieso du dich so aufregst. Was Night uns erzählt hat, bringt uns auch etwas", sagte sie gelassen. Der junge Kapitän drehte sich wieder zu ihr um.

„Und inwiefern?", fragte er gereizt. Er lehnte sich erwartungsvoll mit dem Rücken gegen die Fensterbank der Achtergalerie und verschränkte die Arme vor der Brust.

„Night hat uns mitgeteilt, dass er eine ganze Menge weiß, und daraus können wir auch unsere Schlüsse ziehen", erklärte sie knapp. Eigentlich wollte sie, dass er selber darauf kam.

„Sea, sag mir doch einfach, auf was du hinaus willst!", befahl Sall.

„Dass du einen Spion in deiner Crew hast, darauf will ich hinaus!", gehorchte sie seinem Befehl.

„Das zu wissen hilft uns leider auch nichts", meinte der Kapitän, „unter fast vierzig Mann Besatzung ist es nahezu unmöglich, einen Spitzel zu finden. Selbst wenn wir mehr über ihn wüssten." Sie schlenderte zum Tisch hinüber, um nicht einfach an der Tür stehen zu bleiben.

„Wir wissen immerhin, dass er schon auf deinem Schiff war bevor ich auf die *Rose* gekommen bin", meinte sie und lehnte sich mit verschränkten Armen gegen die Tischplatte. Sall stieß sich von der Fensterbank ab und kam auf sie zu. Am Tisch drehte er einen Stuhl um, setzte sich darauf und legte die Arme auf die Lehne.

„Hilft uns nichts. Ich tausche meine Matrosen selten aus, und zum Glück brauche ich auch selten neue. Die meisten meiner Männer waren schon auf diesem Schiff, bevor ich Kapitän wurde"

„Heißt das, keiner deiner Matrosen ist das letzte Mal in Tortuga geblieben?", fragte Sea neugierig.

„Aye"

„Sehr gut, dann wissen wir ja, dass dieser Spitzel noch auf der *Queen Roses Death* ist", schloss sie lächelnd.

„Das genügt aber noch nicht, um ihn zu finden", stellte Sall klar.

„Und wer sagt, dass wir ihn finden müssen?", fragte Sea. Der Kapitän runzelte die Stirn. „Wir können mit diesem Spitzel vielleicht auch etwas anfangen. Da Night alles erfährt, was jener auf der *Rose* herausfindet, könnte man in der Crew verbreiten, was er erfahren soll und ihm so zum Beispiel ... eine gefälschte Lösung des Rätsels unterjubeln." Sall musste grinsen, als er diese Idee hörte.

„Du denkst wie ein Pirat." Sea lachte kurz auf. Es war so wahr!

„Das liegt an der schlechten Gesellschaft, in der ich mich im Moment befinde", erwiderte sie lächelnd. Er lachte über ihre Frechheit.

„Hast du dich eigentlich schon mit dem Rätsel beschäftigt?", fuhr er fort, als er sich von seinem Munterkeitsausbruch wieder erholt hatte.

„Ich habe mir meine Gedanken dazu gemacht, aber wirklich auf einen grünen Zweig gekommen bin ich noch nicht", gab sie zu.

„Schade", erwiderte er, als Sea sich von der Tischkante wegstieß, „was hast du dir schon überlegt?"

„Ich glaube, dass es eine ziemlich direkte Wegbeschreibung ist und dass die Verschlüsselung in erster Linie aus Übernamen besteht, aber ich habe noch keine konkreten Orte im Visier. Und ich würde gerne mit dir darüber grübeln, aber ich sollte mich wieder ans Ruder stellen"

„Wieso? Wer steht denn gerade am Ruder?", fragte der junge Kapitän als sie zur Tür ging.

„Wahrscheinlich noch immer Cole."

„Den kannst du bei so ruhigem Wetter beruhigt da stehen lassen", meinte Sall abwinkend, „aber du könntest Diego rufen und deine Kopie des Rätsels ranschaffen. Drei Köpfe denken noch besser als zwei. Vielleicht kommen wir zu dritt auf eine brauchbare Idee." Und Diego fragt mich später nicht, was wir getrieben hätten, ergänzte Sea in Gedanken und öffnete zustimmend die Tür.

„Diego, du wirst verlangt!", rief sie hinaus. Er stand an der Reling und redete. Als er ihre Stimme hörte, drehte er sich um.

„Aye, schon unterwegs!", rief er ihr entgegen, kam die Stufen hinauf gesprungen und ging an ihr vorbei in die Kabine, als ob gerade etwas Spannendes passierte.

„Worum geht's?", fragte Diego, während Sea die Tür wieder schloss. Sall kniete auf dem Boden vor dem offenen Kommodentürchen.

„Um das Rätsel, worum denn sonst?", erwiderte er, holte eine Flasche und Gläser aus der Kommode und stellte alles auf den Tisch. Diego zuckte als Antwort mit den Schultern und setzte sich ihm gegenüber auf den Stuhl. Sea zog ihren Block aus der Hosentasche, riss das Blatt mit dem Rätsel heraus und übergab es dem jungen Kapitän. Dann lehnte sie sich wieder gegen die Tischkante und stützte sich auf ihre Hand auf. Sall legte das Stück Papier gut sichtbar vor ihnen auf den Tisch und schenkte sich und seinem Ersten Offizier dunklen Rum ein. Sea lehnte ab, und das dritte Glas blieb leer. Sie betrachtete die Seite aus ihrem Block und las die Zeilen erneut genau durch. Es war wirklich schade, dass sie nicht so eine schöne Handschrift wie Lenoir hatte.

Der Vogel unter den Weissen Bö'n,
ewig im Schatten des Tages verweilt,
wo Glanz sich im Dunkeln verlör',
dort Nachtlicht des Wassers Weg weist!

„... *unter den Weissen Bö'n*", meinte Sea nachdenklich, „denkt ihr, er meint damit das Naturphänomen?" Bei Weissen Böen handelte es sich um plötzlich auftretende starke Windböen, die Wassertropfen mit in die Luft zogen. Dieses Wasser ergoss sich als starker Schwall über das Schiff und war unter Umständen stark genug, um selbst größte Schiffe umzuwerfen. Da sie aber nur für kurze Zeit, meist zwischen zehn Minuten und einer halben Stunde, anhielten, hielten sie die meisten Leute für Seemannsgarn. Diego aber nickte todernst.

„Wahrscheinlich."

„Wenn ihr mich fragt, sind Weisse Böen nur erfunden. Aber ich überlege mir gerade, für was man Weisse Böen als Übernamen nutzen könnte." Sall stützte seinen Kopf auf den Arm. Sea strich die Haare hinters Ohr und überlegte.

„Für was? Für was?", dachte Diego halblaut und drehte das Papierstück zwischen den Fingern, als stünde die Lösung vielleicht irgendwo darauf. Sea begann währenddessen systematisch, das Rätsel auseinanderzunehmen.

„Meiner Meinung nach", erinnerte sie ihn, „muss der *Vogel*, wie der *Delfin*, eine genauere Ortsbeschreibung sein und Vogel ist gleichzeitig der Hinweis, um den Ort zu finden."

„*Unter den Weissen Bö'n* wird dann vermutlich das Gebiet beschrieben, in dem dieser Ort liegt", schloss der junge Kapitän.

„Dann suchen wir zuerst das Gebiet", meinte Diego und legte das Rätsel zurück in die Tischmitte.

„Es gibt mehrere Möglichkeiten, was mit den *Weissen Bö'n* gemeint sein könnte. Ein Gebiet in dem Lenoir glaubte, von so einer Böe erfasst worden zu sein, oder wo solche Böen häufig vorkommen sollen, ...das kann alles Mögliche sein! Vielleicht wollte er auch einfach das Wort Wind verschleiern, oder sowas ..." Sall kratzte sich am Kopf, ohne zu wissen, dass er sie auf eine zündende Idee gebracht hatte.

„... Wind?", dachte sie laut und trieb einen Moment in ihrer Gedankenwelt. Das wäre wirklich einfach genug, um des Rätsels Lösung sein zu können. Und es gab sogar ein Gebiet, das in Frage käme.

„Die Inseln im Karibischen Meer, die direkt vor der südamerikanischen Küste liegen ... Meint ihr, er meint schlicht und einfach die Inseln unter dem Winde?", fragte sie in die Runde.

„Wäre das nicht zu einfach?", fragte Sall mit gerunzelter Stirn.

„Und die Sandbänke als Delfin waren nicht irgendwie zu einfach? Im Übrigen hätte Lenoir nicht großartig etwas zu verlieren, indem er uns das Gebiet offenlegt", erwiderte sie und Sall setzte sich auf seinem Stuhl gerade auf.

„Da es keinen Ort gibt, an dem tatsächlich überhaupt Weisse Böen auftreten, wird das die einzige sinnvolle Lösung sein. Denn nachprüfen, ob Lenoir mal in eine hineingeraten ist, können wir ohnehin nicht."

„Nein, soweit ich weiß, liegt das Logbuch mitsamt dem Schiff auf dem Meeresgrund. Aber ich hab' gehört, Weisse Böen sind über den Sandbänken des westlichen Karibischen Meers ein häufiges Phänomen ...", warf der Erste beiläufig in ihr Gespräch ein, aber niemand beachtete ihn.

„Spätestens wenn wir versuchen den *Vogel* zu finden, finden wir heraus, ob die kleinen Antillen die korrekte Lösung sind." Sea strich sich erneut die Haare aus dem Gesicht. Sie kitzelten sie immer an der Wange wenn sie sich über etwas beugte und lenkten sie vom Nachdenken ab.

„Jetzt ist nur noch die Frage, was mit dem *Vogel* gemeint ist", sagte Diego nachdenklich, „denkt ihr, es hat etwas mit der Landschaft zu tun?"

„Du meinst, eine der Inseln unter dem Winde sieht aus wie ein Vogel?", fragte Sall zweifelnd. Sea schüttelte den Kopf, denn auch ihr kam die Idee reichlich absurd vor.

„Nein, das glaube ich nicht. Dann schon eher, dass es auf dieser Insel viele Vögel gibt. Allerdings könnten wir mit einer Karte überprüfen, ob eine der Inseln wie ein Vogel aussieht."

„Oder ob es sonst mit der Landschaft zu tun hat, denn dass die Insel wie ein Vogel geformt ist, kommt mir zu fantasievoll vor", korrigierte Diego die Fehlinterpretation seiner Freunde. Leider gab es mehr als genug Möglichkeiten, wie der Vogel mit der Landschaft in Verbindung stehen könnte. Oder es war etwas völlig anderes gemeint. Allerdings hatte Sea keine bessere Idee, wie sie vorgehen sollten. Sall schien ihr die Ratlosigkeit am Gesicht ablesen zu können. Da Diego das gleiche Problem ohnehin offen auf die Stirn geschrieben stand und ihm auch kein besserer Gedanke kam, versuchte er sie auf andere Weise voran zu bringen.

„In Ordnung, dann sehen wir auf einer Karte nach", entschied der Kapitän, nahm das Rätsel zwischen die Finger und stand auf. Er war schon an der Tür, als Diego austrank und es ihm gleich tat. Daher stieß auch sie sich vom Tisch weg, um dem Kapitän in den Kartenraum zu folgen.

Sie sammelten sich um den Tisch in der Raummitte. Der Kapitän öffnete den Kartenschrank und wühlte einen Moment in den Karten. Er rollte Karten auseinander und wieder zusammen, bis er die gesuchte Karte auf der zweiten Ablage fand. Anschließend rollte er sie auf dem Tisch aus und beschwerte die Ecken. Mit den Augen suchte Sea die Karte ab, während Sall mit dem Finger die Küste entlangfuhr. Sie glaubte nicht, dass tatsächlich eine der Inseln die Form eines Vogels hatte. Ihr Blick folgte Salls Finger, als er damit über die Kleinen Antillen fuhr. Natürlich hatte keine von ihnen die Form eines Vogels.

„Nichts", meinte Sall nachdenklich.

Sea las gedankenversunken die Namen der Inseln für sich durch.

Das meiste war Spanisch, obwohl die meisten dieser Inseln längst von den Niederländern besetzt worden waren. Margarita, La Tortuga, Los Roques, Islas de Aves ... Ihre rehbraunen Augen flogen zum letzten Namen zurück und sie musste lächeln. Sie hätte wirklich nicht gedacht, das Lenoir es ihnen bei dieser Zeile des Rätsels so einfach machen würde. Islas de Aves, spanisch für Inseln der Vögel. Sie hob den Kopf und fragte: „Habt ihr euch die Namen durchgelesen?"

Sall schüttelte den Kopf. „Ich hab' mich auf die Form der Inseln konzentriert." Sea legte den Finger auf die Karte, direkt auf die auffälligen Inseln.

„Diesen finde ich lesenswert", machte sie die Piraten aufmerksam. Wie sie lächelte der junge Kapitän als er den Namen las.

„Die Islas de Aves ...das ist wirklich fast zu einfach."

„Das ist zu einfach", stellte Diego trocken klar.

Darauf hob Sea ihre linke Augenbraue an und fragte: „Wieso, das war erst die erste Zeile dieses Rätsels? Der Rest ist vermutlich schwieriger, Rätsel erstellen ist schließlich die Kunst, etwas Leichtes kompliziert zu machen."

„... ewig im Schatten des Tages verweilt, ...", überlegte Sall halblaut, „Hat jemand eine Idee, was Lenoir damit meinen könnte?" Diego betrachtete nachdenkend die Karte und kratzte sich in seinem mit nur wenigen Handgriffen gestutzten Bart.

„Wenn du mir sagen kannst, was zum Teufel der Schatten des Tages sein soll, sage ich dir gern, wo er ist ...Das ist typisch Lenoir mit seiner ulkigen Poesie!"

„Aye, dass der Schatten des Tages wieder eine Art verschlüsselter Name ist, glaube ich auch, aber glaubt ihr, er meint schon wieder einen Ort?", fragte Sea und zog wie bei jeder Frage ihre Augenbraue hoch. Ihr kam es ziemlich unwahrscheinlich vor, dass Lenoir wieder einen Ort meinte. Auch Sall schüttelte bestimmt den Kopf, wobei er den Blick noch immer an die Karte heftete.

„Nein, die sechs Islas de Aves sind unbewohnt, die haben keine anderen Namen mehr", klärte er sie auf, ohne die Inseln aus den Augen zu lassen, „soweit ich weiß werden sie auch nur äußerst selten direkt von Schiffen angesteuert. Keine von ihnen hat eine bekannte Süsswasserquelle, die genügend Wasser bringt, um in vernünftiger Zeit Fässer zu füllen." Diego seufzte und fuhr sich mit der Hand durch die wirren Haare.

„Dann weiss ich auch nicht weiter", gab er zu.

„Zumindest können wir uns auf das *ewig verweilen* vermutlich verlassen", meinte Sea sachlich, „die zweite Zeile beschreibt wahrscheinlich, welche der Inseln effektiv der *Vogel* ist."

„Leider hilft uns das auch nicht sonderlich viel", sagte Sall nachdenklich.

„Also ich werde ein anderes Mal weiter darüber nachdenken", entschied Diego und stand auf, „ich sollte nachsehen, ob an Deck noch klar Schiff ist." Ihm war das Rätseln wohl endgültig zu dumm geworden. Der Kapitän hob den Kopf, als sein Erster Offizier zur Tür ging.

„Diego", brachte er ihn zum Stehen, und dieser drehte sich um, „Sea glaubt, dass wir einen Spitzel von Night an Bord haben, also solltest du vielleicht nicht über das Rätsel sprechen." Diego nickte bestimmt und trat auf das Deck hinaus, ohne sich weiter aufhalten zu lassen.

„Leg das Rätsel in Lenoirs Kästchen, ich behalte es bei mir", befahl Sall ihr gutmütig und hielt ihr das Papier mit dem Rätsel hin, „es steht auf der Kommode." Nickend nahm sie es und ging zurück in die Kapitänskabine, während er die Karte zusammenrollte. Sea legte das Rätsel, das sie selbstverständlich erneut kopiert hatte, in die Schatulle auf der Kommode und schloss sie.

„Ich sollte jetzt auch wieder meiner Arbeit nachgehen und mich wieder hinters Ruder stellen", sagte sie als Sall hereinkam. Sie wollte schon an ihm vorbei zur Tür gehen, doch er drückte die Tür vor ihrer Nase zu, bevor sie den Schritt durch den Rahmen tun konnte.

„Moment, du hast mir noch nicht erzählt, was du mit der *Killing Lady* für eine Rechnung offen hast!"

„Ich habe keine Rechnung mit der *Killing Lady* offen, sondern mit einem ihrer Piraten", stellte sie klar.

„Das ändert nichts an meiner Neugier", erwiderte er lächelnd. Er schritt tiefer in den Raum und lehnte sich mit verschränkten Armen gegen die Tischkante. Sea seufzte und kehrte zum Tisch zurück. Eigentlich hatte sie gehofft, er hätte die Frage längst vergessen. Eigentlich war sowas Privatsache und ging ihn gar nichts an, aber er würde ohnehin nicht locker lassen.

„Nach der Sache mit meinem Vater ...", begann sie und setzte sich neben ihn auf den Tisch. Sie erzählte ihm, sie habe im Logbuch nach dem genauen Ablauf des Angriffs gesucht, weil sie gehofft hatte herauszufinden, wer sein Mörder ist. Sie hätte aber nichts gefunden. Bei den darauffolgenden Gesprächen mit den Matrosen hätte sie dann in Erfahrung gebracht, dass das Schiff, das sie angegriffen hatte, die *Killing Lady* gewesen war. „Also ist die Wahrscheinlichkeit relativ groß, dass der Mörder meines Vaters bei ihr an Bord ist", endete sie.

„Und du willst ihn finden und dich an ihm rächen?", fragte er, als ob er wüsste, was sie antworten würde.

„Ich weiß noch nicht, was ich mit ihm mache, wenn ich ihn finde" Sall begann zu grinsen, wie ein Kind, das etwas ausheckte. „Lass mich dir einen Rat geben: Erschießen oder Erstechen ist zu einfach, für Rache sucht man sich etwas Stielvolles aus", riet er ihr. Er wusste genau, dass sein Vorschlag ihr nicht gefiel, deshalb grinste er.

„Ich hab nicht vor ihn umzubringen", erwiderte Sea kühl, „zumindest nicht persönlich."

„Hab' ich mir schon gedacht", erwiderte er und hörte für einen Moment auf zu grinsen, „aber einen Versuch war es wert."

„Jetzt bist du dran, woher kennst du Night?", fragte Sea neugierig.

„Ich war auf einem seiner Schiffe Schiffsjunge", erklärte er knapp und lächelte sie an. Er machte eine Pause, um sie auf die Folter spannen. Bis sie ihn vorwurfsvoll ansah.

„Du musst schon die ganze Geschichte erzählen!", quengelte sie dann in einem so kindischen Tonfall, dass Sall auflachte. Doch nach einem Räuspern ließ er sie nicht mehr warten.

„Die *Queen Roses Death* hat damals noch zu Nights Flotte gehört, als sie in Nassau, dem Haupthafen der Insel New Providenz anlegten", erzählte er dann doch etwas detaillierter, „wie schon gesagt, habe ich mit dreizehn als Schiffsjunge auf einem Frachter angeheuert, aber ich wurde noch bevor wir in See stachen geschanghait und landete auf Nights zweitem Schiff. Ich glaube, einer der Matrosen hat mich verkauft, aber so genau weiß ich nicht, was passiert ist. Richtig kennengelernt habe ich den alten Menschenschinder und seine Methoden erst später. An Bord der *Queen Roses Death* hab ich Diego kennengelernt und mich mit ihm angefreundet. Wir standen beide, wie die allermeisten Matrosen, ziemlich weit unten in der Rangordnung. Auf Nights Schiffen herrschten andere Regeln, Nights Regeln ...auf der *Killing Lady* ist es noch immer so, da er das Flaggschiff am besten selbst kontrollieren kann ..."

„Was meinst du denn damit?", unterbrach Sea ihn kurz.

„Er ist weit mehr als nur streng. Wer keinen triftigen Grund hatte seine Arbeit auch nur eine Sekunde zu unterbrechen, bekam die Neunschwänzige Katze zu spüren – ob er nun gesund war oder im Sterben lag. Gleich erging es dem, der aus Versehen einen Schaden anrichtete, im Allgemeinen gegen eine Regel verstieß oder eine andere Meinung mitteilte, erst Recht wenn er Zustimmung erhielt. Und wer seinen Mund einmal zu viel aufgemacht hat, wurde sofort über Bord geworfen. Auf der anderen Seite konnten sich seine Offiziere alles erlauben", erzählte er mit ärgerlichem Ton, „Aber das Schlimmste war seine Ungerechtigkeit. Er hatte Lieblinge und solche, die er nicht leiden konnte. Ich zum Beispiel war ihm wohl zu aufmüpfig. Du hast es ja selbst gehört, dass mir häufig genug der Hintern versohlt wurde – einige Narben davon habe ich immer noch! Dazu kommt, dass er keine Prämien für Verletzungen auszahlt und die Heuer eines Toten nicht dessen Familie übergibt. Nur wer sich wehren kann, hat Rechte, was unter seiner Waffenkontrolle nur die Offiziere können ..."

„Warum habt ihr ihn nicht ersetzt?", fragte sie nach. Sie wusste, dass bei Piraten der Kapitän normalerweise im Piratenrat gewählt wurde und außer, dass er ein paar Privilegien hatte, von der Mehrheit regiert wurde.

„Unter Nights Flagge existiert kein Piratenrat, er hat als Einziger das Sagen. Ich kann sein Hierarchie-System nicht ausstehen! Und diesen Höllenhund noch weniger! Das konnte ich noch nie, aber mit ihm zu segeln war wesentlich lukrativer, als jeden Tag aufs Neue mit den Fischern aus dem Dorf hinauszufahren, auch wenn ich mir häufig überlegt habe, das Weite zu suchen", antwortete er.

„Wie viele Schiffe hatte Nights Flotte denn?", drängte sich ihr eine andere Frage auf.

„Damals nur die *Killing Lady* und die *Queen Roses Death*", antwortete er, „das genügt aber, um sogar große Frachtschiffe in die Zange zu nehmen. Diese Taktik ist einfacher als jede andere. Inzwischen besitzt er so wie ich gehört hab noch einen kleinen Schooner, der in den Bahamas Küstenpiraterie betreibt"

„Und sie sind immer zusammen gesegelt?", neugierte sie weiter.

„Meistens zumindest", antwortete er und nahm den roten Faden wieder auf, „Diego und mir ging seine Strenge und die Rangordnung ziemlich gegen den Strich. Wir haben auch beide einige Male die Katze bekommen, wie du dir vorstellen kannst. Etwa zwei Jahre nachdem ich an Bord gekommen war, haben wir uns entschlossen, gegen den Kommandant der *Queen Roses Death* zu meutern. Da wir uns inzwischen einen Namen als gute Kämpfer gemacht haben, haben wir schnell viele Männer dazu überreden können, sich uns anzuschließen. Und in irgendeiner Nacht haben wir das Schiff übernommen.

Unser Plan war recht einfach. Diego hat ihn den Meuterern vorgestellt, denn wer nimmt schon einen fünfzehnjährigen Bengel einfach so für voll? Während sich die restlichen Meuterer mit dem Rest der Crew beschäftigt haben, sollten wenige andere, darunter Diego und ich, den Kommandanten ausschalten.

Schließlich durchgekommen bin aber nur ich. Ich mach's kurz, ich hab mit Nights Kommandanten gekämpft und schließlich mit viel Glück gewonnen. Ich hab's geschafft, ihn umzubringen. Ursprünglich hatte Diego danach die Wahl zum Kapitän gewonnen, aber mit dem Vorwand er sei nicht genügend gebildet und die ganze Sache mit dem Meutern sei ohnehin meine Idee gewesen, hat er statt seiner mich vorgeschlagen. Wahrscheinlich wurde ich nur vom Rat als Kapitän angenommen, weil ich mich bewiesen hatte", beendete Sall seine Erzählung.

„So bist du also Kapitän geworden", stellte Sea nachdenklich fest. Im Gegensatz zu der Geschichte wie Sall Kapitän wurde, die sich wirklich interessant und spannend anhörte, war ihre einfach nur traurig. „Du kommst aus Nassau?"

„Von Paradise Island, einer kleinen Nebeninsel von New Providenz, um genau zu sein. Da ist das Fischerdorf, in das mein Vater meine Mama verschleppt hat", korrigierte er. Er versank einen Moment in Gedanken, bevor er fragte: „Woher kommst du eigentlich? Ich nehme nicht an, dass du in dem Nest aufgewachsen bist, indem ich dich gekauft habe."

„Nein, ich wurde in Santo Domingo überrumpelt und von dort aus auf den Sklavenmarkt verfrachtet", erzählte sie, „Ich bin in Kingston aufgewachsen, wenn ich nicht mit meinem Vater auf See war."

„Dein Vater hat dich mitgenommen?", fragte er etwas erstaunt. Es war nicht gerade üblich, seine Tochter mit auf sein Schiff zu nehmen, seinen Sohn dagegen schon eher. Aber sie nickte, als wäre es das Selbstverständlichste auf der Welt.

„Auf jede zweite Fahrt und jede, die länger als vier Wochen dauerte.

In der übrigen Zeit hatte ich Unterricht bei einem Lehrer. Mein Dad war der Meinung, Bildung sei das Wertvollste, was man besitzen kann", erzählte sie.

„Meine Mama ist der gleichen Meinung. Sie hat mir Lesen, Schreiben und Mathematik beigebracht, so gut sie konnte", setzte Sall das Gespräch fort, „so viel ich weiß, war sie Dienstmädchen bevor sie entführt wurde und hat vom Unterricht der Kinder des Hausherren einiges mitbekommen." Das war interessant zu wissen, aber Sea dachte nicht weiter darüber nach. Bei dem Wort *Dienstmädchen* fiel ihr etwas wieder ein.

„Ich würde gerne noch weiterreden", sagte Sea und sprang vom Tisch, „aber ich sollte zurück hinters Ruder, bevor man mir nachsagt, ich sei faul." Sall nickte zustimmend und ließ sie ohne eine Art von Widerwort aufs Deck hinaus verschwinden.

***

Kaum hatte sie die Tür wieder hinter sich geschlossen, kam ihr schon eine Stimme entgegen.

„Na endlich!", beschwerte sich Cole. Er stand noch immer am Ruder.

Ziemlich rasch ging er die Stufen hinunter, als sie ihn ablöste. Wahrscheinlich musste er zum Abort, um ein dringliches Geschäft zu erledigen. Stattdessen drängte ihr der Erste Maat mit einem breiten Grinsen im Gesicht seine Gesellschaft auf. Er kam die Stufen vom Großdeck herauf und lehnte sich steuerbord mit verschränkten Armen gegen die Reling.

„Wie hast du das nur gemacht, Sea?", fragte Diego sie. Sea zog ihre linke Augenbraue fragend nach oben.

„Wie habe ich was gemacht?", fragte sie misstrauisch zurück.

„Ich hätte wirklich gedacht, Sall würde vor Wut vermutlich jeden mit bloßen Händen umbringen. Aber als ich zu ihm zitiert wurde, war er wieder völlig gelassen. Also was hast du gemacht?" Lächelnd sah er sie an, als hätte sie etwas angestellt. Sie lächelte engelsgleich zurück, denn sie war noch nicht sicher, wie ernst es ihm war.

„Außer mit ihm geredet habe ich gar nichts gemacht", verteidigte sie sich.

„Natürlich! Das sage ich auch immer, wenn ich besoffen einem Mädchen nachgelaufen und die ganze Nacht nicht mehr aufgetaucht bin", zog er sie grinsend auf.

„Willst du damit irgendwas andeuten, Diego?", fragte sie scheinheilig.

„Ich habe noch nie miterlebt, dass er sich so schnell abreagiert hat. Wer weiß mit was du ihn von Night ablenken konntest?", neugierte er, „hast du ihm schöne Augen gemacht, bis er schwach wurde oder sowas?" Also wollte er sie aufziehen! Aber sie würde ihm sicher nicht den Gefallen tun und sich ärgern lassen.

„Diego, ich habe gerade große Lust, dir etwas an den Kopf zu werfen", meinte sie mit einem gespielt bedrohlichen Tonfall, „ich habe ihm meinen Verdacht mit dem Spitzel vorgetragen, du kannst Sall fragen." Er suchte einen Moment nach dem roten Faden, aber mit dieser Aufforderung blieb ihm nur die Kapitulation.

„Hast ja Recht, ich hab auch schon bessere Sticheleien gebracht", grinste er und sah eine Weile den Matrosen zu.

Diego lehnte einige Zeit stumm an der Reling. Anscheinend suchte er nach Worten, um ein neues Gespräch anzufangen.

„Sall hat mir erzählt, wie er auf die *Queen Roses Death* gekommen ist", half sie ihm.

„Ah ja? Hat er dir auch erzählt, wie er Kapitän wurde?", nahm er den Gesprächsbeginn sofort auf. Sea nickte als Antwort.

„Ihr habt gemeutert, und Sall hat eurem Kommandanten den tödlichen Stoß versetzt, ihm zufolge aber nur mit viel Glück."

„Von wegen Glück, das war alles Können!", bellte Diego empört, „der Junge war schon damals ein echter Teufelskerl. Er hat so schnell kämpfen gelernt, wie andere atmen!"

„Ich weiß, dass Sall besser kämpfen kann, als er zugegeben hat. Ich habe selbst gegen ihn gekämpft", entgegnete sie, „aber eigentlich wollte ich dich fragen, wie du Pirat auf der *Queen Roses Death* wurdest."

Diego runzelte die Stirn. „Warum willst du das wissen?"

„Wenn ich weiß, wie man Pirat wird, kann ich vermeiden, dass mir das Gleiche passiert", antwortete sie ihm lächelnd. Diego grinste.

„Ich bin mir nicht sicher, ob das etwas nützt. Ich hatte ursprünglich auch nicht vor Pirat zu werden", gab er zu.

„Und was wolltest du ursprünglich werden?", fragte sie.

„Ich hatte keine Zukunftspläne. Etwa in deinem Alter habe ich auf einem Schiff der Armada als Matrose angeheuert, weil ich es zu Hause mit meinen Geschwistern nicht mehr ausgehalten hab'."

„Du warst auf einem Schiff der Armada?" Die Armada war die königliche spanische Marine, daher kam ihr die Vorstellung von Diego auf einem dieser Schiffe irgendwie falsch vor. Im Übrigen verpönte sie alles, was mit Krieg zu tun hatte.

„Nur als Matrose, nicht als Soldat. Auf jeden Fall sind wir in die Karibik gefahren, und ich habe bei einem Aufenthalt in Santo Domingo das Schiff gewechselt. Ich wurde Matrose auf einem spanischen Handelssegler. Einige Zeit später wurde dieses Schiff von zwei Piratenschiffen angegriffen. Wie es halt so ist, haben die beinahe kampfunfähigen Spanier gegen die schlachterprobten Piraten verloren. Aber sie hatten Männer verloren und fragten deswegen, ob sich ihnen jemand anschließen wollte. Und anstatt mich abmurksen zu lassen, bin ich Pirat auf der *Queen Roses Death* unter Nights Flagge geworden. Später habe ich dann Sall kennen gelernt, und sobald er kämpfen konnte, haben wir gemeutert. Beantwortet das deine Frage?" Diego schien froh zu sein, dass sie sich wieder anlächeln konnten.

„Fast! Wo kommst du her?", wollte Sea noch mehr über ihn erfahren.

„Aus Cádiz", antwortete er, „Das ist die große Hafenstadt im Südwesten Spaniens."

„Der Heimathafen der meisten Armada-Schiffe", stellte sie fest. Er nickte.

***

Der Rest des Tages verlief alltagsgetreu. Sie hatte bisher das Schichtsystem der Piraten noch immer nicht durchschaut. Ihre Wache war einfach immer am Tag, mit einer Unterbrechung zirka um ein Uhr. Alle übrigen Wachen und Arbeiten schienen variabel zu sein. Daher löste sie zur Mittagszeit und am Abend immer jemand anders ab. Heute war es Foncé, der breit zwischen seinen prallen Lippen hervorlächelnd ans Ruder trat. Der Wind hatte wieder etwas aufgefrischt, weshalb sie wieder zu zweit das Rad im Griff hatten.

Jedoch war der andere Steuermann schon vor Stunden wieder abgelöst worden. Sie lächelte daher erfreut zurück als Foncé sie in den Feierabend schickte und machte sich freudig davon. Sie machte einen Umweg in die Kombüse, wo Luigi ihr eine gefüllte Schale in die Hände drückte. Sauerkraut, darauf getrockneter Fisch und während des Essens plauderte sie mit dem einbeinigen Koch. Glücklicherweise war es genug Sauerkraut, dass sie satt wurde ohne den dazugehörigen Schiffszwieback essen zu müssen. Leider wimmelte es in diesen trockenen Fladen meist von Maden, daher musste man ihn vor dem Essen ausklopfen. Sie rieb dankend ihre Schale aus und verschwand dann auch schon wieder an Deck. Auf einem Schiff musste man das Tageslicht nutzen solange es vorhanden war. Daher setzte sie sich im Schneidersitz auf den Boden und lehnte den Rücken gegen die Belegnagelbank des Fockmastes. Im orange-rosa Abendlicht hatte sie schon gestern gezeichnet. Cods Freundin Sirenia hatte sich schon einigen Male in ihre Fantasie geschlichen, bis sie entschieden hatte, die Meerjungfrau auf Papier zu fangen, damit sie nicht immer in ihrem Kopf herumschwamm.

Allerdings war es gestern zu dunkel geworden, um das Meer und ihre Schuppen zu zeichnen, weswegen sie jetzt eifrig kleine Halbkreise auf ihren Fischschwanz malte.

Als sie angefangen hatte einen winzigen Fisch ins Wasser zu zeichnen, war jemand neben sie getreten. Aber sie hatte nicht einmal aufgesehen, wer es war. Sie hatte gerade keine Lust, sich in ein Gespräch verwickeln zu lassen und konzentrierte sich wieder auf den Fisch. Ihr wurde erst klar, dass der Jemand noch immer neben ihr stand, als sie nach einiger Zeit angesprochen wurde.

„Was zeichnest du dieses Mal?", fragte Sall schließlich neugierig.

„Eine Meerjungfrau" Ihre abwesende Antwort verursachte ein Lächeln auf seinen Lippen.

„Dacht' ich mir schon ... Ich muss auch hin und wieder an Cod denken. Es ist kaum zu glauben, dass er überhaupt so lange auf dieser besseren Sandbank überlebt hat." Sea erwiderte nichts. Sie wollte nicht über Cod reden, denn er tat ihr leid. Der Gedanke gab ihr einen Stich ins Herz. Wie er getötet wurde, hatte er nun wahrlich nicht verdient. Auch wenn es sich wohl nicht hätte verhindern lassen, dass irgendjemand in der Schießerei ums Leben gekommen wäre, Sall war nun mal grösstenteils an seinem Tod schuld.

Der junge Kapitän sah ihr zu wie sie ein Schiff in den Hintergrund des Bildes zeichnete. Da die Meerjungfrau sich unter Wasser befand, zeichnete sie Kiel und Rumpf von unten.

„Was meinst du, wie hat er sich seine Sirenia vorgestellt?", fragte er schließlich weiter, als er weiterhin keine Antwort bekam.

Sea brauchte nicht zu überlegen, sondern antwortete mit den allgemeinen Vorstellungen: „Halb Mensch, halb Fisch und bildhübsch, nehm' ich mal an. Cods Freundin scheint nebenbei auch noch schüchtern zu sein, was aber kein Wunder wäre, wenn ihr Vorbild eine Seekuh ist." Sie hob ihren Grafitstift vom Papier ab und dachte an die Karibikmanatis zurück. Es freute sie, dass sie die Spezies in Misteriosa Bank vorgefunden hatte und eine ganze Herde zu Gesicht bekommen zu haben. Die im Wasser lebenden Säugetiere waren durchaus interessant zu studieren, und sie war froh, dass die immer seltener werdenden Tiere zwischen den Cays dank der Geschichten ihre Ruhe hatten. Mit der Aussicht auf Manatis konnte sie vielleicht sogar ihren Lehrer in naher Zukunft auf das Meer locken, denn dieser erfreute sich neben Physik vor allem an Biologie.

„Bildhübsch? Ich fand die Manatis nicht sonderlich attraktiv", gestand Sall belustigt.

Sie kicherte über seinen Witz: „Ich meinte ja auch die Meerjungfrau und nicht die Seekühe!"

„Na und? Mit der Beschreibung *bildhübsch* allein gefällt mir auch die Meerjungfrau noch nicht." Sea musste lächeln.

„Du bist doch ein Seemann, oder? Meinen Erfahrungen zufolge braucht es nicht viel, dass in deinen Augen ein Mädchen bildhübsch *weit* übersteigt", stichelte sie ihn. Er sah mit unerwartet finsterem Blick auf sie hinunter.

„Willst du etwa behaupten, ich sei weibstoll?" Er hörte sich tatsächlich etwas beleidigt an und es tat ihr plötzlich leid, dass sie mit ihren Worten unvorsichtig war. Sie hatte ihn bestimmt nicht beleidigen wollen. „Bisher konnte ich mir diejenigen Mädchen noch immer aussuchen. Und ganz im Gegenteil, es gibt Leute die mich tatsächlich als reichlich wählerisch bezeichnen!", gab er lässig grinsend an. Sea fiel ein Stein vom Herzen, denn er hatte scheinbar gemerkt, dass sie ihn nur hatte aufziehen wollen. Hoffentlich erkannte er auch den Hauch von Entschuldigung, den sie in einem engelsgleichen Lächeln zu ihm hochwarf.

„Und das soll ich dir glauben?", stichelte sie ihn so offensichtlich, wie sie konnte.

„Es gibt nicht viele Mädchen, die mir gefallen", wollte er sie überzeugen, aber ihm schien bewusst zu sein, dass sie ihm vermutlich nicht glauben würde. Egal wie hartnäckig er es versuchte.

„Klar!", meinte Sea übertrieben sarkastisch und stand auf. Immerhin war er wieder gut drauf, im Gegensatz zu heute morgen. Sie musste das Risiko, ihm die Laune zu verderben, wirklich nicht eingehen.

„Wirklich!", versuchte er es noch einmal, „Außerdem braucht es wesentlich mehr als Attraktivität allein, um mich zu beeindrucken ..."

„Ist ja gut! Ich kann das Gegenteil nicht beweisen, also glaube ich dir!", entschied Sea das Gespräch zu beenden, bevor sie ihn am Ende doch noch beleidigte, „wenn du dich vor Weibern angeblich kaum retten kannst, Käpt'n, kannst du mich ja jetzt in Ruhe zeichnen lassen."

Sie wollte an ihm vorbei gehen, doch er hielt sie fest. Abrupt packte er sie wie eine Katze im Nacken, zog sie an sich und drückte seine Lippen auf ihre. Es kam so unerwartet, dass sie erschrak. Ihr Herz begann wild galoppierend zu pochen. Als sie entsetzt versuchte, sich von ihm weg zu stoßen, griff er hinten in ihren Gürtel und hinderte sie daran, ihm zu entwischen. Sie presste die Augen zu und versuchte sich zu wehren, aber sie hatte keine Chance sich aus seinem Griff zu winden. Infolgedessen ließ sie den Kuss über sich ergehen. Als sie sich von dem Schreck erholt hatte, war es auch nicht mehr so schlimm. Sall schien es richtig zu genießen, es war, als ob er sie gar nicht mehr loslassen wollte. Und Sea bemerkte irritiert, dass auch sie selbst diesen Kuss genoss. Eigentlich war es aber auch kein Wunder. Er küsste gut, es war sicher einer der besten Küsse, die sie je gehabt hatte, wenn nicht der beste. Irgendwie war er wild, aber er hatte doch diese unpassende Sanftheit, als hätte Sall Angst sie zu verletzen. Sanft und ungestüm war eine so gute Kombination, dass sie den Kuss beinahe erwidert hätte. Aber sie wollte ihn nicht auf dumme Ideen bringen und zügelte ihre Zunge. Irgendwie war sie froh, als er seinen Griff lockerte und sie sich von ihm weg drücken konnte. Der Kuss hatte bestimmt nur wenige Sekunden gedauert, aber Sea kam es dennoch wie eine Ewigkeit vor. Und diese ganze Zeit war ihr Herz in einem Hurrikan herumgewirbelt worden! Sie schlug erleichtert die Lider auf und sah in Salls eiskalte, grüne Augen. Der junge Pirat lächelte sie zufrieden an. Doch Sea hatte nicht die geringste Idee, was sie fühlte. Erstaunen wahrscheinlich, vielleicht sogar Entsetzen. Sie war gerade von einem Piraten geküsst worden, und sie hatte es auch noch genossen! Genossen, was war in sie gefahren?! Was auch immer sie gerade fühlte, sie konnte es nicht zuordnen. Sie spürte nur, wie ihr Herz raste und hoffte, dass der Schreck der Grund dafür war.

„Wow!", meinte Sall zufrieden lachend, „nicht schlecht! Ich frag mich wie es erst wäre, wenn du den Kuss erwiderst?" Am liebsten hätte sie ihm eine Ohrfeige gegeben, dafür dass er sie ohne Vorwarnung überrumpelt hatte, aber sie war zu verdutzt, um auch nur etwas sagen zu können. „Genügt das als Beweis, dass ich mich nur für die wenigsten Mädchen interessiere, Seepferdchen?" Wahrscheinlich wäre Sea eine halbe Ewigkeit einfach so dagestanden und hätte ihn angesehen, wenn er ihr nicht einen Grund geliefert hätte, etwas sagen zu müssen. Im Übrigen kam sie so um eine Antwort herum.

„Bitte, sprich mich nicht mit dem Kosenamen an, den mein Vater für mich benutzt hat" Sie bat ihn viel gelassener als sie eigentlich war.

„Und wieso nicht?"

„Weil ich bisher nur zwei Personen erlaubt habe, mich so zu nennen", erklärte sie, „deshalb!"

„Und ich gehöre nicht zu diesen zwei Personen?" Sea konnte nicht heraushören, ob sein leichtes Bedauern echt oder gespielt war.

„Nein!", antwortete sie unbehelligt, drehte sich von ihm weg und lehnte sich mit verschränkten Armen gegen die Reling, weil sie nicht wusste was sie sonst tun sollte.

„Schade", meinte er und stieß sich vom Mast ab, „du wirst dich daran gewöhnen müssen, dass ich dich so nenne" Sea sah ihn fragend, mit hochgezogener Augenbraue an. Er grinste nur, lässig wie immer. „Du kennst mich doch inzwischen, ich mache sowieso, was ich will.", sagte er schulterzuckend und steckte die Hände in die Hosentaschen. Gut gelaunt ließ er sie stehen. Zu ihrem erneuten Erstaunen sang er ausgelassen als er zurück zum Achterdeck schlenderte.

„Fiveteen men on the dead man's chest
Yo ho and a bottle of rum,
Drink and the devil had done for the rest
Yo ho and a bottle of rum ..."

War er denn verrückt geworden? So ausgelassen fröhlich hatte sie ihn bisher noch nie erlebt. Sea war so verwirrt, dass sie sich nicht einmal über seinen schönen Bariton Gedanken machte. Sie legte verständnislos die Ellbogen auf die Reling und vergrub die Hände in ihren kakaobraunen Haaren. So verweilte sie bewusst, bis sie wieder einen klaren Gedanken fassen konnte.

Nach einer Weile sah Sea wieder auf das Meer hinaus und ließ ihren Blick über den leuchtenden Horizont schweifen. Sie wusste nicht, was sie von diesem Kuss halten sollte. Eigentlich glaubte sie nicht, dass ihm tatsächlich etwas an ihr lag. Oder er war sogar ...ach was! Wahrscheinlich war sie einfach gerade da gewesen, als er Lust zum Küssen gehabt hatte. Sie sah zu, wie die Sonne langsam dem Meer entgegen sank. Sie ließ das zartrosa Farbspiel auf sich wirken und versuchte Sall zu vergessen. Die Farben wurden dunkler, und bald verliefen sie von starkem Orange über liebliches Rosa zu einem fliederfarbenen Himmelsgewölbe. Im Westen bekamen die Wolken goldene Sprenkel, die sich mit der Zeit dem Orange anpassten und bald graublau wurden. Allmählich wurde es Nacht, wahrscheinlich dauerte es eine halbe Stunde, aber ihr kam es wesentlich kürzer vor. Da die Karibik nahe am Äquator liegt, herrschte die Dämmerung ohnehin nur kurz. Einige Minuten nach dem Einbruch der blauen Dämmerung ging einer der Piraten von Laterne zu Laterne und entzündete sie. Ihr schummriges Licht beleuchtete das Deck.

Sea sah noch einen Moment zu wie es dunkel wurde und beschloss schließlich, sich schlafen zu legen. Es hatte keinen Sinn weiter über den Kuss mit Sall nachzudenken, also wollte sie ihre Zeit nicht weiter damit verschwenden. Nachdenklich ging sie die Reling entlang auf die steile Treppe zu, die unter Deck führte. Sie bemerkte erst jetzt, dass eine Gruppe Piraten noch an Deck stand, die wahrscheinlich Nachtwache hatten. Wenn sie nicht in der Nähe einer Küste waren an der sie ankern konnten, musste über Nacht immer jemand am Ruder stehen, damit sie den Kurs nicht verloren. Diego stand noch immer dort, bestimmt zum dritten Mal heute, die fünf übrigen Männer lehnten entweder an der Reling oder an dem Geländer vor dem Ruder.

Eigentlich wollte sie sofort die Treppe hinunter gehen, sie blieb aber auf der obersten Stufe stehen und hörte einen Augenblick zu. Einer der Männer erzählte eine Geschichte, vermutlich Seemannsgarn.

„Wir hörten Gesang, engelsgleicher Gesang erfüllte die Luft an diesem grauen Morgen. Die Crew lief zu der Reling und suchte auf dem Wasser nach der Sängerin", erzählte ein alter Pirat mit grauem Bart. Die Geschichte klang interessant. Leise, um den Erzähler nicht zu stören, ging Sea wieder zur Reling hinüber, lehnte sich dagegen und lauschte weiter der Erzählung des alten Piraten. „Und dann sahen wir sie ... Mit dem Antlitz eines von Gottes Engeln saß sie auf einem Felsen, ihr schlanker Körper endend in einer breiten Schwanzflosse. In den schönsten Tönen singend kämmte die Meerjungfrau ihr goldenes Haar ..."

„Ach, hör doch auf, ich hab genug von Geschichten über Meerjungfrauen! Erzähl etwas anderes!", unterbrach in Diego genervt.

„Etwas anderes ...?", meinte der Pirat empört, „Das sind meine eigenen Erlebnisse, etwas Besseres gibt es gar nicht zu erzählen!"

„Dann könnte doch jemand anders von seinen Abenteuern erzählen", meinte der braunhaarige Pirat, der neben dem Ruder am Geländer lehnte. Sie erkannte Pierre erst, als sie seine Stimme hörte.

„Du hast noch nichts erzählt, Cole", schlug er die Arme verschränkend vor. Cole lehnte neben dem alten Piraten an der Reling. Er hob seine dreckigen Hände vor sich, und Sea sah erst jetzt, dass ihm an der linken Hand der kleine und der Ringfinger fehlten.

„Du weißt, dass ich nicht gut im Geschichtenerzählen bin", entschuldigte er sich.

„Hey, Sea, hast du eine Geschichte für uns?", fragte Diego laut und winkte sie zu sich hinauf. Sea kam die Treppe hinauf auf die fünf Männer zu.

„Eine Geschichte in der keine Meerjungfrauen vorkommen?", fragte sie nach und lehnte sich neben dem braunhaarigen Piraten gegen das Geländer.

„Auf keinen Fall, die Fischweiber hängen mir langsam zum Hals hinaus!", bestätigte er. Sea überlegte einen Moment und gesellte sich zu ihnen.

„Das ist aber schon eine Weile her. Vor etwa fünf Jahren war die *Unicorn's Dream* unterwegs nach London, an diesem Tag segelten wir südlich an Land's End vorbei", erzählte Sea, „was für eine Tageszeit war, weiss ich nicht mehr, der Himmel war schon den ganzen Tag mit dichtem Nebel verhangen gewesen. So dichter Nebel, dass man kaum von einem Mast zum nächsten sehen konnte. Ich habe damals auf der untersten Stufe der Treppe zum Ruder gesessen und gezeichnet. Die meisten Matrosen waren unter Deck, nur wenige waren an Deck. Sie sprachen kaum und würfelten nur, deshalb war es erdrückend still. Diese Stille machte den Nebel noch unheimlicher als er ohnehin schon war. Bis ein feiner Ruck der *Unicorn's Dream* mich zum Schaudern brachte. Es war als hätte irgendetwas den Kiel des Schiffes gestreift. Ich habe gedacht, ich hätte es mir eingebildet und habe mich wieder auf meine Zeichnung konzentriert. Aber einige Sekunden später hat es wieder einen Ruck gegeben. Er war stärker als der erste. Ich sah auf. Die übrigen Matrosen an Deck hatten es inzwischen auch bemerkt und sahen sich angespannt um. Ich stand auf und ging zur Reling. Zusammen mit den anderen Matrosen habe ich auf das schwarze Wasser hinunter gestarrt. Kleine strudelartige Wellen waren darauf zu erkennen, die nicht der Wind verursacht haben konnte. Es sah mehr aus, als wäre dicht unter der Wasseroberfläche ein gigantisches Tier durchgeschwommen. Sonst war nichts zu sehen außer Nebel.

‚Hier geht irgendwas nicht mit rechten Dingen zu‘, sagte einer der Matrosen und meinte, ‚wir sollten den Kapitän in Kenntnis setzten‘.

In diesem Moment schien etwas Riesiges das Schiff zu rammen. Ein Ruck ging durch die *Unicorn's Dream*, der einige der Matrosen und mich zu Boden riss. Spätestens jetzt wusste die gesamte Crew, dass etwas nicht stimmte. Während wir uns aufrappelten, füllte sich das Deck mit den übrigen Matrosen. Auch mein Vater, Kapitän Matthew Horce, kam aus seiner Kabine um nachzusehen, was los war. Er fragte, was passiert sei, aber natürlich wussten wir auch nur, dass das Schiff gebebt hatte. Anstatt dem Gespräch zu zuhören, drehte ich mich wieder um, um wieder aufs Wasser hinauszusehen. Genau im richtigen Moment um zu sehen wie ein gewaltiger Kopf aus den Wogen schoss. An einem langen, gebogenen Hals streckte das Vieh ihn über die Reling. Ich wich vor Schreck zurück, während die Crew sich erschrocken umwandte. Zwei tiefseeblaue Schlangenaugen starrten mich an, der ganze Körper des Untiers war mit seetanggrünen Schuppen bedeckt. Die Seeschlange öffnete ihr Maul und entblößte zwei Reihen enterdegenlange Zähne. Wäre ich nicht rückwärts zu Boden gestürzt, hätte mich der Wasserdrachen vermutlich mit einem Happs verschlungen, so aber bohrten sich seine Zähne in das Holz der Reling. Die Schlange riss ein Stück des Balkens heraus und verschwand für einen Augenblick unter Wasser, bevor sie auf der anderen

Seite des Schiffes wieder auftauchte. Die Matrosen begannen auf sie zu schiessen, aber ausser dass die Schlange wütend wurde, erreichten sie nichts damit. Die Kugeln prallten an ihren dicken Schuppen ab, wie an einem Panzer. Das Vieh schnappte sich einen der Matrosen und zog ihn unter Wasser. Sekundenlang war es still. Dann tauchte sie wieder auf mit Hunger auf mehr. Die Matrosen schossen verzweifelt weiter auf die Seeschlange, die versuchte, weitere Matrosen zu fassen zu bekommen. Bis der Kapitän schließlich den Befehl gab, die Kanonen zu laden, in der Hoffnung, die Schlange mit den Kugeln erschießen zu können. Damals hatten wir noch Kanonen auf dem Oberdeck, deshalb hat einer der Matrosen ein Pulverfass an Deck gerollt, damit in diesem besonderen Fall das Nachladen schneller verlief. Die Seeschlange aber wollte genau diesen Matrosen verschlingen und stieß mit ihrem Kopf auf ihn herab. Doch er sprang im letzten Moment zur Seite.

Die Schlange packte das Pulverfass und hob es in die Höhe. Mein Vater reagierte sofort und schoss mit einer Pistole auf das Fass zwischen den Kiefern des Untiers. Die Kugel schoss durch das Holz und entzündete das Schießpulver. Das Haupt der Seeschlange explodierte, und der kopflose Körper versank in den Fluten", beendete Sea ihre Geschichte.

„Und du erwartest von uns, dass wir diesen Unsinn glauben?", fragte der alte Pirat und zog an seiner Pfeife. Sea zuckte mit den Schultern.

„Ihr müsst selbst entscheiden, was ihr glaubt und was nicht", meinte sie gleichgültig. Die Piraten verstummten einen Augenblick. Innerlich gingen sie die Geschichte noch einmal durch und entschieden, ob sie ihr glaubten oder nicht.

„Ich glaube ihr nicht", sagte der alte Pirat schließlich trotzig wie ein Kind. Pierre lachte neben ihr leise auf.

„Ausgerechnet du, der uns erzählst, du hättest schon vor Jahren eine echte Meerjungfrau gesehen, ausgerechnet du glaubst nicht an Seeschlangen!", meinte er amüsiert.

„Dann glaubst du ihr also?", fragte der Alte verständnislos.

„Aye, ich glaube ihr! Wer weiß, was das Meer noch für Geheimnisse birgt, warum nicht Seeschlangen?", grinste er.

„Er ist ein schlauer Kerl", bestätigte Sea seine Aussage und zeigte mit dem Daumen auf den braunhaarigen Franzosen. Diego betrachtete sie mit ungläubigem Blick. Sie lächelte ihn an.

„Ich glaube ihr trotzdem nicht", meinte der alte Pirat noch einmal trotzig.

„Ist mir egal", meinte Sea müde, „ich gehe jetzt schlafen, ihr könnt euch ja weiter Geschichten erzählen." Sie stieß sich vom Geländer weg und ging die Treppe hinunter. Sie wünschte noch eine Gute Nacht ehe sie unter Deck ging.

Sea verschloss die Tür ihrer Kabine hinter sich und entzündete die Kerze. Da es Sommer war, war es draußen noch nicht richtig dunkel, aber die Kerze spendete trotzdem mehr Licht als das kleine Fenster. Sie zog die Stiefel aus, legte ihren Gürtel ab und hängte ihn an den Hacken. Danach setzte sie sich im Schneidersitz auf das schmale Bett und durchdachte den Tag noch einmal. Schließlich nahm sie ihren Zeichenblock aus der Hosentasche und begann das Papier mit einer Seekuh zu verzieren.

Nach einiger Zeit klopfte es an der Tür.

„Hey, Sea, ich bin's, Diego, du kannst aufmachen", drangen Worte durch das Holz. Sea stand auf und steckte ihren Block weg. Sie drehte den Schlüssel in der Tür und öffnete.

„Was ist los?", fragte sie und Diego trat tief gebückt durch den Türrahmen. Seitlich lehnte er sich dagegen.

„Eigentlich wollte ich wissen, ob die Geschichte nun wahr ist oder ob du uns angeschwindelt hast", gab er zu. Sea seufzte. Denn der Reiz im Seemannsgarnerzählen, war doch, dass das Gegenüber nicht Bescheid wusste.

„Und an welche Möglichkeit glaubst du?", erkundigte sie sich trotzdem.

„Ich glaube, dass du uns typisches Seemannsgarn erzählt hast", antwortete er unschlüssig, versuchte aber bestimmt zu klingen,

„Wahrscheinlich ist der größte Teil der Geschichte erfunden, aber sie hat einen wahren Kern."

„Und welcher Teil ist deiner Meinung nach wahr?", fragte Sea neugierig nach. Diego dachte darauf einen Augenblick nach.

„Ich glaube, dass ihr tatsächlich südlich an Land's End vorbei nach London unterwegs wart. Das mit dem Nebel stimmt vielleicht auch noch, der Rest ist erfunden."

Sea sah den engen Gang nach vorne und sah nach ob sonst noch jemand zuhörte, sah aber niemanden. Ihm zuliebe würde sie ihm die

Wahrheit sagen, wenn er ihr schon nicht aus der Hand fraß. Sonst würde sie seinen Aberglauben nur verschlimmern.

„Tatsächlich stimmt die Geschichte bis zum ersten Beben der *Unicorn's Dream*. Wir haben damals ein sehr großes Stück Treibholz überfahren, das dann am Schiff vorbeitrieb. Als die Crew es gesehen hat, haben sie wirklich gedacht, es sei eine Seeschlange", erzählte sie ihm lächelnd, „aber das musst du nicht allen erzählen, dass raubt der Geschichte den Zauber und die Glaubhaftigkeit." Diego lächelte zurück, als hätte er eine solche Erklärung erwartet.

„Glaubst du überhaupt an so etwas wie Seeschlangen?"

„Sagen wir es so, ich schließe ihre Existenz nicht aus, aber ich glaube erst an sie, wenn mir wirklich eine begegnet", gab sie ehrlich zu. Er grinste müde.

„Na gut, wenn das so ist, schlaf gut"

„Gute Nacht, Diego", wünschte sie ihm, „träum nicht von Seeschlangen."

„Werde ich nicht, heute Nacht träume ich von Meerjungfrauen. Von denen hatte ich zu viele in letzter Zeit", sagte er etwas verzweifelt und ging den Gang entlang davon. Die Fischweiber mussten ihm wirklich die Nerven rauben.

Sea schloss kopfschüttelnd die Tür wieder ab, steckte den Schlüssel in die Hosentasche und zog sich die Bluse aus, die sie zu ihrem Gürtel an den Haken hängte. Sie kämmte noch kurz ihre Haare, dann legte sie sich schließlich ins Bett und löschte die Kerze. Mit etwas Mühe konnte sie letztendlich sogar Salls Kuss vergessen.

West Point

Erst gegen Abend kam Tortuga in Sicht. Die *Queen Roses Death* segelte direkt auf den kleinen Ort in der Nähe des westlichen Endes der Insel zu. Wenn sie an Land gingen, schienen die Piraten immer die gleiche Ortschaft anzusteuern.

Sea stand inzwischen wieder hinter dem Ruder und betrachtete die von orangen Sonnenstrahlen beschienene Häusergruppe. Wenn man sie bei Tageslicht von weitem sah, sah sie sehr idyllisch aus. Man konnte kaum glauben, dass das Nachtleben in ihren Gassen waghalsig war.

Diego stand von seinem Platz an der Reling auf. Als der Pirat im Krähennest vor einiger Zeit „Tortuga in Sicht!" gerufen hatte, hatte er nur kurz aufgesehen und sich anschließend wieder über seine Karten gebeugt. Nun war sein Spiel anscheinend vorbei. Gemächlich kam er die Treppe zum Ruder empor und klopfte an die Kabinentür. Ohne auf eine Antwort zu warten, öffnete er sie und teilte dem jungen Kapitän kurz mit, dass Tortuga in Sichtweite kam.

Sall trat aus der Tür und sah seinen Matrosen einen Moment bei den Kartenspielen zu, bei denen er meistens den ganzen Tag mitspielte.

Kurzerhand rief er einige Befehle auf das Großdeck hinunter, um seine spielsüchtige Crew aufzuscheuchen und langsam kam Bewegung in die Mannschaft. Die Männer standen einer nach dem andern auf und steckten ihre Würfel und Karten in ihre Hosentaschen.

Sea überließ Sall das Ruder, als er seine Hand an einen der Griffe legte. Sie machte ihm unverzüglich Platz und stellte sich an die Backbord-Reling. Sie kamen der Insel langsam näher. Kurze Zeit später war das Schiff vielleicht noch eine Meile vom Land entfernt.

„Steuert ihr eigentlich immer den gleichen Hafen an?" Diego zuckte mit den Schultern.

„Im Allgemeinen schon", antwortete er, „aber frag mich nicht, was uns immer hierhin zieht."

„Hatte ich gar nicht vor", erwiderte sie. Sie hatte schließlich schon mit Sall über diese Frage diskutiert, auch wenn sie sich relativ sicher war, dass nicht aufgehängt zu werden, nicht der einzige Grund war.

„Hat die Ortschaft einen Namen?"

„Wir nennen sie ‚West Point‘", antwortete Sall ihr, „aber in Wahrheit hat sie den französischen Namen ‚*Pointe Ouest*‘" Er sprach das Wort aus, als würde es ihm Mühe bereiten, vermutlich da er kein Französisch konnte.

„Wundert mich nicht", meinte Sea, „schließlich war Tortuga auch einmal eine französische Kolonialinsel"

***

Die *Queen Roses Death* kam der Insel stetig näher und fuhr nach einiger Zeit bereits in die weite Bucht ein, in der der kleine Hafen lag. Kurz vor dem Landungssteg holten die Piraten die schwarzen Segel an. Mit Hilfe der Segel und dem Ruder manövrierte der Kapitän sein Schiff an den Landungssteg. Eigentlich war das Piratenschiff zu groß für den Steg, aber das kümmerte die Besatzung nicht. Die Piraten vertäuten das Schiff wesentlich fachgerechter, als man es von ihnen erwartete und legten die Passerelle an. Anschliessend versammelten sie sich vor dem Ruder auf dem Deck. Sall lehnte mit zufriedenem Ausdruck dagegen.

„Verschwindet und amüsiert euch!", befahl er, „Luigi hat sich wieder freiwillig als Hafenwache gemeldet." Die Crew dankte johlend und ging mit einigen freudigen Pfiffen von Bord. In kleinere Grüppchen verstreut, verschwanden die Männer in den Gassen. Die einzigen Piraten, die auf dem Deck stehen blieben, waren der Kapitän und der Erste Maat. Diego lehnte sich nahe der Passerelle wartend gegen die Reling und sah zu seinem Freund am Ruder hinauf. Sall beachtete ihn aber kaum und sah sie nachdenklich an.

„Wollt ihr heute nicht in die Zeche?", fragte sie ihn ungläubig mit emporgezogener Augenbraue.

„Ich frage mich, ob ich dich wieder unter Deck einsperren muss oder ob du mitkommen möchtest?", gestand er mit einem fragenden Lächeln.

„Wieso willst du mich wieder einsperren, wenn ich nicht mit will?" Sie verschränkte fragend die Arme vor der Brust.

„Ich traue dir noch nicht genug, um dich irgendwo alleine zu lassen.
Auf See kann ich dich problemlos frei auf dem Schiff herumlaufen lassen, aber an Land kannst du viel zu einfach verschwinden."

„Freut mich, dass du mir so sehr vertraust", meinte sie sarkastisch, „gibst du mir dieses Mal Papier, damit ich mich beschäftigen kann?" Er zuckte lässig mit den Schultern.

„Papier ist ziemlich schwer zu kriegen auf Tortuga. Es hat keinen Nutzen für die Leute hier, die meisten von ihnen können kaum lesen, geschweige denn schreiben ..." Sea seufzte bei dem Gedanken an ihre letzten Abende in der *Sirene*. In Wahrheit hatte sie keine Lust, der Kneipe eine dritte Chance zu geben. Allerdings wenn sie sich ohnehin nur langweilen würde, konnte sie genauso gut mitgehen.

„Du kannst auch einfach ‚Nein' sagen", klärte sie ihn schmollend auf, „dann eben die Spelunke."

Er schenkte ihr ein Lächeln, wie schon an ihrem ersten Abend auf Tortuga, als er sich vom Steuer löste. Sie folgte ihm die Stufen hinab über das Großdeck auf die Rampe zu, bei der sich ihnen Diego breit grinsend anschloss.

Über den kleinen Kai gingen sie in die schmale Gasse, durch die sie das letzte Mal zur *Sirene* gepilgert waren. Sea hatte Sall inzwischen eingeholt und Diego lief hinter ihnen, als befürchtete er, sie würde davonlaufen. Die Gasse hätte Sea beinahe nicht wiedererkannt.

Da die Sonne noch nicht ganz untergegangen war und aus dem Westen direkt in die Gasse schien, konnte sie sehen, dass der Weg unter dem Dreck gepflastert war und die Farbe an den Hauswänden abbröckelte. Auch der Platz zwischen den Gebäuden sah vor Sonnenuntergang anders aus. Einige Leute begannen erst zu trinken und waren noch halbwegs nüchtern. Daher war es auch noch nicht allzu laut, und die Pferde vor den Karren mussten ihre Ohren noch nicht nach hinten legen. Den Geruch nach alkoholischen Getränken hatte das Dorf aber über den Tag nicht abgelegt.

Die *Sirene* war gerade mal zur Hälfte besetzt, als sie sich durch die schwere Tür Einlass verschafften. Der Musiker saß zwar schon in seiner Ecke, spielte aber noch nicht, und auch die Kartenspiele schienen noch nicht in vollem Gange zu sein. Pierre und Foncé saßen aber schon an einem der runden Tische nahe der Theke und nickten ihnen grüßend zu, als Diego die Hand zum Gruss hob. Gale stand in der einen Ecke hinter dem Tresen und versuchte den wenigen Gästen durch Polieren der Gläser weis zu machen, er habe sie gespült. Doch der Kapitän und sein Erster Maat schritten geradewegs auf den alten Barkeeper zu, ohne

Gale eines Blickes zu würdigen. Allmählich begann Sea zu glauben, dass sie nicht die einzige war, die ihn nicht mochte.

Der graue Wirt nickte seinen Stammgästen grüßend zu, als sie den Ausschank erreichten.

„Euch treibt ein günstiger Wind her. Ich hab was Neues für euch", bot er ihnen munter an, „echtes englisches Bier, hab' ich für eine verfluchte Menge Geld einem Schmuggler abgekauft."

„Klingt interessant", bestellte der junge Kapitän ein Glas, und Diego schloss sich mit einem Nicken an. Der Barkeeper nahm zwei Gläser zur Hand und sah sie fragend an.

„Nur eine halbe Pint", schloss sie sich an. Sie vertrug nicht so viel Bier, es fuhr ihr von allen alkoholischen Getränken am meisten ein. Er nickte lachend und konzentrierte sich darauf, am Fass hinter der Theke das Glas in seiner Hand zu überfüllen, bis der Schaum über den Rand lief und darunter wegtropfte.

„Bei deiner Körpergröße würde ich dir auch nicht mehr geben, Kleine! Wir haben noch nichts zu tun, Gale wird's euch an den Tisch bringen", meinte er über die Schulter, als er begann, das zweite Glas zu füllen. Zufrieden drehten sich seine Gäste um und gesellten sich zu ihren Mannschaftskollegen an den Tisch. Sea setzte sich dem Kapitän gegenüber zwischen die beiden Piraten, während der Erste Maat sich zu dessen Rechten niederliess. Kaum hatten sie es sich auf ihren Stühlen bequem gemacht, kam Gale auch schon mit einem Tablett und stellte die beiden großen Biergläser vor Diego und Sall ab.

Das wesentlich kleinere, der drei mit einem goldenen, perlenden Bier angefüllten Gläser stellte er mit einem sonnigen Lächeln vor ihr ab.

„Spar dir dein Grinsen besser. Wenn du es nochmal bei mir versuchst, fasse ich dich nicht wieder mit den Samthandschuhen an", knurrte sie ihn warnend an, und das Lächeln verschwand aus seinem Gesicht. Die Vorstellung, dass ihr schmerzhafter Zusammenstoß beim letzten Mal die weiche Tour gewesen sein sollte, schien ihm gehörig Respekt einzuflößen.

„Eigentlich wollte ich mich eher für letztes Mal entschuldigen. Ich hab mich nicht unbedingt wie ein Kavalier verhalten", murmelte er schwer verständlich, damit es nach Möglichkeit nicht die gesamte Kneipe hören konnte. Doch die Piraten der *Queen Roses Death* begannen schadenfreudig zu grinsen, woraus sie schlussendlich schloss, dass sie Gale nicht leiden konnten.

„Angenommen", akzeptierte sie seine Entschuldigung genervt und griff nach dem Glas, um mit den anderen anzustoßen. Während Gale sich zum Ausschank davonstahl, stiessen sie die Gläser über der Tischmitte zusammen und nahmen einen Schluck.

Das goldene Gebräu schmeckte tatsächlich sehr hopfig, wie die meisten englischen Biere, aber wenn es englisch serviert worden wäre, dürfte es nicht kellerkalt sein. Aber der Geschmack kam ihr sehr bekannt vor, als hätte sie dieses Bier schon einmal getrunken. Sie stellte ihr Glas wieder ab und drehte sich zu dem davonlaufenden Barkeeper um.

„Gale?", machte sie auf sich aufmerksam und er drehte sich hellhörig wieder zu ihr um, „wie heißt dieses Bier?"

„*Mermaids*", antwortete er stolz mit dem ihr bereits bekannten Namen, „der Schmuggler fand, es passe in die *Trinkende Sirene.*"

„Und der Verkäufer hat euch gesagt, es komme aus England?", fragte sie mit erhobener Augenbraue nach, worauf Gale unsicher nickte.

„Dann hat er euch aber über den Tisch gezogen!", klärte sie ihn auf, „*Mermaids* wird in Kingston für die gleichnamige Spelunke gebraut. Das einzige, was daran englisch ist, ist ein Teil des Braurezepts. Der Wirt hat es mitgebracht, als er in die Karibik ausgewandert ist."

Gale sah sie misstrauisch an, als wäre er sich nicht sicher, ob er ihr glauben sollte. „Und woher weißt du das?", neugierte er mit gerunzelter Stirn.

„Ich komme aus Kingston, ich kenne dieses Bier", versicherte sie ihm.

„Dann werden ich diesem elenden Hund die Leviten lesen, wenn er die nächste Lieferung bringt", rief der Wirt hinter dem Ausschank hervor. Er schien bessere Ohren zu haben, als man ihm seinem grauen Haar nachzutrauen würde.

„Solltet Ihr zumindest, wenn Ihr so viel Geld bezahlt habt", sagte sie abschließend. Sie war zu ehrlich, um dem Wirt die wirkliche Herkunft des Bieres zu verschweigen. Nun konnte er reagieren und dem Betrüger nur zu Recht eine Lektion erteilen. Dass dieser Unterricht vermutlich nicht allzu freundlich von sich gehen würde, war ihr mehr oder weniger egal. Schließlich würde sie einen Betrüger auch nicht mit Samthandschuhen anpacken. Sie lächelte in ihr Glas und nahm zufrieden einen Schluck *Mermaids*.

Sall zog zwar vielsagend einen Mundwinkel nach oben, beteiligte sich aber am Gespräch der Piraten, bevor Sea den Grund deuten konnte. Fachwissend diskutierten sie über den Geschmack des Getränks, seine Farbe und rätselten, aus welchem Korn es gebraut wurde. Was das Getreide betraf, konnte sie ihnen nicht weiterhelfen. Mit Bier kannte sie sich weniger aus, als mit dem Wein bei ihr im Keller. Was Geschmack und Farbe betraf, konnte sie allerdings schon eher mitreden. Ihr Vater hatte über einige interessante Dinge Bescheid gewusst, die er sich durch Neugierde angeeignet hatte. Einmal hatte er ihr den Ablauf des Bierbrauens erklärt, wie durch die Malzröstung die Farbe entstand und wie es durch den Hopfen haltbar gemacht wurde. Aber als nach einer Weile aktiven Gesprächs das Thema wechselte, bevorzugte sie, den Piraten nur noch zuzuhören.

„Nein, lass mich in Ruhe!", durchfuhr ein grelles Kreischen die Gespräche in der Kneipe. Während die übrigen Piraten den Schrei nicht bemerkten, drehte Sea sich halb auf ihrem Stuhl um und beobachtete das Geschehen verstohlen aus dem Augenwinkel. In einer Ecke hielt ein mittelgroßer Mann ein schwarzhaariges Mädchen an den Oberarmen fest und drückte sie gegen die Wand.

„Lass mich los!", befahl sie ihm fauchend und versuchte ihn zu treten.

Aber anscheinend traf sie ihn nicht, denn er lachte nur schadenfroh auf.

„Jetzt zier dich nicht so, Süße", sagte er, und es war deutlich hörbar, dass er zu viel getrunken hatte.

„Lass mich los, du Scheusal!", fuhr sie ihn an. Bei ihrem zweiten Tritt schien sie ihn getroffen zu haben, denn der Mann reagierte auf einen Schmerz.

„He, werd' nicht frech!", befahl er ihr barsch und zog sie an sich heran.

„Hilfe!", schrie sie in die Lautstärke der Gespräche und versuchte, sich aus dem Griff des Mannes zu winden, was ihr aber nicht gelang. Sea sah sich rasch nach allen Seiten um und suchte nach jemandem der aufstand, um dem Mädchen zu helfen. Aber die Piraten in der *Sirene* ignorierten ihre Hilferufe oder nahmen sie nicht einmal zur Kenntnis.

„Was ist, Sea?", fragte Diego schließlich, als er bemerkte, dass sie nach etwas suchte. Sie drehte sich mit erhobener Augenbraue zu dem Maat um, als das schwarzhaarige Mädchen in der Ecke ein weiteres Mal laut um Hilfe bat.

„Sie bittet doch laut und deutlich um Hilfe! Warum hilft ihr niemand?", fragte sie die Piraten der *Queen Roses Death* verständnislos und zeigte mit dem Daumen hinter sich. Diego sah an ihrer Schulter vorbei zu dem Mädchen, als hätte er das Gerangel gerade erst bemerkt.

„Das liegt daran, dass sich Piraten nur für ihren eigenen Vorteil interessieren. Sie mischen sich nicht in die Angelegenheiten anderer ein", erklärte der Kapitän und beobachtete, wie der Mann das Mädchen gegen die Wand stieß. Sea war sich nicht sicher, welche Emotion in seinem Blick lag.

Trotz dessen, dass er auf Nadeln zu sitzen schien, erhob er sich nicht, um ihr zu helfen. Aber in ihr begann sich wieder diese brennende Bestie zu winden. Wenn sie an der Stelle des Mädchens Hilfe bräuchte, wäre sie auch sehr froh über jede Hilfe, und die Ignoranz der Piraten war eine Schande in ihren Augen. Ihre Augenbrauen sanken gereizt tiefer in ihr Gesicht.

„Ignoranten!", unterstellte sie den Piraten wütend, als sie von dem Tisch aufstand.

„Was hast du vor?", fragte Sall misstrauisch.

„Mich einmischen", sagte Sea nur knapp, während sie sich umdrehte und sich zügig um die inzwischen vollbesetzen Tische schlängelte.

„Geh schon!" Der Mann knallte das Mädchen ein weiteres Mal brutal gegen die Wand. Sie erstarrte einen Moment vor Schmerz und wurde sogleich auf eine Tür neben der Theke zugestoßen, hinter der man vermutlich die Treppe zu den oberen Stockwerken fand.

„Nein, lass mich in Ruhe!", schrie sie ihn verzweifelt an und versuchte sich erfolglos von ihm zu befreien. In ihrer Stimme schwoll die Panik an, doch der Mann zeigte keinerlei Mitleid.

„Hör auf zu schreien, du gehst mir damit auf den Geist", blaffte er sie rabiat an und stieß sie weiter in die Ecke, als Sea sich mit den Daumen in den Taschen hinter ihm aufbaute.

„Sie sagte sehr deutlich, dass du sie in Frieden lassen sollst", sprach sie ihn an. Eher negativ überrascht drehte er sich zu ihr um, ließ aber zumindest von dem schwarzhaarigen Mädchen ab. Sie wunderte sich keineswegs über die Angst des Mädchens. Der Kerl vor ihr hatte ein ungepflegtes, haariges Erscheinungsbild, als würden Seifen und Rasierklingen nur im Märchen existieren.

„Bitte, lass sie in Ruhe!", verlangte sie unbeugsam von ihm. Mit den Fingern neben der Hosentasche gab sie dem Mädchen das Zeichen zu gehen, solange der Mann sie anstarrte. Das Mädchen reagierte augenblicklich auf die Geste und duckte sich schnell hinter den Ausschank. Der Mann drehte sich zwar nach ihr um, als er das Geräusch ihrer Absätze vernahm, konnte sie aber nicht mehr sehen. Auf die Idee, sie könnte sich hinter dem Ausschank verstecken, schien er gar nicht erst zu kommen. Woraus Sea schloss, dass er tatsächlich mehr als ein paar Glas über den Durst getrunken hatte. Er drehte sich wieder zu ihr um und betrachtete sie einen kurzen Moment.

„Dann eben du." Ehe sie sich versah, packte er sie am Oberarm, wie das schwarzhaarige Mädchen zuvor, und zog sie grob auf die Tür zu.

„He!", protestierte sie sofort und stemmte sich kräftig in die entgegengesetzte Richtung, „Ich warne dich nur einmal, lass mich los, oder es setzt was!" Breitbeinig stellte er sich vor ihr auf und zog sie dermaßen ruppig gegen sich, dass ihr der Oberarm schmerzte.

„Nun zier dich nicht so wie die andere!", lallte er forsch, „dir biete ich den gleichen Preis an" Der Rum schien ihn tatsächlich glauben zu lassen, dass sich jede Frau mit Geld kaufen liess! Es hatte zwar schon länger wie heißes Wasser in ihr gebrodelt, aber nun brach die Wut aus, wie die Fontäne eines Geysirs aus dem Boden. Ohne den ungepflegten Mann ein zweites Mal zu warnen, trat sie ihm zwischen die Beine. Gegen einen Kerl wie diesen auch noch fair zu spielen, war ihr zu blödsinnig. Sich vor Schmerz krümmend kniff er die Beine zusammen und ließ sie los. Sofort nahm sie einen großen Schritt Sicherheitsabstand von ihm, um nicht wieder gepackt zu werden. Mit nicht sonderlich freundlichem Gesicht wollte er wieder nach ihr greifen, aber Sea wich ihm aus. Allerdings hätte er ohnehin ins Leere gegriffen, denn der Rum schien ihm jede Koordination genommen zu haben. Ein weiteres Mal versuchte er vergebens, sie zu fassen zu bekommen.

„He, bleib doch stehen!", brabbelte er wütend und schlug schließlich nach ihr. Sea zog den Kopf weg, bevor er ihr eine Ohrfeige geben konnte. Aggressiv schlug er mit den Fäusten um sich, ohne wirklich auf etwas zu zielen, als sähe er doppelt und wüsste nicht welches Mädchen er schlagen sollte. Obwohl sie seinen schwerfälligen Fäusten problemlos auswich, kam sie in Bedrängnis, denn der Trunkene drängte sie auf den nächstgelegen Tisch zu. Kurz warf sie einen Blick über die Schulter, um nachzusehen, ob die Gäste an diesem Tisch sie bemerkt hatten. Lallend lachend sahen sie ihnen zu und genossen den Rum in ihren Gläsern in vollen Zügen, als würden sie gerne sehen, wie dieses Mädchen eine gewischt bekam. Sie entschied sich dennoch, sich nicht treffen zu lassenund einen Bogen um den Tisch zu machen. Um den Betrunkenen wieder ins Auge zu fassen, drehte sie sich wieder um ... und konnte gerade die Nase wieder zurückziehen, bevor sie getroffen wurde. Die rechte Faust des Mannes schlug eine Haaresbreite vor ihrer Nasenspitze an ihr vorbei. Dermaßen knapp, dass er ihre gewellten Haarspitzen erwischte, welche seiner Hand nachflogen, als wäre sie ein Windstoss. Erschreckt von der vorbeischnellenden Faust verlagerte sie ihr Gewicht nach hinten und war im Begriff zu fallen. Sie zog den Fuß nach, um sich wieder zu fangen, trat jedoch gegen etwas, das ihr im Weg lag. Rückwärts fiel sie darüber hinweg und schlug auf dem Bretterboden auf. Der Gast am nächsten Tisch zog das Bein zurück, mit dem er ihr einen Haken gestellt hatte, was wohl als kleine Hilfe für den betrunkenen Mann gedacht war. Dieser starrte sie an, wie ein gefrässiges Untier, und Sea bekam es mit der Angst zu tun. Aufstehen würde sie nicht schnell genug können, nach rechts war die Wand und nach links konnte sie sich wegen dem Tisch nicht wegrollen.

Das Ungeheuer schien gerade mit einem Hechtsprung über sie herfallen zu wollen. Die Haare stellten sich ihr vor Angst zu Berge, und sie überlegte krampfhaft, wie sie ihn auf Distanz halten konnte. Jedoch packte ihn jemand von hinten an der Schulter, ehe er sich über sie werfen konnte. Kraftvoll wurde er umgedreht, und der junge Mann schlug ihm mit geballter Faust ins Gesicht, ohne ein warnendes Wort. Mit dem Rücken fiel der Trunkene gegen den massiv hölzernen Ausschank.

Vorsichtig legte er mit schmerzlich verzerrtem Gesicht die Finger an seinen Nasenrücken und tastete seine blutende Nase ab. Respektvoll musterte er Salvador, während sich dieser gerade aufbaute und noch größer wirkte, als er ohnehin war. Hastig rappelte Sea sich wieder auf und bemerkte, wie das schwarzhaarige Mädchen ängstlich über den Ausschank spitzelte. Wie ein gerade genug großes Kind lugte sie über die Tischkante. Sall beachtete sie überhaupt nicht, sondern sprach mit gelassener Stimme zu dem betrunkenen Mann. So gelassen, dass es nahezu unheimlich war.

„In Zukunft solltest du Mädchen nur nüchtern nachstellen, dann merkst du eher, von welchen du die Finger lassen solltest." Ihr fiel erst jetzt auf, dass es in der Kneipe leiser geworden war, seit Sall eingegriffen hatte. Scheinbar ereignete sich gerade eine seltene Szene. Auf den ersten Blick würde sie behaupten, dass jeder Gast unauffällig zusah.

„Steh auf und verzieh dich!" Sein ruhiger Tonfall machte seine Stimme wesentlich furchteinflößender, als wenn er den Geschlagenen angebrüllt hätte. Der junge Pirat packte den Trunkenen am Kragen und zog ihn weg von der stützenden Theke, woraufhin sich dieser schmerzlich ächzend aufrappelte. Mit einem feindseligen Blick auf Sall, aber ohne ein Wiederwort torkelte er zur Tür der Taverne und wankte hinaus. Der Kapitän musste sich für seine jungen Jahre einen schon sehr gefürchteten Namen gemacht haben, wenn sogar ein Betrunkener noch ohne Protest seinem Befehl folgte, obwohl er nicht einmal zu seiner Crew gehörte.

Mit kaltem Blick sah der Kapitän dem Mann nach, bis er aus seinem Sichtbereich verschwand. Sea jedoch riss ihren Blick von der Tür los, um ihn anzusehen. Aus reiner Gewohnheit verschränkte sie die Arme vor der Brust und zog ihre linke Augenbraue nach oben, bevor sie fragte.

„Wie war das? Piraten mischen sich nicht in die Angelegenheiten anderer?", sprach sie ihn an. Salls Augen erstarrten zu grünem Eis, als er ihre Stimme vernahm. Er stach mit einem so mörderischen Blick nach ihr, dass sich ihr die Nackenhaare aufstellten. Mit wenigen großen Schritten trat er auf sie zu und ehe sie sich versah, drückte der Pirat sie grob gegen die Wand, wie der Betrunkene zuvor das schwarzhaarige Mädchen. Für jeden anderen Gast gut sichtbar benutzte er dabei ihren Busen als Druckpunkt, vermutlich sogar ganz bewusst, um noch mehr Macht über sie auszustrahlen.

„Du solltest ernsthaft aufhören, dich überall einzumischen, vorlaute Göre!", knurrte er sie mit eisernen Gesichtszügen an, wie ein blutdürstiges Raubtier. Doch Sea starrte trotzig zurück, ohne seinem Blick auszuweichen, und versuchte, ihren Busen von seiner Hand zu befreien. Allerdings drückte der Kapitän sie mit solcher Kraft gegen die Wand, dass es ihr nicht gelang.

„Sonst höre ich bald auf für dich den netten Kerl zu spielen, und du wirst in Zukunft in Eisen gelegt in der Bilge mitfahren, damit ich nicht immer auf dich aufpassen muss. Hast du mich verstanden, Mädchen?" Er sprach nicht lauter, als mit dem Betrunkenen und doch schloss sie aus dem schadenfrohen Kichern der Gäste, dass jeder wusste, wie hart sie zu Recht gewiesen wurde. Trotzen würde Sea dem jungen Kapitän aber auch, wenn er ihr mit seinen tiefschwarzen Pupillen Löcher in die Seele zu brennen versuchte.

„Aye, hab ich", antwortete sie mit einem leichten Verdrehen der Augen. In einer blitzartigen Handbewegung packte er sie an der Schulter und krallte schmerzhaft die Finger um ihr Schlüsselbein. Grob zog er sie von der Wand weg und schlug sie sogleich wieder mit dem Rücken dagegen. Der Aufprall schmerzte wesentlich mehr als der Sturz über das ausgestreckte Bein. Es würde sie nicht wundern, wenn sie am nächsten Morgen einige Blaue Flecken aufwies.

„Hast du mich verstanden?", zischte der Pirat zähneknirschend. Sea schenkte ihm einen hassenden Blick, als sie die unwillentlich vor Schmerz zugepressten Augen wieder öffnete.

„Aye, Kapitän Black, ich habe verstanden!", fauchte sie ihm die ausführliche Bestätigung ins Gesicht, obwohl sie ihm lieber eine Ohrfeige gegeben hätte. Aber dann hätte er nur noch gröber auf sie eingedrückt, nur um zu beweisen, dass er machen konnte, was ihm gerade in den Kram passte.

Einen Moment lang durchbohrte der Pirat sie weiter mit seinem eiskalten Blick. Nicht ohne ihr noch einen kraftvollen Schubs gegen die Wand zu geben, liess er schließlich von ihr ab. Mit lauten Schritten trat er auf den Ausschank zu, diese wurden aber beinahe übertönt von den Gästen, die sich wieder ihren Gesprächen zuwandten.

„Füll mir den Krug wieder mit *Mermaids*, Alma!", befahl er dem schwarzhaarigen Mädchen, das sich noch immer hinter der Theke versteckt hielt. Sie sprang auf wie gestochen und schnappte sich mit einer schnellen Bewegung den Bierkrug des jungen Kapitäns. Er hatte ihn wohl auf dem Ausschank deponiert bevor er eingegriffen hatte. Eilig füllte sie ihn am Fass mit dem goldenen Bier auf. Aus dem Augenwinkel wechselte sie einen Blick mit ihr, wobei sie den Krug überfüllte, bis nicht nur der Schaum über den Rand lief, sondern auch einige Schlucke Bier. Ohne sich darum zu kümmern, stellte sie dem Piraten den übervollen Krug hin. Sall sprach kein Dankeswort zu ihr, während er sich umdrehte und zurück an den Tisch seiner Crew ging, als wäre er nur aufgestanden, um sich seinen Bierkrug füllen zu lassen.

Das schwarzhaarige Mädchen sah ihm nach, bis er sich gesetzt hatte, dann drehte sie sich zu ihr um. Sie war eine wunderschöne, junge Frau mit lockigen Haaren, mandelförmigen Augen und filigranen Gesichtszügen. Zum Glück trug sie weder Puder noch Lippenstift, denn jede Schminke hätte ihrer natürlichen Schönheit entgegengestanden. Ihr schlichtes, blassblaues Kleid stand wallend im Kontrast mit ihrer straff über ihre Schlüsselbeine gespannten Haut und brachte das feine Gesicht noch mehr zur Geltung. Einen kurzen Moment betrachtete sie sie mit einem Blick, den Sea zwar als wohlwollend, aber nicht genauer definieren konnte.

„Danke für deine Hilfe", bedankte sie sich schliesslich mit einem unsicheren Lächeln. Sea zwang sich, die Wut auf Sall aufzuschieben und spiegelte ein gelassenes Lächeln wieder. Auf ihrem Rücken blieb ein summendes Druckgefühl zurück, als sie sich von der Wand abstieß, um sich zu dem Mädchen am Ausschank zu begeben. Einen grimmigen Blick, wie einen mordenden Dolch, nach Salvador zu werfen, konnte sie sich jedoch nicht verkneifen, und auch dem Kerl, der ihr ein Bein gestellt hatte, durchbohrte sie nur allzu gern kurz mit ihren Pupillen den Rücken. Am liebsten hätte sie sich wieder umgedreht, um sich zu revanchieren, beherrschte sich aber. Denn in einem gewissen Maß hatte Sall durchaus Recht, unnötig musste sie sich nicht in Schwierigkeiten reiten.

„Gern geschehen, ich hab die dumme Angewohnheit überall einzugreifen. Alma heißt du, oder?", verwickelte sie das Mädchen neugierig in ein Gespräch. Abschätzig schnaubte sie mit bebenden Lippen, wie draußen die Zugpferde an den mit Fässern beladenen Wagen auf den Plätzen.

„Ich wünschte, diese Angewohnheit hätten mehr Leute! In einer Spelunke zu arbeiten wäre dann wesentlich angenehmer", wütete sie erst, bevor sie beruhigend durchatmete und sich vorstellte, „ ...und ja, wenn du von Alma aus der *Sirene* sprichst, werden die meisten Leute in West Point wissen, dass es um mich geht." Einen Moment sah das Mädchen an ihrer Schulter vorbei zu einem Gast, der mit einer Geste etwas bestellte. Sie bestätigte seine Bestellung mit einem Nicken und wandte sich wieder ihrem Gespräch zu, als sie nach einem Bierkrug unter der Theke griff.

„Ein schöner Name: Alma bedeutet Seele auf Spanisch, oder nicht?" Schon wegen Almas schwarzem Haar und ihrer leicht dunkleren Haut hatte Sea vermutet, dass sie eine spanischstämmige Karibin war, und der Name bestätigte ihre Vermutung. Auf Almas prallen Lippen breitete sich ein triumphierendes Lächeln aus, und sie nickte stolz, um Seas Frage zu beantworten.

„Wie heißt du?", fragte sie die hilfreiche Fremde neugierig und drehte sich zu einem der Bierfässer um. Diesen Becher überfüllte sie nur knapp und stellte ihn neben sie auf die Theke. Sea trat zur Seite und bot dem Gast Platz, der aufgestanden war, um sein Bier zu holen. Wie es auf Tortuga üblich war, ohne sich zu bedanken, stapfte er wieder zurück an seinen Tisch, als Sea sich mit ihrem Vornamen vorstellte.

„Sea"

Entzückt zog Alma ihre Augenbrauen nach oben und verschränkte erwartungsvoll die Arme vor der sparsam bekleideten Brust.

„So so, Sea, wie das Meer, ...der Traum eines jeden Seemannes!", kicherte sie strahlend. Sea konnte über diese Übertreibung nur breit grinsend den Kopf schütteln.

„Unsinn."

Alma musterte sie mit einem wissenden Blick. „Also Salvi muss etwas an dir liegen. Dass er eingreift sieht man ungefähr so häufig, wie das Grüne Leuchten", versuchte sie Sea zu überzeugen. Diese rieb sich ungläubig das schmerzende Schlüsselbein.

„Ich bin dankbar für seine Hilfe, aber es fühlt sich nicht an, als wäre er besonders daran interessiert mich nicht zu verletzen", zweifelte sie an ihrer Aussage.

„Ich weiß, von was ich spreche, ich kenne ihn schon einige Zeit und wir sind gut befreundet. Außerdem sieht man so was allen Männern an." Sie sah Sea mit einem selbstsichern Blick an und schielte dann aus den Augenwinkeln an Salvadors Tisch. Sea konnte nicht verhindern, dass ihre Augenbraue nach oben flog. Wenn die beiden gut befreundet waren, hätte Sall ihr doch helfen müssen. Und selbst wenn Sall sich wirklich aus allem heraushielt, das ihn nichts anging und sie seine Hilfe nicht erwartet hatte, musste Alma doch wütend auf ihn sein, da er bei jemand anderem eingeschritten war?

„Aber wenn ihr so gute Freunde seid, warum hat er nicht eher eingegriffen?" Alma zuckte mit den Schultern.

„Weil er sich wirklich aus allem heraushält, wenn es ihn nicht betrifft und er nicht hineingezogen wird. Hätte ich nach ihm gerufen, hätte er mir geholfen, aber ich habe nicht einmal gemerkt, dass er hier ist." Sie hielt einen Moment inne, bevor sie grinsend fortfuhr: „Außerdem scheine ich leider nicht mehr so interessant zu sein, seit er dich kennt, Sea. Das stach mir schon ins Auge, als ihr zur Tür hereingekommen seid, und mein Papa hat schon nach deinem ersten Besuch darüber sinniert, warum Kapitän Black mit einem Mädchen an Bord ankommt."

Am liebsten hätte sie wiederholt, was für einen Unsinn die Serviertochter ihr erzählte, aber vermutlich hätte diese auf ihrer Aussage beharrt. „Leider?", drehte sie den Spieß stattdessen um. Almas Wangen erröteten, bis sie rosig waren, sie biss sich auf die Lippen und sah ertappt auf den Boden.

„Sagen wir es so: Wir haben viel voneinander gelernt", fasste sie sich wieder.

„Und was hat er dir beigebracht?", fragte Sea schmunzelnd weiter, obwohl sie sich die Antwort denken konnte. Trotz der Röte in ihrem Gesicht begann sie zu lächeln, als hätte sie jemanden gefunden, der jedes ihrer mehrdeutigen Worte deuten konnte.

„Reiten ...", kicherte sie, „auf einem Esel!" Unabsichtlich stieg Sea in ihr Kichern ein, denn eine ähnliche Antwort hatte sie bereits erwartet. Auch wenn sie über so viel Direktheit ein wenig erstaunt war. Doch sie nahm es hin und hätte beinahe noch grinsend einen fiesen Spruch nachgesetzt, verkniff es sich dann aber: „Ertappt!"

Den Esel hatte er vermutlich persönlich verkörpert. Sie warf einen Blick nach ihm und fragte sich, ob er ihnen zuhörte wie sie über ihn sprachen oder ob er seinen Matrosen zuhörte. Aber durch die laute Gaststube konnte er vermutlich nichts verstehen, was sie sagten. Alma musste dermaßen lachen, dass ihre Röte aus ihrem Gesicht verschwand, und zeigte dabei ihre perlhellen Zähne.

„Du bist gut im Raten, ich bin sicher, du denkst das Gleiche, wie ich! Allerdings musst du wissen, dass ich noch nie einen so wählerischen Kerl getroffen hab. Er legt sich längst nicht zu jeder. Auch etwas, was ich an ihm mag!" Sie betrachte es scheinbar als großes Kompliment, dass sie vermutlich mehr als einmal mit ihm unter der gleichen Decke gesteckt hatte. Sehnsüchtig sah sie einen Moment zu Sall herüber. „Aber wenn er herübersieht, starrt er dich an.“

Sea schüttelte noch einmal ungläubig den Kopf, doch Alma wiederholte sich ein weiteres Mal, dass sie ihr schon beinahe glaubte. Aber sich umdrehen, um nachzusehen, wollte sie nicht.

„Hast du einen Handspiegel? Wenn ich mich umdrehe, wird er wegsehen, falls er mich tatsächlich ansieht“, willigte sie ein, die Behauptung zu überprüfen, und Alma begann in der Tasche ihrer Schürze zu kramen.

Einen Wimpernschlag später hielt sie ihr einen kleinen, runden Handspiegel hin.

„Jetzt sieht er her!“, warnte sie und beobachtete den Tisch der Piraten aus dem Augenwinkel. Sea richtete den Spiegel im richtigen Winkel aus und strich sich mit der Hand über die Haare, als würde sie sich selbst betrachten. Aber im Spiegelbild sah sie, wie Salvador sie kritisch beim Ordnen ihrer Haare beobachtete.

„Er schielt zu dir“, schwindelte sie die Serviertochter an, während sie ihr den Spiegel zurückgab. Alma legte den Kopf schief, als sie ihren Handspiegel annahm, und sah sie ärgerlich an, wegen ihrer sturen Ungläubigkeit.

„Dann beweise ich es dir eben! Ich werde ihn darauf ansprechen und ihm vorschlagen, dich mit mir eifersüchtig zu machen. Wenn er drauf einsteigt, werde ich sehr auffällig von einem angeblichen Tattoo erzählen. Ob du dann eifersüchtig reagieren willst, überlasse ich dir“, erklärte sie ihren Plan und machte sich sogleich auf, ihn in die Tat umzusetzen. „Sieh her“, forderte sie Sea auf, bevor diese hätte protestieren können. Sea ging beinahe das Kinn runter vor Erstaunen.

Zielstrebig ging Alma um den Ausschank herum und direkt auf den Tisch der Piraten zu, wobei sie ihre Absätze trotzig laut aufsetzte. Mit wenigen Schritten war sie um den Tisch und blieb neben Sall stehen. Auf ihren Rocksaum starrend sahen die Piraten ihr zu, wie sie ihr Kleid ein Stück anhob. Ohne ihn zu fragen, setzte sie sich dem Kapitän breitbeinig auf den Schoss. Da das Kleid nun nicht mehr bis zu ihren Knöcheln hinab reichte, konnten die Matrosen problemlos ihre nackten Schenkel betrachten. Einen Moment lang verstand Sea die Welt nicht mehr. Keine andere Frau in ihrer Bekanntschaft würde ihre Beine in der Öffentlichkeit zeigen, es ziemte sich nicht. Aber der Serviertochter schien es für Strümpfe zu warm zu sein.

Sall sah kein bisschen gestört aus, sondern setzte sich zufrieden gerade auf, damit sie ihm nicht von den Knien rutschte. Alma beugte sich herzallerliebst lächelnd zu ihm vor, bis sie ihn fast mit der Nasenspitze berührte und begann mit ihm zu sprechen. Durch die laute Kneipe konnte Sea allerdings weder die ganze Frage noch einzelne Worte davon verstehen. Sall grinste lässig, als er Alma antwortete, dann betrachtete er Sea unauffällig aus dem Augenwinkel. Alma bombardierte ihn noch einmal mit unverständlichen Worten. Jedoch schüttelte er den Kopf über eine Idee, die nicht funktionieren würde. Darauf machte Alma einen Vorschlag gegen den er seiner Mimik zufolge nichts einzuwenden hatte.

Stolz setzte sich das Mädchen gerade auf seinem Schoß auf und hob ihre Stimme: „Ich hab jetzt tatsächlich ein Tattoo! Es ist sogar an der Stelle, die du mir vorgeschlagen hast." Sie war eine gute Schauspielerin. Gale schüttelte hinter der Theke verständnislos den Kopf, als würde er ihr glauben. Sea konnte jedes Wort verstehen, und Sall war in dem festen Glauben, sie spielten ihr etwas vor. Dabei dachte er nicht einmal daran, dass er Teil eines ganz andern Stücks sein könnte. „Willst du es sehen?"

Demnach hatte ihr der Kapitän schon vor einer Weile vorgeschlagen, sich ein eventuelles Tattoo auf die Brust stechen zu lassen. Ein breites Grinsen legte sich über sein Gesicht, das vermutlich nicht gespielt war.

„Zeig schon her!", forderte er sie auf und legte die Hände an das Ziermieder über dem gleichfarbigen Kleid. Den Anblick genießend zog er die Bänder auf. Neben ihm bekamen Diego und Foncé glänzende Augen. Der Erste Maat lehnte sich sogar in seinem Stuhl zurück, um einen besseren Blickwinkel zu haben. Sie bemerkten nicht einmal mehr, dass sie die Brust der Serviertochter konzentriert anstarrten, als studierten sie ihre Anatomie. Da Pierre seinem Kapitän genau gegenüber sass, konnte er nur Almas Rücken sehen. Aber er störte sich nicht daran, wie auffällig er mit dem Stuhl näher an Diegos Seite rutschte. Sea konnte nur verständnislos aber lachend den Kopf schütteln, sowohl über die Piraten als auch über Alma. Auf diese Weise hätte sie sich vermutlich bei jedem Gast ein Trinkgeld erschmeicheln können, aber scheinbar bevorzugte sie doch, ihre Haut nur im engeren Freundeskreis zu zeigen.

„Kleine Lügnerin, von wegen Tätowierung!", entfuhr es dem jungen Piraten breit grinsend, als er den Blick von ihrem Busen anhob. Erst strahlte er Alma konzentriert an, dann sah sie aus dem Augenwinkel, wie Sall kurz einen Blick nach ihr warf, um zu prüfen, ob ihr Plan Früchte trug. Die Serviertochter schien aus seinem Gesichtsausdruck lesen zu können, dass er glaubte, die Kapitänstochter würde nicht zusehen und es würde sie nicht interessieren.

„Ertappt!", trauerte sie offensichtlich gespielt und trieb die Premiere ihres Stücks in der Hoffnung voran, dass Sea doch noch reagieren würde. „Ich hab' ein bisschen Aufmerksamkeit gebraucht. Und zwar nicht solche, wie die, die dieser widerliche Wüstling mir vorher schenkte."

Auch die Crewmitglieder an Salvadors Tisch schielten ab und an zu ihr, als würden sie auf ihr Einschreiten warten. Sea beschloss ihnen zumindest zu zeigen, dass sie zuhörte, aber reagieren oder sogar einschreiten würde sie nicht und hatte sie von Anfang an nicht gewollt. Auffällig legte der junge Pirat die Hände an ihre Oberschenkel.

„Und von mir willst du dir diese Aufmerksamkeit erschleichen" Sea wusste nicht genau, ob er es als Frage oder Feststellung meinte, tippte aber auf eine Feststellung. Alma kramte ihren kleinen Handspiegel hervor und betrachtete sich darin.

„Vielleicht ...", entgegnete sie und ordnete ihre Haare nur, um zu prüfen, ob Sea wirklich nicht eingreifen wollte. Ihr schien diese Tatsache vollkommen absurd vorzukommen, dass sie es wirklich nicht auf Sall abgesehen hatte. Aber selbst wenn Sea hätte reagieren wollen, dafür wäre es nun zu spät gewesen.

Denn ein blondes Mädchen schritt erhobenen Hauptes auf den Stammtisch der Piraten zu, blieb unmittelbar davor stehen und verschränkte dominant die Arme vor der Brust. Clair schien ihre Kundschaft noch etwas mehr abgebaut zu haben, hatte sich dafür aber die Zeit genommen einmal wieder ausgiebig zu baden. Mit dem gewaschenen Kleid und den nahezu ordentlich hochgesteckten Haaren hätte sie trotz ihrer leichten Hakennase fast hübsch ausgesehen, wenn sie nicht so giftig dreingesehen hätte. Sie räusperte sich, obwohl sie ohnehin schon alle vorhandene Aufmerksamkeit hatte.

„Alma, was machst du bitte auf dem Schoß von meinem Lieblingsseemann?", fragte sie herausfordernd mit ihrer leicht näselnden Stimme. Sea hatte nach ihrem ersten Treffen für sie gehofft, dass eine Erkältung oder sonst was der Grund für ihre näselnde Stimme war, aber scheinbar hatte es doch etwas mit ihren Nebenhöhlen zu tun und Clair tat ihr mit dieser Stimme richtig leid. Alma hielt schützend die Hände vor sich.

„Ich hab nur auf Diego gewartet, während der draußen war. Salvis Knie sind bequemer als der kalte Stuhl", redete sie sich heraus und erhob sich ihr Mieder zuhaltend von seinem Schoss. Dabei schien kampflos aufzugeben gar nicht ihre Art zu sein. Stattdessen setzte sie sich ohne Vorwarnung auf Diegos Knie, was auch diesen keineswegs zu stören schien. Die Serviertochter schwärmte ziemlich für den jungen Kapitän, aber sich mit Clair anzulegen, schien er wohl doch nicht wert zu sein.

„Im Übrigen ist es meine Sache, wer auf meinem Schoß sitzt und wer nicht", teilte dieser ihr zu Recht gehässig mit.

„Du wirst schon irgendwann begreifen, was du verpasst, Liebling. Irgendwann wird dir klar werden, dass wir vom Schicksal für einander bestimmt sind", versicherte sie ihm allerliebst lächelnd. Sea hätte am liebsten gekichert, als sie sah, dass Sall und Alma im Chor die Augen verdrehten. Allerdings erschien Alma verständnislos, wogegen der junge Pirat aussah, als müsste er sich beherrschen, Clair nicht an die Gurgel zu springen. Als sie ihm die Hand auf die Schulter legen wollte, fischte er diese aus der Luft und stieß sie von sich weg. Mit der Faust schlug er auf den Tisch, dass die Gäste am Nebentisch zusammenzuckten.

„Zum letzten Mal, mit Weibern wie dir will ich nichts zu tun haben, also hör endlich auf, mir auf den Geist zu gehen! Und wag nicht meinen Weg noch einmal zu kreuzen, Clair, oder ich vergesse mich ..."

Sein zorniger Blick und der barsche Tonfall schienen Clair doch Respekt einzuflößen, denn Sea kam es vor, als wäre sie etwas zurückgetreten. Alma war auf Diegos Schoß schutzsuchend näher an seinen Brustkorb herangerutscht. Aber Salls Liebhaberin gab sich alle Mühe, ihren Schreck nicht zu zeigen.

„Pff! Weibern wie dir! Zu deiner Information, ich bin heute Abend Sängerin von Beruf", gab sie an und hob ihr hakiges Näschen noch höher, als sie es meistens ohnehin schon hielt.

„Hauptsache du lässt mich in Frieden!", knurrte er, während sie endlich an ihm vorbei stolzierte. Vorfreudig trat sie auf den Mandoline-Spieler zu, der in der Ecke für einen Wortwechsel mit ihr sein Stück unterbrach.

Als Clair nach kurzem Gespräch zu singen begann, entschied Sea nach den ersten zwei Takten, dass sie ihr nicht weiter zuhören wollte. Die näselnde Stimme war noch das kleinste Problem an ihrem Gesang. Leider war das Lied in einer Tonlage, in der das Mädchen etwa jeden sechsten Ton verfehlte, denn das Geräusch, das ihrer Kehle entfloh, war eine Art krächzendes Quietschen. Und leider hatte sie eine volle Stimme wie eine Opernsängerin, die einfach nicht zu überhören war. Dafür hatte sie aber ein gutes Rhythmusgefühl, ihre Töne waren nie zu früh oder zu spät, das musste man ihr lassen. So hatte das Ganze zumindest etwas Melodisches, weswegen es betrunken vermutlich sogar fast schön klang.

Stattdessen sah sie zu wie Gale um den Ausschank lief und nach zwei leeren Gläsern griff. Mit flinken Handgriffen füllte er sie am Bierfass bis unter den Rand und stellte sie einem Gast hin, der sie holen kam. Er sah sie an, als fragte er nach ihrer Bestellung, sie schüttelte aber nur den Kopf. Arbeit bekam er dafür von einem jungen Mann, der sich neben ihr gegen den Ausschank lehnte und sich erkundigte, ob sie etwas Besonderes im Angebot hätten.

„Möchtegern englisches Bier", entgegnete Gale. Als ihn sein Gast etwas perplex ansah, ließ er sich dazu herab, die Umstände in der kürzesten Zusammenfassung zu erklären, die möglich war. „Wir wurden übers Ohr gehauen."

Sein Gast, offensichtlich auch ein Freund, lachte schadenfroh darüber, bestellte aber statt des Biers einen doppelten Schotten. Gale wandte sich ab, um die Bestellung auszuschenken, und Sea sah ihm zu, wie er aufs Neue ein Gläschen überfüllte. Dabei versuchte sie angestrengt zu ignorieren, dass der neue Gast die Augen an ihr herauf und herunter wandern ließ. Aber nach kurzer Zeit hielt sie es nicht mehr aus und sah ihn fragend an. Er schaute mit einem warmen, sympathischen Lächeln aus einem gebräunten Gesicht zurück und studierte ihr Gesicht eindringlich, ehe er sie ansprach.

„Darf ich dir etwas ausgeben, Engelchen?"

Mit den blauen Augen und braunen Wuschelhaaren sah er aus wie der typische nette Junge von nebenan, und diese dreiste Direktheit passte partout nicht zu seinem Aussehen.

„Eher nicht", entgegnete sie misstrauisch, „ich werde nicht gern eingeladen. Außerdem steht mein Getränk noch irgendwo herum."

„Das würd ich an deiner Stelle aber nicht mehr trinken, bei so vielen zwielichtigen Gesellen auf einem Haufen." Er sah sich in der Kneipe um, wie um die Verdächtigsten ausfindig zu machen, was aber nur seinen Worten Nachdruck verleihen sollte.

„Und mich von dir einladen zu lassen ist weniger gefährlich?", entgegnete sie mit hochgezogener Augenbraue. „Außerdem, wie gesagt: Ich werde nicht gerne eingeladen."

„Du könntest dich ja mit einem Kuss revanchieren, dann wären wir quitt. Indirekt hättest du es ja dann selbst bezahlt." Er grinste so breit, dass sie schon fast glaubte, er habe einen Witz gemacht.

„Auf diese Weise musst du es bei mir gar nicht erst versuchen", erwiderte sie trotzdem kalt. Gale stellte das Schnapsglas reichlich laut vor seinem Freund ab und starrte ihn an, als warnte er ihn vor einem Mörder.

„Lass besser die Finger von diesem Mädchen, Kumpel. Erstens kann sie besser zuschlagen, als sie vermuten lässt. Und zweitens hält Black seine Hand über sie." Der junge Mann stieß einen beindruckten Pfiff aus und warf einen Blick auf den Tisch der Piraten. Diego schäkelte ausgiebig mit der Serviertochter, die anderen diskutierten miteinander, und Sea war froh, dass Sall sie ausgerechnet jetzt nicht beobachtete. Da sie keine Eifersucht gezeigt hatte, war wohl auch sein Interesse verflogen. Endlich!

„Wie hast du denn den um den Finger gewickelt?"

Hinter ihrem Rücken unterbrach endlich jemand mit genervter Stimme Clairs originellen Gesangsstiel, weshalb Sea nun zum Glück auch einen Vorwand hatte, die ihr gestellte Frage zu ignorieren.

„Clair, ich bitte dich, hör endlich auf so zu johlen, da kriegt man ja Kopfschmerzen von!", beschwerte sich jemand. Sie fiel aus dem Rhythmus als sie diese Kritik hörte und stolperte über eine Note.

„Was?", erkundigte sie sich entrüstet, ob sie sich verhört habe. Das Geschehen machte auch den jungen Mann neben ihr neugierig, weswegen es ihm vermutlich nicht einmal auffiel, dass sie ihm nicht antwortete.

„Ach, lass sie doch singen!", mischte sich ein Mann mit einer sehr groben Stimme von einem Tisch weit hinten in der Gaststube aus ein,

„allemal besser, als jeden Abend diesem schiefen Mandoline-Spiel zu zuzuhören. Sing weiter, Schätzchen, lass dir nicht den Spaß verderben."

Seas Meinung nach musste dieser Mann nahezu taub sein, dass ihm Clairs Gesang nicht auf die Nerven ging. Eigentlich hatte sie gar keine so schlechte Stimme, aber die Mischung mit dem auf eine andere Art schiefen Instrumentenspiel war nichts, was sie als Musik bezeichnen würde. Rhythmus und Melodie waren vorhanden, aber die Harmonie dazwischen fehlte. Clair wollte trotzdem gerade wieder bei dem Refrain des Liedes einsetzten, als der Gast mit den Kopfschmerzen sich wehrte.

„Ich möchte auch gerne guten Gesang hören, aber dafür müsste jemand singen, der singen kann."

„Dann schlag jemanden vor! Aber ich sag dir, sie ist nicht zu übertrumpfen!", rief Clairs Verteidiger genervt zurück, worauf sich der andere bereits erhob. Doch bevor er mit wütendem Gesicht etwas erwidern konnte, mischte sich Pierre ein.

„Sea sollte singen!", sagte er deutlich zu hören in die Gaststube. Sie fuhr erschrocken herum.

„Wie bitte?" Wenn sie jetzt singen würde, würde sie sich vor Clair wirklich in acht nehmen müssen. Außerdem war es gemein ihr gegenüber, denn so schlecht sang sie gar nicht. Sie hatte wirklich schon Schlimmeres gehört – zum Beispiel, Rack und Augenklappe beim Versuch, betrunken einen Kanon zu singen. Trotzdem wurde es ruhiger in der Kneipe, denn viele Augenpaare waren damit beschäftigt, zwischen Sea und Pierre hin und her zu schauen.

„Wir wissen alle, dass du singen kannst wie eine Nachtigall. Wir haben es an Bord oft genug gehört" Pierre erntete allgemeines Nicken an seinem Tisch. Diego begann mit Alma zu flüstern, worauf diese sie auffordernd anlächelte.

„Du übertreibst", wollte sie sich mit einem Seitenblick auf Clair herausreden. Sie starrte Sea mit einem hassenden Blick an, mit dem sie Shark locker hätte Konkurrenz machen können. Naserümpfend verschränkte sie die Arme vor dem weiten Dekolleté und wartete. Doch Pierre ließ nicht locker, als wäre sie eine berühmte Wiener Opernsängerin.

„Du weißt, ich übertreibe nicht, aber bleib nur bescheiden", meinte er und brauchte gar nichts mehr nachzusetzten, denn er wurde sogleich unterstützt. Sall warf ihr einen kalten Blick zu, der zeigte, dass sein Wille unumstößlich sein würde.

„Vor allem könntest du dich ausnahmsweise revanchieren. Es ist schließlich nicht selbstverständlich, dass meine Crew dich so gut behandelt", befahl er ihr indirekt, aber entschieden endlich den Mund zu öffnen. Sie hielt seinem Blick einen Moment lang stand, obwohl ihr klar war, dass sie den Kürzeren zog. Wenn sie sich ihm diesmal nicht unterordnete, würde dies Folgen haben. Er würde seine Autorität bestimmt nicht wegen der Sturheit eines Mädchens riskieren, denn dies hatte er heute vermutlich schon genug. Sie sah Clair entschuldigend an und seufzte, doch vermutlich würde die beleidigte Sängerin den Blickkontakt völlig falsch deuten. Sie rümpfte die Nase.

„Also gut, und was soll ich singen?", wandte Sea sich wieder an Pierre. Dieser machte ein ratloses Gesicht, doch an einem anderen Tisch hatte bereits jemand eine Idee.

„Kennst du das Lied vom *Blackbird*?", fragte ein blonder Mann mit Spielkarten in der Hand. Sie erkannte in ihm den Kartenspieler, den sie schon bei ihrem letzten Aufenthalt beim Black Jack-Spielen beobachtet hatte. Sie nickte.

„Ich kenne es, aber ich bin bei diesem nicht so textsicher. Ich weiss den Anfang nicht mehr"

„Versuch es trotzdem", entgegnete er und spielte aus. Sie kratzte sich nachdenklich im Nacken und versuchte, den Anfang des Liedes in ihrem Gedankenmeer zu finden.

„Soll ich dir helfen?", fragte der nette Typ von nebenan. Eigentlich hätte sie bevorzugt, dass er sie in Ruhe ließ. Aber die erwartungsvollen Blicke von allen Seiten ließen sie das Angebot annehmen.

„Gern", sagte sie mit klopfendem Herz, denn normalerweise sang sie nicht vor einem großen Publikum. Er lächelte ihr aufmunternd zu und begann die erste Strophe für sie vorzusingen.

„I am a young sailor, my story is sad.
Though once I was carefree, and a brave sailor lad.
I courted a lassie, by night, and by day
But now, she has left me, and sailed far away"

Seine warme Stimme passte auch noch zu diesem Liebeslied. Und da er sie angesehen hatte, anstatt ins Publikum zu schauen, hatte sie doch ein bisschen Angst davor, rosige Wangen zu bekommen. Irgendwie war er ihr ungewöhnlich sympathisch, sie war nur dieser Direktheit gegenüber etwas misstrauisch. Der Mandolinespieler hatte eingesetzt, sobald er gemerkt hatte, in welchem Takt der junge Mann sang. Nun wusste sie auch wie das Lied weiterging und deutete ihm mit einem dankenden Lächeln, dass sie jetzt übernahm.

> *„Oh if I was a blackbird, and could whistle and sing*
> *I'd follow the vessel, my true love sails in.*
> *And in that top riggin', I would there build my nest*
> *And I'd flutter my wings o'er her lily white breast"*

Dank der Akustik in der Spelunke war der Refrain voll bis in den letzten Winkel zu hören. Ihr Sopran ließ diejenigen aufhören, die sich wieder ihren Gesprächen zugewandt hatten. Kaum einer wagte das Lauschen zu stören, und die Gespräche versiegten in der Harmonie der Klänge. Stimme und Saitenlaute lullten die Gäste der *Sirene* ein und ließen sie mit der Geschichte des verliebten Seemanns fühlen. So machte auch niemand eine Bemerkung über die Tatsache, dass ein Vogelnest in der Takelung auf jedem ordentlichen Schiff sofort entfernt worden wäre.

> *„Or if I was a scholar, and could handle the pen*
> *One secret love-letter, to my true love I'd send*
> *And tell of my sorrow, my grief and my pain*
> *Since she's gone and left me, not wavein' her hand"*

Der junge Mann neben ihr bekam glänzende Augen und hörte konzentriert zu, wie sich ihre Stimme mit der Melodie hob und senkte. Als er ihr zulächelte, wäre sie beinahe aus dem Takt gefallen, seine Freude machte sie so verlegen.

Die kleinen Notenfehler des Spielmanns schien niemand mehr zu bemerken. In der Harmonie gingen sie unter, als sie den Refrain wiederholte.

„I offered to take her to Donneybrooke fair
To buy her fine ribbons, to tie up her hair
I offered to marry, and stay by her side
But she said in the morning, she sails with the tide"

Mehr oder weniger ungewollt warf sie Clair einen neugierigen Blick zu, als sie ein letztes Mal den Refrain anstimmte. Die Augenbrauen tief ins Gesicht gezogen starrte sie zurück. Ihr Körper war angespannt und ihre knochigen Wangen vor Wut gerötet. Und zu allem Überfluss könnte sie vermutlich nicht verstehen, dass Sea ihr ungewollt die Show gestohlen hatte. Es tut mir leid, das war wirklich nicht meine Absicht, versuchte sie mit den Augen mitzuteilen. Doch Clair wirkte nicht, als wäre diese Botschaft bei ihr angekommen. Sea sah wieder weg, um ihrer Stimme für die letzte Strophe noch einmal neues Leben zu geben.

„I've sailed on the ocean, my fortune to seek
How I miss her cares, and her kiss on my cheek
In hope that lovesickness and my broken heart will heal,
While there's breath in my body, she's the one I love still!",

beendete sie das Lied und nahm sich einige Atemzüge Luft. Einen Moment herrschte Ruhe, dann erwachten die Gäste aus ihrer Trance. Von Neuem wandten sie sich Bierkrügen, Kartenspielen und Gesprächen zu, und allmählich wurde es in der Kneipe wieder lauter. Was ihr nur mehr als Recht war.

„Du kannst wirklich schön singen, er hat nicht übertrieben", schmeichelte der junge Mann mit seiner warmen Stimme und bezahlte bei Gale den nächsten doppelten. „Möchtest du auch etwas?", fragte er weiter, doch sie hörte bereits woanders zu. Der Mann, der eben noch wegen Kopfschmerzen gejammert hatte, klatschte langsam und nickte ihr beeindruckt zu.

„Nicht übel, die Stimme ist Gold wert", meinte er zum Tisch der Piraten herüber, „was willst du für die kleine Sirene denn haben, Black?" Sall wechselte einen Blick mit ihm, um zu prüfen wie ernst es ihm war. Dann musterte er sie kritisch, als schätze er ihren Wert ab. Auf seinen Lippen erschien ein Lächeln, das ihr Angst machte. Im Augenblick war sie sich nicht sicher, ob Sall sie nicht tatsächlich verschachern würde.

„Kommt drauf an, was du für den widerspenstigen Wildfang bieten würdest?", erwiderte er, und ihre Angst verwandelte sich in Wut. Er fing ihren drohenden Blick sogar auf, erwiderte aber nur ein schiefes Lächeln, das sie nicht deuten konnte. Es verunsicherte sie, nicht zu wissen, wie ernst es ihm war. Man schien es ihr anzusehen, denn der junge Mann neben ihr rückte tröstend näher an ihre Seite. Er musterte den Bietenden, der sie abschätzend betrachtete, und beugte sich zu ihr herüber.

„Keine Sorge, den kann ich im Notfall noch locker überbieten", versuchte er sie wohl zu trösten. Allerdings erntete er dafür nur ein Knurren von ihr.

„Glaub nicht, dass Black es wagen wird, mich zu verkaufen", entgegnete sie, obwohl sie sich nicht sicher war, wie wütend sie Sall heute Abend gemacht hatte. Aber sie wusste eindeutig zu viel, um in noch unwissende Hände zu geraten. Außerdem bekam sie Unterstützung. Alma starrte den jungen Kapitän nämlich inzwischen mit einer Mischung aus Dominanz und Entsetzen an.

„Du kannst doch Sea nicht einfach verkaufen, wie eine Stute! ...", begann sie und wollte ihm eine Predigt halten, doch er unterbrach sie sogleich.

„Ach, kann ich nicht? Sei dir da nicht so sicher, Alma", grinste er und wandte sich zu seinem Verhandlungspartner, „was bietest du denn nun?" Alma wechselte hilfesuchend einen Blick mit dem inzwischen wieder aufgetauchten Wirt, doch dieser zuckte nur hilflos mit den Schultern. Der Mann wackelte mit dem Kopf hin und her, dann nannte er ihm einen Preis zu dreihundert Achterstücken.

„Das reicht ja gerade so für ihre Stimme", trieb Diego lachend den Preis in die Höhe, „Aber dieses Mädchen kann außer singen auch noch segeln, navigieren, rechnen und beherrscht die Grundlagen für zwei Fremdsprachen. Das will alles bezahlt werden."

Er schenkte ihr ein Lächeln, als wäre er sich sicher, dass sein Freund nur damit bluffte, sie zu verkaufen. Der Mann schätzte darauf erneut kritisch ihren Preis ab. Langsam aber sicher begann es in ihrem Bauch heiß zu brodeln wegen so viel Hartnäckigkeit. So gut war ihre Stimme nun wirklich nicht, dass er noch einmal bieten musste. Über sich verhandeln zu lassen war sowieso unter ihrer Würde, egal wie ernst es war!

Aber lange würde sie ihre Zunge nicht mehr hüten können, bevor sie ihnen ihre Meinung geigte.

„Fünfhundert", bot der Mann schließlich. Doch als Sall seine Augenbrauen etwas anhob überbot er sich noch einmal selbst: „Sechshundert, aber sicher nicht mehr."

„Sechshundertfünfzig", bot der junge Mann neben ihr grinsend mit und nahm einen Schluck von seinem doppelten Whiskey. Sea brannte ihm mit einem angewiderten Blick ein Loch in die Seele, oder sie versuchte es zumindest. Höchstwahrscheinlich meinte er es nur gut, aber ihre Sympathie verflog trotzdem. Es wurde Zeit, diesem Verhandeln ein Ende zu setzten.

„Vergiss nicht, dass ich ein sehr loses Mundwerk habe, Käpt'n", drohte sie, wobei ihre Stimme automatisch eine halbe Oktave in die Tiefe sank. Wenn ihn die Anspielung auf ihr Schatzrätsel nicht von seinem Handel abbringen konnte, konnte sie wirklich nur noch den Säbel ziehen. Aber er lächelte, als freute ihn ihre Reaktion.

„Das könnte ich nicht vergessen, glaub mir. Ich wollte auch nur wissen, was du für einen Marktwert hast." Keiner von denen kann auch nur einen Bruchteil von Lenoirs verschollener Beute bieten, schien er zu denken.

„Dann hoffe ich für dich, du hattest deinen Spaß!", ließ sie ihn spüren, wie beleidigt sie war. Aber danke, dass er ihr endlich einen Grund gegeben hatte, die *Sirene* zu verlassen. Erneut hatte sie keine Lust mehr auch nur eine Sekunde länger zu bleiben. Die letzten Schlucke *Mermaids* würden dann eben im Becher zurückbleiben. Sie verabschiedete sich von dem jungen Mann, als er seinen Whiskey leerte und sie nicht aufhalten konnte. Anschließend schritt sie erhobenen Hauptes durch die Kneipe, direkt am Tisch der Piraten vorbei.

„Ihr findet mich schon, ich bin am Strand, wo ich mich immer abreagiere", sagte sie und schlängelte sich zwischen den dicht besetzten Tischen hindurch. Der junge Mann wollte ihr vom Tresen aus etwas nachrufen, doch scheinbar gebot ihm ein scharfer Blick von irgendjemandem Einhalt.

„Ich denke, diesmal solltest du dich ausnahmsweise entschuldigen, Salvi. Das ging endgültig zu weit", hörte sie Almas feine Stimme, während sie die Tür aufstieß. Doch sie hatte sie schon hinter sich zugeschlagen, ehe sie die Antwort erhaschen konnte.

***

Sea schloss für einen Augenblick die Lider und genoss die Ruhe draußen. Nur die Geräusche, die durch die geschlossene Tür drangen, störten die Stille, aber es war nicht annähernd so laut wie drinnen. Sie nahm einige Züge kühle Nachtluft und atmete die heiße Wut aus. Sie verstand ihn einfach nicht. Mal war er ein netter Kerl, dann wieder eine Kielratte sondergleichen. Aber die Frage war der Grund dafür, falls es überhaupt einen gab. Sie atmete noch einmal tief durch: Denk nicht darüber nach, er macht was er will, und du wirst ihn wahrscheinlich nie ganz verstehen. Sie schlug seufzend die Lider auf, und ausnahmsweise war in diesem Moment alles vergessen. Ihre rehbraunen Augen weiteten sich vor Freude, während ein Lächeln auf ihren Lippen aufblühte. Mitten auf dem dunklen Platz stand ein junger Mann mit einem kleinen Seesack über der Schulter. Gestikulierend beschrieb er jemandem eine Person. Sie sah ihn mit ihren eigenen Augen und trotzdem konnte sie nicht richtig glauben, wen sie sah. Eine Welle des Glücks überschwemmte sie, und ihr Herz begann zu flattern wie die Amsel aus dem Lied.

„Math!", rief sie ihm strahlend zu, während ihre Füße sie zu ihm trugen. Verwundert drehte er sich um.

„Sea!", jauchzte er, als er sie erkannte und streckte die Arme nach ihr aus. Sie fiel ihm um den Hals. Ihr kamen fast die Tränen vor Freude. Ihr bester Freund war hier, mitten auf Tortuga, diesem verfluchten Piratennest. Sea drückte sich an ihn und Math schloss sie in seinen Griff, als wollte er sie nie wieder loslassen. Sie drückte ihre Wange gegen seine Schulter. Er war hier, in Fleisch und Blut. Sanft wiegte er sie hin und her, wie der Herbstwind eine Feldblume.

„Ich kann es kaum glauben, dass ich dich gefunden habe!", raunte er ihr erleichtert zu und legte den Kopf auf ihren. Sea kuschelte sich an ihn und genoss seine Wärme, die durch ihren Körper floss.

„Ich hab dich so vermisst, Math!", gestand sie leise. Er lockerte seinen Griff, nahm sie bei den Schultern und hielt sie auf Armeslänge von sich weg. Forschend musterte er sie von den Füßen bis zum Scheitel, als suchte er nach dem Anzeichen einer Verletzung.

„Bist du verletzt?", fragte er besorgt, „Hat dir jemand etwas angetan?" Sie schüttelte lächelnd den Kopf.

„Nein, mit mir ist alles in Ordnung."

„Es ist doch nicht zu glauben. Einmal stichst du ohne Beschützer in See und schon wirst du entführt!", wetterte er, „dich kann man nicht einmal eine Minute allein lassen, ohne dass du dich in Schwierigkeiten ..."

„Wie hast du mich eigentlich gefunden?", wechselte sie das Thema, bevor er weiter mit ihr schimpfen konnte. Er holte Luft um sie weiter zu tadeln, ohne auf ihre Frage Rücksicht zu nehmen. Doch er erkannte schließlich, dass ihr eine Strafpredigt zu halten sinnlose Zeitverschwendung war.

Also setzte er ein schiefes Lächeln auf und erklärte nur knapp: „Mit Johnnys Hilfe." Dieser fiese Kerl wollte sie auf die Folter spannen. Doch bei diesem Name flog ihre linke Augenbraue alarmiert nach oben.

„Johnny? Aber nicht der Johnny aus dem *Rostigen Anker*, oder?"

„Doch", antwortete Math, „Mary meinte, wenn jemand weiß, wo sich Piraten aufhalten, dann er und sie hatte Recht."

„Aber wieso hat Johnny dir geholfen, mich zu finden? Ich kann mir nicht vorstellen, dass er mich nach unserer letzten Auseinandersetzung gut leiden kann", erwiderte sie.

„Hast du keine Idee, wieso ich ebenfalls Interesse daran hatte, dich zu finden?", fragte eine Stimme feindselig. Eine dunkle Gestalt löste sich aus dem Schatten eines nahen Hauses. Johnny starrte sie mit vor Hass glänzenden Augen an. Sea erwiderte nichts und sah zu, wie er bedrohlich langsam auf sie zu trat. Es war völlig klar, was er wollte. Sie hatte ihn im *Rostigen Anker* vor allen Anwesenden bloßgestellt, wenn er nicht einmal einem Mädchen einen Dolch an den Hals setzten konnte. Dass das wahrscheinlich bei ihr auch niemand anderes konnte, spielte keine Rolle. Johnny war auf Rache aus, ... blutige Rache!

„Och, keine Idee?", sagte er blutrünstig grinsend mit einem gespielt betrübten Unterton, „ich gebe dir einen kleinen Hinweis." Er hob seine Hand und richtete etwas auf sie. Ein kalter Schauer lief ihr über den Rücken, als sie die Pistole erblickte. Ihr Puls schoss in die Höhe und explodierte, wie Feuerwerk. Sie sah sich nach einem Objekt um, hinter das sie sich ducken konnte. Aber auf dem dunklen Platz gab es nichts, das sie erreichen konnte, bevor sie erschossen wurde. Math schien erst jetzt zu begreifen, warum Johnny ihm geholfen hatte, sie zu finden. Instinktiv zog er sie an sich und versuchte sie mit seiner Schulter zu verdecken. Schließlich wollte Johnny sie erschießen und nicht ihn, musste seine Überlegung sein.

„Was soll das, Johnny? Hör auf mit diesem Mist!", bellte er ihn zäh-neknirschend an. Sea konnte förmlich spüren, wie die Wut in ihm zu glühen begann. Johnny beeindruckte er aber keineswegs.

„Geh zur Seite, du verliebter Idiot, sonst erschieße ich deine Freundin mitsamt dir!", drohte er ihm knurrend. Math machte keinen Wank. Sea schoss ein Gedanke durch den Kopf. Sie würde sich doch nicht einfach erschießen lassen, erst recht nicht wenn Math noch zwischen ihr und der Kugel stand.

„Du Feigling!", warf sie Johnny wütend an den Kopf und versuchte Math aus der Schusslinie zu drängen, „ein echter Mann würde so was in einem Duell oder so etwas lösen und mich nicht kaltblütig erschie-ßen!" Math liess sich nicht von ihr wegdrücken, sondern sah weiterhin über seine Schulter und wartete auf Johnnys Reaktion. Der grinste sie mordlustig an.

„Netter Versuch, Kleine!", gestand er und fasste Sea ins Visier. Mehr wütend als verängstigt presste sie die Augenlider zusammen, warf sich zurück gegen Maths Brust und verkrallte sich in seinem Hemd wie eine kletternde Katze. Es konnte doch nicht sein, dass sie jetzt starb und sich nicht dagegen wehren konnte. Nein, wenn sie starb, dann mit Stolz. Ruckartig drehte sie sich wieder zu Johnny um, als donnernd der Schuss aus dem Lauf gedrückt wurde.

Die Kugel riss berstend eine Wunde in das Fleisch und hinterließ ein Leck in der Muskulatur. Blut trat aus der Wunde, als versuchte es die bleierne Kugel herauszuwaschen. Sea wartete tief atmend, spürte aber keinen Schmerz. Sie hatte nicht einmal Zeit gehabt, die Augen zu öffnen, um ihrem Tod ins Auge zu sehen. Aber ihr Herz schlug noch immer rasend gegen ihren Brustkorb, wie ein Gefangener gegen die Gitter seiner Zelle. Auch Math zeigte keine Reaktion auf einen Schmerz. Johnny musste danebengeschossen haben. Aber auf diese Entfernung konnte er doch gar nicht danebenschießen!

Sie schlug die Lider auf, um zu sehen, wie Johnny nun reagierte. Er sah ihr mit schmerzverzerrtem Gesicht entgegen. Unter seinem Arm breitete sich ein dunkelroter Blutfleck aus, der seine Kleider durch-tränkte und herab tropfte. Zitternd ließ er seine Pistole fallen. Scheinbar in Zeitlupe verlor er den Halt unter den Füssen und fiel ihnen entgegen. Sea sah, wie das Leben aus seinen Augen wich und sie sich stattdessen mit einer starrenden Leere füllten. Seine Gesichtszüge erschlafften zu einer bleichen Gleichgültigkeit. Dann brach Johnny tot vor ihr zusammen. Sea ließ ihren Blick der Leiche nicht auf die Pflastersteine folgen, sondern sah bewusst über den Toten hinweg. Was sie nicht gesehen hatte, konnte sie nicht verfolgen. Auch Math betrachtete Johnnys entseelten Körper nicht und sah sich stattdessen um.

Sea ließ ihren Blick über die dunklen, an den Platz angrenzenden Gassen kreisen. Wo auch immer der Schuss hergekommen war, dort stand der Mörder, der ihr das Leben gerettet hatte. Bei der Tür zur *Sirene* wurde sie fündig.

Sall lehnte lässig unter dem Türschild der Kneipe an der Hauswand. Mit den Fingern zog er die Schraube an, die den Feuerstein in einem der Steinschlösser des Dreiläufers fixierte. Vermutlich wollte er so tun, als prüfte er, ob sich der Stein bei der letzten Zündung gelockert hatte. Der Lauf der Waffe rauchte noch. Der junge Pirat hatte schon wieder jemanden das Leben gekostet ...und sie musste sich dafür auch noch bedanken! Angewidert brachte Sea das scheinbar unpassende Wort nur mit Mühe über die Lippen. „Danke!" zu sagen, fiel ihr nicht so schwer wie sie zuvor geglaubt hatte. Er steckte seinen Dreiläufer zurück in seinen Gürtel.

„Gern geschehen! Das wäre nun schon das dritte Mal, dass ich dir das Leben rette", meinte er sachlich. Sea zog ihre linke Augenbraue nach oben.

„Das dritte Mal?"

„Einmal auf dem Sklavenmarkt, als du dich vorher unbedingt einmischen musstest womöglich auch und gerade eben", erklärte Sall und stieß sich von der Hauswand ab.

„Auf dem Markt hast du vielmehr Shark das Leben gerettet als mir", stellte sie klar. Als Antwort zuckte er mit den Schultern und schlenderte ihr entgegen. Math beugte sich misstrauisch zu ihrem Ohr vor, ohne den Piraten einen Wimpernschlag aus den Augen zu lassen.

„Wer ist das?", fragte er halblaut.

„Kapitän Salvador Black", beantwortete Sall die Frage selbst, bevor sie überhaupt den Mund öffnen konnte. Mit vor der Brust verschränkten Armen baute der junge Pirat sich vor ihnen auf und musterte Math mit seinen eisigen Augen.

„Die Frage ist eher, wer du bist?" Die Missbilligung in seiner Stimme war nicht zu überhören.

„Mathias Wittards", stellte Math sich mit dem gleichen Unterton vor.

„Das wollte ich gar nicht wissen. Wer bist du, dass du dich dafür erschießen lassen würdest, um Sea zu beschützen? Ich habe auch schon Leute umgebracht, weil sie ihre Nase in Angelegenheiten steckten, die sie nichts angingen", drohte Sall kalt mit vor Verachtung gefrorenem Blick.

„Ob Sea etwas passiert oder nicht, geht mich als guten Freund von ihr sehr wohl etwas an", antwortete Math feindselig, ohne seinem Blick auszuweichen.

Salls Augenbrauen sanken tiefer in sein Gesicht. Aber anstatt etwas zu erwidern, forderte er sie auf: „Komm wieder mit rein!"

„Wieso sollte ich?" Es war völlig klar, dass es etwas mit Math zu tun hatte, aber Sea wollte gerne seine Ausrede hören.

„Weil ich wissen will, wo du dich rumtreibst", antwortete er bestimmt.

„Irgendwo am Meer, wie immer wenn ich die Nase voll hab'!", teilte sie ihm mit, „Das letzte Mal hast du mich auch gefunden." Die Aussicht, dass sie mit Math zum Strand wollte, schien ihm überhaupt nicht zu gefallen.

„Ich habe keine Lust, dich suchen zu müssen. Komm mit!", befahl er ungeduldig und drehte sich schon halb um. Math wollte etwas sagen, aber Sea schnitt ihm das Wort ab. Sie konnte nicht riskieren, dass er Sall dazu brachte, seinen Dreiläufer noch einmal zu ziehen.

„Tut mir leid, aber an Land nehme ich keine Befehle entgegen, Käpt'n", sagte sie keck lächelnd und nahm Math bei der Hand. Bevor er noch etwas sagen konnte, zog sie ihn in Richtung Strand. Als sie eine der dunklen Gassen erreichten, rief Sall ihr etwas nach.

„Sea" Sie drehte sich um, ohne Maths Hand loszulassen. „Versuch gar nicht erst, dich davonzustehlen! Du weißt, ich habe überall meine Quellen auf dieser Insel, und wenn du vor drei Uhr nicht zurück auf der *Rose* bist, finde ich dich in kürzester Zeit", warnte er sie und gab sich schließlich genervt geschlagen. Die Hände in den Hosentaschen kehrte er in die *Sirene* zurück.

An der Hand führte Sea Math durch die Gassen. Je mehr Distanz zwischen ihnen und Sall lag, umso wohler fühlte sie sich. Jeden Gedanken an Johnnys Leiche verdrängte sie geschickt aus dem Glücksgefühl, das Maths warme Hand zu halten mit sich brachte. Zu dieser Uhrzeit hatten sich die meisten Leute in die Kneipen verzogen, weswegen ihnen auf dem Weg zu dem kleinen Hafen hinunter nur wenige Passanten entgegen kamen. Cole bemerkte nicht einmal wer an ihm vorbeiging, er schien es eilig zu haben.

Ruhiger wurde es dadurch in den Straßen keineswegs. Aus den Türen und Fenstern schallten weiterhin Musik, Gelächter und Geräusche, als würde Holz zerbersten oder Glas zerspringen. Es wurde erst leiser, als sie die Anlegestelle erreichten. Die *Queen Roses Death* wirkte seltsam groß neben den vielen wesentlich kleineren Schiffen, die an dem scheinbar viel zu kleinen Kai vertäut lagen. Hand in Hand schlenderten sie den Hafen entlang.

Als der Strand nach einiger Zeit in Sichtweite kam, forderte Sea Math schließlich auf: „Also erzähl." Er schenkte ihr ein Lächeln.

„Dieser Rackham scheint mich je länger, je weniger zu mögen. Er war nicht wirklich darauf aus, mir zu erzählen, wo du verblieben bist." Sea musste schmunzeln. Das war so typisch für Rack.

„Rack glaubt immer noch, dass er auf mich aufpassen muss und insbesondere dir auf die Finger schauen muss. Im Übrigen ist er der Ansicht, dass ein Mann, der nicht zur See fährt kein rechter Mann ist", versuchte sie ihren Freund von der ersten Aussage abzulenken.

„Wieso insbesondere mir?", fragte Math dennoch mit gerunzelter Stirn.

Sea zuckte mit den Schultern.

„Vermutlich, weil er dir nicht traut." Er warf ihr einen verständnislosen Blick zu.

„Inwiefern?"

„Ich glaube, er hat Angst, dass du mich verletzten könntest", antwortete sie wahrheitsgetreu, „aber was hat Rack damit zu tun, wie du mich gefunden hast?"

Nun begann Math zu erzählen: „Ich bin gerade nach Hause gekommen, als er meiner Mutter wild fluchend erzählt hat, dass Shark gemeutert hat und du entführt wurdest. Mam wäre vor Entsetzen beinahe zusammengebrochen. Aber ich musste Rackham trotzdem eine halbe Ewigkeit bearbeiten, bis ich ihn zum Gouverneur und Victoria begleiten durfte. Zum Glück hat Victoria meinen Namen wiedererkannt, sonst hätte man uns vermutlich gar nicht ins Haus gelassen."

Sea hüpfte lächelnd über die letzte Stufe der Treppe zum Strand in den feinen Sand hinab. Es war gar nicht möglich, dass Victoria Math vergessen haben konnte. Vermutlich war er der einzige Kerl, den sie bisher kennen gelernt hatte, der etwas taugte. Immerhin kannte sie ansonsten fast nur mehrbessere Leute.

„Als sie gehört hat, was passiert ist, hat sie uns sofort zu ihrem Vater geschleift. Nachdem wir für ihn wiederholt hatten, dass du entführt wurdest, hat er hin und her überlegt, was er nun machen sollte. Victoria war der Meinung, dass du es zwar von alleine zurückschaffst, man dich aber sicherheitshalber trotzdem suchen sollte. Der Gouverneur war sich aber nicht so sicher und hat sich schließlich entschlossen, dir eine Art Zeitlimit zu setzten. Wenn du bis in drei Wochen nicht wieder aufgetaucht bist, will er dich großangelegt suchen. Allerdings sind von diesen drei Wochen schon acht Tage um."

„Was meint er mit großangelegt suchen?", fragte Sea und hob ihre linke Augenbraue an.

„Mit Steckbriefen", beantwortete Math ihre Frage, „Die Navy hat bereits Informationen über dich erhalten. Wenn dich jemand zufällig findet, soll er dich erkennen können"

„Der Gouverneur hat aber nicht vor eine Prämie auf mich auszusetzten, oder?", bohrte sie weiter nach. „Sonst löst er eine Kopfgeldjagd auf mich aus und das würde es noch schwieriger machen, von alleine nach Hause zu kommen." Wenn jeder, der sie erkannte, versuchen würde sie zurück nach Kingston zu bringen, weil er ihr Kopfgeld haben wollte, würde sich die Suche nach Lenoirs Schatz ein ganzes Stück schwieriger gestalten. Math zuckte gleichgültig mit den Schultern.

„Bis dahin sind wir längst zu Hause." Sea seufzte. Math wusste noch gar nicht, dass sie durch Sall einen Weg gefunden hatte, ihre *Unicorn's Dream* zurückzubekommen und dass sie ohne ihr Schiff nicht nach Kingston zurückkehren wollte.

„Was ist dann passiert?", forderte sie ihn auf weiter zu erzählen.

„Wir sind in den *Rostigen Anker* gegangen", erzählte er weiter, „Mary saß mit entsetztem Gesichtsausdruck weinend neben Bill am Tisch, und Augenklappe war bereits vollkommen betrunken. Er stand kurz vor einem Tränenausbruch und hat immer wieder wiederholt, du seiest vermutlich längst tot. Bill aber war felsenfest der Meinung, dass du vermutlich schon Pläne schmiedest, wie du nach Hause kommst.

Rackham hat ihnen dann erzählt, was Gouverneur Crown zu tun gedenkt. Schließlich haben sie sich beraten, was sie selbst nun tun wollten. Rackham fand, sie sollten die *Unicorn's Dream* verlassen und auf eigene Faust nach dir suchen. Aber Mary und Bill haben ihm das mit dem Argument ausgeredet, dass dann keiner von ihnen mehr auf dem Schiff wäre, wenn du in der Zwischenzeit zurückkommst.

Als er sich wüst fluchend geschlagen gab, habe ich Mary gefragt, ob sie eine Idee hätte, wie ich dich finden könnte. Schließlich bin ich der Einzige, der in keinem Weg von der *Unicorn's Dream* abhängig ist, und anheuern konnte ich ohnehin nicht, dafür kennt Shark mich zu gut. Rackham war natürlich der Meinung, dass ich *nie* fähig wäre, dich zu finden.

Letztendlich hat Mary mir dann Johnny vorgeschlagen, weil er schon zu Piraten Kontakt hatte. Rackham, Bill und Augenklappen haben in Santo Domingo noch den Markt ausfindig machen können, wo du verkauft wurdest. Rackham hat wohl im wahrsten Sinne des Wortes aus dem Händler herausgequetscht, wer dich gekauft hat.

Wie genau sie herausgefunden haben, dass du ausgerechnet an Salvador Black verkauft wurdest, haben sie mir nicht erzählt. Aber ich glaube, sie hatten sehr schlagfertige Argumente."

„Die drei Geiseln, die Black gegen mich eingetauscht hat, werden gewusst haben, wer er ist", warf sie dazwischen.

„Durchaus möglich. Auf jeden Fall hat es zwar einige Überredungskunst gebraucht, aber Johnny hat sich bereiterklärt, mir zu helfen. Dass er versuchen wollte, dich umzubringen, konnte ich trotz Marys Warnung nicht ahnen. Tut mir leid. Ich habe meiner Mam einen Brief geschrieben, dem Schmied erklärt, warum ich eine Weile nicht arbeiten kann, und wir sind noch in der gleichen Nacht in See gestochen", beendete Math seinen Bericht.

Sea setzte sich in den Sand. Sie waren längst an der Stelle vorbeigelaufen, an der sie mit Sall die Sterne beobachtet hatte. Nachdenklich betrachtete sie das Meer. Da es nur wenige Tage vor Neumond war, hatte sich der Mond zu einer schmalen Sichel verformt. Weil er weniger Licht auf die Wellen warf, glitzerten sie nicht annähernd so intensiv, wie in der Nacht, in der sie mit Sall am Strand saß. Dafür kamen die Sterne noch viel besser zu Geltung. Sie wirkten wie Tausende von schimmernden Leuchtkäfern, die am nächtlichen Himmelsgewölbe hockten.

Math setzte sich neben sie in den Sand. Er lächelte sie vorfreudig an und forderte sie auf: „Jetzt bist du an der Reihe. Ich will hören, wie es dir ergangen ist."

Sie erinnerte sich zurück und begann ihm der Reihe nach zu erzählen, was ihr alles passiert war. Wie Shark sie hereingelegt und wie Sall sie auf dem Markt erstanden hatte. Von Luigi und Diego, wie sie nach dem Sturm Steuermann wurde und von den ‚interessanten' Abenden in der *Sirene*. Den Überfall auf die *Brema* und die Exekution der Matrosen hielt sie recht kurz, aber eine Bemerkung über die gute Zusammenarbeit der Piraten konnte sie sich nicht verkneifen. Belustigt berichtete sie ihm von dem halluzinierenden Einsiedler und den Manatis, von denen er eine für eine Meerjungfrau hielt.

Schlussendlich erzählte sie ihm von Night und der *Killing Lady*, bevor sie ihre Erinnerung beendete.

Sie hatte ihm nicht alles erzählen können. Von dem Deal hatte sie ihm noch nichts erzählt, dass sie ihm nicht beichten musste, dass sie ohne ihr Schiff nicht nach Hause gehen würde. Und den Abend mit Sall am Strand und den Kuss, aus dem sie nicht schlau wurde, behielt sie ebenfalls für sich. Math musste schmunzeln.

„Es ist kaum zu glauben! Dafür, dass du Piraten auf den Tod nicht ausstehen kannst, hast du dich mit einigen von ihnen anscheinend ziemlich eng angefreundet." Er legte sich flach in den inzwischen ausgekühlten Sand. Sea kicherte leise darüber, wie Recht er hatte.

„Es ist gar nicht möglich zusammen auf einem Schiff fest zu sitzen, ohne sich mit irgendjemandem anzufreunden. Man kann schließlich nicht stetig allen den Rücken zukehren." Sie ließ sich zu ihm in den Sand fallen. Leicht schläfrig kuschelte sie sich gegen seine Schulter, und er legte den Arm um sie.

„Was ist dieser Black eigentlich für ein Kerl?", konnte Math sich die Frage nach einer Weile nicht mehr verkneifen, versuchte aber, die Frage nebensächlich klingen zu lassen, „Vom Charakter her, meine ich, mit Ausnahme davon, dass er ein Mörder ist." Zum Glück fragte er, sonst wäre sie vermutlich eingeschlafen. Wenn sie sich Sall nicht mehr zeigte, würde er nach ihr suchen, was nur Ärger bringen konnte. Sie räkelte sich ein wenig, um wieder wach zu werden.

„Im Allgemeinen, wie man sich einen Piraten vorstellt, bestialisch, gewissenlos und in seinem Fall mordlustig. Aber seiner Crew gegenüber ist er gerecht und würde nie einen seiner Männer im Stich lassen. Dass er kein schlechter Kapitän ist, muss man ihm lassen, meistens zumindest." Math runzelte die Stirn.

„Ich bin fast froh, er scheint ein Auge auf dich geworfen zu haben. Sonst hätte er Johnny nicht erschossen, bloss um dir den Hals zu retten"

„Wie kommst du darauf?", fragte sie ihn sachlich und sah zu ihm auf.

„Hätte Johnny wirklich die Zeit gehabt zu schießen, hätte ich dich vor der Kugel nicht schützen können", gab er tief bedauernd zu. Er wusste sehr wohl, dass sie ihn danach fragte, wie er darauf kam, Sall würde sie mögen. Aber sie nahm an, dass er dies aus Intuition zu wissen glaubte. Unwillkürlich musste Sea über seine Antwort lachen und kuschelte sich anhänglich wieder gegen ihn.

„Das hätte Black auch nicht gekonnt, wenn Johnny tatsächlich geschossen hätte. Im Übrigen glaube ich, dass er aus reinem Eigennutz gehandelt hat. Immerhin scheine ich die Einzige zu sein, die sich auf's Rätsel Lösen einigermaßen versteht." Zumindest von dem Schatzrätsel sollte sie ihm erzählen, das hätte sie schon viel eher tun sollen. Aber sie hatte nie die Gelegenheit gehabt, ihm von Lenoirs Schatz zu erzählen, zumal sie ihn auch nicht hätten suchen können ohne den zweiten Teil des Rätsels.

„Könntest du bitte aufhören in Rätseln zu sprechen und mich vollständig aufklären?", bat er sie verwundert. Er ließ sich ohnehin ab und an darüber aus, dass er angeblich alle Informationen aus ihr herausquetschen musste. Sea erzählte ihm einmal mehr von dem ausgesetzten Geschichtenerzähler, den ihr Vater an Bord genommen hatte. Allerdings ergänzte sie diese Geschichte nun durch das dankbare Geschenk von Albatros, Lenoirs Schatzrätsel und die geprägte Goldmünze. Dass Sall die Münze erkannt hatte und sie mit ihm den Handel geschlossen hatte, ihr Schiff gegen ihre Hilfe auf der Suche nach Lenoirs Beute. Math sah nicht wirklich zufrieden aus, als er von ihrer Abmachung erfuhr. Mit nachdenklichem Gesichtsausdruck starrte er zum Sternenband über ihnen. Er dachte über die Zusammenhänge nach, bis sie wieder zu ihm aufsah und er seine wasserblauen Augen auf sie richtete.

„Wenn Black dich nur beschützt, weil du mit deiner logischen Denkweise gut im Rätsel Lösen bist, heißt das, er würde es nicht fertig bringen Lenoirs Rätsel zu lösen?", fragte er nach, als müsste sie ihm bestätigen, dass seine Idee funktionierte. Vorsichtig nickte sie und versuchte in seinem Gesicht zu ergründen, was hinter seiner Stirn vorging. „Möglich ..."

„Dann könnten wir dich also mit dem gelösten Rätsel von diesem Handel freikaufen", schloss er und betrachtete wieder die Sterne. Sie schüttelte leicht den Kopf an seiner Schulter.

„Ich glaube nicht, dass er sich damit geschlagen gibt. Wenn Lenoirs verschollene Beute aus irgendeinem Grund nicht mehr da ist oder nicht existiert, braucht er schließlich jemanden, dem er die Schuld zuschieben kann", sagte sie unsicher. Eine wichtige Information fehlte ihrem Freund noch immer, dass sie nicht ohne die Abmachung zu erfüllen nach Hause kommen wollte, nicht ohne die *Unicorn's Dream*. Math schmiegte seine Wange an ihre braun gewellten Haare und schloss den Arm fester um sie.

„Versuchen wir's, das predigst du doch immer. Was ist das für ein Rätsel?", hakte er zuversichtlich weiter nach. Sea überlegte einen Moment, ob es klug war, ihm von dem Rätsel zu erzählen. Immerhin wusste Night auch von dem Schatz und je mehr Math wusste, desto mehr konnte er mit dem richtigen Druckmittel aus ihm pressen, falls er von Maths Mitwissen erfuhr. Night hatte schließlich auch erfahren, dass die *Queen Roses Death* nach Misteriosa Bank gesegelt war. Und Sall würde sein Mitwissen sicherlich nicht schätzen.

„Die erste der vier Zeilen haben wir gelöst. Jetzt geht es drum herauszufinden, welche von einigen Inseln *im Schatten des Tages verweilt*", erzählte sie ihm trotzdem von dem Rätsel.

„*Im Schatten des Tages?*", wiederholte er, als würden diese Worte keinen Sinn machen und dachte einen Augenblick nach. „ ...So auf die Schnelle fällt mir nur die Nacht ein."

„Daran hab ich auch schon gedacht, aber das ist ein bisschen zu poetisch, um von einem Piraten zu stammen, finde ich", zweifelte sie an der Idee, „und sowieso: Der Tag kann keinen Schatten werfen!" Obschon die Nacht nur durch das Sternenlicht erleuchtet wurde, konnte sie von seiner Schulter aus deutlich sehen, wie die Denkmaschine hinter seiner Stirn zu rattern begann.

„Dann müssen wir umdenken. Du hast doch ohnehin mal gesagt, dass man beim Rätseln häufig zu weit denkt", sagte Math konzentriert.

Aber als er sie einen Moment mit seinen wasserblauen Augen betrachtete, nahm sein Gesicht einen verträumten Ausdruck an. Zärtlich legte er seine Hand in ihr Haar und streichelte über ihre weichen Strähnen. Sea bemerkte nur ungern, dass ihr Herz schneller schlug, tat aber nichts dergleichen. Doch ihr bester Freund bemerkte sofort, dass sie ihn anders kannte. Als stumme Ausrede fischte er nach ihrer Kette und betrachtete das Goldstück, das seine beste Freundin in Gefahr gebracht hatte. Einen Moment starrte er die Münze an, aber sie konnte nicht deuten mit welchem Gefühl.

Dann runzelte er die Stirn und überlegte flüsternd: „Die Sonne scheint nur am Tag ...Und der Schatten ist dort, wo die Sonne nicht hinkommt." Sea dachte einem Moment darüber nach, was er gesagt hatte, dann begann sie zu strahlen, wie die Sterne über ihnen.

„Natürlich! Einmal steht sie im Osten, dann im Süden und im Westen, also müsste *der Schatten des Tages* dort sein, wo die Sonne nie steht, nämlich im Norden", folgerte sie fröhlich und saß mit dem nächsten Wimpernschlag aufrecht neben ihm im Sand, „die Insel ist im Norden! Du bist genial, Math!" Ein zufriedenes Grinsen stahl sich auf seine Lippen.

„Fällt dir das etwa erst jetzt auf?", gab er an und verstränkte die Arme lässig hinter dem Kopf, „wenn du mir die restlichen Zeilen des Rätsels auch noch mitteilst, werden wir das Rätsel innerhalb der nächsten Stunde gelöst haben!"

Sea allerdings stand in der nächsten Sekunde auf den Füßen und machte sich schon mit großen Schritten auf den Weg. Die Müdigkeit war bis auf einen letzten Rest verschwunden, sie war geradezu hellwach.

„Hey, wo willst du hin?" Misstrauisch setzte Math sich auf und stand in Windeseile auf den Füßen. In wenigen Schritten holte er sie ein und hielt sie am Arm fest, damit sie stehen blieb.

„Zu Black, natürlich", antwortete sie nur knapp, weil er das selbst wusste.

„Im Ernst? Du willst zu diesem Höllenhund zurückgehen? Dann auch noch allein?", bangte er ungläubig um ihren Verstand.

„Glaub mir, Black ist für dich sehr viel gefährlicher als für mich", sagte Sea und nahm ihn wieder an die Hand. Eigentlich wollte sie tatsächlich nicht alleine gehen, aber ihr Gefühl sagte ihr, dass sie Math und Sall nicht unbedingt miteinander konfrontieren sollte.

„Nur wenn es um' s Töten geht", wollte er aber nicht locker lassen. Er brauchte eigentlich nicht auszusprechen, was ihm sonst noch Sorgen bereitete, sie sah es ihm an. „Dass er geil auf dich ist, steht ihm auf die Stirn geschrieben, Seepferdchen! ...Wenn man es genau nimmt, ist es unsinnig, dass wir überhaupt noch hier sind. Wir hätten schon längst in See stechen sollen, anstatt spazieren zu gehen, als wäre nichts", teilte er sich trotzdem mit. Hätte sie mit ihm gehen wollen, hätte sie ihn schon längst auf diese Idee gebracht. Auch wenn sie seine Besorgnis und all die Umstände, die er für sie und die Reise nach Tortuga auf sich genommen hatte, unglaublich schätzte, wurde es Zeit, ihren Freund vollständig aufzuklären.

„Math, ich werde ohnehin nicht mit nach Hause kommen solange ich mein Schiff nicht zurück habe!" Wie erwartet starrte er Sea mit Entsetzen in den blauen Augen an. Dass er mit dieser Idee nicht zufrieden sein würde, war ihr klar gewesen, aber dieser Blick war die reinste Folter, und sie wünschte sich beinahe, sie hätte es ihm nicht gesagt. Allerdings hätte sie ihn so vermutlich noch mehr verletzt, wenn er es herausfand.

„Ich hoffe, ich habe mich verhört!" Er sprach langsam, und seine Stimme war lauter als sonst. Diesmal hatte sie ihn an einem schwachen Punkt getroffen. Ihre Zunge trocknete plötzlich aus, und sie konnte nur stumm den Kopf schütteln. Math starrte sie an, ohne auch nur zwinkern zu müssen. „Du musst verrückt geworden sein!", entfuhr es ihm.

„Verrückt war ich schon immer, Math", versuchte Sea kühl zu bleiben, aber die Stimme ihres besten Freundes nahm sogleich einen empörten Ton an.

„Aber nicht so!", fuhr er sie ungewöhnlich aufgebracht an, „das ist Irrsinn! Ich weiß, wie viel dir das Schiff bedeuten muss, aber diese Männer sind Mörder! Sie werden dir etwas antun, sobald du nicht mehr nützlich für sie bist und ich glaube nicht, dass sie mit Klingen anfangen werden. Außerdem ist es verboten, unter einer Piratenflagge zu segeln. Selbst wenn die Marine, die diese Dreckspiraten früher oder später der Gerechtigkeit ausliefern wird, die Royal Navy ist, hängen sie dich dafür gleich mit auf!"

Er hatte Recht, das Segeln unter schwarzer Flagge war auf Todesstrafe verboten und zwar in allen Nationen. Aber sie konnte sich problemlos in ihrer Kabine einschließen und den Schlüssel verstecken, damit es auch so aussah als wäre sie entführt worden. Das verängstigte Mädchen zu spielen, wäre eine Kleinigkeit. Diesen Plan teilte sie ihm auch als des Problems Lösung mit.

„Sea, ich glaube nicht, dass sie dir weiterhin helfen werden, sobald sie diesen Schatz haben!", entgegnete er abrupt, „und ich will mir nicht vorstellen, was sie dann mit dir machen ..." Als erzählte er einem Kind vom bösen Wolf, aber seine Angst war berechtigt.

„Und wie soll ich sonst mein Schiff zurückbekommen? Wenn ich einen besseren naheliegenden Weg wüsste, wäre ich vermutlich nicht auf Salls Handel eingestiegen. Dann hätte ich mit der Karte meine Freiheit gekauft."

„Du könntest deinen meuternden Offizier bei einem Gericht anklagen, wie das jeder vernünftige Mensch tun würde? Einen guten Anwalt verkraftest du allemal und ich bin mir sicher, dass kein Richter gegen die Patentochter des Gouverneurs entscheidet ...", antwortete ihr Freund schnaubend.

„Und wie sollte ich beweisen, dass Shark gemeutert hat? Er braucht nur zu sagen, ich wurde entführt, und er habe es als seine Pflicht gesehen, die *Dream* zu übernehmen. Dagegen kann niemand etwas sagen! Aber ich will ihn los sein, verstehst du, und rauswerfen kann ich ihn nicht, wenn er nur seine Pflicht erfüllt hat, das schadet meinem Ansehen zu sehr. Außerdem will ich nicht, dass jemand auf die Idee kommt sich zu überlegen, ob mein Vater mir die Rechte, die er mir zugesprochen hat, überhaupt zusprechen kann. Wenn ich vor Gericht gehe, könnte jemand auf die Idee kommen, dass ich als Frau gar nicht Kapitän sein kann und womöglich rechtlich gegen das Testament vorgehen. Und mein Pate wird mir nicht unbedingt helfen wollen, denn Edward ist es nur allzu Recht, wenn ich rechtlich auf ihn angewiesen bin!", erklärte sie ihm aufgebracht.

Dass sie sich nebenbei das Abenteuer der Schatzsuche nicht entgehen lassen wollte, behielt sie für sich. Aber anhand dieser Argumente musste sich Math geschlagen geben.

„Ich werde dich mit nach Hause nehmen, wenn es sein muss gegen deinen Willen, dass dies nun endgültig geklärt ist!", sprach Math ein Machtwort, obwohl er dazu keinerlei Autorität besaß, „du kannst in Kingston versuchen, dein Schiff zurückzubekommen, aber bei diesen Piraten lasse ich dich nicht bleiben, das ist einfach zu gefährlich!" Seas

Zorn erschlaffte mit diesen Worten. Er würde sie nicht freiwillig hierlassen, auf keinen Fall. Und sie hatte eigentlich Verständnis für ihn. Sie musste sich Zeit verschaffen.

„Dann lass mich zumindest versuchen, mich von Blacks Handel freizukaufen. Lass mich noch diese Nacht auf der *Queen Roses Death* verbringen, dass ich mit ihm reden kann. Nach Hause zu segeln wird viel leichter wenn er uns nicht verfolgt", spielte sie mit. Math runzelte wütend die Stirn.

„Oder du warnst ihn damit und machst unser Entkommen unmöglich!" Sea sah ihn bitterernst an, mit wahrem Ernst.

„Vertrau mir *ein* Mal", bat sie ihren besten Freund, „Wenn du Recht hast und Black hat tatsächlich ein Auge auf mich geworfen, dann kann ich ihn um den Finger wickeln." Math atmete schwer und starrte sie an ohne zu blinzeln. Seine wasserblauen Augen musterten sie als wägten sie ab, ob sie ihre Zusicherung wahrmachen konnte. Schließlich entspannten sich seine Gesichtszüge. Er drückte ihre Hand.

„Also gut, ich begleite dich bis zum Schiff und hole dich morgen an dem Platz wieder ab, an dem wir uns verabschiedet." Er schien seine eigenen Worte nicht zu glauben. Sie gab ihm zum Dank einen Kuss auf die Lippen und zog ihn West Point entgegen. Er folgte nur widerwillig, während sie ihm erklärte, dass er am besten in der *Sirene* nach Alma fragte. Wenn er ihr erzählte, er sei ein Freund von ihr, würde sie ihm bestimmt einen Schlafplatz besorgen. Als Gegenleistung seien sie dann quitt. Math fragte zwar, was die Serviertochter ihr denn schuldete, aber sie erklärte ihm stattdessen den Weg zur *Sirene*.

Sie gingen etwas schneller den Strand entlang als Math eigentlich zu wollen schien. Dafür erreichten sie den Kai, an dem die *Queen Roses Death* lag, tatsächlich noch mit dem Dreiuhrschlag der hellen, leisen Glocke. Sea hatte bisher nicht herausgefunden, wo die Kapelle stand, aber es war ihr auch nicht sonderlich wichtig. Sie blieben im Schatten einiger am Steg gestapelter Fässer stehen, und Math lehnte sich dagegen. Sie warf einen Blick auf das Piratenschiff. Nur eine einzige Laterne brannte mittschiffs. Bei ihrem Anblick wurde Sea kalt ums Herz, und sie drehte sich zu Math um. Es war an der Zeit, sich gute Nacht zu wünschen, aber sie brachte die einfachen Worte nicht sofort über die Lippen. Sie hatte ihn so vermisst. Er sah sie einen Moment mit einer Mischung aus Traurigkeit und Sorge an.

„Ich glaub' nicht, dass ich dich tatsächlich allein wieder auf ein Piratenschiff gehen lasse", sagte Math und schüttelte noch einmal ungläubig den Kopf, „ich muss verrückt sein." Sie legte ihm die Arme um den Hals und schmiegte noch einmal ihren Kopf an seine Schulter.

„Wir wissen beide, dass ich die Verrückte bin. Es tut mir ehrlich leid, Math, ich weiß, ich verlange viel." Es war ehrlich gemeint. Wenn man darüber nachdachte, würde man zum Schluss kommen, dass kein vernünftiger Mensch mit der Möglichkeit eines gelingenden Fluchtversuches den Handel mit den Piraten bestehen lassen würde. Und sie hatte eigentlich genau das Gegenteil davon vor, was ein vernünftiger Mensch tun würde.

„Eigentlich sollte ich dich aufhalten, anstatt auch noch zuzulassen, dass du wieder einen Fuß auf dieses Schiff setzt", bedauerte er sein Verhalten schon im Voraus. Sea sah ihn mit großen, braunen Augen an und schüttelte den Kopf.

„Black würde uns einholen, wenn wir uns aus dem Staub machen", vermutete sie, was ebenfalls der Wahrheit entsprach, „Wenn uns nur ein Paar Augen sieht, wüsste er es wahrscheinlich in kürzester Zeit"

„Denkst du nicht, er hat geblufft, als er uns das mit den Quellen sagte?"

„Er gibt normalerweise nur an, wenn es offensichtlich ist, dass er angibt", klärte sie ihn auf. Math atmete schwer und musterte sie erneut besorgt.

„Dann hole ich dich morgen zwischen neun und zehn Uhr wieder hier ab. Bitte, Sea, gib dir Mühe dich loszukaufen, ich werde nicht ohne dich nach Hause gehen", bat er sie sanft. Ihre Kehle trocknete aus, und sie nickte nur stumm. Sie sollte gehen, sonst würden ihr jeden Moment die Tränen in die Augen treten.

„Gute Nacht, Math ...", murmelte sie und wollte sich schon umkehren. Aber Math legte die Hand in ihre Haare, worauf sie sofort stehen blieb und ihn mit großen Augen ansah. Er streichelte mit dem Daumen über ihre Wange und legte den andern Arm um ihre Taille, um sie in den Arm zu nehmen. Er betrachtete sie eine Weile sehnsüchtig und spielte mit ihren Haaren. Ihr Herz begann zu klopfen. So kannte sie ihn gar nicht. Einen Augenblick war er ihr irgendwie fremd, doch dann legte er die Lippen auf ihre, und die Nähe kehrte stärker denn je zurück. Sie legte Math die Arme um den Hals. Er war nicht wirklich geübt, aber er schien es dafür umso mehr zu genießen, mit ihrer Zunge zu spielen. Die Tochter des Schmieds musste eine gute Lehrerin gewesen sein, er hatte seit ihrem ersten Kuss einiges dazugelernt. Er war an diesem Abend zum ersten Mal angetrunken gewesen, sonst hätte er damals den Mut dazu vermutlich nicht aufbringen können. Danach hatte er sich von Wein lange Zeit fern gehalten, es war ihm so peinlich gewesen. Nun zog er selbstverständlich an ihren Lippen, als würde er es jeden Tag tun. Und sie küsste genauso zurück. Es war ganz anders als vor ein paar Tagen mit Sall.

Vor ein paar Tagen war der Kuss selbst so gut gewesen, dass sie fast den Kopf verloren hätte. Diesmal waren es die Gefühle, die sie überschwemmten, dass sie für einen Augenblick tatsächlich vergaß, in was für einer Situation sie sich befand. Plötzlich tat es ihr so weh, dass es ein Abschiedskuss war. Als hätte er ihre Gedanken gehört, zog er wehmütig den Kopf weg. Obwohl sie gerne weitergeküsst hätte, erblühte ein Lächeln auf ihren Lippen, während sie ihn mit strahlenden Augen ansah. Diesen Kuss nahm sie als Beweis: Math war in sie verliebt. Sie hätte ihm am liebsten erneut die Lippen auf die Haut gedrückt. Damals hatte er behauptet, in der Trunkenheit hätte er endlich seinen ersten Kuss hinter sich bringen wollen. Diesmal strahlte er nur selig zurück.

„Träum schön", erwiderte er und hängte den Seesack von seiner über ihre Schulter, „den solltest du mitnehmen, da sind Kleider für dich drin." Zum Dank gab sie ihm ein Küsschen und wandte sich zum Gehen. Widerwillig ließ er sie aus seinen Armen gleiten und davongehen. Sein Lächeln verging, als die Wehmut zurückkehrte. Sie sah sich bestimmt sieben oder acht Mal um, ehe sie überhaupt die Passerelle erreichte. Auch in ihrer Brust breitete sich ein Schmerz aus, der sie zurückzog.

Doch sie zwang sich schmerzerfüllt, mit Maths Tasche über der Schulter an Bord zu gehen. Auf halbem Weg drehte sie sich erneut zu ihm um und winkte ihm. Schweren Herzens hob er die Hand. Er wartete bis sie ganz an Bord war, dann stieß er sich von dem Fässerstapel ab, steckte die Hände in die Hosentaschen und bog in die Gasse ein. Er kehrte sich noch einige Male nach ihr um, als er Richtung Dorfmitte davonging. Sea wandte sich mit einem sehnsüchtigen Lächeln im Gesicht ab und schlenderte auf das Heck zu. Leid und Freude hatten ihr den Kopf verdreht, dass es ihr schwer fiel, sich auf den Weg zu ihrer

Kabine zu konzentrieren. Gedankenversunken schritt sie auf den Niedergang zu und erschrak als sie jemand ansprach.

„Du bist zu spät."

Sall hatte so ruhig auf der Kommandobrücke an der Reling gelehnt, dass sie ihn nicht bemerkt hatte. Sea atmete einmal durch, und der Schreck löste sich – und mit ihm auch die Verwirrung in ihrem Gedankenmeer.

„Eine ganze Viertelstunde", teilte er ihr mit und kam zu ihr auf das Großdeck herab, „warum bist du zu spät? Was habt ihr getrieben und *wer* ist dieser Kerl? Seine Beschreibung hätte ich gerne etwas genauer." Mit jeder Frage trat er etwas näher an sie heran. Es verwunderte sie, wie eifersüchtig er klang. Am Ende lag Alma doch richtig und er war wirklich an ihr interessiert. Aber warum sollte er?

„Er hat sich dir bereits vorgestellt, Sall. Mathias Wittards ist mein bester Freund seit ich denken kann, wird Anfang nächsten Jahres achtzehn und geht in Kingston bei einem Hufschmied in die Lehre", begann sie seine Fragen zu beantworten. Eigentlich hätte sie lieber noch etwas wütend geklungen, aber Math hatte ihrer Wut nahezu restlos den Garaus gemacht. Obwohl er es verdient hätte, dass sie ihn anknurrte, klangen ihre Antworten als wollte sie ihn sticheln.

„Das erklärt die schwarzen Flecken auf seiner Hose", dachte er laut dazwischen. Sea bestätigte nickend seine Gedanken.

„Exakt, es ist Russ. Zu spät bin ich, weil wir weiter den Strand entlang spaziert sind, als ich ursprünglich geplant hatte, und was wir gemacht haben geht dich nichts an, Käpt'n! Ich frage schließlich auch nicht, was du mit Alma schon so alles getrieben hast" Trotzig sah sie ihn an ohne seinem kalten Blick auszuweichen. Er schien erstaunt darüber auf welche Weise sie den Spieß umgedreht hatte, denn er überlegte einen Moment, bevor er wagte, etwas zu sagen.

„Kommt drauf an, was du wissen willst und ob du mir auch erzählst, was ich wissen will", versuchte er siegessicher mit ihr zu handeln. Aber Sea machte ihm nur allzu gerne einen Strich durch die Rechnung.

„Eigentlich interessiert es mich herzlich wenig, was ihr miteinander gemacht habt. Aber mich macht neugierig, wie Alma, Gale und der Wirt miteinander in Verbindung stehen. Alma ist nicht einfach eine Angestellte, wenn sie vom Wirt als Papa spricht, oder?" Er lehnte sich neben sie gegen die Reling. Vermutlich war er erleichtert darüber, dass sich das

Verhör zum Gespräch wandelte. Oder, dass sie nicht wie sie eigentlich sollte wütend auf ihn wirkte, obwohl sie allen Grund dazu hatte.

„Nein, und Gale auch nicht. Er ist der leibliche Sohn des Wirts. Seine Mutter hat sich nach seiner Geburt französisch verabschiedet und ward nie mehr gesehen. Vor einigen Jahren lernte der Wirt dann Almas Mutter kennen. Alma war damals vielleicht etwa zehn, ihr leiblicher Vater war verschollen und ihre Mutter krank. Ich nehme an, dass sie deshalb den Wirt geheiratet hat, damit er Alma adoptierte und für sie sorgte. Ihre Mutter starb ungefähr zwei Jahre später, oder zumindest hat Alma mir es so erzählt", erzählte er ihr. Ihre traurige Geschichte gab Sea zu denken, und sie stutzte.

„Der Wirt war zu diesem Zeitpunkt nicht anwesend, aber wenn Gale Almas Stiefbruder ist, wieso hat er nicht eingegriffen, als dieses Ungeheuer Hand an sie gelegt hat?" Sall zuckte mit den Schultern, doch an seinem finsteren Ausdruck sah sie, dass er Gales Reaktion verabscheute.

„Alma interessiert ihn keinen Deut, er sieht sie nicht als seine Schwester. Aber der Wirt hätte sofort eingegriffen, und er hätte Gale eine Ohrfeige dafür verpasst, wenn er wüsste, dass er ohne etwas zu tun daneben stand." Der junge Pirat schien wie der Wirt sehr an der Serviertochter zu hängen, was Fragen in ihrem Kopf aufwarf wie der Wind den Staub.

„Warum hast du ihr nicht geholfen, Sall?"

„Weil sie nicht nach mir gerufen hat", sagte er im festen Glauben unschuldig zu sein, „ich habe ihr mal gesagt, dass sie nach mir rufen soll, wenn sie mich braucht und das hat sie nicht." Sea runzelte unwillkürlich die Stirn und zog ihre Augenbraue nach oben.

„Aber wenn dir so viel an ihr liegt, warum hast du nicht unaufgefordert eingegriffen? Ihr seid doch gute Freunde, oder?"

„Ich hab ein gewisses Ansehen zu wahren, das habe ich dir schon mal erklärt", erwiderte er, „aber als du aufgestanden bist, war ich auch kurz davor aufzuspringen, um ihr zu helfen und ich glaube, Diego ging es ähnlich." So hatte es sich aber nicht angehört. Sie wollte auch nicht fragen, warum er ihr geholfen hatte, obwohl die Frage schon länger in ihrem Kopf herumgeisterte.

„Er sah zumindest aus, als würde ihm ihr Busen gefallen ...", warf sie deshalb so nebenbei ins Gespräch ein. Sall lachte darauf, als hätte sie erraten, was er ihr hatte sagen wollen.

„Was denkst du wo der gerade ist? Glaub mir, vor morgen früh sehen wir den bestimmt nicht wieder!" Sea musste kichern, denn so genau hatte sie es gar nicht wissen wollen.

„Jetzt hab' ich aber auch drei Antworten zugut", forderte der Pirat sie auf, und sie sah ihn erwartungsvoll an. „Was ist sein Ziel? Warum ist er hier? Und das wir das gleich geklärt haben, diese zwei Sätze gelten als eine Frage."

„Ist es nicht offensichtlich, dass er mich nach Hause holen will? Meine Matrosen haben herumerzählt, dass ich entführt wurde, und er ist ausgezogen, um mich zu suchen", entgegnete sie, „er war erstaunlich gut informiert. Die Geiseln, gegen die du mich bei dem Händler auf dem Sklavenmarkt eingetauscht hast, haben dich erkannt. Meine Freunde haben mit ein bisschen Druck schnell herausgefunden, auf welches Schiff ich verkauft wurde." Sall starrte sie an, als hätte sie ihm gesagt, sie hätte die Royal Navy gesichtet.

„Haben sie?...Verflucht! Das hat man davon, wenn man Geiseln am Leben lässt! Und wenn jeder Mann tausend Pfund einbringt, lohnt es sich so nicht sie zu verkaufen, sie wissen einfach zu viel." Er dachte einen Augenblick nach und starrte auf die Wellen zwischen Bordwand und Kai hinab, ehe er sich wieder ihr zuwandte. „Weißt du, ob sie mich beschreiben konnten?", fragte er nach.

„Keine Ahnung", erwiderte sie, „meine Matrosen haben Math nicht alle Einzelheiten erzählt und ich wurde aus zweiter Hand informiert. Aber ich glaube, meine Freunde haben sich nicht großartig für dich interessiert, sobald sie wussten, wo ich hingekommen bin." Bei Letzterem war sie sich zwar nicht sicher, ob ihre Angaben der Wahrheit entsprachen. Aber sie konnte verstehen, dass er lieber ein verschwommenes Steckbriefbild am Anschlagbrett hängen hatte.

„Auf jeden Fall werden wohl künftig weniger Zeugen von unsern Überfällen übrig bleiben", schloss der junge Pirat bevor er für einen Moment in Schweigen versank. Stumm ließ er seinen Blick über die ruhiger werdenden Gassen des Dorfes schweifen und betrachtete die verglimmenden Lichter. Sea überlegte schon sich davonzustehlen und sich schlafen zu legen, als sie bemerkte auf was sein Blick ruhte – wie angeleimt klebte er an den Fässern, an denen Math gelehnt hatte. Offensichtlich hatte er sie beim Küssen beobachtet, was auch seine schlechte Laune wegen einer Viertelstunde Verspätung erklären würde. Er konnte es ihnen nicht gönnen. Als sie sich wieder nach ihm umwandte, trafen sich ihre Blicke. Sall grinste sie zwar an, als wäre ihm der Kuss egal, aber ihm stand der Neid mit grüner Farbe ins Gesicht gepinselt.

„Küsst er gut?", fragte er mit einem erzwungenen Lächeln. Er war schon ein geübter Lügner, dass es trotzdem so lässig und kühl aussah, wie wenn es echt wäre. Sea stand einen Augenblick unschlüssig an der Reling, aber diese dritte Antwort hatte er noch zu gute.

„Schwer zu sagen ...", verschaffte sie sich Zeit, um eine clevere Antwort zu finden. Nach kurzem Überlegen entschied sie sich aber doch für die Wahrheit. „Man merkt Math an, dass er nicht so viel Routine hat, aber alles in allem hatte ich mit ihm noch nie einen schlechten Kuss." Dass sowohl sie als auch Math nicht häufig küssten, brauchte er nicht zu wissen.

„Küsst er besser als ich?", bohrte der Pirat ungeniert weiter.

„Das ist zwar schon die vierte Antwort, und es geht dich eigentlich gar nichts an, aber nein", beendete sie das Gespräch und stieß sich von der Reling weg, „ich gehe jetzt zu Bett." Sall begann in seinem dunklen Bariton zu lachen, weswegen sie neugierig stehen blieb und ihn über ihre Schulter ansah.

„In dein Bett oder in meines?", fragte er frech grinsend, als er sich zu ihr umdrehte. Sein ehrliches Lachen war viel schöner als das gezwungene, egal wie viele Leute den Unterschied nicht gehört hätten. Herausfordernd die Arme verschränkend lehnte er sich lässig rückwärts wieder gegen die Reling. Sea musste kichern, obwohl sie lieber todernst geklungen hätte.

„In meines natürlich!", antwortete sie lächelnd und drehte sich zum Niedergang, um die steilen Stufen hinabzusteigen. Solche Sprüche waren so typisch für ihn, dass sie meistens auf ihre leicht wiehernde Art darüber kichern musste. Vermutlich wäre sie schon fast enttäuscht gewesen, hätte er nicht selbstzufrieden einen Weiteren nachgesetzt.

„Denkst du nicht, dass deine Pritsche zu schmal ist für zwei Personen?", fragte der junge Pirat mit einem scheinheiligen, schiefen Lächeln. Sie hatte den Fuß schon auf der ersten Treppenstufe, als sie sich noch einmal umkehrte, um ihn mit hochgezogener Augenbraue anzusehen.

„Wenn du es wagst, dich zu mir ins Bett zu legen, dann mach dich darauf gefasst, aus dem Bett geworfen zu werden!", warnte sie ihn. Aber ihre Mundwinkel nach unten zu ziehen brachte sie nicht fertig. Darauf schob Sall seine Lippe nach vorne, als versuchte er vorzutäuschen, er bedauere ihre Warnung zutiefst.

„Wie schade", grämte er sich gespielt, bevor seine Miene wieder amüsierte Züge annahm. Er sah keineswegs aus, als würde er ihre Warnung überhaupt beachten, falls er sich in den Kopf setzte, sich wirklich zu ihr zu legen. Aber wenn ihre Warnung ihn nicht aufhalten würde, dann spätestens ihre Kabinentür oder sie würde ihn selbst rauswerfen. Auch wenn sie keinen Grund sah, warum er bei ihr hätte schlafen wollen. Trotzdem musste Sea den Kopf schütteln über seine Unverbesserlichkeit, ganz nach dem Klischee der Seemänner.

„Gute Nacht, Käpt'n", verabschiedete sie sich und stieg die Treppe hinab.

„Träum süß, Seepferdchen", wünschte er ihr in einem kaum hörbaren Flüstern. Eigentlich wollte sie ihn erneut darauf aufmerksam machen, dass er sie nicht mit ihrem Kosenamen ansprechen sollte, entschied sich jedoch, es einfach überhört zu haben. Der junge Kapitän sah ihr nach, bis sie vollkommen im Schiffsrumpf verschwunden war.

Im Rachen des Leviathans

Sea war am Morgen bei Zeiten aufgewacht und hatte sogleich den von Math mitgebrachten Seesack geöffnet. Wie er gesagt hatte, enthielt die Tasche eine frische Bluse, eine Hose und Wäsche aus ihrem Kleiderschrank. Hose hatte er die bordeauxviolette mitgebracht. Wie ihr aufgefallen war, hatte ihm diese schon immer gut gefallen, vermutlich weil sie um die Hüften etwas enger geschnitten waren als die Hosen, die sie sonst trug. Sie wechselte ihre Wäsche und zog sich an. Es tat gut, nach einigen Wochen endlich frische Kleider anzuziehen. Die getragenen Kleidungsstücke hatte sie wieder in die Tasche verpackt. Nun trat sie mit dem Seesack über der Schulter auf das sonnenbeschienene Großdeck hinaus.

Lächelnd sah sie, dass Diego dösend auf der Gräting lag, gemütlich beide Arme hinter dem Kopf verschränkt. Er war wohl erst an diesem Morgen auf das Schiff zurückgekehrt. Sall lehnte ihm gegenüber an der Reling, seinen alten englischen Atlas auf den Knien wie ein Schuljunge.

„Guten Morgen", wünschte sie den beiden, als sie bei ihnen ankam. Sall würde sie den Morgen höchstvermutlich verderben. „Hast du gut geschlafen, Diego?" Der Erste Maat schmunzelte und öffnete ein Auge etwas, damit er sie sehen konnte anstatt geblendet zu werden.

„Eigentlich geht dich das nichts an, vorlaute Göre, aber ich habe so gut geschlafen, dass ich Alma dafür ein Kleid aus der Truhe von der *Brema* versprochen hab. Sie kommt heute Nachmittag um eines auszusuchen." Sea kicherte leise, denn sie hatte nichts anderes erwartet, dann wandte sie sich Sall zu.

„Ach übrigens, Käpt'n, ich hab gestern Abend vergessen, dir etwas mitzuteilen. Es geht um den *Schatten*." Er sah von seinem Atlas auf mit einem Blick, als könne er nicht verstehen, wie man etwas dermaßen Wichtiges vergessen konnte. Im nächsten Augenblick stand er auf den Beinen und klemmte sich sein Lieblingsbuch unter den Arm.

„Das besprechen wir hinter geschlossener Tür. Raff dich auf, Diego, deine Ohren sollten mithören!", sagte er und schritt bereits nach achtern. Sea wartete, bis der Erste Maat sich genervt aufgerappelt hatte, dann folgte sie dem jungen Kapitän. Diego hätte wohl lieber in der Sonne weitergeschlafen, denn er trottete für seine sonst so reichliche

Motivation recht langsam hinter ihnen her. Doch als er durch Salls Kabinentür trat, wurde er allmählich wieder wach. Der junge Kapitän verstaute seinen geliebten Atlas in einem der Kästchen der Achtergalerie, während sie sich gegen den Tisch lehnte. Diego kehrte sich einen Stuhl um, um beim Sitzen die Arme auf die Lehne zu legen.

„Außerdem ist mir noch etwas anderes eingefallen, das ich dir mitteilen wollte", meinte sie beiläufig, als Sall sich zu ihnen gesellte. Er sah sie erwartungsvoll an, und sie gab ihm ohne weitere Vorwarnung eine Ohrfeige. Verdutzt hielt er sich die Hand an die Wange, mehr weil die Ohrfeige so unerwartet kam, als dass sie ihm wehgetan hätte. „*Wag es nie wieder* mir an den Busen zu fassen!", beschwöre sie ihn langsam und überdeutlich, „falls sich deine Finger noch einmal verirren sollten, werde ich mich nämlich schmerzhafter revanchieren als mit einer Ohrfeige und zwar vor allen Leuten ohne Rücksicht auf dein Ansehen! Das gilt übrigens auch für den Fall, dass du noch einmal versuchen solltest, mich zu verkaufen." Diego neben ihr fing leise und schadenfroh an zu lachen.

„Wurde Zeit, dass dir mal eine Frau die Leviten liest, mein Freund! Jetzt weißt du, dass sie nicht alles mit sich machen lassen", lachte er über die Situation seines Freundes. Der junge Pirat warf ihm einen eisigen Blick zu und wandte sich wieder nach ihr um.

„Das würde bedeuten, dass ich dich wieder anfassen darf, wenn ich die Konsequenzen trag'?", forderte er sie heraus. Sea sah ihn nur kühl an und verschränkte die Arme. Herausfordernd legte sie den Kopf schief. Versuch es, dachte sie, wenn du dich traust! „Spaß beiseite, Seepferdchen. In der Stellung, in der du dich befindest, solltest du besser nicht drohen ... Erzähl mir lieber endlich, was du herausgefunden hast", knurrte er, nahm die Ohrfeige jedoch hin. Nun vergab sie ihm sogar leicht widerwillig.

„Du sollst mich nicht so nennen!", sagte sie wieder in dem Tonfall, in dem sie einen Freund stichelte, „aber was den *Schatten des Tages* betrifft: Es ist wie erwartet eine genauere Ortsbeschreibung. Der *Schatten des Tages* ist dort wo die Sonne zu keiner Tageszeit steht, nämlich im Norden. Demzufolge liegt Lenoirs verschollene Beute auf der nördlichsten der sechs Islas de Aves." Der Kapitän legte genervt den Kopf in den Nacken.

„Darauf hätte ich auch selbst kommen können!", ärgerte er sich über sich selbst.

„Was die übrigen zwei Zeilen betrifft: Wir werden uns wahrscheinlich vor Ort umsehen müssen", erwähnte sie noch, und Diego nickte zustimmend.

„Dann setzen wir unseren blauen Wimpel und stechen morgen in See, würd' ich sagen", meinte er schließend zu seinem Kapitän. Diese Aussage erklärte ihr auch die blaue Flagge mit dem Schwalbenschwanz, die ihr am Fockmast aufgefallen war, als sie das letzte Mal aus West Point ausliefen. Sie war das Zeichen für die Matrosen, wieder an Bord zu kommen, da das Schiff bald in See stach.

„Ich hisse ihn gleich selbst", sagte Diego und stand vom Tisch auf. Er zwinkerte Sall zu und ließ sie allein.

Damit war es leider an der Zeit, dem Kapitän den Tag zu verderben. Heute würde er nicht mehr flirten, oder zumindest bestimmt nicht mit ihr.

„Sall, ich hab' auch noch schlechte Nachrichten." Er zog kühl die Augenbrauen nach oben und schenkte ihr erneut einen seiner erwartungsvollen Blicke.

„Geht's um den Milchbart mit den Goldlöckchen?", fragte er nachdem er ihr Gesicht einen Moment betrachtet hatte, und Sea nickte, „Was gibt's?"

„Ich nehme an, du weißt noch, dass er mich nach Hause holen will."

„Und?"

„Math will, dass ich mich mit der Lösung der zweiten Zeile von unserem Handel freikaufe", teilte sie ihm mit. Sall wirkte nicht sonderlich interessiert.

„Und er denkt ernsthaft, das wäre genug? Für dich könnte ich weit mehr herausschlagen als wir gestern gehört haben", erwiderte er.

„Offensichtlich. Aber ich habe ihm versprochen, dass ich es versuche." Der junge Kapitän betrachtete sie einen Moment lang forschend, ehe er fragend die Arme verschränkte.

„Du wirkst nicht, als sei es dir ernst damit, mich zu überreden, Seepferdchen", stellte er schließlich fest.

„Nenn mich nicht so! Aber du hast Recht. Math hat nur zugelassen, dass ich die *Queen Roses Death* wieder betrete unter der Bedingung, ich würde versuchen, mich freizukaufen. Ansonsten hätte er mich ohne Umwege mitgenommen, denn das Einzige, was er im Augenblick will, ist, mich in Sicherheit wissen.", erklärte Sea. „Ich hingegen will um jeden Preis mein Schiff wiederhaben und dazu ist der Handel, den wir geschlossen haben, leider allzu ideal!" Sall zog die Brauen so auffällig nach oben, so dass sie sich nicht mehr sicher war, ob ihm der Sachverhalt so gleichgültig war wie er tat.

„So? Ist er das?"

„Sollte ich es anders versuchen wollen, müsste ich mich erst von dir freikaufen, dann irgendwie nach Hause kommen und dort auch noch vor Gericht beweisen, dass Shark tatsächlich gemeutert hat. Mit dem Handel kaufe ich mich gleichzeitig frei und habe die Chance, die *Unicorn's Dream* zurück zu bekommen, oder? Aber Math sieht die Idee nun einmal aus einem anderen Winkel. Er sieht unseren Handel eher als Pakt mit dem Teufel, aus dem ich nur als Verliererin hervorgehen kann. Im Sinne von: Entweder murkst ihr mich ab, sobald ihr den Schatz habt oder ich werde mit euch aufgehängt ..."

„Lächerlich! Aber es ist sein Pech, wenn er dir nicht zutraut, selbst abschätzen zu können, wem du trauen kannst", erwiderte Sall sichtlich von dem Thema genervt, „schick ihn nach Hause, wo er hingehört!" Sea konnte nicht anders, als die Hände zu verwerfen. Konnte er nicht verstehen, dass Math sie dermaßen dringend nach Kingston mitnehmen wie er sie hierbehalten wollte?

„Math wird mich nicht zurücklassen, Sall! Selbst wenn ich ihm klarmachen könnte, dass der Handel relativ sicher ist – es würde höchstens dazu führen, dass er mit uns segeln wollte." Obwohl Math schon wahre Worte sprach, der Handel war nur solange sicher, wie sich beide Seiten daran hielten. Und Sall konnte seine Meinung jederzeit ändern.

„Das sollte er besser nicht versuchen! Ich kenne ihn kaum, kann ihn aber jetzt schon nicht riechen, und ich nehme doch nicht jeden Dahergelaufenen in meine Crew auf!", empörte sich der Kapitän aufgebracht, „und glaub mir, wenn er versuchen sollte, dich mitzunehmen, mache ich ihm persönlich den Garaus! Das kannst du ihm ausrichten!"

„Meinst du nicht du übertreibst? Er will mich nur in Sicherheit wissen und so eine Drohung wird nur bewirken, dass er mich unter den Arm nimmt ..."

„Glaub mir, ich bin sehr gnädig mit deinem Gaulschuster! Es ist nämlich nicht meine Art, Landlubber wie dein Goldlöckchen ohne einen Kratzer gehen zu lassen. Also werde ihn los, bevor ich es mir anders überlege!", unterbrach der Kapitän sie zähneknirschend.

„Aber es ist nicht meine Art jemanden wegzuschicken, erst recht nicht wenn er sich um mich sorgt! Wie soll ich das machen?" Er starrte sie an mit diesem Blick, den er zuletzt im Gesicht trug, als er ihr von Night erzählte. Voll Wut und Abscheu.

„Wie du das anstellst ist mir egal, aber wenn er mir noch einmal unter die Augen kommt, befördere ich ihn ins Jenseits, verstanden!?" Sie sah ihn etwas erschrocken an, aber die Härte in seinen Augen sagte aus, dass er nicht scherzte. Er würde Math umbringen, wenn sie sich erneut begegneten.

„Aye", nickte Sea langsam und wandte sich ab, „Ich werde es ausrichten" Sie steckte nachdenklich die Hände in die Hosentaschen als sie zur Tür schlenderte, doch der Kapitän schien noch nicht geendet zu haben.

„Heute Abend zwischen fünf und sechs Uhr meldest du dich wieder! Wenn ich dich suchen kommen muss, blüht euch was", gab er ihr mit auf den Weg. Sea drehte sich nicht wieder zu ihm um, um zu antworten, sondern öffnete die Tür.

„Aye", bestätigte sie, dass sie verstanden hatte, ehe sie seine Kabine verließ. Auf dem Großdeck warf sie zuerst einen Blick auf ihren Treffpunkt. Aber Math stand noch nicht bei den Fässern, obwohl es längst an der Zeit wäre. Ihren Gedanken nachhängend schlenderte sie auf die Passerelle zu.

„Wo willst du denn hin?", fragte Diego von seinem Sonnenplatz auf der Gräting aus.

„Ich bin verabredet", antwortete sie und nun hob er sogar den Kopf.

Breit grinsend stieß er einen Pfiff aus. „So, so, na dann viel Spaß", schmunzelte er und streckte sich wieder lang auf seinem Liegeplatz aus. Sea lächelte darüber, ehe sie wieder zu sinnieren begann, wie sie Math nach Hause schickte. Sie ging an Land und überquerte den Kai, um sich gegen die Fässer zu lehnen. Dort suchte sie weiter nach einer Lösung für ihr Problem, bis Math kommen würde.

***

Sea wartete bis halb elf, dann wurde es ihr schließlich zu dumm. Sie waren gestern lange wach gewesen, aber wenn sogar sie es rechtzeitig zum verabredeten Platz geschafft hatte, konnte Math doch nicht verschlafen haben. Von ihnen beiden war er schließlich der Frühaufsteher. Sie beobachtete eine Weile die Gasse, die ins Dorf hinauf führte. Nach weiteren fünf Minuten entschied sie, ihm entgegen zu laufen. Unpünktlichkeit war gar nicht seine Art, weswegen es ihr doch langsam Sorgen bereitete, dass er nicht auftauchte. Mit zügigen Schritten folgte sie der schmalen Straße zwischen den Häusern hindurch. Ob er sich verlaufen hatte zwischen all diesen engen Gassen? Aber sie hatte ihm den Weg zur *Sirene* doch so einfach wie möglich beschrieben und er hatte einen guten Orientierungssinn.

Nach kurzer Zeit erreichte sie den Platz vor der *Sirene*, ohne dass sie ihm begegnet war. Genervt setzte sie sich auf den Rand eines Brunnens. Es war ungewöhnlich leer auf dem Platz, wenn man wusste, wie vollgestopft er nachts war. Wo zum Teufel war er? Er konnte doch nicht ernsthaft verschlafen haben! Sea sah den wenigen Passanten zu, wie sie den Platz betraten und wieder in den Gassen verschwanden. In der Hoffnung, dass Math endlich auftauchte, aber es gingen immer nur Fremde an ihr vorüber. Wie ein Kind schwenkte sie die Beine vor und zurück vor Langeweile. Es war wirklich ungewöhnlich für ihn, sie so lange warten zu lassen.

Sea versank bald in besorgten Tagträumen, die ein mulmiges Gefühl in ihrer Magengegend verursachten. Mit der Zeit begann sie häufiger in die Gassen zu schielen und hüpfte schließlich vom Brunnenrand. Anstatt sinnlos ihre Zeit mit Warten zu verschwenden, konnte sie schließlich auch in die *Trinkende Sirene* gehen und nach Math fragen. Mit schlendernden Schritten machte sie sich auf zur Schenke. Vor der Tür überlegte sie sich anzuklopfen, aber die Wirtsleute würden sie vermutlich nicht hören, wenn sie sich in einem der oberen Stockwerke befanden. Also betrat sie die Gaststube ohne sich darum zu kümmern, dass das Lokal momentan offenbar geschlossen war.

Zwischen den leeren Tischen hindurch ging sie auf den Ausschank zu, hinter dem der alte Wirt aufgetaucht war. Sie grüßte wortkarg und erklärte, dass sie zu Alma wollte. Der Wirt rief unverzüglich nach seiner Adoptivtochter, die einen Moment später neben ihm auftauchte.

„Guten Tag, Sea, was willst du denn mitten am Tag bei uns in der Schenke?", fragte sie mit neugierigem Kichern.

„Tag, Alma, ich suche einen Freund von mir. Hat gestern Nacht kurz nach drei Uhr ein blonder Mann in unserem Alter nach dir gefragt?

Ich hab' ihn in der Hoffnung zu dir geschickt, dass du vielleicht einen Schlafplatz für ihn organisieren könntest." Die Serviertochter sah sie nachdenklich an und legt dabei einen Finger ans Kinn. Nach einem Moment schüttelte sie den Kopf.

„Ich habe Feierabend gemacht nachdem Salvi gegangen ist, nach drei Uhr hab ich längst nicht mehr gearbeitet", teilte sie ihr mit, „der Kerl, den du suchst, ist das der selbe, mit dem du an den Strand gegangen bist? Als Salvi zurückkam, erzählte er uns diese unglaubliche Geschichte: Du wärest beinahe erschossen worden und jemand, der sich einen guten Freund nennt, hätte versucht, dich zu beschützen." Sie hörte sich an, als sei sie sich nicht sicher, ob sie diese Geschichte glauben sollte. Aber offenbar hatte sie sich Sall gegenüber nichts anmerken lassen. Wer konnte auch erwarten, dass, wenn ein Gast für fünf Minuten vor die Tür geht, er dergleichen erlebt? Sea hätte es vermutlich genauso wenig geglaubt.

„Exakt, das war mein Freund Math. Er ist also nicht hier? Ist er gestern hier angekommen?", fragte sie weiter, ohne einen weiteren Gedanken an den Piratenkapitän zu verschwenden. Alma gab die Frage mit einem neugierigen Blick an den Wirt weiter.

„Bei mir hat niemand nach Alma gefragt. Und ein blonder Junge wäre mir bestimmt aufgefallen", erklärte er, weswegen Sea die Hoffnung aufgab, dass Math hier war.

„Hm ...Schade ...Na dann vielen Dank für die Auskunft und entschuldigt bitte, dass ich hereingeplatzt bin", sagte sie gedankenversunken und wandte sich zum Gehen um. Wenn sie die Wirtsleute schon störte, brauchte es nicht auch noch ewig zu dauern.

„Warte, ich begleite dich, Diego hat mich ohnehin eingeladen." Alma verabschiedete sich und stand einen Moment später auf der anderen Seite des Tresens. Mit gerafften Röcken setzte ihr nach noch bevor Sea die Hand an der Türklinke hatte. Sea wartete auf die Serviertochter und gemeinsam verließen sie unter Winken die geschlossene Spelunke.

Kurz darauf waren sie bereits wieder unterwegs durch die schmalen Straßen der Ortschaft. Alma begann ihr zu erzählen, weswegen sie eingeladen war. Jedoch hörte Sea nur mit halbem Ohr zu. Ihre Gedanken war bei Math. Allmählich begann sie sich zu sorgen, wo er abgeblieben sein könnte?

Vielleicht hatten sie einander einfach verpasst und er wartete am

Kai bei den Fässern, wo sie sich gestern verabschiedet hatten. Dann hatte er die *Sirene* vermutlich nicht gefunden und sonst wo genächtigt. Vermutlich ärgerte er sich darüber, dass sie nicht endlich auftauchte. Hoffnung beschleunigte ihre Schritte, und Sea eilte zielstrebig in die Gasse, die zu dem kleinen Hafen hinabführte. Aber noch ehe Alma zwischen den Mauern der Häuser hindurch folgen konnte, brachte sie ein Blick in eine enge Seitengasse zum Stehen.

Jemand machte sie durch halbherziges Winken auf sich aufmerksam, aber sie musste zwei Mal hinsehen um ihn zu erkennen.

„Hey, Mädchen, ich hab was für dich!", rief ihr der alte Dreckspirat entgegen als er auf sie zukam. Cole ließ sich alle Zeit der Welt, um zu ihnen zu gelangen. Er schwenkte einen gefalteten Zettel in den drei Fingern seiner linken Hand. Sie kam ihm neugierig entgegen, und er händigte ihr den Fetzen aus. „Hat mir grad so ein Kerl gegeben. Falls ich dir über den Weg laufe, solle ich es dir geben."

„Ein blonder junger Mann?", fragte sie, auch wenn sie nicht wusste woher Math wissen sollte, dass Cole auf der *Queen Roses Death* Matrose war.

„Eher mittelalt und grauhaarig. Keine Ahnung, wer er war, ich hab ihn noch nie gesehen", erwiderte er.

Sea runzelte die Stirn: „Trotzdem Danke fürs Bringen." Von wem konnte die Botschaft dann stammen?

„Ja, ja, lass dir deine Nachrichten künftig von jemandem anders überbringen ...", meinte er genervt und ging davon. Sie schaute einen Moment irritiert das Papier in ihrer Hand an, dann faltete sie es auseinander. In einer schluderigen Handschrift war eine Botschaft auf den Zettel gekritzelt. Überall war die Schrift verschmiert, und das Papier war so mit Tintenklecksen verspritzt, dass sie auf den ersten Blick gar nichts entziffern konnte. Erst als sie es noch einmal langsam las, konnte sie die von Rechtschreibfehlern durchzogene Nachricht verstehen.

Wen du deinen blonden Freund lebendig widerhaben wilst, teilst du uns mit, wo Lönuars Bäute zu finden ist. Um 11 Ur Abends im Keler des Lefiatans, sonst ...

Verflucht, immer trafen ihre schlechten Vorahnungen ein! So konnte sie natürlich lange auf ihn warten, wenn er entführt wurde. Und es war auch keine Frage von wem. Ausser Night und ihnen wusste hoffentlich niemand von Lenoirs verschollener Beute. Der Spitzel musste sie zusammen gesehen haben. Dreimal verflucht! Vor Wut und Angst hätte sie beinahe den Zettel zerknüllt. Was sollte sie jetzt tun? Bis um elf Uhr warten und den Entführern mitteilen, was sie wissen wollten? Nein, diesen Vorsprung konnte sie Night nicht gönnen. Außerdem würde dann Sall Math den Garaus machen, falls sie ihn befreien konnte. Sea atmete einige Male gleichmäßig durch, um erst einen klaren Gedanken zu fassen. Sie musste Sall informieren, bevor sie etwas unternahm. Wenn er ihr nicht half, würde er ihr dann vielleicht zumindest nicht dazwischen kommen.

„Was steht denn da? Du wirst ja kreidebleich ...“ Alma konnte offenbar nicht lesen, oder zumindest kein Englisch, aber sie spürte intuitiv, dass nichts Gutes in dieser Botschaft stand. Einen Augenblick wollte Sea ihr die Wahrheit sagen. Aber dann wusste Alma von Lenoirs Beute und ihr Mitwissen brachte sie am Ende auch noch in Gefahr.

„Blass? ... Ach was, das ist eine Einladung an einen Treffpunkt“, wimmelte sie Almas Frage ab. Diese hob sofort die Augenbrauen an.

„Oh! Von wem?“

„Steht nicht“, erwiderte Sea ohne sie anzusehen, sonst hätte sie ihr noch angesehen, dass sie ihr nur die halbe Wahrheit erzählte.

„Dann hast du wohl einen heimlichen Verehrer an Land gezogen“, kicherte das Schankmädchen gut gelaunt.

„Mal seh'n ...“, murrte Sea nur knapp und setzte sich in Bewegung, damit sie das Piratenschiff möglichst bald erreichten.

✳ ✳ ✳

Offenbar hatte die Serviertochter eine ganze Weile neben ihr geplaudert, ohne dass sie es bemerkt hatte. Sea erwachte erst wieder aus ihrer Trance, als Alma sie am Arm berührte.

„Sea? Hast du mir zugehört?“

„Hm? Entschuldige, Alma, ich war ...mit meinen Gedanken woanders“, sagte sie und strich sich mit der Handfläche übers Gesicht. Sie hatte in Gedanken systematisch aufgereiht, was sie alles in Erfahrung bringen musste bevor sie Math suchen konnte. Vor allem musste sie sich einen Plan zurecht legen, wie sie ihm aus der Klemme helfen sollte.

„Ich wollte wissen, ob du mir hilfst, ein Kleid auszusuchen? Ich frage mich nämlich, was eine Frau, die Hosen trägt, für einen Geschmack hat." Sie lächelte wie ein Engel – Victoria und ihre Klatsch-Freundinnen, deren Freundschaft ihr immer sehr gespielt vorkam, wären vor Neid über ihre prallen Lippen rot und grün angelaufen. Und über diese Aussage konnte sie sogar in dieser Situation kichern.

„Natürlich, wenn du mir diese Aufgabe zutraust!", schmunzelte Sea und machte eine Pause, um Almas hellem Lachen zuzuhören. Dann versank sie auch schon wieder in Sorge. „Kannst du mir das sagen? Wer, was oder wo ist eigentlich der *Leviathan*?" Sie versuchte beiläufig zu klingen, aber Alma stutzte dennoch.

„Der *Leviathan* ist eine heruntergekommene Werft für Fischerboote nördlich der Ortschaft. Das Wohnhaus ist einsturzgefährdet und schon verlassen, seit ich denken kann. Der Schuppen, in dem die Boote gebaut wurden, ist schon vor Jahren eingebrochen, und es liegen nur noch Trümmer herum. Wie kommst du darauf?"

„Hab' was aufgeschnappt, das interessant klang", antwortete sie halbherzig. Alma kicherte darüber, so dass Sea sie irritiert ansah.

„Du klingst wie Salvi wenn er spitz bekommt, dass fette Beute sein Jagdrevier durchquert", erklärte sie knapp und ließ ihre Worte wirken, bis sie die schmale Gasse zu dem kleinen Hafen passiert hatten. Dadurch blieb Sea auf ihrer Frage sitzen: Wollte ihre neue Freundin auch noch andeuten, dass sie zu dem Piraten *passte*?

Die beiden Mädchen erreichten den Kai und liefen über den schmalen Landungssteg. Als sie an Deck traten, richtete sich Diego von der Gräting auf. Er hatte genauso in der Sonne gelegen wie sie ihn zurückgelassen hatte und schien dort am liebsten auch liegen bleiben zu wollen. Jetzt raffte er sich auf, um seinen Gast zu empfangen. Alma ließ sich zur Begrüßung umständlich umarmen und gab dem Ersten Maat ein Küsschen. Da Alma aber noch eine Handbreite kleiner war als Sea, musste sich der großgewachsene Pirat dafür weit hinunterbeugen. Sea stand daneben und wartete bis sie sich begrüßt hatten, ohne sich darüber Gedanken zu machen. Alma war eben eine direkte, aufgestellte Persönlichkeit. Erst dann fragte sie nach dem Piratenkapitän.

„Pech", zuckte Diego mit den Schultern, „Sall ist mit Pierre und Ramiro unterwegs. Sie wollen das Zinngeschirr von der *Brema* an den Mann bringen." Sea stieß einen leisen Fluch aus und trat wohl auffälliger vom einen aufs andere Bein, als ihr bewusst war. Dann strich sie sich durch die braunen Haare und sammelte sich wieder. Eigentlich konnte – oder besser wollte – Sall ihr ohnehin nicht helfen.

„Was ist los mit dir?", fragte Alma schließlich, und in Diegos Miene lag die gleiche Frage. Einen Moment überlegte Sea, sich alles von der Seele zu reden, aber dann brachte sie Alma womöglich auch noch in Gefahr. Hätte sie Math nichts von Lenoirs Schatzrätsel erzählt, wäre er jetzt vielleicht in Sicherheit. Aber selbst wenn er nur entführt wurde, weil sie beide ihr gutes Verhältnis zueinander offen gezeigt hatten, konnte sie Alma nicht in alles einweihen. Wahrscheinlich wusste sie weder von Lenoir noch von seiner verschollenen Beute.

„Ach, ich hatte nur gehofft, er könnte mir irgendwie helfen, meinen Freund wiederzufinden, den ich gestern getroffen habe", klang sie so locker, dass sie sich beinahe selbst täuschte. Ein breites, wissendes Lächeln erschien auf den prallen Lippen der Serviertochter, und sie stupste den großgewachsenen Piraten mit dem Ellbogen an.

„Anscheinend ist der Blondschopf, von dem Salvi uns erzählt hat, doch kein Milchbart", kicherte sie, „du musst ihn mir zeigen, wenn du ihn wiedergefunden hast. Langsam werde ich neugierig." Sea lächelte ihre neue Freundin gequält an. Und Alma sah wie es sie quälte, aber sie sprach sie nicht weiter darauf an. „Zeigst du mir jetzt wie versprochen die Kleider, Diego?"

***

Alma hatte nur kurze Zeit in der Kiste gewühlt und danach einige Kleidungsstücke herausgezogen, die ihr besonders gefielen. Dann hatte sie die Kiste entschieden wieder zugeklappt, um sie als Ablagefläche zu benutzen. Sie legte die drei Kleider darauf aus.

„Und jetzt kommt der schwierige Teil."

Diego lehnte mit verständnislosem Gesicht daneben an einem Stützbalken.

„Wer die Wahl hat, hat die Qual."

Alma ignorierte ihn erfolgreich und weckte stattdessen Sea aus einem Albtraum. Was war, wenn sie den *Leviathan* nicht fand und zu spät kam?

„Jetzt kommst du zum Zug, Sea", wurde sie von Alma in die Realität

351

zurückgeholt, „was denkst du, welches würde mir am besten stehen?" Sea warf einen Blick auf ihre Auswahl – da lagen das Kleid, in das Sall sie nur allzu gern gesteckt hätte, ein schimmernd lindgrünes mit Puffärmeln und ein hellblaues mit dunklen und silbernen Stickereien auf dem Stecker. Eines schöner als das andere, und Alma würde wahrscheinlich nie einen Anlass besuchen, für den es sich lohnen würde, solch ein Kleid anzuziehen. Es würde sie nur in Gefahr bringen, wenn sie auf Tortuga so reich aussah – aber da war nichts zu machen. Sie würde sich die Gelegenheit, an solch ein Kleid zu kommen, nicht ausreden lassen.

„Du musst die Kleider schon anziehen, damit wir das beurteilen können. Farblich würden das blaue und das grüne wohl am besten zu dir passen. Zu deinen dunklen Haaren und der gebräunten Haut würde das violette etwas trist wirken." Alma wirkte erstaunt über diese ungewöhnlich präzise Antwort, denn so viel Modebewusstsein hatte sie offensichtlich nicht erwartet.

„Und wo sollte ich mich umziehen?"

„Am besten in der Kabine, in der ich schlafe", sagte Sea und zeigte nach achtern.

„Du meinst Diegos Kabine, die er nicht benutzt, weil er Platzangst hat?"

„Zum letzten Mal! Ich habe keine Platzangst", protestierte der Erste Maat gereizt als sagte er es zum tausendsten Mal, „ich kann in diesem Raum weder gerade liegen noch stehen." Doch als Sea nickte, verschwand Alma mit einem frechen Lächeln auf den Lippen, ohne weiter auf ihn einzugehen.

„Und was wäre daran so schlimm, Platzangst zu haben", fragte Sea neugierig, um sich von dem Thema abzulenken, das sich schon wieder in ihren Kopf stehlen wollte. Aber wenn sie sich die ganze Zeit sorgte, brachte das Math momentan nicht viel.

„Es ist doch lächerlich, vor einem engen Raum Angst zu haben", antwortete er nur knapp. Sie schüttelte nur leicht den Kopf darüber, als ob man sich seiner Ängste schämen müsste. Aber Männer tickten eben anders.

Alma kehrte einen Moment später zurück, gekleidet in das hellblaue Kleid mit den Stickereien. Es musste ihr am besten gefallen haben, und Menschen wählten normalerweise intuitiv, was ihnen am besten stand. Es lohnte sich eigentlich nicht, die anderen beiden noch anzuprobieren.

„Und?", fragte sie und machte eine Pirouette, um sich von allen Seiten zu präsentieren. Diego betrachtete sie nur zu gern aus allen Winkeln.

„Mir ist zwar egal, was du an hast, aber ich würde sagen, dass dieses dir von den Dreien am besten steht" Er hätte nichts Schlaueres antworten können. Sie strahlte ihn mit einem Engelslächeln an und bekam rosige Wangen.

„Aber es ist zu lang", wehrte Alma ab, „Das musst doch albern aussehen?"

„Diese wenigen Zoll fallen nicht auf. Außerdem kannst du es einnähen, wenn es dich zu sehr stört", entgegnete Sea.

„Meinst du?", zweifelte sie, „Das grüne Kleid sieht kürzer aus." Sea musste unweigerlich breit grinsen, denn sie kannte solche Ausreden von Victoria. Wenn sie für ein Fest ein neues Kleid bekam, wollte sie auch immer alle Kleidungstücke anprobieren, die ihr Schneider mitbrachte, selbst wenn ihre Wahl klar war.

„Wenn du das andere unbedingt anprobieren willst, dann tu es doch einfach. Dann wirst du sehen, dass das blaue Kleid dir besser steht", lachte sie. Alma bekam diesen ertappten Gesichtsausdruck und lächelte breit, daher war sich Sea sicher, den Nagel auf den Kopf getroffen zu haben.

„An die Gelegenheit, so schöne Kleider anzuprobieren, komme ich nie wieder, Sea!", verteidigte sie sich und schnappte sich das lindgrüne Kleid mit den Puffärmeln von dem Truhendeckel. Dann verschwand sie wieder nach achtern.

∗∗∗

Alma tauchte in diesem Moment wieder auf, als sie Luigi erklärten, warum Alma immer wieder in einem anderen Kleid an seiner Hängematte vorbeischwebte.

„Das Blaue war bisher das Schönste", sagte er, nachdem er sie mit seinem einen Auge komplett gemustert hatte. Alma sah aus, als sei es ihr etwas unheimlich, aber sie bedankte sich ausführlich. Dann hinkte Luigi auch schon wieder davon.

„Aber er hat Recht, Alma, das Blaue sah besser aus", pflichtete Diego dem Koch bei.

„Sea, was meinst du?"

„Ich finde auch, das blaue Kleid passt am besten zu dir", antwortete Sea erneut, „das war schon meine Meinung, als du deine drei Favoriten aus der Truhe gezogen hast."

Darauf seufzte Alma fast etwas enttäuscht und kam zum Schluss: „Ich hätte nicht das Schönste zuerst anprobieren sollen." Sea musste ihr beipflichten, aber Diego brach in Lachen aus.

In diesem Moment schallte ein Pfiff über das zweite Deck, und sie wandten sich danach um. Sall stand breit grinsend auf dem Niedergang und musterte Alma. Seinem Gesichtsausdruck zufolge gefiel ihm, was er sah.

„Steht dir gut", meinte er knapp und kam ihnen entgegen. Alma bedankte sich mit rosigen Wangen. Sall hielt ihr auffordernd seine Wange hin, und die Serviertochter gab ihm kopfschüttelnd ein Küsschen. Dabei zierte ein angeberisches Grinsen sein Gesicht.

„Darauf hast du schon länger nicht mehr beharrt", stichelte sie ihn. Als er sah, wie Sea skeptisch die linke Augenbraue nach oben zog, hielt er auch ihr die Wange hin, damit sie ihn küssen konnte.

„*Ich* werde dich garantiert nicht küssen!" Er zuckte mit den Schultern, ohne sein Grinsen zu verlieren. Offenbar war sein Tag seit heute Morgen gut verlaufen, und das Zinn hatte eine ordentliche Summe eingebracht.

„Den Versuch war es wert", meinte er und begann sie zu triezen, „und warum hast du dich nicht herausgeputzt, Seepferdchen?"

„Endgültig! Nenn mich nicht bei meinem Kosenamen!", wehrte sie sich, „muss ich dir noch einmal herunterleiern, warum ich keine Kleider trage?"

„Sie sind unpraktisch, ist gut ...", sagte er und ließ das Sticheln sein, „Da du hier bist, nehme ich an, du bist Goldlöckchen losgeworden?"

„Aye, aber nicht auf die Art und Weise wie ich das eigentlich wollte", entgegnete Sea mit leicht gereizter Stimme. Am liebsten hätte sie geschrien vor Verzweiflung. Sie kramte die Nachricht aus ihrer Tasche und hielt sie ihm entgegen. Der Kapitän studierte das Papierstück einen Moment gelassen und hielt es ihr dann wieder hin.

„Sehr gut, dann brauchen wir uns um den Gaulschuster nicht mehr zu kümmern", zuckte er lächelnd mit den Schultern.

„Sall! Math ist mein bester Freund, ich kann ihn doch nicht im Stich lassen!"

„Und was willst du tun?", fragte er in der Sicherheit, dass sie keine Antwort hatte, „willst du einfach in den *Leviathan* spazieren und ihnen erzählen, was du weißt? Und du glaubst, sie werden euch dann gehen lassen? Das sind Piraten, Sea, wenn ihr ihnen auch noch so bereitwillig in die Arme lauft, werden sie euch auch gleich beseitigen."

„Natürlich nicht! Irgendetwas Schlaueres würde mir bestimmt noch einfallen. Aber was denkst du, warum ich dich von Maths Entführung in Kenntnis setzte? Ich will um Hilfe bitten!", entgegnete sie gereizt. Er ließ sie gar nicht erst weitersprechen.

„Wie und warum sollte ich dir helfen, ihn zu befreien? Mir ist es nur allzu Recht, wenn er uns nicht im Weg ist."

„Indem du mir mit ein paar Männern den Rücken frei hältst. Ich glaube nicht, dass uns mehr als eine Handvoll Leute erwarten würden ..." Diesmal unterbrach er sie mitten im Satz.

„Ich soll dich unterstützen, wenn du dein eigenes Leben unnütz aufs Spiel setzten willst?", entfuhr es dem jungen Piraten verständnislos.

„Um was genau geht es eigentlich?", unterbrach Alma irritiert ihr Wortgefecht. Sea hatte sowohl ihre als auch Diegos Anwesenheit in ihrem Feuereifer komplett vergessen. Sie bemerkte sogar, dass der Koch den Kopf aus der Kombüse hielt, um herauszufinden, warum sie sich beinahe gegenseitig die Köpfe abrissen.

„Mein Freund Math, der Mann nach dem ich heute Morgen gefragt habe, wurde geschangheit, um mich zu erpressen", erklärte Sea ihr knapp, weil sie nicht wusste, wieviel sie Alma mitteilen durfte.

„Und was wollen die Erpresser?"

„Die Lösung von Lenoirs Schatzrätsel", sagte Sall so gerade heraus, dass Sea sich nun sicher war: Alma war eingeweiht. Er musste es nicht einmal mehr sagen. Es war klar, er würde verhindern, dass sie den Erpressern nachgeben konnte. Der Serviertochter verschlug es offenbar die Sprache. Sie stand nur da ohne etwas zu erwidern. Offenbar wusste sie nicht, für wen sie Partei ergreifen sollte. Sollte sie nun Sea helfen, ihren Freund zu befreien oder Sall, um sie davon abzuhalten, sich in Gefahr zu bringen?

„Wenn du mir hilfst, setzte ich mein Leben nicht aufs Spiel, Sall! Wir könnten den *Leviathan* umstellen und den Erpressern den gleichen Handel anbieten: Ihre Freiheit gegen Math. Das dauert keine fünf Minuten!", nahm Sea den roten Faden wieder auf.

„Es gibt genau zwei Möglichkeiten, wie sie darauf reagieren könnten!", warnte er und hielt ihr bedrohlich Zeige- und Mittelfinger vor die Nase.

„Entweder sie töten dein Goldlöckchen und verteidigen sich mit allem, was sie in der alten Hütte finden, wobei am Ende noch einer meiner Matrosen zu Schaden kommt. Oder die schlauere Variante: Sie drohen dir mit seinem Tod, was wie ich auch herausgefunden habe *sehr gut wirkt!* Normalerweise überdenkst du besser, was du tust, vorlaute Göre." Verzweiflung machte sich in ihren Gedanken breit, als Sea feststellte, dass er Recht hatte. Ganz so einfach würde Maths Befreiung nicht werden, und Sall konnte ihr vermutlich nicht einmal helfen, wenn er es gewollt hätte.

„Du hast ja Recht! Diesen Vorschlag habe ich unbedacht gemacht. Ich kann im Moment auch nicht klar denken. Ich hab solche Angst, dass sie Math längst etwas angetan haben", sagte sie den Tränen nahe. Dann gab es nur noch die Möglichkeit, den Erpressern etwas über das Schatzrätsel vorzuschwindeln und zu hoffen, dass diese sie am Leben ließen. Aber diese Idee war auch nicht das Gelbe vom Ei.

„Ich muss das irgendwie anders angehen ...", dachte sie laut. Denk nach, Sea, forderte sie ihre Denkmaschine auf, denk dir etwas Sicheres aus!

„Du wirst das überhaupt nicht angehen!", entschied der junge Kapitän eiskalt. Ihr Selbstbewusstsein kehrte in einer Welle von Trotz zurück.

„So? Dann frage ich mich aber, wie du mich davon abhalten willst, Käpt'n?", nahm sie den Mund wieder einmal zu voll.

„Nichts leichter als das", entgegnete er und hielt sie fest, ehe sie sich versah.

„He!", wehrte sie sich und versuchte, sich von ihm loszureißen. Doch der junge Pirat zerrte sie mit sich ohne sich von ihrem Gezappel irritieren zu lassen. „Lass mich los!", fauchte sie und versuchte, ihre Arme aus seinem Griff zu winden. Sie hatte die Vermutung, dass er sie in den Frachtraum zerren wollte, um sie in eine der Zellen zu sperren. Aber wie schon so oft konnte sie sich nicht befreien.

„Was hast du vor, Salvi?" Alma folgte ihnen verdutzt und auch Diego kam hinterher, aber Sall antwortete nicht. Als er sie die Stufen hinunterziehen wollte, konnte sie sich endlich befreien. Bei einer schnellen Armbewegung rutschten ihm ihre Handgelenke durch die Finger. Sie wollte schon erleichtert davonstürzen, doch der Pirat reagierte zu schnell.

„Hiergeblieben!" Er schlang ihr den Arm um die Hüfte und nahm sie wie ein Gepäckstück über die Schulter. Dann trug er sie die Stufen hinab, ehe ihr richtig klar wurde, was passiert war. Diese Reaktion hatte sie nun wirklich nicht erwartet!

„Sall, las mich runter, verflucht nochmal!" Und er setzte sie tatsächlich wieder auf ihre Füße, denn inzwischen standen sie auf dem Orlopdeck vor der Zelle. Er hatte im Vorbeigehen den Schlüssel vom Haken genommen. Nun gab er ihr einen Schubs hinter das Gitter und verriegelte wortlos die Tür. „Lass mich raus!", packte sie das Gitter mit den Fäusten als er sich abwandte.

„Wir reden darüber, wenn du wieder zur Vernunft gekommen bist. Vielleicht komme ich kurz nach elf rasch aus der *Sirene* zurück, um zu überprüfen, ob du wieder Herrin deiner Worte bist", sagte er ohne sie anzusehen und stieg den Niedergang hinauf. Den Zellenschlüssel nahm er mit sich.

„Verdammter Höllenhund! Männer wie du enden am Galgen!", schrie sie ihm wütend nach. Kurz nach elf, kurz nachdem Math ihre Freiheit nichts mehr nützen würde, wollte dieser Unmensch sie wieder freilassen. Von oben hörte sie, wie der junge Pirat mit Alma und Diego sprach, doch sie verstand leider nichts von dem Gespräch. Daher setzte sie sich und lehnte sich gegen die Außenwand. Es war schlau gewesen, den Piraten nichts von den rostigen Scharnieren der Zellentür zu erzählen, dachte sie und begann ihre Hosentaschen nach Unterhaltungsmaterial zu untersuchen.

Sea war gerade dabei an ihrem Säbel den Grafitstift zu schärfen, als Alma wieder in ihr altes Kleid gehüllt den Niedergang hinabstieg.

„Ich sagte dir doch, Salvi mag dich. Dass er dich eingesperrt hat, ist eine reine Eifersuchtshandlung." Sea stand auf und lehnte sich ihr gegenüber gegen die Gitter. Neben der Tür, damit diese nicht am Ende noch einbrach.

„Auf diese Fürsorglichkeit kann ich verzichten, wenn ich ehrlich bin."

„Das habe ich mir schon gedacht. Ich habe versucht, ihm ins Gewissen zu reden, aber ich musste feststellen, dass er es mit Erfolg ignoriert.

Entschuldigt hat er sich gestern auch nicht bei dir, oder?", sagte sie und spielte mit einer Stofffalte ihres Kleides.

„Natürlich nicht", entgegnete Sea und zog die Brauen nach oben, „du hast nicht zufällig den Zellenschlüssel mitgehen lassen, oder?"

„Salvi trägt ihn in der Hosentasche. Und es ist nicht so einfach, ihn zu bestehlen. Aber wenn ich an den Schlüssel herankomme, werde ich ihn dir schon irgendwie zukommen lassen", meinte Alma mit einem spitzbübischen Lächeln in ihrem filigranen Gesicht. Ihre Augen kniff sie dabei zu Schlitzen zusammen.

„Danke, Alma." Eine Alternative zu haben, gab ihr mehr Sicherheit. Es bestand immer noch die Möglichkeit, dass sie die Türscharniere nicht aufbrechen konnte, wenn der richtige Moment gekommen war.

„Überleg dir gut, was du tust und sei vorsichtig! Das wäre Dank genug", meinte die Serviertochter verabschiedend, „ich muss zurück in die *Sirene*." Sea verabschiedete sich mit einem Lächeln, das man als Antwort auf Galgenhumor aufsetzte. Aber Alma hatte Verständnis dafür, dass sie ihre ganze Konzentration in ihr weiteres Vorgehen steckte. Auch wenn sie offensichtlich nicht daran glaubte, dass Math noch zu retten war.

∗∗∗

Sea saß einige Stunden nahezu regungslos in der Zelle, und nur der Grafitstift sauste über das Papier. Beim Zeichnen konnte sie am klarsten denken, und sie wusste nun auch mehr oder weniger wie sie Math befreien wollte. Details würde sie aus dem Stegreif zaubern müssen. Als das Bild auf dem winzigen Papier fertig war, entschied sie, dass ihr Plan nun wohl oder übel reif genug sein musste um zu handeln. Inzwischen sollten die Piraten in die Kneipe gegangen sein.

Sea raffte sich vom Boden auf und steckte ihren Zeichenblock in die Hosentasche zurück. Der kleine Block hatte nur noch eine einzige leere Seite. Künftig würde sie sich langweilen, wenn sie für ihren *Unfug* bestraft wurde, seufzte sie und trat an die Zellentür. Sie schloss die Finger um das Gebilde aus Holz und Eisen, aus dem ihr Hindernis bestand. Sie rüttelte einige Male unterschiedlich kräftig daran, um zu prüfen, wie stark die Scharniere noch waren. Einfach aus den Angeln drücken würde sie die Tür nicht können, dafür waren sie noch zu stabil. Sie würde sich dagegen werfen müssen. Hoffentlich würde niemand den Lärm hören, und hoffentlich konnte sie die Scharniere überhaupt zerstören. Sea nahm zwei Schritte Anlauf und lauschte. Von oben hörte sie nichts, keine Stimme und keine sonstigen Geräusche. Also gut, dachte sie, mal sehen, ob ich die Tür wirklich auftreten kann. Sie holte Schwung und warf ihr Gewicht gegen die Tür. Der Tritt zielte etwas unterhalb des oberen Scharniers. Und tatsächlich gab die Tür etwas nach. Das Scharnier hatte sich teilweise von dem Türrahmen gelöst. Mit einem Lächeln im Gesicht holte sie ein weiteres Mal Anlauf und trat kräftig gegen die Zellentür. Das rostige Scharnier brach ab und die Gittertür kippte krachend aus dem Rahmen. Dabei brach auch das untere Scharnier teilweise aus, aber die Angel war zu stark gewesen und verbog den Rest des Scharniers. Deshalb lag die Tür nun schräg im Weg. Jetzt musste sie nur noch hoffen, dass sie nicht gehört wurde. Sea sprang über die Gittertür hinweg, flitzte den Niedergang hinauf und wurde grauenhaft erschreckt.

„Sea? Wie bist du denn aus der Zelle herausgekommen?", fragte eine Stimme, und sie fuhr mit bebendem Herzen herum. Luigi lag in seiner Hängematte und versuchte gerade verdutzt, sich aufzurichten. „Hast du diesen Krach ausgelöst?" Einen Moment überlegte sie, einfach auf das Deck hinauf zu spurten, denn bis Luigi jemanden alarmiert hätte, wäre sie längst weg. Aber dass sie ohne Erklärung das Weite suchte, hatte der Koch nicht verdient, also entschied sie sich dagegen.

„Aye, habe ich, leiser ging es nicht, und glaub mir, du willst gar nicht wissen, wie ich aus der Zelle herausgekommen bin."

„Hast du eine grobe Ahnung davon was dir blüht, wenn der Käpt'n herausfindet, dass du die Zelle zerlegt hast?", fragte er und schwang sein Holzbein über die Hängematte.

„Es gibt gehörig Ärger, ich weiß! Hör her, Luigi, euer Käpt'n hat mich eingesperrt, um zu verhindern, dass ich meinen besten Freund rette. Das kann ich nicht auf mir sitzen lassen, und meinen Freund im Stich lassen, werde ich schon gar nicht"

Verständnis breitete sich in seinem Gesicht aus: „Jetzt verstehe ich, woher der Wind weht! Er scheint nicht der gleichen Ansicht zu sein wie du, was den Wert deines Freundes betrifft"

„Das bin ich gewohnt", erwiderte sie, „aber retten muss ich ihn trotzdem. Könntest du nicht einfach geschlafen haben, als ich an dir vorbeischlich, falls jemand fragt?" Sie sah in flehend an und konnte zusehen wie der Koch weich wurde, wie gesottene Butter. Wenn Sall herausfand, dass Luigi ihr den Rücken freigehalten hatte, würde der Koch ebenfalls die Leviten gelesen bekommen. Aber Luigi war selbst nur durch die Hilfe eines Freundes noch am Leben, daher wunderte sie sich nicht, als er seufzte.

„Mach keine Dummheiten und komm heil zurück", sagte er mit erzieherisch gehobenem Finger.

„Danke, Luigi, das werde ich dir nicht vergessen!", bedankte sie sich und gab dem verdutzen Koch ein Küsschen auf die Wange. Dann stürzte sie auch schon den Niedergang hinauf, bevor der Koch es sich hätte anders überlegen können.

***

Das Glöckchen der Kapelle schlug neun Uhr abends als sie den Niedergang hinauf auf das Deck schlüpfte. Sie sah sich kurz um, ob jemand an Deck war. Die Matrosen, die Hafenwache hatten, hörte sie auf dem Achterdeck lallen wie betrunken und freute sich zum ersten Mal über schlecht ausgeführte Arbeit.

Sie schlich auf Katzenpfoten auf die Brücke und versuchte, Salls Kabinentür aufzudrücken. Wenn er ihr schon nicht half, dann wäre es bestimmt kein Verbrechen, ihm etwas Papier zu stibitzen. Sie hatte eine Chance, Briefe nach Kingston zu schreiben, also würde sie dies auch tun. Aber die Kapitänskabine war selbstverständlich verschlossen. Hoffentlich geht es dir gut, Math, flehte sie in Gedanken als sie stattdessen die Tür zum Kartenraum aufdrückte. Diese hatte nämlich kein Schlüsselloch. Eilig durchstöberte sie den Kartenschrank und fand tatsächlich neben dem Kästchen mit Messinstrumenten und Geometrieschablonen einen Stapel Papier. Sea schnappte sich einige Blatt, schob die Schubladen wieder zu und verließ den Kartenraum. Auf der Brücke sah sie sich nach den Wachen um. Doch als sie diese lallend auf dem Achterdeck lachen hörte, flitzte sie wieder den Niedergang hinab.

Sicherheitshalber verschloss sie die Tür ihrer Kabine, bevor sie die Kerze entzündete. Es war zu dunkel in dieser Besenkammer, um vernünftig zu schreiben. Sobald sie das Schwefelhölzchen gelöscht hatte, nahm sie das Ablageregal herunter, um es als Schreibunterlage zu verwenden. Sie deponierte die Kerze darauf und breitete das Papier vor sich aus. Sie zog ihren Stift aus der Hosentasche. Den wichtigsten Brief begann sie zuerst, ihre Zeit war ohnehin schon knapp. Kurz sammelte sie die Informationen in ihrem Kopf zusammen, die ihre Freunde wissen mussten. Dass es ihr gut ging, was passiert war und wie sie vorgehen würde. Dann begann sie so schnell zu schreiben wie noch selten. Augenklappe würde sofort sehen, dass sie sich beeilt hatte, ihre Schrift wurde dann immer etwas schief und die Bögen der Buchstaben größer.

Lieber Rack, lieber Augenklappe, lieber Bill,

Keine Sorge, ich erfreue mich bester Gesundheit, aber ich habe nicht viel Zeit. Ich wurde in Santo Domingo von Shark hereingelegt, mit einer Droge in einer Weinflasche betäubt und auf einem Sklavenmarkt verkauft. Erstanden wurde ich von Kapitän Salvador Black und dies aus einem ganz bestimmten Grund: Nämlich gehört meine Münze, die mir der Geschichtenerzähler damals gab und zu der ich die Hälfte einer Karte bekam, zu einem Piratenschatz, auf den Black aus ist. Ich handelte mit ihm: Meine Kooperation und Hilfe bei der Schatzsuche gegen seine Hilfe bei der Rückeroberung der ‚Unicorn's Dream‘. Er hat eingewilligt. Wenn ihr die ‚Queen Roses Death‘ sichtet, tut alles, um eingeholt zu werden, bitte. Zur Erinnerung: Die Rose hat schwarze Segel, und die Planken sind schwarz gemalt, die Galionsfigur ist eine verrottende Meerjungfrau, wie man es sich erzählt. Wer sich ein rotes Tuch um das rechte Handgelenk bindet, wird im Kampf nicht verletzt werden, versprochen.

Lasst euch aber trotzdem in einen Scheinkampf verwickeln, damit es nicht zu früh auffällt. Seid vorsichtig damit, wen ihr einweiht. Math wird euch meine Münze zeigen, um zu beweisen, dass dieser Brief wirklich von mir ist.

Ich freue mich drauf Euch wiederzusehen. Sea Horce

Sea zeichnete mit wenigen Strichen ein kleines Schiff in eine Ecke des Briefes, damit Rack ihren Zeichnungsstil erkennen konnte. So würden sie dem Brief ihr Vertrauen schenken. Wer wusste schon, was Rack Math sonst alles vorwerfen würde? Er würde mit Neuigkeiten von ihr zurückkehren, aber niemand würde verstehen, warum er sie zurückgelassen hatte. Diese Tatsache würde als Wut über ihn hereinbrechen wie eine Weiße Böe. Sie entschuldigte sich in Gedanken bei Math, als sie das nächste Blatt zur Hand nahm. Nun musste sie dafür sorgen, dass in ein paar Wochen nicht die ganze Royal Navy nach ihr suchte. Wenn der Gouverneur eine Prämie auf sie aussetzte, würden sie nämlich keine ruhige Minute mehr haben. Und wenn Math in seiner Gegenwart über seine Zunge stolperte und ihrem Paten den Namen des Piratenschiffes nannte, würde er womöglich eine Verfolgungsjagd auf die *Queen Roses Death* auslösen. Vorausgesetzt Math würde sie überhaupt schützen. Ihm wäre es vermutlich nur allzu Recht, wenn sie nach Hause geholt und Sall am Galgen hängen würde. Gewissensbisse plagten sie, aber sie musste ihn zurückschicken, auch wenn er noch so große Strapazen auf sich genommen hatte, um sie zu retten.

Das grobe, billige Papier vor ihr erinnerte sie wieder sich zu beeilen. Sie überlegte sich, wie sie ihre Situation erklären und welche Informationen sie Edward besser nicht schreiben sollte. Dann begann sie zu erklären, was passiert war und wo sie sich befand. Auch hier fasste sie sich extrem kurz.

Dann faltete sie den Brief an ihre Matrosen und versiegelte die Ecken mit Kerzenwachs, damit sie nicht einreißen konnten. Sie faltete schon den Brief an den Gouverneur, als sie es sich anders überlegte. Sea nahm ein drittes Blatt und schrieb an Victoria, allerdings war der Brief für Math bestimmt. Wenn sie ihn direkt an ihren Sandkastenfreund adressierte, würde dieser ihn vermutlich schon in Tortuga öffnen. Und niemals zulassen, dass sie zurückblieb!

Wahrscheinlich kam sie nicht darum herum, ihn zu verletzen, wenn sie ihn zum Gehen bewegen wollte. Aber sie musste es ihm irgendwie erklären, damit sie es überhaupt übers Herz brachte. Sie schrieb nieder, was ihr gerade in diesem Moment aufs Herz drückte, aber die Vorstellung Math nach Hause zu schicken, tat nicht weniger weh. Schließlich faltete sie die beiden Briefe in einander und versiegelte sie zusammen. Sea adressierte die Briefe und löschte die Kerze, ansonsten ließ sie alles liegen wie es war. Aufräumen konnte sie hoffentlich noch später.

∗∗∗

Sea fand den kleinen Seesack neben der Truhe von der *Brema*, wo sie ihn am Nachmittag deponiert hatte. Sie stopfte die Briefe hinein und schlich sich an Deck, ohne sich von Luigi zu verabschieden. Er schlief, und sie wollte ihn nicht wecken. Vorsichtig streckte sie den Kopf über dem Niedergang heraus. Als sie die Wachen weder sah noch hörte, flitzte sie über das Großdeck und die Passerelle an Land. Im Schatten der Fässer, die sich am Kai türmten, verweilte sie einen Augenblick und betrachtete das Schiff. Die betrunkenen Hafenwachen mussten eingeschlafen sein, denn es tat sich rein gar nichts auf der *Queen Roses Death*. Nicht einmal Laternen brannten. Einen Moment hatte sie ein schlechtes Gewissen, das Schiff unbewacht zurückzulassen. Aber sie hatte andere Sorgen. Das Laternenlicht in den Gassen meidend durchquerte sie die Ortschaft gehetzt nach Nordosten.

***

Der Klang des Zehnuhrschlags erscholl als Sea Pointe Ouest auf einem schmalen Weg verließ, der der Küste entlangführte. Obwohl fast Neumond, war es eine mondhelle Nacht, die den Weg gut sichtbar machte, und das Meer glitzerte zwischen den Palmenstämmen hindurch. Aber Sea sah nicht links und nicht rechts des Weges, um die Schönheit dieser Nacht zu genießen. Und sie zog die kühle Luft auch nicht ein, um sich ihren Geruch zu merken. Sie atmete stoßweise und ihre Schritte wurden schneller, aber der Weg schien kein Ende zu nehmen. All ihre Gedanken waren bei Math, und sie musste sich aufs Schärfste konzentrieren, um bei der Sache zu bleiben. Was erzählte sie den Erpressern, damit sie ihnen nicht die Wahrheit sagen musste? Sie hatte eine komplette gezinkte Lösung für das Schatzrätsel entworfen, aber ihr fehlte noch der Ort, wo sie Night hinschicken konnte. Sie hatte an Bird Island mitten im Karibischen Meer gedacht, aber leider war allgemein bekannt, dass es auf der Insel kein Wasser gab, was sich mit dem Rätsel biss. Deshalb verwarf sie die Idee. Der Weg folgte der Landschaft und wand sich um hügelartige Anhöhen, immer im Schatten der Bäume dem Strand entlang, aber sie entdeckte kein Haus und keine Ruine. Sea wurde allmählich ein wenig panisch. Sie überlegte sich schon, umzukehren, weil sie offenbar am *Leviathan* vorbeigehetzt war.

Aber sie folgte dem Weg aufgeregt noch eine Weile und erblickt hinter einer Biegung schliesslich ein Gebäude. Aus dem Kamin stieg kein Rauch auf, es war also nicht bewohnt und unweit davon entfernt, näher am Strand lagen die Trümmer eines zusammengebrochenen Gebäudes.

Ihre Schritte wurden wieder schneller, und sie hastete gehetzt darauf zu.

Es war ein düster wirkendes Haus, welches zwischen dem Fuß des Hügels und dem Strand stand. Die Grundmauern waren zwar aus Stein gebaut, doch mit dem teils eingestürzten Dach wirkte es so schäbig wie verlassen. Sie sah sich ständig um, als sie durch den Schatten der Bäume auf die Haustür zuging. Natürlich war niemand hinter ihr, aber beobachtet fühlte sie sich trotzdem. Tatsächlich, über der Tür hing noch das Schild. Das Bild darauf zeigte ein kleines Schiff oder ein besegeltes Beiboot, das eine Seeschlange in einem Netz gefangen hatte und sollte wohl auf eine Werft für Fischerboote hinweisen. Darunter stand *Le Leviathan* ins Holz geschnitzt, denn das Haus stammte vermutlich noch aus der französischen Kolonialzeit. Sea öffnete die Tür, sie war am richtigen Ort, ...hoffentlich. Die Holztür knarrte und ihre Scharniere quietschten, doch sie ließ sich leicht öffnen, als hätte zuvor schon jemand den Rost gebrochen. Sie ließ die Tür offen stehen, für den Fall dass sie sich französisch verabschieden mussten. Das kleine Haus hatte nur einen Raum, in den durch die winzigen Fenster nur wenig Licht fiel. Die wenigen Möbel waren größtenteils kaputt, und Scherben lagen am Boden, wie wenn einmal jemand randaliert hätte. Außerdem war einer der Deckenbalken durchgefault und gebrochen, daher konnte man durch ein Loch in der Decke sehen, dass die Ruine einen kleinen Dachboden hatte. Der Dacheinsturz musste die Feuchtigkeit verursacht haben, die den Balken zum Faulen gebracht hatte. Sie ging um das eingestürzte Balkenende in die gegenüberliegende Ecke. Durch die Ritzen um eine Falltür im Boden strahlte gelbliches Licht in den Raum hinauf. Ihr Herzschlag beschleunigte vor Sorge und Angst erneut. Hoffentlich geht es Math gut, flehte sie in Gedanken und zog an dem Eisenring die Klappe auf. Einige steile Stufen einer Holztreppe führten in einen niedrigen Keller. Angespannt stieg sie mit pochendem Herz in die Tiefe.

Math saß mitten im Keller auf einem Holzstuhl, die Hände hinter dem Rücken an die Lehne gefesselt. Erst setzte er ein erfreutes Lächeln auf bevor sich seine Miene zur Besorgnis wandelte. Danke fürs Kommen, schien er ihr sagen zu wollen, aber mir wäre es lieber, wenn du dich nicht in Gefahr gebracht hättest. Doch die Männer, die neben ihm an der Wand auf einem alten Fass Karten spielten, hatten sie schon bemerkt, ehe er ihr hätte deutlich machen können, dass sie sich in Sicherheit bringen sollte. Aber er müsste wissen, dass sie ihn selbst dann nicht im Stich gelassen hätte.

„Pünktlich wie die Uhr, wenn nicht eher zu früh!", bemerkte der grauhaarige Unbekannte, „du musst ja sehr an deinem Blondschopf hängen." Er grinste breit und zeigte seine schlechten Zähne. Sie waren zu zweit, der andere hatte tiefe Pockennarben im Gesicht. Er stopfte seine Spielkarten in die Tasche seines zerschlissenen Mantels, stattdessen nahm er eine Pistole vom Fass auf.

„Also dann erzähl mal, wo Lenoirs verschollene Beute zu finden ist", verlangte er und spannte gemütlich den Hahn.

„Ich weiß es nicht", log sie als wäre es die Wahrheit, „Black hat mir das zweite Rätsel nicht gezeigt, und ohne den exakten Wortlaut kann er es sowieso nicht lösen." Sie gab ihrer Stimme einen verzweifelten Ton, aber sie schien die Erpresser dennoch nicht überzeugen zu können.

„Das wäre eine nette Ausrede, wenn wir nicht wüssten, dass du das Rätsel kopiert hast", spottete der Graue durch seine schwarzen Zähne. Er spielte auch noch ganz offen auf den Spitzel in der Mannschaft an, als würden sie nie herausfinden, um wen es sich handelt. „Außerdem munkelt man, dass das Schatzrätsel zu entziffern der einzige Grund sei, weswegen Black dich noch nicht verkauft hat. Du scheinst darin ein außergewöhnliches Talent zu sein."

„Bin ich nicht, das glaubt er nur", entgegnete sie knapp. Er schüttelte den Kopf und wechselte einen Blick mit dem anderen, der sich inzwischen an die Wand gelehnt hatte und stumm zusah. Er hob gleichgültig die Schultern.

„Hör zu, Kleine, wir haben nicht viel Zeit und machen es daher kurz", fuhr er fort, „entweder du sagst uns jetzt, wo sich Lenoirs Beute befindet, oder ich schicke deinen Freund da zum Teufel." Um seine Absicht zu verdeutlichen, legte er Math die Pistole an die Schläfe. „Und dich hinterher." Math bewegte sich nicht, als er den Grauhaarigen unsicher aus dem Augenwinkel beobachte.

„Sea, ich wäre dir sehr dankbar, wenn du ihnen alles sagen würdest ohne dass man es aus uns herausquetschen muss" Er klang so ruhig, wie man mit einem Pistolenlauf am Kopf überhaupt sein konnte.

„Ich weiß nicht die komplette Wegbeschreibung. So weit bin ich noch nicht gekommen!" Sie sah zwischen den Piraten hin und her, doch natürlich vernahm sie keinerlei Gefühlsregung. Sie holte zwei

Mal tief Luft, um vorzutäuschen, sich sammeln zu müssen. In diesem Moment kam endlich der sehnlichst erwartete Geistesblitz. „Bei dem *Vogel* handelt es sich um eine der Swan Islands, südlich von Misteriosa Bank. Legenden zufolge sei sie unbewohnt, weil sie in unregelmässigen Abständen von Weissen Böen überspült wird. Ich hab sogar einmal gehört, Lenoir hätte die Geschichten selbst in Umlauf gebracht", log sie ihnen theaterreif das plausibelste Seemannsgarn vor, das sie sich je ausgedacht hatte. Dass die Insel unbewohnt war, war zwar korrekt, aber die Story mit den Weißen Böen hatte sie gerade aus dem Stegreif erfunden. Sie war noch nie so froh gewesen, solch gute geografische Kenntnisse zu haben. „Die Sache mit dem *Schatten des Tages* und dass Norden die Lösung ist, wirst du ihnen schon erklärt haben ...“

„Aye, aye, hat er! Nun weiter!“, trieb sie der Grauhaarige desperat an, „erzähl uns, was wir noch nicht wissen!“

„Ich weiß auch nicht mehr! Ich hatte noch nicht die Gelegenheit, die beiden anderen Zeilen zu lösen. Ich kann euch nur sagen, was ich vermute, aber ich habe keine Beweise dafür.“ Die drei Augenpaare starrten sie erwartungsvoll an, und sie fuhr fort: „Hinter dem *Weg des Wassers* vermute ich einen Wasserlauf, einen Bach oder etwas in der Art. Der *Glanz* ist selbstverständlich Lenoirs verschollene Beute und dass dieser *sich im Dunkeln verliere* wird ein Durchgang zum Schatz oder sowas sein. Aber was das *Nachtlicht* sein soll, weiß ich beim besten Willen auch noch nicht!“ Der Grauhaarige starrte sie genervt an und verdrehte die Augen.

„An deiner Stelle würde ich mich in die Riemen legen, sonst verliere ich langsam ...“

„Erinn're dich an den Leuchtturm", unterbrach der pockennarbige Pirat seinen Kumpanen, „die Plattform für ein Leuchtfeuer, das vor den Felsen warnen sollte.“ Im Gegensatz zu ihr war das Pockengesicht offensichtlich schon auf Cisne Grande gewesen. Sonst würde er wohl kaum vermuten, des Rätsels Lösung gefunden zu haben. Es brauchte einen Moment aber dann löste sich die Härte aus seinem Gesicht, als ihm etwas einfiel. Er sah den Pockennarbigen einen Moment an, bevor er ihm ruhig seinen Respekt mit einem Nicken zeigte.

„Braves Mädchen", grinste er, „war doch gar nicht so schwierig! Und da du die Lösung noch nicht weißt, können wir euch sogar am Leben lassen.“ Sein Kumpel sah ihn an, als wäre er ihm für einen Augenblick fremd gewesen. Aber zu ihrer Erleichterung steckte er seine Pistole wieder weg und zog stattdessen ein Messer. Gemütlich durchtrennte er damit Maths Handfesseln und trat dann von ihm zurück. Ihr Freund beobachtete den Erpresser misstrauisch aus dem Augenwinkel, während er sich daran machte, seine Fußfesseln zu lösen.

„Worauf wartet ihr? Nehmt euch in die Arme, Täubchen!", säuselte er bittersüß durch seine schwarzen Zähne. Nights Piraten lachten, als sie an ihr vorbeigingen, wogegen Sea beide nicht aus den Augen ließ. Als sie die Treppenstufen erreichten, ging ihr aber die Geduld aus. Sie stürzte zu Math und kniete sich vor ihm auf den Boden, um hastig seine Knöchel von den Stuhlbeinen zu trennen.

„Du hättest nicht hierher kommen dürfen! Was hast du dir dabei gedacht, Sea? Sie hätten uns genauso gut umbringen können!" Wie um seine Vermutung zu bestätigen, hörten sie die Falltür knallend zufallen. Sie hielten inne und horchten auf, denn sie hörten die Stimmen der Männer. Aber sie sprachen zu leise, um sie zu verstehen. Ein schleifendes Geräusch erklärte ihnen danach sofort, was ihnen bevorstand. Es hörte sich an, als ob ein schwerer Gegenstand über den Boden auf die Falltür zugezogen wurde.

Sobald es darauf stand, gingen die Piraten lachend.

„Erstens: Hast du ernsthaft geglaubt, sie werden uns einfach laufen lassen? Und zweitens: Denkst du, ich lasse dich im Stich? Lieber sterbe ich mit dir, als dich hängen zu lassen, Math!", erklärte Sea anschließend nüchtern und machte sich wieder daran, den Knoten zu öffnen. Jetzt da sie wusste, dass Math am Leben und heil war, konnte sie endlich wieder richtig denken.

„Sicht so aus, als bliebe dir keine andere Wahl mehr. Vergib mir, Seepferdchen", sagte er und nahm sie in den Arm, sobald er vom Stuhl aufstehen konnte.

„Lass den Kopf nicht so hängen, erzähl mir lieber, wie sie dich geschanghait haben, während wir versuchen, die Falltür aufzustemmen", schubste sie ihn auffordernd an.

„Denkst du denn, wir können das Gewicht anheben?"

„Einen Versuch ist es wert, oder?", schenkte sie ihm ein aufmunterndes Lächeln. Wenn sie es nicht schafften, bestand noch immer die Möglichkeit, dass die Piraten der *Queen Roses Death* sie befreien würden. „Also schieß los! Wie bist du in diese Situation geraten? Normalerweise passiert sowas nur mir" Math entfuhr eine Mischung aus Seufzen und Lachen, als er ihr zur Holztreppe folgte.

„Nachdem wir uns verabschiedet hatten, war ich auf dem Weg zur *Sirene* und kam durch eine dunkle Gasse. Der Beule und den Schmerzen zufolge schätze ich, dass ich einen mächtigen Schlag auf den Hinterkopf versetzt bekommen habe. Wieder aufgewacht bin ich auf den Stuhl gefesselt hier im Keller. Die beiden haben mich nach Lenoirs verschollener Beute gefragt, aber ich konnte ihnen nur sagen, was ich von dir weiß." Sea nickte, als sie sich gegen die Falltür stemmte.

„Hab' ich mir schon gedacht. Deshalb musste ich aufpassen, was ich sage, als ich für die beiden eine gezinkte Lösung des Rätsels zusammengereimt habe." Sie versuchte, die Tür aufzudrücken, aber sie rührte sich nicht.

„Es ist nicht Swan Island? Die Lösung ist mir recht plausibel vorgekommen", fragte Math verdutzt und stellte sich neben sie, um ihr zu helfen. Er hob die Arme und drückte gegen die Holzbretter.

„Hätte ich die Wahrheit gesagt und wir wären wieder lebend hier herausgekommen, hätte Black seiner Wut auf uns Luft gemacht", erklärte Sea knapp, „eins, zwei, drei!" Gleichzeitig drückten sie mit einem kräftigen Ruck die Falltür nach oben. Sie konnten sie zirka eine Handbreit öffnen, ehe das Gewicht die Klappe wieder zudrückte.

„Sieht so aus als könnten wir sie anheben", meinte Math, „Wenn wir einen Hebel hätten, wäre es ein Leichtes, die Falltür zu öffnen." Als Antwort sprang Sea mit einem Satz von der Treppe.

„Hm ... Ein Hebel?" Den Finger nachdenklich ans Kinn gelegt, schaute sie sich nach dem richtigen Werkzeug um. Es hatte nicht viel im Kellerraum: Ein paar Fässer, ein paar Säcke, deren Inhalt vermutlich längst verrottet war und den Stuhl, auf den Math gefesselt worden war. Die Stuhlbeine waren definitiv zu kurz, um sie als Hebel zu gebrauchen. Sie warf einen Blick unter die Treppe. Eine Kiste stand dort, aber sie war zu klein als dass sie etwas enthalten könnte, was sich wie ein Hebel verwenden ließ. Sie sah sich weiter um, aber es war ansonsten nichts mehr zu finden. Sie drehte sich einmal komplett um die eigene Achse, bevor ihr Blick an Math hängen blieb. Sie mussten hier raus, sonst war der Aufwand für die Katz gewesen. Selbst wenn die Piraten der *Queen Roses Death* sie tatsächlich suchen kamen, was auch nicht sicher war, war Math damit auch nicht unbedingt geholfen. In diesem Fall würde sie lieber mit ihm hier unten verrecken, als zusehen zu müssen wie ihr bester Freund umgebracht wurde. Dann fiel ihr Blick auf die Treppe unter Maths Stiefelsohlen. Sie bestand aus zwei gegenüberliegenden Bretterwinkeln, zwischen denen sich die einzelnen Stufen befanden. Diese waren durch die Bretter hindurch genagelt, so dass man sie mit genügend Druck von der anderen Seite trennen könnte. Da die Stufen mit allen vier Brettern vernagelt waren, würde die Treppe auch nicht auseinander fallen. Und falls doch würde es ein Leichtes sein, sie zu zerlegen und aus dem Weg zu schaffen. Aber wenn sie ganz dicht an der Wand entlang über die Stufen gingen, würden diese sie vermutlich sogar halten, auch wenn der Treppe ein halber Stützwinkel fehlte. Zeit hatten sie schließlich zur Genüge.

Sea sah sich noch einmal um, um sich zu vergewissern, dass ihr nichts Schlaueres auffiel. Da sie nichts fand, musste nun wohl die Treppe dran glauben. Sie setzte sich auf die unterste Stufe, den Rücken zur Wand und trat heftig gegen das untere Ende des Bretts. Es gab nach, und zwischen Stufe und Brett tat sich ein Spalt auf. Ein Lächeln huschte über ihr Gesicht, als sie ihn sah. Math sah ihr verwundert zu, wie sie sich eine Stufe höher setzte und auch dort wieder kräftig gegen das Seitenbrett trat. Als der Spalt breiter wurde, dämmerte Math, was sie vorhatte.

„Du steckst wirklich nie in Schwierigkeiten, höchstens in Herausforderungen!", erkannte er an und setzte sich zwei Stufen über ihr, um es ihr nachzumachen. Soweit sie unter der Falltür gerade sitzen konnten, traten sie das Brett von der Treppe los. Das untere Ende pendelte bis dahin bereits lose in der Luft. Math sprang darüber hinweg von den nun bedrohlich schwankenden Stufen herunter. Er packte das Holzstück geschickt zwischen den herausstehenden Nägeln und riss es mit einem Ruck von den Stufen los. Dann legte er es auf die Seite mit den Nägeln und trat zwischen die einzelnen Köpfe, um die Metallstücke nach oben heraus zu schlagen oder umzubiegen. Sobald er es wieder aufhob, hielt er ihren gesuchten Hebel in der Hand.

„Also wie machen wir's?" Sea sah sich die Situation noch einmal an, bevor sie entschied wie sie den Hebel anlegen wollte.

„Wir schieben das Brett am besten zwischen den Treppenstufen hindurch, damit wir eine Auflagefläche haben. Dann können wir nach unten drücken." Math schob den Hebel zwischen die Stufen und drückte das Ende gegen die Falltür, noch während sie sprach. Außerdem schob er mit dem Fuß die Kiste unter der Treppe hervor. Gerade stehen konnten sie beide zwar noch immer nicht, aber nun konnten sich zumindest beide unter die Treppe stellen. Sea stieß sich den Kopf, als sie sich neben ihn bückte. Die Kerze, die bis zuvor brennend auf dem Fass gestanden hatte, war heruntergebrannt. Daher war es nun stockfinster im Keller, und das letzte Licht drang dämmerig durch die Ritzen um die Falltür und in den Dielen.

„Na, wir haben wieder Glück!", seufzte Math in die Dunkelheit.

„Du hast dir zumindest nicht den Kopf gestoßen", entgegnete seine Freundin kühl, „also nochmal, eins, zwei, drei." Gemeinsam drückten sie ihren Hebel nach unten und der herabfallende Lichtstreifen wurde breiter. Doch als die Falltür schon eine Handbreit offen war, brach die Diele, an der sie ihren Hebel angestellt hatten. Sie klappte zu, und das Brett steckte in einem Ausbruch. Die Diele war wohl morsch gewesen.

„Gottverdammter ...!" Math brach ab und zog stumm das Brett zurück.

„Hoffentlich sind die anderen Dielen nicht auch morsch, sonst kracht das Gewicht am Ende noch auf uns herab."

„Aber offen wäre sie dann", erwiderte Sea und sah dem Lichtstrahl entlang nach oben. Durch den Ausbruch drang bedrohlich flackerndes Licht von auffällig kräftiger Farbe zu ihnen herab. Dieses satte Orange ließ ihr die Haare zu Berge stehen, und ihre Pulsfrequenz kletterte ungewollt in die Höhe.

„Riechst du das auch?" Sorge lag in seiner Stimme, als hoffte er, sie würde seine Wahrnehmungen nicht teilen.

„Rauch", bestätigte sie seinen Gedanken, „sei mal kurz leise und lausche!" Sie verweilten einen Moment bewegungslos in der Dunkelheit um den flackernden Lichtstrahl. Leider hörten sie das Knistern und das unregelmässige Knacken nur allzu deutlich durch die Bodenbretter.

„Verflucht! Diese Ratten haben die elende Hütte angezündet!" Verzweifelt trat er gegen die leere Kiste. Sie hatte ihn noch selten so fluchen hören, aber sie wunderte sich nicht darüber. Sea stellte das Brett wieder an die Falltür an, und Math besann sich wieder. Gemeinsam drückten sie das Ende ihres Hebels nach unten. Diese Diele hielt zum Glück, daher konnten sie die Klappe aufdrücken. Die Flammen warfen Licht zu ihnen herab und spiegelten sich in ihren Augen, als sie zusahen wie das Feuer an den Stützbalken nach oben kletterte. Sie drückten vor Angst so kräftig gegen das Gewicht an, dass es von der Falltür rutschte. Dann zogen sie die improvisierte Brechstange zurück und ließen die Türe wieder zufallen.

„Haben wir etwas, womit wir uns vor herunterbrechenden Dachelementen schützen können?", fragte Math in knapper Aufregung. Sea kletterte kurz über die Kiste, die im Weg stand und ertastete kurz darauf das Fass im Finstern. Sie wischte den Kerzenrest herunter und versuchte, den Deckel zu lösen. Er war vernagelt und sie versuchte es bei einem anderen Fass.

„Vergiss es, hier gibt es nichts, was wir auf die Schnelle lösen könnten", antwortete sie einen Moment später, „wir schaffen es sicher, wenn wir schnell sind."

„Bleibt nichts anderes. Hoffentlich ist das Feuer nicht so schlimm wie es aussah." Er klang nicht als würde er daran glauben, aber stieg auf die instabile Treppe und hob die Klappe an. Er betrat die Stufen so nahe an der Wand wie möglich, wo die Treppe noch einigermaßen robust war. Sie tat es ihm gleich, und zusammen schielten sie durch den Spalt, um sich die Lage anzusehen.

Ihre Angst wurde bestätigt. Das hölzerne Inventar brannte schon lichterloh. Weil in der Hütte alles trocken und morsch war, hatte sich das Feuer in Windeseile ausgebreitet. Hoffentlich war das Dach leicht feucht, dann würde zumindest dieses noch nicht komplett brennen. Einsturzgefährdet war es ohnehin.

„Die Tür ist in dieser Richtung, aber der Tisch ist im Weg", informierte Sea ihn, schließlich hatte er den Raum noch nie in wachem Zustand durchquert.

„Rennen wir zusammen oder einzeln?", fragte Math kurz. Ein Balken kam herab, als sie antworten wollte. Er schmetterte den Tisch in zwei lodernde Teile. Einige hölzerne Ziegel und Dachlatten prasselten nieder und legten einen flammenden Teppich über die Dielen. Sie mussten schnell sein, ehe die Glut den Boden durchglühte.

„Zusammen, solange wir noch durch die Flammen springen können ohne Feuer zu fangen", griff sie nach Maths Hand.

„Hol tief Luft, damit du den Rauch nicht einatmen musst!", befahl er ihr und öffnete die Falltür. Sea konnte gerade noch Luft holen, bevor er sie die Stufen hinaufzog. Funken erfüllten die Luft und der Rauch biss sie in den Augen, aber sie kniff die Lider zusammen und war nach zwei

Schritten gleichauf. Mit einem weiteren setzten sie die Stiefel auf den flammenden Teppich, schneller als ihr Herz schlagen konnte. Furchtlos, wie nur Angst vor Schlimmerem machte, sprangen sie über den lodernden Balken hinweg. Über ihnen knackte es schon bedrohlich. Der nächste Dachbalken würde gleich nachlassen und dieses Mal würde der größte Teil des verbleibenden Daches einstürzen. Aber sie erreichten die Tür ohne dass Flammen an ihnen hängen blieben. Doch kein Funken Erleichterung stieg in Sea auf. Sie hatte die Tür offen stehenlassen! Sie wollte sie aufdrücken, aber sie klemmte oder war gar verschlossen. Sie sah Math an, und ihm war sowohl das Problem als auch die Lösung sofort klar.

„Eins, zwei ...", zählte er und sie begriff, „drei!" Hand in Hand warfen sie sich mit den Schultern gegen die Tür, als sich der Dachbalken über ihnen zu lösen begann. Sie fielen mitsamt der Tür nach draußen, wo sie sich losließen, um schneller aufstehen zu können. Das Dach stürzte in diesem Moment ein, während Sea ihre Stiefel aus dem Türrahmen zog. Sie rannte schon als sie sich aufrappelte. Nach wenigen Schritten über den Sand sah sie über die Schulter. Das morsche Dach stürzte ein, und die brennenden Holzziegel begruben den Raum unter sich, in dem sie einen Atemzug zuvor noch vor einer verschlossenen Tür gestanden hatten. Math packte sie und zog sie weiter fort, während sie noch wie in Trance durch den Türrahmen ins Innere des Gebäudes starrte. Der Boden loderte vor orangen Flammen, und einige Augenblicke später brachen die Bodendielen ein in den Keller. Math umarmte sie schwer keuchend und Sea atmete auf. Die Nervosität wich der Erschöpfung, während sie noch lange nach Atem rangen. Die kalte Luft roch nach Rauch und Feuer, aber der salzige Duft nach Ozean und Flut brachte sie wieder zur Besinnung. Sie wandte sich ab und zog ihren Freund an der Hand mit sich.

„Komm, wir müssen unter Leute, für den Fall, dass die beiden Erpresser noch in der Nähe sind", sagte sie und führte ihn in schnellen Schritten auf den Weg zu, den sie gekommen war. Sie atmeten tief und gehetzt, aber sie behielten ihre Geschwindigkeit bei, als sie zwischen die Palmen traten. Math musste so schnell es ging von Tortuga verschwinden, denn die nächste Gefahr wartete schon. Sall würde ihn töten, wenn er ihn zu Gesicht bekam.

***

Mit der Zeit sank ihr Adrenalinspiegel, und sie stürzten nicht mehr wie auf der Flucht den Weg entlang. Bald gingen sie langsamer, und ihr Atem beruhigte sich allmählich. Ihr Herz schlug noch immer rasend, aber sie fühlte sich nicht mehr so gehetzt wie schon den ganzen Tag. Schließlich war Math momentan einigermaßen sicher. Weiter vorne machte der Weg eine Kurve, hinter der sie den *Leviathan* nicht mehr sehen können würden. Daher warf Sea einen letzten Blick auf das brennende Werfthaus zurück. Eine hohe Rauchfahne hing über den Resten des Gebäudes. Ein orangefarbener Schimmer, der von weitem fast schön anzusehen war, ging von den Grundmauern aus. Er beschien die Palmen am Waldrand mit einem warmen Licht, das sie an ein Kaminfeuer erinnerte. Das Dach war komplett eingebrochen, und alles was Holz war, brannte wie Schwefelhölzchen.

Sie wandte sich wieder ab, um zu vergessen, wie knapp sie dem Tod diesmal entronnen war. Bei dieser Aktion hätten sie wirklich draufgehen können, aber wer dachte schon daran, dass sie eingesperrt und mitsamt ihrem Gefängnis niedergebrannt werden sollten. Wer auch immer den Schatz unbedingt vor Sall finden wollte, würde alles daran setzten!

„Da vorne ist sie!", rief jemand aus der Entfernung. Ihnen kam eine Gruppe Männer entgegen, die mit zielstrebigem Schritt dem Weg folgten. In der Dunkelheit konnte sie ihre Gesichter noch nicht erkennen, aber seine Bassstimme hatte Diego eindeutig verraten. Verflucht, hätten sie sich nicht noch Zeit lassen können, bis sie Math in Sicherheit gebracht hatte? Aber Sea beschleunigte ihren Marsch, weil sie sich doch irgendwie freute, dass die Piraten nach ihr suchten. Sie ließ Maths Hand los, um ihnen entgegenzulaufen, während ihr Freund ein Stück hinter ihr zurückblieb. Er blieb jedoch nah genug, um jederzeit nach ihr greifen und sie zum Halt zwingen zu können. Sall lief der Gruppe voran mit einem kalten, ausdruckslosen Gesicht wie eine Statue. Doch sie ließ sich nicht beirren und wollte ihm umgehend von der Lage der Dinge berichten.

„Sall, ich hab die beiden Männer ...", wollte sie ihm erzählen, dass sie die Erpresser auf eine falsche Fährte gelockt hatte. Aber er ließ sie ihren Satz nicht erst beenden.

„Was fällt dir eigentlich ein, Sea?" Er zerdrückte ihr vor Wut beinahe die Oberarme als er sie packte. Er ging nicht gerade vorsichtig mit ihr um und schüttelte sie einige Male kräftig. Seine Augen funkelten feucht vor Zorn, aber im Gesicht war er bleich, dass sie fast glaubte, er hätte Angst um sie gehabt.

Dann wurden seine Züge eisern, als Math versuchte, sie zu trennen. Mit Mordlust in der Miene stieß der junge Pirat Sea von sich, um Math im nächsten Moment sein Entermesser entgegen zu rammen. Doch Math zog instinktiv den alten Säbel ihres Vaters aus der Scheide und parierte, als hätte er darauf gewartet. Sall zog seine Waffe zurück, als er erkannte, dass Maths Kampfkunst vermutlich nicht ganz ohne war und hielt sich nicht länger mit dem Gedanken auf zu kämpfen. Er zog mit der freien Hand die Pistole, um kurzen Prozess zu machen. Allerdings hielt Sea ihn vorher davon ab. Obwohl sie lieber die Augen verdreht hätte, fiel sie ihm um den Hals.

„Bin ich froh, dich zu sehen!", trällerte sie übertrieben und schmiegte die Wange an seinen Hals. Eigentlich spielte sie die Umarmung, mehr um Math besser zum Gehen bewegen zu können, aber irgendwie war es doch ein unerwartet schönes Gefühl. Sie spürte seine Überraschung als er die Pistole senkte, um den Arm um sie zu legen. Offensichtlich wollte er Maths Ego ankratzen. Er steckte seine Pistole aber nicht weg, sondern behielt sie in der Hand. „Ich wurde von zwei Männern erwartet. Sind euch ein mittelalter Grauhaariger und einer mit Pockennarben entgegengekommen?", fragte sie leise an sein Ohr, für den Fall dass die beiden näher waren, als sie vermutete.

„Mindestens fünf sind uns entgegengekommen! Offensichtlich haben noch einige Kielratten draussen Schmiere gestanden für den Fall, dass du nicht alleine kommst!", wetterte er, „Das Pockengesicht ist uns mit Sicherheit entwischt. Nur drei konnten wir umlegen." Dem Tonfall zufolge musste sie sich um den Grauhaarigen keine Sorgen machen, offenbar hatten sie ihn schon zum Schweigen gebracht.

„Der Grauhaarige ist auch tot? Gut."

„Was heisst hier GUT?", fuhr er sie zynisch an und machte sich gerade soweit von ihr los, um sie mit seinen eisigen Augen anzustarren. Fast hätte es ihr einen Schauer über den Rücken gejagt. „Das Pockengesicht kann alles, was er weiß weitergeben. Damit hast du unseren ganzen Vorsprung zunichte gemacht! Und das nur, um diesem kümmerlichen Hurensohn den Hals zu retten!" Sie sah aus dem Augenwinkel, wie schwer es Math fiel, sich zu beherrschen, aber sie hatte mit ihrer eigenen Empörung zu tun.

„Denkst du ernsthaft, ich sei so beschränkt, diesen Erpressern ...“ Sie senkte die Stimme, als ihr einfiel, dass der Spitzel durchaus unter ihnen sein könnte. „ ...auch noch die Wahrheit zu sagen?“, fauchte Sea zurück und hoffte inständig, Math würde sich nicht einmischen. Salls Gesicht wurde vor Erstaunen für einen Sekundenbruchteil weicher, ehe seine Mine wieder gefror.

„Wer weiß? Vertrauen kann man dir ja nicht unbedingt.“

„Behauptet der Kerl, der mich eingesperrt hat, um zu verhindern, dass ich meinen besten Freund rette“, zickte sie ihn an, schließlich hatte er es verdient!

„Er hat dich eingesperrt?!“, vergass Math vor Empörung, dass für ihn Schweigen Gold wäre. Er hatte den Säbel noch in der Hand, bereit, zu parieren. Sall durchbohrte ihn mit einem mordenden Blick, während er seine Pistole erneut hob.

„Du hast sie in Lebensgefahr gebracht! Ich denke, es ist klar bei wem sie besser aufgehoben ist, Nichtsnutz“, knurrte der Pirat ihn an und spannte bedrohlich einen der drei Hähne, „ich hätte dich besser gleich aus dem Weg geräumt, dann wären wir nämlich verdammt noch mal nie in diese Situation geraten.“ Sea legte blitzartig die Hand über den Lauf seines Dreiläufers und richtete die Waffe auf den Sandboden.

„Du hast keinerlei Grund, der auch nur annähernd rechtfertigen würde, dass du Math umbringst, Sall“, fuhr sie ihn an, „ich sagte Nights Lakaien, sie müssten nach Westen fahren. Unsere Konkurrenz wird darauf setzen, dass sie früher ankommen als wir. Unser Weg ist frei, wir müssen nur noch die letzten Zeilen des Rätsels lösen.“ Der Pirat sah auf sie herab als wollte er sie zu Eis erstarren lassen.

„Ich hatte dich gewarnt, dass ich ihn zu Davy Jones befördere, wenn er mir unter die Augen tritt.“

„Das konnte ich ihm doch noch gar nicht mitteilen!“

„Sein Pech. Nimm deine Hand von meinem Pistolenlauf oder es wird Konsequenzen haben, Seepferdchen“, befahl er. Aber sie erwiderte seinen Blick so gut sie konnte.

„Bitte, Sall, gib mir nur fünf Minuten, um ihn zum Gehen zu bewegen! Schließlich hab ich unter Einsatz meines Leben Night auf eine falsche Fährte gelockt. Dass Math aufgetaucht ist war mehr ein Glücksfall als ein Hindernis!“ Einen Moment betrachteten sie stumm die Augen des Anderen, während Sall sich sein Vorgehen überlegte. Vor versammelter Mannschaft würde er nicht behaupten, dass ihm der Vorteil bei der Schatzsuche gleichgültig sei.

„Zwei Minuten und keine Sekunde länger!", sagte er und wandte sich ab. Seine Männer begannen sogleich auf ihn einzumurmeln, doch Sea hatte keine Zeit, sich damit aufzuhalten.

Sie zupfte Math am Ärmel und zog ihn ein Stück abseits der Piraten. Er ließ ihr gerade einmal genug Zeit, ihn anzusehen, bevor seine Fragen über sie hereinbrachen.

„Sall? Und warum nennt er dich Seepferdchen? Könntest du dich bitte endlich dazu herablassen, mir das alles zu erklären?" Sie hatte ihn noch selten so außer sich gesehen. Kein Wunder, er war wütend und verstand vermutlich die Welt nicht mehr.

„Also gut, wir haben nur Zeit für die Kurzfassung: Ich habe mich mit Sall schon nach Kurzem mehr oder weniger angefreundet, und bei seinem Spitznamen nenne ich ihn, um ihn nicht unterwürfig mit *Kapitän Black* ansprechen zu müssen. Und was meinen Kosenamen betrifft, den versuche ich ihm schon länger wieder abzugewöhnen. Einsperren tut er mich hin und wieder, wenn er mich sicher verstaut haben will, allerdings sind die Scharniere der Zelle schon seit langem durchgerostet, daher konnte ich sie aufbrechen." Math betrachtete sie zornig von oben herab, und es tat ihr leid, wie alles gekommen war. Sea wurde wieder bewusst, dass dies auch ihr Abschied war, ob Math nun gehen würde oder nicht. Sie musste ihn dazu bringen zu gehen, irgendwie!

„Angefreundet? Hat vorher aber nicht so ausgesehen als hättet ihr euch *nur* angefreundet." Zum ersten Mal seit sie ihn kannte, wirkte Math wirklich eifersüchtig. Und offensichtlich war sie der Grund dafür und nicht Sall. Die Umarmung hatte fast etwas zu viel Wirkung gezeigt. Als hätte er ihre Gedanken gehört, tauschte sie mit dem jungen Piraten einen Blick. Ihre Zeit rann nur allzu schnell durch die Sanduhr.

„Irgendwie musste ich ihn doch davon abhalten, dich zu erschießen!" Math nahm Salvador in Augenschein und versuchte abzuschätzen, ob ihre Reaktion gerechtfertigt war.

„Ihm hat's offenbar gefallen ..." Sea trat vor Ungeduld von einem Fuß auf den anderen.

„Das ist doch gleichgültig! Math, ich werde nicht zurückkommen bevor ich mein Schiff zurück habe, und du musst mir helfen, es zurück zu bekommen", sie nahm den Seesack von ihrer Schulter, den sie nun schon seit Stunden trug. „Ich habe im Kartenraum Papier stibitzt, um zwei Briefe zu schreiben. Einer ist für Victoria und ihren Vater, mit der Bitte, mich nicht großangelegt zu suchen und der Anweisung, dass du ihnen erklären wirst, wie und wo ich zu finden bin, falls ich einen Monat nach Brieferhalt nicht wieder aufgetaucht bin. Bitte, sag Edward erst, wo der Heimathafen der *Queen Roses Death* ist, wenn der Monat vorbei ist. Der zweite ist für Augenklappe, Rack und Bill mit Anweisungen, wie sie sich verhalten sollen, wenn es so weit ist. Du musst ihnen meine Goldmünze zeigen, damit sie dir auch mit Sicherheit glauben. Bitte, Math, ich flehe dich an, geh nach Kingston und gib ihnen die Briefe!" Er schaute einige Male zwischen seinem Seesack und ihren flehenden Augen hin und her, bevor er nach der Tasche griff und sie sich umhängte. Dann sah er ihr stumm zu, wie sie sich das Lederband vom Hals riss und ihm ihr Schmuckstück in die freie Hand legte.

„Du hast dich in den Höllenhund verliebt, gib es zu!", warf er ihr aus dem Nichts vor und sah sie verlangend an, „Du willst bei ihm bleiben, oder?! Du denkst gar nicht daran zurückzukommen." Sea fiel komplett aus dem Konzept – mit einem solchen Vorwurf hatte sie zuletzt gerechnet!

„Math, ich habe dir geschworen, dass ich immer wieder nach Kingston zurückkehre. Würdest du mir bitte so viel Vertrauen entgegenbringen, dass ich die Chance bekomme, meinen Schwur zu halten?" Er öffnete nicht einmal den Mund um etwas zu sagen. Er sah sie nur enttäuscht und vorwurfsvoll an. *Bleib mir doch gestohlen mit deinem Schwur!*, schien sein Blick zu sagen, *Du bist aus Eiche geschnitzt, wie jeder Seemann und genauso verhältst du dich – in jedem Hafen einen Kerl.* Aber sie hätte auch sonst nicht zu wissen bekommen, was er dachte, denn Sall unterbrach sie in zynischem Ton.

„An deiner Stelle würde ich jetzt rennen, um noch rechtzeitig aus meiner Sichtweite zu kommen, bevor die zwei Minuten um sind!"

„Ich bin ja schon weg!", fuhr Math ihn in einer Wut an, die Sea an ihrem besten Freund noch nie erlebt hatte, „werde glücklich mit deinem Höllenhund, Miss Horce, wenn du kannst!" Seine letzten Worte an sie, ehe er sich umdrehte und an den Piraten vorrüberging, verschlugen ihr endgültig die Sprache. Sie stand einfach nur da und sah ihm nach, wie er eilig dem Weg folgte. Glaubte er denn tatsächlich, dass sie sich in einen Piraten verliebt hatte? Dass sie alles aufgeben würde, was sie hatte, um ein Leben unter Schmugglern und Mördern zu führen? Sie wollte in ihr altes Leben zurück, das Leben auf der *Unicorn's Dream*! Denn Kingston war nie ihr Zuhause gewesen. Math war immer das einzig Wichtige gewesen, das sie in diese Stadt zurückgezogen hatte. Aber sie konnte ihm nicht einmal nachrufen. Er würde stehenbleiben, womöglich zurückkommen, und die Folgen würde Sea selbst in Gedanken nicht aushalten.

„Immerhin ist er intelligent genug, um die Drohung ernst zu nehmen", murmelte einer der Piraten und erweckte Sea aus ihrer Trance. Er war weg, unterwegs nach Hause, in Sicherheit. Und er war zu tiefst enttäuscht von ihr, wenn er sie nicht gar hasste. Er war nach Tortuga gesegelt, um sie zu retten! All diese Strapazen und Gefahren hatte er für sie auf sich genommen, und sie konnte ihm nicht danken, ihn nicht umarmen – nicht einmal einen Abschiedskuss hätte sie ihm geben können. Aber er wäre sich nur belogen vorgekommen, wenn sie es versucht hätte.

„Warst richtig gnädig, Käpt'n, dass du die beiden noch einmal gewarnt hast", stichelte ihn einer seiner Matrosen, aber Sea hörte nur mit halbem Ohr zu. Ihre rehbraunen Augen brannten, als wäre Sand hineingekommen, und sie begannen zu tränen, während sie noch immer auf die Stelle starrte, an der sie Math zuletzt gesehen hatte. Er hatte sich nicht noch einmal nach ihr umgedreht, während sie ihm nachgesehen hatte. Zum Glück, so weh es ihr tat.

„Halt den Rand oder du bist der nächste, der rennen sollte!", knurrte Sall ihn an und packte Sea an der Schulter.

„Er hat Recht, Sall. Danke, dass du ihn hast laufen lassen", bedankte sie sich sofort, damit sie es nicht vergaß. Eine Träne kullerte ihr über die Wange, jedoch auf der von Sall abgewandten Seite ihres Gesichts. Am liebsten hätte sie sich auf den Boden gesetzt und geweint.

„Am besten wir vergessen es einfach. Solche Aktionen sind nicht gut für mein Image", knurrte er, aber seine Matrosen lachten, da sie es für einen Spaß hielten. Er ignorierte es und zog sie den Weg entlang voraus. „Glaub nicht, dass du ungeschoren davonkommst, Sea."

***

Wortlos gingen sie den Weg entlang bis sie die Ortschaft wieder erreichten. Sall zog sie geradewegs den Kai entlang auf das Piratenschiff zu. Er hatte sie die ganze Zeit am Ellbogen festgehalten, aber es war egal gewesen. Sie hatte die ganze Zeit wie auf Nadeln gesessen vor Angst, sie könnten Math einholen. Daran dass er zurückkam, hatte sie nicht erst geglaubt. Wahrscheinlich war er längst unterwegs zu dem Schiff, mit dem er die Heimreise antreten würde.

Bitte, Math, komm sicher nach Hause, flehte sie in Gedanken, als Sall ihr einen Schubs auf die Passerelle gab.

„Käpt'n, ich geh' nochmal in die Spelunke", meldete einer der Piraten lallend und blieb am Steg stehen.

„Leg dich besser in deine Hängematte. Ich will morgen pünktlich ablegen", sagte der junge Kapitän ehe er ihr an Deck folgte. Seinem Matrosen schien der Ratschlag egal zu sein, daher versuchten einen Augenblick später zwei weitere Piraten, ihn vom Gehen abzuhalten. Würde der angetrunkene Matrose noch einmal in die Kneipe gehen, würde er morgen vermutlich nicht rechtzeitig zurück sein. Aber weder den Ersten Maat noch den Kapitän schien dies momentan zu interessieren. Sea wollte schon den Niedergang hinabgehen, da sie eigentlich erwartete, in die noch intakte Zelle eingesperrt zu werden. Jedoch packte Sall sie erneut grob und zog sie die Stufen auf die Brücke hinauf.

„Mit dir haben wir noch ein Wörtchen zu reden", knurrte er und zog sie in seine Kabine. Diego folgte mit ungewöhnlich mieser Laune im Gesicht und schloss die Tür hinter sich. Sall befahl ihr mit einer einfachen Geste, sich zu setzen, und sie war zu müde, um sich zu wiedersetzen. Außerdem wusste sie, was die beiden Piraten sie fragen würden.

„Und jetzt würde ich gerne in allen Einzelheiten erfahren, was du Greg und MacLeod erzählt hast", begann Sall mit verstränkten Armen.

„Ihr kennt sie? Dann gehören sie tatsächlich zu Night?"

„Wir waren auch einmal Nights Matrosen, falls du es vergessen hast", frischte er knapp ihr Gedächtnis auf, „Greg ist der mit den Pockennarben. Und jetzt schieß los!" Diego nahm auf dem anderen Stuhl Platz, da Sall nicht den Anschein machte als ob er sich setzen wollte.

„Dummerweise hat Math mich auf die Idee gebracht, dass *im Schatten des Tages* Norden bedeutet. Daher hatte er ihnen die Lösung der zweiten Zeile natürlich längst erläutert", begann sie und erklärte den Piraten, dass sie die Erpresser nach Cisne Grande geschickt hatte. Sall sah sie die ganze Zeit nur kühl und kritisch an, während sie erklärte, warum sich der Schatz nicht auf der größten der Swan Islands befinden konnte. Sein Gesicht rührte sich auch nicht als sie erzählte, was sie den beiden über die letzten zwei Zeilen vorgeschwindelt hatte und dass sie ihr nach Gregs Idee mit dem Leuchtfeuer rückfragelos geglaubt hatten. In Diegos Gesicht hingegen breitete sich mit der Zeit Zufriedenheit aus.

„Du kannst machen was du willst, Sall, aber dass sie ihnen gesagt hätte, wo wir Lenoirs Beute vermuten, kannst du nicht behaupten", nahm er sie in Schutz, „das Seemannsgarn, das sie diesen Leichtmatrosen erzählt hat, ist absolut glaubhaft."

„Dass sie ihnen nicht die Wahrheit gesagt hat mildert höchstens das Strafmaß. Händige mir den Kabinenschlüssel aus, Sea!", befahl er und hielt ihr die Hand entgegen. Einen Moment starrte sie ihn an, ohne zu wissen was sie tun sollte. Wollte er sie einsperren oder wollte er, dass ihre Tür von nun an offen blieb? War das ihre Strafe, weil sie ihm nicht gehorcht hatte? Aber sie musste ihm den Schlüssel geben, wer wusste schon, was sonst folgte. Langsam griff sie in ihrer Hosentasche und legte ihm den kleinen Kabinenschlüssel zwischen die Finger.

„Warum?"

„Weil es auch dein Interesse ist, dass die Scharniere an deiner Kabinentür sicher sind. Außerdem öffnet sie nur von außen nach innen, die wirst du schlecht von innen nach außen auftreten können. Du bleibst dort eingeschlossen bis wir abgelegt haben. Dann überlege ich mir eine passende Strafe für dich."

„Und warum denkst du, dass du mich strafen musst?", fragte sie in dem schnippischen Tonfall, den der junge Kapitän verdient hatte, „du hast mich zwar eingesperrt, aber du hast mir nie verboten Math zu retten!"

„Sei vorsichtig, was du sagst, Seepferdchen, ich kann meinen Fehler noch immer korrigieren und Goldlöckchen sechs Fuß tief unter die Erde bringen!", fuhr er sie an, „du wirst wegen deiner Fahrlässigkeit gestraft. Bei dieser Aktion hättest du genauso gut umgebracht werden können, wie du jetzt hier sitzt. Und solange ich deinen Kopf noch brauche, werde ich auch dafür sorgen, dass du keinen Unfug mehr treibst. Ursprünglich hatte ich nämlich vor dich in Eisen gelegt in die Bilge zu setzten, wie ich es dir angedroht hatte! Also bedank dich lieber." Sea sagte nichts, und sie sah ihn auch nicht an. Es herrschte eisiges Schweigen, bis Diego das leise Knarren der Planken übertönte.

„Denkst du nicht, dass du ihr alles sagen solltest?", meinte er. Sie verstand nicht worum es ging, aber Sall schien genau zu wissen, von was sein Freund sprach.

„Ich habe alles gesagt, was ich zu sagen habe", knurrte er und befahl ihr knapp aufzustehen. Er öffnete ihr die Tür, und sie ging erhoben Hauptes an ihm vorbei. Immer einen Schritt hinter ihr ließ er Diego zurück. „Kannst schon mal die Rumflasche aus der Kommode nehmen, ich bin gleich zurück", sagte er und machte einen großen Schritt über Coles Beine. Dieser lehnte schnarchend an der Wand neben der Kabinentür, die Schnapsflasche noch in der Hand.

Sea stutzte, als sie über seine Beine hinwegschritt. Sie hatten kaum zwanzig Minuten in der Kapitänskabine gesessen. War das genug Zeit, um sich betrunken dorthin zu schleppen und einzuschlafen? Außerdem, wenn er so betrunken war, um in so kurzer Zeit einzuschlafen, warum sollte er sich dann ausgerechnet auf die Kommandobrücke schleppen? Zum Niedergang war das ein Umweg. Sich hinschleppen könnte er vielleicht noch, aber dann müsste er doch noch wach genug sein, um zu bemerken, dass die Tür aufgegangen war. Hm … Wenn man eins und eins zusammenzählte, kam er als Spitzel durchaus in Frage. Er hatte ihr schließlich den Brief der Erpresser gebracht, und er war der Einzige gewesen, der Math und sie zusammen gesehen hatte. Womöglich schlief er gar nicht! Er lauschte durch die Holzwand! Sie konzentrierte sich auf Coles Schnarchen als sie die Stufen auf das Großdeck hinabstieg. Er atmete tatsächlich ungewöhnlich schnell für einen Schlafenden. So schnell atmete man nur, wenn man einen hohen Puls hatte, aus Angst erwischt zu werden. Sall bugsierte sie die Stufen hinab und gab ihr einen Schubs auf den Niedergang zu, als ob es nötig gewesen wäre.

Sie ließ sich etwas genervt von ihm der Heckkabine entgegenschieben. Dort öffnete der junge Pirat die Tür und gab ihr nur zu gern einen gröberen Stoß hinein, um sich ein wenig an ihr abzureagieren.

„Mein Kopf funktioniert besser, wenn der Rest noch ganz ist, Käpt'n!", ließ sie nichts auf sich sitzen.

„Sei vorsichtig, Sea! Ich bin im Moment ziemlich geladen", warnte er sie knurrend, als sie sich neben dem Ablageregal auf die harte Strohmatte fallen ließ. Sie hatte ein gewisses Verständnis für ihn, aber er könnte ihr auch einfach sagen, dass er sich Sorgen gemacht hatte. Aber ihr Verdacht war momentan wichtiger, daher schob sie ihre sonstigen Gefühle beiseite als er schon die Tür zuziehen wollte.

„Sall, bevor du mich wegsperrst und wieder abhaust, möchte ich dir noch sagen, dass mir was aufgefallen ist", sagte sie.

„Ah ja?" Er wirkte mehr genervt als interessiert, aber er ließ die Tür offen und lehnte sich in den Rahmen.

„Cole war der Einzige außer dir, der mich überhaupt zusammen mit Math gesehen hat. Er hat mir heute morgen auch den Erpresserbrief gesteckt und ich glaube nicht, dass er geschlafen hat als er vorher neben der Tür saß. Er hat viel zu schnell und unregelmäßig geatmet und wenn er wirklich betrunken wäre, hätte er sich bestimmt nicht auf die Brücke geschleppt. Ich bin der Meinung, er hat uns belauscht und war aufgeregt, weil er nicht sicher war, ob wir auf den Trick hereinfallen." Sall betrachtete sie kalt, ohne dass eine Gefühlsregung in seinen Augen auffiel.

„Du denkst, er ist der Spitzel?", meinte er, „Schon möglich. Cole ist ein schleimiges Geschöpf, das sich immer den Stärkeren und dem erfolgreichsten Vorhaben anschließt."

„Ich kann es nicht beweisen, aber es erscheint mir naheliegend."

„Wir beobachten ihn, vielleicht gibt es mehr Hinweise. Aber ich werde ihn nicht einfach so beschuldigen, und ich rate auch dir davon ab. Das ist für dich gefährlicher als für ihn. Du bist nach wie vor kein Mannschaftsmitglied, Sea", erklärte er, die Wut von vorher noch im Gesicht.

„Ich hielt es für besser, dich gleich zu informieren, Käpt'n Black", nickte sie, „Und danke" Für einen Moment wurde sein Gesicht weicher, bevor er sich daran erinnerte, dass er sie eigentlich herablassend behandeln wollte.

„Wofür?"

„Dass du Math am Leben gelassen hast, dass du nach mir gesucht hast und dass du vielleicht sogar Munition dafür geopfert hättest, um mir den Kragen zu retten", bedankte sie sich und wärmte ihn mit einem warmen Blick so sehr, dass sie kurz glaubte, seine eisigen Augen würden für einen Sekundenbruchteil tauen. Er betrachtete sie einen Moment wortlos. Erst erwiderte sie seinen Blick, doch dieser haftete so stark an ihr, dass sie sich bald bedroht vorkam. Jedoch unterbrach er sein Schweigen, bevor sie Angst vor ihm bekam.

„Ist an Goldlöckchens Vermutung etwas dran, Seepferdchen?", fragte er gerade heraus ohne dass sie seinem Bariton irgendeine Emotion zuordnen konnte. Sie ließ sich einen Augenblick Zeit, um nichts Dummes zu antworten.

„Du meinst, ob ich in dich verliebt bin?", fragte sie, „Nein ..." Hatte er absichtlich an ihr vorbeigesehen, als sie antwortete?

„Hätte er sich darum überhaupt sorgen müssen?", knurrte der junge Kapitän genervt. Diesmal sah er sie direkt an, und sie erwiderte seinen Blick.

„Gute Frage ...Weißt du, dich könnte ich vielleicht lieben, Sall. Aber ich hasse den elenden Piratenkapitän Black", antwortete sie wahrheitsgetreu, „dass du Pirat bist, wird mich immer davon abhalten mit dir auf eine ganz alltägliche Weise befreundet zu sein."

„Das wird sich zeigen", meinte er, „Aber wenn du weiter solchen Unfug treibst wie heute Abend, bin ich mir nicht sicher, ob du mich je als Freund ansehen wirst. Strafe muss sein, Seepferdchen." Er zog ohne ein Abschiedswort die Kabinentür zu, bevor sie sich wehren konnte. Doch sie stand trotzdem auf und wünschte ihm durch die Tür eine gute Nacht, während das Schloss klickte. Sie hörte seine Schritte als er wortlos davonging.

Unterwegs

Die Schiffglocke wurde bei Sonnenaufgang geläutet, und mit lauten Rufen wurden die Matrosen aus ihnen Hängematten gescheucht. Das Treiben erweckte sie aus dem Tiefschlaf. Sea war aus dem Bett und mit den Gedanken schon bei der Arbeit, bevor sie sich erinnerte, dass sie eingeschlossen war. Es fiel ihr erst ein, als sie sich die Stiefel über die Füße stülpen wollte. Also schob sie doch nur die Bluse richtig in den Hosenbund und stellte sich an das winzige Fenster. West Point lag noch im Dunkeln, da die Sonne noch nicht weit genug über der Hügelkuppe aufgetaucht war. Die Laternen brannten nicht mehr, vermutlich waren die Kerzen heruntergebrannt, und auch in den Fenstern war kein Licht zu sehen. Der Kai und die Gassen waren zu dieser Uhrzeit menschenleer, dafür hörte sie die Piraten über die hölzernen Decksplanken laufen. Sie konnte sich vorstellen, was an Deck ablaufen würde, und kurz darauf sah sie zu, wie die Leinen gelöst wurden. Bald danach begann sich das Schiff zu drehen, und das Blickfeld durch das Fenster schwenkte aus dem Hafen in die Bucht. Die *Queen Roses Death* wurde auf Kurs gebracht.

Sobald sie Tortuga nicht mehr hatte sehen können, hatte sie sich zurück aufs Bett gelegt. Wie lange sie dort gelegen und Löcher in die Luft gestarrt hatte, bis sie Schritte auf ihre Kabine zukommen hörte, konnte Sea nicht abschätzen. Sie setzte sich auf, als das Schloss der schmalen Tür klickte. Sall öffnete ohne anzuklopfen, oder sich sonst bemerkbar zu machen.

„Guten Morgen", grüßte sie ihn und schlüpfte schon zum zweiten Mal an diesem Morgen in ihre Stiefel.

„Für dich wird der Morgen nicht gut werden", sagte er kalt. Seine Laune schien immer noch vom Vorabend getrübt zu sein. Sea zog verwundert ihre linke Augenbraue nach oben, aber sie fragte nicht. Sie würde noch früh genug erfahren, was er sich für sie ausgedacht hatte. Stumm ging sie an dem Kapitän vorbei.

„Aufs Großdeck", teile er ihr knapp mit und ließ sie vorneweg den Niedergang emporsteigen, wie eine Verurteilte aufs Schafott. An Deck grinste ihr Foncé schon entgegen, als Sall ihr mit einem Nicken die Richtung zeigte. Er stand mit dem Bootsmannsstuhl, der aussah wie eine Schaukel, an der Reling und wartete offenbar auf sie. Sea ahnte, was ihre Strafe sein könnte, und ihre gute Laune bekam für einen Augenblick einen Aussetzer.

„Oh ... Hoffentlich habe ich eine falsche Vermutung ...", murrte sie halblaut in sich hinein.

„Nein, ich denke deine Vermutung ist goldrichtig", meinte der junge Kapitän, „du wirst die Ablagerungen an der Bordwand abkratzen. Foncé wird dich ab und an ein Stück versetzen."

„Das hast du nun davon, dass du unsere Steuerbordzelle zerlegt hast", gluckste dieser schadenfroh in seinem französischen Akzent.

„Selber schuld! Ihr hättet die Scharniere eben etwas pflegen müssen", gab sie umgehend zurück und sah anschließend seufzend über die Reling hinunter.

„Du wirst das Unterwasserschiff soweit herunter wie es eben möglich ist *gründlich* von Muscheln und Algen befreien und zwar vom Vorbis zum Achtersteven", erklärte der junge Kapitän ihre Aufgabe mit dem Tonfall, in dem ein Richter sein Urteil verkündet. Seas rehbraune Augen wurden einen Moment groß, ehe sie zu glauben begann, dass sie die *ganze* Bordwand reinigen sollte.

„Offensichtlich willst du mich beschäftigen bis wir Las Aves erreichen!", entfuhr es ihr, und sie schaute verdutzt zu seinem grinsenden Gesicht auf.

„Von mir aus auch länger", grinste er schadenfroh, „kommt drauf an, ob ich mit deiner Arbeit zufrieden bin." Einen Moment vergrub sie das Gesicht in den Händen. Alleine würde sie für diese Arbeit Wochen brauchen! Dann atmete sie durch und stellte sich mit neuem Elan gerade hin. Sie würde sich die Laune nicht verderben lassen, damit würde sie ihn am meisten ärgern.

„Wenn das so ist, sollte ich anfangen. Foncé, hängst du mich bitte an die Bordwand?"

✶✶✶

Um das Unterwasserschiff von verschiedenstem Bewuchs zu reinigen, gab es zwei Möglichkeiten: Die einfachere und gründlichere Reinigung ließ sich in einer Werft machen, wo man das Schiff trocken legte und daher an das komplette Unterwasserschiff herankam. Muscheln,

Algen, Seepocken und alle sonstigen Bewüchse konnten relativ leicht mit einem Spachtel von den schwarz oxidierten Kupferplatten an der Schiffsunterseite gelöst werden. In der Karibik musste jedes Schiff am Unterwasserrumpf mit Kupfer oder Zinn beschlagen werden, damit sich keine Schiffsbohrwürmer in die Planken frassen. Diese Muschelart konnte ein Holzschiff sonst dermaßen zerfressen, dass das Schiff instabil wurde. Aber Algen und Muscheln setzten sich selbstverständlich auf Holz und Metall gleich gut fest. Da solcher Bewuchs ein Schiff mit der Zeit erheblich verlangsamen konnte, musste er früher oder später abgeschabt werden.

Aber in ihrem Fall ging es mehr darum ihr einen Denkzettel zu verpassen. Daher ließ Sall sie diese Arbeit auf hoher See und in voller Fahrt verrichten. Da der Wind, der in die Segel drückte, das Schiff ein wenig zur Seite kippte, drehte sich entsprechend auf der anderen Seite das Unterwasserschiff über die Wasserlinie. Sie würde also auf dem Bootsmannsstuhl sitzend übers Wasser gehängt werden, wo sie hin und her schwingend den Bewuchs abkratzen würde.

Sea band sich die Haare zu einem Pferdeschwanz, damit sie ihr beim Muscheln Wegspachteln nicht in den Weg kamen. Derweil hängte Foncé den Bootsmannsstuhl über die Reling. Mit dem Spachtel in der Hand kletterte sie darüber und setzte sich vorsichtig mit dem Gesicht zur Bordwand darauf. Mit den Füßen hielt sie sich auf Abstand, während der Pirat sie langsam zu den Wellen herabliess. Kurz bevor ihre Füsse in der Welle hingen, die der Vorsteven beim Pflügen der See verursachte, erreichte sie die angestrebte Höhe. Dort liess Foncé sie im wahrsten Sinne hängen. Sie begann, mit dem Spachtel die Ablagerungen vom Rumpf zu kratzen, indem sie ihn unter den Bewuchs schob bis sich dieser löste. Nach einer Weile stellte sie fest, dass der Rumpf der *Rose* schichtenweise überwachsen war. Zuunterst wuchsen Muscheln, auf deren Schalen Seepocken wucherten, und beides war zugewachsen mit Tang und Algen. Dies führte dazu, dass sie nicht einmal sah, woran sie sich stetig schnitt und kratzte. Die Muschelschalen waren leider reichlich scharf. Dazu schaukelte sie natürlich durch den Seegang immer von der Bordwand weg und wieder dagegen. Normalerweise konnte sie sich mit den Beinen abfedern. Aber wenn eine größere Welle kam, konnte es vorkommen, dass sie mit den Stiefeln abrutschte und gegen die Wand prallte. Die Folge waren Blaue Flecken an den Knien.

Zu allem Überfluss wurde sie in regelmäßigen Abständen durchnässt. Jedes Mal wenn der Bug der *Queen Roses Death* in einen Wellenberg eintauchte, wurde sie von der Welle überströmt. Bei kleineren Wellen saß sie dann bis zum Bootsmannsstuhl im kühlen Meerwasser, bei größeren stand ihr das Wasser bis zum Hals. Dann musste sich gehörig an ihrem Sitzbrett festhalten, um nicht mitgerissen zu werden.

Als ihr dabei die Stiefel abrutschten, drückte die Welle sie gegen die Bordwand und schmirgelte sie über dessen Bewuchs. Die scharfen Muscheln zerkratzten ihr dabei den Arm und rissen einige Löcher in ihren Ärmel. Dabei hinterließen sie blutige, vom Salz brennende Schrammen. Zum Glück war der Bootsmannsstuhl mit einer Leine am Bug befestigt, sonst hätte sie auch noch vor und zurück geschaukelt, wobei sie sich sicher viel schlimmer verletzt hätte. Aber diese Schürfungen hatte das Meer nach kürzester Zeit ausgewaschen. Immer wenn sie in ihrer direkten Reichweite die Planken bestmöglich von Muscheln befreit hatte, rief sie nach Foncé. Er streckte dann zuerst den Kopf grinsend über die Reling und versuchte sie mit einem dummen Spruch zu ärgern, ehe er sie um einen halben Faden versetzte. Dank diesen Belehrungen blieb sie zumindest bei Laune, denn diese waren oft äußerst unüberlegt.

„Du hast da eine handgroße Fläche übersehen!", machte der junge Kapitän nach einigen Stunden von oben auf sich aufmerksam. Sea lehnte sich zurück, um ihn bequemer ansehen zu können und sah in ein breit grinsendes Gesicht auf. Lässig stützte er die verschränkten Arme auf die Reling.

„Das kannst du von da oben wegen der Wölbung des Schiffs gar nicht sehen!", hätte sie am liebsten die Hände verworfen. Aber dann hätte die Welle, in die sie gerade bis zur Taille getaucht wurde, sie vermutlich mitgenommen. Sall lachte darüber, dass sie ihn ertappt hatte, ließ sich davon aber nicht stören.

„Denkst du? Ich sehe alles von hier oben, inklusive tief in deinen Ausschnitt!", versuchte er sie zu ärgern. Einen Moment lang fiel er ihr tatsächlich auf die Nerven. Zumal weder ihre Oberweite noch ihr Ausschnitt vermutlich groß genug war, als dass er ihm wirklich Einsicht gewährte.

Aber sie ließ sich nicht ärgern: „Das traust du dich aber auch nur zu behaupten, weil ich hier unten festsitze!"

„Vorlaute Göre! Na los, Foncé, ziehen wir den Wildfang an Deck", grinste er als er sich abwandte. Und wirklich, sie wurde nach oben gezogen. Einen Moment später schmiss sie den Spachtel aufs Deck und kletterte ihm verwundert hinterher.

„Mit was habe ich denn diese Gnade verdient?", fragte sie neugierig als sie die Stiefel auszog, um deren Inhalt dem Meer zurückzugeben.

„Verdient hast du es nicht. Luigi hat sich darüber beschwert, dass du nicht zum Essen erschienen bist. Offenbar hatte er Mitleid mit dir. Hast du gemerkt, dass er dich hin und wieder durch eine Stückpfortenklappe beobachtet hat?" In diesem Moment krampfte sich ihr Magen schmerzlich zusammen, als erinnerte er sich, dass er heute noch nicht gefüttert wurde.

„Nein, aber ich werde ihm dafür danken", sagte sie und legte den Spachtel an die Reling, wo Foncé auch den Bootsmannsstuhl deponiert hatte. Danach schnappte sie sich ihre Stiefel und verschwand, ehe einer der Piraten noch etwas sagen konnte.

Ihr Hunger trieb sie direkt in die Kombüse. Dass das Wasser nur so von ihren Kleidern tropfte und sie eine Spur nasser Abdrücke hinterliess, war ihrem Magen gleichgültig. Und es würde ihr ebenso gleichgültig sein, was Luigi zusammengekocht hatte. Hauptsache war, sie bekam endlich etwas zwischen die Zähne.

„Das hat aber reichlich lange gedauert, bis unser Kapitän dich hat hochziehen lassen!", war das Erste, was Luigi ihr entgegenmurrte. Er füllte die hölzerne Schale so voll, wie für einen ausgewachsenen Mann von einem Faden Höhe und drückte sie ihr mitsamt dem Löffel in die Hand.

„Was denkt sich der Bengel eigentlich? Dass du von Meeresluft alleine leben kannst? Frühstücken lassen hat er dich auch schon nicht ...Dabei ist es gar nicht seine Art, jemanden hungern zu lassen!", wetterte der Koch, während Sea sich auf den Schemel setzte und den Löffel in den Mund schob. Sie hatte eine Art Irish Stew vor sich, das mit den Kartoffeln zusammen in einem Topf gekocht worden war. Mit dem Salz hatte er es gut gemeint und es schmeckte ausnahmsweise nahezu gut. Oder sie hatte mehr Hunger als sonst.

„Und wie du aussiehst, Mädchen! Vollkommen nass und zerkratzt: Foncé hat dich zu weit hinunter gehängt, wenn du mich fragst", fuhr der Koch mürrisch fort und stellte einen Krug mit dünnem Grog auf die Arbeitsablage. Sie schluckte.

„Es ist sinnvoll, unten anzufangen, schließlich wissen wir nicht wie der Wind morgen ist. Womöglich kann er mich morgen nicht mehr so weit hinabhängen, wenn der Wind weiterhin abnimmt", verteidigte sie Foncé knapp, „aber Danke, danke tausend Mal, dass du mich vorübergehend erlöst hast, Luigi." Sie nahm einen großen Schluck von dem Wasser-Rum-Gemisch direkt aus dem Krug, ohne sich die Mühe zu machen, sich einen Becher zu holen. Dann steckte auch schon der Löffel wieder in ihrem Mund.

„Heilige Mutter Gottes! Du hast diese Strafe auch nicht verdient, weil es den Käpt'n stört, dass du deinen Freund retten wolltest, Kind! Ich habe nämlich auch durchschaut, dass es nicht um die kaputte Zellentür oder deine Fahrlässigkeit geht, wie uns der Bengel weiss machen will!" Er hätte wohl lieber geflucht als Gottes Mutter gepriesen, aber dafür war der Italiener zu katholisch.

„Es geht schon auch um meine Fahrlässigkeit. Es stört ihn, dass ich mich für Math so tollkühn verhalten habe, obwohl ich normalerweise ziemlich pingelig abschätze, ob ich der Situation gewachsen bin!"

„So bestraft man doch niemanden, um den man sich sorgt!", rief der Koch mürrisch aus, und sie musste ihm Recht geben. Luigi sah ihr eine Weile beim Essen zu und schimpfte noch ein wenig über ihre Vernachlässigung.

Dann verstummte er und sah ihr wortlos zu, bis sie sich unwohl zu fühlen begann. Schließlich fragte sie nach, weil sie seinen erstaunten Blick nicht mehr aushielt: „Was?"

„Ich habe dich noch nie so essen sehen. Du hast die Schale jetzt schon so weit geleert, wie du normalerweise allerhöchstens essen könntest."

„Wundert es dich?"

„Aye, tut es, auch wenn ich nach deinem Vormittag nicht den Grund dazu hätte", lachte der Koch.

Wenig später hatte sie aufgeben müssen: Sie war des Stews nicht ganz Herr geworden. Sea rieb ihre Schale im Abwaschbecken mit Wasser aus und verstaute sie selbst im Regal. Dann setzte sie sich wieder auf den Hocker, auf dem sie an anderen Tagen Potaken gedreht hatte. Plaudernd füllte sie die letzten Hohlräume in ihrem Magen mit dem Grog aus. Irgendwann begann Luigi damit, das Abendessen vorzubereiten, und kurz darauf stand Foncé bei ihr, um sie an Deck zu holen. Ihre

Kleider waren inzwischen komplett getrocknet und etwas salzstarr. Ihre Lederstiefel dagegen waren noch feucht, aber sie hinterließ längst keine Abdrücke mehr, als sie ihm an Deck folgte.

Wieder hängte er sie an die Bordwand, und Sea erlebte den Nachmittag als ein Déjà-Vu des Morgens.

***

Volle drei Tage kratzte sie an der Bordwand Muscheln ab! Aufhören konnte sie anschließend nicht einmal, weil sie endlich fertig geworden wäre, nicht, weil endlich die ganze Bordwand von Ablagerungen befreit war. Nein, sie musste aufhören, weil der Wind in diesen Tagen stetig abnahm. Da er die *Queen Roses Death* nicht mehr genug nach Lee drückte, drehte das Unterwasserschiff nicht genug hoch, um daran zu arbeiten. Den letzten halben Tag war sie kaum noch vorangekommen. Foncé hatte sie auf Salls Befehl hin so tief ins Wasser gehängt, dass sie immer bis zur Taille im Wasser gesessen hatte. Sie war damit bei jeder Welle komplett getaucht worden und hatte mehr Zeit darin investieren müssen, um sich festzuhalten, als um den Bewuchs abzuschaben. Und selbstverständlich war sie triefend nass, als Foncé sie wie einen großen Fisch hinaufzog. Es war ihm unsinnig vorgekommen und er ging selbst zu seinem Kapitän um diesem mitzuteilen, dass sie so nicht arbeiten konnte. Der Wind nahm weiterhin ab. Einen halben Tag später saßen sie in der Flaute.

Entsprechend schnell breitete die Langeweile sich aus. Bald schon legte der Geiger den Bogen an seine Fiedel, Würfel wurden geholt, und während des Spleißens wurden Geschichten erzählt. Hie und da holte auch einer der Matrosen seine Ration Rum nach oben. Da sie sich von den Erzählern fernhalten wollte, würfelte sie seit langen einmal wieder. Zumal sie ohnehin nicht spleißen konnte und die Geschichte der Meerjungfrau, die der alte Pirat immer wieder zum Besten gab, sie langweilte, störte sie sich nicht daran. Auch in den Articles of Agreement der *Queen Roses Death* war das Spiel um Geld verboten und sie konnte sich somit auch nicht in Schwierigkeiten reiten.

Sie spielten ein Spiel, das überall einen anderen Namen hatte und von den Piraten *Würfel-Jack* genannt wurde. Zu siebt spielten sie mit zwei Würfeln, einem Brett und einem Becher, wobei verdeckt auf das

Brett gewürfelt wurde. Der Spieler sah sich die Würfel an und zählte die Augen, ohne sie den anderen Spielern zu zeigen. Entweder er nannte der Runde die größere Augenzahl als Zehner und die kleinere als Einserziffer einer zweistelligen Zahl oder er log, anschließend wurden die Würfel verdeckt von dem Würfelbecher auf dem Brett weitergereicht. Der nachfolgende Spieler musste nun entscheiden, ob er dem vorherigen glaubte und das Spiel fortsetzte oder nicht. Flog die Lüge auf, fiel der Lügner aus dem Spiel. Hatte er aber nicht gelogen, durfte der Entscheider nicht mehr mitspielen. Nach einer aufgeflogenen Lüge fingen die Werte wieder unten an. Die Schwierigkeit dabei war, dass der nachfolgende immer eine höhere Zahl nennen musste, als der vorherige Spieler. Dabei waren zwei gleiche Augenzahlen, genannt ein Pasch, höher als die ungleichen und die Kombination Zwei und Eins war ein besonderer Wert, der über allen anderen stand. Daher konnte man nicht immer die Wahrheit sagen.

Das Wunderbare an diesem Spiel war, dass Sea darin prinzipiell eine Glückssträhne hatte – normalerweise gewann sie ungefähr drei von fünf Spielen. Auch Rack hatte solch eine prinzipielle Glückssträhne, daher war er im Black Jack-Spielen nahezu unschlagbar. Aber weil ihn dieses Glück dummerweise immer verließ, wenn es um Geld ging, hielt er sich von Glücksspielen mit Einsätzen normalerweise fern. Da Sea immer gute Zahlen würfelte, brauchte sie nicht zu lügen, und wer nicht lügen musste, konnte nicht auffliegen. Bald schauten ihr die Piraten immer intensiver auf die Finger, und einmal stellte sich ihr sogar einer der Piraten in den Rücken, um ihr beim Spielen zu zusehen, bevor sie ihr schließlich glauben mussten, dass sie für dieses Spiel einfach eine glückliche Hand hatte. Und, dass ihr Lächeln für die Piraten undurchschaubar war, weil sie zum ersten Mal gegen sie spielten.

„Sechser-Pasch", sagte der Spieler, der vor ihr an der Reihe war und nannte damit den zweithöchsten Wert im Spiel. Dann schob er ihr das Brett mit dem Würfelbecher hin, den sie prompt hob und die Kombination Fünf und Drei entblößte.

„Sie hat dich wieder erwischt! Du solltest mal den Platz wechseln, Kumpel" Sea würfelte und betrachtete ohne eine Miene zu verziehen den Augenwert Einundzwanzig – Eins und Zwei. Sie musste sich Mühe geben, dass aus dem undurchsichtigen Lächeln kein Grinsen wurde.

„Black Jack", sagte sie und gab das Brett weiter. Foncé musterte sie eindringlich, um die Lüge zu erkennen, aber sie war natürlich in ihrem Gesicht nicht zu finden. Dann schüttelte er den Kopf.

„Ce n'est pas possible d'avoir Jack déjà encore une fois", sagte er, hob den Würfelbecher an – und fluchte. Sea lachte erst jetzt zusammen mit den Piraten.

„Es ist nicht zu glauben! So viel Glück kann man doch nicht haben!", rief einer in die Runde, als Sall gerade dazu trat. Er hatte wie so oft Karten gespielt, aber nun hatte der Ring seiner Matrosen um die Würfelnden ihn offenbar zu neugierig gemacht.

„Ich habe einfach ein glückliches Händchen in diesem Spiel, dafür bin ich in anderen Spielen eine Niete", erklärte Sea schulterzuckend.

„So? Hast du Lust, dein glückliches Händchen auszutesten?", grinste Sall breit in die Runde, als führte er etwas im Schilde. Seine Matrosen beobachteten ihn neugierig, als er sich ihr gegenüber an den Schemel setzte, den sie als Spieltisch benutzen.

„Kommt drauf an ..." Sein Grinsen machte sie misstrauisch. Es klang, als ob der junge Pirat die größeren Gewinnchancen hatte als sie.

„Ganz einfach: Wir spielen zu zweit auf zwei Siege. Wenn du gewinnst, bist du von deiner Strafe befreit."

„Klingt gut ... Und wenn du gewinnst?" Die Piraten lachten als wüssten sie, was ihr Kapitän antworten würde.

„Dann behalte ich deinen Kabinenschlüssel für den Rest unserer Reise und entscheide künftig weiterhin wer wann bei dir ein- und ausgeht", grinste er wohl wissend, wie sehr er sie ärgerte. Die Piraten pfiffen mit gehobenen Brauen und sahen sie mit blitzenden Augen an, daher hätte sie Sall im ersten Moment vor Ärger an die Gurgel springen können. Aber dann entschied sie den Spieß umzudrehen, und sie grinste angeberisch zurück.

„Das ist nicht gerecht, Sall, mein Kabinenschlüssel ist mehr wert als deine abgekratzte Bordwand", sagte Sea, „was hältst du stattdessen davon? Wenn ich gewinne, bekomme ich meinen Schlüssel wieder und muss den Rest der Strafe nicht abarbeiten, aber wenn du gewinnst, kratze ich die andere Bordwand auch noch sauber." Sie hatte zwar einen leichten Vorteil, aber vielleicht stieg er trotzdem ein.

„Diese Gewinne sind auch nicht gleichwertig, Seepferdchen, du musst schon mehr in den Jackpot legen. Wenn das Wetter so flau bleibt, erledigt sich deine Strafe nämlich von selbst", wollte der junge Pirat selbstverständlich mehr heraushandeln. Sie überlegte einen Moment, was sie ihm noch anbieten konnte.

„Also gut, zusätzlich werde ich dir für den Rest der Reise jeden Morgen dein Frühstück in deine Kabine bringen und sogar den Teller wieder holen" Dass er ihr so ihren Kabinenschlüssel in jedem Fall nach dem Spiel übergeben musste, weil sie ihm andernfalls morgens nicht als Dienstmädchen zur Verfügung stand, ohne dass er ihr die Kabine aufsperrte, brauchte er nicht gleich zu merken. Sall grinste fast zufrieden und nahm den Würfelbecher zur Hand. Das Angebot war zu verlockend, um sich weiter darüber Gedanken zu machen.

„Gilt! Besser werden deine Angebote vermutlich nicht mehr", nahm er den Vorschlag an und würfelte. Sall war schwer zu durchschauen, seine Selbstsicherheit verdeckte alles. Sea hingegen starre Löcher in die Luft und versuchte gedanklich abwesend zu sein, damit man ihr keine Lügen ansehen konnte. Daher machten sie viele Würfe, und die Augenwerte wurden hoch angesetzt, bevor sich der erste von ihnen einen Versuch wagte. Als Sall nach den Augenwerten dreiundfünfzig, dann ihren vierundsechzig, schliesslich behauptete, einen Einer-Pasch zu haben, hielt Sea die Differenzen zwischen den Werten für auffällig. Sie hob den Würfelbecher von dem Bett ab und entlarvte probt seine Lüge.

Die zweite Runde begann schon mit hohen Werten. Als der Kapitän schon nach seinem zweiten Wurf behauptete, einen Sechser-Pasch gewürfelt zu haben, saß sie in der Falle. Hätte sie erneut gewürfelt, wäre nur noch die Behauptung ‚Black Jack' erlaubt gewesen und die Wahrscheinlichkeit, dass sie diese Kombination warf, war kleiner, als die Wahrscheinlichkeit, dass Sall log. Also hob sie den Becher an und legte die Kombination Sechsundsechzig frei, was zum Gleichstand führte. Sall lächelte schon siegessicher, als sie zur dritten Runde ansetzten.

„Einunddreißig", begann er.

„Zweiunddreißig", sagte sie die Wahrheit, aber es war zu früh im Spiel, als dass er das Risiko eingehen würde.

„Einundvierzig"

„Vierundfünfzig", war sie gezwungen zu lügen und Sall betrachtete sie zwei Mal prüfend, würfelte dann aber.

„Sechsundfünfzig" Die Differenz schien ihr sehr knapp, aber sie war sich nicht sicher, ob er log. Sie würfelte erneut und hätte beinahe gelächelt, als sie die Augenzahlen sah.

„Fünfer-Pasch", sprach sie die volle Wahrheit. Falls er ihr glaubte, würde sie die Würfel nach seinem nächsten Wurf aufdecken. Aber er glaubte ihr nicht, hob ohne zu zögern den Würfelbecher an und stellte ihn geräuschvoll neben das Brett. Einen Moment betrachtete er die Würfel, dann zuckte er mit den Schultern.

„Schade, das wäre ein netter Gewinn gewesen", sagte er und kramte ihren Kabinenschlüssel aus der Hosentasche, „aber nun hat Luigi zumindest keinen Grund mehr bei jeder Mahlzeit darüber zu wettern, dass du schon wieder triefend nass bist"

„Ach, daher weht der Wind! Luigi hat dich weichgeklopft!", behauptete Sea, als sie ihm den Schlüssel aus der Hand schnappte.

Sall lachte nur über ihre Aussage: „Mich weichzuklopfen ist beinahe unmöglich, Seepferdchen! Aber die letzten zwei Tage waren definitiv so schlimm, als hätte ich dich die ganze Bordwand bei normalen Verhältnissen abkratzen lassen."

„Du willst es dir nur mit mir nicht verderben, elender Hund, gib's doch zu!", freute sie sich, dass sie endlich wieder Frieden geschlossen hatten.

„Also gut, Seepferdchen, es wäre schade, wenn du auf meine Sticheleinen nicht mehr eingehen würdest."

„Geht doch! Und nenn mich nicht mehr bei meinem Kosenamen"

Sie spielten noch lange zu acht, bis das Spiel endgültig in den Sticheleien unterging. Jeder neckte jeden, und es brauchte bald eine gute Portion Humor, um keinen der Sprüche als Beleidigung aufzufassen. Aber nachdem ein allzu kecker Spruch gefallen war, rettete eine Ration Rum Leben. Betrunken war allerdings noch niemand als am frühen Abend wieder sanfter Wind aufkam.

Kaum war das Lüftchen bemerkt worden, brachten die Piraten die *Queen Roses Death* auf Kurs. Schnell waren sie zwar nicht unterwegs, aber zumindest segelten sie kontinuierlich nach Südosten.

Da ihre Strafe annulliert worden war, hatte Sea ihren Dienst hinterm Ruder wieder aufgenommen, bis gegen sieben Uhr ihre Wache abgelöst wurde. Nach dem Abendessen setzte sie sich auf die obersten Stufen der Treppe, die von der Brücke auf das Achterdeck führten, und hing ihren Gedanken nach. Der Wind nahm währenddessen zu, und gegen neun Uhr wehte endlich wieder eine gute Brise, die man Passat nennen durfte. Sea schwelgte in Erinnerungen und begann zu schätzen und zu rechnen. Anhand von Daten und Terminen versuchte sie herauszufinden, wo sich ihr Schiff gerade befand und wann es künftig wo sein würde. So konnte sie sich überlegen, wo die Piraten die *Unicorn's Dream* überfallen sollten, damit ihr Vorhaben erfolgreich war.

Auch die Piraten genossen den Abend. Es war selten so ruhig, wenn die ganze Crew sich an Deck zueinander gesellte. Alle schienen sie einfach nur die abendliche Stimmung über dem Horizont zu genießen, ohne viele Worte miteinander wechseln zu müssen. Als die Laternen an Deck entzündet wurden, verzog sich ein Großteil der Crew in ihre Hängematten auf dem zweiten Deck. Daher blieb Sea mit den Matrosen an Deck zurück, die Wache hatten.

„Lass mich durch, Mädchen!" Jack-Knife stapfte mit einer Laterne in der Hand die Backbordtreppe zum Achterdeck hinauf. Er hatte am Bug damit begonnen, die Laternen an Deck zu entzünden und nun wollte er auch die Hecklaternen entflammen. Warum er aber nicht die Stufen auf der Steuerbordseite erklomm, war ihr allerdings ein Rätsel. Sea zog trotzdem die Beine an, um ihn auch die obersten Stufen passieren zu lassen. Der stämmige Pirat ging wortlos an ihr vorbei, was ihr nur Recht war. Sie sah ihm zu, wie er bei jeder der drei Laternen das Türchen öffnete, den Docht in Flammen steckte und das Türchen wieder säuberlich verschloss. Ein Funken und es konnte auf einem Schiff zur Katastrophe kommen, daher wurden Laternen und Herd mit Sorgfalt behandelt. Die Wirkung des Decks veränderte sich in dem gelblichen Licht der Flammen und die Tatsache kam Sea beinahe lachhaft vor, dass der Dreimaster von außen aussah wie ein Geisterschiff. Zum Schluss löschte Jack- Knife sorgfältig das hölzerne Stäbchen mit dem er die Dochte entzündet hatte, während er sich von den Laternen abwandte. Sie hatte die Beine zwar noch immer angezogen, aber der Blick des Piraten blieb an ihr hängen, und er blieb an der Reling stehen.

„Hast du eigentlich irgendetwas davon, dass du dem Grünschnabel bei der Suche nach seinem Hirngespinst hilfst, Mädchen?", fragte er nach einem Moment, ohne um den heißen Brei herumzureden. Es überraschte sie ein wenig, dass er sie ansprach, denn im Allgemeinen wies er sie ab. Er vertrat die Ansicht, dass Frauen nicht auf Schiffe gehörten. Dennoch sah sie keinen Grund, ihm nicht zu antworten, denn sein plötzliches Interesse machte sie durchaus neugierig.

„Ich nehme an, du kennst das Gerücht, dass ich Kapitän eines Frachters war und diesen bei einer Meuterei verloren habe?"

„Wer weiß nicht von diesem Seemannsgarn? Wir haben sogar einige Holzköpfe an Bord, die deine Ammenmärchen glauben", erwiderte Jack- Knife, „was hat dieser Unsinn damit zu tun?" Er lehnte sich gegen die Reling zu seiner Linken und stemmte die rechte Hand fordernd in die Hüfte.

„Es ist die ungeschminkte Wahrheit, auch wenn es kaum zu glauben ist, Jack-Knife! Der Deal ist, dass ich Black helfe, Lenoirs verschollene Beute aufzustöbern und im Gegenzug helft ihr mir meine *Unicorn's Dream* zurückzuerobern, falls du davon noch nichts weißt. Ich warte schon länger darauf, dass er euch von unserem Handel in Kenntnis setzt." Jack-Knife brummte kritische und legte die Stirn in Furchen.

„Ach? Ich wäre mir an deiner Stelle nicht allzu sicher, dass du auf Blacks Hilfe zählen kannst, Mädchen", meinte er, „er hat damals nicht geklungen, als ob er noch mehr in dich investieren wollte. Schließlich hätten wir auf dem Schwarzmarkt für diese Matrosen eine hübsche Summe bekommen"

„Wie meist du das?", fragte Sea misstrauisch. Ein unruhiges, gehetztes Gefühl legte sich wie Nebel über ihre Laune.

„Um ehrlich zu sein, Kleine, als er uns aufgefordert hat, die Finger von dir zu lassen und entweder freundlich mit dir umzugehen oder dich zu ignorieren, dachten die meisten von uns, es ginge neben seinem Interesse an dir nur darum, dass kein Streit entsteht. Aber einigen inklusive mir ist klar geworden, dass er einfach ein Händchen für Weiber hat. Wenn er dir einen fairen Handel verspricht, hat er es um einiges leichter dich dazu zu bringen nach seiner Pfeife zu tanzen" Jack-Knife grinste schadenfroh als amüsiere es ihn, dass sie auf Salls List hereingefallen war. Und tatsächlich klang seine Theorie erschreckend plausibel. Wenn sie den Schatz hatten, machte es für die Piraten keinen Sinn mehr ihr zu helfen und bevor sie ihn hatten, würden sie keinen Finger krümmen. Aber zumindest war nun geklärt, warum sie als einzige Frau mit einem Schiff voller Männer nie Probleme hatte – Sall hatte vorgesorgt. Aber sie hatte von Anfang an gewusst, dass der Handel nur erfüllt würde, wenn Kapitän Black gerade danach war. Sie war das Risiko eingegangen, und rückgängig machen konnte sie es nicht mehr, selbst wenn es offensichtlich schlauer gewesen wäre, ihre Freiheit mit der Karte zu kaufen.

„Warum erzählst du mir das?", wollte sie dennoch wissen, was ihn dazu trieb ihr Vertrauen in seinen Kapitän zu stören. Zumal er sie als Frauenzimmer auf dem Schiff schließlich nicht ausstehen konnte.

„Ich wollte dich darauf aufmerksam machen, was er für ein Mensch ist", sagte Jack-Knife nach einem Moment, „und zu meinem eigenen Amüsement" Er wollte sie aufwiegeln. Womöglich würde er in den nächsten Tagen sogar versuchen, sie dazu, anzustiften bei einer Meuterei den Köder zu spielen, schoss es ihr durch den Kopf. Aber selbst wenn er sie tatsächlich als Schlüsselperson einer Meuterei gewinnen wollte, würde sie ihm nicht helfen. Untereinander sollten die Piraten ihre Geschäfte ohne sie lösen, sie würde nicht Partei ergreifen, dachte sie und vertrieb anschließend den Verdacht auf Meuterei wieder aus ihren Gedanken.

„Und was nützt dir das?", wollte sie ihn dennoch aus der Reserve locken. Er zuckte mit den Schultern.

„Je schneller du begreifst, dass der Grünschnabel dir nicht helfen wird, desto schneller bist du weg. Dann kehrt endlich wieder Normalität auf unser Schiff zurück, und wir können uns wieder unserem Handwerk zuwenden. Schatzsuche! So ein Unsinn kann nur einem Halbstarken einfallen! Aber wenn sich herausstellt, dass Lenoirs Beute nicht existiert, haben wir zumindest endlich einen Grund, den Bengel abzusetzen!", knurrte Jack-Knife.

„Ihr seid offenbar nicht alle begeistert, einen jungen Kapitän zu haben", stellte Sea fest und Jack-Knifes Erwiderung kam wie aus der Pistole geschossen.

„Pah! Fehlende Erfahrung ist mit Jugend nicht wettzumachen, Mädchen!"

„Er erzählte mir, er habe damals die Wahl zum Kapitän der *Rose* nur knapp gewonnen. Wer waren denn die anderen Kandidaten und was hat die Crew im Endeffekt dazu bewegt ausgerechnet Sall zu wählen?", fragte sie ohne darauf zu achten, dass sie von Jack-Knife keine parteilose Antwort bekommen würde. Es machte sie neugierig, wie er mit einem Grünschnabel als Kapitän klar kam. Dann konnte sie sich vielleicht eher vorstellen, was in den Köpfen der Matrosen vor sich gegangen war, die Shark unterstützt hatten.

„Was macht einen Mann aus, der zum Kapitän gewählt wird?"

Der mittelalte Pirat mit den mausgrauen Zöpfen starrte mürrisch auf die nachtschwarzen Wellen hinab. Anstatt ihr sogleich zu antworten, nahm er sich einen Moment, um den tanzenden Reflektionen der Laternen zuzusehen. Der Wind hatte aufgefrischt, bald würden die Wogen stärker werden. Dann schnaubte er wieder wie ein Bulle.

„Black kam erst zur Sprache, als Diego die Wahl ablehnte. Dieser Mann versteht sich fast mit jedem, und fast jeder versteht sich mit ihm. Ihn hätte sein Charakter zum Kapitän gemacht. Er schlug vernünftigerweise seinen Freund vor, weil der Grünschnabel im Gegensatz zu ihm schreiben und navigieren kann. Die Wahl wurde wiederholt und der Grünschnabel gewann mit nur fünf Stimmen mehr als ich. Cortez, den dritten Kandidaten, kennst du nicht, der ist schon längst nicht mehr." Es überraschte Sea nicht zu hören, dass Sall und Jack-Knife Rivalen waren, denn er wirkte Sall gegenüber prinzipiell ablehnend. Es erinnerte sie an ihr Verhältnis zu Shark und sie fragte sich, ob sie dieses Verhältnis zu ihm von ihrem Vater übernommen hatte oder ob dieser mit seinem Ersten Offizier tatsächlich gut ausgekommen war. „Warum ausgerechnet ein Fünfzehnjähriger Kommandant einer Crew aus blutrünstigen Piraten wurde, weiß der Teufel! Er hat damals Nights Vizekapitän umgelegt und sich sowohl als Mann als auch als cleveres Bürschchen erwiesen, stimmt, aber zum Kapitän gemacht hat den Jungen sein Charisma. Die meisten Mannschaftsmitglieder kommen nicht erst auf die Idee, seine Befehle in Frage zu stellen, sonst hätten sie längst gemerkt, dass der Bengel noch grün hinter den Ohren ist", knurrte er und stieß sich von der Reling los, um sich unter Deck zu begeben. Offenbar hatte er sich genug über seinen Kapitän ausgelassen.

„Danke für die Warnung, Jack-Knife, ich werde sie mir zu Herzen nehmen", dankte sie wahrheitsgetreu, aber der Pirat winkte nur genervt ab. Er nahm seine Laterne und stampfte an ihr vorbei die Stufen hinab. Einen Augenblick später verschwand er im Niedergang.

Sea wandte den Blick wieder der dunklen See und dem mit Sternen besprenkelten Himmel zu. Am Horizont verdeckten lichtdichte Wolken die Milchstrasse und versprachen ordentlich Wind für den nächsten Morgen.

Einige von Jack-Knifes Worten hallten in ihrem Kopf wieder. *Er hat es leichter dich dazu zu bringen nach seiner Pfeife zu tanzen ... Zum Kapitän gemacht hat den Jungen sein Charisma – Niemand würde seine Befehle in Frage stellen ...* Lief sie Gefahr, sich um den Finger wickeln zu lassen? Warnte Jack sie, weil sie sich blenden liess? Selbst wenn, es war zu spät um ihre Meinung zu ändern und ein anderes Problem eroberte ihre Gedankenwelt. *Wenn sich herausstellt, dass Lenoirs Beute nicht existiert, haben wir zumindest endlich einen Grund den Bengel abzusetzen!* Wenn Lenoirs Schatz nicht existierte, hatte sie ein echtes Problem. Sall würde versuchen, die Schuld für die Zeitverschwendung auf sie abzuschieben, in der Hoffnung Kapitän zu bleiben, ob es ihm nun half oder nicht. Und sie würde nicht ungeschoren davonkommen, wenn die Piraten nicht zufrieden waren. Aber sie hatte immer fest an die Existenz des Schatzes geglaubt – Albatros hätte ihr keine gefälschte Karte geschenkt, und wäre sie eine Fälschung, wären sie Cod garantiert nicht begegnet. Sie machte sich zu viele Gedanken um das Gespräch, dachte Sea und verbannte Jack-Knifes wiederhallende Worte fürs Erste aus ihrem Kopf.

Sie sog noch einige Male die kühle Meeresbrise tief in die Lungen hinab, um sich mit klaren, sorglosen Gedanken schlafen legen zu können und beendete einige Minuten später den Tag, indem sie ihre Kabine wieder selbst abschloss.

Victoria

Math ging die Stufen vor der großen Residenz hinauf auf die Flügeltür zu, war aber in Gedanken noch auf Tortuga. Er erinnerte sich, wie er am Kai stand und der *Queen Roses Death* nachsah, dem verdammten Piratenschiff, das seine Sea mitgenommen hatte. Er war sich so dumm vorgekommen und hatte ernsthaft mit der Verzweiflung gekämpft. Während er weiter die Marmorstufen vom Vorhof hinaufstieg, versetzte ihn die Erinnerung erneut zurück. Zurück auf den dunklen Uferweg, auf dem er Sea mit den Piraten zurückgelassen hatte.

Er war sich sicher gewesen, dass sie sich in diesen Black verknallt hatte – sie war zu vernünftig, als dass sie sich in der Kriminalität Hilfe suchen würde, um die *Dream* zurück zu bekommen. Sie hätte nur wieder auftauchen müssen, und Shark hätte ihr das Kommando über den Frachtsegler wieder übergeben, damit er nicht aufflog. Auch wenn sie Shark in einer Gerichtsverhandlung womöglich tatsächlich nicht losgeworden wäre, weil sie für die Meuterei keine Beweise hatte, dann wäre sie zumindest in Sicherheit. Sea musste vor Liebe den Kopf verloren haben, davon war er überzeugt gewesen, als er mit hastigen Schritten verzweifelt dem Uferweg zurück in das Piratennest gefolgt war. Um Distanz zwischen Sea, den Piraten und sich zu bringen, damit er nicht hätte umkehren können, denn er wäre in den Tod gelaufen. Aber er hatte sich entschieden die Schmuggler mit denen er gekommen war, erst am folgenden Morgen zu suchen und in der *Sirene* einzukehren, von der seine Sandkastenfreundin gesprochen hatte.

Insgeheim hatte er gehofft, sie würde es sich anders überlegen und fliehen, um mit ihm nach Kingston zurückzukehren, aber er hatte nicht wirklich daran geglaubt, als er die Spelunke betreten hatte. Alma hatte ihn sofort erkannt, als er nach ihr gefragt hatte und hatte ihm einen Schlafplatz und auch eine Mahlzeit verschafft. Noch während er gegessen hatte, wie eine ganze Armee, hatte sie begonnen ihn auszufragen – über Sea, woher sie sich kannten, woher sie kamen. Anfangs hatte er nur zaghaft geantwortet, aber weil das Schankmädchen ihm nur Bier zu trinken hatte geben können, hatte sich diese Tatsache bald geändert. Alma liess sich erzählen, wie Sea ihn befreit hatte und was danach geschehen war. Über Kapitän Black hatte sie ihm auf seine

Fragen nicht viel erzählen können oder wollen. Allerdings hatte sie ihn irgendwann soweit abfüllen können, dass er sehr konkret mit dem Schankmädchen darüber diskutiert hatte, warum Sea ihn nach Hause geschickt hatte – ob Sea sich auch aus ihrer Sicht in Black verliebt hatte? Er war sich so sicher gewesen, aber Almas Worte hatten seine Gewissheit erschüttert.

Math konnte sich an jede Silbe erinnern: *„Du bist ein Hohlkopf, wie alle andern Männer auch, Mathias! Sea hat dich doch nicht nach Hause geschickt, weil sie nichts mehr von dir wissen wollte, sondern um dich vor Salvis Eifersucht zu beschützen. Ich habe versucht Sea aus der Reserve zu holen, aber obwohl sie Salvi mag, läuft zwischen den beiden nichts. Sie wehrt sich mit Händen und Füßen gegen eine Liaison!"*

Er hätte das Schiff der Piraten umgehend geentert, hätte seine Kindheitsfreundin aus ihren Klauen gerissen, sein Leben hin oder her, aber zu diesem Zeitpunkt hätte er nicht einmal den Ausschank loslassen können ohne auf die Nase zu fallen. Es war ihm ein Rätsel wie Alma ihn in das Bett geschafft hatte, in dem er am folgenden Morgen aufgewacht war. Er hatte zwar noch nicht gerade gehen können, aber er war an den Kai gehetzt wie vom Teufel verfolgt, um zu Sea zu gelangen. Jedoch war die *Queen Roses Death* schon in See gestochen und hatte das Dorf bereits gut eine Meile hinter sich gelassen. Und er hatte ihr nur nachsehen können.

Der Diener mit der grauen Perücke öffnete ihm die rechte der großen Flügeltüren der Gouverneursresidenz, ehe Math anklopfen konnte.

„Guten Tag, Mister Wittards, Sie wurden schon erwartet. Die junge Miss Crown hat Sie vom Fenster aus gesehen und lässt Sie in den Salon führen", begrüßte er den erstaunten jungen Mann und hielt ihm die Tür auf.

Math wurde in den Salon geführt, in dem Victorias Klavier stand und dort gebeten einen Moment Geduld zu haben, dann verschwand der Diener wieder durch die Tür. Die riesigen Sessel sahen einladend aus, aber er wagte nicht, sich in dem prunkvollen Salon niederzusetzten. Es wäre unhöflich gewesen. Als Mann niederer Herkunft würde er den Gouverneur schon beinahe beleidigen, wenn er sich in seinem Hause eingeladen fühlte. Also blieb er inmitten der vor dem Klavier angeordneten Sessel aufrecht und angespannt stehen.

Die geschnitzte tropenhölzerne Tür klappte plötzlich schwungvoll auf, und Gouverneur Crown kam mit ernstem Gesicht und lauten Schritten in seinen Salon gehetzt. Seine Tochter folgte ihm mit erwartungsvollem Lächeln, den schweren langen Rock in beiden Händen tragend. Jedoch hatte Math nicht lange Zeit, um ihr pompöses Kleid und die Klunker um ihren Hals zu bewundern, denn der Gouverneur blieb nur eine Nasenlänge vor ihm stehen.

„Hast du Sea gefunden?", fragte er energisch, aber aus seinen Augen sprach die Sorge, „wo ist sie? Wie geht es ihr?"

„Ja, ich habe Sea gefunden. Wo sie inzwischen ist und wie sie sich befindet, kann ich Euch leider nicht mitteilen …", begann er, aber Gouverneur Crown unterbrach ihn desperat, ehe er ein weiteres Wort sagen konnte.

„Du hast Sea gefunden, aber nicht mit nach Hause gebracht und wagst es, mir unter die Augen zu treten?!"

„Sie hat mir einen Brief für Euch mitgegeben, Sir, bitteschön", erwiderte Math unbeirrt. Er übergab ihm den mit Wachs verklebten Brief, den er, seit er das Haus verlassen hatte, fest in der Hand hielt. Der Gouverneur wechselte einige Male den Blick zwischen ihm und dem Brief, bevor er ihn annahm und hastig aufriss. Victoria ließ sich angespannt neben ihrem Vater in einem der mit Brokat bezogenen Sessel nieder. Sie sa kerzengerade, wie es die Etikette von ihr in jeder Situation verlangte, obwohl sie ihrem Vater den Brief vermutlich am liebsten aus den Händen gerissen hätte, anstatt zu zusehen wie er das Papier auffaltete. Er begann je zwei Schritte hin und zwei Schritte herzugehen, als er die ersten Zeilen überflog, dann begann er gehetzt vorzulesen.

„Lieber Edward, liebe Victoria,

Ich muss mich kurz fassen, da ich nicht viel Zeit habe. Momentan befinde ich mich auf Tortuga an Bord eines Piratenschiffes. Ich weiß nicht wie viel ihr erfahren habt, aber ich habe Mathias Wittards, der euch diesen Brief bringt, sehr ausführlich erzählt, was mir wiederfahren ist. Auf Anfrage wird er euch bestimmt gerne Bericht erstatten. Bitte verzeiht ihm, dass er mich zurückließ, aber es war mein ausdrücklicher Wunsch.

So weltfremd es euch erscheinen mag, ich bitte euch die Suche nach mir noch hinauszuzögern. Gebt mir einen Monat um alleine nach Kingston zurückzukehren, gezählt von dem Tag an dem ihr diesen Brief erhal-

tet. Wenn ich bis dann nicht zurückgekehrt bin, werde ich um jede Hilfe *froh sein, denn in diesem Fall stecke ich in gröberen Schwierigkeiten. Im* *Fall der Fälle wird Mathias euch mitteilen, wie und wo ich zu finden bin.* *Die Piraten behandeln mich im Allgemeinen gut, es gibt keinen Grund* *zur Sorge. Daher möchte ich ihnen mit diesem Brief nicht die ganze Royal* *Navy auf den Hals jagen. Ich hoffe auf Euer Verständnis und entschuldige* *mich für die Sorgen, die ich euch bisher bereitet habe, aber glaubt mir, ich* *weiß, was ich tue. Ich hoffe, Euch bald wiederzusehen.*

Sea Horce.

Das kann doch nicht ihr Ernst sein!", entfuhr es Jamaikas Gouverneur, „warum zum Teufel will sie Zeit schinden?!" Er betrachtete das zweite Blatt des Briefes in der Hoffnung dort eine Antwort zu finden, aber dann reichte er es mürrisch seiner Tochter weiter. Offenbar hatte Sea für Victoria einen separaten Brief verfasst, um ihr mitzuteilen, was für ein Teufelskerl dieser Pirat war und wie sehr sie sich in ihn verliebt hatte, überlegte sich Math spöttisch.

Jedoch riss ihn der Gouverneur augenblicklich wieder aus seinen Gedanken: „Was auch immer du weißt, Mathias, ich wünsche es zu erfahren! Bitte erleichtere mich von dem Gedanken, dass meine Patentochter den Verstand verloren hat ...“

„Ich werde mir Mühe geben, Sir. Wenn es beliebt fange ich vorne an“ Da keine verneinende Erwiderung kam, begann Math zu erzählen. Wie und wo er Sea gefunden hatte und dass sie sich in den Kopf gesetzt hatte, die *Unicorn's Dream* mit Hilfe der Piraten zurückzuerobern. Er erzählte von dem Handel, den sie mit dem gesuchten Piraten Black geschlossen hatte und dass die Piraten zwar eigenartige Methoden hatten, aber dennoch auf sie aufzupassen schienen. „... Persönlich glaube ich zwar nicht, dass ihre gute Behandlung anhalten wird, nachdem Sea ihren Teil der Abmachung erfüllt hat", endete er seinen Bericht.

Vater und Tochter blieben beide noch einen Moment stumm. Sie hatten ihm an den Lippen gehangen, während er erzählt hatte, damit ihnen keinesfalls ein Wort entging. Victoria schien den Brief in ihrer Hand vollkommen vergessen zu haben, bis ihr Vater sich wieder aus seinem Sessel erhob, um nachdenklich in seinem Salon spazieren zu gehen.

„Ich kann mir beim besten Willen nicht vorstellen, dass die Piraten nicht Hand an sie gelegt haben sollen und noch weniger, dass sie sich mit einigen angefreundet haben könnte ...", dachte er dabei laut.

„Wenn ihr erlaubt, Sir, Black scheint ein Auge auf Sea geworfen zu haben, weswegen die Crew vermutlich nicht Hand an sie legen konnte, und dass sie sich mit ihnen *angefreundet* hat, erscheint mir möglich ...", erklärte Math seine Meinung und machte den Gouverneur absichtlich neugierig.

„Du sprichst in einem so vieldeutigen Unterton ...", forderte er ihn auf, auch seinen letzten Gedanken mitzuteilen. Math räusperte sich und überlegte sich ein zweites Mal, ob er wirklich antworten sollte, aber er hielt es nicht aus. Er hoffte, der Gouverneur würde Sea suchen lassen.

„Ich glaube Sea hat sich in Black verliebt." Wieder blieb es einen Augenblick stumm im Salon, und die Gesprächspartner hingen jeder für sich ihren Gedanken nach, bis Victoria langsam begann den Kopf zu schütteln.

„Niemals", erwiderte sie, „Sea könnte sich nicht in einen Mann verlieben, der mordet und plündert, dafür liebt sie die Gerechtigkeit zu sehr" Auch auf diesen Kommentar folgte Stille, da weder der Gouverneur noch Math wussten, was sie darauf hätten sagen sollen. Sie waren nicht ihrer Meinung, aber sie wussten, dass Victoria die reine Wahrheit sagte. „Außerdem nimmt Sea nun einmal normalerweise nicht den nächstliegenden Weg an ihr Ziel, das ist ihre Art", fuhr Victoria kühl fort, „und die Frage ist eigentlich auch nicht, ob sie den richtigen Weg einschlägt oder nicht, sondern ob wir ihr die Zeit geben, uns zu beweisen, dass sie sich wie normalerweise selber aus dem Dreck zieht. Du wirst ihr doch diesen Monat gewähren, Vater? Ich bitte dich, gib ihr diese Chance!"

Der Gouverneur stand einen Augenblick reglos, ehe er sich abwandte.

„Ich werde es mir überlegen. Mathias, hast du noch etwas zu ergänzen?"

„Ich habe alles erzählt, was ich weiß."

„Aber du vergasst zu erwähnen, in welchem von Tortugas gottverlassenen Weilern Black und seine Mannschaft zu verkehren beliebten."

„Ich werde Euch nach Ablauf dieser Monatsfrist bis ins kleinste Detail über den Heimathafen der *Queen Roses Death* aufklären und Euch auf Wunsch persönlich dorthin führen, Sir" Eigentlich wusste er nicht, warum er Sea diesen Gefallen tat. Es wäre ihm nur allzu Recht, diesen Black am Galgen baumeln zu sehen und Sea gehörten einmal die Leviten gelesen, damit sie sich nicht immer in Gefahr brachte.

„Dann widme dich wieder deinen Geschäften", forderte er ihn auf und zog an einer Kordel, die eine Glock läutete. Der Diener erschien unverzüglich und wurde angewiesen Math an die Tür zu bringen. Math verabschiedete sich mit Verbeugung und Gruß, ehe er dem Diener an die Tür folgte. Aber kaum hatte er ihm die Tür geöffnet, läutete es im Salon wieder und Math verließ die Residenz, als der Diener davoneilte. Allerdings hatte er die unterste Stufe noch nicht erreicht, als der Diener ihm nachrief.

„Miss Crown wünscht Sie noch einmal in den Salon, Sir" Math runzelte verwirrt die Stirn, ließ sich aber erneut ins Haus führen und betrat zum zweiten Mal den Salon. Victoria saß noch immer in ihrem Sessel und sah ihn mit einem allwissenden Lächeln an, als er inmitten der Sessel trat. Ihr Vater stand angespannt daneben und las den Brief im Schoß seiner Tochter. Dabei schüttelte er nur den Kopf, sagte aber nichts.

„Wie kann ich Euch dienen, Miss Crown?" Sie strahlte ihn an, als hätte sie eine Überraschung für ein kleines Kind.

„Dieser Brief ist mehr für dich bestimmt als für mich", sagte sie und begann vorzulesen, „Hör her: *Liebe Victoria,*

Entschuldige, dass nicht mehr Zeilen für dich bestimmt sind, aber ich stehe unter Zeitdruck und mein Gewissen muss ich reinwaschen. Diesen Brief konnte ich nicht an Math persönlich adressieren. Wenn er ihn schon auf Tortuga gelesen hätte, hätte er mich niemals zurückgelassen und diese wichtigen Briefe, wären nicht zugestellt worden. Würdest du ihm bitte Folgendes mitteilen:"

Maths Herzschlag wurde lauter als der Hammerschlag wenn sein Lehrmeister Hufeisen bearbeitete und schnell, als rannte er um sein Leben. Der Brief war für ihn und Victoria spannte ihn mit der kurzen Pause nur zu gerne auf die Folter.

„*Allerliebster Math,*
Bitte, vergib mir, dass ich dich so kalt abweisen und zurückschicken musste. Was auch immer ich gesagt habe, damit du mich zurücklässt, ich

möchte dir mitteilen, dass ich dich niemals verletzen wollte. Ich konnte nicht zulassen, dass du noch mehr riskierst, um mich zu retten. Aber du sollst wissen, wie unglaublich ich es schätze, und ich werde dir niemals genug danken können. Wäre mir nicht mit deinem Tod gedroht worden, hätte ich versucht, dich mitzunehmen, wenn du gewollt hättest. Mein Schiff muss ich auf eigene Faust zurückholen, um mir selbst zu beweisen, dass ich würdig bin, sein Kapitän zu sein. Ich wäre auch dann nicht mitgekommen, wenn die Piraten mich hätten gehen lassen. Meinen Schwur werde ich halten, ich komme zurück in den Heimathafen mitsamt meinem Schiff.

In Liebe Sea.

Na? Glaubst du noch immer, dass sie sich in Black verliebt hat?"

Math stand wie vom Donner gerührt inmitten der Brokatsessel. Er hatte die Hände zu Fäusten geballt vor Wut über seine eigene Dummheit. Seine blauen Augen waren zwar weit aufgerissen, aber vor sich sah er nur die Erinnerung an Sea, wie sie ihn flehend angesehen hatte und inständig hoffte, dass er endlich ging. Warum hatte er sie nicht durchschaut, wie so häufig?

Wieso hatte er geglaubt, sie würde ihn wegen eines Piraten fortschicken? Er kannte sie doch, er hätte es besser wissen müssen! Die letzten Zweifel waren erstickt. Alma hatte Recht behalten, Sea hatte sich nicht in Black verliebt. Aber anstatt dass diese Erkenntnis ihn erleichterte, sorgte er sich nun noch mehr um seine Freundin. Die Wut hatte ihm geholfen die Angst um sie zu verdrängen und nun brach die Sorge wie eine Welle über ihn herein. Er hatte sie mit einem der meistgesuchten, gefährlichsten Seeräuber der Karibik zurückgelassen.

Black konnte ihr weiss Gott was antun! Aber selbst wenn er sich wieder auf die Suche nach ihr machte, würde es nicht möglich sein sie zu befreien. Nicht einmal wenn er wüsste, wo er nun nach ihr suchen müsste – sie hatte ihm in weiser Voraussicht verschwiegen, auf welcher Insel der Schatz lag. Die Wahrscheinlichkeit, dass er sie erneut fand, war noch kleiner als beim ersten Versuch, beinahe unmöglich! Nun blieb ihm nichts weiter übrig als Sea zu vertrauen.

„Ich hoffe, du schämst dich deines jugendlichen Leichtsinns, Mathias", tröstete ihn die aufgebrachte Stimme des Gouverneurs nicht im Geringsten. Math raufte sich mit beiden Händen die blonden Haare.

Er schämte sich nicht, dazu hatte er keinen Grund, aber er ärgerte sich über sich selbst.

„Bist du nun bereit mir mitzuteilen, welches der Heimathafen der *Queen Roses Death* ist?"

„Die Piraten sind schon wieder in See gestochen noch ehe ich Tortuga verlassen habe, Sir. Ihr Ziel und wann sie zurück sein könnten ist mir unbekannt. Der Name der Ortschaft nutzt Euch nicht viel ...", teilte er Gouverneur Crown wahrheitsgetreu mit.

„Dann sieh zu, dass du mein Haus verlässt, Bursche! Ich bin nicht mehr in Stimmung für Besuch ...", entgegnete der Hausherr forsch. Math verabschiedete sich mit einer Verbeugung und wollte schon den Salon verlassen, als Victoria ihm den Brief hinhielt.

„Der gehört dir ...", sagte sie mit ihrem schiefen Lächeln, „Auf bald, Math." Er nahm ihr den Brief dankend aus der Hand, verbeugte sich erneut und verließ die Residenz, bevor der Gouverneur auf die Idee kommen konnte, ihn wegen Hausfriedensbruch einkerkern zu lassen.

Einige Tage später betrat Math nach Feierabend den *Rostigen Anker,* anstatt mit den Schmiedegesellen in ihr Stammlokal zu gehen. Er hatte am Morgen auf dem Weg in die Hufschmiede gesehen, dass die *Unicorn's Dream* in den Meerbusen gesegelt war und noch am Vormittag in Kingstons Hafen eingelaufen sein würde. Den Brief, den Sea an ihre Matrosen geschrieben hatte, hielt er fest in der Hand, und die Münze baumelte an dem Lederband um seinen Hals seit dem Tag, an dem er am Kai gestanden und dem Piratenschiff nachgesehen hatte.

Die Spelunke war an diesem frühen Abend bereits rappelvoll, aber um den Stammtisch von Seas Matrosen hockten nur eine Handvoll Männer. Sharks Anhänger bevorzugten offenbar andere Lokale.

Bill sah ihn als erster auf ihren Stammtisch in der Ecke zusteuern, denn die anderen beiden sassen mit dem Rücken zu ihm. Außerdem teilten sie sich den Tisch mit drei weiteren Matrosen, deren Gesichter ihm zwar bekannt waren, aber nicht ihre Namen. Rackham drehte sich auf dem Stuhl um, als Bill zum Gruß die Hand hob und Augenklappe blickte über seine Schulter.

Während Jo ihn mit einer einladenden Geste zu ihnen an den Tisch winkte, wurde Rackhams Gesicht grimmig.

„Offensichtlich hast du sie nicht gefunden!", rief er ihm schon höhnisch entgegen, als Math an den Tisch trat.

„Wenn ich sie nicht gefunden hätte, würde ich wohl kaum ihre Münze am Hals tragen", gab er zurück und hielt Augenklappe Jo den mit Wachs verklebten Brief hin, „Bitteschön. Post für euch."

Sobald Augenklappe ihm verdutzt die Nachricht aus der Hand genommen hatte, verschränkte er die Arme und lehnte sich zwischen Augenklappes Stuhl und der Eckbank an die Wand. Einen Augenblick zögerte der Matrose und starrte stumm den Brief an, dann löste er hastig das Wachs von den Ecken. Er faltete das Papier eilig auf und begann wortlos die Nachricht zu lesen. Inzwischen hatte auch Mary Maths Erscheinen bemerkt und eilte an ihren Tisch, um die Neuigkeiten zu erfahren, die der Brief enthielt, und um sich nach Maths Bestellung zu erkundigen. Er war am Abend nach seiner Rückkehr schon bei ihr im *Anker* gewesen, aber vom Inhalt der Briefe hatte er ihr zu diesem Zeitpunkt nicht berichten können. Aber schon die Gewissheit, dass Sea wohlbehalten war, hatte die Last ihrer Sorge erheblich erleichtert. Auf ihrem Gesicht lag die Hoffnung auf mehr gute Nachrichten, als sie Math begrüßte. Währenddessen schüttelte Augenklappe wortlos den Kopf und schien den Brief erneut zu lesen, um den Inhalt zu glauben. Die anderen Matrosen rückten angespannt näher an ihn heran, versuchten den Brief einzusehen, aber Augenklappe schien vor Unglauben in Trance gefallen zu sein.

„Und?", fragte Bill ungeduldig. Er saß steif wie ein Brett vor Spannung. Augenklappes Schweigen wirkte unangenehm verheißungsvoll wie Stille vor dem Sturm. Anstatt Bills Frage zu beantworten, murmelte er kopfschüttelnd vor sich hin.

„Das kann doch nicht ihr Ernst sein ...", raunte er, „das Mädchen muss den Verstand verloren haben ..."

„Verdammt nochmal, nun erzähl endlich, was in dem Brief steht!" Racks Faust ließ den Tisch beben, als er die Geduld verlor. Die halbe Spelunke zuckte unter dem Geräusch zusammen. Augenklappe warf den Brief für alle Matrosen gut sichtbar in die Tischmitte, ehe er Rack antwortete: „Es war wie wir es vermutet haben – Shark hat Sea verschleppt und sie wurde auf dem Schwarzmarkt an diesen Piraten Black verkauft. Sie schreibt, dass es ihr gut geht, aber der Befehl, den sie uns als ihre Mannschaft gibt, ist ein ungeheuer riskantes Vorgehen. Es sieht so aus, als wollte sie die *Dream* zurückerobern und Shark im gleichen Schachzug loswerden ..."

„Wie will sie das anstellen?", fragte Rack verständnislos und verwarf die Hände. Bill las stattdessen den Brief selbst und Math fiel wieder ein, dass Rack seine liebe Mühe mit Buchstaben hatte. Er konnte zwar buchstabieren, aber kaum flüssig lesen.

„Sie hat mit Black gehandelt", kam Math Augenklappe mit der Antwort zuvor, „sie hilft Black, dafür hilft Black ihr die *Unicorn's Dream* zu überfallen und in Besitz zu nehmen. Oder zumindest glaubt Sea, er würde ihr helfen ..."

„Du scheinst nicht daran zu glauben", stellte Bill mit tief gerunzelter Stirn unter der Hutkrempe fest. Math schwieg einen Augenblick, aber als sich ihm alle versammelten Augen auffordernd zuwandten, gab er seine Vermutung preis.

„Black hat ein Auge auf sie geworfen, und ich bin keineswegs der Meinung, dass er sie so einfach gehen lassen wird, wie sie es sich vorstellt ..."

„Aber was hat Sea Black denn für einen Handel anbieten können?", fragte Rack besorgt, während Mary sich an ihn lehnte, damit er den Arm um sie legte. Ihre olivgrünen Augen blitzten feucht, wie an dem Tag, an dem sie die Nachricht von Seas Entführung erreichte. Sie schien vor Verzweiflung wieder den Tränen nahe. Das Verschwinden ihrer engsten Freundin machte ihr sehr zu schaffen.

Augenklappe Jo dämpfte die Stimme, bevor er ihr von Albatros erzählte und was es mit der Münze auf sich hatte. Er konnte ihr nur erzählen, was in der Nachricht stand, denn die Matrosen hatten selbst bis zu diesem Zeitpunkt nicht gewusst, was es mit der Münze auf sich hatte. Als Augenklappe geendet hatte, setzte sich Mary auf Racks Schoss, stützte die Arme auf und vergrub ihr Gesicht in den Händen.

„Und was machen wir nun?", seufzte sie ratlos. Einen Moment lang schwiegen die Männer, ehe Bill einen hoffnungsvollen Atemzug nahm und antwortete.

„Wir tun, was uns unser Kapitän befohlen hat. Wir warten ab, bis uns die *Queen Roses Death* angreift und stellen uns bei der Flucht so dumm an, wie wir können."

„Sea will, dass wir uns überfallen lassen?", fragte ein junger Matrose mit rotem Wuschelkopf, den Math nicht mit Namen kannte.

„Lies selbst, Bondan, wenn du es nicht glaubst", entgegnete Augenklappe und schob ihm den Brief zu, „Tatsache ist, dass Seas Ideen verrückt und schwer nachzuvollziehen sind, aber sie haben immer funktioniert. Und daher vertraue ich ihr, trotz aller Zweifel" Die Matrosen der *Unicorn's Dream* stimmten ihm mit Worten und nicken zu.

„Hol uns eine Flasche Brandy, Mary. Ich gebe eine Runde aus, um unser Vertrauen zu besiegeln. Und du, setzt dich endlich, Junge, du bist auch eingeladen." Wie aufgefordert, nahm Math neben Augenklappe Jo am Tisch Platz. Kurz darauf schenkte Mary jedem von ihnen Brandy ein, und sie begossen ihr Vertrauen in Kapitän Sea Horce.

Auf der Schatzinsel

Sie erreichten die sechs Islas de Aves am frühen Morgen, kurz nachdem Sea ihre Wache begonnen hatte. Das Wetter war freundlich, und es wurde schon um neun Uhr tropisch warm. Bis um zwölf würde die Sonne vermutlich auf sie herunterbrennen wie in der Wüste. Von Nordwesten her segelten sie ohne Umwege die nördlichste Insel an, und Sea beobachtete voll Neugier wie sie ihr näher kamen. Der *Vogel* war nicht besonders groß – höchstens zwei Meilen breit und etwa doppelt so lang. Schon von weitem erkannte sie, dass sich im Westen ein langer, relativ breiter Sandstrand erstreckte, der zu einem bewaldeten Hügel anstieg. Im Osten fiel der Hügel in schroffen Felsklippen steil ab, deren Reste als raue, rostbraune Felsen aus der Brandung ragten. Sie waren vom Meer zerfressen und wirkten scharf, so dass kein Seemann, der bei Trost war, freiwillig dazwischen rudern würde. Sie sahen umso ausladender aus, je näher sie der Insel kamen, dafür wurde die Westseite umso anziehender. Sall hatte irgendwann das Fernrohr aus seinem Kästchen geholt und die Insel mit scharfem Auge abgesucht. Anzeichen menschlicher Siedlungen sah er wie erwartet keine. Dann gab er die Befehle, wie sich die *Queen Roses Death* dem Ufer nähern sollte.

Kaum eine Stunde später gab der junge Kapitän den Befehl zum Ankern. Das schöne Wetter und die Nähe zu Lenoirs Beute stimmten ihn ungeduldig. Außerdem schien er zu glauben, dass man den Schatz finden konnte ohne den Rest des Rätsels zu lösen. Daher ließ er nach kurzer Zeit die Boote aussetzten. Die beiden Kutter wurden zu Wasser gelassen und die Bootsmannschaften begaben sich auf ihre Plätze. Ihr fiel zum ersten Mal auf, dass Sall sich offensichtlich viel überlegt hatte, wie er die Mannschaften zusammensetzte. Er nahm prinzipiell Gruppen von Freunden auseinander und setzte sie in unterschiedliche Boote. Dies hatte den Effekt, dass die Matrosen, die ihm vielleicht weniger gut gesinnt waren, auf den Booten verteilt wurden und nirgends die Übermacht hatten. Als die beiden Kutter komplett besetzt waren, blieb nur eine Hand voll Piraten auf der *Queen Roses Death* zurück.

Sobald sie das Ufer erreicht hatten, sprang Sall aus der Jolle und stapfte durch die weiße Brandung, bevor sie das Boot hatten auf den Strand ziehen können. Zu viert zogen sie ihm das Beiboot hinterher, bis es weit genug am Ufer war, um nicht in die Flut geraten zu können. Während Diegos Bootscrew auch den Kutter aus dem Wasser zog, sah sich der junge Pirat gründlich um. Er studierte den üppigen Palmenwald und den feinen Sandstrand, bis sich seine Mannschaft um ihn versammelt hatte und es ihm gleich tat. Die hochstämmigen Palmen könnten durchaus mit Kokos behangen sein und waren von einem saftigen Grün. Ihre Stämme waren nur wenig dunkler als der cremefarbene Sand, der mit den feinen Körnern zum hineinlegen einlud. Mit einem Blick aufs dunkelblaue Meer war das unberührte Paradies perfekt.

„Wie willst du vorgehen?", fragte der Erste Maat seinen Kapitän als er an seine Seite trat.

„Ich denke die beste Lösung wäre, die Insel in kleinen Gruppen abzusuchen", entgegnet der Kapitän, und Diego akzeptierte mit einem Nicken. Sall wandte sich zu seiner Crew um, als er Befehle zu erteilen begann.

„Pierre, du bleibst als Bootswache zurück", gebot der junge Kapitän. Anschließend teilte er die Mannschaft kurzerhand in Trupps zu drei Personen auf. Sea wurde dabei mit Foncé und Jack-Knife in eine Gruppe gesteckt. „Ich nehme an, ihr vermutet den Auftrag. Wir suchen nach Süßwasser, frischem Proviant und menschlichen Spuren, die mit Lenoir zusammenhängen könnten", befahl er ihnen und teilte jeder Gruppe eine Himmelsrichtung zu, „ungefähr wenn die Sonne nur noch eine Handbreite vom Horizont entfernt ist, treffen wir uns wieder"

Mit zwei Piraten, die sie nicht mit Namen kannte, verschwand er Richtung Süden auf den Palmenwald zu. Diego ging mit zwei anderen gegen Ostsüdost am Stand entlang. Als auch ihr Trupp sich zum Wald aufmachte, folgte sie den beiden Piraten über den breiten Strand. Sea holte Foncé ein als er sich durch die äußersten Büsche ins Dickicht kämpfte. Jack-Knife war schon längst hindurchgestampft, unaufhaltsam wie ein Rhinozeros. Dass das Geäst sich in seinen Zöpfen und den Ohrringen verhakt hatte, schien ihm nicht einmal aufgefallen zu sein. Sie schlüpfte einfach zwischen den Zweigen durch.

Im Schatten der Palmen wuchsen die üppigen Sträucher nicht mehr so hoch, und sie konnte problemlos mit den Piraten Schritt halten. Sie ließ den Blick schweifen und achtete auf besondere Zeichen. Auffällige Kerben in einem Baum oder systematisch angeordnete Steine, sie hatten erneut keine Idee, wie Lenoir seine Hinweise verschlüsselt haben könnte. Und nach Cod war sie sich auch nicht mehr so sicher, ob Lenoir wirklich solche Hinweise hinterlassen hatte, wie Sall sie suchte. Während sie sich trotzdem genau umsah und auf jedes Detail zu achten versuchte, ging Jack-Knife mit zackigen Schritten durch das Unterholz. Bald stapfte er ein ganzes Stück vor ihnen her, so dass Foncé und Sea sich bemühen mussten, ihn nicht zu verlieren.

In einigem Abstand voneinander durchkämmten sie den sattgrünen Wald, und ihr wurde bald klar, warum sie die Inseln der Vögel hiessen. Denn nach einiger Zeit des stillen Wanderns begannen die Vögel über ihren Köpfen wieder in exotischen Klängen zu singen. Sie hörte längst nicht nur Möwen kreischen. Als sie den Blick zu den Baumkronen anhob, sah sie verschiedenste kleine Paradiesvögel auf sie herabzwitschern. Doch nachdem sie sich einen Moment Zeit genommen hatte, um ihre bunten Gefieder zu bewundern, musste sie feststellen, dass die Piraten zielstrebig weitergegangen waren. Also ließ sie die Vögel Vögel sein und setzte den beiden nach.

Sie holte sie auch nach kürzester Zeit ein, denn ungefähr ein Kabel landeinwärts mussten sie die Säbel zu Hilfe nehmen, um das Dickicht zu durchqueren. Weiter von der Küste entfernt stieg das Gelände an und bergauf erklommen sie durch das Gestrüpp einen steinigen Hügel. An manchen Stellen mussten sie sich an Ästen und Stämmen festhalten, denn teilweise ging es reichlich steil bergan. Die Kuppel war dafür ausschließlich mit hochstämmigen Palmen bewachsen, weswegen sie sich nicht mehr durch dichtes Unterholz kämpfen mussten. Was dazu führte, dass Jack-Knife bald wieder weit voraus war. Als sie die Kuppel überquert hatten, war er bereits wieder mit dem Abstieg beschäftigt.

„Kommt ihr lahmen Hunde endlich?", trieb er sie von weiter unten mürrisch zur Eile an. Foncé schüttelte nur den Kopf, als er vorsichtig über ein besonders steiles Stück hinabkletterte.

„On pourrait penser qu'il avait senti l'odeur de l'or", dachte er laut. *Man könnte denken, er hätte das Gold gerochen,* hatte er gewitzelt. Dabei hielt er ihr die Hand entgegen, um ihr betont langsam über das steile Geröll zu helfen. Sie nahm seine Hand mehr um Jack-Knife zu ärgern, als das sie seine Hilfe gebraucht hätte. Aber Jack-Knife ließ sich von ihnen nicht foppen. Als der Abhang ebener wurde, wurde der Wald vor ihnen wieder dichter. Gestrüpp und meterhohe Büsche bildeten eine Wand vor ihnen, die Sea vermuten liess, dass sie den Waldrand erreicht hatten. Jack-Knife machte kurzen Prozess mit dem Gestrüpp, er zog sein Entermesser und arbeitete sich damit hindurch. Seine Begleiter folgten ihm durch die so entstandene Lücke im Laub.

Sea schob die letzten Zweige beiseite und trat auf den Strand hinaus. Sie musste die Hand über die braunen Augen legen, um nicht geblendet zu werden. Die Sonne brannte nur so auf sie nieder, und das dunkle Meer glitzerte in den satten Strahlen. Nachmittags rund um drei Uhr machten diese paar Grade weiter südlich zu sein eine Menge aus. Kaum war sie einige Schritte aus dem Schatten durch den Sand gestolpert, wurde ihr höllisch warm und sie fürchtete zum ersten Mal seit langem einen Sonnenbrand. Denn dafür, dass sie ihr Leben lang in der Karibik gelebt hatte, hatte sie eigenartigerweise immer eine noble Blässe besessen, die in dieser prallen Sonne gefährlich werden konnte. Nach einigen Liederschlägen gewöhnten sich ihre Augen an das helle Licht. Der Strand war steinig, und vereinzelt lagen große Felsen in der Brandung. Zu ihrer Linken liefen die Klippen aus, die schon an den Rändern mörderisch kantig aussahen. Die grünen Wellen schlugen schäumend weiss dagegen, als würde das Meer sich daran schneiden und bluten. Am südlichen Horizont waren die Konturen der übrigen fünf Islas de Aves auszumachen. Zu ihrer Rechten wurde der Strand umso sandiger und weicher anzusehen je weiter sie nach Westen blickte. Schon auf den ersten Blick war ihr die Insel vorgekommen, als hätte sie zwei Charaktere.

„So, wie geht's jetzt weiter?", weckte Jack-Knife sie sehr abrupt aus ihrem Tagtraum. Er hatte die Hand über den Augen und sah sich nach allen Richtungen um. „Mir sind weder Nahrungsmittel noch menschliche Spuren aufgefallen."

„Also, wenn ich ehrlich bin, habe ich auf dieser Insel nie menschliche Spuren erwartet, wie euer Käpt'n sie vermutet. Er erhofft sich direkte Hinweise, aber solche hat Lenoir vermutlich nicht hinterlassen"

„Nous allons retour et nous cherchons de la nourriture. Je suis faim ...", schlug Foncé vor und brachte Jack-Knife in Rage.

„Du weißt, dass ich kein Wort von deinem Aristokraten-Gebrabbel verstehe, Foncé!", teilte er ihnen gereizt mit, dass er kein Französisch verstand.

„Er sagte, wir sollten zurückgehen und nach Nahrungsmitteln suchen", übersetzte Sea frei und kehrte den in der prallen Sonne glänzenden Wellen den Rücken zu. „Ich schlage vor, wir gehen im Abstand von vielleicht dreißig Schritt nebeneinander her und rufen uns hin und wieder etwas zu, um uns nicht zu verlieren. Vielleicht findet dann einer von uns etwas." Jack-Knife knurrte, aber er schien keine bessere Idee zu haben. Er kehrte ihnen den Rücken und schritt ein Stück gegen Westen. Foncé zuckte mit den Schultern und zählte halblaut seine Schritte nach Osten. Dann schlüpften sie wieder durch das Blattwerk der Büsche.

Wieder im Schatten zu sein, war eine Wohltat nach der heißen Sonne am Strand. Kühl war es im Wald aber leider nicht. Seit sie im Norden losgegangen waren, war es stetig schwüler geworden. Nahrungsmittel fanden sie auch nach gründlicher Suche keine. Die Früchte, die sie in den Bäumen ausmachen konnten, wuchsen unerreichbar hoch. Im Abstand von hie mal dreißig, da mal fünfzig Schritt sahen sie sich nur zeitweise.

Obwohl Sea alle fünfzig Faden nach den Piraten rief und „Aye" zurückscholl, verloren sie Foncé in der Nähe des Abhangs kurzzeitig. Sea rief einige Male nach ihm, dann erreichte er den Grat des Hügels. Er erklärte ihr weiter im Osten sei der Hügel zu steil um hinaufzusteigen, er hätte erst wieder hinunter und ihr hinterher laufen müssen. Anschließend setzten sie ihre Suche fort.

Als sie vermuteten demnächst den Nordstrand der Insel zu erreichen, versuchte Jack-Knife mit seinen Pistolen einige Paradiesvögel zu schiessen. Damit sie nicht mit komplett leeren Händen dastanden. Aber die Vögel saßen zu hoch in den Palmen, weswegen er daneben schoss. Er scheuchte nur mit dem Knall seine Beute auf und musste nach wenigen Versuchen aufgeben, da er keine Munition mehr hatte. Was Sea nur allzu recht war, denn sie fand die Vögel zu schön, um sie zu schiessen. Daher traten sie ohne Beute wieder auf den Strand hinaus.

Sie mussten ein Stück nach Osten dem Ufer folgen ehe sie die Boote erreichten. Es waren noch nicht viele zurück, zusammen mit Pierre saßen nur sechs Männer im Sand. Foncé setzte sich sogleich dazu, um herauszufinden, ob etwas von Interesse gefunden wurde. Wie erwartet wurden sie enttäuscht, da nicht einmal Wasser oder Nahrungsmittel gefunden wurden. Daher setzte Sea sich etwas abseits der Piraten nur wenige Schritte vom Meer entfernt und wartete, während die Matrosen hinter ihr sprachen. Nach und nach kehrten die Trupps zurück und berichteten von ihren Entdeckungen. Vom Lauschen wurde ihr allmählich klar, wie die Insel geografisch beschaffen war und aus welchen Gründen die Islas de Aves unbewohnt waren. Offensichtlich gab es nicht viele Pflanzen, die man kultivieren könnte, und auf der Insel schien auch kein Bach zu fließen. Eine Gruppe brachte Kokosnüsse mit, die meisten anderen standen wie sie mit leeren Händen dort und die Matrosen wirkten allmählich hungrig.

Schließlich trat der Kapitän gefolgt von dem Rest seines Trupps aus dem Dickicht. Sie hatten ihr Suchgebiet im Süden der Insel durchkämmt. Schon von weitem war zu erkennen, dass auch sie nichts gefunden hatten. Aber Sea stand trotzdem von ihrem Plätzchen auf, um ihrem Lagebericht zu lauschen.

„Und? Habt ihr etwas gefunden?", rief Pierre ihnen entgegen, als sie über den Strand schritten. Sall erreichte die Boote als erster, ließ sich für seine Antwort aber Zeit. Die beiden Matrosen hinter ihm schüttelten die Köpfe.

„Nichts, außer geografischen Kenntnissen", meinte der junge Kapitän knapp und beugte sich in den Bug der Jolle. Er holte mitgebrachtes Papier und Schreibutensilien unter einem Sitzplatz hervor. „Wie steht es mit euch?"

„Mehr als Kokosnüsse können wir auch nicht bieten, Käp'n!", meinte Jack-Knife fast etwas schadenfroh, während Sall inmitten seiner Matrosen auf die Knie ging und das Papier auslegte. Der junge Kapitän ging nicht weiter auf ihn ein, sondern begann die Umrisse der Insel aufzuzeichnen. Dann trug er Landmarken in seine Karte ein, an die er sich erinnern konnte, während ihm seine Matrosen prüfend zuschauten.

„Dieser Hügel fällt nach Westen ab, und die Steigung ist hier so steil, dass wir das Gefälle umgehen mussten", ergänzte einer der Matrosen und zeichnete mit dem Finger die Landschaft nach. Sall zeichnete die Linien mit der Feder nach. Durch weitere Ergänzungen der Crew entstand nach und nach eine Karte der Insel auf dem Papier.

Die Karte war soweit vollendet, als der nächste Trupp zurückkehrte. Die Sonne stand zu diesem Zeitpunkt ungefähr zwei Hand breit über den Horizont, und die Suchtrupps sollten auf dem Rückweg sein. Ramiros Gruppe hatte die Insel einige Grad östlich von dem Abschnitt ihres Kapitäns abgesucht. Sall begann sogleich sie auszufragen, als sie die Boote erreichten.

Ramiro hatte noch immer den Arm in der Schlinge und schien erfreut darüber, endlich Feierabend zu haben. Die drei Piraten setzten sich zur gemütlichen Runde dazu und ließen sich von ihrem Kapitän löchern. Anhand der Antworten erweiterte dieser die Karte. Selbstverständlich hatten auch sie nicht viel Nützliches gefunden: Den höchsten Punkt der Insel, dass der Hügel eine relativ flache Kuppel hatte und dass die Klippe in ihrem Suchgebiet scharf und nahezu senkrecht abfiel. Ihr interessantester Fund war ein Loch im Boden in der Nähe der Klippen, dessen Grund sie in der Dunkelheit nicht gesehen hatten. Sie vermuteten, dass dort in einer großen Brandungshöhle die Decke eingestürzt war. Sie hätten noch versucht einige Paradiesvögel zu schiessen, aber diese ließen sich so schlecht treffen wie eine Fata Morgana.

Als der nächste Trupp auftauchte, stand Sea unter dem Vorwand auf, sich die Beine zu vertreten. Inzwischen langweilte sie sich, denn leider hatten die meisten Matrosen außer Wald nichts gefunden. Sea wollte für sich nachdenken und setzte sich etwas abseits der Crew mit gerunzelter Stirn wieder in den Sand. Nichts, aber auch gar nichts!

Niemand hatte irgendwelche menschliche Spuren entdeckt. Sie hatte eigentlich auch nichts anderes erwartet, aber gehofft, dass jemand etwas gefunden hatte. Die Piraten saßen bei den Booten und diskutierten noch immer, aber sie glaubte nicht, dass noch jemand eine Entdeckung mitteilen würde. Schließlich waren nun auch fast alle Trupps zurück. Würden sie beim Spazieren auf den Schatz stoßen können, wäre die Suche auch viel zu einfach.

Sie sah den Wellen zu wie sie mit abendorangen Schaumkronen an den Strand rollten. Die Flut kam, und sie erreichte schon beinahe die auf den Sand gezogenen Boote. Nach Nordosten betrachtete sie den klaren Himmel, dessen Wolken vom Abendrot in rosa, orangen und goldenen Tönen leuchteten. Die See reflektierte die Farben auf den Wellen und lud idyllisch zum Träumen ein. Die schwarze Silhouette der *Queen Roses Death* gab dem Bild noch einen Hauch Abenteuer. Sea bereute erneut, dass sie mit ihrem schwarzen Grafitstift keine Farben auf Papier fangen konnte.

„Hast du inzwischen schon wieder eine Idee, wie wir weiterkommen? Du hockst seit einer Viertelstunde ungestört hier herum", unterbrach Sall die Wirkung des Farbenspektakels. Er setzte sich neben ihr in den Sand und stützte die Ellbogen auf die Knie. Sea liess sich genießerisch die allmählich abkühlende Abendbrise durch die Haare fahren, ehe sie ihn ansah.

„Leider nein. Ich fürchte, wir kommen nicht darum herum, den Rest des Rätsels zu lösen. Ich bin sicher, die letzten zwei Zeilen führen ohne Umwege zu Lenoirs verschollener Beute. Die Frage ist, wie hat der Schwarze die Zeilen verschlüsselt?" Sall betrachtete sein Schiff auf den schimmernden Wogen und kramte Lenoirs Goldmünze aus seiner Hosentasche.

„Hm ... *wo Glanz sich im Dunkeln verlör', dort Nachtlicht des Wassers Weg weist!*" Nachdenklich spickte er sie mit dem Daumen in die Luft und fing sie in der flachen Hand wieder auf. „Mit dem *Glanz* beschrieb Lenoir den Schatz", überlegte er laut, „bleibt nur noch *sich im Dunkeln verlieren*, das *Nachtlicht* und der *Weg des Wassers*" Wieder und wieder warf er abwesend die Münze in die Luft, während seine Männer einige gefundene Kokosnüsse in die Boote verstauten. Ab und zu schaute einer fragend zu ihnen herüber, aber Sea beachtete die Piraten so wenig wie ihr Kapitän.

„*Des Wassers Weg* könnte ein Bach sein, oder?", meinte der junge Pirat und hörte einen Moment auf, seine Münze zu werfen, um sie anzusehen. Sea zog fragend ihre linke Augenbraue nach oben.

„Könnte sein. Hat einer der Matrosen von einem Bach auf der Insel erzählt?"

„Was mein Trupp gefunden hat, ist vielmehr ein Rinnsal als ein Bach. Aber es ist Wasser, das einem bestimmten Lauf folgt", entgegnete er schulterzuckend. Sea schüttelte ungläubig den Kopf.

„Aber ihr habt es am Tag entdeckt. *Nachtlicht* muss uns *des Wassers Weg* weisen." Sall betrachtete wieder überlegend, wie die Wellenkronen über den Sand tanzten und schnippte seine Münze wieder in die Luft. Sea seufzte, nachdem sie einen Moment überlegt hatte.

„Vermutlich ... bedeutet, dass der Glanz sich im Dunkeln verlieren würde, dass der Schatz sich an einem dunklen Ort befindet. Und der *Weg des Wassers* ist der Ort wo oder die Weise wie wir daran heran kommen. Bleibt die Frage, wie hängt das *Nachtlicht* damit zusammen und was ist es?", fing sie systematisch von vorne an.

„Somit sind wir wieder am Anfang", sagte Sall und schnippte seine Goldmünze aus Versehen viel zu hoch. Sie landete auf Seas Stiefelspitze und kullerte zwischen ihren Beine in den Sand. Die Seite mit den Gestirnen lag oben. Sie nahm die Münze hoch und drehte sie zwischen den Fingern.

Hoffentlich hatten ihre Freunde Math geglaubt! Wenn nicht, würde sich ihr Überfall auf die *Unicorn's Dream* erheblich schwieriger gestalten. Sie betrachtete die in Gold geprägten Gestirne. In der Mitte befand sich ein fünfzackiger Stern um den sich die Mondsichel legte. Rund um ihren Kreis legten sich kleine Dreiecke, die die Strahlen der Sonne symbolisierten. Sie überlegte scharf. Die Sterne hatten ihnen den Weg zum *Herzen des Delfins* gezeigt, und die Sonne hatte ihnen die Bedeutung der ersten beiden Zeilen des Rätsels offenbart. Hm ... War es möglich, dass die Münze ein Hinweis war?

„Könnte es sein, dass mit dem *Nachtlicht* der Mond gemeint ist?" Sall und Sea sahen sich an, dann blickte er kurz auf die Münze in ihrer Hand.

„Du meinst, weil wir die Sonne und die Sterne schon hatten? Sinn machen würde es, aber wie sollte uns der Mond *des Wassers Weg* weisen können?" Sea sah auf die Brandung hinaus und sah einen Augenblick zu wie die Flut anstieg.

„Einige Naturwissenschaftler behaupten, dass Ebbe und Flut mit dem Mond zusammenhängen. Sie behaupten, der Mond würde die See anziehen und sie würde bei seinem Verschwinden wieder ablaufen", meinte sie, „auf *des Wassers Weg* würde das zutreffen"

Der junge Kapitän nickte zustimmen: „Und da sich der Schatz *im Dunkeln verliert*, kann er nicht irgendwo am Strand – wo Ebbe und Flut herrschen – vergraben sein. *Sich im Dunkeln verliert* muss demzufolge auf eine Höhle oder einen Stollen hinweisen, die sich auf Meereshöhe befindet"

„Vermutlich eine Brandungshöhle in Klippen", löste Sea das Rätsel schlussendlich auf, „Dort wäre der Schatz auch vor zufälligem Finden geschützt, denn niemand würde grundlos zwischen diese schroffen Felsen rudern" Sall grinste zufrieden darüber, dass sie Lenoirs Rätsel endlich gelöst hatten.

„Das muss es sein, Sea! Am Ende ist es sogar die Höhle die Ramiros Trupp gefunden hat", sagte er, schüttelte aber lachend den Kopf. „Kommen dir die Lösungen dieses Rätsels auch so simpel vor, wie mir?" Sea zuckte selbstzufrieden mit den Schultern und schnippte die Münze zurück an ihren Besitzer.

„Rätseln hat diesen Effekt. Denn die simpelsten Lösungen sind so komplex verpackt, dass sie einem unwahrscheinlich vorkommen", antwortete sie im Aufstehen. Der Kapitän schnippte seine Goldmünze erneut in die Luft und steckte sie anschließend zurück in seine Hosentasche.

Dann stand er auf und folgte ihr, während er seinen Matrosen zurief:

„Gute Neuigkeiten! Wir haben soeben den Rest des Schatzrätsels gelöst!" Dann sei die Kleine zumindest für etwas zu gebrauchen, flüsterte einer der Piraten genervt, als sie die Boote erreichten. Sea beachtete ihn gar nicht, sie wusste, dass sie nicht für voll genommen wurde und entsprechend keinen Respekt bekam. Aber es war ihr egal, denn bald würde Sall seinen Handel einlösen und sie nach Hause bringen. Sie ließ ihren Blick in der Runde kreisen und stellte fest, dass offenbar die Mannschaft wieder komplett war. Die fehlenden Trupps, darunter auch der Erste Maat, mussten zum Treffpunkt zurückgekehrt sein, während sie ihre Einsamkeit genossen hatte. Gemeinsam mit Foncé begann sie kurz darauf die Jolle ins Wasser zu stoßen. Die übrigen Piraten packten mit an und im Handumdrehen waren die Boote im Wasser und die Riemen besetzt.

„Sall, wir wissen noch nicht ob wir jetzt bei Ebbe oder bei Flut nach dem Eingang suchen müssen", erinnerte sie den jungen Kapitän unterwegs an ein ungelöstes Problem.

„Ach was, wir haben Zeit. Wir können problemlos einmal bei Ebbe und einmal bei Flut zwischen die Felsen pullen", winkte er über seine selbstgekritzelte Karte gebeugt ab, „was mich mehr beschäftigt sind die Klippen. Die Strömung zwischen den einzelnen Felsen flößt mir doch etwas Respekt ein. Wenn die See zu unruhig ist, können wir ihr die Boote nicht aussetzen. Falls uns eine Welle gegen den Fels wirft, könnten unsere Boote an den scharfen Felsen durchaus erheblichen Schaden nehmen."

„Bei diesem ruhigen Wetter dürften wir uns darüber keine Sorgen machen müssen", meinte sie, „Ich nehme an, du willst sofort unseren Ankerplatz wechseln?"

„Selbstverständlich", erwiderte der junge Kapitän, „wir werden vor den Klippen ankern, solange es noch hell ist und wir gute Sicht haben."

***

Noch ehe es dämmerte, gingen sie etwa anderthalb Kabel vor den schroffen Felsen wieder vor Anker. Aber sie entschieden sich, erst am nächsten Morgen auf Entdeckung zu gehen, da es bald zu dunkel werden würde, um zwischen den Felsen zu manövrieren. Dafür befahl der junge Kapitän bei Tagesanbruch umso ungeduldiger die Beiboote auszusetzten. Ein Teil der Crew blieb wie normalerweise an Bord zurück, während die Bootsmannschaften über die Strickleiter am Rumpf entlang herabstiegen. Diego nahm schon wie immer den Kutter und legte ab sobald seine Bootscrew vollzählig war. Sea wurde von dem Piratenkapitän erneut in den Bug der Jolle geschickt. Er wollte mit unterschiedlich großen Booten auf Erkundung gehen, für den Fall, dass der Kutter nicht zwischen allen Felsenpaaren hindurch zu lenken war. Dann konnten die Piraten ihre Erkundungen zumindest noch mit der Jolle fortsetzen. Er kletterte hinterher noch bevor sie mit beiden Füßen im Boot stand. Wenige Augenblicke später setzten sie dem Kutter mit kräftigen Riemenzügen nach.

Die Flut musste ungefähr ihren höchsten Tidenstand erreicht haben, als sie auf die Klippen zupullten. Das Wetter meinte es gut mit ihnen, denn mit dem Sonnenaufgang hatte sich der Wind gelegt und die Wellen rollten als sanfte Wogen dem rostroten Gestein entgegen. Weder beim Aussetzen noch beim Übersetzen hatten sie die Beiboote beeinträchtigt. Da es kaum Seegang gab, konnten sie auch nahezu unbehelligt zwischen die kantigen Felsen rudern.

Eine Weile manövrierten sie sich um die Felsbrocken der Klippe nach Südwesten entlang, die hie und da wie Soldaten am Rand der Felswand Spalier standen. Turmhoch waren sie von der See während Jahrhunderten aus der Klippenwand gefressen worden. Einige dieser Säulen waren eingestürzt und hatten den Grund als Brocken aufgeschüttet, so dass sie einige Umwege um seichte Stellen machen mussten. Immer der kantigen unfreundlichen Seite der Insel entlang, bis der Kapitän irgendwann die Gespräche seiner Bootsmannschaft mit einer Feststellung unterbrach.

„Irgendwo von hier aus landeinwärts müsste sich die senkrechte Höhle befinden, die ihr gefunden habt, nicht wahr, Ramiro?"

„Aye, dort drüben, wo der große und der kleinere Felsen nebeneinanderstehen. Von dort aus vielleicht zwanzig Faden landeinwärts müsste sie sich befinden. Ich erkenne die Felsenanordnung wieder." Er deutete auf zwei hohe Felsen, die wie zwei Brüder vor der Klippe standen, als würden sie sich jeden Moment wartend gegen eine Hauswand lehnen.

„Dann sehen wir mal nach, ob sich dort etwas verbirgt", forderte Sall seine Bootsmannschaft auf sich in die Riemen zu legen.

Sie pullten die Boote näher an die Felsen heran und entdeckten bei genauerem Hinschauen schon bald einen Spalt in dem kantigen Gestein. Waagerecht verlief er als durchschnittlich handbreiter Riss zwischen der Wasseroberfläche und dem rostroten Fels, der mit Wellenberg und Wellental stetig seine Größe änderte. Außerdem war der Spalt tief, weshalb man vermuten durfte, dass die Ebbe den Riss durchaus als Brandungshöhle freigeben konnte. Auf Salls Gesicht erschien bereits ein vorfreudiges Lächeln, als sei er sich sicher hinter diesem Riss in den Klippen seinen ersehnten Schatz zu finden.

„Wir müssen auf die Ebbe warten, Käpt'n, wenn wir wissen wollen, ob es wirklich eine Höhle ist", sagte einer der Piraten an den Riemen in die Runde. Der Kapitän nickte.

„Diego", rief er dem anderen Boot zu, „Wir kehren zurück zur *Rose.*"

„Willst du dir den nördlichen Teil der Klippen nicht auch noch ansehen?"

„Falls das hier kein Treffer ist, können wir den Rest später immer noch absuchen. Wir haben schließlich Zeit, und die Mannschaften an den Riemen sind müde", erklärte er worauf sein Erster Offizier mit den Schultern zuckte.

„Wie du willst!", entgegnete er und gab die Befehle zum Wenden. Salls Bootsmannschaft tat es seiner gleich, und einen Moment später waren sie unterwegs zurück zur *Queen Roses Death.*

Der Tag nahm seinen Lauf, und die Piraten verbrachten die Stunden bis zur Ebbe mit ihren üblichen Zeitvertreiben und Reparaturen an Reling und Tauwerk. Außerdem rüsteten sie die Beiboote für die Höhlenforschung aus, für den Fall, dass sich der Riss tatsächlich als Brandungshöhle entpuppte.

Ungefähr vier Stunden nach ihrem ersten Erkundungsausflug wasserten sie die Beiboote erneut. Es war kurz nach Mittag und da sie schätzten, dass die Tide ihren tiefsten Stand zwischen zwei und drei Uhr nachmittags erreichte, hatten sie noch etwas mehr Zeit für die Erkundung der Klippen. Die Riemen waren bald besetzt und kurze Zeit darauf beorderte der junge Kapitän die Bootsmannschaften, direkt auf die Felsen nahe dem Loch im Boden zuzuhalten.

Der Wind hatte seit dem Morgen etwas aufgefrischt, weswegen nicht nur die *Queen Roses Death* etwas abgetrieben war, sondern auch das Manövrieren zwischen den Felsen schwieriger wurde. Die Piraten hielten ihre Boote auf Abstand zu den Klippen bis sie die Stelle mit dem Riss erreichten.

Erst als sie zweifelsfrei erkannten, dass Sall wie so oft den richtigen Riecher gehabt hatte, wurden die Pinnen geschwenkt und die Boote auf die scharfkantige Felswand zugesteuert.

In der Crew wuchs die Aufregung mit jedem Faden mit dem sie sich der Brandungshöhle im Schatten des größeren der beiden Felsen näherten und die Spannung ließ den Matrosen das Herz klopfen. Das hinter diesem Spalt, den sie am Morgen entdeckt hatten, tatsächlich Lenoirs verschollene Beute liegen könnte, hätten sich die wenigsten von ihnen träumen lassen. Aber nun da dieser Riss in der Felswand sich als Höhle zeigte, wagten sie allmählich zu hoffen. Auf Salls Gesicht breitete sich eine Mischung aus Spannung und Vorfreude aus, als würde er einer guten Geschichte zuhören. Wenn er seine Matrosen zu Lenoirs Schatz führen konnte, war er nicht nur ein reicher Mann, sondern würde auch bald ein Ansehen besitzen, wie man es sich nicht zu erträumen wagte. Das Ansehen eines fähigen Kapitäns, unter dessen Kommando sich Geld machen ließ, konnte eine unglaubliche Macht haben.

Und Sea glaubte zum ersten Mal, dass auch Sall nicht wie seine Männer der Reichtum, sondern ein guter Name reizte. Deshalb leuchteten wohl seine eisigen Augen träumerisch, als die Jolle vornweg in den niedrigen, dunklen Höhlenschlund gepullt wurde.

Die Piraten ruderten die Beiboote vorsichtig in das Innere der Höhle. Damit der Seegang sie nirgends gegen den Felsen schlug, mussten sie sich hie und da mit den Riemen auf Abstand zu den Wänden halten. Glücklicherweise war der Wellengang nicht besonders stark, sonst hätten die Wellenberge die Boote womöglich gegen die Höhlendecke geschlagen. So aber wurden die beiden Boote kaum beeinträchtigt. Diego musste nur wegen der niedrigen Decke ständig den Kopf einziehen, um ihn sich nicht am Fels über ihm zu stossen. Er hatte mit seiner hochgewachsenen Größe das gleiche Problem wie Rack und würde sich auch unter Deck an manchen Stellen den Kopf an den Balken stoßen, wenn er gerade stehen würde. Aber mit geduckter Haltung musste er bei diesen sanften Wellen nicht um seine Schädeldecke fürchten.

Kaum waren sie einige Riemenzüge tief in dem vom Meer gebohrten Stollen, waren die Seeräuber gezwungen die mitgebrachten Fackeln zu entzünden, um ihren weiteren Weg sehen zu können. Der riesige Felsen, der den Tunnel größtenteils verdeckte, warf seinen Schatten direkt auf die Öffnung, wodurch kein Sonnenstrahl Einlass fand und die Höhle verfinsterte. Die entzündeten Fackeln verursachten in der Dunkelheit geisternde Schatten auf dem Gestein und warfen leuchtende Reflektionen auf das Wasser. Einige Züge weiter bog sich der Gang um einige Grad nach steuerbord und wurde immer niedriger, weswegen die meisten anderen Piraten aus Sicherheit ebenfalls den Kopf einzogen. Die Flammen der Fackeln kamen dem Gestein näher und näher und berührten schon bald die Decke des Felstunnels, obwohl sie inzwischen nur noch wenige Handbreit über das Wasser gehalten wurden. Sea begann sich zu überlegen, ob sie auch den Kopf einziehen sollte, als die Crew die Boote halblinks um eine weitere Kurve pullten. An deren Ende blendete sie steuerbord das Tageslicht eines Ausgangs. Durch einen breiten, hohen Felsspalt, in dem sie sich endlich aufrichten konnten, ruderten die Seeräuber ihre Boote in eine hallenartige Höhle von der Grösse einer Kirche. Das Gestein der rauen Felswände ragte steil in die Höhe und wölbte sich über ihren Köpfen ein wenig. Selbst wenn die Öffnung im Gewölbe, durch die die Sonne in das Innere der Höhle brach und sie mit warmen Licht flutete, tatsächlich das Loch im Boden war, das Ramiros Suchtrupp entdeckt hatte, wäre es unmöglich gewesen über den Fels nach unten oder wieder nach oben zu klettern. Mit Seilen wären sie vermutlich nach unten gekommen, aber das sie auf diesem Weg etwas aus der Höhle hätten transportieren können, kam ihr sehr unwahrscheinlich vor. Sich nach allen Seiten umsehend, steuerten die Piraten die Beiboote durch die zur Hälfte mit Wasser geflutete Halle. Der Grund unter den Kielen war wegen der Schatten in dem klaren Wasser kaum zu erkennen, weshalb sie sich nicht sorgen mussten auf Grund zu laufen. Die andere Hälfte der Höhle erhob sich, wie die Bühne eines Theaters, rund einen halben Meter aus den dunklen Wellen, dass sie schon an eine zu klein geratene Hafenmauer erinnerte. Zu ihrem Erstaunen hingen an den Felsen tangüberwachsene Eisenringe, wie man sie in Häfen an den Kais fand. Aber die Piraten hatten nur Augen für ein Duzend Kisten, die im Schatten eines großen Felsens gestapelt waren, deren Anblick jedem von ihnen ein breites, gieriges Grinsen ins Gesicht malte. Darauf hatten sie gewartet: Sie hatten gefunden, was einige von ihnen noch bis vor kurzem für ein Märchen gehalten hatten.

Salvador lachte laut und triumphierend auf, als sein Blick auf die Truhen fiel, wobei sein Lachen einige Male an dem Gestein wiederhallte. Mit einem vorfreudigen Grinsen lehnte er sich über den Rand des Beibootes hinaus und griff nach einem der Ringe. Er zog das Boot bis an den Fels heran, fädelte rasch eine Leine durch den eisernen Ring und stieg aus, ohne sich um den Knoten zu kümmern.

„Diego, vertäu das Boot an einem der Ringe!", befahl er dem Ersten, dessen Kutter den Fels noch nicht ganz erreicht hatte. Sicherheitshalber zog Sea die Leine zurück zum Boot und machte einen Knoten durch den Ring am Vorsteven der Jolle, bevor sie den Fuß auf die Reling stellte und elegant wie ein junges Reh aus dem Boot einen Satz auf festen Grund machte. Neugierig betrachtete sie noch einmal das mit Flechten bewachsene Gestein, die mit kargen, kleinen Buschpflanzen verzierten Felswände empor, während die Piraten hinter ihr aus dem Boot kletterten. Diego vertäute sein Beiboot selbst, bevor er mit glänzenden Augen zu den Truhen starrend über den Rand des Bootes auf das Trockene stieg. In der engen Höhle schien er sich wegen seiner leichten Platzangst nicht wirklich wohl gefühlt zu haben, doch diese Unbehaglichkeit war nun vollends aus seinem Gesicht verschwunden. Mit großen Schritten folgten die Seeräuber ihrem Kapitän zu den Kisten, die er schon fast erreicht hatte. Sall ging strahlend durch die zu Paaren gestapelten oder allein stehenden Truhen und betrachtete laut lachend ihren Fund. Wie den Piraten stahl sich ein breites Lachen auf Seas Gesicht, als sie die hölzernen Kisten erreichte. Albatros hätte damals, als er ihr dieses Kartenstück schenkte, vermutlich nie gedacht, dass sie Lenoirs Schatz tatsächlich finden könnte. Und nun schlich sie, wie ein hungerndes Tier auf Futtersuche, um die Truhen und gierte wie die Piraten nur darauf den Inhalt zu sehen.

Als sich seine gesamte Crew zwischen den Truhen eingefunden hatte, zog der junge Kapitän einen seiner Dreiläufer aus dem Gürtel. Er klemmte ihn in das mit Lenoirs Signet verzierte Vorhängeschloss einer Truhe, die schräg auf einer anderen platziert worden war und öffnete es indem er einmal quer durch das Blech schoss. Klappernd fiel es über die zweite Kiste hinunter auf den Fels.

„Hilf mir mal!", sagte er grinsend zu dem Piraten, der ihm am nächsten stand, und steckte den Dreiläufer zurück in seinen Gürtel. Gemeinsam stellten sie sich hinter die schwere Truhe und kippten sie mit vereintem Kraftaufwand von der anderen hinunter auf den Boden. Der hölzerne Deckel sprang auf, als sie auftraf, und ihr Inhalt verteilte sich klirrend vor den Füßen der Seeräuber auf dem Gestein. Eine Welle aus goldenen Münzen überschwemmte den Fels, alle geprägt mit Lenoirs Jolly Roger auf der einen und den Himmelskörpern auf der anderen Seite. Dazwischen trieben Schmuckstücke, wie Schwemmholz, auf dem goldenen See, die Victorias Lieblingsstücke an Wert vermutlich um Meilen übertrafen. Den juwelenbesetzten Ohrring, der bis vor ihre Stiefelspitze gekullert war, hätte Sea wegen des Gewichtes des Steins niemals am Ohr tragen wollen. Da bevorzugte sie, sich mit ihren unterschiedlich großen Goldohrringen zu schmücken. Das mit Steinchen besetzte Perlenarmband wog ums Handgelenk vermutlich beinahe so schwer, wie ein paar Eisen. Die glitzernden Edelsteine an der Halskette neben dem kaputten Schloss waren größer als Himbeeren. In etwa dieser Größe bekamen auch die Augen der Piraten vor Staunen über ihren Fund. Ihre Pupillen begannen vor Goldsucht zu glänzen, wie das Gold zu ihren Füßen.

Voller Neugierde zogen jetzt auch andere Seeräuber ihre Pistolen und traten an die restlichen Truhen. Laut lachend schossen sie die Schlösser der Kisten auf, um ihren Inhalt auf Gold zu überprüfen. Sie wurden nicht enttäuscht, denn aus jeder Kiste, die sie kippten, schwemmte ein Wasserfall aus Münzen hervor und unter jedem Deckel kam glänzendes Gold zum Vorschein. Entzückt lachend füllten sie sich die Hände und ließen ihren neuen Reichtum durch die Finger auf den Fels prasseln. Einige fischten grinsend lange Ketten und Ringe zwischen den Münzen hervor und behängten sich über und über damit. Zum Amüsement der anderen Seeräuber rissen sie damit Possen.

Anstatt ihnen zuzusehen wie sie sich an dem Gold erfreuten, spazierte Sea zwischen den Truhen umher und genoss ihren Erfolg. Sie hatten alle Rätsel und übrigen Hindernisse unterwegs zu Lenoirs Schatz gemeistert, und sie waren noch vor der *Killing Lady* angekommen. Ihren Teil der Abmachung hatte sie vollends erfüllt, nun war es an

Sall sie zur *Unicorn's Dream* zu bringen und sie bei deren Rückeroberung zu unterstützen. Sie ließ ihren Blick über die umgekippte Truhe und die goldene Pfütze vor ihren Füßen schweifen und ging davor in die Hocke. Die Klippenhöhle war wirklich die reinste Schatzkammer, keine Staatskasse, aber für die Beute eines einzelnen Piraten allemal sehr groß. Lenoir musste ein sparsamer Mensch gewesen sein, um sich solch ein Vermögen zusammen zu horten.

Sea fischte das nächstgelegene Geschmeide, eine Halskette mit hellblauen Steinen, zwischen den Goldmünzen hervor und versuchte ihren Wert zu schätzen. Sie bestand aus zwei Reihen geschliffener Edelsteine, die durch silberne Klammern mi einander verbunden waren. An jedem vierten baumelte eine Perle. Selbst wenn die Steine nicht so wertvoll waren, wie sie schienen, bekam man für dieses Schmuckstück vermutlich gleich ein Vierergespann samt Kutsche. Gegen die Juwelen, die der Schatz enthielt, waren die geprägten Münzen geradezu wertlos.

„He", machte Diego laut lachend auf sich aufmerksam. Sea sah von dem Geschmeide in ihrer Hand auf und blickte zu dem Piraten herüber. Der Erste Maat stand zwei Truhen von ihr entfernt umringt von der übrigen Crew vor einer offenen Kiste. Scheinbar hatte er in ihr die langen Perlenketten gefunden, die er sich allesamt um den Hals gelegt hatte, dass sie schimmernd über seinen Kleidern hingen wie ein Kettenhemd. Dazu machte er eine Pose, die sie verblüffend an die feinen Damen von Kingston erinnerte. „Sehe ich so nicht aus wie Queen Anne?"

Zusammen mit der Crew brach Sea in Gelächter aus und hörte ihr Lachen von den Wänden widerhallen. Auf den Festen des Gouverneurs, auf denen sie sich ab und an auch zeigen musste, konnte sie der sogenannten Etikette allerdings nicht ausweichen. Aber nun konnte sie über den pompösen Aufzug zusammen mit dem Benehmen der gehobenen Gesellschaft, das Diego nachahmte, herzhaft mit den Piraten in Wiehern ausbrechen. Pierre krümmte sich vor Lachen einen Ast, schüttelte aber heftig den Kopf zu dieser Aussage.

„Nein, eher nicht", presste er zwischen seinem Glucksen hervor, „aber wärest du etwas untersetzt und ziemlich rundlich, würdest du exakt aussehen, wie Louis von Frankreich! Morgens vor dem Rasieren!" Wie der Franzose hätte sie sich beinahe den Bauch halten müssen. Achtlos warf sie die Kette wie einen kleinen Fisch zurück, um aufzustehen, sonst würde sie jeden Moment über den Boden kugeln vor Lachen. Zusätzlich hatte sie fast Angst, Diegos lautes Lachen würde die Höhle zum Einsturz bringen, es dröhnte geradezu von den Wänden zurück.

„Nein, mit dem Bart sieht Diego meiner Großmutter im Augenblick viel ähnlicher!", rief Jack-Knief erstaunlich gut gelaunt dazwischen, obwohl er sonst keinen Humor zeigte, und lachte schallend. Foncé musste von diesem Vergleich dermaßen lachen, dass ihm die Tränen in die dunklen Augen stiegen. Wie er beinahe keine Luft mehr bekam und trotzdem lachen musste, wie ein Irrer, bot einen ebenso lustigen Anblick wie Diego mit den Perlenketten um den Hals. Dazu kam, dass er mit seiner fast schwarzen Haut und den hellen Zähnen stetig an ein schelmisches Totenkopfäffchen erinnerte, was den Effekt des verrückten Gelächters noch verstärkte. Die Piraten konnten erst aufhören zu lachen, als Foncé die Hände auf die Knie stützen konnte und sich tief durchatmend von seinem Lachkrampf erholte.

Einen Moment lang gab er seiner Crew noch Zeit, um zur Ruhe zu kommen, dann machte der junge Kapitän wieder auf sich aufmerksam. Sall stand mit einem breiten Grinsen im Gesicht etwas abseits zwischen den ausgekippten Truhen und hatte sich aus der zweiten Reihe über die Späße seiner Freunde amüsiert.

„Wisst ihr was mich viel mehr reizt, als mich in diesem Loch an diesen Goldbergen zu ergötzen?", fragte er mit den Händen in den Hosentaschen und löste sein Rätsel sogleich auf, „es auszugeben! Ich finde, wir sollten uns mit Lenoirs wiedergefundener Beute die Taschen füllen und möglichst bald mit dem gesamten Schatz von hier verschwinden. Denn in spätestens drei Stunden hat sich der Tunnel wieder soweit mit Wasser gefüllt, dass wir bis zur nächsten Flut festsitzen" Durch die Reihen der Piraten ging allgemeines zustimmendes Nicken.

„Ich bin auch dafür, dass wir möglichst bald ein Fass anbohren", sprach ein schlaksiger Pirat, der seinen Oberkörper nur mit einer Weste bekleidet hatte, seinen Crewkameraden vorfreudig aus der Seele. Salls lässiges Lächeln verbreitete sich unwissentlich zu einem triumphalen Grinsen.

„Dann holt die Säcke aus den Booten! Wir füllen sie soweit, dass wir sie noch zubinden können, das erleichtert den Transport. Diego, sobald das erste Boot vollständig beladen ist, setzt du damit auf die *Rose* über und bringst auf dem Rückweg mehr Säcke mit. Ich denke, wir werden mehr benötigen, als wir mitgebracht haben." Noch während der junge Kapitän dem Ersten seine Aufgaben erläuterte, stiegen einige der Matrosen in die Beiboote. Die zusammengeschnürten Päckchen aus Säcken hatten die Piraten für die Fahrt unter den Bänken verstaut. Nun nahmen sie diese, lösten die einzelnen Säcke aus den Paketen und warfen diese achtlos auf die entstehenden Haufen vor dem Boot. Kaum konnte Diego seine Befehle bestätigen, schritt Sall auch schon zu einem Sackhügel. Mit einem kurzen Handgriff nahm er einen der Säcke und ging auf die nächstgelegene Truhe zu. Vorbildlich füllte er ihn mit dem glänzenden Inhalt einer umgestoßenen Kiste.

Als hätte der Kapitän ihnen einen stummen Befehl gegeben, griffen die Piraten nach den Beuteln und verteilten sich zwischen den Truhen. Sie formten je die eine Hand zu einer Schaufel und liessen das Gold über ihre Handflächen in die Sacköffnung gleiten. Einige ergötzten sich dabei ein weiteres Mal an ihrem neuen Reichtum und ließen sich dabei genießerisch Zeit. Andere schaufelten gierig mit der Hand die wertvollen Münzen in die Beutel. Auch Sea nahm einen der groben Leinsäcke vom Boden auf, um sich nützlich zu machen und hockte sich damit neben eine Truhe, die nahe an der Felswand stand. Sie schaufelte einige Hände voll in den Sack und studierte dabei die Münzen. Albatros hatte unrecht gehabt, denn der Schatz bestand aus allerlei gemischten Münzen. Viele davon waren mit dem Totenkopf geprägt, aber ihr kamen immer wieder einige goldene Reales zwischen die Finger, Achterstücke, Libres und Münzen, die sie nicht einmal kannte.

Sie nahm sich die Zeit, um die Münzen zu studieren und sinnierte so konzentriert über die darauf geprägten Buchstaben nach, dass sie nicht beachtete, wie Sall von hinten auf sie zutrat. Er stützte neben ihr das Knie auf dem Boden auf und legte lässig den Arm über das andere.

„Den hab ich beim Füllen von einem der Säcke gefunden. Was meinst du?", hielt er die Hand vor sie hin, um ihr etwas zu zeigen. In seiner Handfläche lag ein filigraner, silberner Anhänger in der Form eines winzigen Ankers an einer feinen Silberkette. Da er nach dem Guss nur noch poliert worden war, sah er mit seinen feinen Ungenauigkeiten aus, als hätte ein Lehrling ihn hergestellt. Aber dieser hatte ein Talent für Details gehabt, die den Anhänger zu einem einzigartig schönen Schmuckstück machten. Das winzige Seil, das sich um den silbernen Anker schlang, der wenige Zehntelzoll große Seestern und auch das Seepferdchen waren direkt in die Form des Ankers eingegossen.

„Dieser Anhänger ist das reinste Kunstwerk!" Sie nahm ihm das Schmuckstück aus der Hand und bewegte es im Licht, um den Reflex zu sehen.

„Im Gegensatz zu den Klunkern, die hier verstreut liegen, ist er geradezu wertlos. Aber ich denke, um deinen Hals wäre er ein würdiger Ersatz für deine Goldmünze", meinte der junge Pirat, „Wenn du versprichst ihn auch zu tragen, schenke ich ihn dir." Sie konterte sein lockeres Lächeln indem sie herausfordernd die Augenbrauen anhob.

„Kannst du das denn überhaupt?", entgegnete sie kühl, „nur weil du der Kapitän bist, heißt das noch lange nicht, dass du vor der Verteilung irgendein Anrecht auf den Schatz hast" Grinsend nahm er ihr das Schmuckstück aus der Hand.

„Glaub mir, ich weiß genau, dass jeder meiner Matrosen ein oder zwei Klunker einsteckt. Und diejenigen, die auf der *Rose* zurückgeblieben sind, werden auch einige Unzen verschwinden lassen, somit sind alle wieder quitt. Bei dieser Menge kommt es kaum drauf an und da sie alle etwas mitgehen lassen sind meine Matrosen recht tolerant. Außerdem bekommen bei den Juwelen schlussendlich die besten Händler am meisten Erlös", erklärte er und stand auf.

„Sicher?" Sie erhob sich ebenfalls vom Boden, um nicht von so weit unten zu ihm aufsehen zu müssen.

„Sie wissen alle untereinander, dass die andern etwas einstecken, sie sind schließlich Piraten. Und daher funktioniert auch das System", versicherte er, als er sich hinter sie stellte. Sea hob trotzdem ungläubig die Augenbraue an, sie zweifelte an der Funktionstüchtigkeit seines Systems. Der junge Kapitän legte ihr sowohl ohne sie um Erlaubnis zu bitten als auch ohne zu fragen, ob sie das Schmuckstück überhaupt haben wollte, die Kette um den Hals. Er machte sorgfältig den Verschluss zu und zog behutsam ihre Haare unter der Silberkette hervor. Sanft ließ er seine Finger noch durch ihre Haarspitzen gleiten.

„Das bedeutet: Wenn dir ein Schmuckstück oder zwei besonders gefallen, kannst du auch eine Hand voll Schratt einstecken. Dass ich dir dieses Trinkgeld gewährt habe, werde ich meiner Crew bei der Verteilung mitteilen." Mit seinem typisch lässigen Lächeln drehte er sich um und schlenderte die Hände in den Hosentaschen zu Diegos Beiboot. Der Erste war gerade im Begriff mit der ersten Ladung von Lenoirs verschollener Beute zur *Queen Roses Death* überzusetzen. Daher half

Sall noch mit einigen geschickten Würfen die letzten vollen Säcke zu verladen und stieß mit einem anderen Piraten das Boot kräftig vom Ufer ab.

Sea beobachtete den jungen Kapitän keinen Augenblick länger und sah stattdessen der Bootsmannschaft zu, wie sie das Boot wendeten. Diegos Crew ruderte das Beiboot in gleichmäßigen Zügen über das dunkle Wasser in den Tunnel. Erst als sie vollends verschwunden waren, kniete sie sich wieder hin und füllte rasch den Beutel auf. Mit gerunzelter Stirn dachte sie über Salvadors Verhalten nach. Hatte sie so goldgierig ausgesehen, dass er ihr ein „Trinkgeld" gewährt hatte oder wollte er sich nur beliebt machen? Sie machte einen Knoten in die Bänder oben am Beutel, um ihn für den Transport sicher zu verschließen. Vermutlich wollte er sich beliebt machen, aber an sich war das egal. Nun konnte sie zumindest eine weitere Goldmünze mitnehmen und Math konnte ihre behalten. Es stach sie ins Herz, dass sie ihn so kalt nach Hause geschickt hatte …, aber Sall hätte ihn nicht mitgenommen, egal was man ihm dafür angeboten hätte. Allerdings hätte sie Math auch nicht mit ihm ins gleiche Boot setzten wollen, es wäre eine brennende Lunte gewesen, bis Sall kurzen Prozess gemacht hätte. Math konnte sich problemlos selbst wehren, aber er war ihr zu teuer, als dass sie das Risiko hätte eingehen können. In Gedanken noch bei ihrem Kindheitsfreund erhob sie sich und brachte den zugeknöpften Sack zum Anlegeplatz, wo sie ihn auf dem kleinen Berg aus Säcken platzierte, der sich schon wieder gebildet hatte. Ohne groß nachzudenken nahm sie einen leeren Beutel mit. Man sah deutlich, dass etwa ein Drittel des Schatzes inzwischen in den Säckchen verschwunden war, denn die goldenen Seen schienen zusehends zu verdunsten. Die Truhen, die am nächsten zu den Booten gestanden hatten, waren leer und achtlos umgekippt. Sie ging wieder auf eine der Vollen zu, während sie Math mit dem Gedanken beiseite schob, wie sie ihn wiedersehen würde. Und wie bald sie auf der *Unicorn's Dream* heimwärts segeln würde. Die erste von Lenoirs Münzen, die ihr zwischen die Finger kam, steckte sie in ihre Hosentasche. Dann begann sie wesentlich schneller als vorher den Beutel zu füllen.

Einige Zeit später steckte Sea gerade eine schlichte, weißgoldene Kette in ihre Hosentasche, als Diegos Boot wieder aus dem Schatten des Felstunnels erschien. Der fingernagelgroße Edelstein an dem Anhänger hatte die gleiche smaragdgrüne Farbe wie Marys Lieblingskleid und eignete sich daher hervorragend als Mitbringsel. Sie hatte ihn beim Abfüllen von Lenoirs Beute zufällig entdeckt und entschlossen, ihn mitzunehmen, obwohl sie eigentlich von Salvadors Angebot gar nicht hatte Gebrauch machen wollen. Von Lenoirs Erspartem lag höchstens noch ein Viertel lose um die Truhen verstreut. Die Piraten hatten den Hügel aus leeren Säcken vollends mit Gold gefüllt und mussten auf die nächste Ladung Beutel warten. Die Vollen hatten sie säuberlich verschnürt zu einem Berg an der natürlichen Hafenmauer aufgetürmt und warteten nur darauf diese zu verladen. Die meisten von ihnen sassen deshalb arbeitslos auf den leeren Kisten und malten sich grinsend aus, was sie mit ihrer Heuer anstellen würden. Ihren leuchtenden Augen zufolge, wollte Sea nicht nach ihren Vorhaben fragen.

***

Diego warf das Ende der Anlegeleine einem der Seeräuber zu, damit dieser es festmachen konnte, während das Boot das letzte Stück von allein trieb. Gut gelaunt stieg er aus sobald die Leine einigermaßen im eisernen Ring verknotet worden war und betrachtete zufrieden den Haufen mit den prallen Beuteln.

„Das hättet ihr sehen müssen! Als wir anfingen, Lenoirs Schatz zu verladen, sind denen auf der *Rose* beinahe die Augen aus den Höhlen gekullert. Die können kaum erwarten den Rest zu sehen", teilte der Erste den Piraten aufgeräumt mit, während er das erste Bündel mit Säcken auffing. Die Hälfte seiner Bootsmannschaft kletterte eilends aus dem Ruderboot, um die Bündel aufzufangen, die ihre Kammeraden ihnen zuwarfen. Sobald diese einen Moment später ausgeladen waren, begann die Crew, die goldgefüllten Säcke zu verladen, indem sie diese den Matrosen im Boot zuwarfen.

„Wir sollten zusehen, dass wir möglichst bald von hier verschwinden können. Ich hatte im Felsspalt das Gefühl, dass ich den Kopf um einiges mehr einziehen musste, als bei der ersten Durchfahrt", teilte Diego seinem Kapitän mit, welcher gerade die Verschnürung eines der Bündel löste. Sall stimmte ihm zu und zupfte einen der Säcke aus dem Haufen. „Ich denke, wir können den Rest problemlos in die Jolle laden. Also werden wir gemeinsam ablegen", klärte er und wandte sich ab, um den Beutel zu füllen.

Die Piraten erhoben sich von den Kisten, um es ihm nachzutun, während die Bootscrew die gefüllten Säcke in den Booten verteilte. Auch Sea holte sich erneut eines der Säckchen und musste kurz darauf feststellen, dass die Piraten ganze Arbeit geleistet hatten. Ungefähr der Inhalt von zwei Kisten lag noch auf dem Boden verteilt, ansonsten lagen nur noch lose Münzen verstreut. Daher machte sie sich daran, wie beim Blumenpflücken Einzelstücke einzusammeln, während die Piraten mit den Händen die Beutel vollschaufelten. Dabei stolperte sie im wahrsten Sinne des Wortes über das perfekte Mitbringsel für Victoria – ein Kropfband aus drei Reihen Perlen mit einem dunkelroten, goldgefassten Stein, wie es nicht besser zu ihrem roten Abendkleid passen könnte. Anschließend wurde auch die Jolle beladen. Einige der Matrosen suchten verbissen jede Münze zusammen, ehe Sall dem ein Ende machte.

„Kommt schon, Männer, bei der Menge Gold, die wir geladen haben kommt es auf die paar Münzen nicht mehr an!", rief er ihnen zu, worauf sie ihm Recht gaben und zu den Booten zurückkehrten.

Als die Boote besetzt waren, machten Sall und Diego je selbst ein Boot los und stießen es vom Rand ab. Bei einem Blick über die Bordwand stellte Sea fest, dass die Beiboote reichlich tief im Wasser lagen. Die Jolle schien sogar etwas überladen von dem Gewicht, doch wenn sie einen Teil vom Schatz zurückließen, mussten sie womöglich bis zur nächsten Ebbe warten um es zu holen. Der Kutter wurde zuerst in den Tunnel gerudert und Diego musste sich merklich vorbeugen und den Kopf einziehen. Der Wasserspiegel war mit der Flut soweit gestiegen, dass sich nach wenigen Zügen die ersten der mittelgroßen Matrosen die Köpfe stießen. Entsprechend duckten sie sich bald alle zusammen, was das Pullen durch die unnatürliche Haltung zusätzlich erschwerte. Noch dazu strömte das Meer von außen in die Klippenhöhle und die Boote mussten gegen den Sog ankämpfen. Die Jolle folgte unmittelbar, obwohl sie mit dem Wellengang noch größere Probleme hatte als der größere Kutter. Vor dem Knick des Tunnels hatte die Felsformation die Boote vor den Wellen abgeschirmt wie ein Damm. Aber kaum hatten sie die Biegung umrundet, wurden sie vollends in die Wellen gezogen. Jedes Mal wenn sich die Welle zurückzog, wurden sie dem Ausgang entgegengesogen. Danach warf sich das Wasser wieder den Klippen entgegen und schwappte erst gegen den Fels, dann als große Woge in den Höhlengang. Die Boote wurden dabei von den Wassermassen an die Tunneldecke gedrückt und stießen oft gegen das Gestein. In diesem Moment galt nichts außer den eigenen Kopf zu schützen und wenn die Jolle nach oben gedrückt wurde, zogen die Bootsinsassen allesamt die Köpfe nach unten. Selbst Sea musste sich zusammenkrümmen, um dann nicht gegen den Felsen über sich zu stoßen. Durch die Dunkelheit – denn die zuvor entzündeten Fackeln waren inzwischen längst nass, erloschen oder sogar aus Versehen in den Wellengang fallen gelassen worden – sah sie wie Diego geisterhaft bleich wurde. Mit der Platzangst in diesem engen Tunnel und der sonst schon furchterregenden Situation musste sich der Erste Maat in der Hölle glauben. Aber er hatte den engsten Abschnitt zumindest schon hinter sich, im Gegensatz zu ihr. Sea bekam es mit der Angst zu tun, als sie den niedrigsten Teil des Höhlengangs mit der Jolle durchquerten.

„Achtung!", warnte der Kapitän, als eine größere Welle die Jolle erfasste. Der Abstand zwischen dem Boden und der Decke war zu niedrig: Die Wellenberge schlugen das kleine Boot brutal gegen die Höhlendecke, und wer sich nicht unter den Rand der Bordwand hingekauert hatte, dem schlugen Felsvorsprünge in den Rücken. Sie hörte schmerzliche und erschrockene Aufschreie und staunte über die Geistesgegenwart der Piraten, die im Takt einige Riemenzüge ausführen konnten ehe das Boot ins Wellental fiel. Das Wasser fiel so tief ab, dass die Jolle auf den Boden der Höhle aufschlug. Das Geräusch von berstendem Holz jagte den Insassen einen eisigen Schauer über den Rücken. Wenn sie kenterten oder zu viel Wasser fassten, würde sie die Höhle nicht alle wieder verlassen. Zum Schwimmen war der Wellengang zu stark, man würde an den Felsen erschlagen werden, und die meisten Piraten waren des Schwimmens nicht fähig. Dann hob die nächste Welle das Boot vom Grund ab, wobei Wasser über die Bordwand schwappte. Die Piraten zogen an den Riemen, fluchtartig wie entkommene Sklaven, die um ihr Leben ruderten. Sie stießen zwar untereinander an die Riemenstangen, aber bekamen genügend Vorschub, um den engsten Abschnitt zu durchqueren. Der Wellenberg konnte sie kein zweites Mal gegen die Höhlendecke schlagen, und mit der Erleichterung kehrte auch der Rudertakt zurück. So kamen sie nun auch mit dem Wellengang klar, obwohl die Jolle knöcheltief mit Salzwasser gefüllt und schwer mit Goldsäcken beladen war. Mit diesem Gewicht war das Boot etwas ma-

növrierträge. Auch Sea atmete erleichtert durch, als sie das Schlimmste hinter sich gebracht hatten. Dass sie selbst nichts hatte tun können, sondern nur neben Sall im Bug hatte sitzen müssen, hatte sie zusätzlich unter Druck gesetzt.

„Käpt'n, ist alles klar Schiff bei euch?" Diego wirkte je weniger bleich, je näher er dem Ende des Felsspalts kam.

„Ernsthaft verletzt sieht auf den ersten Blick keiner aus, aber wir haben etwas Wasser gefasst. Es könnte sein, dass wir beim Aufschlag auf den Grund leckgeschlagen sind", rief der Kapitän dem Boot seines Ersten Offiziers zu. Der Kutter schob sich gerade durch das letzte Wellental aus dem dunklen Felsengang ins Sonnenlicht hinaus. Seine Insassen streckten sich und genossen die Freiheit aufrecht zu sitzen, wie noch selten zuvor. Ihre Jolle hatte hingegen wieder das Pech, dass der schäumende Wellenberg ihr in diesem Moment entgegenrollte, als die Piraten sie aus dem Tunnel pullen wollten. Da das nahezu überladene Boot recht tief im Wasser lag, spritzte die Woge erneut eimerweise Flutwasser in den Jollenrumpf. Einen kurzen Moment fürchtete Sea, sie würden mitsamt dem Boot absaufen, aber sie hatten offenbar gerade noch genügend Auftrieb, um nicht zu kentern. Und die Bootsmannschaft störte die zusätzliche Nässe auch nicht weiter, denn sie konnten endlich wieder aufrecht sitzen. Entspannt reckten sie sich und genossen die frische Meeresbrise. Auf Dauer hatte der erdige, salzige Geruch in der kalten Brandungshöhle angefangen auf sie einzudrücken, weshalb es gut tat, sich die Lungen mit der angenehm warmen Abendluft zu füllen.

Inzwischen sank die Sonne im Westen dem Horizont entgegen und färbte den klaren Himmel fliederfarben bis pfirsichorange. Die letzten Vogelstimmen am Abend und das sanfte Rauschen der Wogen ließen die Piraten das Getöse der in der Höhle brechenden Wellen vergessen. Mit jedem Zug, mit dem sie sich der *Queen Roses Death* näherten, kehrte auch die Vorfreude zurück. Den Seeräubern fiel wieder ein, dass sie säckchenweise Gold zwischen ihren Stiefeln liegen hatten, und nun begannen sie darüber nachzudenken, was sie damit machen könnten, woran sie noch nicht gedacht hatten.

***

Die *Queen Roses Death* war etwa ein Kabel abgetrieben, da der Ankergrund nicht gut war und sie brauchten eine Viertelstunde, bis sie das Piratenschiff erreichten. Bis dahin hatten die Piraten längst begonnen, den Kutter zu entladen. Das Boot mitsamt dem Gold an den Davits aus dem Wasser empor zu ziehen, war ihnen offenbar zu heikel. Daher füllten sie einige Male eine Kiste mit den Beuteln, die sie an einem Flaschenzug hochzogen, bevor sie den Kutter mit dem Rest der Goldsäcke an Bord hievten. Dann wurde auf gleiche Weise die Jolle entladen: Die Bootsmannschaft füllte gut gelaunt die vom Deck herabgelassene Kiste mit nassen Goldsäcken, sie wurde nach oben gezogen und einen Moment später leer wieder herabgelassen. Sall und die ihm am nächsten sitzenden Matrosen kletterten derweil über die Strickleiter aufs Großdeck. Sea wollte es ihnen gerade nachtun, als im Beiboot jemand entsetzt schimpfte.

„Tu den wieder zurück!", befahl einer der Matrosen dem Piraten, den sie noch nie ohne seine beiden Entermesser erblickt hatte, „sonst sauft uns das Gold noch ab!"

„Was ist los?", fragte der junge Kapitän sogleich über die Reling hinab. Da der Pirat das Säckchen sofort zurückgelegt hatte, kümmerte Sea sich nicht weiter darum, obwohl sie gesehen hatte, wo das Problem lag.

„Offenbar sind wir beim Aufschlag vorher doch leckgeschlagen", meinte sie und stieg die Strickleiter der Bordwand entlang empor.

„Als er den Beutel nahm und in die Kiste legen wollte, hat er einen Plankenbruch freigelegt aus dem sogleich Wasser in den Rumpf geströmt ist, Käpt'n", teilte der zuvor noch entsetzte Pirat seinem Kapitän mit, „der Beutel muss das Leck verstopft oder zugedrückt haben, solange wir unterwegs waren. Ich dacht es wäre besser, wenn es wieder gestopft würde"

„Hervorragend", freute sich Sall rein sarkastisch über die gebrochene Planke, während Sea über die Reling an Deck hüpfte, „dann haben wir auf dem Rückweg sogar Arbeit. Kommt an Deck, wir ziehen die Jolle nach oben wie sie ist" Einen Augenblick später stand der verbleibende Teil der Bootsmannschaft an Deck, und gemeinsam hievten sie die Jolle an Bord. Eilig wurde die Jolle entladen, damit der Schaden geschätzt werden konnte und das Beiboot wurde anschliessend verstaut. Sie würden es auf dem Rückweg nach Tortuga reparieren.

Kaum war sie zurück an Bord, hatte Sea festgestellt, dass die Säck-

chen mit dem Gold fein säuberlich auf dem Deck zu Pyramiden ge-
türmt waren anstatt im Rumpf verstaut zu sein. Offenbar wollten die
Piraten den Schatz sofort teilen, denn außer ihr schien es niemanden
zu wundern. Auch die Beutel aus den Booten wurden aufgeschichtet,
als die Beiboote verstaut worden waren. Der Anker war längst gelichtet gewesen, als sie die *Queen Roses Death* erreichten. Wie sie zufällig
aufschnappte, hatte sie mit ihrer Vermutung richtig gelegen, dass die
Seeräuber keinen guten Ankergrund gehabt hatten. Es gab eine kurze Abstimmung, ob sie noch eine Nacht vor der Insel ankern wollten,
jedoch wurde beinahe einstimmig bestimmt, dass sie die Segel setzen
würden. Mit wenigen Befehlen und rhythmischen, gekonnten Handgriffen wurde das Schiff auf Kurs nach Norden gebracht. Die Piraten
gaben dem Schiff nicht allzu viel Segelfläche und banden das Ruder
fest, damit sie nicht darauf acht zu geben brauchten. Momentan hatten
sie Wichtigeres zu tun.

Während Sea sich auf die oberste Treppenstufe setzte um zu zusehen, wurde aus dem Laderaum eine große Waage geholt. Der junge Kapitän teilte seiner Crew währenddessen beiläufig mit, dass er der
Rätsellöserin ein kleines Trinkgeld zugesteckt hatte. Auf sein Zwinkern
grinsten seine Freunde breit und nannten ihn scherzhaft einen Weiber-
helden und Rosenkavalier. Nachdem Sea genervt die Augen verdreht
und sich das Gelächter im Sand verlaufen hatte, wurde jeder Beutel
einzeln mit Gewichten aufgewogen. Sall hatte Papier und Feder aus seiner Kabine organisiert und notierte das Gewicht jedes Säckchens. Die
wenigen anderen Piraten, die des Lesens und Schreibens kundig waren,
schauten ihm dabei prüfend über die Schultern. Unter den wachsamen
Blicken der übrigen Crew wurden die gewogenen Beutel an einer anderen Stelle wieder aufgetürmt. Als alle Säckchen den Haufen gewechselt
hatten, zog der Kapitän eine Linie unter die Werte. Nach einem Überfall wären nun zuerst die Verletzten ausbezahlt worden, aber heute er-
übrigten sich die Versicherungsprämien. Das Gesamtgewicht teilte er
daher einfach durch einen bestimmten Wert. Der Kapitän erhielt bei
Piraten meistens die doppelte Heuer, der Erste Maat das Anderthalb-
fache und der Zweite und Dritte Maat zusammen ebenfalls eine halbe
Heuer mehr als die normalen Matrosen. Außerdem wurden immer
einige Anteile für Reparaturen von Schäden und andere Kosten auf-
gespart. Schließlich wurde das Gold aus den Beuteln in errechnetem

Gewicht abgewogen und ausgeteilt. Die Verteilung endete damit, dass jedermann mit stolzem Grinsen einen anständigen Beutel Gold sein Eigen nennen durfte.

Als die Beute verteilt war und sie den Kurs ein letztes Mal korrigiert hatten, verschwand eine Gruppe von Piraten unter Deck. Der Erste, der zurückkehrte, setzte sich mit seiner Fiedel auf den Treppenabsatz und begann diese zu stimmen. Daher entschied sich Sea das Ruder bei diesem ruhigen Wind festgebunden zu lassen und sich stattdessen zu dem Geiger zu gesellen. Vermutlich würde sie nun vorläufig nicht mehr viel zu tun haben, die Piraten hatten auch beim zweiten Mal nur wenig Tuch gesetzt. Der Fiedler setzte seinen Bogen wahrscheinlich nur an, wenn jemand Zeit zum Tanzen hatte, ansonsten arbeitete er schließlich selber. Bis sie sich oberhalb des Geigers auf die Treppenstufe gesetzt hatte, kamen die Seeräuber auch schon wieder den Niedergang hoch. Unter beiden Armen trugen sie entweder kleine Fässchen oder Kisten, die sie in die Decksmitte brachten, wo zwei Piraten eine Gräting von ihrem Platz zogen. Anschliessend schob jemand von unten ein breites Brett durch die Lucke nach oben, dass Diego und Foncé nach oben zogen und vor der Gräting platzierten. In der Zwischenzeit hatten die Träger die Fässchen niedergesetzt und stellten den Inhalt der Kisten auf der Gräting ab. Es handelte sich um die glasierten Tonbecher, aus denen sie während den Mahlzeiten tranken. Daraus schloss sie, dass die Fässer mit Rum gefüllt waren. Die leeren Kisten stellten die Piraten Diego und Foncé vor die Füße, welche das Brett darauf ablegten, um es als Ausschank zu benutzen. Zwei der Fässchen stellten sie dahinter auf der Gräting auf, die Restlichen stellten sie unter ihren improvisierten Tisch. Jack-Knife stach die Fässer an und begann sofort die Becher zu füllen, als sich die ersten auf die Tanzfläche in der Mitte des Großdecks wagten. Lachend tanzten sie eine Art Stepptanz, so dass der Fiedler voller Freude einen schnelleren Takt anstimmte. Währenddessen verteilte Diego bereits die ersten vollen Becher.

Sall kam wieder aus dem Kartenraum und stellte sich hinter sie, wobei er lässig die Hände in die Hosentaschen steckte. Gut gelaunt sah er seinen tanzenden Matrosen zu. Sea sah über die Schulter zu ihm auf, bevor sie auch wieder das Treiben auf dem Deck beobachtete.

„Heute werden wir mal wieder richtig feiern! Seit wir damals die Übernahme der *Queen Roses Death* begossen haben, hat sich Diego nicht mehr so viel Mühe mit den Vorbereitungen für ein Fest gemacht." Er war zu Recht blendender Laune, immerhin hatte er den Inhalt von dreizehn Kisten Gold an Bord und seinen Anteil bereits erhalten.

„Ihr habt auch allen Grund zu feiern, Lenoirs verschollene Beute aufzuspüren war schließlich kein Zuckerschlecken. Und nicht nur, dass ich dir über den Weg gelaufen bin, war ein Glücksfall ...", erwiderte sie freudig, denn die gute Laune der Piraten war ansteckend. Salvadors Ziel war erreicht und ihres war in nahezu greifbare Nähe gerückt.

„*Wir* haben allen Grund zu feiern!", korrigierte er und zwinkerte ihr zu, „ob du willst oder nicht, aber du bist ein Kernstück unseres Erfolgs. Nach all dem, denke ich sogar, dass niemand sich dagegen ausspräche, wenn du auf der *Rose* anheuern würdest. Einen Anteil vom Schatz würdest du deshalb natürlich nicht mehr bekommen, aber du hättest auf meinem Schiff gute Aussichten, anderweitig zu Geld zu kommen." Sall sah sie mit seinen eisigen Augen eindringlich an, hätte er nicht schief gelächelt, wäre es ihr vermutlich kalt den Rücken heruntergelaufen. „Ich meine es ernst, Seepferdchen, überleg dir noch einmal, ob du nicht doch eine Piratenbraut werden willst. Du hättest wirklich Talent zur Seeräuberin." Sea kicherte unabsichtlich darüber, dass er ihr riet gegen ihre Prinzipien zu handeln. Im gleichen Zug fragte sie sich, ob er sich einen Vorteil erhoffte oder ob er einen anderen Grund für den Vorschlag hatte.

„Du sollst mich nicht mit meinem Kosenamen ansprechen, und ich bin mir auch ohne nochmaliges Überdenken todsicher, dass ich mit Piraterie in Zukunft nichts zu tun haben will." Der junge Kapitän zuckte mit den Schultern und ging an ihr vorbei die Stufen hinab.

„Dann überdenk es eben nicht, aber komm schon, sonst trinken diese Rumdrosseln uns den Rum vor der Nase weg, bevor wir am Ausschank ankommen", befahl er ihr gutmütig. Er spielte den Kavalier indem er ihr lächelnd die Hand hinhielt, um ihr aufzuhelfen. Ausnahmsweise griff sie sogar danach und ließ sich von ihm auf die Füße ziehen. Erst auf der untersten Stufe ließ er ihre Hand los, was außer ihr niemandem auffiel. Sie hatte unwillkürlich das Gefühl, dass er sie ungern losließ, aber vermutlich täuschte sie sich.

„Eigentlich glaube ich, dass ich den Rum heute sein lasse", ergänzte sie nachdenklich, um das Gespräch voranzutreiben.

„Was? Ausgerechnet heute willst du abstinent sein?", rief ihnen Diego entgegen noch bevor sie den improvisierten Tisch erreicht hatten. Er drückte Pierre zwei gefüllte Becher in die Hände und schüttelte spaßend verständnislos den Kopf.

„Wenn wir einen Grund zum Feiern haben, kannst du gar nicht auf dem Trockenen sitzen bleiben. Heute Abend wird wahrscheinlich jeder von uns blau sein wie der Himmel", warf Pierre im Vorbeigehen ein. Und genau das beunruhigte sie. Sea drehte sich zu ihm um und konnte nicht anders, als die Hände zu verwerfen.

„Ehrlich, hat mich einer von euch jemals saufen sehen?", fragte sie in die Runde, während Pierre sich mit den Tonbecher mitten über die Tanzfläche durch die Tänzer schlängelte. Vermutlich wollte er den zweiten Becher dem Geiger bringen.

„Jetzt komm schon, Sea, versuch nicht uns einzureden, dass du keinen Rum magst", grinste Diego übers ganze Gesicht und zwinkerte.

„Ich habe nie behauptet, dass ich keinen Rum trinke, diese Lüge wäre zu offensichtlich. Aber ich trinke ihn eben mit Genuss, ich saufe nicht", konterte sie sachlich. Der Erste liess sich nicht beirren, sondern zog das nächste Ass aus dem Ärmel.

„Dann *trink* ihn eben, aber feire mit uns. Lenoirs verschollene Beute gefunden zu haben, ist schließlich auch dein Triumph!" Der vorwurfsvolle Blick den sie ihm zuwarf, war intuitiv gewesen. Das war das erste Mal, dass jemand versuchte, sie zum Feiern zu überreden. Sie hatte zwar leichte Bedenken in Gegenwart der Piraten eventuell zu viel zu trinken, aber Diego hatte Recht, es war ein Grund zum Feiern, und es wäre schade, die Crew mit dem Spass alleine zu lassen. Sall zwinkerte ihr zu, als wollte er ihre Entscheidung dazu beeinflussen, seiner Mannschaft Gesellschaft zu leisten.

„Also gut", gab sie lächelnd auf, „ich kann euch schließlich nicht mit dem ganzen Rum alleine lassen." Die am nächsten stehenden Piraten lachten auf, aber die Stimme des Ersten Offiziers übertönte sie wie meistes. Beim Vernichten des Rums war sie selbstverständlich keine große Hilfe.

„Na bitte! Für jeden Matrosen einen vollen Becher, wie es bei Festen auf der *Rose* Tradition ist. Wenn es nicht genug ist, kannst du ihn selbst nachfüllen, ich bin schließlich kein Schankmädchen" Er drückte ihr freudig einen großen Tonbecher in die Hand, von denen ein erwachsener Mann vermutlich nicht mal zwei austrinken konnte, ohne am nächsten Tag auf das Schlimmste unter einem Kater zu leiden. Dann nahm er zwei weitere Becher von dem Brett, das als Theke diente, und grinste seinen Kapitän an.

„Unser Käpt'n bekommt doppelt so viel Gold wie wir anderen", machte er die Crew auf sich aufmerksam, damit jeder seine Worte mitbekam und scherzte ganz offensichtlich, „wäre es dann nicht fair, wenn ich deine Ration Rum auch bekomme, Sall?" Sall zuckt nur kühl mit den Schultern, anstatt seine Autorität geltend zu machen.

„Klar, nimm sie", sagte er grinsend, hob ein kleines Rumfässchen unter dem improvisierten Ausschank hervor und stellte es darauf ab, „ich begnüge mich mit dem Rest!" Angeberisch stützte er den Arm darauf ab. Diego lachte darüber, wie spontan sein Freund den Spieß umgedreht hatte, und eine gesunde Anzahl Seeräuber stimmte in sein Lachen ein. Natürlich hatte Sall vollkommen übertrieben, so viel Rum könnte selbst der junge Kapitän nicht trinken. Als sie sich wieder beruhigt hatten, drückte der Erste seinem Kapitän einen bis an den Rand gefüllten Becher in die Hand. Dann hob er feierlich seinen eigenen in den klar orangen Abendhimmel empor.

„Auf Kapitän Salvador Black, der uns zu reichen Männern gemacht hat!" Noch bevor seine Crew zu johlen beginnen konnte, hob Sall seinen Becher dem Himmel entgegen.

„Auf die Crew, die immerhin den größten Teil der Arbeit gemacht hat!" Nun begann seine Mannschaft zu johlen, einige pfiffen und im Takt hoben sie die Becher an die Münder. Sall und Diego stießen zusammen an und genossen den ersten großen Schluck des Rums in vollen Zügen, als sie ihn sich in den Rachen kippten.

Nach dem Trunkspruch verteilte sich die Mannschaft nach und nach in Grüppchen auf dem Deck. Einige Piraten tanzten munter auf dem Großdeck zur Musik des Fiedlers, allein oder in Paaren, andere liessen sich irgendwo mit ihrem Rum nieder. Sie lehnten sich gegen die Reling und setzten sich auf Rollen aus Tauwerk oder Treppenstufen. Jack-Knifes Grüppchen setze sich neben dem angebohrten Rumfässchen auf die Gräting. Sea entschied schließlich, sich zu Foncé und Pierre zu gesellen und ließ den Kapitän und den Ersten miteinander scherzend hinter sich zurück. Neben Foncé und Pierre setzte sie sich auf die Planken und lehnte sich an der Reling an. Die beiden unterhielten sich auf Französisch darüber was sie sich mit ihrer Heuer kaufen wollten. Als sie sich zu ihnen setzte, legte Foncé gerade den Finger an die Lippen und erinnerte Pierre, dass sie Französisch verstand. Offenbar sollte sie nicht wissen in welches Lokal ihr Gold fließen würde.

Sie hörte den Piraten eine Weile zu, warf ab und an eine Aussage in ihr neues Gesprächsthema und ließ sich von den beiden Geschichten und Erfahrungen zitieren. Dabei beobachtete sie das Fest und sah zu wie die Nasen der Seeräuber Becher für Becher rosiger wurden. Sobald sie getrunken hatten, wurden die Tänze auf dem Großdeck wilder und ausgelassener. Zeitenweise tanzten die Matrosen zu sechst eine Art Menuett, dann steppten sie Jigs und Reels bei einem anderen Lied, um sich zum nächsten wieder einmal zu Paaren aufzustellen. Manchmal reihten sie auch alle Tanzschritte, die ihnen bekannt waren zu völlig neuen Tänzen zusammen. Dabei verschaffte ihnen der Rum genügend Mut, um diese stolz vorzuführen, während sich ihre Kameraden teilweise köstlich über das Ergebnis amüsierten. Dazu sangen sie – teils schief, teils treffend, aber allesamt lauthals – das zu der gespielten Melodie gehörende Shanty und fühlten sich in die Ereignisse, von denen sie sangen.

Bei einer viel zu schwungvollen und fröhlich gespielten Version des *Erfrorenen Matrosen*, presste der Rum einem sogar die Tränen aus den Augen.

Jack-Knifes Freundeskreis saß auch nach einer Stunde noch auf der Gräting, als ob ihr Fest aus einem Meer aus Rum bestünde. Sie lachten scheinbar einfach grundlos oder über Witze, die außer ihnen keiner mitbekam, aber sie lachten viel und ausgelassen, weswegen man ihnen gern hin und wieder einen Blick schenkte. Manche der Piraten setzten sich in kleinen Gruppen ab und widmeten sich bei vergleichsweise trockener Gurgel Karten- oder Würfelspielen.

Den Kapitän und den Ersten Offizier entdeckte sie irgendwann auf dem Vordeck wieder, wo sie sich offenbar schon eine ganze Weile mit dem Alten unterhielten, dem sie mit der Seeschlangengeschichte die Show gestohlen hatte. Nach einer Weile weiteren Gesprächs mit Foncé und Pierre beobachtete Sea, wie sie scherzend gen achtern schlenderten. Am improvisierten Ausschank füllten sie ihre Becher nach, und Sall nahm zum Nachschenken eine aufgefüllte Tonflasche mit sich.

Dann machten sie es sich bei ihren Freunden bequem, wobei Diego sich gemütlich in die zusammengerollten Taue setzte, wie in einen Salonsessel. Sall legte sich quer vor ihnen auf die Planken, und sie plauderten gesellig zu fünft weiter. Wie immer, wenn ihre Diskussion nach und nach mehr Teilnehmer bekam, beteiligte Sea sich abnehmend daran. Ihre Gedanken schweiften ab und sie beobachtete dabei das Fest, während sie nur hin und wieder in die Gespräche der Piraten hineinhörte und sich nur bei wirklich interessanten Abschnitten aktiv beteiligte.

„Morgen wird die ganze Crew zu nichts nütze sein", lachte Pierre in die Runde, „bin gespannt, ob bis Mittag alle wieder nüchtern sind."

„Hoffentlich! Irgendwann sollten wir wieder vernünftig segeln können, sonst erreichen wir Tortuga nie. Es wäre ein Jammer, wenn wir das Gold nicht verpulvern könnten", meinte Foncé verträumt, weswegen sein starker Akzent noch viel mehr zur Geltung kam als sonst schon.

„Unsinn! Sobald sie wieder einigermaßen klar denken können, wird die Vorfreude die Männer schon nach Tortuga treiben", lachte Diego, „Und wenn nicht alle auf die Beine kommen, werden ihnen die anderen Beine machen"

„Das will ich sehen! Sieh sie dir an, Diego!", entfuhr es Pierre und er zeigte dem Ersten Maat mit einer ausschweifenden Geste seine Mannschaft, „Eure Matrosen saufen jetzt noch bis um sechs in der Frühe und dann schlafen sie bis zehn Uhr abends wie Tote. Vorher braucht gar niemand zu versuchen ihnen Beine zu machen." Ihm war vermutlich nicht aufgefallen, dass seine Zunge allmählich alkoholschwer wurde. Im Allgemeinen sprach er wahre Worte, aber er vergaß die Matrosen, die sich vom Saufgelage zurückhielten.

Denn diejenigen, die hartnäckig bis in die frühen Morgenstunden Karten spielen wollten, mussten wohl oder übel abstinent genug bleiben, um ihre Karten auseinanderhalten zu können. Und diese Matrosen würden morgens um zehn Uhr munter genug sein, um die erste Wache zu übernehmen.

„Du kennst doch das Lied vom betrunkenen Seemann, Pierre, und du weißt wie wirkungsvoll die darin enthaltenen Strafen sind", gewann der Erste Maat die Diskussion. Weder Diego noch Sall würden zwar nach einem Fest einen Mann wegen Trunkenheit strafen, aber gegen dieses pfiffige Argument kam Pierre nicht an.

„Diego hat zweifellos Recht. Wer könnte sich schlimmere Strafen für einen Matrosen ausdenken, als Matrosen? Und jedes Mal wenn der

Shantyman eine Strophe vergisst, entsteht eine neue Strafe", warf Sea nach langem schweigsamen Zuhören wieder einmal eine Aussage ins Gespräch.

„Stimmt ... eigentlich ist *Early in the morning* kein sehr vorteilhaftes Lied, wenn die Mannschaft damit ihre Autoritäten auf wirksame Ideen bringt", dachte Sall laut, „was meint ihr, hatte die Navy zuerst die neunschwänzige Katze oder hat sie die Strophe von den Matrosen als Strafe übernommen?"

„Ich glaube, bei der Navy war die Katze zuerst und dann kam erst die Strophe. Hingegen habe ich das Gefühl, dass es in der englischen Handelsseefahrt genau anders herum abgelaufen ist, zumindest auf den Schiffen, deren Kommandanten Körperstrafen verteilen."

„Wie kommst du ausgerechnet auf diese Reihenfolge?"

„Ich habe als kleines Mädchen häufig solch eigenartige Fragen an befreundete Marinekommandanten gestellt. Unter anderem genau diese, denn ich hatte schon lange das Gefühl, dass Lieder wie *Early in the morning* Autoritäten auf schlechte Ideen bringen. Und selbstverständlich haben sie alle stolz behauptet, dass diese Strophe auf einem Schiff der königlichen Marine entstand."

„Befreundete Marinekommandanten?", meinte Sall mit einem forschenden Gesichtsausdruck, „dann musst du in einer guten Gesellschaft aufgewachsen sein."

„Glaub mir, um meine Kontakte würdest du mich beneiden, auch wenn sie noch keine Großen Tiere sind", erzählte sie wieder einmal nur die halbe Wahrheit. Ihr Vater und sie hatten in allen Gesellschaftsschichten immer gute und weniger gute Beziehungen gepflegt. Ihre Kontakte reichten vom Gouverneur und einigen Kapitänen über reiche Händler bis zu bürgerlichen Kaufleuten und gemeinen Matrosen, womit praktisch alle Schichten abgedeckt waren.

„So, so, was denn für Kontakte, Miss Horce?" Dem Tonfall zufolge rochen die Piraten Lunte und hatten bemerkt, dass sie ihnen nicht die ganze Wahrheit erzählte.

„Meine Beziehungen sind ein Geheimnis, das ich euch besser nicht mitteile. Sonst verkauft ihr mich am Ende doch noch – aber gegen Lösegeld", klang sie absichtlich etwas übertrieben. Wenn die Piraten wüssten, dass die Patentochter des Gouverneurs von Jamaika vor ihnen saß! Sea musste sich wirklich mühevoll verkneifen laut loszulachen.

„Ach?" Sall zog so neugierig wie misstrauisch seine Augenbrauen hoch, als sei er sich nicht sicher, ob er ihr glauben wollte. „Wäre aber interessant zu wissen, an wen wir die Forderung für deine Freiheit senden müssten?"

„Ich gebe doch nur an, Sall, hört man das nicht?", lachte sie, ehe die Diskussion brenzlig werden konnte, „ich kenne einige Offiziere und Kapitänsleutnante, aber von denen bezahlt für mich bestimmt keiner Lösegeld!"

„Ach was, jetzt hast du aber untertrieben, Kleine, das sieht man dir an!", überlegte Diego schon nicht mehr genau, was er sagte, „kannst uns ruhig sagen, wer wie viel zahlen würde, wir behalten dich sowieso!" Sea war nicht die Einzige, die den ersten Maat mit einer Mischung aus Erstaunen und Verwunderung anstarrte. Auch seine Kammeraden schienen diese Behauptung für weit hergeholt zu halten. Selbst Sall betrachtete seinen Freund irritiert, was bei Diego ein belustigtes Lachen auslöste. Er sah sie mit einem wissenden Grinsen an, das sie zutiefst beunruhigte, denn sie kannte das Lied nur zu gut. Und ihre Matrosen hatten immer den gleichen verschmitzten Gesichtsausdruck gehabt, wenn sie hinter ihres Vaters Rücken diese eine Strophe gesungen hatten, nur um sie zu necken.

„Ihr wollt doch nicht ernsthaft unser Kabinenkätzchen zurückgeben?", lachte er laut auf und begann zu singen,

> *„Put him in a bed with this captains daughter,*
> *put him in a bed with this captains daughter,*
> *put him in a bed with this captains daughter,*
> *early in the morning"*

Sea konnte über sein gewitzeltes Wortspiel nicht lachen, denn für so etwas hatte sie keinen Humor übrig, obwohl die Piraten ihr Amüsement hören ließen. Wenn er mit ihr im Bett zu liegen zumindest als eine Strafe ansehen würde, hätte sie sich vielleicht noch ein Lächeln abringen können. Da dies aber nicht einmal der Fall zu sein schien, konnte sie sich nur mit Mühe beherrschen. Das verschmitzte Grinsen der Piraten brachte sie zum Brodeln und einen Moment lang überlegte sie, sich beleidigt zu Bett zu begeben. Dass ihr Vater Kapitän gewesen war, hatte auf dem Piratenschiff schon längst die Runde gemacht und es war ohnehin naheliegend diese Strophe mit ihr zu verbinden nur um sie zu ärgern, auch ohne deren Sinnesveränderung. Aus den Zeilen ‚*Steck ihn in ein Bett mit des Käpt'ns Tochter*' hatte er ‚*mit dieser Käpt'ns Tochter*' gemacht. Die Piraten lachten amüsiert über ihren Gesichtsausdruck, mit dem sie Diego eigentlich hatte tot starren wollen, aber anscheinend war er nicht so beindruckend wie sie es gern hätte. Wenn jetzt einer von ihnen um sie aufzuziehen auch noch behauptete, es sähe niedlich aus, würde sie vor Wut die Planken unter sich durchglühen. Sie konnte ihnen ansehen, dass sich die Piraten diesen Spruch nur mit größter Anstrengung verkneifen konnten.

„Ein bisschen Respekt, bitte, immerhin ist mit mir im Bett zu liegen eine der schlimmsten Strafen überhaupt, wenn ich es so will!", schlug sie kälter zurück als ihr Gemüt tatsächlich war. Die Seeräuber tauschten vielsagende Blicke und ein belustigtes Grinsen aus. Sie schienen ihr anzusehen, dass sie aus der Wut heraus angab. Die Übertreibung war mit Absicht offensichtlich, sonst hätten sie ihr am Ende noch zugestimmt.

„Na, wenn du dieser Meinung bist ...Ich denke, es gibt da durchaus Matrosen, die anderer Meinung sind", erwiderte der Erste Maat ungläubig und nahm einen großen Schluck aus seinem Becher.

„Ich sagte: Wenn ich es so will, Diego."

„Wie du meinst ..." Einen Moment grinsten die Piraten stumm in ihre Rumbecher.

„Und wieso überhaupt *eine der* schlimmsten Strafen? Das heißt es gibt noch solche, die du für schlimmer hältst?", nahm Pierre schließlich den Roten Faden wieder auf. Seine Zunge war vom Rum schon etwas schwerer geworden. Diesmal leuchtete ein amüsiertes Lächeln aus ihrem Gesicht, denn sie hatte sich ihre Rache schon zurechtgedacht.

„Natürlich. Zum Beispiel diese Strafe wäre es doch wert, sie auszuprobieren ...

Shave him by the eggs with a rusty razor,
shave him by the eggs with a rusty razor,
shave him by the eggs with a rusty razor,
early in the morning"

Genießerisch sah sie zu, wie die Männer schmerzlich das Gesicht bei der Vorstellung verzogen. Sie schienen sich den Schmerz lebhaft vorstellen zu können. Seas Mundwinkel verzogen sich zu einem triumphierenden Lächeln, während die Piraten einen Gegenschlag planten. Allerdings schienen ihnen keine passenden Konterworte einzufallen.

„Du kannst ja richtig brutal sein, Kleine", erkannte Pierre mit verzerrtem Gesicht. Doch allmählich wandelten sich ihre verzerrten Mienen wieder in ein amüsiertes Lachen. „Ich werde mir nicht erst anhören, was du dir sonst noch ausdenken kannst", sagte Pierre empört, was ganz offensichtlich gespielt war und erhob sich. „Wagt noch jemand ein Tänzchen?" Er sah Sea mit breitem Grinsen an, aber sie schluckte leer und winkte dankend ab. Tanzen war nicht ihre Stärke. Foncé dagegen stand auf und folgte seinem Kumpel mit einem verabschiedenden Lächeln auf die Tanzfläche. Einen Moment später legten sie einen beinahe synchronen Stepptanz auf die Planken.

Sall sah ihnen einen Moment nachdenklich hinterher, dann zuckte er mit den Schultern und grinste in die Runde.

„Bleibt mehr Rum für uns", meinte er mehr zu Diego als zu ihr und griff nach der Flasche. Nachfüllen wollte er aber ihren Becher zuerst und kippte schon den Flaschenhals darüber. Sea hielt gerade noch rechtzeitig die Hand auf den Rand, bevor er einschenken konnte.

„Mir musst du nicht nachschenken, ich kann den Rum nicht mehr vertragen, ich hatte heute schon zu viel davon", erklärte sie und bemerkte, dass ihre Zunge schon etwas schwerfällig wurde.

„Jetzt schon?" Salvador grinste lässig, da er anscheinend den Alkohol noch nicht spürte und schenkte Diego nach. Auch dieser schien die Wirkung des Getränks noch nicht sonderlich bemerkt zu haben, obwohl er sicher fast doppelt so viel getrunken hatte wie sie. Aber er hatte bei seiner Körpergröße vermutlich auch fast das doppelte Gewicht, auf dem sich der Alkohol verteilte.

„Wie niedlich, nach den paar Tropfen sagt sie schon, sie habe zu viel getrunken", zog er sie auf.

„Seid nicht so unfair, ihr Männer habt wesentlich mehr Masse, auf die ihr den Alkohol verteilen könnt. Im Übrigen bin ich noch nicht betrunken, aber wenn ich noch mehr trinke, geht es mir morgen früh entsprechend schlecht." Sall stellte die Flasche neben sich an die Reling, wo sie nicht so leicht umkippen konnte.

„Glaub mir, hart arbeiten werden wir morgen nicht. Aber wenn du genug hast vom Rum hätte ich stattdessen einen anderen Vorschlag", lächelte er, „nämlich stehen in einem der Kästchen unter der Achter-galerie einige Flaschen, die mein Vorgänger hinterlassen hat. Der In-halt riecht bei allen alkoholisch, daher glaube ich nicht, dass er schlecht werden kann. Wir könnten uns quer durchprobieren." Ihre Neugierde war schon ein Fluch, und er nutzte ihn auch noch aus! Sea wog das ver-lockende Angebot mit ihrem Wohlbefinden am nächsten Tag ab. Wenn sie zu viel trank, schlief sie nicht gut und am Morgen hatte sie meist einen flauen Magen. Doch als der Erste entschieden aufstand und dabei meinte, es sei eine gute Idee, schloss sie sich ihm an. Morgen würde sie sich vermutlich verfluchen. Sall griff nach der Rumflasche an der Re-ling und sprang auf die Beine.

„Hast du selber schon probiert, wie der Inhalt der Flaschen schmeckt?", fragte sie ihn. Grinsend legte er den Arm um sie. Ihm zu-liebe spielte sie mit und hielt seine Hand an ihrer Hüfte fest. So konnte sie auch besser verstecken, dass sie schon leicht torkelte.

„Nur die, auf deren Etikett *Scotch Whiskey* steht. Bei den anderen konnte ich die Aufschrift nicht entziffern, sie sind in allen möglichen Fremdsprachen beschriftet", antwortete er als er sie auf die Komman-dobrücke führte. Sea bemerkte, dass einige der Piraten ihnen kichernd nachsahen, und sie zweifelte einen Augenblick an ihrer Entscheidung. Doch sie ließ sich trotzdem von dem jungen Kapitän in seine Kabine leiten, während sein Erster Maat ihnen wie ein Portier die Tür aufhielt. Diego war vorausgegangen und hatte bereits die Öllaterne über dem Tisch entzündet, weswegen das Licht ihnen einladend entgegen schien. Als der Erste die Tür hinter ihnen schloss, ließ Sall sie stehen und kniete sich vor eines der Kommodentürchen in der Fensterbank.

Neugierig folgte sie ihm, und er drückte ihr drei Kristallgläser in die Hände, die von der Form her wohl für Weißwein gedacht waren. Sie stellte sie neben die Rumflasche auf den Tisch, die er dort zurück-gelassen hatte. Diego, der schaulustig zur Achtergalerie gewandert war, drückte er drei Flaschen in die Arme, um sie an den Tisch zu bringen.

„Ich hab keinen blassen Schimmer, was auf denen steht", sprach er in den Raum, nahm eine Flasche in die Hand und hob eine weitere ins Licht.

Lässig trat er mit dem Fuß das Türchen zu und kam an den Tisch. „Haut Brian, steht hier drauf", verkündete er, „und das ist der Whis-key." Diego und Sea sahen ihn beide mit gerunzelter Stirn an.

„Was? Haut Brian ...?" Grinsend zuckte Sall mit den Schultern und zeigte ihnen das Flaschenetikett einer bauchigen, grünen Flasche. Sea hätte beinahe einen Lachanfall bekommen, als sie die französische Aufschrift las, die er vollkommen falsch ausgesprochen und interpretiert hatte.

„Da steht *Haut-Brion*, das ist ein Weingut im französischen Bordeaux!"

„Hey, ich kann kein Französisch! Hätte ich die Aufschrift lesen können, hätte ich den Inhalt vermutlich längst probiert", lachte der junge Pirat gut gelaunt und setzte sich auf einen umgedrehten Stuhl. Mit dem Daumennagel kratzte er das Wachssiegel auf.

„Weißt du, dass du da einen teuren Tropfen hast?", fragte sie weiter.

Der Gouverneur ließ an Festen nur allzu gern einen ähnlichen Wein von dem gleichen Gut ausschenken. Zu ihrem Erstaunen zog Sall den etwas herausstehenden Korken von Hand aus dem Flaschenhals.

„Ich glaub' nicht, dass mein Vorgänger den bezahlt hat." Er wusste scheinbar, wie man Wein einschenkte, denn er füllte jedes der Gläser nur zur Hälfte, das Probieren vergaß er allerdings.

„Wer traut sich?", forderte er sie heraus und hielt misstrauisch sein Glas ins Licht, um seinen rubinroten Farbton zu betrachten. Diego nahm schon einen großen Schluck, während Sea noch den Jahrgang aus den verblassten Zahlen entzifferte. Dem Jahr zufolge war der rote Wein vor ganzen acht Jahren gekeltert worden, was auch für einen Wein reichlich alt war. Sie roch an dem Wein und probierte einen Schluck. Er schmeckte schwer und trocken mit einer erdigen Note, wie er in Mode war, und genau das Gegenteil von dem, was sie gerne trank. Aber von seinem Alter spürte sie kaum etwas. Auch Sall traute sich jetzt einen Schluck zu nehmen, ließ den Geschmack einen Moment auf sich wirken und zuckte dann unschlüssig mit den Schultern.

„Ich versteh' nichts von Wein, aber für mich schmeckt er zumindest nicht schlechter als abgestandenes Wasser", scherzte er. Diego setzte sein leeres Glas wieder auf dem Tisch ab. Er hatte es wie ein Schnapsglas in einem Zug geleert.

„Also mein Ding ist Wein definitiv nicht. Wenn es euch nicht stört, vergreife ich mich lieber an dem Whiskey." Er griff ohne auf eine Antwort zu warten nach der Flasche und füllte sein leeres Weinglas bis kurz unter den Rand mit klarem Whiskey auf. Ein paar Tropfen Rotwein, die im Glas verblieben waren, färbten den Getreidebrand zartrosa.

„Whiskey is the life of man, Whiskey, Johnny!
I'll drink Whiskey when I can, Oh Whiskey for my Johnny!",
sang er dabei fröhlich,
„Whiskey drove my mother mad, Whiskey, Johnny!
Cause Whiskey killed my poor old Dad, Oh Whiskey for my Johnny!"

Sall schmunzelte über die Liedauswahl und nahm einen Schluck aus seinem Weinglas. „Was meinst du zu dem Wein?", fragte er sie, während Diego die nächste Strophe begann.

„Ich bevorzuge eigentlich lieblichen, fruchtigen Wein. Bordeaux ist mir zu schwer", antwortete sie ihm unsicher wie er reagieren würde. Sall wirkte eher erfreut als enttäuscht.

„Wenn du ihn auch nicht magst, können wir ihn uns getrost sparen. Mir ist er zu sauer", sagte er und griff im Aufstehen nach der Flasche. An der Achtergalerie öffnete er eines der Fenster und kippte den teuren Wein in die See. Die bauchige Flasche behielt er wohl mit dem Gedanken, etwas Besseres hineinzufüllen. Erst war sie etwas erstaunt, doch dann kippte auch sie den Rest in ihrem Glas über Bord. Stattdessen ließ sie sich von Diego Whiskey einschenken. Er meinte es leider allzu gut mit der Menge und füllte auch Salvadors Weinglas bis weit über die Mitte. Zum Glück fassten die Gläser nicht viel.

„Von mir aus darfst du dich gern auf den Tisch oder auf die Kommode setzen, Sea. Es sieht schon dumm genug aus, dass ich dir keinen Stuhl anbieten kann", entschuldigte Sall sich dafür nur zwei Stühle in der Kabine zu haben. Sea nahm seine Entschuldigung mit einem Lächeln an und setzte sich auf die Kommode. Sie mussten ein außergewöhnliches Bild abgeben als sie mit dem Whiskey erneut anstießen und probierten. Der Schotte war wesentlich angenehmer im Geschmack als der Wein.

„Ein Glück spült der Whiskey den Geschmack vom Wein aus. Ich hatte schon Angst der Wein würde den Gout übertönen", meinte Diego mit schwerer Zunge und ließ ausnahmsweise einen kleinen Rest für den nächsten Schluck im Glas zurück. Dann stimmte er die nächste Strophe seines Trinkliedleins an.

„I thought I hear an old man say, Whiskey Johnny!
You'll treat your crew in a decent way, Oh Whiskey for my Johnny!

A glass of grog for every man, Whiskey Johnny!
And a bottle full for the shantyman, Oh Whiskey for my Johnny!"

Sall pflichtete ihm mit stummer Geste bei und lehnte sich gegen die Kommode, auf der Sea saß.

„Was hast du eigentlich sonst noch außer Whiskey und Wein?", verschaffte sie dem Gespräch etwas Feuerholz und griff nach einer der Flaschen, die Diego auf dem Tisch platziert hatte. Das leichte Brummen unter ihrer Schädeldecke ignorierte sie. Sie stellte die Stiefelsohlen gegen die Tischplatte und drehte das reich verzierte Etikett nach vorne. *Cognac* stand in königsblauer Schrift darauf.

„He, man sollte meinen die Tochter eines Kapitäns sei wohlerzogen genug um zu wissen, dass man seine Stiefel auszieht bevor man die Füße auf den Tisch legt", witzelte Sall. Natürlich wusste er, dass eine wohlerzogene Frau erstens niemals die Füße auf den Tisch legen und zweitens niemals Stiefel tragen würde. Aber er wollte sie auch nur aufziehen.

„Ich bin ein wohlerzogenes Mädchen!", verteidigte sie sich, „der Haken bei der Sache ist, dass ich es nur selten zeige." Diegos Trinkliedchen versiegte in seinem ausgiebigen Lachen, das sicherlich das ganze Schiff mitbekam, und auch Sall ließ nur zu gerne seine gute Laune hören. Trotzdem trat sie die Stiefel unter den Tisch und stemmte die nackten Fußsohlen wieder gegen die Tischplatte.

„Ein wohlerzogenes Mädchen würde uns auch ihre Beine nicht zeigen", lachte Diego lallend, „unter deinem Stiefelleder kommen ja Waden zum Vorschein die eigentlich in Seidenstrümpfe gehören. Da werden sonst selbst harte Männer schwach!" Sea war zu erstaunt um zu reagieren, diese Aussage erschreckte sie schon fast. Sie schaute auf ihre zur Hälfte mit den dreiviertellangen Hose bedeckten Unterschenkel hinab und schluckte leer.

War Diego schon so blau, dass er nicht achtgab was er sagte oder hatte er sie tatsächlich angegraben? In zweitem Fall wäre es wohl besser, mit einer höflichen Ausrede das Weite zu suchen.

„Ähm …" Allerdings fiel ihr nichts ein, was sie in dieser Situation erwidern konnte.

„Unsinn! Diego, du hast zu lange keine Frauenbeine mehr gesehen", rettete Sall sie aus einer misslichen Lage und nahm ihr die Flasche aus den Händen, um die Gläser nachzufüllen, „Sea mag ja schöne Waden haben, aber dass ein rechter Mann schwach wird braucht es mehr, das weißt du selbst. Was dich schwach macht, ist der Whiskey." Er zog den Korken und wartete darauf, dass seine Gäste austranken.

„Was haben wir hier nun eigentlich?", überspielte er geschickt Diegos Ausrutscher und zeigte ihr die Flasche, damit sie vorlas.

„*Cognac*, steht da", erklärte sie, „Das ist ein Branntwein aus dem Gebiet der Stadt Cognac in Frankreich." Der junge Kapitän zog die Brauen hoch.

„So, so, dann wollen wir mal sehen, ob die Franzosen auch etwas Gutes trinken", meinte er und trank sein eigenes Glas aus, „Trinkst du auch aus?"

„Sall, ich vertrag' nicht mehr Alkohol. Ich schwanke jetzt schon!"

„Ach was, einen Cognac wirst du noch verkraften", grinste er so breit, dass sie sich nicht sicher war, ob sie ihm vertrauen sollte.

„Du willst doch nicht kneifen, Süße?", lallte Diego lauthals, als wären auch seine Ohren betrunken, „komm, ich helf' dir, isch … trink dir den Schotten aus und du nimmst dafür noch ein Gläschen mit uns." Er griff nach ihrem Glas und kippte sich die Hälfte des Inhalts in den Rachen, ohne ihre Antwort abzuwarten. Die andere Hälfte lief ihm durch den Bart und tropfte auf sein Hemd und auf den Tisch. Sea und Sall wechselten einen unsicheren Blick, als überlegten beide angestrengt, wie sie ihren Freund wohl dazu bringen konnten, sich schlafen zu legen, anstatt sich noch mehr lächerlich zu machen.

Zu seinem Glück würde er sich am folgenden Morgen wohl kaum noch erinnern. Und sie fassten im gleichen Moment den gleichen Entschluss, nämlich dass es an der Zeit war, ihren Freund in seine Hängematte zu befördern.

„Also gut, ich trinke noch einen Schluck Cognac mit euch, aber nachher lege ich mich endgültig schlafen", gab Sea nach, um ihnen Zeit zu verschaffen. Sie wollten ihn schließlich nicht kalt herauswerfen, sondern irgendwie zu Bett bringen, ohne dass er sich deshalb ausgeschlossen fühlte.

„Sehr … Sehr gute Idee! Ich brin' dich runter, dann is' es auch nicht so schlimm, wenn du ein bisschen torkelst", bot Diego offenbar in dem Glauben an, dass sie auf den Trick hereinfallen würde.

Wenn sie sich nicht aus diesem Angebot herauswand, würde sie ihre

Kabine nicht erreichen, sondern unterwegs bei seiner Hängematte hängenbleiben.

„Du meinst dich wohl eher selber als mich! Ich glaube, dass *ich dich* den Niedergang hinabführen muss, damit du nicht auf die Nase fällst", lachte Sea, um einen lockeren Eindruck zu machen, damit ihm nicht auffiel, dass sie ihn durchschaut hatte. Diego gluckste trunken und schien nur in Gedanken etwas zu erwidern.

„Da könnte sie Recht haben, ich hab dich schon lange nicht mehr derart taumelnd auf deinem Stuhl sitzen sehen", machte Sall ihn aufmerksam als er ihre Gläser ungewöhnlich sparsam befüllte, „wird Zeit, dass du dich hinlegst, wenn du mich fragst."

„Aber erst nach unserm Gläschen! Füll sie doch bis zur Eichung, von den paar Tröff ... chen hat doch niemand was ...", beschwerte sich sein Freund und lehnte sich über den Tisch, „komm, ich zeig dir, wie ich meine." Er wollte nach der Flasche greifen, die Sall sicherheitshalber abgestellt hatte. Allerdings erreichte seine Hand die Flasche etwas zu schnell oder er schloss sie etwas zu langsam um den Flaschenhals. Jedenfalls wischte er die Flasche mitsamt zwei Gläsern vom Tisch. Der Cognac verspritze dabei auf dem Tisch, über Diegos Hemdsärmel und bildete das achte Weltmeer auf dem parkettartigen Dielenboden. Da der Boden wie das Deck gewölbt war, lief dieses Meer langsam nach außen und sammelte sich unter dem Tisch. Gläser und Flasche waren aber zum Glück ganz geblieben, so mussten sie zumindest keine Scherben zusammenkehren.

„Jetzt ist aber genug, mein Freund", sprach Sall ein Machtwort und stand auf, „jetzt bringe ich dich in deine Hängematte, denn diesen Schnaps hast du sowieso den Planken offeriert!" Er zog Diego vom Tisch und setzte ihn erst einmal gerade auf seinen Stuhl zurück. „Würdest du in der Zwischenzeit diesen Cognacsee auftrocknen, Sea? Auf der untersten Ablage im Schrank liegt ein Wäschesack. Du kannst dort ein Leintuch herausnehmen", sagte er und half dann seinem Freund auf die Füße.

„Aber ... ich wollte, unsre Süße doch mit runter nehmen!" Offenbar war Diego so betrunken, dass er sich an ihren Namen schon gar nicht mehr erinnerte.

„Und wer räumt dann hier auf, hm?", fragte sie mit einem engelsgleichen Lächeln und ging auf den Schrank zu.

„Keine Sorge, ich werde sie dafür noch dazu überreden, eines der Kleider von der *Brema* anzuziehen, das ist praktischer, wenn du verstehst, was ich meine" Sall zwinkerte seinem Freund breit grinsend zu. Darauf erwiderte Diego ein seliges, schiefes Lachen, als sähe er etwas Spaßiges in Gedanken schon vor sich und gluckste trunken. Aber er drehte sich um und torkelte schon zum Niedergang, als Sea ihn durch die Tür nicht mehr weiter beobachten konnte. Sall schob fast erleichtert die Tür zu und fuhr sich mit der Hand übers Gesicht.

„Ich hoffe für ihn, dass er sich morgen nicht daran erinnert, was er für einen Blödsinn zusammengelabert hat ...", murmelte er und kehrte zum Tisch zurück, als sie ein Stück Stoff aus seinem Wäschesack zog. Es entpuppte sich als ein dreckiges Hemd mit einem Riss im Ärmel und rotbraunen Flecken, die verdächtig nach getrocknetem Blut aussahen.

„Ich hoffe, dass er es bis zu seiner Hängematte schafft! Wenn er auf dem Niedergang eine Stufe verpasst, könnte er sich ernsthaft verletzen", meinte Sea ehrlich besorgt und ging etwas schwankend neben der Pfütze in die Knie.

„Betrunkene sind praktisch unverwundbar. Die Wahrscheinlichkeit, dass er dann auf dem Treppenabsatz schläft, weil er nicht mehr aufstehen kann, ist wesentlich größer, als er sich ernsthaft verletzt." Er klang nicht sonderlich besorgt, als er den dass letzten Rest des Cognacs auf zwei der Kristallgläser verteilte. Es reichte gerade noch aus, um beide Gläser gleich voll zu füllen, zwei Schlucke in jedem.

„Weißt du, ich dachte eigentlich, dass Diego tatsächlich etwas für Alma empfindet. Ich hätte nie gedacht, dass er versuchen würde *mich* flachzulegen, aber er wusste wahrscheinlich nicht einmal mehr, wer ich bin", sagte sie und trocknete den ehemaligen Flascheninhalt auf. Es erstaunte sie fast selber, dass sie kaum lallte, nach dieser Unmenge an Spirituosen, die sie inzwischen getrunken hatte. Dann stand sie auf und räumte das dreckige Hemd in den Wäschesack, wo es jetzt umso dringender hingehörte.

„Es gibt viele Männer, die ihr Leben für Almas Liebe geben würden, aber keiner von ihnen liebt sie so sehr wie Diego. Er muss sich selbst vergessen haben, dass er dich so angegraben hat", erklärte der junge Pirat, „ich nehme an, wenn er es morgen noch weiß, wird es ihm reichlich peinlich sein" Er hielt ihr eines der schlanken, hohen Kristallgläser entgegen.

„Ich hab dir doch schon gesagt, dass ich nicht mehr Alkohol vertrage!"

„Nur, weil Diego nicht mehr hier ist, heißt das nicht, dass ich mein Gläschen in netter Gesellschaft nicht mehr guthabe", meinte er lässig lächelnd, „Tu mir diesen Gefallen, Seepferdchen."

„Hörst du dann endlich auf mich mit meinem Kosenamen anzusprechen?" Seinen eisigen grünen Augen funkelten triumphierend im dämmerigen Licht auf. Sie wussten beide, dass ausnahmsweise er gewonnen hatte.

„Vielleicht", grinste er und drückte ihr das Glas in die Hand, „auf unsere Partnerschaft, ohne die wir Lenoirs verschollene Beute niemals hätten finden können" Sea stieß, wie sie hoffte, heute zum letzten Mal mit ihm an. Sie war müde und wusste inzwischen nicht mehr, ob das Schiff oder sie mehr schwankte. Aber sie wusste, dass es viel Konzentration brauchen würde, um nachher ihre Kabine zu erreichen. Sie würde sich an allem stützen müssen, was sie erreichen konnte.

„So, was haben wir denn noch zu probieren?", meinte Sall, nachdem er seinen Cognac in einem Zug geleert hatte.

„Sall, ich werde garantiert nicht noch ein Glas mit dir trinken!", gab sie ihm deutlich zu verstehen, ehe er sich Hoffnungen machte.

„Wir haben nur noch zwei Flaschen zu probieren. Je einen Schluck pro Flasche wirst du mir doch gönnen?"

„Ich bin wirklich müde, Sall, und ich kann kaum noch gerade stehen", bat sie ihn um Verständnis, „wenn ich noch ein Glas kippe, erreiche ich meine Kabine nicht mehr und eigentlich möchte ich nichts sehnlicher als schlafen zu gehen"

„Also schlafen kannst du auch hier", bot er ihr nur zu gerne an.

„Soweit kommt's noch, dass ich dir dein Bett streitig mache!", ließ sie sich nicht darauf ein, „nein, danke, lieber nicht ..."

„Warum nicht?"

„Ich möchte nicht" Jetzt wurde er aber allmählich aufdringlich! Konnte er ernsthaft glauben, dass sie sich zu ihm legte oder in seinem Bett schlief, wenn ein Deck weiter unten ein eigenes ‚Bett' auf sie wartete? Offenbar, denn er lachte über ihre Widerspenstigkeit.

„Hast du Angst vor mir, Seepferdchen?", lachte er amüsiert als wäre die Vorstellung lächerlich. Ob es schlau war ihm zu sagen, dass sie tatsächlich Angst davor hatte, bei ihm zu schlafen?

„Du sollst mich nicht so nennen", sagte sie kalt, „und … Aye, ich habe das Gefühl, dass du mich abfüllen willst." Ihr Zug war risikoreich, aber wenn er nun wusste, dass sie ihn durchschaut hatte, würde er reagieren. Er grinste und zwar ein solches Grinsen, das alles bedeuten konnte. Er musterte sie mit seinen eiskalten, tanggrünen Augen von der Seite und wieder einmal konnte man aus seiner Miene nichts deuten. Einen Moment sah er sie einfach mit diesem undurchschaubaren Grinsen auf den Lippen an.

„Hast Recht", sagte er schließlich, „ich wollte dich abfüllen, damit du heute Nacht bei mir schläfst und bis auf die Tatsache, dass du mich durchschaut hast, ist es mir gelungen"

Kalte Angst breitete sich in Sea aus, als ihr klar wurde, was seine Worte bedeuteten. Er hatte es zugegeben! Aber er wirkte nicht, als würde er sie jeden Augenblick packen und mit sich zerren. Hatte er überhaupt die Wahrheit gesagt oder wollte er sie nur verunsichern und freute sich darüber, dass man ihr so einfach Angst machen konnte?

Sall stieß sich von der Tischplatte ab, gegen die er gelehnt hatte und trat gelassen auf sie zu. Eine wüstenartige Hitze stieg in ihr auf, obwohl Salls eisige, tintenschwarze Pupillen ihr doch das Blut hätten gefrieren lassen müssen. Salls ruhiges Lächeln beruhigte sie nicht im Geringsten – im Gegenteil, sie musste sich bemühen, nicht panisch zu werden. Sie war nicht mehr Herr der Lage, was sie aufhetzte wie von der Wilden Jagd verfolgt. Sein Selbstbewusstsein bewirkte nur, dass ihre Atemzüge noch tiefer wurden. Wie zum Teufel bin ich nur wieder in dieser Situation gelandet? Klein und hilflos kam sie sich vor, wie das niedliche, kleine Mädchen, für das sie ohnehin immer gehalten wurde, …wie sie dieses Gefühl hasste! Ein inneres Gefühl riet ihr, das Weite zu suchen, Distanz zwischen sich und Sall zu bringen. Doch sie konnte nur einen Schritt zurückweichen, ehe sie gegen ein vergessenes Hindernis prallte. Sea tastete hinter sich den Gegenstand ab und identifizierte ihn als den Besanmast, der senkrecht durch die Kabine verlief. Jetzt kam sie sich erst recht vor wie von einem Raubtier in die Enge getrieben. Aber bevor sie ihre Gedanken soweit gesammelt hatte, um einen Ausweg zu suchen, war Salvador bereits *zu* nah an sie heran getreten, um an ihm vorbei zu schlüpfen. Dichter Nebel schien sich in ihrem Kopf ausgebreitet zu haben, der ihre Sinne verwirrte. Sie konnte ihren Blick nicht von seinen tanggrünen Augen losreißen, als wäre sie an ihrer Kälte festgefroren. Lächelnd strich er ihr zärtlich einige Haarsträhnen zurück hinters linke Ohr, wobei er seine Hand durch ihre weichen Strähnen gleiten liess. Vorsichtig drehte er eine ihrer Locken zwischen den Fingern, als wäre sie ein besonders wertvolles Schmuckstück. Er fuhr ihr durch die Haare, bis er sie im Nacken festhalten konnte. Ehe Sea sich versah, legte er seine Lippen auf ihre und klemmte sie zwischen sich und dem Besan ein. Indem er den anderen Arm um sie legte, nahm er ihr die letzte Möglichkeit, ihm zu entwischen, was sie im Rausch vermutlich ohnehin nicht geschafft hätte. Sie versuchte in irgendeine Richtung den Kopf weg zu ziehen, aber der Mast blockierte jeden versuchten Weg. Obwohl ihr der Versuch von vorne herein vergeblich erschien, schob sie die geballten Fäuste zwischen sich und seinen Brustkorb. Kraftvoll wollte sie ihn von sich fortdrücken, wie sie es schon beim ersten Kuss versucht hatte. Aber mit der offensichtlichen Sicherheit, dass sie aufgeben würde, zog er sanft an ihren Lippen und ließ sich nicht beiseite schieben. Neben der Hitze stieg durch ihre Adern nun auch eine Art Prickeln auf wie die Perlen in einem Bierglas. Er spielte mit ihrer Zunge, obwohl diese noch immer gegen ihn kämpfte, als küsste er zu gerne um loszulassen. Deshalb begann Sea sich zu fragen, ob er vielleicht doch noch mehr fühlte, als nur ihre Lippen. Würde er so vorsichtig mit ihr umgehen, wenn ihm nichts an ihr läge?

Vermutlich war es dieser Gedanke gewesen, der sie dazu brachte, ihre gesamte Körpermuskulatur zu entspannen und sich zu ergeben. Sich gegen Sall zu wehren war ohnehin wie der Versuch, Wasser aus dem Felsen zu schlagen, absolut hoffnungslos. Insgeheim war sie selbst schuld, dass sie ihn ein weiteres Mal so nah an sich heran gelassen hatte, im Wissen sie könnte den Kürzeren ziehen. Sie legte die Arme um seinen Hals, ohne sicher zu sein, warum. Vermutlich war sie eben wie jeder Seemann aus Eiche geschnitzt und genoss nur zu gerne. Auch seine Haut hatte zu glühen begonnen, wie heiße Hufeisen im Schmiedefeuer. Vorsichtig austestend lockerte der junge Pirat den Griff in ihrem Nacken. Als sie nicht darauf reagierte, ließ er sie schließlich ganz los. Liebevoll strich er ihr wie einem Kätzchen über den Rücken hinab, was ihr die Haare zu Berge stellte als hörte sie ein wundervolles Musikstück.

Sea hätte beinahe nicht wahrgenommen, wie die Hände des jungen Kapitäns um ihr Becken wanderten. Als sie bemerkte, wie Sall ganz vorsichtig, dass sie es nicht merkte, ihren Waffengürtel und dann den Hosenknopf darunter öffnete, hätte sie am liebsten gelacht. Er war definitiv kein Dummkopf, er hatte ganz bewusst versucht sie mit dem Kuss abzulenken – wohl in der Hoffnung, dass sie nicht bemerkte, wie ihr Gürtel zu Boden fiel. Aber selbst Alkohol und Kuss zusammen konnten ihre Sinne nicht genug vernebeln, dass sie nicht spürte, wie er ihr den Hosenbund über die Hüften hinab schob. Instinktiv wollte Sea noch nach ihrer Hose greifen, aber sie war zu spät. Sall hatte den Stoff bereits über ihre Beine zu Boden gleiten lassen.

Schließlich ließ Sall gequält von ihr ab und sah lächelnd auf sie hinunter, als hätte er sie nur aufziehen wollen. Sea konnte nicht anders als zu lachen, auch wenn sie wusste, dass sie zu ärgern sicher nicht der einzige Grund war, weshalb er sie anstrahlte. Sie hätte nie erwartet, wie viel sie sich in diesen wenigen Sekunden überlegen konnte. Aber sie hatte noch keinen passenden Satz bilden können, um irgendetwas zu sagen. Die einzigen Worte, die sie auf die Schnelle aneinanderreihen konnte, waren: „Hey, was soll denn dieser Unsinn?"

„Ich bin nur neugierig, wie du unter deinen Kleidern aussiehst", antwortete er ihr lässig. Schamlos versuchte er sie von ihrer Bluse zu befreien, indem er die Halteschleife unter ihrem Kettenanhänger löste. Zärtlich schob er den Stoff aus dem Weg.

„He, nimmst du wohl deine Pfoten aus meinem Ausschnitt, elender Hund!", protestierte sie kichernd und fischte seine Hand aus ihrem Ausschnitt. Im Nachhinein war es keine gute Idee gewesen zu trinken, sonst hätte sie ihn vermutlich längst geschlagen, wie er es eigentlich verdient hätte. Sie musste betrunken sein, sonst hätte sie doch nie zugelassen, dass er so weit kam. Sall zog seine Hand zwischen ihren Fingern hervor und ließ von ihrer Bluse ab. Stattdessen fuhr er noch einmal mit der Hand durch ihre welligen Haare. „Du hast schon Mut, es so direkt mit mir zu versuchen", gestand sie mit rumschwerer Zunge, „Ich könnte auch einfach meine Sachen nehmen und gehen." Ein schadenfreudiges Lachen breitete sich im Gesicht des Kapitäns aus, das ihr einen Schauer über den Rücken jagte.

„Kannst du nicht, Seepferdchen, die Tür ist abgeschlossen", klärte er sie ungeniert auf. Ihr Herzschlag wäre gerade dabei gewesen, sich zu beruhigen, doch diese Worte bewirkten, dass ihr Blut schlagartig wieder in allen Kapillaren pulsierte.

„Das ist nicht dein Ernst ...", hoffte sie erschrocken. Wenn er die Tür abgeschlossen hatte, als er Diego herauswarf, hatte er vermutlich wesentlich mehr vor, als nur ein Gläschen in netter Gesellschaft zu trinken. Dann hatte er vermutlich auch wesentlich mehr vor, als sie sich nur anzusehen. Beunruhigt befreite sie ihre Knöchel aus den Hosenbeinen und schlüpfte an Salvador vorbei, der sich nicht die Mühe machte, sie aufzuhalten. Glücklicherweise balancierte das Schwanken des Schiffes ihr leichtes Torkeln aus, während sie auf die Kabinentür zuging, sonst wäre sie vermutlich hingefallen. Sie musste sich vergewissern, ob sie wirklich verschlossen war. Mutig legte sie die Hand an die Türklinke, drückte sie hinunter ..., rüttelte daran ..., aber die Tür ließ sich nicht öffnen. Die Scharniere rührten sich auch nicht, als sie ein weiteres Mal daran rüttelte, bevor sie die Hand von der Türklinke gleiten ließ.

Mit einem Pulsschlag, wie ein Erdbeben, drehte sie sich wieder zu Salvador um. Dass ihre Hose nicht mehr neben dem Mast am Boden lag, bemerkte sie augenblicklich. Er musste sie irgendwo hingelegt haben, damit sie sie nicht auf der Stelle fand. Selbst stand er mit dem Rücken zu ihr am Tisch und streifte sein rotes Kopftuch von seinen wirr gestutzten Haaren ab. Als er merkte, dass sie nicht mehr mit der Tür beschäftigt war, warf er über die Schulter einen Blick auf sie und lächelte amüsiert.

„Starr mich nicht so besorgt an. Ich will nur meine Ruhe mit dir", beruhigte er sie nicht im geringsten, während er sein Hemd aus der Hose zog. Wenn doch nur ihr verfluchtes Herz nicht ihren ganzen Körper zum Beben bringen würde. Sea atmete einige unregelmäßige Züge und ließ sich einen Moment Zeit, um ihre Konterworte zusammen zu reimen.

Trotz des alkoholischen Nebels in ihrem Kopf brachte sie eine sarkastische Reihe fantasieloser Silben zustande: „Das beruhigt mich immens, Sall, im Endeffekt kommt es aufs Gleiche hinaus!" Sie schwankte zurück in die Kabinenmitte und lehnte sich seitlich zurück gegen den Stützbalken, ohne zu zeigen, dass sie sich in einer sehr unangenehmen Situation befand. Sie wollte nicht, wie ein angststarres Reh in einer Sackgasse warten, bis sie angefallen wurde. Sall zog sich sein Hemd über den Kopf.

„Stimmt, die Tür ist so oder so abgeschlossen.", stimmte er ihr zu und legte sein Hemd über eine Stuhllehne. Zu ihrem Schrecken öffnete er vollkommen belanglos seinen Hosenknopf, um seine Hosen auszuziehen. Das plötzliche Aufkommen von Panik jagte ihr einen eisigen Schauer über den Nacken den Rücken hinab.

„Sall, es wäre mir lieber, wenn du deinen Hosenknopf zulässt", machte sie ihn mit möglichst gelassener Stimme aufmerksam. Der junge Pirat drehte sich zu ihr um und sah ihr einen Moment in die Augen, wie um zu prüfen, ob ihre Bitte ernst war. Doch zu ihrer tatsächlichen Beruhigung schloss er seinen Hosenknopf ohne ein Widerwort. Seufzend blies er die Flamme der Öllaterne über seinem Tisch aus und trat wieder zu ihr an den Besanmast. Da nun nur noch die Kerze auf seinem Nachttisch brannte, war es in der Kabine geradezu finster.

„Na gut", bedauerte er ins Dämmerlicht hinein, „wenn du dich so sicherer fühlst" Liebevoll strich er ihr die Haare aus dem Gesicht und küsste sie auf die Stirn. Erst dachte Sea, er wolle die Arme wieder um sie legen. Aber seine Hände fuhren von ihren Schultern her ihre Arme hinab. Mit den Fingern umschloss er ihre Unterarme, als legte er ihr Eisen um die Handgelenke, und zog sie mit sich. Sie spürte, wie seine Hände zu ihren Ellenbögen glitten und sie vorsichtig gegen ihn zogen, bevor er sie wieder in seinen Griff schloss. Er lehnte sich nach hinten und zog sie mit sich hinab, als er sich rückwärts auf die Matratze setzte. Erst an dieser Stelle wurde ihr klar, dass sie gerade dabei war, sich mit ihm ins gleiche Bett zu legen. Wenn sie nicht so viel getrunken hätte, hätte sie vermutlich eher gemerkt, was sie in diesem Moment anstellte. Schon wieder schwoll ihr Herzschlag zu einem Artilleriefeuer an, von denen jede Kugel ihren Brustkorb zum Beben brachte. Sall musste jeden einzelnen Schlag spüren, als er sie liebevoll neben sich an seine Schulter bettete. Nach einigen weiteren Herzschlägen bemerkte sie, wie ihre Atmung unregelmässig wurde. Angsterfüllt riss sie ihre Augenlider weiter auf und beobachtete, wie die Kerze hinter der Silhouette seines Gesichts langsam herunterbrannte. Es schien, als hätte sie seit langem wieder dieses furchtbare Gefühl. Sie hatte seit Jahren keine solche Angst mehr empfunden, sondern sich höchstens gefürchtet oder erschreckt. Wenn dieser Pirat es fertig brachte, sie neben sich in sein Bett zu legen, was würde sie dann noch alles mit sich machen lassen? Unter anderen Umständen hätte sie sich vermutlich schon längst gewehrt. Aber der Rum konnte doch nicht der Grund sein, dass sie jetzt neben Salvador im Bett lag ...

„... wie hast du Hund das nur geschafft?", fragte sie viel gelassener, als sie eigentlich war. Ruhig zog er die leichte Leindecke über sie beide. Sea konnte sein Herz zwischen den Rippen schlagen hören. Auch wenn er einen wilden Puls hatte, konnte er von außen immer noch gelassen wirken, wie ein Fels, der der Brandung trotzt. Er drehte sich ein wenig zu ihr, um aus dem Augenwinkel mit seinen eisig schimmernden Augen auf sie hinab zu blicken.

„Dich in mein Bett zu bewegen? Ich hab keinen blassen Schimmer, Seepferdchen. Ehrlich gesagt, hätte ich nie gedacht, dass ich dich zu mir ins Bett kriege", gab er in seinem Bariton sanft zu. Aus irgendeinem Grund beruhigten sie diese Worte. Dann wirkte sie doch zumindest nicht, als wäre sie leicht zu kriegen.

„Und was hast du nun mit mir vor?", rutschte die misstrauische Frage dennoch zwischen ihren Lippen hervor. Angespannt wartete sie scheinbar ewig auf seine Antwort. Sall sah ihr einen Moment entschlusslos in die Augen und suchte nach den cleversten Worten. Entweder er überlegte sich, was er nun mit ihr machen wollte, oder er dachte darüber nach, ob es klug war, sein Vorhaben anzukündigen.

„Gar nichts ... mehr hatte ich für heute Abend gar nicht geplant", antwortete er schließlich behutsam auf ihre Frage. Obwohl die beinahe heruntergebrannte Kerze zu flacken begann, musste er bemerkt haben, wie sie unsicher die Augenbraue nach oben zog. Er nahm den Gesprächsfaden sogleich wieder auf: „Wenn ich dich erschrecke, bekomme ich dich nie wieder zu mir ins Bett, oder? Und zwingen möchte ich dich eigentlich nicht" Hätte nicht ein solches Feingefühl in seiner Stimme gelegen, wäre sie vermutlich erschrocken aus dem Bett aufgesprungen, allein schon, weil ihm dieser Gedanke gekommen war. Nur, weil er sie nicht zwingen wollte, hieß dies schließlich nicht, dass er es nicht tun würde. Anhänglich legte Sall seine Wange an ihre Stirn. Scheinbar hatte er erkannt, dass seine Worte nicht sonderlich tröstlich waren, was man von einem Piraten aber auch nicht erwarten durfte. Als ihre Augen in diesem Moment zu brennen begannen, bemerkte sie, wie müde der Rum und der lange Tag sie inzwischen gemacht hatten. Aber Sea wollte nicht an seiner Schulter einschlafen und versuchte, das Gespräch weiter voranzutreiben.

„Eigentlich? Das heißt, du hast schon einmal ein Mädchen gezwungen ...*bei* dir zu schlafen?", flüsterte sie so angespannt wie neugierig gegen seinen Hals. Allerdings war sie nicht sicher, ob sie die Antwort wissen wollte. Hinter Salls Gesicht ging mit einem leichten Flackern die Kerze aus. Erst jetzt kam das blasse, schwache Mondlicht überhaupt zur Geltung, das durch die Achtergalerie fiel, auch wenn es die unheimlich finstere Kabine nicht im Geringsten erhellte.

„Das hatte ich bisher nie nötig, im Gegensatz zu ...", verstummte sein müdes Flüstern, als merkte er, dass diese Worte sie nicht beruhigen würden. „Dir könnte ich *niemals* etwas antun, Seepferdchen", versprach Salvador und legte die Hand in ihre Haare. Wie um sein Versprechen zu besiegeln, gab er ihr einen zarten Kuss auf die Lippen. „Es tut mir leid, ich hab' einfach nicht das Gefühl dafür, beruhigende Worte zu finden, bedrohlich zu wirken liegt mir einfach besser ...", entschuldigte er sich und strich ihr durch die Haare.

Ohne wirklich zu wissen warum, legte sie die Arme um seinen Nacken und ließ sich in den Arm nehmen. Sie glaubte so seine Entschuldigung anzunehmen. Entgegen dem Instinkt vor ihm zu fliehen, kuschelte sie sich schläfrig gegen ihn. Sie hatte zu müde Augen und zu schwere Glieder, um sich vor dem Piraten in Sicherheit zu bringen. Geborgen in der Wärme, die Salvadors Körper entströmte, war Sea eingeschlafen, bevor ihr Verstand sie noch aus dem Bett drängen konnte.

***

Sea blinzelte, als das erste Licht am Morgen durch ihre Lider blendete. Eigentlich hätte sie die Augen gerne wieder geschlossen und weitergeschlafen, entschied sich dann aber doch, aufzuwachen. Das erste was sie erkannte, war ein Haifischzahn, der an einem dunklen Band um den Hals von jemandem baumelte. Erschrocken wurde ihr wieder bewusst, dass sie die ganze Nacht neben Sall geschlafen hatte. Vorsichtig hob sie den Kopf an, um zu seinem Gesicht aufzusehen. Er hatte die Augen noch geschlossen und atmete in gleichmäßigen Zügen, als schliefe er. Ihr Kopf lag auf seinem einen Oberarm, den anderen Arm hatte er um sie gelegt, wie um sie festzuhalten, und ihre Beine waren unter der Decke fest in einander verknotet. Ihren eignen rechten Arm fand sie noch immer um seinen Hals gelegt vor, während der andere verteidigend zwischen ihren Brustkörpern ruhte. Aber Sall hatte sie nahe genug an sich herangezogen, dass er vermutlich nicht nur ihren Busen, sondern auch jeden ihrer Atemzüge spürte. In dieser Position war es unmöglich, aufzustehen ohne ihn zu wecken. Ein Gedanke streifte ihren Sinn und sicherheitshalber tastete sie sorgfältig ihren Körper nach ihren Kleidungsstücken ab. Nur um sicher zu sein, dass außer ihrer Hose nichts fehlte. Ihr zartblaues Mieder unter ihrer Bluse war zwar teilweise aufgeschnürt, aber vorhanden, und es erleichterte sie ungemein, dass bei ihrer Unterhose nicht einmal die Schleife offen war. Scheinbar hatte er nichts mit ihr gemacht, das sie in ihrem Tiefschlaf nicht bemerkt hatte. Sie schlief selbst bei Sturm wie ein Bär im Winter. Beruhigt aufatmend versuchte sie behutsam, sich aufzurichten. Doch, als sie noch nicht ganz aufrecht im Bett saß und sich überlegte, wie sie über ihn herüber stieg ohne ihn zu wecken, wurde sie zurück in ihre ursprüngliche Position gezogen.

„Wo willst du denn hin?", brummte Sall verschlafen und nahm sich nur die Energie, um ein Auge halb zu öffnen.

„Aus deinem Bett raus", antwortete Sea in einer Selbstverständlichkeit. Sie hatte ihrer Meinung nach in seinem Bett nichts verloren. Immerhin war er ein gesuchter Pirat und Mörder, mit dem sich eine ehrliche Person nicht abgeben sollte.

„Wieso denn das?", fragte er vollkommen uninteressiert daran, sie irgendwohin gehen zu lassen. Dösend schloss er sein Auge wieder.

„Weil ich gerade aufgewacht bin und gemerkt habe, dass ich die ganze Nacht mit einem Piraten im gleichen Bett geschlafen habe! Dabei ist alleine schon sich auf deinem Schiff zu befinden illegal", erklärte sie hellwach, „im Übrigen: Wenn ich mich nicht an die Arbeit mache, wird Diego mich früher oder später suchen. Und wenn er mich auf dem ganzen Schiff nicht finden kann, wird er dir erzählen wollen, dass ich verschwunden bin. Ehrlich gesagt möchte ich dann nicht bei dir im Bett vorgefunden werden. Ich weiß nicht, wie es mit dir steht, Käpt'n, aber mich würde er Ewigkeiten damit aufziehen."

„Du weißt schon, dass Diego vermutlich noch etliche Stunden schlafen wird?"

„Deswegen will ich jetzt trotzdem aufstehen!" Leicht genervt versuchte sie, sich aus seiner Umarmung zu befreien und den Knoten aus ihren Beinen aufzulösen. Erst versuchte er sie zurück zu halten, aber als sie nicht bleiben wollte, ließ er sie los. Gequält ließ er schließlich zu, dass sie über ihn herüber kletterte und unter der Decke hervorstieg.

Der Kapitän kehrte sich zu ihr um und studierte sie genießerisch, wie sie auf ihren entblössten Beinen zielstrebig durch die Kabine schritt. Wie sie bis auf ihre Bluse fast völlig entkleidet auf den Tisch zuging, musste ihm gefallen. Aus dem Augenwinkel beobachtete sie, wie er keinen Moment den Blick von ihr wandte. Unbehelligt sah Sea sich nach ihren Besitztümern um, als würde er aus dem Fenster sehen, obwohl sie ihm lieber eine Ohrfeige gegeben hätte, damit er wegsah. Ihr Waffengurt lag neben der Rumflasche auf der Kommode, wo Sall ihn am Vorabend abgelegt haben musste. Ihre übrigen Kleidungsstücke konnte sie aber nicht auf Anhieb finden. Konzentriert blickte sie sich nach ihrer Hose um, ohne die sie diese Kabine nicht verlassen konnte. Derart viel Haut wollte sie den Piraten lieber nicht zeigen.

„Im Nachhinein betrachtet, hätte ich dir vielleicht ein Fußkettchen schenken sollen", überlegte Sall hinter ihr laut, nur um ein Gespräch zu beginnen.

„Meinst du?", fragte sie abwesend, als sie ihre Stiefel unter dem Tisch fand und daneben in die Knie ging, um den Kamm mit den groben Zinken heraus zu fischen. Weiter nach ihrer Hose suchend begann sie, ihre Haare zu kämmen. Der Pirat räkelte sich ein wenig unter der Bettdecke.

„Es würde auf deine Unterschenkel aufmerksam machen. Eigentlich sind deine schönen Beine viel zu schade, um sie mit Stoff zu bedecken", entschied er und schlug die Decke zurück.

Sie warf ihm einen vorwurfsvollen Blick zu, als er aus dem Bett aufstand und sich auf die Suche nach seinen eigenen Kleidern begab. Die nackten Beine einer Frau würden einem Mann ja auch gefallen, wenn sie Froschschenkel hätte, dachte sie. Sie mochte vielleicht nicht hässlich sein, aber ein *wahnsinnig* hübsches Mädchen war sie ihrer Meinung nach auch nicht. Daher fühlte sie sich meistens ein bisschen angeschwindelt, wenn jemand ihr ein Kompliment zu ihrem Aussehen machte, auch wenn derjenige vermutlich vollkommen im Recht war. Über Geschmack lässt sich schließlich nicht streiten.

Stattdessen nahm sie einen von seinen Dreiläufern in die Hand. Sall blieb wie angewurzelt stehen und musterte aufmerksam jede ihrer weiteren Bewegungen, als hätte sie die Pistole auf ihn gerichtet.

„Wo hast du so moderne Waffen eigentlich her?", fragte sie sachlich, um das Thema zu wechseln. Seine Schmeichelei hatte sie schon nach dem ersten Satz satt gehabt. Sea konnte zusehen, wie sich sein Körper entspannte.

Hundertprozentig traute er ihr wohl doch nicht.

„Trophäen von einem gelungenen Überfall", gab er an, als sie die Waffe wieder auf den Tisch legte.

„War wohl ein ziemlicher Glückstreffer ... Im Gegensatz zu wem eigentlich? Wer hatte es denn nötig, ein Mädchen zu zwingen, bei ihm zu schlafen?" Die Frage tauchte ganz unvermittelt in ihrem Kopf auf. Sall nahm nachdenklich sein Hemd von der Stuhllehne.

„Bist du dir sicher, dass du das wissen willst?", erwiderte er und zog sich das Kleidungsstück über den Kopf. „Einige meiner Männer. Vermutlich können nur die Wenigsten von ihnen von sich behaupten, dass sie noch nie ein Mädchen vergewaltigt haben", sagte er als sein Haupt wieder zum Vorschein kam. Er sprach, als würde er über einen normalen Abend in der Kneipe reden, und nicht über eine schockierende Straftat. Aber womöglich war es auf Tortuga in den Alltag integriert, wie die Bordelle. Schließlich hatten nicht alle Männer genügend Geld, um eine Hure zu bezahlen, überlegte sie sarkastisch.

Sea zog den Stuhl unter dem Tisch hervor und fand ihre eilends zusammengefaltete Hose auf dem Sitzbrett vor. Ohne Umschweife schlüpfte sie hinein, stopfte sich sorgfältig das Hemd in den Hosenbund und angelte nach ihrem Waffengürtel mit dem Säbel, um ihn sich umzulegen.

„Ich glaube, ich möchte es nicht genauer wissen, du brauchst nicht weiter zu erzählen." Ihre Neugierde war tatsächlich verflogen. Falls er ihr diese überhaupt genannt hätte, wären am Ende unter den Namen dieser Männer noch jemand gewesen, den sie bisher gut hatte leiden können. Diese Information hätte in ihrem Fall gewiss dazu geführt, dass sie die besagte Person zutiefst verachten würde. Sie zog sich eilig die Stiefel über die Füße, um die Kabine des Kapitäns baldmöglichst verlassen zu können. Sie wollte lieber nicht hier vorgefunden werden, wenn sie eigentlich an ihrem Arbeitsplatz sein sollte.

Der junge Pirat zuckte gleichgültig mit den Schultern: „Eigentlich hätte ich gestern gar nicht davon anfangen sollen, das war keine Absicht ..."

„So?", entgegnete sie, und er antwortete mit einem entschuldigenden Lächeln.

„Ich hab' leider überhaupt kein Gefühl für gutes Bettgeflüster. Das hat mir Alma schon vorgehalten" Er kniff die Augen zusammen, als würde er den letzten Satz am liebsten rückgängig machen.

„Warum hat sie dich dann nicht gleich abserviert?", teilte sie ihm mit, dass sie bereits davon wusste.

„Weil ich scheinbar den Rest ganz gut kann", gab er wieder grinsend an, um den Patzer wieder wett zu machen, dass er ihr von der Liebschaft mit der Serviertochter erzählt hatte. Mit aller Zeit der Welt stieg er in seine Stiefel und schnallte sich den Gürtel um, dann nahm er in Seelenruhe seine Dreiläufer von der Kommode, wie andere Leute ihre Brieftasche. Den einen steckte er sich in den Gurt, den anderen legte er auf dem Tisch ab, um später den Lauf nachzuladen, mit dessen Schuss er die Truhe in der Höhle geöffnet hatte.

„Dürfte ich jetzt bitte den Schlüssel haben?", fragte sie ihn möglichst beiläufig. Er grinste sie an und steckte die Hände in die Taschen.

„Was tust du, wenn ich *Nein* sage?"

„Ihn selbst nehmen", erwiderte sie grade heraus. Was sollte sie auch sonst tun? „Ich nehme an, du hast ihn in der Hosentasche."

„Sieh nach", forderte er sie auf und streckte die Arme von sich, damit sie Platz hatte, um den Schlüssel selbst aus seinen Taschen zu holen.

„Jetzt hast du ihn in der Hand", ließ sie sich nicht hereinlegen. Ertappt streckte er ihr den Schlüssel hin, zog ihn aber wieder aus ihrer Reichweite, als sie danach greifen wollte.

„Sall!"

„Was krieg ich dafür?", versuchte er schon wieder, sich einen Vorteil zu verschaffen. Aber diesmal würde sie ihn über den Tisch ziehen.

„Einen Kabinenschlüssel, einen ganz besonderen. Aber erst wenn die Tür aufgeschlossen ist", lockte sie und hielt ihm die offene Hand hin, damit er den Schlüssel hineinlegen konnte. Er stieß einen Pfiff aus über ein solch verlockendes Angebot.

„Dazu kann ich nicht Nein sagen", übergab er ihr den Schlüssel, und sie ging zur Tür um diese aufzuschließen. Sall folgte ihr um seinen Gewinn entgegen zu nehmen und sie gab ihm seinen eigenen Kabinenschlüssel zurück.

„Hier bitte, ein Kabinenschlüssel. Ich habe nie gesagt, welchen du bekommst", lächelte sie ihn engelsgleich an. Erst jetzt verstand er, dass sie ihn hereingelegt hatte.

„Piratenbraut!", nannte er sie nur um zu zeigen, wie sehr ihn seine Dummheit ärgerte. Sowas hatte er nicht erwartet.

„Du entschuldigst, Käpt'n?", verabschiedete sie sich eher als dass sie um Erlaubnis bat. Ohne auf eine Antwort zu warten, drehte Sea sich um und wollte aus der Tür gehen. Aber Sall schien ein Talent dafür zu haben, ihr Handgelenk zu fangen, er hielt sie fest.

„He, warte!", begann er als sie sich wieder zu ihm umdrehte, „heute Nacht war …schön, von mir aus darfst du gern wieder bei mir schlafen." Er lächelte wie wenn allein die Vorstellung Vorfreude in ihm wecken würde.

„Ich denke eher nicht, Sall", wollte sie seinen Tagtraum schon zerschlagen bevor er eine feste Gestalt annahm. Er lachte leise auf als ob er keine andere Antwort erwartet hätte.

„Wir werden sehen, vielleicht kriege ich dich doch nochmal unter meine Decke", meinte er selbstsicher und ließ ihr Handgelenk los. Sie musterte ihn forschend, während sie sich umdrehte. Wenn er es auf die gleiche Weise wie dieses Mal versuchen wollte, würde sie ihm vorher einen Strich durch die Rechnung machen. Aber vermutlich war ihm dies bewusst und er hoffte auf die passende Gelegenheit, um es anders zu versuchen. In diesem Fall wäre nur noch die Frage, wann sie seinen Plan erkennen würde …Würde sie es zu spät bemerken und wieder auf seiner Matratze landen, würde er dann genauso feinfühlig sein wie vergangene Nacht?

„Mal seh'n", brummte sie in einem gutmütigen Ton und griff nach der Türklinke. Ohne weitere Worte über das Thema zu diskutieren, verließ sie seine Kabine, um ihrer Arbeit nachzugehen und ihn in Frieden seine Pistole stopfen zu lassen.

In der Bredouille

Einige Stunden später klopfte Sea an das Holz der verglasten Tür zum Kartenraum. Durch das Fenster sah sie, wie der Kapitän aufsah und ihr mit einem Nicken deutete einzutreten. Manchmal musste er für einen Moment unterbrechen, was er gerade tat, um nachzusehen, ob der Kurs des Schiffes noch stimmte und um ihn gegebenenfalls zu korrigieren. Diesmal stand er schon länger am Kartentisch und berechnete ihren neuen Kurs nach Nordnordwesten, zurück zu den Großen Antillen.

„Aye?", fragte Sall neugierig ohne aufzusehen, als sie die Tür hinter sich schloss und zu ihm an den Tisch trat. Auf der Seekarte vor Sall konnte sie die eingezeichnete Route durch die Windward Passage zum nächsten Ziel der Piraten sehen, wie erwartet West Point auf Tortuga.

„Da gibt es eine Sache, über die wir noch nicht geredet haben", begann sie, und er hob den Blick von seiner Karte, um sie erwartungsvoll anzusehen.

„Wir haben Lenoirs Vermögen gefunden. Das bedeutet, dass ich meinen Teil unserer Abmachung erfüllt habe. Jetzt bist du an der Reihe, deinen Teil zu erfüllen", ließ sie ihn ihren Handel nicht vergessen.

„Du willst immer noch zurück?", fragte der junge Pirat ungläubig. Sie nickte, und er richtete sich leicht schwermütig gerade auf, als hätte sich eine unangenehme Vorstellung bewahrheitet. „Ich würde gerne meinen Handel erfüllen", gestand er, „aber ich glaube nicht, dass auch nur ein Mitglied meiner Crew einen Umweg machen möchte. Sie wollen alle möglichst schnell nach Tortuga, um ihren Anteil zu verprassen. Und du weißt, als Piratenkapitän bin ich der Mehrheit untergeordnet" Mit einem entschuldigenden Blick ging er um sie herum zur Tür und versuchte ihrer Unterhaltung aus dem Raum zu entkommen.

„Du musst sie nur daran erinnern, dass sie diesen Anteil ohne mich gar nicht verprassen könnten. Deine Männer mögen Piraten sein, aber ich halte sie für gerecht genug, um mir zu helfen", versicherte Sea ihm, während sie ihm aus dem Kartenraum folgte. Dass er die Tür zu seiner Kabine offen ließ, nachdem er eingetreten war, sah sie als die Erlaubnis einzutreten. Der junge Kapitän nahm eines der Gläser und die Rumflasche daneben, die auf der hölzernen Kommode stand, zur Hand und stellte beides auf dem Tisch ab.

„Schon möglich", sagte er, ohne sie anzusehen, während er sein Schnapsglas bis über die Eichung füllte, „Piraten sind unberechenbar." Mit dem gefüllten Glas in der Hand trat er an die Achtergalerie und sah auf die Wellen hinaus. Nachdenklich kippte er sich die Hälfte des Rums in den Rachen.

„Dann sag Diego, er soll den Kurs ändern!", verlangte Sea, als er sein Glas auf dem Fensterbank absetzte und die Hände darauf stützte, „wenn wir jetzt den Kurs ändern und geradewegs nach Norden auf Hispaniola zu segeln, erwischen wir die Unicorn's Dream ..."

„Ich werde dich nicht zurückbringen, Sea!", unterbrach Sall sie gelassen, ohne den Blick vom Horizont zu nehmen, oder eher, ohne sie anzusehen. Sea stand einen Moment regungslos da und versuchte zu verstehen, was der Pirat gerade gesagt hatte. Doch dann weiteten sich ihre rehbraunen Augen vor Entsetzen, als sie sich über die Bedeutung seiner Worte klar wurde. Dass er seinen Teil ihres Handels nicht einhalten wollte, konnte doch nur ein schlechter Witz sein!

„Wie bitte?", hoffte sie unsicher, sich in seinen Worten geirrt zu haben. Sie konnte sich nur verhört haben, er wusste als Kapitän doch selbst, wie viel ihr ihr eigenes Schiff bedeutete.

„Du hast mich schon recht verstanden", klärte er sie auf und löste seine Augen nun doch von der Kimm, um sie anzusehen. Aber der Ernst in seinem Blick ließ sie wünschen, er würde wieder wegsehen.

„Warum nicht?", fragte sie verständnislos, als sich schon wieder diese Kreatur unter ihrem Zwerchfell zu winden begann.

„Du bist nicht in der Stellung, um Fragen zu stellen", sagte er kühl, um sich um die Erklärung zu drücken. Er steckte die Hände in die Hosentaschen und schlich ein weiteres Mal um sie herum zur Tür.

„Was für eine lächerliche Ausrede! Sall, wenn du eine Geschichte bis zum spannendsten Punkt erzählst, kannst du nicht einfach aufhören", verlangte sie gereizt eine vollständige Sinndeutung, „ich will wissen, warum du unseren Deal nicht einhalten willst." Die Schuppen des Ungeheuers begann allmählich vor Hitze zu glühen und verbrannten ihr desto mehr mit den Spitzen das Zwerchfell, je wütender sie wurde. Eigentlich hatte sie erwartet, dass er wieder versuchen würde, vor ihrem Gespräch zu fliehen, aber er stieß nur mit dem Fuss die Tür zu. Einen Moment lang sah er sie an, als hoffte er, es sei alles erklärt und sie würde sich geschlagen geben. Doch als sie außer einem fragenden Blick mit emporgezogener Augenbraue nichts erwiderte, begann er wieder nach Worten zu suchen. Er atmete nachdenklich durch und stellte sich erneut an die Galerie. Nachdem er einen Augenblick auf die gräulichen Wellen hinabgestarrt hatte und sie sich schon die Flüche überlegte, die sie ihm an den Kopf werfen wollte, drehte er sich zu ihr um. Er hätte wohl lieber mit seiner üblichen gleichgültigen Gelassenheit mit ihr gesprochen, aber er konnte noch so den Lässigen spielen, sie sah ihm an, dass er im Erklärungsnotstand war.

„Ich möchte dir nicht helfen, die *Unicorn's Dream* zurück zu bekommen, weil ich dich nicht wieder gehen lassen will, Seepferdchen", sagte er und zog sich das rote Kopftuch vom Haupt, um sich mit der Hand durch die zausen Haare zu fahren, „ich habe so etwas noch nie zuvor gefühlt, ich weiß nicht wie ich es am besten beschreibe ...Wenn du in meiner Nähe bist wird mir höllisch warm. Du kannst dir nicht vorstellen, wie viel Selbstbeherrschung ich aufbringen muss, um die Finger von dir zu lassen ...Und ...Ich sorge mich um dich, sehe mich ständig nach dir um und deine Stimme geht mir nicht mehr aus dem Kopf. Als du gestern Nacht bei mir geschlafen hast, empfand ich ein Gefühl von Erleichterung, als könnte dir nichts mehr zustoßen ...“

Sea merkte ihm die Aufregung an der Atmung an, auch wenn er nahezu mit seiner üblichen Lässigkeit nach der Rumflasche griff. Er atmete nochmals durch und füllte sein Glas wieder auf bis zur Eichung. Sie hatte immer gedacht, Liebeserklärungen müssten generell kitschig sein, aber diese war es ihrer Meinung nach keineswegs gewesen. Er hätte ihr schließlich auch eine rote Rose schenken oder ein Gedicht vortragen können oder ähnlichen Blödsinn, wie ihn Victoria erwarten würde. Aber normalerweise fand sie niemand auch nur attraktiv – in den Spelunken wurden schliesslich alle Frauen belästigt – und nun mussten sich verdammt nochmal ausgerechnet ihr bester Freund und ein gesuchter Pirat in sie verlieben! Das schuppige Untier in ihrem Bauch spie nun Feuer vor Wut, und die Feuersbrunst loderte glutheiß bis in ihren Brustkorb hinauf.

„Wenn du mich so gern hast, Sall, warum willst du mir dann nicht helfen?“, fuhr sie ihn an, ohne zu wissen, ob sie mehr Wut oder Verzweiflung empfand, „du weißt, wie viel mir die *Unicorn's Dream* bedeutet! Du bist selbst Kapitän, du kannst es nachfühlen! Und ich hab obendrein den größten Teil meiner Kindheit auf ihr verbracht, sie ist mein

Zuhause ... und das wertvollste Erinnerungsstück an meinen Vater! Dieses Schiff ist mit fast meiner ganzen Vergangenheit verbunden. Bitte, Sall, hilf mir, sie zurück zu bekommen, wie du es versprochen hast."

Der junge Pirat vergaß sein Glas augenblicklich. Ehe sie sich versah, packte er sie an den Oberarmen und drückte sie gegen den Besanmast in der Zimmermitte. „Verflucht nochmal, hast du mir denn nicht zugehört? Ich werde dich nicht zurückbringen, weil ich nicht auf diese Wärme verzichten will, die du ausstrahlst! Ich will, dass du auf der *Rose* bleibst!", knurrte er mit einer ganzen Reihe gemischter Gefühle, doch Sea konnte nicht feststellen, welche Emotion dominierte.

Das konnte sie auch bei sich selbst nicht: Wut, Enttäuschung, Verzweiflung, alles kam miteinander, und ihr Herz hämmerte schnell und kräftig gegen ihre Rippen.

„Sall, diese Wärme, wie du *Zuneigung* nennst, wird verlöschen wie eine Kerze, sobald ich dir langweilig werde", versuchte sie ihm verzweifelt klar zu machen.

„Wenn du dir da so sicher bist, kannst du auch einfach bei mir bleiben, bis du mir langweilig wirst" Scheinbar war er in dem festen Glauben, dass er nie sein Interesse an ihr verlieren würde. Einerseits begann das wütende Untier wieder ein flammendes Inferno zu verursachen, andererseits hätte sie am liebsten bittere Tränen geweint vor Verzweiflung und jenseits wollte sie ihm um den Hals fallen. „Wenn ich dir helfe das Kommando über die *Unicorn's Dream* zu übernehmen, sehe ich dich vermutlich nie wieder, Seepferdchen", versuchte er ihr zu erklären, „ich hatte noch nie Herzklopfen, wenn ich einem bestimmten Mädchen gegenüberstand. Ich glaube allmählich ernsthaft, dass ich mich verliebt habe!" Am liebsten hätte sie ihn geschlagen, aber gegen seine Kraft wäre es sinnlos gewesen.

Vermutlich bebte das ganze Schiff, als sie ihn ohrenbetäubend anschrie.

„Du hast kein Herz, du Untier kannst nicht lieben!", verwendete sie seine eigenen Worte gegen ihn, um ihn zum Schweigen zu bringen. Sea hätte am liebsten angefangen zu weinen in ihrer Verzweiflung, oder mehr in ihrer Selbsttäuschung. Sie hatte schließlich von Anfang an gewusst, dass sie einem Piraten nicht trauen sollte und dennoch war sie diesen Handel mit ihm eingegangen. Aber wenn er sie so sehr liebte, konnte er ihr doch nicht auf diese Weise das Herz brechen. Schließlich breitete sich trotz der infernalen Hitze wieder eisiger Zorn um ihr Herz aus. „Weißt du, es macht keinen Unterschied, ob du mir hilfst oder nicht! Dann hole ich mir die *Unicorn's Dream* eben auf eigene Faust zurück!", wütete sie ihn an.

„Das werde ich zu verhindern wissen", drohte er mit einer versteinerten Miene, „ich werde dich nicht gehen lassen, wenn ich nicht will, ich kann nicht, die reine Vorstellung schmerzt mich!" Sall machte niemals leere Drohungen, aber Sea hatte noch nie jemand aufhalten können, wenn sie sich etwas in den Kopf gesetzt hatte. Der Trotz entfachte eine unaufhaltsame Macht in ihr.

„Du verfluchter Höllenhund!", knurrte sie ihn zynisch an, schon den Tränen nahe. Ihr Nasenrücken legte sich vor wilder Wut in Ritzen, bis sie aussah wie eine fauchende Raubkatze. „Wie konnte ich naive, einfältige Göre dir nur vertrauen?!" Eine unglaubliche Kraft baute sich mit der Wut in ihr auf, die den jungen Piraten beinahe von alleine von ihr wegschleuderte, als sie sich aus seinem Griff herauswand und ihn von sich wegstieß. „Ich habe von Anfang an gewusst, dass du mich über den Tisch ziehst, wenn ich dir vertraue, und trotzdem habe ich es getan!", ärgerte sie sich über sich selbst und ging mit donnernden Schritten zur Kabinentür. Sie wollte nur noch weg von diesem Verräter. Er versuchte sie am Handgelenk zu packen, um sie zurück zu halten, aber sie zog ihre Hand aus seiner Reichweite. Diesen Trick kannte sie nun. „Du wirst schon sehen, ich bekomme mein Schiff zurück, ob mit oder ohne deine Hilfe. Du bist längst nicht der einzige, der machen kann, was er will!", fauchte sie, die Hand schon auf der Türklinke. Sea stürmte aus der Kabine und schlug bebend die Tür hinter sich zu.

„Verdammt!", hörte sie, wie der Kapitän hinter ihr fluchte, als sie durch den kurzen Gang am Kartenraum vorbei stürzte. Er schien mit beiden Fäusten gegen seine Tür zu schlagen, denn dem Geräusch zufolge hätte diese zerbersten müssen. Aber Sea interessierte sich nicht dafür, als sie auf das Deck hinaus stürmte. Vor Enttäuschung trieben ihr die Tränen in die Augenwinkel. Diego, der noch immer hinter dem Ruder stand, drehte sich überrascht um und sah sie verwirrt an. „Was ist passiert? Ich hab' trotz der Lautstärke nur Fetzen mitbekommen."

Sie wischte sich möglichst unauffällig die Tränen aus den Augen. Doch der Erste schien sie längst bemerkt zu haben. „Nichts", schwindelte sie, weil sie ihm ihr Problem nicht vorjammern wollte, „könntest du mir einen Gefallen tun und noch etwas länger für mich am Ruder stehen? Ich brauche ein bisschen Zeit für mich" Sie versuchte nicht allzu traurig zu klingen, sonst würde er nur nach dem Grund fragen. Aber er nickte nur bestätigend:

„Natürlich"

Einen Moment lang suchte sie in ihrem Kopf nach dem ruhigsten Platz auf dem Schiff und betrachtete abwesend das Großdeck. „Darf ich mich in die Fockmarssaling setzten?" Diego nickte nur, ohne zu wissen, was er sagen sollte. Sich bedankend sprang sie die Stufen hinab und lief über das Großdeck nach vorne zum vordersten Mast. Mit zwei großen Schritten stand sie auf der Reling und stellte die Füße in die Webeleinen. Als sie bis zur Hälfte den Wanten entlang geklettert war, sah sie aus dem Augenwinkel, wie der Kapitän zu seinem Freund an das Ruder trat. Mit den Händen in den Hosentaschen und sich mit dem Ersten Maat unterhaltend beobachtete er, wie sie die Plattform erreichte. Sie verschwendete keinen weiteren Blick an die Piraten. Stattdessen setzte sie sich nach Fahrtrichtung blickend auf den Rand der Saling, drehte ihnen den Rücken zu und ließ die Beine baumeln. Ob er nun glaubte, er sei in sie verliebt oder nicht, dass er sie enttäuscht hatte, schien den Piraten nicht zu stören. Vermutlich hatte er nur gehofft, sie mit dieser Ausrede das nächste Mal leichter wieder in sein Bett zu bekommen.

***

Sea saß schon eine ganze Weile in der Saling und sinnierte über die Gründe nach, welche sie in diese missliche Lage gebracht hatten. Sie war enttäuscht von Sall, weil er ihren Handel brach, wütend auf ihn und darauf, dass sie ihm vertraut hatte. Traurig, da sie die *Unicorn's Dream* nicht so bald wiedersehen würde wie sie gehofft hatte und irgendwie ein wenig verzweifelt. Aber zumindest hatte sich inzwischen ihr Gefühlsausbruch gelegt. Sie hatte zwar noch gerötete Augen, weinte aber längst nicht mehr, als sie bemerkte, wie jemand über die Wanten in die Saling hinaufkletterte. Einen Augenblick später streckte Diego den Kopf über den Rand der hölzernen Plattform.

„Was hat er dir gesagt, dass du so tobst? Schiffe sind zwar sehr hellhörig, aber durch das Holz alles deutlich gehört habe ich deswegen

noch lange nicht", fragte der Erste Maat ohne um den Brei zu schnor-
ren. Jemand anderes hätte wohl zuerst gefragt, ob es ihr gut gehe, auch
wenn ihr vermutlich jeder ansah, wie furchtbar sie sich fühlen musste.
Der Pirat ersparte sich eine Frage mit einer offensichtlichen Antwort.

„Ihr seid Freunde, warum fragst du ihn nicht selbst? *Du* bist bestimmt in der Stellung, um Fragen stellen zu können", erwiderte sie
karg. Sie hatte keinerlei Motivation, um ihm ihr Problem zu beschreiben, zumal es ihm am Ende wahrscheinlich egal sein würde und er nur
der Neugierde halber fragte. Diego erklomm die letzten Webeleinen,
die Querseile, auf denen seine Füße Halt fanden, und stieg schulterzuckend auf die Plattform.

„Wenn er etwas lieber für sich behalten möchte, sind Salls Erklä-
rungen leider so knapp, dass sie mich nur neugieriger machen", meinte
er und lehnte sich rückwärts gegen den Mast, „Also schieß los ..." Sie
wusste nicht genau, warum sie ihm von ihrem Problem erzählte, aber
vielleicht tat es gut, es sich von der Seele zu reden.

„Hat dir Sall mal davon erzählt, dass wir im Zusammenhang mit
Lenoirs Schatz einen Handel geschlossen haben?"

Er sah sie nachdenklich an und schüttelte dann unwissend den Kopf.

„Was für einen Handel meinst du?"

Sea erzählte ihm in wenigen Sätzen, wann und was für einen Handel
sie mit seinem Kapitän geschlossen hatte. „Hat er es dir nicht erzählt?"

Womöglich war es von Anfang an sein Plan gewesen, seinen Handschlag zu vernachlässigen, und der Handel war nur das Mittel zum
Zweck gewesen, wie Jack-Knife es ihr prophezeit hatte.

„Doch er hat's glaub ich irgendwann mal erwähnt", teilte der Erste
ihr mit, „und was ist das Problem damit?"

„Er hat sein Wort gebrochen. Er sagte, er wird mich nicht zurückbringen", erklärte sie mit bebender Stimme und drehte das Gesicht von
ihm weg, damit er nicht sah, wie enttäuscht sie war. Sie hatte Sall in
ihrem Leichtsinn wirklich vertraut! Hoffentlich konnte sie ihre Tränen zurückhalten. Diego blieb einen Moment stumm und verweilte in
nachdenklichem Schweigen. Dann seufzte er.

„Sea, dir ist schon klar, wie sehr er an dir hängt, oder? Ich kenne Sall
seit Jahren. Er hat schon mit wirklich hübschen Mädchen gespielt. Aber
er hat nie eines dieser Mädchen auch nur ansatzweise so angesehen wie
dich."

Mit brennenden Augen drehte sie das Gesicht wieder nach ihm um und sah ihn an. „Er weiß genau, wie viel mir mein Schiff bedeutet, Diego, es ist mein Zuhause. Wenn er mich wirklich *so* gern hätte, dann würde er mir helfen und mich gehen lassen, anstatt mir Steine in den Weg zu rollen"

Sie starrte den Piraten einen Augenblick schmerzlich an, dann wandte sie den Blick auf den Horizont ihm gegenüber. Sie konnte sich nicht helfen, ein Tropfen salziges Wasser rann ihr aus dem Augenwinkel. Sie blendete das Thema aus ihren Gedanken aus und hoffte, Diego würde verschwinden. Wenn sie sich auf den Horizont konzentrierte, funktionierte es vielleicht sogar. Ein dunkler Umriss weckte ihre Aufmerksamkeit, und sie riss die Augen auf.

„Du erwartest reichlich viel von einem Piraten", teilte Diego ihr sanft mit, doch sie hörte ihm nur noch mit einem halben Ohr zu. Die Silhouette war ein Schiff, das ihr leider sehr bekannt vorkam. Dunkler Rumpf, rote Segel, wie mit Blut gefärbt. Den schwarzen Engel, der am Galion hing, würde sie schon bald auch ohne Fernrohr erkennen können, denn das Schiff war schon nahe.

Es musste hinter der Landzunge der von den Niederländern besetzten Insel Bonaire hervorgesegelt sein, an der sie ohnehin eigenartig nahe vorbeizogen, deshalb hatte es noch niemand bemerkt.

„Diego ...", machte sie ihn unsicher aufmerksam und zeigte ihm mit dem Finger die Richtung, „Da, vier Strich Backbord."

Diego musste das Schiff zeitgleich mit ihr entdeckt haben. Er betrachtete es über ihren Kopf hinweg und erhob sich. „Verflucht, die *Killing Lady* ...", murmelte er und bestätigte ihre Ahnung. „Alle Mann an Deck!", brüllte er sogleich auf das Großdeck hinab und von unten drehten sich alle Gesichter nach ihm um. Er kletterte flink über die Webeleinen hinab und Sea folgte ihm, während er noch einige Male die Mannschaft an Deck rief. Der junge Kapitän stürmte aus dem Kartenraum, als der Erste aus anderthalb Metern Höhe auf die Planken hinabsprang.

„Wir haben die *Killing Lady* backbord querab, bei vier Strich!", rief ihm Diego zu. Sall starrte ihn einen Sekundenbruchteil an, dann stürzte er selbst zum Kompasskasten beim Ruder und holte das Fernrohr aus dessen Schublade. An der Reling hielt er es sich ans Auge, und seine Gesichtszüge versteinerten.

„Verflucht! Was macht der verdammte Höllenhund so weit im Süden? Sein Kapergebiet sind doch die südöstlichen Bahamas!", wütete der junge Kapitän. Sea sah aufs Meer hinaus. Was waren sie entfernt, zehn Meilen vielleicht? Mit dem Gold an Bord war die *Rose* so träge, dass sie innerhalb weniger Stunden eingeholt werden würden. „Außerdem dachte ich, du hättest sie nach Cisne Grande geschickt!?" Sea warf einen funkelnden Blick nach dem jungen Kapitän.

„Offenbar hat Night meine Geschichte nicht geglaubt!", gab sie scharf zurück.

„Ist doch gleichgültig! Wir haben die *Killing Lady* auf jeden Fall querab", unterbrach Diego, „wie sollen wir vorgehen? Sollen wir versuchen, ihnen davonzufahren oder sollen wir die Segel back setzen und uns einholen lassen?" Sall betrachtete die *Killing Lady* kurz mit entschlossenem Gesicht. Es war eine Tatsache, dass es zum Gefecht kommen würde, jeder spürte es wie eine drückende Schlechtwetterlage.

„Wir nutzen die Zeit, die uns bleibt, um uns vorzubereiten und zögern den Kampf hinaus, bevor wir beidrehen. Lass die Kanoniere die Stücke mit Kettenkugeln laden, vielleicht können wir sie mit ein paar guten Treffern so weit verlangsamen, dass wir davonkommen", entschied der junge Kapitän, „läute alle Matrosen an Deck, sie sollen sich kampfbereit machen." Diego nickte, und kurz darauf dröhnte seine Stimme nach vorne: „Läutet die Glocke!"

Als die Matrosen an Deck standen, war die Situation schnell erklärt und schon nach Minuten waren die Piraten dabei, ihre Waffen bereit zu machen. Sie stopften Pistolen und Gewehre, gehetzt wie wenn sie sich ernsthaft bedroht fühlten. Bei dem Angriff auf die *Brema* hatten sie längst nicht so viel Zeit in ihre Schlachtvorbereitungen investiert. Auch der junge Kapitän verschwand vorübergehend in seiner Kabine, um sich besser zu bewaffnen. Offenbar musste man sich vor Night wirklich in Acht nehmen. Sea blieb etwas besorgt am Ruder stehen, das ihr übergeben wurde, damit der zweite Steuermann seine Waffenreserven aufstocken konnte. Auch sie selbst würde ums Kämpfen zwar vermutlich nicht herumkommen, aber außer dass sie ihre Halskette in die Hosentasche steckte, hatte sie nicht viel vorzubereiten. Sie besaß schließlich keinerlei Schusswaffen, die sie laden musste.

Zumindest bis Jack-Knife und Foncé das komplette Feuerwaffenarsenal aus dem Laderaum an Deck schafften. Zu zweit stellten sie die

Kiste auf der Gräting ab und klappten sie auf, damit sich die Crew bediente. Ein weiterer Pirat stellte eine kleine Truhe dazu, ehe er wieder auf den Niedergang zueilte. Jack-Knife sah zur Brücke auf, bevor er wieder die Stufen hinabstieg.

„He, Mädchen, wenn du ein Gewehr stopfen kannst, dann mach dich gefälligst nützlich!", bellte er zu ihr hinauf.

„Selbstverständlich weiß ich wie man ein Gewehr stopft!", erwiderte sie prompt, als wäre es wirklich selbstverständlich, dass eine Frau ein Gewehr laden konnte. Es hätte auch nicht zu ihr gepasst, ausgerechnet diese Fähigkeit nicht erlernt zu haben. Jack-Knife ging mit einem ernsten Schweigen unter Deck und sie überließ das Ruder Ramiro, der mit dem Arm in der Schlinge zwar kein Gewehr laden, aber zumindest das Ruder halten konnte.

An Deck nahmen die Piraten bereits die ersten Gewehre aus der großen Kiste, als Sea dazukam. Flinten lagen darin, und sie staunte nicht schlecht, als sie feststellte, dass die kleine Truhe mit Papierpatronen gefüllt war. In den Papierröllchen waren abgemessene Mengen von Pulver und je ein Projektil eingerollt, gedacht, um Soldaten in der Schlacht das Nachladen zu erleichtern. Da sie für den Krieg gedacht waren und normalerweise nicht im freien Handel angeboten wurden, wunderte es sie doch etwas, dass die Seeräuber mit solchen Patronen ausgerüstet waren.

„Wie seid ihr denn an Papierpatronen herangekommen?", fragte sie Diego neugierig, während der eine weitere Kiste neben ihr auf der Gräting abstellte. Da er sie alleine hatte tragen können und sie kürzer war als die erste, konnten keine Gewehre darin sein.

„Die hat Sall einem Schmuggler abgehandelt. Für den Fall, dass es einmal schnell gehen muss ...", meinte der Erste Maat knapp und klappte seine Kiste auf. Er nahm eine Pistole daraus hervor und drückte sie ihr in die Hand. „Sieh zu, dass du mindestens ein Gewehr und eine Pistole bereitmachst. Spar den Pistolenschuss für eine brenzlige Situation auf. Das ist dein Ass im Ärmel, verstanden? Das Gewehr brauchst du für den Angriff, du wirst schon sehen, was du tun musst", erklärte er ihr, dann wandte sich Diego auch schon wieder ab.

„Aye, zu Befehl"

Sie nahm eine Papierpatrone aus der Kiste und zog einen Ladestock aus der Kiste mit den Gewehren. Als gehörte es zu ihren täglichen Aufgaben, biss sie mit den Zähnen das Papierröllchen auf der hinteren Seite auf. Den Papierfetzen zwischen den Eckzähnen haltend füllte sie beim Hahn ein wenig Schießpulver in die sogenannte Pfanne, in der es entzündet werden würde. Den Rest der Patrone schob sie mit samt dem gefetteten Papier von vorne in den Lauf. Sobald sie den Fetzen aus ihrem Mund entfernt hatte, nahm sie den Ladestock und stopfte Pulver, Papier und Kugel fest, bis diese nicht mehr aus dem Lauf rollen konnte. Ebenso machte sie es mit der Pistole, die sie griffbereit in ihren Gürtel steckte, und half danach die restlichen Gewehre zu stopfen.

Es wurden alle Waffen geladen, die irgendwo auf dem Schiff zu finden waren – nur mit Ausnahme der verstaubten Musketen, die die Wände der Kapitänskabine schmückten. Einige der Piraten trugen bis zu fünf oder sechs Stück in ihrem Gürtel. Dazu steckten und knüpften sie die Scheiden verschiedenster Klingen. Sea hatte sie noch nie so stark bewaffnet gesehen. Als sie die *Brema* geentert hatten, hatten sie im Vergleich zu jetzt einen Faustkampf ausgetragen. Die *Killing Lady* flößte ihnen offenbar Respekt ein, denn sie hatte die Mannschaft auch noch nie so angespannt gesehen. Die gleiche Angespanntheit, die auf Sall gelastet hatte, während sie in Misteriosa Bank vor Kapitän Nights Piratenschiff geflohen waren.

Ein Deck weiter unten wurden die Kanonen geräuschvoll mit Kettenkugeln geladen. Sobald die *Killing Lady* in ihre Reichweite kommen würde, würden die Piraten versuchen, ihnen die Masten wegzuschießen, damit sie nicht mehr nachkamen. Falls das feindliche Schiff sie einholte würden sie auf Schrott umstellen, bis der Gegner nahe genug war, um ihn zu entern.

Das erneute Erscheinen ihres Kapitäns an Deck hatte etwas Endgültiges an sich, und die Stimmung wurde noch ernster, als er mit klirrendem Waffengürtel über die Planken schritt. „Sind alle bereit?", fragte er in die Runde. Außer stummem Nicken antwortete niemand, womit die Crew ihr Einverständnis gab, sich in den Kampf zu stürzen. „Dann brasst die Segel, wir lassen die *Rose* abfallen", befahl er bestimmt, „wir fahren eine Kurve nach backbord, um uns in eine bessere Schussposition zu bringen"

Salvadors Entscheid waren die einzigen Worte an Deck, die vor dem Gefecht der beiden berüchtigten Piratenschiffe gesprochen wurden. Entweder es waren seine Befehle ihre letzten Worte oder sie würden ihren Sieg bejubeln. Die *Killing Lady* hatte einen roten Wimpel unter dem Black Jack gehisst – kein Verhandeln, keine Gnade, vielleicht bedeutete es sogar, dass die Crew restlos hingerichtet wurde, falls sie verloren. Worte wie Befehle schienen nicht notwendig, denn jeder der Seeräuber schien zu wissen, welche Handgriffe verlangt waren. Binnen von Minuten wurden bedrückend stumm die Segel angebrasst und das Ruder herumgeworfen. Bei diesem Kurs würden sie bald eingeholt werden, aber die Schussposition war gut. Salvadors Jolly Roger wurde ebenfalls mit einem roten Wimpel in Reihe gehisst, als die *Killing Lady* die Kanonenreichweite passierte. Es war für beide Seiten nicht sinnvoll, das andere Schiff zu versenken, denn die Beute würde mit untergehen. Aber wenn die Kettenkugeln dem Gegner einen Mast wegschossen, war es das Pulver wert. In der Hoffnung, einem Kampf doch noch zu entgehen, gab Sall das Feuer frei. Donnernd wurde eine Salve Kettenkugeln auf das feindliche Piratenschiff abgegeben, aber die Masten erwischten sie nicht. Der größte angerichtete Schaden riss einen Teil der Fockmarssaling der *Killing Lady* herunter, die restlichen Kugeln hinterliessen lediglich einige Löcher in den Segeln. Aber sie hatten keinen großen Schaden angerichtet, denn trotz dem spärlichen Wind holte ihr Gegner bald auf. Wie erwartet wurde die *Rose* ebenso unter Beschuss genommen, aber die Salve ihrer Gegner brachte noch weniger Treffer ein.

Anschließend wurde auf beiden Schiffen Schrott geladen. Eine Kartätsche der *Rose* traf das Deck der *Killing Lady* hervorragend, aber der Gegenschlag brachte keine Verluste, weil die gegnerischen Kanoniere scheinbar nicht die besten waren.

Die Crew der *Queen Roses Death* bezog währenddessen Position. Als wäre es zuvor abgesprochen und geübt worden, stellte sich die Mannschaft an der Backbord-Reling auf. An den Kanonen war niemand mehr, denn diese würden nicht mehr gebraucht werden. Einzig die Drehbassen, eine Art kleine Handkanone auf der Reling, wurden mit Schrottmunition für den Angriff geladen.

Die ersten Piraten legten schon die Gewehre an, während die gegnerischen Matrosen zum Manöver ansetzten, das die *Killing Lady* längsseits ihrer Bordwand legen sollte. Der Abstand zum Feind wurde zusehends kleiner und doch warteten die Piraten auf die richtige Distanz, um das Feuer zu eröffnen. Sea konnte zusehen, wie ihre Gegner zu Hacken griffen, und legte wie die Piraten das Gewehr an. Sie würde schon merken, wann sie schiessen musste. Das Ziel war die Menge. Dann knallte der erste Schuss, dem ein donnernder Kugelhagel von beiden Fronten nachhing wie ein Gewitter. Doch obwohl sich die Mannschaften gegenseitig reihenweise niederschossen, schienen ihre Gegner noch genügend freie Hände zu haben um ihnen eine Salve von Enterhaken entgegen zu werfen. Sie verfingen sich in der Reling und im Tauwerk und fesselten die Schiffe aneinander. Sobald ihnen die Munition in den Gewehren ausging, warfen die Deckmatrosen der *Rose* diese aus dem Weg und enterten das angreifende Schiff. Unter kampfwütendem Gebrüll und mit geschwungenen Entermessern stürmten sie das feindliche Deck, ehe ihnen der Gegner zuvorkommen konnte. Derweil hielten ihnen die Topgasten mit Schüssen aus den Masten den Rücken frei.

Bis Sea die Schusswaffe ausser Reichweite geschleudert hatte, standen bereits ein Dutzend von Salls Männern auf der *Killing Lady*. Der junge Kapitän allen voran: Er war mit einem Satz in die gegnerischen Wanten gesprungen, hatte sich an deren Innenseite gehängt und sich in Mitten seiner Gegner aufs Deck fallen lassen. Noch ehe Nights Matrosen auf ihn losgehen konnten, hatte er Säbel und Pistole in den Händen. Bis Nights Matrosen ihre Waffen in den Händen hielten, waren Salls Matrosen ihm längst gefolgt und hielten ihm den Rücken frei. Daran, wie lange Sea brauchte um ihnen zu folgen, wurde ihr wieder bewusst, wie gut die Piraten zusammenspielten. Aber auch sie stand mit einem Satz auf der gegnerischen Reling und warf sich in das blutige Chaos auf dem Großdeck.

Einen Moment später existierte die Welt nicht mehr, denn Seas ganze Konzentration wurde im Umkreis der nächsten zwei Schritte gebraucht.

Momentan hatte sie eine sehr unvorteilhafte Kampfposition. Inmitten des Gefechts war sie von allen Seiten her angreifbar und konnte nur allzu leicht aus Versehen verletzt oder getötet werden. Sie musste zusehen, dass sie nur aus ihrem Sichtfeld angegriffen werden konnte – also mit dem Rücken zu einer Wand oder einem Hindernis stand. Wenn sie ihn sehen und abwehren könnte, dann wäre die Wahrscheinlichkeit, versehentlich von einem Hieb erwischt zu werden zumindest schon einmal kleiner, als in Mitten ihrer Gegner. Im Kampf galt es, sich jeden möglichen Vorteil zu verschaffen, um am Ende nicht als Verlierer dazustehen. Das hieß, um nicht als Leiche auf dem jetzt schon blutverschmierten Deck zu enden.

Sie donnerte dem nächststehenden Matrosen den Säbelknauf ins Gesicht. Er schlug sich schmerzlich die Hände vors Gesicht, taumelte zurück, und sie gab ihm zum Abschied einen Tritt in den Bauch, damit er ihr nicht mehr im Weg war. Wie geplant stürzte er rückwärts und zog einen Kameraden mit sich auf die Planken nieder. Noch ehe sie sich aufrappeln konnten stolperte der nächste Kamerad über sie, landete quer über ihnen und rammte dabei dem ersten seinen Dolch unabsichtlich in die Schulter. Aber selbst wenn er ihn dabei erstochen hätte, hätte sie andere Sorgen gehabt und sich nicht weiter um den zappelnden Haufen gekümmert. Denn hätte sie ihre zwei Sekunden Schonzeit genutzt, die sie in einem Übungskampf mit Math gehabt hätte, hätte längst ihr letztes Stündlein geschlagen. Aber sie hatte den Angreifer von links rechtzeitig bemerkt, seinen Hieb abgewehrt und ihn mit einem gezielten Tritt außer Gefecht gesetzt. Den Rest erledigte einer der Piraten aus Versehen für sie, indem er ihrem Gegner beim Stolpern sein Entermesser durch den Bauch rammte. Sea nahm sich nicht die Zeit, den Toten zu betrachten, denn sie wollte nicht enden wie er. Stattdessen sprang sie über einen Sterbenden hinweg, um sich nach achtern durchzuschlagen. Es kam ihr schon jetzt vor, als wäre das Deck mit toten, blutenden Körpern übersät. Aber die Kämpfenden schienen nicht weniger zu werden. Sie stieß einem Kameraden einen Gegner in die Klinge, um diesen aus dem Weg zu befördern. Für Mitleid oder Reue hatte sie im Augenblick keinen Gedanken übrig, und sie wandte sich bewusst nicht um, als sie hinter sich einen Schmerzenslaut vernahm.

Sie hatte andere Ziele: Eine bessere Kampfposition, die Flagge am Heck und Night. Denn ohne Kapitän würde sich die Kampfmoral verändern ebenso wie bei gestrichener Flagge. Und wenn sie mit einem toten Piratenkapitän – gleichbedeutend einem schnell beendeten Kampf – einige Matrosen vor ihrem Schicksal bewahren konnte, war deren Leben einen Mord wert. Sea musste einige Male parieren, schlüpfte zwischen Kämpfenden hindurch und gebrauchte hie und da einen kräftigen Schubs, um sich ihren Weg nach achtern zu bahnen. An ihre Ohren drangen von allen Seiten Schmerzensschreie, und der Knall von nahen Schüssen ließen ihr jedes Mal nahezu das Trommelfell platzen. Pistolenqualm lag wie Nebel über dem Gefecht, biss sie in der Nase und brannte ihr in den Augen.

Vor ihr stürzte einer der Piraten der *Queen Roses Death* zu Boden und räkelte sich unter qualvollem Schreien in einer Blutlache. Sie erschrak und realisierte beinahe zu spät den Matrosen, der sie im Moment des Schrecks ins Jenseits schicken wollte. Aber sie riss ihre Klinge in seinen Hieb und parierte, ehe sie getroffen wurde. Auch das Messer in seiner Hand bemerkte sie früh genug, um sich nicht unter dem Säbelhieb hindurch erstechen zu lassen. Sea packte ihn an der Hand mit dem Messer, lenkte es seitlich an sich vorbei und trat ihrem Gegner gezielt in den Unterbauch. Der Schmerz lenkte den Pechvogel gerade lange genug ab, damit Ramiro ihn mit der unverletzten Hand von hinten erstechen konnte, indem er ihm einen Dolch durch die Kehle in den Kopf rammte. Sea verbannte das Bild umgehend wieder aus ihrem Kopf und ließ ihren toten Gegner neben den Piraten der *Rose* sinken. Dieser hatte sich zusammengekauert, schrie nicht mehr, und Sea konnte auf die Schnelle nicht feststellen, ob er noch atmete. Ihm war wohl nicht mehr zu helfen, dachte sie und vergaß ihn, als sie erneut parieren musste um ihm nicht zu folgen.

Je weiter sie sich nach achtern arbeitete, desto mehr Matrosen schien die *Killing Lady* zu haben. Männer fielen und Männer starben, aber ihre Gegner wurden nicht weniger. Offenbar war unter Deck noch Verstärkung bereitgehalten worden. Night brauchte Männer, die die *Rose* segelten, falls sie den Überfall gewannen, vermutlich hatte er extra zusätzliche Matrosen angeheuert. Aber der Crew der *Queen Roses Death* war im Gefecht vermutlich nicht einmal aufgefallen, dass ihre Gegner nicht weniger wurden, obwohl sie kämpften wie die Teufel. Blei flog zumindest kaum noch, die Pistolen waren leer.

Sea schlug sich der Reling entlang zu der Steuerbordtreppe durch, die auf die Kommandobrücke führte. Sie schlüpfte an zwei Kämpfenden vorbei und stürmte die Stufen hinauf. Selbstverständlich kam ihr bereits auf halber Höhe der nächste Gegner entgegen, aber sie wich der auf sie zufahrenden Klingenspitze aus, packte den Mann am Arm und brachte ihn mit einer ruckartigen Bewegung aus dem Gleichgewicht. Den Rest erledigte die Schwerkraft, als er eine Stufe verpasste, hinfiel und aufs Großdeck hinabkullerte.

Aber Sea stürzte zum oberen Treppenabsatz, ohne einen Gedanken an ihn zu verschwenden, denn endlich hatte sie Night entdeckt. Er stand im roten Sonntagsmantel auf der Brücke und feuerte in einer Seelenruhe eine Feuerwaffe nach der anderen ab, als befände er sich auf einem Schützenfest. Er war offenbar der letzte, der noch Munition hatte, denn außer seinen hörte Sea keine sonstigen Schüsse mehr.

Sie wollte schon auf ihn losgehen, aber einer seiner Lakaien kam ihr dazwischen, Säbel in der rechten, Dolch in der linken Hand. Sie wich zurück, als er sie angriff und ließ sich an die Reling drängen. Der Dolch war gefährlich, da er sie damit erstechen konnte während sie einen hoch angesetzten Hieb mit dem Säbel parierte. Und wie erwartet hob ihr Gegner seine Klinge, um ihr von oben herab den Schädel zu spalten. Sea parierte auf die einzige ihr mögliche Weise, indem sie wie er erwartete den Säbel quer in seine Bewegung hob. Anstatt stehen zu bleiben, drehte sie sich allerdings zur Seite und er rammte etwas verdutzt den Dolch in die Reling. Sie trat ihn sauber unter die Rippen, damit er zurückwich und erkannte gerade noch früh genug, dass sie von der Treppe her angegriffen wurde. Der Pirat, den sie die Treppe hinabkullern liess, hatte sich wieder aus dem Getümmel auf dem Großdeck lösen können. In der Zeit in der sie parierte sammelte sich Nights Lakai wieder. Ein Hieb von ihm kam aus ihrem Rücken, während der Pirat vor ihr sie erstechen wollte. Sie war dazwischen eingeklemmt. Die Klinge wurde hinter ihr schon durch die Luft gezogen, die Spitze des Entermessers wollte sich schon von vorne in sie bohren, doch Sea reagierte prompt. Flink machte sie einen Ausfallschritt – vermutlich der geschickteste den sie je gemacht hatte – und die Säbel ihrer Gegner trafen sich gegenseitig. Womöglich wäre sie sogar schnell genug gewesen, um ihre beiden Gegner nacheinander zu erstechen, aber sie rang zu lange mit ihrer dummen Moral. Sie würde nicht töten, wenn es nicht nötig war. Daher machte sie einen schnellen Satz aus der Reichweiter ihrer Gegner. Über die Schulter beobachtete sie wie sich ihre Gegner nach ihr umwandten. Mit einem weiteren Schritt wollte sie noch mehr Distanz zwischen sich und die Männer bringen.

Wobei sie über eingerolltes Tauwerk stolperte und gegen die Reling fiel. Ehe sie sich aufrappeln konnte, hielten ihre Gegner ihr die Klingen entgegen. Sie grinsten, erstachen sie aber nicht und offerierten ihr damit sich zu ergeben. Murrend steckte sie ihren Säbel in die Scheide und hob die Hände von sich, bevor sie es sich anders überlegten.

Die beiden Piraten zerrten sie auf die Füße. Der eine fesselte ihr mit der nächsten geeigneten Leine die Arme auf den Rücken, während der andere sich schon wieder in den Kampf warf, ehe sie zurück gegen die Reling gestoßen wurde. Sein Kamerad folgte ihm nicht einmal mehr ins Gefecht.

Erst jetzt nahm die Welt um Sea wieder Form und Gestalt an und sie sah zu ihrem Leid, wie schlecht die Piraten der *Queen Roses Death* dastanden. Sie kämpften vereinzelt und umzingelt von Nights Piraten, die das Deck überschwemmten. Sie konnten sich nicht untereinander den Rücken frei halten und wurden nach und nach gezwungen, sich zu ergeben oder fielen. Die Übermacht ihrer Gegner schien sie zu ersticken, auch wenn sich die Piraten hartnäckig zur Wehr setzten. Foncé teilte am Fuß der Treppe saubere linke Hacken aus, die zu Hauf auf ihn zurückkamen, bis er sich schließlich mit blutender Nase ergab. Jack-Knife wurde weit vorne am Bug mit irgendetwas niedergeschlagen.

Kapitän Black stand vor der hintersten Gräting und wehrte sich mit allem, was er aufbringen konnte. Er schlug sich nicht schlecht, aber die Kraft schien ihm allmählich auszugehen. Doch dann tauchte Cole aus heiterem Himmel hinter ihm auf der Grätig auf. In den drei Fingern der linken Hand hielt er eine Pistole am Lauf. Er hob sie weit über seinen Kopf, um seinen Kapitän damit niederzuschlagen. Aber Sall hatte alle Hände voll zu tun, um sich gegen seine Gegner zu behaupten. Er bemerkte den Verräter hinter sich nicht. Bekannte Stimmen versuchten ihn zu warnen, aber Sall wandte sich zu spät um. Mit dem Pistolengriff zog Cole seinem Kapitän vor versammelter Mannschaft eins über. Der Säbel fiel diesem aus der Hand, als er nach vorne kippte und auf den Planken zusammenbrach. Seine Gegner erstachen ihn nicht sondern ließen ihn ohnmächtig liegen.

Diego erging es anders: Er wurde wie ein Tier eingekreist und vor die Wahl gestellt. Er liess seine Vernunft entscheiden anstatt seinen Stolz und ergab sich indem er seinen Säbel fallen ließ. Wie hätte er sich auch anders entscheiden sollen, wenn ihm eine ganze Reihe Klingenspitzen entgegengehalten wurden! Sea blickte sich weiter auf dem Deck um und sah zu wie es nach und nach dem Rest der Crew genauso erging. Ihre braunen Augen wurden feucht, beobachteten aber in Unglauben weiter das Geschehen. Einige hatten die Gelegenheit sich zu ergeben, anderen bohrte sich vorher eine Klinge in den Leib. Pierre wurde von unzähligen Händen von allen Seiten gepackt und zu Boden gezerrt. Dem Kurzen, der die Manatis nicht hatte leiden können, erging es ebenso. Einem von Ramiros Freunden glitt eine Klinge zwischen die Rippen, und er stürzte mit einem letzten Schmerzensschrei auf die blutfeuchten Planken hinab.

Und Kapitän Night stand auf der Brücke und starrte gelangweilt auf das Geschehen zu seinen Füßen hinab, ohne eine geringste Regung im aschfahlen Gesicht. Piraten mussten gegenüber Gefühlen abgestumpft sein, aber Night war tot. Nur ein Dämon könnte ohne ein Wimpernzucken ein Schlachtfeld beobachten, dessen Planken man unter dem gerinnenden Blut nicht mehr ausmachen konnte. Der Glasäugige kletterte über die Reling auf die *Queen Roses Death* und ging unter dem Johlen seiner Kameraden nach achtern zum Heck. Das Siegesgebrüll verstärkte sich, als er feierlich Salls Schwarze Flagge niederholte und Nights Black Jack hisste.

***

Die Toten wurden entwaffnet, und eventuell wertvolle Besitztümer wurden ihnen abgenommen. Selbst gute Stiefel nahmen Nights Piraten an sich, bevor die leblosen Körper wie Abfall über Bord geworfen wurden. Verletzte, die sich nicht mehr von alleine aufrappeln konnten, wurden noch lebend dem Meer übergeben. Nights Piraten, die es wieder auf ihre Knie schafften, wurden sogleich verarztet, wogegen Salls verletzte Matrosen mit den unverletzten in eine Reihe gesetzt wurden als wäre nichts. Auch Sea wurde wieder auf die Füsse gezogen, richtig gefesselt und auf dem Großdeck neben Foncé gesetzt.

Einer der Piraten nahm ihr ihren Säbel samt dem Waffengürtel ab und zog breit grinsend ihre Klinge aus der Scheide.

„Was soll das darstellen? Ein Briefmesser?", zog er sie laut lachend auf.

„Das ist der Zahn eines Leviathans, du Landlubber", antwortet sie ihm forsch, „pass mir gut darauf auf! Ich hänge sehr daran ..." Sie bekam dafür von einem alten Piraten eine Ohrfeige, während der erste über ihr Seemannsgarn lachte. Sie tat, als hätte sie nichts gespürt.

„Wag nicht den Namen auszusprechen! Das bringt Unglück, und am Ende kommt die Teufelsschlange selbst, weil sie gerufen wurde und zieht uns auf den Meeresgrund!"

Trotz der Ohrfeige hätte sie beinahe mit dem ersten Piraten über diesen Aberglauben gelacht.

„Haha! Keine Sorge, die kommt in gute Hände. Mit diesem *Zahn* wird künftig Käpt'n Night seine Post öffnen!", lachte der erste der beiden wieder lauthals, während er mit ihrem geliebten Säbel davonging.

Jack-Knife war inzwischen wieder zu sich gekommen, aber Sall musste mit einem Eimer kaltem Seewasser geweckt werden, nachdem er entwaffnet wurde. Er wurde auf die Beine gezogen und gefesselt, solange er sich das Wasser wieder aus dem Hals hustete und torkelte wie betrunken. Dann wurde er grob zu ihnen in die Reihe gesetzt. Ihm schien noch schwarz vor Augen zu sein, und einen Moment lang glaubten sie, er würde wieder das Bewusstsein verlieren. Aber dann setzte er sich stolz und gerade auf.

„Ist dein Kopf in Ordnung?", fragte der Pirat neben ihm halblaut und er antwortete verständlicherweise, er hätte Kopfschmerzen.

„Aber das wird schon, hab schließlich einen dicken Schädel", murrte er,

„Wie steht es mit dir?"

„Ich glaube, ich habe nicht mehr alle zehn Finger und auf dem einen Ohr höre ich nicht mehr. Hoffentlich fehlt sonst nichts"

„Haltet den Rand!", befahl einer von Nights Piraten rabiat und trat Salls Nebenmann in den Bauch. Dieser hustete und krümmte sich, während sein Kapitän schon auf die Füße springen wollte, um den Tritt irgendwie zu rächen. Aber der Glasäugige drückte ihn auf den Boden, ehe Sall sich hätte in noch ernstere Schwierigkeiten bringen können.

„Wer hätte es gedacht? Meine Hochachtung, Junge, deine Mannschaft hat sich wacker geschlagen. Beinahe die Hälfte ist übrig geblieben" Die Stimme des roten Kapitäns war rau und tonlos, als er das Wort an seinen Gefangenen wandte. Er hatte dem Geschehen gelangweilt von der Brücke aus zugesehen, und weder die toten Gegner noch seine gefallenen Matrosen schienen auch nur ein dumpfes Gefühl in seinem schwarzen Herzen zu entfachen. Nun stieg er die Stufen auf das Großdeck hinab, um den Anblick seiner Gefangenen aus der Nähe zu genießen.

„Deine Mannschaft hat sich dafür seit unserem letzten Treffen verdoppelt. Du musst sie ja unter Deck wie Schafe zusammengepfercht haben, damit du sie alle mitnehmen konntest, alter Menschenschinder!", erwiderte Sall unverfroren, „oder besser verdreifacht, denn vor dem Gefecht hattest du noch genug Männer für eine komplette Mannschaft mehr. Wir hatten übrigens keine Probleme damit, dieses Drittel abzuschlachten wie Schweine, kämpfen konnte keiner von denen. Du hast alles genommen, was du kriegen konntest, nicht wahr? Ist schließlich kein Problem für dich, wenn noch ein paar mehr verrecken, oder? Auf deinem Schiff werden vermutlich die Angehörigen noch immer nicht mit der Heuer der Toten ausbezahlt!" Aus ihm sprach die Vergangenheit von der Zeit unter Nights Flagge und was er sprach, empörte Sea mindestens so sehr wie den jungen Piraten. Offenbar heuerte Night, wenn er viele Leute brauchte, absichtlich unfähige Matrosen an oder liess irgendwelche Betrunkene schanghaien. In der Menge waren sie trotz fehlendem Können hilfreich, um ein Gefecht zu gewinnen, auch wenn sie dabei starben. Und da Night an tote Matrosen oder deren Angehörige keine Heuer auszahlte, blieb mehr Beute für die geübten Kämpfer seiner Mannschaft. Es war skrupellose Ausnutzung!

„Du tust noch immer, als wären diese Auszahlungen nötig …", stellte Night beinahe fragend fest. Es war eine soziale Tradition der Piraten den Hinterbliebenen eines Kameraden dessen Lohn auszubezahlen, wenn schon seine Person und Arbeitskraft der Familie künftig fehlen würde. Aber Sea wurde immer klarer, dass Night außer seinem Aussehen nicht viel Menschliches an sich hatte. Und Sall besaß zwar kein Herz, aber Night schien obendrein auch keine Seele zu haben. Abgrundtiefer Hass glänzte eisig in den grünen Augen des jungen Piraten, den Sea ihm mit ganzem Herzen nachfühlen konnte.

„Du redest von Notwendigkeit?! Die Angehörigen auszuzahlen ist Ehrensache!", wetterte der junge Kapitän und spuckte dem Unmensch angewidert auf die Stiefel, denn bis ins Gesicht hätte es nicht gereicht. „Du widerst mich an, Night, du lässt Verletzte aus deiner eigenen Crew über Bord werfen, denen noch zu helfen wäre! Verletzte Gegner töten, dafür habe ich noch Verständnis, aber *deine* Matrosen? Das ist nicht mehr blutrünstig oder herzlos, das ist so niederträchtig, dass selbst Davy Jones deine kümmerliche, schleimige Seele nicht haben wollte!"

Die meisten seiner Kameraden taten es dem jungen Kapitän nach und spuckten Night angewidert entgegen. Der rote Kapitän sah ihnen unbeeindruckt dabei zu, während das Narbengesicht unaufgefordert für die Vergeltung dieser Frechheit sorgte. Mit einer Kopfbewegung gab er den Befehl, die Spuckenden zu strafen. Während seine Matrosen mit kräftigen Tritten gestraft wurden, zog das Narbengesicht den jungen Kapitän am Kragen auf die Füße und schlug im genüsslich mit der Faust eine runter. Hätte Sall nicht den Kopf weggedreht, hätte das Narbengesicht ihm vermutlich die Nase gebrochen. Sea musste sich beherrschen, um ihren dummen Drang zu unterdrücken, der sie immer wieder in Unrecht eingreifen liess. Aber sie hätte ihm damit vermutlich mehr geschadet als geholfen.

„Du bist noch immer der gleiche kümmerliche Feigling, wie früher! Du hast schon damals mit Vorliebe Leute geschlagen, die sich gerade nicht wehren konnten, elender Höllenhund!" Sea hatte noch nie eine solche Wut in Diegos Stimme gehört, aber das Narbengesicht schien nicht davon beeindruckt. Stattdessen warf er einen Blick über die Schulter und befahl:

„Halt mir mal das Großmaul fest, Cole!"

Der dreckige Verräter hatte bisher so abwesend neben der Treppe auf die Brücke gelehnt, dass er nicht einmal aufgefallen war. Jetzt da er angesprochen wurde, fuhr er zusammen als hätte man ihn erschreckt.

Diebisch sah er um sich, um sich zu vergewissern, dass er gemeint war.

„Wie? Ich? Warum ausgerechnet ich?", stammelte er und hielt die dreckigen Hände mit den acht Fingern abwehrend vor sich.

„Wenn du dich schon beim Käpt'n einschmeicheln willst, indem du deinem eigenen Kapitän eins überziehst, kannst du dich auch noch anderwärtig einschleimen", meinte das Narbengesicht gehässig, woraus Sea schloss, dass Cole auch in dieser Crew nicht gern gesehen war. Der Dreckspirat schlich mit unsicherem Gesicht um die Reihe der Gefangenen und blieb schließlich hinter Diego stehen. Er zog Diego schon mühevoll auf die Füße und hielt ihn, so gut es dem untersetzten Piraten möglich war, mit beiden Händen fest, als Sall seine Zunge erneut nicht mehr hüten konnte.

„Wir werden in der Hölle auf dich warten, Cole, und dich mit einem stumpfen Messer in dünne Scheiben schneiden!", drohte er mit einem gehässigen Lachen, und Cole schien Diego am liebsten wieder loslassen zu wollen. Die Piraten der *Queen Roses Death* schienen sich mit ihren Frechheiten Luft machen zu müssen, egal was folgte, sonst würden sie vermutlich vor Wut platzen. Sea konnte es ihnen nachfühlen: Auch ihr Herz rebellierte und sie musste sich auf die Zunge beißen, um nichts Dummes zu sagen.

„Halt endlich den Rand, Grünschnabel, oder ich erschieße dich!", warnte der Glasäugige den jungen Piraten zähneknirschend und setzte ihm seine Pistole an den Kopf. Dann drückte er Sall wieder auf die Knie, der vor Wut offenbar hätte Feuer speien können. Währenddessen gab das Narbengesicht Diego einen gezielten linken Haken, den dieser wacker hinnahm, als hätte es ihn nicht gekitzelt. Der vernarbte Pirat wollte schon zum zweiten Mal ausholen, als Night den Misshandlungen ein Ende machte.

„Genug jetzt der persönlichen Rache. Was für eine sinnlose Zeitverschwendung, wenn ich stattdessen Lenoirs verschollene Beute endlich zu Gesicht bekommen könnte! Was wollen wir nun mit diesen Meuterern machen? Ich erwarte produktive Vorschläge, andernfalls denke ich mir selbst etwas aus!" Der rote Kapitän wirkte genervt und ungeduldig, was für seine Verhältnisse Gefühlen schon sehr nahe kam. Würde nicht Lenoirs Schatz im Frachtraum der *Queen Roses Death* liegen, hätte er sich wohl selbst ein passendes, schmerzhaftes Ende für sie ausgedacht. So aber kam ausnahmsweise seine Crew zum Zug, und diese begann durchweg vorfreudig zu grinsen.

„Werfen wir sie über Bord und sehen ihnen beim Ertrinken zu!", knurrte das Narbengesicht mit einem Grinsen, dem man am liebsten die schwarzen Zähne ausgeschlagen hätte.

„Wir könnten sie hängen, wie man es mit Piraten eben tut", meinte ein anderer von Nights Piraten breit grinsend über die Ironie der Aussage.

„Du warst auch schon fantasievoller! Ich finde, wir sollten sie auf einem brennenden Floß aussetzen, das dauert länger, und der Unterhaltungswert ist wesentlich größer" Ihre Freude wirkte schon annähernd kindlich, als könnten sie einem gefangenen Insekt die Beine ausreißen. Sall verdrehte nur genervt die Augen, als diskutierten sie nicht gerade aus, wie sie Kapitän, Offiziere und Crew samt ihr wie ein Missverständnis aus der Welt schaffen wollten. Sein Gesicht zeigte nicht die Spur einer Emotion, während Diego sich offenbar beherrschen musste. Was würde sie im Augenblick nicht alles für seine Art von Gleichgültigkeit geben, denn ausnahmsweise musste selbst sie sich bemühen, Angst und Wut unter Kontrolle zu halten. Aber es hatte wie normalerweise nur einige Wimperschläge lang gedauert, bis sie gleich mehrere Vorgehensweisen im Kopf hatte. Die erste Möglichkeit wäre zu beten, dass der Herrgott einen Engel schickte, um sie zu erretten und sich nicht wehrlos lynchen zu lassen. Diese lächerliche Hoffnung nahm ihr doch zumindest dieses Gefühl von krampfhafter Starre, die die Angst mit sich brachte. Die zweite und bessere Idee wäre, sich als die Patentochter des Gouverneurs von Jamaika zu erkennen zu geben und sich gegen einen ordentlichen Batzen Lösegeld nach Hause bringen zu lassen. Damit wäre ihr eigener Hals zumindest gerettet, aber sie entschied sich, zu versuchen, auch den Piraten der *Queen Roses Death* vorher etwas Zeit zu verschaffen. Ihren Hals retten konnte sie später vielleicht immer noch.

„Wenn ihr etwas schlauer wärt, als ihr seid, würdet ihr euch gar nicht überlegen uns zu töten ...", murmelte Sea scheinbar beiläufig, aber laut und deutlich in sich hinein. Nights Lakaien und der rote Kapitän selbst widmeten ihr wie erwartet sofort ihre gesamte Aufmerksamkeit.

„So? Und aus welchem Grund, Miss?", fragte der Kapitän tatsächlich mit einer Art Neugierde in der Stimme. Er schien inzwischen bemerkt zu haben, dass hinter ihren Andeutungen meistens ein interessanter Fakt zu finden war.

„Das Mädchen will doch nur ihre Haut retten, Käpt'n ...", warf Cole abwertend ein.

„Dieses Mädchen war als Säugling schon drei Mal so intelligent, wie du je sein wirst, also lass sie reden." Night machte alle Aussagen mit der gleichen kalten monotonen Stimme so als könnte sie keine Gefühle aufnehmen. Aber er starrte sie ohne zu blinzeln erwartungsvoll, fast schon neugierig an.

„Ich weiß, ihr seid nun Besitzer vom Inhalt von dreizehn Kisten voll Gold, aber solange wir noch lebendig sind, könntet ihr euren Besitz noch vergrößern", sie nickte zu Diego und Sall hinüber, um ihren Vorschlag zu verdeutlichen, „deren Kopfgeldprämie ist nicht ohne, auf den Steckbriefen steht immerhin eine Zahl mit fünf Ziffern. Wenn ihr es schafft sie nach Kingston auszuliefern, könnt ihr für Black getrost mit zwanzigtausend Pfund rechnen. Und für jedes seiner Mannschaftsmitglieder bekommt ihr vermutlich noch einmal fünfhundert bis tausend drauf, und aufgehängt werden sie alle."

Die Piraten der *Queen Roses Death* lauschten ihr mit gemischten Gefühlen. Während den einen die Wut knallrot ins Gesicht aufstieg, wurde sie von den anderen forschend gemustert, als hofften sie einen Plan zu durchschauen. Aber mehr als etwas Zeit schinden konnte sie vermutlich nicht. Diego legte neben ihr irritiert die Stirn in Falten. Sall jedoch zog die Augenbrauen nach oben, als wäre er neugierig was folgte.

„Und was hast du davon, Miss? Ich nehme nicht an, dass du uns diese Hinweise aus reinem Gutwillen gibst?", fragte der rote Kapitän mit ebendiesem forschenden Blick und nahm sie erneut prüfend in Augenschein.

„In Kingston habe ich wesentlich höhere Chancen, mit einem guten Anwalt meinen Kopf aus der Schlinge zu ziehen, als wenn ihr uns alle zum Spass lyncht", wies sie ihren Vorschlag breit grinsend als rein eigennützlich aus. Night hatte wohl erwartet, dass sie direkt versuchte, sich freizukaufen, aber für ihn bestand kein Grund auf einen solchen Handel einzugehen, also würde sie es gar nicht auf diese Weise versuchen. Fürs erste würde sie sich völlig damit begnügen, wenn sie nicht umgehend beseitigt wurden.

Der rote Kapitän betrachtete sie erneut forschend, als versuchte er abzuschätzen, wie viel Wahrheit in ihren Aussagen lag. Er verweilte einen Augenblick, ehe er die Entscheidung vertagte. „Bringt sie erst einmal in den Frachtraum, bis wir entschieden haben, was wir mit ihnen machen", entschied Night, „den Bengel, die Flasche und die Göre behalten wir hier, sperrt den Rest in den Laderaum der *Queen Roses Death*. Legt ihre Waffen in den Kartenraum, verteilt die restlichen in der Crew und schafft mir endlich Lenoirs Gold unter die Augen!"

Wie erwartet wurde sie umgehend grob von einem Matrosen bei den Schultern gepackt und mehr getragen als gezerrt auf den Niedergang zu bugsiert. Diego wehrte sich nicht und ließ sich abführen ohne sich zur Wehr zu setzen, während Sall sich nicht von der Stelle bewegen wollte. Nach kurzem Gerangel schleppten Nights Lakaien ihn zu zweit voraus zum Niedergang.

„Augenblick, Kapitän, ich möchte noch eine Frage stellen! Bitte!", sträubte sie sich. Der Matrose wechselte einen Blick mit Kapitän Night.

Mit einer kurzen Handbewegung deutete er ihm, sie ihre Frage stellen zu lassen.

„Ausnahmsweise. Weil man einer Dame keinen Wunsch abschlägt." Sie mühte sich ein Lächeln ab, obwohl ihr der Grund für seine Gnade lächerlich vorkam.

„Vielen Dank, Kapitän, ich versuche mich kurz zu fassen, aber ich muss etwas ausholen", versuchte sie auch wirklich dankbar zu klingen, „vor etwa sechs Wochen wurde ein sehr kleiner dreimastiger Frachtschoner von der *Killing Lady* angegriffen." Die Piraten der *Killing Lady* runzelten nachdenklich die Stirn, als sie sich zu erinnern versuchten. „Englische Handelsflagge, ein Einhorn als Galionsfigur passend zum Namen *Unicorn's Dream*", half sie ihnen auf die Sprünge und einige inklusive der rote Kapitän nickten sogleich.

„Ich erinnere mich – außergewöhnliche Bauweise! Ich hatte zuvor noch nie ein solches Schiff gesehen. Sie war reichlich schwierig einzuholen. Wir mussten sie einkesseln, um sie entern zu können"

„Aye, außergewöhnlich ist sie allerdings, eine Courier Schooner, Sir, die einzige ihres Typs. Bei diesem Angriff wurde ihr Kapitän Matthew Horce aus dem Hinterhalt erschossen. Wenn es irgendwie möglich ist zu erfahren, wer ihn erschossen hat, möchte ich es gerne wissen, bevor ihr klärt was ihr mit uns macht", bat sie mit großen flehenden Mädchenaugen.

„Warum willst du das unbedingt wissen?" Die Stimme des Glasäugigen war rau, klang aber voll ohne eine Spur von Heiserkeit. Sowohl das blaue, als auch das braune Auge starrten sie gefühllos an. Beide hatten diesen toten Glanz, mit dem Leichenaugen starren, wie wenn beide gläsern wären.

„Kapitän Horce war mein Vater und ich möchte verstehen, wie er mir entrissen wurde", sagte sie, und ihr wurde kalt ums Herz. Seine Augen blieben tot und er schnalzte nur mit der Zunge.

„Miss Horce, Ihr Vater war kein geliebter Mann. Er wurde nicht von einem unserer Matrosen erschossen, sondern er wurde von einem Mann aus den eigenen Reihen zu Davy Jones geschickt. Und so besessen wie der Kerl gegrinst hat, war es eine Tat aus Hass, zur eigenen Genugtuung", schmunzelte er sogar, weil sie in seinen Augen niemals auf die Idee gekommen wäre, einer der eigenen Matrosen könnte es getan haben. Eine Ahnung beschlich sie und sie wusste nicht, ob sie hoffen oder Angst haben sollte, dass sie richtig lag. Endlich würde sie erfahren, wer ihren Vater auf dem Gewissen hatte.

„Wer? Wenn Ihr ihn gesehen habt, bitte, beschreibt ihn?", bat sie mit echtem Flehen in der Stimme.

Der Glasäugige lachte kalt: „Das scheint dir ja richtig wichtig zu sein! Es war ein massiger, bulliger Mann mit langem, fettigen Haar und schlechter Rasur. Hat immerwährend ein grimmiges Gesicht gemacht, wie ein Wasserspeier auf einem französischen Kirchendach und bei ihrem Fluchtversuch lauthals Befehle erteilt, als sähe er sich selbst als Kommandant des Frachters. Während unseres Rückzugs hat jemand seinen Namen gerufen – ein kurzer Name, der klang wie Haifisch."

Shark! Natürlich! Sie hätte sich ohrfeigen können, dass sie ihren Verdacht damals verdrängt hatte. Sie musste endlich aufhören, an das Gute im Menschen zu glauben, verdammt noch einmal. Sie legte den Kopf in den Nacken und kniff leidend die Augen zusammen über ihre Blindheit.

„Verlogener, dreckiger Höllenhund!", knurrte Sea dem Himmel entgegen. Die Wut wand sich als Ungeheuer in ihr heiß wie Lava. Ihr Erster Offizier Mark Smith hatte Jahre wenn nicht Jahrzehnte lang Seite an Seite mit ihrem Vater gearbeitet, sie waren als Kammeraden gesegelt und hatten Rücken an Rücken gekämpft. Kapitän Horce hatte ihn nie gemocht, aber er hatte dem Verräter vertraut. Sie fühlte, wie die Hitze der Wut ihr Blut zum Sieden brachte und wie Tränen in ihren Augen brannten. Das Ungeheuer brüllte vor Rachsucht. Ich werde ihn dir nachschicken, Dad, sollte ich in meinem Leben jemals morden, dann werde ich Sharks letzte Stunde läuten. Dieser Entschluss gab ihr die Fähigkeit zu atmen zurück, und sie wandte den Blick mit hartem Gesicht wieder den Piraten zu.

„Danke, Ihr könnt Euch nicht vorstellen, wie wichtig mir ist zu wissen, wer meinen Vater auf dem Gewissen hat", bedankte sie sich bei dem Glasäugigen und dieser nickte. Er schien gefallen am Gespräch gefunden zu haben, denn er packte sie selbst am Arm, um sie unter Deck zu bringen. Sie ließ sich hinter Sall und Diego her zum Niedergang steuern ohne sich zu wehren.

„Wie zum Teufel konnte die Unicorn's Dream euch denn entkommen, wenn ich so neugierig sein darf?", fragte sie den Glasäugigen vorsichtig und überfreundlich.

„Wir mussten sie entkommen lassen, weil in Sichtweite eine Fregatte mit englischer Flagge auftauchte. Es wurde uns zu heiß", meinte er nur knapp, „Kopf einziehen, Mädchen"

***

Nights Piraten brachten sie in den untersten, hintersten Winkel des Piratenschiffs. Das Narbengesicht und sein Helfer hielten den jungen Piraten links und rechts an den Armen fest. Er wehrte sich heftig, aber gegen zwei ausgewachsene Seeräuber hatte er gefesselt erst recht keine Chance.

Freundlicherweise nahmen sie ihm die Fesseln ab, bevor sie Sall zu zweit in die Zelle warfen. Stolpernd fing er den Stoß auf und drehte sich mit mordlustigem Blick um. Sofort darauf wuchteten die zwei anderen Piraten Diego noch gefesselt durch die Zellentür. Mit hasserfülltem Gesichtsausdruck ließ er sich widerwillig in das Gefängnis schieben. Anschließend schubsten sie Sea mit Wucht hinterher. Sie fiel beinahe hin, fing sich aber gerade noch auf, während Sall Diego zur Seite schob. Er machte einen Schritt an ihm vorbei und schien schon auf das Narbengesicht losgehen zu wollen, der ihm die Tür vor der Nase zuschlug und sie verriegelte. Wütend schloss er die Fäuste um die Gitter.

„Verdammte Höllenhunde!", beleidigte er die Piraten laut, während das Narbengesicht fies grinsend davonging. „Kielratten!" Lachend gingen die Piraten wieder an Deck. „Hirnlose Takelagenaffen!", brüllte Sall ihnen wutentbrannt nach. Mit den Fäusten schlug er einmal kräftig gegen die Gittertür.

„Das bringt nichts, Sall!", sagte Diego wütend, aber ruhig, „lös mir besser die Fesseln. Das Seil schneidet ein." Er verschränkte die Arme, sobald er sie wieder bewegen konnte und lehnte sich gegen die Wand ihres Gefängnisses. Sall löste derweil auch den Knoten an Seas Handgelenken.

Purer Zorn glänzte in seinen eisigen Augen, der jedem beinahe das Blut in den Adern gefrieren ließ, der ihn ansah.

„Ich habe keine Lust, hier rumzusitzen und nichts zu tun!", fuhr er seinen Freund an. Er wendete seine Aufmerksamkeit wieder dem Gitter zu und nahm einen Schritt Anlauf. Kraftvoll rammte er die Zellentür mit der Schulter. Sea hätte es nicht gewundert, wenn der Pirat mit dermaßen viel Wucht das Gitter durchbrochen hätte. Allerdings wackelte das Metall nur ein bisschen, gab aber nicht nach. Glühend vor Wut, weil er die Gittertür nicht auf bekam, nahm Sall noch einmal Anlauf, um es wieder zu versuchen.

„Sall, hör auf, Diego hat Recht", versuchte sie ihn zu beruhigen.

„Ich werde nicht tatenlos in diesem Vogelkäfig warten, bis man mich samt meiner Crew umbringt", erwiderte er gereizt. Er rammte mit der Schulter die Tür. Vom Aufprall wurde er zurück geschleudert und stolperte gegen die Seitenwand der Zelle. Nun stellte sie sich zwischen ihn und die Zellentür, damit er nicht auf die Idee kam, ein drittes Mal dagegen zu rennen und sich am Ende noch zu verletzen.

„Die Wut macht dich blind, Sall! Wenn du wütend bist, denkst du nicht mehr nach!", lenkte sie ihn ab.

„Hör, verdammt nochmal, auf in Rätseln zu sprechen und rede Klartext!", befahl er desperat.

„Sagen wir, du bekommst diese Tür auf diese Weise tatsächlich auf. Was tust du, wenn du aus dieser Zelle raus bist?", fragte sie ihn herausfordernd.

Sall stütze sich mit dem Ellbogen gegen die Zellenwand. „Jeden, der mir begegnet, in Davy Jones' Kiste schicken!", knurrte er leise, wohlwissend, dass die Idee nicht viel taugte.

Diego meldete sich kopfschüttelnd wieder zu Wort. „Sall, du weißt, dass wir zu dritt kein Piratenschiff übernehmen können. Erst recht nicht im Kampf", stellte er leicht niedergeschlagen klar. Seine sonst so kraftvolle Stimme war geradezu verzweifelt leise.

„Hast du eine bessere Idee?" Als Antwort schüttelte Diego nur betrübt den Kopf und sah auf seine Stiefelspitzen hinab. Sea betrachtete währenddessen die Scharniere der Tür. Im Gegensatz zu denen auf der *Queen Roses Death* waren diese gut gepflegt und nicht im Geringsten durchgerostet. Auf diesem Weg kamen sie nicht aus der Zelle heraus. Sie rüttelte an der Tür, die sich ein bisschen bewegte. Irgendwo passte sie nicht genau. Am Schloss war die Tür einige Millimeter zu schmal und liess einen kleinen Spalt frei. Ein Lächeln stahl sich auf ihre Lippen, das die beiden Piraten hinter ihr nicht sehen konnten, als ihr klar wurde, wie sie sich befreien konnten.

„Macht nichts", sagte sie gelassen. Nun musste sie sich nur noch ausdenken, wie sie von der *Killing Lady* herunter kamen. Die beiden

Piraten sahen sie irritiert an, als sie sich wieder zu ihnen umdrehte. Wie wenn sie den Verstand verloren hätte. Sea schenkte den Piraten ein zartes Lächeln, ohne ihnen zu erklären, was sie hinter ihrer Stirn plante. Sie setzte sich auf die Planken, lehnte den Rücken gegen das Gitter und verknotete ihre Beine zu einem Schneidersitz. Nachdenklich kramte sie ihren Zeichenblock aus der Hosentasche und begann gewisse Stellen auf dem Bild zu schattieren. Diego setzte sich ihr entschlusslos gegenüber und sah zum oberen Deck empor, als wünschte er sich in die *Trinkende Sirene*. Allerdings glaubte sie eher, dass der katholische Spanier möglichst unauffällig betete. Die Warnung, dass er sich verletzen würde, war bei Sall offenbar angekommen. Anstatt wieder auf die Zellenwand loszugehen, starrte er durch deren Gitter hindurch und suchte systematisch nach einem Ausweg. In dieser Pose verharrte er eine ganze Weile, bis sie vom Großdeck herab die Feier der Matrosen hören konnte.

Nachdem sie lallend zu singen begannen, seufzte der junge Pirat. Genervt warf er sich mit dem Rücken gegen die Zellenwand, steckte die Hände in die Taschen und hörte zu, wie die Piraten der *Killing Lady* ihren Sieg feierten. Irgendwann sah Sea von ihrer Zeichnung auf und spitzte aufmerksam die Ohren. Sie wartete einen Moment auf ein Geräusch, aber bis auf das leise Knarren der Schiffsplanken war es still.

„Hört ihr irgendwas?“, fragte sie zur Sicherheit die beiden Piraten. Diego, der ihr gegenüber am Boden saß und an der Außenwand lehnte, erwachte mit einem fragenden Brummen aus seinem Halbschlaf. Verpennt schüttelte er den Kopf und brummte noch einmal verneinend, ohne eine Wiederholung ihrer Frage zu brauchen. Sall lehnte noch immer am Gitter und warf zum tausendsten Mal Lenoirs Münze in die Luft.

„Nein“, antwortete er abwesend und fing das Goldstück wieder auf, „Wieso?“ Sea löste ihre Beine aus dem Schneidersitz und stand auf.

„Weil wir diese Rumdrosseln an Deck doch lallen hören müssten“, sagte sie und steckte ihren Block in die Hosentasche, „Vor etwa einer Stunde haben wir doch noch gehört, wie sie gesungen und gelacht haben.“

„Du weißt selbst, dass man irgendwann zu besoffen ist, um nach der Flasche zu greifen. Vermutlich pennen die alle an der Stelle auf dem Deck, an der sie ihren letzten Schluck nahmen“, erwiderte der junge

Pirat und steckte die Münze mitsamt seiner beiden Hände in die Taschen. Sea schloss die Augen und lauschte noch einmal konzentriert, konnte aber kein Geräusch an Deck ausmachen. Diese Säufer mussten tief und fest schlafen, denn sonst würde ihr Plan nicht aufgehen. Wenn sie bei ihrem Fluchtversuch entdeckt wurden, würde dies ein blutiges Ende für sie bedeuten.

„Das hoff' ich doch. Eigentlich möchte ich nicht dabei erwischt werden, wenn wir hier verschwinden." Diego horchte sofort auf, als er ihre Worte vernahm, während Sall interessiert die Augenbrauen nach oben zog.

„Ach, und *wie* verschwinden wir hier, Seepferdchen?", fragte er, als wollte er noch gar nicht an einen Ausweg glauben.

„Mit Strategie", antwortete sie knapp und schenkte ihm ein Lächeln, das ihn offensichtlich etwas ärgerte, „ ...Sall, ihr richtet besser kein Massaker an, wenn ihr euch auf die *Rose* schleicht, ihr seid schneller, wenn ihr einfach an den schlafenden Matrosen vorbeigeht. Ihr befreit eure Crew, oder was davon übrig ist, und übernehmt die *Rose*. Wie ihr das genau macht, ist mir egal, Hauptsache, ihr seid dabei leise." Ihr war klar, dass sie mit diesem Satz ein Todesurteil gesprochen hatte, sie hatte ihnen geradezu die Erlaubnis gegeben, der neuen Crew im Schlaf die Kehle durchzuschneiden.

„Wenn Nights Matrosen aufwachen, fällt unser Plan ins Wasser, denn in ihrer Überzahl sind sie uns auch betrunken überlegen. Setzt also am besten gleich die Segel und segelt außer Reichweite, ich werde inzwischen dafür sorgen, dass Night uns sicher nicht verfolgen wird", erklärte sie ihren Plan zu Ende. Diego arbeitete ihren Plan Schritt für Schritt im Kopf durch, während Sall sie skeptisch musterte.

„Wie willst du das machen?", wollte er ihr zu denken geben.

„Das lass meine Sorge sein", wimmelte sie ihn ab. Diesen Teil ihres Vorhabens wollte sie lieber für sich behalten, am Ende würde er sonst dagegen argumentieren, und gegen ihn ihren Willen durchzusetzen, war überaus zeitaufwendig.

„Und wie kommst du danach auf die *Rose*? Ich nehme nicht an, dass du hier bleiben willst" Sein Misstrauen war selbst durch die Dunkelheit klar zu erkennen als wäre es helllichter Tag.

„Ich werde schwimmen. Das heißt, es wäre nett von euch nicht mehr als ein Kabel entfernt zu warten. Wenn ich nach einer vollen Stunde nicht komme, segelt ihr ohne mich" Diego wirkte unschlüssig, schien aber dazu zu tendieren, den Fluchtversuch zu wagen. Sall sah nicht im Geringsten überzeugt aus. Vermutlich fühlte er sich zu schlecht informiert, denn an Mut mangelte es ihm sicher nicht. Die beiden wollten wie sie von diesem Kaperschiff runter, lebend!

„Dann hast du in deinen Überlegungen aber immer noch ein kleines Detail übersehen, Miss Horce. Wie kommen wir aus dieser Zelle *heraus*?", fragte der junge Pirat sie herausfordernd. Sea lächelte ihn süß mit einem Hauch Überlegenheit an, nur um ihn zu ärgern. Auf diese Frage hatte sie schon gewartet. Sie griff am Wadenbein herunter in ihren rechten Stiefel. Die Piraten der *Killing Lady* hatten ihnen alle Waffen weggenommen, die sie an ihren Kleidern hatten aufspüren können. Aber an ihre Stiefel hatten sie nicht gedacht, deshalb zog sie nun gut gelaunt den Dolch heraus, den Sall ihr gegeben hatte.

„Du hattest Recht, so ein Meuchelinstrument kann einem tatsächlich das Leben retten." In seinem misstrauischen Gesicht breitete sich ein erfreutes Grinsen aus. Diego bekam vor Freude strahlende Augen und wirkte hellwach.

„Genau was wir brauchen!", grinste er leise. Er schien sich ein lautes Jubeln zu verkneifen und nahm ihr die Waffe aus der Hand. Mit dem Arm führte er ihn durch die Gitter und steckte die Klingenspitze in das Schlüsselloch. Der Pirat drehte den Dolch ein wenig, rüttelte etwas daran, drückte ihn tiefer ins Schlüsselloch und rüttelte nochmals leicht daran.

Eigentlich hatte sie gedacht, sie würden die Waffe als Hebel verwenden, um den Riegel zurückzuschieben, aber innerhalb einer halben Minute hatte Diego das Schloss nahezu lautlos geöffnet. Nach einem leisen Klicken hielt er ihnen bester Laune die Gittertür auf.

„Holen wir erst schnell unsere Waffen aus Nights Kartenraum", schlug Salvador vor, als er aus der Zelle hastete. Er schien sehr an seinen Dreiläufern mit den Kerben im Griff zu hängen. Sea war der Vorschlag nur Recht, sie wollte das Geschenk ihres Vaters ebenfalls wiederhaben. Zeitgleich mit Diego zeigte sie nickend ihr Einverständnis. Sall nahm Diego den Dolch aus der Hand und stieg vorneweg den Niedergang hinauf, während ihm die beiden nahezu lautlos folgten.

Auf dem zweiten Deck brannte mittschiffs eine Laterne, die von einem Balken herabhing. Darunter schliefen einige Piraten, doch diese schienen nicht in der Lage sie überhaupt bemerken zu können. Sich immer wieder misstrauisch nach den Schlafenden umsehend, schlichen sie die Treppe auf das Großdeck empor. Von mittschiffs her nach vorne brannten zwei Laternen, die gerade genug Licht spendeten um zu erkennen, dass dort einige Dutzend Männer lagen. Sall beobachtete sie einen Augenblick, doch als sich keiner rührte, legte er mahnend den Zeigefinger an die Lippen und winkte ihm zu folgen. Durch den Spalt unter Nights Kabinentür drang Licht auf das Deck hinaus, aber von drinnen waren keine Geräusche zu vernehmen. Das stetige leichte Knarren der Planken übertönte ihre Schritte, als sie über das Deck huschten. Geräuschlos drückte Sall die Klinke der gefensterten Kartenraumtür herunter und ließ sie ein, ehe er sie ebenso leise hinter sich schloss.

„Unsere Waffen liegen immer noch mitten auf dem Tisch", stellte Diego flüsternd fest, während er sich schon seinen Waffengürtel umschnallte. Sea schnappte sich ihren Säbel vom Tisch und tat es ihm gleich. Diesen Säbel hätte sie um keinen Preis verlieren wollen, dafür bedeutete er ihr zu viel. Auch Sall sah erleichtert aus, als er seinen Gürtel mit dem Säbel umschnallte und seine Dreiläufer einsteckte. Den Dolch, mit dem sie sich befreit hatten, gab er ihr zurück – man wusste schließlich nie, was kam. Diego schien hingegen einfach froh zu sein, wieder eine Waffe griffbereit zu haben. Sein Messer steckte er gar nicht erst in den Gürtel, sondern behielt es gleich in der Hand. Kaum hatten sie sich bewaffnet, sah Sall seine beiden Freunde nacheinander an.

„Also, wie besprochen ... Sea, pass auf, dass du wirklich in einer Stunde auf der *Rose* bist. Ich würde dich nur ungern zurücklassen", flüsterte er und öffnete ihnen die Tür wieder. Sie nickte ihm aufmunternd zu, als sie an ihm vorbeihuschte. Seine Miene blieb ernst, ohne dass sie sich wie erhofft kurz aufhellte. Doch er hielt sie zurück und drückte ihr einen kurzen Kuss auf die Lippen, ehe sich ihre Wege trennten. Während die Piraten auf ihr Schiff zurück schlichen, stieg sie die Stufen wieder in den Rumpf hinab, ohne noch einen weiteren Gedanken an Salls Kuss zu verschwenden. Wie sie die Piraten ablenken wollte, wusste sie schon und hatte daher keine Zeit, sich über Sall zu ärgern, obwohl sie ihn am liebsten angefahren hätte. Sie musste noch die richtigen Utensilien im Frachtraum finden, um ihr Ablenkungsmanöver zu bewerkstelligen.

***

Systematisch suchte sie den Frachtraum im Unterwasserschiff vom Heck her nach vorne zu beiden Seiten ab. Niemand hatte sie gehört, als sie wieder unter Deck geschlichen war, aber unter Zeitdruck überflog sie das Frachtgut recht zügig. Schließlich fand sie nahe der Treppe im Bug einige übereinander zu Türmen gestapelte Fässchen in einer gut zu tragenden Größe. Wenn Ölfässer möglichst klein waren, war es einfacher mit ihnen Laternen zu füllen, weshalb sie leicht genug waren, dass auch Sea problemlos eines anheben oder tragen konnte. Hastig hob sie eines von dem ihr nächstgelegenen Stapel auf den Boden. Sie fassten wahrscheinlich je ein Duzend Pint Öl und waren nicht allzu schwer. Zu ihrem Glück war dieses bereits im Deckel angebohrt und mit einem Korken wieder verschlossen worden, was ihr das Anbohren ersparte.

Sie prüfte, ob sie den Korken herausziehen konnte und verschloss das Fass sogleich wieder. Dem intensiven Geruch nach Fisch zu urteilen, waren die Fässer mit Polaröl angefüllt. Geschäftig hob sie das Fässchen wieder an und trug es die steilen Stufen hinauf auf das Zweite Deck.

Mittschiffs hinter dem Großmast brannte noch immer die Laterne über den zusammengefalteten Beisegeln und erhellte das Deck gerade genug, um die schlafenden Piraten erkennen zu können. Am oberen Ende der Treppe hielt sie einen Moment inne und horchte, ob inzwischen jemand erwacht war und sie bemerken könnte. Doch der betrunkene Seeräuber, der sich auf der Steuerbord-Seite gegen die verstauten Segel lehnte, schnarchte noch immer in regelmäßigen Zügen. Fünf andere Piraten schliefen geräuschlos backbord der Beisegel im Schein der Laterne.

Leise und schnell wie die Schiffskatze, die ein Deck weiter unten Ratten jagte, schlich sie nach vorne in den Bug. Als sie die Hobelbank auf der Steuerbordseite erreichte, die der Zimmermann für Reparaturen benutzte, zog sie den Korken aus dem Ölfässchen. Großzügig verteilte sie das Öl in den nicht zusammengefegten Holzspänen, bis es überall einigermaßen feucht war, bevor sie den Rest in Form einer Lunte über den Planken ausgoss. Das leere Fass ließ sie einfach daneben stehen und machte sich nicht erst die Mühe, es wieder nach unten zu tragen. Stattdessen schlich sie lauschend wieder die Stufen hinab und holte ein weiteres Ölfass von dem Stapel. Zu ihrer Freude bemerkte Sea, dass auch die übrigen Fässchen angebohrt und mit Korken versiegelt waren.

Sea lauschte erneut regungslos, ob einer der Piraten erwacht war, bevor sie mit dem Fass in den Armen über das Zweite Deck huschte. Aber diese hatten sich nicht einmal im Schlaf gewendet. Im leicht flackernden Licht der Öllaterne zog sie den Korken aus seinem Loch. Steuerbord schlich an dem eisernen Herd und dem Großmast vorbei zu den verstauten Beisegeln. Dort hob sie das Fässchen möglichst hoch über das Segeltuch und überzog es keineswegs sparsam mit dem aus Walfett gewonnenen Polaröl. Als das Tuch glänzend mit der Flüssigkeit benetzt war, ging sie einen Schritt voran, um einen weiteren Teil des Tuches mit Brennstoff zu übergießen. Das Leinengewebe sog das Öl nur langsam auf, und Sea erreichte nach wenigen Schritten den schlafenden Seeräuber. Trotz dessen, dass der schlaksige Mann mit ausgestreckten Beinen auf dem Deck lag, brauchte er nicht genug Platz, um nicht mühelos um ihn herum zu gehen. Aber wenn sie die Ballen, gegen die er sich lehnte, nicht durchgehend mit Öl präparierte, würde sich das Feuer nicht schnell genug über dem Stoff ausbreiten. Und je schneller der Brand das Schiff überwucherte, je kleiner war die Wahrscheinlichkeit, dass die Piraten es wieder löschen konnten. Vorsichtig hob Sea ihren Fuß über den Seeräuber und stellte sich breitbeinig über ihn. Nachdem sie kurz überprüft hatte, ob sie überall genug Abstand hatte, um ihn nicht irgendwo zu stoßen, schüttete sie eine erhebliche Menge Öl über die Beisegel. Gerade, als sie das Fass wieder sinken liess und versuchte über den Piraten hinüber zu steigen, um den Rest der Segel mit Brennstoff zu durchnässen, fuhr sie vor Schreck zusammen.

Unter ihr räkelte sich der Betrunkene im Schlaf. Vollkommen erschreckt den Atem anhaltend starrte sie an dem Ölbehälter vorbei zu Boden. Wenn er aufwachte und feststellte, dass sie versuchte, das Schiff in Brand zu setzten, würde sie ziemlich in der Klemme stecken. Das Erste, was er tun würde, wäre mit lauten Rufen seine Kameraden zu wecken, und diejenigen, die nüchtern genug waren, um gerade zu laufen, würden unverzüglich eingreifen.

Entweder wäre in wenigen Minuten die gesamte Crew wach, sie selbst gefangen oder bereits umgebracht und die *Killing Lady* auf der

Jagd nach der *Queen Roses Death*. Eine andere Möglichkeit wäre, dass sie jetzt ihn umbrachte und ihr Problem im Keim erstickte, schossen ihr die Gedanken blitzschnell durch den Kopf, wie gefeuerte Kugeln. Aber da sie nicht morden würde, kam diese Möglichkeit nicht in Frage. Noch immer ohne einen Atemzug zu wagen sah sie dem Piraten zu, wie er den Bündeln entlang davonrutschte, bis er flach auf den Planken lag. Er kehrte sich auf die Seite und stieß mit der Stirn gegen ihr Schienbein. Von dem Stoß geweckt brummte er leise und blinzelte einige Male verschlafen, wobei ihr Herzschlag in die Luft katapultiert wurde. Doch der schlaksige Seeräuber schlief mit einem seufzenden Atemzug wieder ein, ohne sie zu bemerken. Nachdem er sich einige Augenblicke nicht gerührt hatte, atmete Sea erleichtert durch. Behutsam hob sie ihren Stiefel über den schlafenden Piraten hinweg und stellte ihn möglichst leise auf den Planken ab.

Einige Atemzüge wartete sie, ob er sich noch einmal bewegte. Doch da er zu schnarchen begann, hob sie den Ölbehälter wieder an. Rasch überzog sie den Rest des kaum saugenden Segeltuches. Den letzten Inhalt kippte sie über die aufeinander gestapelten Bänke. Sie stellte das leere Fass dazu, bevor sie wieder an den gefalteten Beiseegeln vorbei schlich und leichtfüßig über den schlafenden Piraten sprang.

Eilig hob Sea das nächste Ölfässchen von einem der kleiner werdenden Türme. Sie prüfte kurz, ob sich der Korken aus seinem Loch lösen ließ. Als sich der Verschluss öffnete, steckte sie ihn zurück, damit sie beim Tragen des Behälters kein Öl verlor. Hastig nahm sie das Fässchen in die Hände und trug es auf leisen Sohlen die Stufen hinauf. Nachdem sie auf dem Zweiten Deck einen Moment die Ohren gespitzt und die friedlich schlafenden Piraten im Laternenlicht beobachtet hatte, schlich sie geschwind um den Fockmast herum. Geräuschlos kletterte sie die steilen Treppenstufen des Bug- Niedergangs empor und versuchte nirgends mit dem Fass anzustoßen.

Am oberen Ende spähte sie vorsichtig über das Großdeck. Der größte Teil der Crew lag betrunken, wie Leichen nach einer verlorenen Schlacht, auf den Planken verstreut. Da Night seine Mannschaft aufgestockt hatte, bevor er die *Queen Roses Death* angriff, bestand die Crew insgesamt nun bestimmt aus mehr als fünf Dutzend Personen. Einige schliefen mit dem Rücken an die Reling gelehnt, andere hingen mit einem Arm wenn nicht dem halben Körper kreuz oder quer darüber. Eine ganze Gruppe Männer war schnarchend rund um den Großmast zusammengebrochen. Die Matrosen, die flach irgendwo auf dem Deck lagen, hatten sich scheinbar bis zur Ohnmacht betrunken, falls sie überhaupt noch atmeten. Dieser Rum war schon ein Teufelszeug, wenn ausgewachsene Männer sich bereits nach wenigen Gläsern nicht mehr rühren konnten.

Leise trat Sea die letzten Stufen auf das Großdeck hinauf und schlich der Reling entlang nach achtern. Doch schon nach wenigen Schritten musste sie stehen bleiben, um nicht auf einen schlafenden Körper zu treten. Behutsam schritt sie über den Matrosen hinweg und schlängelte sich zwischen zwei weiteren hindurch, ohne einen von ihnen mit dem Stiefel anzustoßen. Vermutlich würden sie es nicht einmal bemerken, wenn ich sie absichtlich treten würde, überlegte sie. Jedoch beschloss sie, es lieber nicht auszuprobieren, und sprang fast lautlos über einen einbeinigen Piraten hinweg. Mit einem kurzen Handgriff zog sie den Korken aus dem Fass, als sie die Beiboote in der Deckmitte erreichte. Das Fässchen in beiden Händen haltend, verteilte sie etwa den halben Fassinhalt über eines der Boote, indem sie langsam an dessen Reling entlang ging. Immer wieder schaute sie dabei auf ihre Füße hinab, um niemanden zu stossen oder auf ihn zu treten.

Jemanden aufzuwecken war das Letzte, was sie brauchen konnte. Vorsichtig stieg sie über die Füße eines Seeräubers und benetze das Heck des Bootes mit Polaröl. Kaum glänzten wegen des Öls die meisten Bootsplanken im schwachen Dämmerschein der nächsten Laterne, nahm Sea sich das andere Beiboot vor. Achtsam schlich sie um die beiden Boote herum auf die Backbordseite des Schiffes, wobei sie einen großen Schritt über jeden Piraten machte, der ihr im Weg lag.

Einer von ihnen drehte sich unruhig keinen Schritt von ihr entfernt im Schlaf. Einen Schreckensmoment lang spannte sich ihre gesamte Muskulatur an und sie befürchtete, der Mann würde erwachen. Doch gerade, als sie zu glauben begann, ihr laut bebender Pulsschlag würde die ganze Mannschaft wecken, flaute sein Atem wieder zu gleichmäßigen Zügen ab. Erleichtert entspannte sie ihren Körper und machte einen letzten leisen Sprung zum Heck des zweiten Beibootes. Nach allem was ich erlebt hab, ist es nicht zu glauben, dass mich jemand, der sich im Schlaf dreht, dermaßen erschreckt, überlegte sie und hob das Fässchen über die Reling des Boots. Sea schüttete den Rest des Öls über den Bootsplanken aus und stellte das leere Gefäß leise darin ab. Mit einigen leichtfüßigen Sprüngen über bewusstlose Körper konnte sie über das Deck zum Bug-Niedergang schleichen. Bevor sie die Treppenstufen hinab ging, warf sie einen Blick auf die *Queen Roses Death* herüber. Sall und Diego hatten es scheinbar fertig gebracht, dass Schiff zu übernehmen, denn sie erkannte einige Männer in den Mastbäumen, die stumm die Segel setzten. Aber die Zufriedenheit würde sich erst zeigen, wenn sie weit weg von der *Killing Lady* waren. Eilig lief sie die Stufen in den Rumpf hinab, um ihr Vorhaben zu beenden.

Sea ging auf den Treppenstufen in die Knie und lauschte einen Augenblick aufmerksam in das schummerige Licht der Laterne in der Schiffsmitte. Die Piraten, die darunter schliefen, hatten inzwischen ihre Schlafposition geändert, schienen aber noch immer im Tiefschlaf zu verweilen. Fast geräuschlos huschte sie um den Fockmast auf eine erloschene Laterne zu, die neben dem großen Eisenherd an einem Deckenbalken hing. Rasch nahm sie das kleine, eisengerahmte Glaskästchen von seinem Haken und trug sie zu dem Herd. Neben dem Rauchabzug fand sie einen Stapel feiner Holzstäbchen, von denen sie eines an der glühenden Kohle im Herd entzündete. Mit der Flamme entfachte sie das Polaröl in der kleinen Laterne und warf das Stäbchen auf den Plattenboden der Kombüse. Einige weitere steckte sie sich in die Hosentasche. Die leuchtende Laterne in der Hand stieg sie die Stufen auf das Orlopdeck hinunter.

Obschon sie nun den Niedergang im Schein der kleinen Flamme sah, trat sie auf irgendetwas, das vor der untersten Stufe saß. Laut fauchend schlug es seine Krallen in ihr Stiefelleder, und sie torkelte erschrocken zurück. Ihr Herz blieb beinahe stehen vor Schock, und sie blieb mit angespannten Muskeln stehen, als wäre sie zu Eis gefroren. Ein dunkelgrauer Blitz jagte über die Planken vor ihr davon. Das Vieh machte einen Satz auf eines der großen Wasserfässer und verschwand dahinter in der Finsternis des Schiffsrumpfes. Dabei stieß es den zinnernen Krug um, der auf dem Fassdeckel stand. Mit ohrenbetäubendem Klappern knallte dieser auf den Boden, sprang auf und schlug ein zweites Mal scheppernd auf die Planken, bevor er in die Dunkelheit kullerte. Sea blieb, wie versteinert, vor der Treppe stehen und wagte nicht zu atmen. Wenn nun jemand erwacht war, würde er nachsehen, woher dieser Lärm kam und sie entdecken. Sie lauschte aufmerksam in die Dunkelheit ein Deck weiter oben. Es war beinahe unmöglich, dass dieses gehörzerreißende Geräusch niemanden geweckt hatte. Auf dem Hauptdeck hatte es vielleicht niemand vernommen, aber die schlafenden Seeräuber auf dem Zwischendeck konnten diesen Lärm doch nicht überhört haben. Aber sie hörte weder Schritte noch einen anderen Laut von dem Zweiten Deck. Nachdem sie einige Zeit ihrem unkontrolliert pochenden Herzen zugehört hatte, wagte sie schließlich wieder zu atmen.

„Diese verfluchte Schiffskatze!", murmelte sie wütend. Mäuschen still wandte sie ihre Aufmerksamkeit wieder den Ölfässern zu. Sie nahm ein weiteres von einem Stapel, öffnete den Verschluss und übergoss die übrigen Türme, bis sie im Laternenlicht schimmerten. Was die Gesellschaft von Piraten in dieser kurzen Zeit aus ihr gemacht hatte, überlegte sie, als sie das noch halb gefüllte Fass auf den Treppenabsatz stellte. Ein Schiff anzuzünden! Ihr Vater würde ihr vermutlich den Hintern versohlen, wenn er könnte. Aber bei all ihrer Ehrlichkeit bevorzugte sie eine kriminelle Tat dem Sterben. Sea zog eines der Holzstäbchen aus der Hosentasche und entzündete es an der Flamme in der Laterne. Ohne zu zögern ging sie in die Knie und legte es in die Pfütze, die sich um die Fässchen gebildet hatte. Das Öl entflammte sofort und die züngelnden Flammen breiteten sich über der ganzen ölbenetzten Fläche aus. Das Feuer kletterte an den ölfeuchten Fässern empor und überwucherte diese bald, wie ein leuchtendes Dornengestrüpp. Rasch stand Sea wieder auf, nahm die Laterne in die Hand und das halbvolle Fässchen unter den Arm. Sobald eines der Fässer heiß genug geworden war, würde das Fass durch den Druck, der beim Verbrennen des Öls entstand, vermutlich in die Luft gehen. Wenn das Polaröl überall verspritzt war, würde dieser Teil des Schiffes in kürzester Zeit ausbrennen.

Eilig stieg sie die Treppe wieder hinauf und achtete sorgsam darauf, nicht über eine der steilen Stufen zu stolpern oder abzurutschen. Als sie den Fuß auf die letzte Stufe stellte, bemerkte sie den Schatten, der sich über den Niedergang gelegt hatte. Neugierig hob sie den Blick nach dem Grund und starrte erschrocken in zwei tiefe, jähzornige Augen in einem totenbleichen Gesicht. Night warf überrascht den Kopf zurück und musterte sie, als versuchte er sich zu entsinnen. Er schwankte einige Male leicht hin und her, und sein Gesichtsausdruck wurde forschend. Offensichtlich hatte er zu tief ins Glas geschaut und konnte sich im Augenblick nicht an seine Gefangene erinnern. Die Frage war, wie lange er sich nicht an sie erinnern würde. Je länger sie da stand und ihn anstarrte, desto eher würde er sie erkennen.

„Abend, Käpt'n", entschied sie sich als ein Crewmitglied bei der Arbeit auszugeben. Möglicherweise konnte sie ihn im Suff tatsächlich davon überzeugen. „Ich habe die Laternen aufgefüllt, Sir. Nun stelle ich noch kurz das Fass zurück und dann kann ich auch mit den Anderen feiern", spielte sie den entzückten Matrosen. Ohne eine Reaktion abzuwarten drehte sie sich um und stieg die Treppen wieder hinab. Schnell wie die Schiffskatze lief sie um den Treppenabsatz, während der Kapitän hinter ihr die Treppe hinab stieg und etwas von weitermachen lallte. Doch als er die lodernden Flammen über den Fässern erblickte, blieb er wie angewurzelt stehen. Mit aufgerissenen Augen starrte er die brennenden Ölfässer an und sein trunkenes Gehirn begann zu verstehen.

„Nun weiß ich wieder wer du bist, vom Teufel verdammte Hurentochter!", brüllte er markerschütternd durch das laute Knacken des Feuers, dass das ganze Schiff bebte. Wutentbrannt zog er eine Pistole aus seinem Gürtel und drehte sich so schwungvoll um, dass er beinahe das Gleichgewicht verlor. Das Fass hatte Sea weggeschmissen, um schneller rennen zu können. Eigentlich hatte sie die Boote noch einmal mit Öl überziehen wolle, aber jetzt war es ihr wichtiger, möglichst schnell den Heckniedergang zu erreichen. Night riss seine Pistole hoch und schoss, ohne genauer zu zielen. Die Kugel traf den Großmast gerade als sie dahinter sprang. Mit der kleinen Laterne in der Hand rannte sie durch den Schiffsrumpf ins Heck, wobei die Rufe des Kapitäns sie immer schneller voranhetzten.

„Feuer! Feuer!", weckte Night seine Mannschaft aus dem Schlaf. In kürzester Zeit würden die Seeräuber auf den Beinen sein, nicht nur um das Feuer zu löschen, sondern auch um sie ein für alle Mal loszuwerden. Torkelnd setze der Kapitän ihr mit der nächsten geladenen Pistole in der Hand nach, rasend wie ein tollwütiger Bluthund. Wie ein gejagtes Tier hetzte Sea die Stufen des Niedergangs empor. Night schoss sobald er um den Großmast war, traf aber die Unterseite einer Treppenstufe anstatt sie.

„Feuer!", machte der Kapitän weiterhin seine Crew aufmerksam, als sie das Zweite Deck erreichte. Die Piraten, die eben noch geschlafen hatten, rappelten sich von den Planken auf. Diejenigen, die nüchtern genug waren, sprangen sogleich auf und liefen dem flackernden Licht entgegen, während die Trunkenen liegen blieben oder beim Aufstehen wieder hinfielen. Sea nahm sich gar nicht erst die Zeit, um den besten Fluchtweg zu suchen, sondern entschied sich kurzerhand, ihr Vorhaben zu Ende zu bringen. Vor ihr in der Decksmitte befanden sich die Ballen aus Segeltuch, die sie zuvor mit Öl getränkt hatte und dabei beinahe den schlaksigen Piraten aufgeweckt hätte. Sie zog eines der Hölzchen aus der Hosentasche als sie schon auf die Ballen zu hastete, während auf deren anderer Seite der schlaksige Pirat erwachte und sich verwirrt aufzurappeln versuchte. Auf dem Treppenabsatz hörte sie schon den Klang von Nights unkoordinierten, aber schnellen Schritten, wie er ihr aufs Zweite Deck nachstürmte. Hastig öffnete sie die kleine Laterne und hielt hinter die Ballen gebeugt das Stäbchen in die Flammen, damit der schlaksige Pirat sie wenn möglich nicht entdeckte. Der Kapitän erreichte die oberste Stufe in dem Moment, als das Hölzchen Feuer fing. Sie warf das brennende Stäbchen mitten auf das Segeltuch, damit die Piraten es nur schwer erreichen könnten und stürzte Richtung Bug davon. Night hatte seine nächste Pistole schon gezogen, während er die Stufen erklommen hatte. Anstatt ihr nachzujagen, brachte er sich mit zähnefletschendem Gesicht in Position, um sie zu erschießen. Wegen dem kompakt verstauten Gut in der Deckmitte und den Kanonen an den Außenseiten rannte sie in einem gerade zwei Mann breiten Gang. Es dauerte zu lange um hinter der Ladung in Deckung zu gehen, er würde sie vorher erschießen, aber in dem engen Gang würde er sie ebenso problemlos im Rücken treffen. Doch in der Hoffnung, die jeden Menschen vorantrieb, stürzte Sea weiter dem Bug entgegen. Wohlwissend, dass sie vermutlich jeden Moment erfahren würde, wie es war, durch einen Schuss in den Rücken zu sterben. Es wäre wirklich Ironie, wenn sie so starb wie ihr geliebter Vater. Ihr Herz raste, als müsse es die Schläge vorholen, die ihm entgehen würden. Night nahm sich grausam viel Zeit, um zu zielen. Er würde sie dann erschießen, wenn die Hoffnung, ihm zu entwischen am größten war. Sie spurtete an der Kombüse vorbei, doch dann zog der Kapitän den Abzug durch, bevor sie hinter den Ofen springen konnte.

In diesem Moment wurde Sea unsanft umgestoßen und fiel aus der Schusslinie. Hart schlug sie auf den Planken auf, aber leichte Prellungen waren ihr kleinstes Problem. Jemand stürzte geradewegs über sie und begrub sie unter sich. Einer der Piraten hatte sie unabsichtlich umgerannt. Dabei war er scheinbar in die Schusslinie gekommen, sein Gesicht verzog sich schmerzlich, seine Augen füllten sich mit Leere. Sie bemerkte, wie stark er blutete, und er begann Blut zu husten, als sie ihn eilig von sich herunterrollte. Blitzartig wand sie ihr Bein unter dem Sterbenden hervor, das unter ihm eingeklemmt war. Sie hatte keine Zeit, und ihm war vermutlich nicht mehr zu helfen. Night hastete auch schon auf sie zu, sobald er bemerkte, dass er sie nicht getroffen hatte. Sein torkelnder Schritt ließ ihr gerade genug Zeit, um aufzustehen, bevor er sie mit gezücktem Säbel erreichen würde. Ihm musste endlich die Munition ausgegangen sein.

Hastig rannten einige Piraten mit Eimern voll Wasser an ihr vorbei. Die Lenzpumpe war offenbar noch nicht bereit, oder die Piraten hatten das effektivste Löschmittel vergessen. Sie schwankten noch vom Rum und bemerkten weder sie oder ihren nahezu toten Kameraden noch ihren tobenden Kapitän. Wäre sie nicht ausgewichen, hätte sie gleich der nächste Pirat umgerannt, aber in der Aufregung schien sie keiner von ihnen zu erkennen. Das Feuer war zu wichtig. Wurde es nicht gelöscht, bedeutete es den Tod jedes einzelnen Mannes, soviel war ihnen auch blau noch klar. Im Bug wurde es zunehmend wärmer, und die Flammen schienen schon an der Treppe zu nagen, denn die Piraten schütteten das Meerwasser direkt über die Stufen. Sobald ein Matrose wieder einen Eimer geleert hatte, eilte er auch schon wieder torkelnd zum Niedergang. Aber sie schienen das Feuer nicht in den Griff zu bekommen. Obwohl bald jeder noch halb nüchterne Pirat mit Löschen beschäftigt sein müsste, wurde es allmählich heiß unter den Planken. Wo war diese verflixte Laterne gelandet?

Eigentlich hätte sie versuchen wollen, den Brand noch zu vergrößern, aber als sie über die Schulter den Kapitän um die Ofenecke jagen sah, zog sie ihren Degen instinktiv aus der Scheide. Sie hob den Säbel gerade rechtzeitig, um nicht in der Mitte entzwei geschlagen zu werden, über die Klinge ließ sie die gegnerische Waffe über sich hinweggleiten. Sea parierte auch den nächsten energischen Hieb, erwiderte aber nur eine Finte. Night fiel auf die Täuschung herein, was ihr genug Zeit verschaffte, um die Flucht zu ergreifen. Auf einem brennenden Schiff wollte sie sich lieber nicht mit einem Kampf aufhalten.

Daher schlüpfte sie mit einer katzenartigen Bewegung zwischen die hinauf und hinab durcheinanderhastenden Matrosen. Einige von ihnen erkannten sie inzwischen und versuchten sie zu packen, aber glücklicherweise waren ihre noch angetrunken Griffe zu langsam und die zum Rand gefüllten Eimer im Weg. Was aber kein Grund war, sich sicher zu fühlen, denn der rote Kapitän setzte ihr mit erhobenem Säbel nach und pflügte eine Furche durch seine Mannschaft. Seine Matrosen stoben vor Schreck auseinander. Ihr Kapitän hätte jeden unabsichtlich mit der Klinge erschlagen, der ihm zu nahe war. Einige der Piraten warfen sich in Todesangst auf die Planken und legten sich schützend die Arme um den Kopf, womit ihr Leben momentan gerettet und das Wasser aus den Eimern verschüttet war. Sie hatte erst die unterste Treppenstufe erreicht, als Night sie mit wirbelndem Säbel erreichte. Sea konnte gerade den nächsten Hieb abwehren, ehe es auf der schmalen Treppe auch schon eng wurde. Von Deck kamen stetig Matrosen mit Eimern herab, die den Krawall offenbar nicht mitbekamen. Zum Glück war der Pirat, der die Stufen hinunterhastete, als sie eine Salve weiterer Schläge parierte, zu überrascht, um sie anzugreifen. Sea warf sich gegen das Treppengeländer und zog ihn mit einem kräftigen Ruck an sich vorbei. Er fiel die Stufen hinunter, dann riss er seinen Kapitän mit sich auf die Planken. Über die beiden hinweg entdeckte sie auch die Laterne wieder – sie lag in mitten der ölgetränkten Späne und entwickelte eine zarte Flamme. Die Zeit, um diese zu holen, hatte sie aber wirklich nicht. Denn während sie sich umdrehte um die Stufen hinauf zu hasten, befreite sich der Kapitän mit einem Zornesschrei von seinem Matrosen. Doch er war noch nicht komplett auf den Beinen, als ihr schon der nächste Matrose entgegeneilte. Dieser erkannte sie und ließ seinen Eimer fallen, um sie festzuhalten. Aber die Angst hatte Sea in eine solche Fahrt gebracht, dass sie ihn ohne groß nachzudenken am Kragen packte. Wie seinen Kameraden zog sie ihn an sich vorbei, und auch er konnte sich auf der steilen Treppe nicht mehr fangen. Die Hände abwehrend von sich gestreckt stürzte er auf Night herab, noch ehe dieser ihr hätte folgen können.

Sea nahm immer zwei Stufen auf einmal, um endlich am oberen Ende des Niederganges auf das Deck zu gelangen. Dazu musste sie einen Piraten zur Seite schubsen, bevor er ihr auf den letzten Stufen den Weg versperrte. Von unten hörte sie die allmählich panisch klingenden

Rufe der Matrosen. Offensichtlich bekamen sie das Feuer nicht in den Griff und hatten zu allem Überfluss auch noch das brennende Segeltuch entdeckt. Chaos herrschte in dem wenigen Licht, das die Laternen spendeten. Von allen Seiten stürmten Matrosen mit Löschwasser auf den Niedergang zu, durch die sie sich einen Weg bahnen musste. Männer standen mit Tauen und Haken an der Reling, die sie benutzten, um die Eimer mit Seewasser zu füllen. Das Narbengesicht versuchte gerade die Männer zu koordinieren, um endlich die Pumpe bemannen zu können, aber es schien ihm nicht gelingen zu wollen. Als sie weiter aufs Deck hinaus lief, wollten sogar einige die Eimer absetzten, um sie festzuhalten.

Ein gebieterisches Brüllen unterband die Aktion beinahe: „Löscht das Feuer, ihr Klabautermänner! *Ich* schicke die Hexe in die Hölle!" Mit einem kurzen Blick über die Schulter sah Sea Night in ihrem Rücken und lief einem Matrosen in die Arme. Sie konnte nicht einmal sein Gesicht erkennen, denn sie wehrte sich so geistesgegenwärtig. Abrupt rammte sie ihm die freie Faust in die Rippen und zog das Knie hoch. Beides waren Glückstreffer, aber Night hatte sie eingeholt, bis sie sich befreit hatte. Der Matrose flüchtete sich mit einem Hechtsprung aus der Reichweite seines Kapitäns, sobald dieser begann, mit seinem Säbel um sich zu schlagen. Sea stolperte erschrocken rückwärts und fand sich keinen Wimpernschlag später auf den Planken wieder. Über ihr holte Night aus, um sie wuchtvoll zu erstechen. Die Klinge fuhr schon auf sie nieder, als sie sich gerade noch wegdrehen konnte. Das systematische Denken kehrte in ihren Kopf zurück, und sie gab ihrem Gegner einen Tritt gegen das Knie. Night verlor gerade lange genug das Gleichgewicht, damit sie aufspringen konnten. Sie stürzte an die Reling, doch Night schlug bereits wieder nach ihr. Er erwischte sie mit der Säbelspitze am Ellbogen und schlitze ihr den Ärmel samt Haut auf. Blut troff aus dem Schnitt und lief ihr den Arm hinab, aber Sea merkte es nicht einmal. Ihr Herz schlug in feurigem Galopp und ihr Blut brodelte, aber es war ihr noch selten so schwer gefallen, ihre Angst unter Kontrolle zu halten. Doch sie sammelte sich und hob ihren Säbel erneut, um Nights Hieb abzuleiten. Allmählich verließen sie ihre Kräfte, und sie parierte nur die Angriffe des roten Kapitäns. Er drängte sie nach vorne dem Bug entgegen, damit sie irgendwann in der Sackgasse saß und nicht mehr fliehen konnte. In seinem Kampfrausch würde er sie dann über länger oder kürzer besiegen, soviel war sicher. Sea holte Atem, parierte und griff den Kapitän blitzartig an. Aber er blockte den Stichversuch ab und schlug mit der linken Faust nach ihr. Er erwischte sie unter der Brust, und einen Moment bekam sie keine Luft, während sie hinfiel. Sie landete auf den Knien, den Säbel noch fest in der Hand. Sie holten beide aus. Night, um das Mädchen zu seinen Füssen ein für alle Mal ins Jenseits zu senden, und Sea, um ihm mit einem Hieb auf Bauchhöhe eine klaffende Wunde in die Seite zu schneiden. Jedoch gefror ein todfürchtender Ruf jede Bewegung auf dem Deck, ehe einer von beiden schneller sein konnte.

„Käpt'n, das Feuer wird sich jeden Moment zum Pulvermagazin durchfressen!", brüllte jemand gegen das Knirschen des Feuers. Die Augen des Kapitäns weiteten sich vor Schreck, und er vergaß sie im selben Augenblick. Mit erschrockenem Gesicht drehte er sich zu seinem Matrosen auf dem Hauptdeck um. Sea nahm sich nicht die Zeit zu warten, bis er sich wieder umdrehte. Sie sprang auf und steckte ihren Degen zurück in die Scheide, während sie zur Reling lief. Night drehte sich erst wieder zu ihr um, als sie schon auf das Geländer geklettert war. Im Sprung tauschten sie noch einmal einen Blick. Hass starrte aus seinen jähzornigen Augen, dann fiel sie entlang des Rumpfes hinab, und ihr Blickkontakt wurde unterbrochen.

Wie lange würde es noch dauern, bis die Flammen das Pulver erreichten? Unter Wasser wäre sie vor der Explosion am sichersten, da der Wasserwiderstand die fliegenden Splitter abbremste und sie mit ein wenig Glück keine schweren Verletzungen davontragen würde, falls sie getroffen wurde. Aber sie konnte nicht ewig tauchen. Sie zog so viel Luft in ihre Lungen, wie sie konnte, ehe sie kopfvoran durch die Wasseroberfläche schoss. Eiskalt schreckte es ihre warme Haut ab und sie schüttelte sich vor Kälte. Von der Fallgeschwindigkeit ließ sie sich so tief wie möglich in die Finsternis unter Wasser gleiten. Sie war gerademal zwei Faden tief, noch nicht ganz auf einer Höhe mit dem Kiel, als sie den Kopf umwandte. Gerade rechtzeitig, um durch die fliehenden Blasen zu sehen, wie die hölzernen Planken schräg über ihr zerbarsten. Im orangen Licht des Feuers flogen die spitzen Splitter durch den Rauch. Die auch unter Wasser spürbare Druckwelle riss sie mit sich. Als kalte Welle zog sie ihr durch die Haare und die Kleider und sie wurde davon in die Tiefe gedrückt. Sie sank an dem Kiel der

Killing Lady vorbei. Der Druck auf ihre Ohren wurde je tiefer sie sank je größer. Sie hörte rein gar nichts und es schmerzte. Der Wasserdruck zermahlte sie nahezu, er presste ihr beinahe die Luft aus den Lungen. Sea drückte die Brustmuskulatur dagegen und versuchte es zu ignorieren. Von schräg unten konnte sie den Kiel an dem dunklen Rumpf erkennen. Daneben schossen unregelmässig riesige Plankensplitter von oben durch die Wasseroberfläche. Zwischen glänzenden Blasen wurden sie gebremst, bevor sie in ihre Tiefe gelangten und dann langsam wieder auftrieben. Durch ihre ringförmigen Wellen drangen schon die nächsten. Brennende Splitter erloschen, als sie auf dem kalten Nass auftrafen.

Über dem Wasser brannte das Schiff in glutrotem Flammenschein, während die Druckwelle an Kraft verlor, und Sea die Richtung in die sie sich bewegte wieder bestimmen konnte. Sie schwamm weg von dem Schiffsrumpf, wollte einen möglichst großen Teil des Weges in Sicherheit in der Tiefe durchqueren. Einen Zug nach dem anderen nutzte sie den Auftrieb, um schneller zu tauchen. Allerdings kam sie der Oberfläche immer näher, immer näher an die ins Meer fallenden Plankensplitter. Die, die nahezu senkrecht durch die Luft geflogen waren, flogen am längsten und durchschnitten das Wasser mit unglaublicher Wucht. Sie würde bald nicht mehr tief genug sein, wenn ein Splitter sie traf, würde er sie aufspießen. Sie schwamm nur noch einen Faden tief. Eine Armeslänge zu ihrer Rechten durchdrang eine Planke das Wasser, sie hätte vor Schreck beinahe geschrien. Gehetzt schwamm sie an den tanzenden Blasen, die um das Holzstück auftrieben, vorbei.

Sea hatte keine Luft mehr, zwanghaft unterdrückte sie den Drang zu atmen. Ihre Lunge wollte husten, doch dann würde sie ertrinken. Sie atmete die verbrauchte Luft aus und konzentrierte sich nur noch darauf, nicht unter Wasser einzuatmen. Um zu spüren, wann sie die Oberfläche erreichte, streckte sie den Arm aus. Kaum fühlte sie kein Wasser mehr an ihrer Hand, machte sie einen Schwimmzug und drückte sich aus den Wogen.

Gierig zog sie die kühle Nachtluft in die Lungen hinab, sie roch nach Rauch. Einige Male atmete sie tief durch, bevor Sea wieder klar denken konnte. Ängstlich drehte sie sich zum Licht um, die Wärme des Feuers drang bis zu ihr. Zu wenige Faden vor ihr standen die Reste der *Killing Lady* lichterloh in Flammen. Sie konnte die Augen nicht von dem Schiff lassen, rückwärts schwamm sie von ihr weg. Planken flogen nur noch vereinzelt durch die Luft, diese Gefahr war nahezu unterbunden. Viel Pulver konnte das Pulverlager nicht mehr enthalten haben, sonst wäre weit mehr als nur das Vorschiff von der Explosion zerrissen worden. Durch den Bug lief das Schiff voll und begann von vorne nach achtern zu sinken. Das Feuer hatte die abgebrochenen Masten erklommen, hell lodernd fraß es die blutroten Segel und verschlang das Tauwerk. Die Funken sprangen von den Mastspitzen aus den funkelnden Sternen entgegen, als versuchten sie den Himmel in Brand zu setzten. Der dichte Rauch trübte die klare Nacht, durch die sie zusah, wie Nights schwarze Totenkopfflagge in hell glühendem Rot Feuer fing. Das zerborstene, aufgerissene Deck musste dem Fegefeuer der Hölle gleichen, die Hitze brachte die Luft darüber zum Verschwimmen. Eine Saling brach brennend darauf herab, und Funken stoben auf. Durch das Krachen des Brandes glaubte sie schmerzliche Schreie zu hören und hoffte, dass sie sich täuschte. Das Schiff in die Luft zu jagen, war nie ihr Plan gewesen, der Brand hätte die Piraten nur ablenken sollen. Nun sank das Piratenschiff mit den brennenden Leichen der meisten seiner Matrosen. Die wenigen, die sich wie sie ins Wasser hatten retten können, würden vermutlich ertrinken. Sea riss ihre rehbraunen Augen von dem brennenden Schiff los und drehte sich in die Richtung, in der sie die *Queen Roses Death* vermutete.

Die Piraten hatten die Segel back gestellt, um nicht allzu weit abzutreiben. In Gedanken bedankte sie sich bei ihnen, dass sie noch warteten. Wenn sie noch zehn Minuten so verweilten, würde sie das Schiff bestimmt erreichen, bevor sie die Segel wieder in den Wind drehen konnten. Sie war nicht einmal ganz ein Kabel entfernt, aber dem Himmel sei Dank war die Entfernung groß genug gewesen, damit die *Rose* keinen Schaden genommen haben konnte. Zügig schwamm sie dem Piratenschiff entgegen, auch wenn sie immer wieder zurückblickte. Die *Killing Lady* erleuchtete den rauchdurchzogenen Himmel, dass es fast taghell war. Vor und hinter ihr spiegelten sich die Flammen in den ruhigen Wellen des Meeres. Ihre Arme und Beine waren kraftlos und sie musste sich zusammennehmen, um das Tempo zu halten, mit dem sie auf die *Queen Roses Death* zu schwamm.

Zum Glück hatte sie das Schiff innerhalb weniger Minuten erreicht. Die Erschöpfung brachte sie beinahe um. Die Piraten standen dicht an dicht nebeneinander an der Reling und sahen zu, wie das feindliche Segelschiff zu Grunde ging. Die *Killing Lady* lag inzwischen doppelt so tief in den Wogen – die Fluten erreichten schon die Reling – und brannte noch immer wie ein Holzscheit im Kamin. Sea drehte den Kopf wieder der *Queen Roses Death* zu und konzentrierte sich auf die letzten paar Züge. Nahe dem Heck hatten die Piraten eine Strickleiter über die Reling gehängt, die am Schiffsrumpf herabbaumelte. Mit zwei letzten kräftigen Schwimmzügen war sie nahe genug, um das untere Ende zu packen. Zitternd vor Erschöpfung zog sie sich aus dem Wasser und stieg Sprosse für Sprosse die Leiter nach oben. Die Gespräche der Seeräuber konnte sie schon von der Mitte aus verstehen.

„... Die Kleine hat's wirklich faustdick hinter den Ohren, das Schiff brennt wie Zunder", sagte eine ihr unbekannte Stimme. Sie lächelte ein bisschen über das Kompliment.

„Was denkt ihr? Hat sie's überlebt? Ich kann sie noch immer nirgendwo sehen. Vielleicht sollten wir fahren. Die Wahrscheinlichkeit, dass sie noch kommt, ist recht klein", meinte der Kurze rau, der ihr nicht hatte glauben wollen, dass Manatis ungefährlich waren.

„Wir warten wie ausgemacht eine volle Stunde", stellte Salls Stimme kalt klar. Sie hatte keinerlei Ahnung, was für eine Emotion in seiner Stimme lag, aber sie schätzte diese Erwiderung.

„Pff!", erwiderte vermutlich der Kurze.

„Ich bin zwar Pirat, aber ich muss sagen, dass es meiner Selbstachtung nicht gut tun würde, Sea im Stich zu lassen nachdem sie uns allen den Hals gerettet hat. Die volle Stunde zu warten, sind wir ihr schuldig", ergänzte eindeutig Diegos Bassstimme, als sie über die Reling kletterte. Sea blieb direkt darauf sitzen und wandte sich zu den Piraten.

„Also von mir aus können wir auch gleich fahren!", machte sie keuchend, aber gut gelaunt auf sich aufmerksam. Die Seeräuber drehten sich scheinbar erstaunt zu ihr um, als hätten sie sie weder bemerkt noch erwartet. In einigen Gesichtern breitete sich ein erfreutes Lachen aus, was bewirkte, dass ihr die gleichgültigen Gesichter noch weniger auffielen. Die kalten Augen des jungen Kapitäns begannen freudig zu glänzen wie tauendes Eis und sein Grinsen blendete durch die späte Nacht, sobald er sie erkannte.

„Ich muss zugeben, ich hätte nicht gedacht, dass dein Plan funktioniert", lachte er, „aber die *Killing Lady* brennt lichterloh! Ich muss zugeben, gute Arbeit, ich hätte es nicht besser gekonnt. Du bist ein richtiger Brandfuchs von einem Seepferdchen."

„Das ist leider kein Kompliment ...", brummte sie leise und rutschte schwer vor Erschöpfung von der Reling, während sich die fröhlichen Gesichter um sie scharten. Lachend klopften ihr einige der Seeräuber die Schultern. Sea war sicher, dass Sall sie gehört hatte, aber er überspielte es, als ob er es nicht vernommen hätte.

„Pierre, geh in meine Kabine und hol meine Bettdecke, damit Sea sich trocknen kann. Nicht, dass uns unsere Meerjungfrau noch erfriert!", befahl er lässig grinsend. Der Franzose drehte sich auf dem Absatz um und lief umgehend zur Kapitänskabine davon. In der Nachtbrise frierend legte sie die Arme um sich.

„Ich meine es ernst, Käpt'n, ich möchte nicht mehr hier sein, falls ein eventueller Überlebender mit uns fahren will. Ich nehme an, ihr würdet von der *Killing Lady* niemanden mitnehmen wollen. Aber ich weiß nicht, ob ich nach Brandschatzung einen Mann im Wasser zurücklassen kann."

Die Piraten konnten ein ausgiebiges Lachen nicht unterdrücken, was Sea gar nicht anders vermutet hatte. Sie lachten über ihre hartnäckige Moral.

„Auf diesem Schiff da hat keine Kielratte überlebt", stellte Sall blendend gelaunt klar, „eigentlich müsste ich dir sogar danken. Mit Night hast du mir einen meiner ärgsten Feinde vom Hals geschafft." Genussvoll sah er zu, wie auf der *Killing Lady* eine brennende Rah auf das Großdeck herabfiel und der Mast zusammenbrach. Beim Aufprall brach auf einer Seite die Reling auseinander, und brennende Stücke fielen in die Wellen hinab. Der Wind hatte aufgefrischt, die Flammen züngelten allesamt in die gleiche Himmelsrichtung.

„Aye, hab ich. Dank mir aber lieber nicht, immerhin hast du den Inhalt von dreizehn Kisten voll Gold verloren", entgegnete sie scharf. Sie wollte weg, weg von der Tatsache, dass sie ein Schiff angezündet hatte und vermutlich eine ganze Schiffsmannschaft in der Feuerhölle hatte umkommen lassen.

Diegos Glucksen grollte über das Deck wie Donner.

„Das ist zum Glück nicht ganz korrekt, tatsächlich ist ein bisschen mehr als die Hälfte des Goldes noch an Bord. Mein Anteil ist immer noch groß genug, dass ich mich einen reichen Mann nennen kann", klärte er sie auf, als Pierre mit einer Bettdecke in der Hand wieder zu ihnen stieß. Er wollte die Wolldecke direkt an sie reichen, aber Sall nahm sie ihm aus der Hand.

„Sea hat Recht, da wir sie jetzt haben, sehe ich auch keinen Sinn darin, noch länger hier zu bleiben. Ich denke, wir sollten unseren Kurs wieder aufnehmen", sagte er und begann sofort die notwendigen Befehle zu geben. „Los, ihr faulen Hunde, setzt die Segel! Kurs Nordnordwest, gebt ihr ruhig genügend Tuch!" Mit seinem rauen, lauten Befehlston, einige schubste er zusätzlich zur Nachhilfe, scheuchte er seine Matrosen an die Brassen. Doch sobald er seine Befehle gegeben hatte und niemand mehr in seiner Nähe stand, wandelte sich seine Stimme wieder ins Angenehme. Er breitete die Decke aus und legte sie ihr um die Schultern. Mit einem prüfenden Blick seiner eisgrünen Augen zupfte er das Tuch zurecht, so dass auch ihr Hinterkopf zugedeckt war, und die Decke ihren Hals vor dem Wind schützte. Er musterte sie unauffällig, wie um sich zu versichern, dass sie keine groben Verletzungen davongetragen hatte.

„Bist du verletzt?", fragte er leise, und sie schüttelte stumm den Kopf, denn ein paar Blaue Flecken war nichts Erwähnenswertes, und die Wunde am Ellbogen hatte das Meer behandelt. Sie hätte ihn gerne tröstlich angelächelt, aber sie brachte es nicht übers Herz. Dass er ihren Deal nicht einhalten wollte, verhinderte jedes Zeichen von Zuneigung, auch wenn sie ihn mochte. Dass er in sie verliebt war, konnte ihren Hass darauf, dass er sie nicht wie versprochen unterstützen würde, nicht auflösen.

„Gab es Probleme? Ich hab Schüsse gehört", fragte er sanft weiter.

Ihr Gesicht blieb starr vor Ernst. „Nicht der Rede wert. Night hat mich erwischt und versucht, mich zu erschießen. Aber er war zu betrunken, um mich zu treffen, stattdessen hat er einen seiner Matrosen niedergestreckt", erzählte sie knapp und zog sich die Decke straffer um die Schultern. Eigentlich war es eine angenehme Nacht, aber wegen der stetigen leichten Brise fror sie in den nassen Kleidern fürchterlich. Sall sah sie ruhig an, und Sea fragte sich an was er dachte, aber aus seinem Gesicht waren unterdrückte Emotionen schwer zu lesen. Hatte er sich in seiner Vorstellung ausgemalt, was ihr auf der *Killing Lady* hätte widerfahren können? Dann war er vermutlich erleichtert, dass sie nur todmüde war.

„Ich stell mich dann hinters Ruder", wich sie dem Rest des Gesprächs leicht bibbernd aus. Sie wandte sich ab, um sich an das Ruder zu stellen, aber Sall hielt sie auf, bevor sie davonlaufen konnte.

„Du sollest dich besser an einen windgeschützten Ort begeben, deine Lippen sind schon ganz blau vor Kälte", riet er ihr, „wenn du möchtest, kannst du dich in meine Kabine zurückziehen, dort hast du mehr Möglichkeiten, deine Kleider aufzuhängen." Er lächelte sanft, auch wenn seine Stimme wieder ihren typischen lässigen Tonfall angenommen hatte.

„Klar, wenn du jederzeit hereinplatzen kannst, werde ich mich *bestimmt* auszieh'n und nur in eine Wolldecke gehüllt in *deiner* Kabine herumhocken", scherzte sie mit erhobener Augenbraue übertrieben sarkastisch. Sie hätte gerne über diesen klischeehaften Vorschlag gekichert, aber sie konnte nicht, sie war zu enttäuscht von ihm. Nach wie vor.

„Schade, in meiner Vorstellung war das ein schönes Bild", erwiderte er lächelnd, „auf jeden Fall bist du von der Arbeit freigestellt, bis du wieder trocken hinter den Ohren bist. Willst du ein trockenes Hemd von mir?" Sea schüttelte abwesend den Kopf und trottete zum Niedergang.

„Schon gut" Eigentlich war sie dankbar dafür, dass sie nun endlich wieder zur Ruhe kommen konnte. Aber sie brachte momentan keine Dankesworte über die Lippen. Sie stand schon auf der obersten Treppenstufe, als hinter ihr jemand nach ihr rief.

„Sea, warte noch kurz", hielt der Erste Maat sie auf und wandte sich an seinen Kapitän. „Die Segel sind gesetzt, wir sind auf Kurs, Pierre steht am Steuer. Sall, wir müssen reden."

Salls Gesichtsausdruck wurde ernst und er ließ seine Augenbrauen misstrauisch tiefer in sein Gesicht sinken, nickte aber bestimmt. Diego hob die Stimme und brüllte laut übers Deck, dass ihn jedermann hören konnte:

„Männer, ich berufe den Piratenrat ein! Wir müssen etwas klären"

Der junge Kapitän stutzte, und Sea konnte nicht verhindern, dass ihre linke Augenbraue nach oben flog und sie verwundert den Kopf schief legte. Ähnliche Gesichtsausdrücke hatten die Piraten, die sich verwundert um Diego und ihren Kapitän versammelten. Sall verschränkte erwartungsvoll die Unterarme, sobald der Rest seiner Crew ringsum stand. Sein Freund sah ihn ernst an, als er zu der Mannschaft zu sprechen begann: „Kurz nachdem wir Sea an Bord genommen haben, hat unser Kapitän mit ihr verhandelt. Der Handel war wie folgt: Ihre Kooperation bei der Suche nach Lenoirs Schatz gegen unsere Hilfe bei der Rückeroberung von Seas Frachtsegler. Jeder weiß wovon ich rede, jeder kennt die Geschichte, wie Sea die *Unicorn's Dream* verloren hat."

Er schaute in die Runde, fand aber niemanden, der unwissend aussah. Ernst hörten ihm die Seeräuber zu. Dann sah er Sall an.

„Nun will unser Kapitän sie übers Ohr hauen. Ob dies von Anfang an geplant war, weiß ich nicht, und es ist mir auch gleichgültig. Sie nur wegen dem Schatz nicht zu unterstützen ist eine Sache, denn ich muss sagen, mir ist die Kleine ans Herz gewachsen und finde es schade, dass sie gehen will. Und wir sind Piraten, wir machen keine fairen Geschäfte, wenn es uns nichts nützt! Aber, da sie gerade eben allen Anwesenden die Kehle vor der Klinge bewahrt hat, finde ich, ist es selbst für Piraten zu dreist, ihr nicht zu helfen."

Diego starrte Jack-Knife und dessen Freunde eindringlich an, denn von ihnen war allgemein bekannt, dass sie niemals jemandem ohne eigenen Vorteil helfen würden. Jack-Knife starrte mürrisch zurück, schien aber nicht gegen Diegos Vorschlag zu sein. Seas rehbraune Augen wurden mit jedem seiner Worte größer.

„Sall, von Mann zu Mann – denn ich kann nachvollziehen, wie viel dir an diesem Mädchen liegt – ich verlange, dass wir Sea unterstützen. Wer auch meiner Meinung ist, der soll die Hand heben", schloss er und hob seine Hand in die Höhe. Es dauerte einen Moment, aber nach und nach hoben die Piraten die Hände. Einige stupften ihre Nachbaren an, worauf diese auch die Hand hoben. Nach kurzer Zeit hatte der größte Teil der Crew für Diegos Vorschlag gestimmt. Ihr Herz flatterte vor Freude auf.

Sall musterte seine Crew ernst, konnte aber keinen relevanten Grund finden, um Diegos Vorschlag abzulehnen, zumal seine Mannschaft fast einstimmig dafür war. Mit steinernem Gesicht drehte er sich zu ihr um und betrachtete sie eindringlich. Er würde es vor sich herschieben, bis es bei den Piraten in Vergessenheit geriet. Er suchte einen Grund, um sich darum zu drücken, vermutete Sea, doch dann sah sie der junge Pirat mit seinen eisig grünen Augen an.

„Wie können wir die *Unicorn's Dream* finden?"

Irgendwie überraschte es sie, dass er sich so leicht geschlagen gab. Aber sie hielt sich nicht mit der Tatsache auf, sondern rechnete nach.

„Da ich annehme, dass Shark sich um die Daueraufträge meines Vaters bemühen wird, müsste er in einigen Tagen die Isla Beata südlich von Hispaniola passieren. Wenn wir einigermaßen guten Wind haben und in Schichten segeln, sollten wir dort die *Unicorn's Dream* abfangen können." Er nickte mit harter Miene.

„Gut. Diego, schick die Männer wieder an die Brassen, wir ändern den Kurs", befahl er, als er sich zu seinem Ersten umdrehte. Auch Diego nickte stumm, dann gab er in lautem Ton die Befehle und trieb die Matrosen an ihre Arbeitsplätze. Die Traube um sie löste sich in Sekundenschnelle und die Piraten zogen gleich darauf wieder im Rhythmus an den Enden. Sall blieb auf dem Deck stehen und wandte sich ihr wieder zu, während Diego laut rufend zum Bug davonlief.

„Diego", machte sie ihn auf sich aufmerksam, und er unterbrach seine Arbeit kurz, um sich umzusehen, „danke tausendmal!"

Der Erste erwiderte ihr Lächeln mit einem zufriedenen Grinsen und drehte sich auch schon wieder um, um seine Arbeit fortzusetzen. Er war inzwischen ein echter Freund geworden, auch wenn sie, als sie ihn kennen lernte, nicht gedacht hätte, dass sie ihm seine Grobheit verzeihen könnte. Glückselig, wie schon lange nicht mehr, wandte sie sich ab, um unter Deck zu gehen. Jedoch blieb ihr Blick an Sall hängen, und sie blieb wieder stehen. Er sah sie an, und Sea glaubte einen Schmerz in seinem Blick zu spüren, der ihre Gedanken mit Fragen tränkte. Liebte er sie wirklich so sehr, dass er sie gehen ließ, oder wollte er nur seinen Titel als Kapitän nicht verlieren?

„Du gehst besser in deine Kabine! In den nassen Kleidern ist es wirklich zu kalt, um auf dem Deck herum zu stehen", schickte er sie schließlich ruhig unter Deck, nachdem er sie einen Moment angesehen hatte. Sea war seinem Blick keine Sekunde ausgewichen. Akzeptierend nickte sie kurz, bevor sie sich abwandte.

„Danke, Sall!" Endlich konnte sie sich wieder ein Lächeln für ihn abringen, wenn auch ein reichlich klägliches, bevor sie den Niedergang hinabstieg. Ein bisschen nachtragend war sie eben doch, auch wenn sie es nicht sein wollte.

„Es tut mir leid, dass ich dich erst verletzen musste, bevor ich begriff, dass ich dich nicht aufhalten kann", raunte Sall ihr leise zu, dass selbst sie es kaum verstand, dann ließ er sie in Ruhe und trat neben den Steuermann. Von unter Deck her hörte sie, wie er befahl: „Kurs Nordnordost, geht hart an den Wind!" Ihr Herz machte einen Sprung vor Freude, er befahl Kurs auf Hispaniola. Plötzlich war sie dem Weg nach Hause näher denn je.

Im Canal de la Beata

Seas Wache würde nur noch ungefähr eine halbe Stunde dauern, ehe sie übers Mittagessen für vier Stunden abgelöst wurde. Doch als ihr Blick vom Stundenglas in die Ferne schweifte, wurde sie jäh unterbrochen noch bevor ihr Tagtraum überhaupt begann. Diego trat zu ihr ans Ruder, nachdem er die Kapitänskabine verlassen hatte. Wenn das Wetter ruhig war und die Umstände es zuließen, saßen die beiden Freunde oft zusammen, daran hatte sie sich längst gewöhnt. Was sie genau miteinander diskutierten, schien niemand genau zu wissen, aber diesmal war es offenbar um sie gegangen.

„Pierre ans Ruder!", befahl er laut, dann wandte er sich ihr zu, „Sall hat eine Karte herausgesucht, die die Inseln vor uns zeigt. Er will besprechen, wie wir die *Unicorn's Dream* am besten angreifen." Sea nickte knapp und übergab das Ruder dem zweiten Steuermann.

Der Kapitän stand tief über seine Karte gebeugt am Tisch, als Sea Diego durch die Tür folgte. Er wandte sich ihnen nur kurz zu: „So, Kapitän Horce, jetzt bin ich aber gespannt, wie viel an der Geschichte mit deinem Schiff dran ist."

„Glaubst du mir immer noch nicht, dass ich Kapitän war? Wenn auch nur für eine Fahrt." Sie trat mit emporgezogener Augenbraue zu ihm an den Tisch.

„Nach all den Bemühungen, die du dir gemacht hast, um uns dazu zu bringen dir zu helfen, muss an deiner Geschichte etwas dran sein", sagte er, „also, wie gehen wir deiner Meinung nach am besten vor?"

Zu dritt betrachteten sie die Karte, die sowohl Santo Domingo als auch den südlichsten Punkt Hispaniolas zeigte. Die winzige Insel Alto Velo würden sie in einigen Stunden passieren. „Die *Unicorn's Dream* wird vermutlich morgen im Verlauf des Tages von den Kleinen Antillen her an Cabo Beata vorbeiziehen. Wir sind immer zwischen der Isla Beata und dem Kap hindurchgefahren, um Zeit zu sparen, daher nehme ich an, dass Shark es meinem Vater nachtun wird", erklärte sie, „für einen Überfall ist der Ort bestens geeignet, die Küste wird kaum bewacht. Das Kap und die Insel sind nahezu unbewohnt, deshalb interessieren sich die Spanier auch nicht dafür. Auf der Insel werden Rinder gezüchtet, soweit ich weiß, das ist aber auch schon alles. Alto Velo ist komplett unbewohnt"

Sall musterte sie nachdenklich, ehe er etwas sagte. „Das heißt, wir werden uns hinter der Insel verstecken und sie abfangen", nickte er gedankenversunken, „Fast zu einfach."

„Glaub nicht, dass ein Angriff auf die *Dream* einfach ist, Sall! Für ihre Größenklasse ist mein kleiner Frachter verflixt schnell und wendig. Und noch dazu hat sie beinahe Rückenwind", warnte Sea die Piraten.

„Stimmt, wenn das Wetter stabil bleibt, werden sie vor dem Nordostpassat segeln", überdachte Diego laut ihren Plan und folgte den Bewegungen der Schiffe auf der Karte mit dem Finger, „dann müsste die *Unicorn's Dream* den Kurs wechseln, um in den Kanal zu fahren. Sie hätten dann Wind von querab, während wir Gegenwind haben."

„Dann verstecken wir uns hinter dem Kap", löste der junge Kapitän ihr Problem knapp, offensichtlich ohne groß über seine Antwort nachgedacht zu haben. Doch Sea schüttelte erneut den Kopf.

„Dann sehen sie uns zu früh. Sie sind zu diesem Zeitpunkt noch nicht weit genug im Kanal, um nach Westen zu fliehen. Sie werden wenden und nach Süden abdrehen, während wir im Gegenwind festsitzen."

„In diesem Fall müssen wir einen Ausguck auf der Isla Beata absetzten und uns ein Signal geben lassen, sonst entdecken wir die *Unicorn's Dream* womöglich zu spät", dachte Sall laut.

„Am besten jemand, der ohnehin kampfunfähig ist", warf sein Erster Maat ein, „Ramiro und Steps können wir in ihrem jetzigen Zustand bei einem Überfall nicht gebrauchen. Sie können uns ein Flaggensignal geben, und wir sammeln sie nach dem Gefecht auf. Dann verlieren wir keine Zeit und Kraft mit hin und her pullen."

„Steps?", fragte Sea nach, denn die Namen der Besatzung kannte sie noch immer nicht komplett.

„Der Geigenspieler"

„Ah ..."

„Zurück zum Thema!", blieb Sall bei der Sache, „den Ausguck haben wir bestimmt, aber das Problem mit dem Gegenwind haben wir noch immer. Wie schnell ist die *Unicorn's Dream*? Können wir sie erwischen, wenn wir ihr Fahrwasser kreuzen?" Sea verschränkte die Arme und lehnte sich mit der Hüfte gegen die Tischplatte.

„Du meinst, ob wir sie einholen können? ...Unwahrscheinlich. Sobald sie an uns vorbei ist, haben wir verloren. Dann fährt sie uns davon", erklärte sie, „aber Shark ist ein ungeduldiger Mensch. Und da der Kanal von Nordwest nach Südost ausgerichtet ist, wird er die *Dream* sowohl am Kap als auch an der Nordspitze der Insel recht nahe vorbeisteuern. Außerdem kommt uns die kleine Landzunge zu Hilfe"

„Du meinst, wir erwischen sie, wenn wir hart am Wind segeln?", fragte Diego dazwischen.

„Das allein genügt vermutlich nicht", entgegnete sie, „wie gesagt, die *Dream* ist sehr wendig. Sobald die *Queen Roses Death* entdeckt wird, wird sie den Kurs nach Norden wechseln." Sie zeigte ihnen auf der Karte den Weg ihres Schiffes.

Der Kapitän runzelte die Stirn. „Wir müssen sie also entweder erreichen können, bevor sie das Manöver ausführen kann, oder dranbleiben, bis ihr die Landzunge weiter nördlich den Weg abschneidet."

„Ich fürchte, dafür sind wir zu langsam", warf sie ein, „wenn sie abdrehen kann, haben wir verloren. Aber wenn wir Glück haben und Math meinen Freunden meinen Brief gebracht hat, werden sie deinen Black Jack erkennen, Sall. Ich habe sie beauftragt, die Manöver zu sabotieren."

„Hm", meinte er, „Na dann, versuchen wir's. Aber eine Frage noch: Was passiert, wenn wir sie nicht erwischen?"

„In diesem Fall werden wir ausdiskutieren, ob ich einen zweiten Versuch zugute hab'."

Sall musste grinsen über diese Antwort: „Unwahrscheinlich. Nach dem ersten Versuch sind wir nämlich quitt"

„Darüber diskutieren wir wenn's tatsächlich schief läuft", meinte sie knapp und er schüttelte den Kopf über ihre Hartnäckigkeit.

„Also gut, wie du willst. Dann könnt ihr beiden wieder an die Arbeit gehen. Wir werden uns die Isla Beata und die Passage ansehen und danach unsere Pläne mit der Crew besprechen", meinte der junge Kapitän abschließend und ließ sie wieder an ihre Arbeit gehen.

***

Wie Sea erwartet hatte, segelten sie nur wenige Stunden später an Alto Velo vorbei, und sie konnte förmlich zusehen, wie sie sich der Isla Beata näherten. Kurz nach vier Uhr warfen sie westlich der Insel den Anker. Als Liegeplatz hatten sie sich das seichte Wasser vor dem Strand ausgesucht, der die nach Norden in die Passage fliehende Landzunge einrahmte. Der junge Kapitän befahl kurzerhand und ungeduldig wie immer, den Kutter auszusetzen und ließ Proviant für den Ausguck bereitmachen. Beides war in kürzester Zeit erledigt, und das Beiboot trieb nur Minuten später wartend auf den vom wolkigen Wetter trüb grau gefärbten Wogen. Doch die Bootsmannschaft setzte sich noch nicht an die Riemen.

„Wir würden gern erfahren, wie wir vorgehen, Käpt'n. Warum der Proviant?", sprach Jack-Knife der Crew aus der Seele. „Eigentlich hatte ich mir erst die Insel ansehen und euch danach unser Vorgehen erklären wollen, wenn es definitiv ist", meinte Sall mit den Händen in den Hosentaschen und erklärte ihnen wie gewünscht, wie der Überfall ablaufen sollte und wo eventuell Probleme auftreten könnten. Ramiro und Steps nickten zufrieden mit der stationären Aufgabe an Land und beschlossen das Flaggensignal auf der Suche nach einem sinnvollen Aussichtsposten zu besprechen.

„Wie kommen wir nachher wieder auf die *Rose* zurück?", fragte Steps nachdenklich.

„Wir werden euch nach dem Überfall holen. Ich wüsste nicht wie sonst."

„Also ich bevorzuge, nicht auf der Insel zurückzubleiben, Käpt'n", meinte Ramiro, „könnten wir nicht stattdessen die Jolle betakeln und euch entgegensegeln? So schwer verletzt, dass wir nicht mehr segeln könnten, sind wir schließlich auch nicht."

„Nur zu", zuckte ihr Kapitän mit den Schultern, „wir werden vermutlich ohnehin nicht allzu viel Weg machen, dafür sind wir zu langsam. Wenn wir die *Unicorn's Dream* nicht möglichst schnell einholen, wird sie uns Sea zufolge davonsegeln."

„Und wie lange sollen die beiden auf der Insel herumhocken, falls sich der Brandfuchs verrechnet hat?", fragte Jack-Knife mit seinem immer unzufriedenen Unterton, „hier wochenlang auf ein bestimmtes Schiff zu warten hat keinen Zweck." Die Piraten wandten den Blick nach ihr, als hätte sie die Möglichkeit, den Zeitraum zu bestimmen, aber sie wussten alle, dass die Entscheidung bei der Crew lag.

„Wenn sie das Kap morgen nicht passiert, habe ich keine Ahnung wann mein Schiff wo sein wird. Und mit Verspätung ist bei Transporten mit der *Unicorn's Dream* im Normalfall nicht zu rechnen", teilte sie den Piraten mit.

Die Blicke wanderten von ihr zu Sall, an dem nun die Antwort hängen blieb.

„Ich denke, zwei Tage sind wir ihr schuldig. Wenn die *Unicorn's Dream* bis übermorgen um zwölf Uhr nicht aufgetaucht ist, brechen wir die Aktion ab, und Sea begleitet uns nach Tortuga.“

Jack-Knife nickte nur akzeptierend, als hätte er ebenso gut gleichgültig mit den Schultern zucken können. „Und was passiert, wenn unser Brandfüchslein im Gefecht ihr Leben lässt?“

Einige Gesichter versteinerten bei diesem Gedanken – an diese Situation hatten die wenigsten bisher gedacht. Sicher nicht zuletzt, da sie Sea nur als Überlebenskünstlerin kannten, die sich aus allem irgendwie wieder herausmanövrierte. Ihr Tod kam ihnen vermutlich so fern und unerreichbar vor, wie das ewige Leben oder der eigene Tod. Der junge Pirat wandte sich mit eiserner Mine nach ihr um. Er sah aus, als hätte er dieses Thema lieber totgeschwiegen.

„Was dann, Sea? Wie haben wir in diesem Fall unsere Schuld bei dir zu begleichen?“

Sie betrachtete einen Moment das versteckte Funkeln der Besorgnis in seinen kalten Augen und wandte dann nachdenklich den Blick auf die dunklen Wogen der See. Schließlich sah sie ernst in die Runde und umschrieb ihren letzten Willen.

„Sollte ich in diesem Gefecht umkommen, möchte ich, dass ihr Mark Smith in die Hölle schickt. Die übrigen Matrosen lasst ihr so unbeschadet wie möglich mitsamt Schiff und Ladung ihres Weges segeln. Die *Unicorn's Dream* geht zu gleichen Teilen in den Besitz der Matrosen Augenklappe Jo und Rack über.“

Die Piraten nickten ohne jeden Einspruch. Ihr Wille war endgültig, denn so eigenartig es war, sie hatte gerade ihr Testament gemacht.

„Du solltest es nachher ins Logbuch oder sonst wo aufschreiben. Nicht, dass wir die Namen durcheinander bringen und aus Versehen den Falschen ins Jenseits befördern“, meinte Diego kühl und erntete amüsiertes und ernstes Nicken von seinen Kameraden.

„Aber erst wenn wir zurück sind“, schloss der junge Kapitän das Kapitel, „Macht schon! In die Boote mit euch!“

***

Ramiro und Steps blieben zurück, um wie abgemacht die Jolle zu betakeln, während der Kutter schon dem Strand entgegengepullt wurde. Ihre Verpflegung hatten sie umgeladen, und auch die Flaggen würden sie gleich selbst in der Jolle mitnehmen. Aber die beiden ließen sie nicht lange auf sich warten. Schon nach kurzer Zeit zogen sie mit einiger Mühe das kleinere Beiboot, nun mit Segeln an einem inzwischen umgeklappten Mast, neben dem Kutter auf den Sand. Ihre Verletzungen machten ihnen sichtbar zu schaffen.

Ramiros Arm war zwar schon beinahe ausgeheilt, aber er konnte trotzdem nur mit einer Hand arbeiten, und auf der *Killing Lady* hatte er sich den Fuß verstaucht, weshalb er hinkte. Steps hatte zwar beide Hände zur Verfügung, war aber mit dem verletzten Wadenbein sehr langsam und unbeholfen unterwegs. Diego hatte seine Gründe gehabt, ausgerechnet sie beide vorzuschlagen. Mit diesen Wunden waren sie im Gefecht nicht nur unbrauchbar, sondern stark gefährdet, aber mit der Jolle zu segeln brachten sie gerade so auf die Reihe.

Die Isla Beata war im Grunde eine flache Insel mit wenigen Hügeln im Westen. Wäre die Landzunge kahl, würde man die Mastspitzen der *Queen Roses Death* von Osten her gesehen eindeutig als ein Schiff erkennen. Aber die Insel war durchweg mit rund zehn Faden hohen Palmen bedeckt, so dass das Eiland genug an Höhe gewann, um das Piratenschiff zu verbergen. Trotz der üppigen Bewaldung wirkte die Insel dennoch trocken und die Vegetation durstig. Die Piraten ließen nicht einmal eine Bootswache zurück, als sie die Landzunge erklommen, die Insel wirkte so verlassen. Die Anhöhe war an manchen Stellen steil, und sie suchten eine Weile nach einem geeigneten Pfad, ehe sie zwischen breiten, beigen Stämmen hindurch bergan gingen. Sobald sie die Anhöhe erreicht hatten, folgten sie der Hügelkuppel nach Norden auf die Landzunge hinaus. Bis Sall vorweg aus dem Schatten der Bäume trat und einige Schritte vor dem Abhang stehen blieb.

Sie hatten eine kahle Stelle nahe der Spitze der Landzunge erreicht, die sich als Aussichtspunkt gut eignete. Er ließ seinen Blick dem Horizont entlang schweifen und genoss die Aussicht über das vom Wetter dunkelgrau gefärbte Meer. Diego im Rücken folgte ihm Sea, schritt aber keinen Tritt näher an den Rand des Abhangs als er. Das Gestein unter ihren Füßen war recht locker, und sie wollte das Risiko lieber nicht eingehen, dass es ihr unter den Sohlen wegbröckelte. Der Hang fiel nach Osten zwar nicht klippenartig senkrecht ab und sie würde bei einem Absturz hängen bleiben, aber was für Verletzungen man davon trug, wollte sie nicht erfahren. Dafür würden sie die *Unicorn's Dream* an diesem Punkt schon von weitem erkennen können. Sea folgte dem Blick des Kapitäns in Richtung Norden über die am Fuß der Landzunge brandenden Wogen. Von dem hohen Punkt aus waren die Tiefen des Küstenwassers deutlich an ihren Farben zu unterscheiden, und am Horizont zeichnete sich der grüne Landstreifen von Cabo Beata ab. In dem strahlenden Sonnenschein, den sie am Morgen vor ihrer Ankunft gehabt hatten, hätte es wie das Paradies selbst gewirkt. Da aber seit Mittag einige graue Wolken vom Festland her aufzogen, sah der Ausblick so dramatisch aus, als wüsste er was ihnen bevorsteht.

Sall schwenkte den Blick auf die *Queen Roses Death* herab, die hinter der Landzunge versteckt lag, und überflog prüfenden die Bucht im Westen, auf die sie eine fabelhafte Aussicht hatten.

„Von Osten her wird niemand die *Rose* entdecken, auch wenn diese Landzunge nicht hoch ist", beruhigte ihn sein erster Maat.

„Daran hege ich keinen Zweifel", erwiderte er, „die Bucht ist ideal für die Taktik der Küstenpiraten, da hattest du Recht, Sea, aber ich frage mich je länger, je mehr, ob die *Rose* dafür schnell genug ist. Den Wolken zufolge wechselt womöglich der Wind. Das könnte uns einen Strich durch die Rechnung machen."

Sie hatte ihn nicht grundlos auf diese Insel gelotst und dieses Vorgehen gewählt. Die Küstenpiraten versteckten sich mit ihren Booten an Land und warteten, bis ein Schiff vorbeifuhr, um dann wie aus dem Nichts aufzutauchen und das überraschte Schiff auszurauben. Mit ihren kleinen, wendigen Booten war es den meisten Frachtern unmöglich ihnen davonzufahren. Sall überlegte sich zu Recht, ob die *Queen Roses Death* für diese Taktik nicht zu langsam war. Aber der Windwechsel würde die *Unicorn's Dream* genauso beeinträchtigen wie das Piratenschiff, also würde es taktisch gesehen vermutlich keinen Unterschied machen.

„Klar, wir werden Glück brauchen, aber wenn ihr den Nordostpassat ausnutzt, ist die *Rose* vermutlich schnell genug um die *Dream* geradeso abfangen zu können", erklärte Sea, „aber wir dürfen Shark nicht unterschätzen, er weiß genau, wie eng die *Dream* gewisse Manöver segeln kann. So wendig wie sie ist, geben meine Matrosen sogar damit an, dass sie Haken schlagen kann. Aber wie gesagt, meine Freunde werden die *Rose* erkennen und versuchen die Manöver unauffällig zu erschweren, also stehen wir alles in allem gar nicht so schlecht da." Sall sah sich nach Osten um, in die Richtung, aus der die *Unicorn's Dream* nach Kingston segeln sollte.

„Und du bist sicher, dass dieser Shark durch den Canal de la Beata segeln wird?"

Sea nickte bestimmt: „Aye, die Insel ist so gut für Überfälle geeignet, dass aus Angst ausgeraubt zu werden, kein vernünftiger Seemann hier durchsegelt. Da es hier also keine Beute gibt, gibt es auch keinen Grund für Seeräuber, sich hier aufzuhalten. Mein Dad hat nachdem er Kapitän wurde, ziemlich bald angefangen, mit diesem System zu arbeiten. Und da es relativ selten misslingt, sehe ich keinen Grund, warum es Shark anders machen sollte."

„Dann postieren wir am besten genau hier den Ausguck. Von hier aus würden wir ein Schiff sowohl im Westen als auch im Osten früh entdecken und erkennen", teilte der Kapitän seinem Ersten mit.

„Steps! Ramiro!", rief Diego darauf den Abhang hinab, wo die beiden Piraten zurückgeblieben waren, „wir stellen den Ausguck hier auf der Landzunge!" Steps salutierte zum Zeichen, dass er den Befehl verstanden hatte.

* * *

Die Piraten packten gemeinsam mit an, und Ramiros und Steps Sachen wurden in kürzester Zeit auf die Anhöhe getragen. Die beiden würden sich dort einrichten soweit es nötig war – eine Laterne hatten sie mitgebracht, vielleicht würden sie ein Feuer entfachen oder das Jollensegel bei Regen zum Zelt umfunktionieren. Steps meinte dazu lachend, dass sie den Proviant bestimmt nicht wieder mitbringen würden, dann begannen die Piraten die Flaggensignale zu definieren. Sie wollten die Signale möglichst einfach halten und entschieden sich nur drei Farbkombinationen zu gebrauchen: Blau und weiß würden sie zeigen, wenn die *Unicorn's Dream* erkannt wurde, rot und weiß stand für Beute und rot und blau für jegliche Schiffe, denen sie aus dem Weg gehen sollten wie Marineschiffe verschiedenster Nationen. Mit dem Kreuzen der beiden Flaggen sollte die geschätzte Entfernung zur Landzunge übermittelt werden. Die Anzahl, wie viele Male die beiden Flaggen gekreuzt werden würden, entsprach der doppelten Anzahl Seemeilen, die das Schiff entfernt war. Zum Abschluss einer Entfernungsangabe würden die Flaggen für einige Zeit voneinander fortgehalten werden, bevor die Kreuzungen von vorne begannen. Steps würde das Flaggensignal geben, da nur er beide Flaggen gleichzeitig halten konnte. Sobald die Nachricht verstanden war, würden die Piraten auf dem Schiff den Black Jack hissen. Sea machte zum Schluss den beiden Piraten erneut klar, woran sie ihr Schiff erkennen würden und übergab ihnen zur Sicherheit die Zeichnung von ihrem Zeichenblock.

Kaum waren die Signale abgesprochen, machten sich die Piraten an den Abstieg und ließen ihre Kameraden zurück. Schon kurze Zeit später setzten sie mit dem Kutter wieder zur *Queen Roses Death* über, wo Sea es sich nicht nehmen ließ sofort im Logbuch festzuhalten, wie die Piraten sich zu revanchieren hatten, falls sie ihrem Vater folgen sollte.

∗∗∗

Den Abend verbrachte sie bei Luigi und später auf dem Achterdeck, von wo aus sie im glühenden Abendlicht das Wetter und die Insel beobachtete. Sie sang dabei und ein Grüppchen der Piraten hockte wortlos auf dem Großdeck, als lauschten sie ihr. Sea sang, was ihr gerade zu Kopf stieg. Neben dem Geräusch der Brandung war ihre Liedauswahl das Medium, das die Stimmung am meisten prägte. Als ihr kurz vor Sonnenuntergang tatsächlich die Ideen ausgingen, schloss ein Wunsch, der von der Kommandobrücke heraufgerufen wurde, ihr Konzert.

„Sing mir noch einmal das Lied vom *Blackbird*!", befahl Sall sanft, als er die Treppenstufen zu ihr hinaufstieg. Das Lied, das sie in der *Sirene* gesungen hatte und von einem jungen Seemann erzählte, dessen Geliebte ihm davonsegelte. Dieses Lied passte nicht zu Sall, aber es beschrieb seine Situation leider sehr treffend. Daher verweigerte sie ihm den Wunsch nach einem Liebeslied nicht. Er lehnte sich mit verschränkten Armen neben ihr an die Reling, als sie zu singen begann, und die Zeit schien still zu stehen solange das Lied dauerte.

> „… *Oh if I was a blackbird, and could whistle and sing*
> *I'd follow the vessel, my true love sails in.*

And in that top riggin', I would there build my nest
And I'd flutter my wings o'er her lily white breast"

Einen Moment, nachdem Sea das Shanty mit dem Refrain endete, seufzte Salvador, ohne den Blick wieder von den Wogen abzuwenden.

„Du singst wirklich wie eine Sirene, Seepferdchen. Ich habe mich viel zu schnell an deinen Gesang gewöhnt ...", sagte er nach einer weiteren Pause und wandte die eisgrünen Augen nach ihr um, „ich hoffe ernsthaft, dass deine *Unicorn's Dream* die Isla Beata niemals passiert."

„Ich würde auch dann nicht bleiben. Es wäre nur ein weiterer Umweg an mein Ziel."

„Aber ich hätte mehr Zeit, um dir auszureden, nach Hause zu gehen", lächelte der junge Pirat.

„Mich kannst du nicht umstimmen, Sall, dafür sind mir die *Unicorn's Dream* und meine Freunde in Kingston zu wichtig", erwiderte Sea. Sie war selbst überrascht, wie schmerzlich sie klang, aber die Piraten waren ihr ans Herz gewachsen. „Und Pirat werden kann ich nicht. Ich kann die Prinzipien, die mein Vater mir mitgegeben hat, nicht einfach ablegen. Mein Gewissen würde mich zu sehr quälen"

„Ich hatte befürchtet, dass du genau diese Worte wiederholst", seufzte Sall, und sie sahen wieder eine Weile den Wellen zu, die unter ihnen gegen die Bordwand rollten. Die grauen Wogen färbten sich nun schwarz, da die Sonne hinter den trüben Wolken untergegangen war. Der Wind frischte auf, und Sea legte die Arme um sich. Sall hingegen ließ sich den Passat durch Haare und Kleider wehen und schien die Brise zu genießen. Als er sah, dass sie fror, richtete er sich auf und legte die Arme um sie. Frech drückte er ihr einen gedehnten Kuss auf die Schulter, ehe er sich vorbeugte, um sie anzusehen.

„Schläfst du heute noch einmal bei mir? Heute ist womöglich unsere letzte Gelegenheit", fragte er unverfroren grinsend. Sie schüttelte den Kopf mehr über seine Unverbesserlichkeit, als um abzulehnen.

„Solange mein Verstand noch funktioniert *bestimmt nicht*", grinste Sea ihn an. Sie vermisste seine Sprüche jetzt schon. „Das letzte Mal konntest du dich beherrschen, aber ich weiß, dass du diesen Fehler nicht noch einmal machst."

„Warum wollt ihr Mädchen unbedingt Jungfrau bleiben bis ihr heiratet? Kannst du deinen Verstand nicht einen Abend lang ignorieren?"

„Nein, kann ich nicht!", entfuhr es ihr empört und sie schubste ihn von sich, aber lachen musste sie trotzdem, „hast du eine grobe Ahnung, wie das Leben einer Frau mit einem unehelichen Kind am Rocksaum aussieht?" Einer Frau mit einem unehelichen Kind drohte das kalte, dreckige Elend – diese Frau fand keinen Mann mehr, keine Anstellung und keinerlei Unterstützung. Wenn sie Glück hatte, konnte sie heiraten, bevor die Schwangerschaft entdeckt wurde, aber für Sea war beides keine Option. Außerdem hatte sie es nicht eilig.

„Willst du mich heiraten?", scherzte Sall um sie zu ärgern.

„Nein, du Hund, will ich nicht!", lachte sie verzweifelt, „hör endlich auf, Sall." Sie schenkte ihm ein Engelslächeln, und er gab tatsächlich nach.

„Aber einen Kuss schuldest du mir noch, Seepferdchen."

„*Ich* schulde dir gar nichts!", erinnerte sie ihn, trat aber dennoch an ihn heran. Sie stellte sich auf die Zehenspitzen und küsste ihn ohne weiter zu zögern. Sonst hätte sie es sich möglicherweise noch einmal überlegt. Sall legte die Arme um sie und schloss sie in seinem Griff ein, so dass sie sich kaum noch rühren konnte. Er will verhindern, dass der Kuss allzu schnell vorbei ist, dachte Sea. Aber sie ließ Sall seinen Kuss genießen. Er spielte eine ganze Weile mit ihrer Zunge und ihr wurde es schon beinahe zu dumm, bis er seinen Griff um sie lockerte. Mit geweiteten Pupillen starrte er sie aus seinen eisigen Augen an, bis Eisblumen auf ihrer Haut aufzublühen schien. Sie hatte noch nie so klar gesehen, was er fühlte und dachte.

„Nein, ich schlafe nicht bei dir!", antwortete sie, bevor er den Mund öffnete. Einen Augenblick schien er erstaunt, dann kehrte sein lässiges Grinsen in sein Gesicht zurück.

„Du kannst also schon meine Gedanken lesen?"

„Selbst ein Blinder hätte dir diesen Gedanken angesehen", kicherte Sea und sah wieder auf die grauen Wogen hinaus. Der Pirat tat es ihr gleich und begann, sie über ihre Zukunftspläne auszuquetschen. Sie diskutierten, bis es Sea zu kalt wurde, über die *Unicorn's Dream* und wie sein Leben weitergehen würde nachdem Lenoirs Gold verprasst war. Zwei Dinge standen für ihn fest: Er würde Geld zurücklegen, bevor alles verprasst war, und er würde Pirat bleiben. Was sollte er auch sonst tun?

Als sie sich in ihre Kabine zurückzog, waren die Laternen an Deck bereits entzündet. Der junge Kapitän gab ihr zum Abschied einen Kuss auf die Stirn, ehe sie den Niedergang hinabstieg. Wenn alles nach Plan lief würde dies die letzte Nacht sein, die sie auf dem Piratenschiff verbrachte. Es wurde allmählich Zeit, dass sie zeigen konnte, dass Sea Horce Wort hielt – sie würde zurückkehren. Vor mehr als einem Monat war sie als Kapitän der *Unicorn's Dream* in See gestochen. Ihr kleiner Zeichenblock war inzwischen voll, jedes Blatt war beidseitig ausgezeichnet bis an die Ränder – für sie ein klares Zeichen, dass sie schon zu lange unterwegs war. Hoffentlich hatte sich Shark auch wirklich um Carvendishs monatliche Sendung von St. Kitt and Nevis nach Jamaika bemüht, sonst würde er den Canal de la Beata Morgen nicht passieren. Dann fiel ihr Plan ins Wasser, und sie musste von vorne anfangen.

Diese Gedanken hielten sie noch lange wach, und sie starrte stundenlang aufgeregt an die Decke der kleinen Kabine, ehe sie endlich auf der harten Matratze einschlief.

✳✳✳

Sea erwachte früh, als ein Regenschauer gegen die Planken der Bordwand prasselte. Sie kehrte sich wieder zur Wand, konnte aber nicht mehr einschlafen. Aufregung äußerte sich in einer seltsamen Art von Vorfreude, die ihre rehbraunen Augen offen hielt. In dem Moment, in dem das beruhigende Geräusch des Regens nachließ, hielt sie es nicht mehr länger auf der harten Pritsche aus. Sie schlug die Decke zurück, machte sich bereit für den Tag und verließ einen Augenblick darauf die Kabine.

Die Hecklaternen brannten noch als sie an Deck trat, obwohl der frische, graue Morgen schon hell war. Sie würden beim nächsten Wachwechsel gelöscht werden. Sea legte die Arme um sich, als der Wind die *Rose* auf den Wellen schaukelte und trat an die Reling. Die Insel lag still und grau vor ihr, nichts regte sich. Nicht einmal die Palmen schienen vom Wind bewegt zu werden. Es sah aus, als ob die Welt noch schliefe. Eine Weile stand sie frierend an der Reling und beobachtete den Strand und die Landzunge, in der Hoffnung dass sich etwas regte. Doch als es ihr zu kalt wurde und sie vom zweiten Deck vermehrt Geräusche wahrnahm, schlich sie den Niedergang wieder hinab. Zusammen mit den Piraten, die als nächste Wache hatten, begab sie sich in die Kombüse, wo ihnen der munter pfeifende Koch ihr Frühstück in die Teller schaufelte. Ausnahmsweise war sogar der Kapitän bei der ersten Mahlzeit anwesend. Sall wirkte an diesem kühlen, trüben Morgen unausgeschlafen und müde im Vergleich zu sonst, als hätte auch er keine ruhige Nacht gehabt. Auch ein gewisser Teil der Crew schien den Wetterumschwung zu spüren, denn das Frühstück war außergewöhnlich ruhig.

Als sie nach dem Frühstück auf das Achterdeck stieg, war es bereits wieder warm. Das Wetter sah jedoch nicht besser aus und die Wolken, die sich tags zuvor über dem Kap aufgetürmt hatten, färbten den Tag zusehends trüber. Der Himmel sah zwar nicht nach Regen aus, aber ein trockenes Gewitter war wegen der Blitze noch gefährlich genug. Sea blieb auf dem Achterdeck stehen und beobachtete aufgeregt die Landzunge. Sie sehnte nichts mehr herbei als die blaue und die weisse Flagge, auf die sie ungeduldiger wartete als ein Kind auf den Nachtisch.

„Sie kommt nicht eher nur weil du die Insel anstarrst", wurde sie gegen zehn Uhr aus ihren Gedanken gerissen. Foncés Zähne blitzten weiss zwischen seinen Lippen hervor als er vom Großdeck zu ihr hinauf grinste, aber gerufen hatte Pierre. „Stattdessen könntest du uns beim Deckschrubben helfen", meinte er mit seinem blumigen französischen Akzent und zeigte ihr die Eimer, die sie offenbar zuvor aus dem Laderaum geholt hatten, „du könntest den Dreck vom Deck spülen und uns ein Ständchen bringen, damit die Arbeit nicht so langweilig ist. Qu'est-ce que tu penses?" Wie er das Wort ‚Deckschrubben' aussprach war zum Kichern.

„Wollt ihr euch denn nicht auf den Überfall vorbereiten?"

„Doch nicht, um ein Handelsschiff zu überfallen. Vorbereitungen wären Zeitverschwendung. Kommst du nun?"

Zu siebt schrubbten sie vom Achterdeck her nach vorne die Planken, bis deren holzbraune Farbe unter dem schwarzen Schmutz erschien. Wie abgesprochen spülte Sea regelmässig den Boden mit Seewasser und sang gerade gewünschte Lieder oder ließ sich neue Shanties beibringen. Nebenbei beobachtete sie immer wieder die Landzunge. Zwischen die Lieder mischten sich immer mehr Gespräche, bis das Schrubben zur Nebensache wurde und die Piraten diskutierend an der Reling lehnten.

***

Der frühe Nachmittag war ebenso grau und kühl wie der Morgen. Seas Aufregung wurde allerdings schlimmer und die Angst, dass sie sich verrechnet hatte, stündlich größer. Während die Piraten allen möglichen Arbeiten und Zeitvertreiben nachgingen, begann sie sich auf den Überfall vorzubereiten. Anders hätte sie das weitere Warten wohl kaum ausgehalten. Sie legte ihren Schmuck ab und steckte ihn in die Hosentaschen. Sie liess sich einen Wetzstein geben, um seit langem einmal wieder ihren Säbel zu schärfen. Danach mühte sie sich sogar mit dem Versuch ab, sich selbst einen Zopf zu flechten, was ihr kläglich misslang. Bei jemandem anderes war es kein Problem, aber sie musste endlich lernen ihr eigenes Haar zu flechten. Diego beobachtete sie eine Weile schmunzelnd, ehe er anbot ihr zu helfen. Der Erste Maat hatte gerade ihr Haar in Stränge geteilt, als endlich der Ausguck vom Mast herabbrüllte.

„Er zeigt die blaue und die weisse Flagge, Käpt'n, es ist die *Unicorn's Dream!*"

„Wie weit ist sie entfernt?", brüllte Sall in den Mast hinauf. Er saß auf der Gräting in der Mitte des Großdecks und hatte Karten gespielt, doch nun warf er die Spielkarten auf seiner Hand auf den Stapel zurück. Der Ausguck liess sich einen Moment Zeit, um zu zählen, wie häufig die Flaggen gekreuzt wurden.

„Vierzehn Meilen" Ihnen blieb also ungefähr eine Stunde bis der kleine Frachter an der Insel vorbeisegeln würde.

„Na dann mal rein ins Vergnügen!", machte der Kapitän seine Matrosen aufmerksam, „hisst den Black Jack! Hievt den Anker! Dann sammelt eure Waffen zusammen und macht die Segel klar, Männer!"

Sobald die schwarze Flagge am Flaggenmast flackerte, beendete Steps die Wiederholungen des Signals. Trotz dessen, dass die Piraten sich Zeit ließen, war der Black Jack eher gehisst worden als Diego ihren Rattenschwanz geflochten hatte. Was musste er auch einen Fischgrätzopf flechten?! Als ob er unbedingt hätte beweisen müssen, wie gut Seemänner sich auf's Haareflechten verstanden! Wer einen Zopf trug, dessen Haare gerieten nicht bei jedem Windstoß ins Gesicht und brauchten weniger Pflege, daher war diese Frisur auf See weit verbreitet. Der Anker wurde schon gehievt, als der Erste Maat endlich mit Flechten fertig wurde, weshalb Sea glaubte, Diego hatte sich um irgendetwas drücken wollen.

Diese Stunde schien unendlich. Die *Queen Roses Death* war bereit, die Segel schienen nur darauf zu warten, in den Wind gedreht zu werden. Aber wenn sie zu früh ihre Deckung aufgaben, hatte die *Unicorn's Dream* Zeit, um Distanz zur Insel zu schaffen. Steps hatte hin und wieder das Flaggensignal wiederholt, um über die Entfernung des Schiffs zu informieren. Bei einer Distanz von acht Meilen klärten die Piraten letzte taktische Details. Bei diesem Überfall sollte weder das Schiff noch seine Crew versehrt werden, legte Sea den Piraten ans Herz. Außerdem informierte sie die Crew darüber, dass diejenigen Matrosen mit einem rotem Band oder Tuch am Arm sie nur zum Schein bekämpfen würden, tatsächlich jedoch auf ihrer Seite standen. Die Piraten akzeptierten mit feierlichem Nicken. Bei einer Distanz von vier Meilen, gab Sall den Befehl den Segeln Wind zu geben. Sea wollte schon vorfreudig ans Ruder spurten, aber der junge Kapitän fing sie auf der Treppe zur Kommandobrücke ab.

„Ich gehe selbst ans Ruder, Sea, du hast eine andere Aufgabe", sagte er, ich nehme an, du kennst deine Matrosen und kannst ungefähr abschätzen, mit welchen Manövern sie ihre Fluchtversuche ausführen würden. Daher halte ich es für sinnvoll, dich in die Fockmarssaling zu schicken, um unser Jagdwild zu beobachten und uns über ihre Manöver in Kenntnis zu setzen, sobald du sie erkennst. Das Entern kannst du dann getrost uns überlassen. Wenn du es in der Saling nicht mehr aushältst, kannst du dich während des Kampfes unter uns mischen, einverstanden?"

„Aye, Käpt'n"

Sea machte auf dem Absatz kehrt und lief ohne noch mehr Zeit zu verlieren zu den Steuerbordwanten des Fockmastes. Derweil waren die Segel gesetzt worden. Der Wind pfiff von steuerbord querab über die Landzunge und drückte die *Queen Roses Death* in eine schiefe Lage. Sie kletterte über die Webeleinen in die Saling hinauf. Der Passat zog ihr frisch durch die Kleider, als sie nach ihrem Frachter Ausschau hielt.

Die *Rose* hatte die Deckung der Landzunge schon beinahe hinter sich gelassen, und über die vordersten Palmwipfel erblickte Sea ihre *Unicorn's Dream*. Sie glitt mit prallen Segeln raumschots nahe an der Isla Beata durch den Kanal, wie Sea es vorhergesagt hatte. Das Überraschungsmoment war geglückt, doch sie konnte zusehen, wie ihr Schiff den Kurs korrigierte und tiefer in den Kanal zog. Die Piraten passten ihren Kurs an, um das Fahrwasser der *Dream* möglichst bald zu kreuzen. Der Wind kam durch den neuen Kurs für den Frachter in einem schlechteren Winkel, und er wurde allmählich etwas langsamer. Wogegen die Winkeländerung der *Rose* so klein war, dass sie auf die Geschwindigkeit kaum einen Einfluss hatte. Allerdings war die *Unicorn's Dream* trotzdem noch schneller als das Piratenschiff, dafür war sie schließlich gebaut worden.

In gleichmäßigem Abstand zum Festland zogen die beiden Schiffe der Küste entlang nach Nordwesten. Da sich aber im Westen des Kaps eine weite Bucht befand, die wieder in einer südlichen Spitze endete, würde die *Dream* nicht ewig mit diesem Kurs flüchten können. Das Land würde sie mit der Zeit in die Nähe des Piratenschiffs drängen, wenn sie nicht aus dieser Zange ausbrachen. Daher erwartete Sea jeden Moment eine Aktion, mit der ihr Schiff die Piraten ausmanövrieren wollte. Konzentriert beobachtete sie ihren Frachter, um ein Manöver frühestmöglich festzustellen. Doch da die *Unicorn's Dream* auf Geschwindigkeit ausgelegt war, würde ihre Crew vermutlich versuchen, den Piraten davonzufahren und in sicherem Abstand auf das offene Meer abzubiegen ...Oder doch nicht. In diesem Moment wurden die Matrosen an die Brassen geschickt, was ihr eigenartig vorkam in dieser Situation. Von der Verteilung der Männer her sah es aus, als würden sie zu einer Wende mit dem Wind ansetzten. Aber dann würde die *Dream* inzwischen bereits in einer anderen Schieflage liegen, weil ihre Matrosen Kursänderungen so flink ausführten. Außerdem würde dieses Manöver genau das Gegenteil von dem bewirken, was ihre Matrosen anstreben müssten. Bei einer Halse würden die Piraten Nähe gewinnen, weil die *Dream* Geschwindigkeit verlor, und damit würde ihnen der Frachter direkt vor den Bug fahren.

„Die Matrosen gehen an die Brassen, Käpt'n! Die wollen eine Halse fahren!", brüllte die Stimme des Kurzen von den Fockmarsbrassen her nach achtern.

„Nein! Sie täuschen die Halse nur an! Behaltet den Kurs bei!", schrie sie durch den Wind der Kommandobrücke entgegen.

„Kurs beibehalten!", wiederholte Diego donnernd, so dass ihn selbst gegen den Wind jeder Matrose verstanden haben musste. Entweder hatte er auf Salls Entscheid gar nicht erst gewartet oder Sea hatte diesen in der Saling nicht vernommen.

Unterdessen beobachtete sie weiter ihren Frachter. Als die Piraten nicht reagierten, brach die *Unicorn's Dream* ihre Finte ab. Dabei korrigierten sie den Kurs leicht, weshalb sie zwar an Distanz zur *Queen Roses Death* verloren, dafür aber wieder an Beschleunigung gewannen.

Eine Weile zogen sie vor dem Piratenschiff her, um Abstand zu gewinnen, aber Sea hielt trotzdem Ausschau nach Anzeichen für ein weiteres Manöver. Sie verfolgten ihren Frachter nun eine gute Dreiviertelstunde – in dieser Zeit hätte sie die meisten Verfolger längst abgehängt. Aber noch war der Wettlauf weder gewonnen noch verloren. Außerdem musste die *Unicorn's Dream* bald irgendwie auf das offene Meer hinausgelangen, sonst würde sie in spätestens anderthalb Stunden in der Klemme sitzen. Diesen Gedanken schien Shark zu teilen, denn Sea bemerkte in diesem Moment, dass ihre Matrosen an die Brassen gingen, obwohl es dazu scheinbar keinen Grund gab. Die *Dream* gewann im Gegensatz zur *Rose* noch immer an Geschwindigkeit, während bei der leichten Kurve entlang der Küste der Wind allmählich wieder vorteilhafter in die Segel blies. Es machte keinen Sinn, zu einem Manöver anzusetzen, außer … Natürlich, sie wollten einen ‚Haken' schlagen! Diesmal würden sie das Manöver durchführen, um aus der Zange auszubrechen. Ihre Matrosen würden eine scharfe Wende durch den Wind ziehen, und die *Rose* würde an ihnen vorbeischießen. Bis die Piraten auf das Manöver reagiert hatten, hätte die *Dream* längst wieder Wind und würde dem offenen Meer entgegensegeln.

„Sie wollen eine Steuerbordwende fahren!", schrie sie aufs Großdeck hinab, was ihre Stimme hergab. Einen Moment verharrten die Piraten unschlüssig, da es ebenso gut eine weitere Finte sein konnte.

Doch Sall machte ihnen gerade noch früh genug Beine: „Worauf wartet ihr, verdammt nochmal?!"

So waren die Piraten doch zumindest schon an den Brassen, als auf der *Unicorn's Dream* das Ruder gedreht wurde. Das Frachtschiff zog eine enge Kurve, und die *Queen Roses Death* fuhr ein ganzes Stück an der *Dream* vorbei, ehe ihre Segel herumgerissen wurden. Sea hatte währenddessen ihren Frachter beobachtet und festgestellt, in welche Richtung Shark fliehen wollte. Der Plan war, in einer schnellen Wende um zweihundertsiebzig Grad den Kurs zu wechseln und nach Süden auf hohe See zu entwischen.

Allerdings ging bei dem Manöver etwas schief – und zwar geschah ein Fehler, den ihre Matrosen nicht gemacht hätten. Der Steuermann dirigierte die Kurve zu weit, und die Fockmastcrew warf die Rahen zu früh herum.

„Beidrehen! Wir machen ihr die Wende nach!" Der Befehl wurde schon gar nicht mehr wiederholt. Die Piraten führten ihn ohne jedes Zögern aus, seit sie gesehen hatten, dass sie wusste, was sie tat. Die Piraten schwenkten die Segel, das Ruder wurde gedreht, und die *Queen Roses Death* glitt ihre Wende über die Wogen. Sie fuhren der *Unicorn's Dream* direkt vor den Bug, denn diese hatte die geplante Richtungsänderung nicht rechtzeitig ausführen können. Danke Rack, dachte sie als sie sah, dass ein großgewachsener Matrose eine Ohrfeige bekam.

Die Enterhaken flogen und fesselten die *Dream* wie ein gefangenes Tier längs dem Piratenschiff, ehe ein weiteres Manöver überhaupt möglich gewesen wäre. Die beiden Schiffe wurden aneinander vertäut, und die Piraten enterten den Frachter umgehend unter donnerndem Kampfgebrüll. Nun schlug ihre Stunde – während unter ihr das Großdeck der *Unicorn's Dream* gestürmt wurde, kletterte sie die Webeleinen hinab. Mit einem langen Sprung hechtete Sea in die Webeleinen ihres Fockmastes, schwang sich um die Wanten und ließ sich aufs Großdeck hinabfallen, wie sie es Sall abgeschaut hatte. Sie hätte nie gedacht, dass sie jemals ihr eigenes Schiff überfallen würde, aber es fühlte sich großartig an, zurück zu sein.

Sea zog ihren Säbel und schaute sich hastig um, denn sie befand sich trotz all ihrer Erleichterung mitten im Gefecht. Wäre sie nicht neben Bill gelandet, wäre sie vielleicht sogar erstochen worden. Aber ihr Freund grinste sie nur breit an, und die Freude sie wiederzusehen glänzte in seinen hellen Augen. Wie gut es tat, ihn wiederzusehen. Wie sie befohlen hatte, trug er ein rotes Band am Handgelenk, und sein Gegner hatte gemerkt, dass es sich um einen Scheinkampf handelte. Andernfalls hätte Bill wohl nicht die Zeit gehabt, um sie anzugrinsen. Sie musste sich auch nicht mit anderen Kämpfen aufhalten, denn die Matrosen der *Unicorn's Dream* griffen sie nicht an. Die meisten waren zu beschäftigt, um sie zu erkennen, die übrigen zu verwirrt, um sie anzufallen. Der größte Teil der Mannschaft wusste vermutlich noch immer nicht mit Sicherheit, wie und warum sie verschwunden war. Aber dass sie an der Seite einer Hand voll Piraten ihr eigenes Schiff überfallen würde, auf diese unsinnige Idee wäre niemand gekommen. Daher schlüpfte Sea an den Kämpfenden vorbei dem Achterdeck entgegen, wobei sie ihren Säbel nur benutzte, um Hiebe abzuwehren, die sie sonst aus Versehen getroffen hätten. Sie würde ihre Flagge streichen, ihren Frachter wieder in Besitz nehmen.

Das Ziel vor Augen, wollte Sea über die Kommandobrücke die Stufen hinauf zum Flaggenmast stürzen, aber als wäre es sonst zu einfach gewesen, trat ihr jemand mit gezogenem Säbel in den Weg. Shark wirkte tatsächlich ein bisschen überrascht sie zu sehen, soweit sich diese Mimik aus seiner immer grimmigen Visage lesen ließ. Er sah noch immer ungepflegt aus, obwohl sie ihn vermutlich zum ersten Mal gründlich rasiert zu Gesicht bekam. Er stank geradezu nach Rasierwasser. Auch einen neuen, leichten Sommermantel hatte er sich geleistet und sie roch von weitem, dass das dazu nötige Silber aus der Truhe unterm Bett stammte. Offenbar hatte er als Kapitän seine eigene Heuer erhöht, damit diese standesgemäß wurde. Das Untier brüllte schon vor Wut in ihrem Brustkorb, so dass sie eigentlich fähig sein müsste Feuer zu speien. Aber was sie zuletzt bemerkte, verschlug ihr die Sprache und liess ihr Kinn runtergehen. Er hatte den Säbel ihres Vaters in der Hand! Sie hatte ihn in der Kabine auf dem Fensterbrett der Achtergalerie zuletzt liegen sehen, wo sie die schwere Klinge für immer hatte belassen wollen. Wie konnte er es wagen, die Klinge ihres Vaters gegen sie zu heben?! Ihre Empörung verbrannte zu Asche als stattdessen die Wut wieder aufflammte. Und dass sie mit der von ihrem Vater neckisch Damensäbel genannten Waffe vor diesem Verräter stand, goss noch Öl ins Feuer. Sea hatte im wahrsten Sinne des Wortes den Kürzeren gezogen, denn ihre Waffe war um einiges kürzer als ihres Vaters Säbel. Die weniger große Reichweite der Hiebe konnte ihr einen klaren Nachteil verschaffen. Aber sie hatte zu viel durchgemacht, um an diesem Punkt kalte Füße zu bekommen.

„Sieh einer an, die kleine Sea Horse ist zurück und überfällt die *Unicorn's Dream*! Dein Vater würde sich im Grab umdrehen, wenn er wüsste, dass du unter die Piraten gegangen bist", lachte Shark mit seinem abscheulichen Grinsen, „du weisst schon, dass Piraten vogelfrei sind? Jedermann kann dich töten, ohne eine Strafe fürchten zu müssen."

„Mein Vater wird mir stolz auf die Schulter klopfen, wenn ich ihm eines Tages folge und glaub mir, alte Ratte, ich weiß sehr genau, was ich hier tue!"

„Pah! Auf die Schulter klopfen! Dann sorgen wir am besten dafür, dass er das gleich tun kann, einfältige Göre", sagte er und stach ihr Matthews Säbel entgegen. Aber sie war schon darauf gefasst gewesen, dass der Angriff mit der Beleidigung kam. Sie machte einen Ausfallschritt und stieß die gegnerische Klinge von sich weg, als sie sich überlegte, wie sie sich diesen Höllenhund endgültig vom Hals schaffte. Er kämpfte wie er war – bullig, stark und mit dem Kopf durch die Wand. Dank seiner Ausdauer konnte sie nur mit flinken Attacken ihr fehlendes Kampfgewicht wettmachen. Auch dem Versuch sie zu spalten, wich Sea aus und sprang dabei auf die Treppe zum Achterdeck. Shark schlug nach ihren Beinen, um ihr die Fähigkeit wegzulaufen ein für alle Mal zu nehmen. Aber sie hatte bereits den obersten Treppenabsatz erreicht, als der Hieb ins Holz barst. Er folgte ihr sofort mit großen Schritten, denn auf dem Achterdeck hatten sie mehr Platz für einen Zweikampf. Aber Sea wollte ihn den Treppenabsatz gar nicht erst passieren lassen. Sie nutzte die vorteilhafte Position über ihm und griff Shark an, als er die Treppe erklomm. Er blockierte den Hieb, und es gelang Sea auch nicht, ihn aus dem Gleichgewicht zu bringen, so dass er eine Stufe verpasste. Dafür war er ein zu schwerer Gegner.

Dummerweise fiel sie auf die anschließende Finte herein und machte einen Satz rückwärts, um dem Angriff auszuweichen. Damit gab sie den Treppenabsatz frei und konnte Shark nicht mehr vom letzten Schritt auf das Achterdeck abhalten. Er lachte, als er ihr folgte.

„Dieser Säbel scheint dich abzulenken, kleines Miststück! Erinnerst du dich, dass du noch nie einen Kampf dagegen gewonnen hast?" Er wollte sie ablenken, damit sie den nächsten Schlag verpasste. Aber außer, dass sie sich eine Antwort auf den verbalen Angriff überlegte, beachtete sie seine Worte kaum und ließ die angreifende Klinge über die eigene in einem singenden Ton in die Reling gleiten. Dabei schnitt der gegnerische Hieb eine Wante an und barst ins Holz.

„Selbstverständlich! Wie wäre denn mein Vater dagestanden, hätte seine elfjährige Tochter ihn bereits mit Bravour besiegt? Wenn es nicht dermaßen langweilig wäre, dich sofort zu besiegen, Shark, hätte ich dich längst geschickt, um meinem Vater seine Waffe ins Jenseits zu überbringen." Der meuternde Maat zog erneut die Klinge in die Luft, um nach ihr zu schlagen, und auf ein Neues hob Sea ihren Säbel über sich, um den Hieb abzulenken. Was ihr auch gelang, aber sie unterschätzte Sharks hinterhältige Ader. Während sie nach rechts auswich, hob er seine Linke und gab ihr einen Hacken, der es in sich hatte. Sie bemerkte den Faustschlag zu spät um auszuweichen, jedoch drehte sie den Kopf gerade schnell genug ab, dass er ihr anstatt den Kiefer zu brechen oder die Zähne auszuschlagen nur heftig eins wischte. Hätte der Schlag getroffen, hätte er sie umgeworfen, so taumelte sie erschreckt zurück. Offenbar hatte sie im Schreckmoment aber den Säbel fallenlassen, denn als Shark schon zum nächsten Klingenhieb ausholte, um sie dem Satan in zwei Teilen zu überreichen, befand sich ihre Waffe dummerweise nicht mehr in ihrer Hand.

Idealerweise war ihre Reaktionsfähigkeit dafür genau im richtigen Moment wieder zur Stelle. Sea machte instinktiv einen großen Schritt vor und fing Sharks Schwertarm mit beiden Händen am Gelenk auf. Sie führte die Klinge an sich vorbei, indem sie sich abdrehte und rammte Shark mit dem Schwung der Rotation ihren Ellbogen unter den Rippen in die Flanke. Sie bemerkte sofort, dass sie einen Treffer gelandet hatte, denn Shark krümmte sich hinter ihrem Rücken. Und Sea setzte blitzartig einen weiteren Schlag nach. Sie hob den anderen Arm und schlug ihrem Gegner den Ellbogen an den Kopf. In diesem Moment, in dem Shark vorübergehend abgelenkt war, entdeckte sie ihren Damensäbel wieder auf den Planken. Um ihn zusätzlich aus dem Gleichgewicht zu bringen, stieß sie sich von ihrem Gegner ab.

Mit einem schnellen Griff hob sie ihren Säbel wieder auf und stürzte gleich weiter. Die Flagge vom Flaggenmast über der mittleren Hecklaterne niederzuholen war noch immer ihr Ziel. Allerdings hatte sie kaum die Laterne erreicht, als sie bei einem Blick über die Schulter feststellte, dass ein Ausweichschritt dringender war. Shark hatte mit einem letzten langen Schritt einen Stich ausgeführt, und sie hopste gerade noch weg, ehe sich die Klingenspitze in die Reling bohrte. Sie nutzte die Gelegenheit zu einem Stich, aber Shark konnte den Säbel gerade genug schnell zurückziehen, um ihren Angriff an sich vorbei zu lenken. Dabei verursachte er am Oberschenkel einen Schlitz in ihrer Hose, aber die Haut schien er höchstens angekratzt zu haben. Sea griff erneut an und liess ihre Klinge schräg gegen seinen Hals fliegen, jedoch blockierte er auch diesen Hieb. Ehe er einen Hieb ausführen konnte fintierte sie einen Stich, griff dann aber mit einem waagrechten Hieb an. Shark ließ sich davon verwirren und sich mit einem vorhergesehenen Ausweichschritt in die Ecke der Reling drängen. Sea hielt Abstand, als sie noch überlegte, wie sie ihn in der Enge am erfolgreichsten angriff. Je einfacher und präziser der Treffer war, mit dem sie ihren Kampf beendete, je schneller war auch der blutige Teil vorbei.

„Ich hätte nicht gedacht, dass du aus Rache auf die Meuterei so hartnäckig versuchen würdest, mich umzubringen. Nachtragend sein ist doch sonst nicht deine Art ...", zog er sie gehässig auf und traf mit dieser Aussage voll ins Schwarze. Sea verlor zum ersten Mal in ihrem Leben vollkommen die Beherrschung, und ihre Wut ließ sich hören.

„Du elender Höllenhund hast meinen Vater ermordet, wie könnte ich nicht nachtragend sein?!", hörte man sie vermutlich bis zum Festland. Ein Dunst von Verwunderung legte sich über Sharks Gesicht, bevor dieses wieder grimmig versteinerte. „Ich war auf der *Killing Lady* und habe mit dem Pirat geredet, dem du mit dem Mord den Hals gerettet hast. Er meinte, der Mörder sei der Offizier mit dem grimmigen Gesicht gewesen. Deiner Visage zufolge kannst das nur du gewesen sein!", fletschte Sea wie ein Raubtier die Zähne. Shark erwiderte nichts, und er bestritt nichts. Aber auf seinem knorrigen, steinernen Gesicht breitete sich ein finsteres Grinsen aus, das so schief über seinem Kiefer lag, dass es seinen faulen Eckzahn entblößte. Es sah so widerwärtig aus, dass Sea ihn aus reiner, purer Wut wieder angriff. Jedoch blockte Shark den für Sea ungewöhnlich schlecht durchdachten Angriff ab. Er ließ ihre Klingenspitze in die Ecke der Reling gleiten, wo sie ins Holz stach.

Dabei verkeilten ihre Säbel sich einen Wimperschlag lang, und Sea zog ihre Waffe zurück, um sie zu befreien.

Diesen Moment nutze Shark aus. Er hob die Linke und gab ihr auf ein Neues einen geübten linken Haken. Hätte sie nicht im letzten Moment den Kopf abdrehen können, hätte er sie diesmal totgeschlagen. Dennoch haute er sie um, sie fiel seitwärts hin und schlug hart auf den Planken auf. Sie würde Glück haben, wenn sie mit Blauen Flecken und Schwellungen davonkam, aber das Gefühl zu rotieren wies mehr auf eine Gehirnerschütterung hin.

Als die Welt und ihr Kopf nicht mehr bebten, hatte sich ihre Situation zum Schlechten gewandt. Sea hatte ihre Waffe losgelassen, als der Faustschlag sie zu Boden geworfen hatte. In dem Moment als ihr Blick wieder klar wurde, sah sie, wie Shark den Damensäbel mit einem Tritt aus ihrer Reichweite beförderte. Er sauste über die Planken und blieb vor der Backbordtreppe liegen, weil er an der Reling anstand. Auch ihre Ablenkung durch den Faustschlag und den Verlust ihres Säbels nutzte Shark für sich. Er warf seinen Mantel zurück und entblößte einen Pistolenhalter an seinem Gurt, aus dem er die Handfeuerwaffe zog. Sea war nicht nahe genug um sie ihm aus der Hand zu schlagen, daher rappelte sie sich auf. Aber ihr wurde schwarz vor Augen, und sie verlor das Gleichgewicht, weshalb sie es nicht auf die Beine schaffte. Der meuternde Maat lachte höhnisch über sie anstatt sie sofort zu erschiessen. Als Sea wieder klar sah, fand sie sich gut einen Meter hinter dem Besanmast auf den Knien wieder – in der heikelsten Situation, in der sie sich je befunden hatte! Der Abstand zu Shark war zu groß, um ihn mit einem flinken Angriff zu entwaffnen. Verstecken konnte sie sich mitten auf dem Achterdeck nirgends, und die Fluchtwege waren in alle Richtungen zu lang, um sie zu überleben.

Sie funkelte Shark mit glühenden Augen Löcher in die schwarze Seele. Er war Herr der Lage, und sie würde nur noch so lange zu leben haben, wie er sich über sie amüsierte.

„Noch irgendwelche letzten Worte, Pirat?" Er grinste, vermutlich so hässlich und höhnisch wie noch nie zuvor. Nur dass er sie einen Piraten nannte, genügte, um sie töten zu können. Denn wenn sie nicht mehr war, konnte auch niemand mehr erzählen, dass sie nicht als Pirat auf der *Queen Roses Death* gesegelt war. Die Aussagen ihrer Matrosen würde vor Gericht niemand gewichten, da sie Sharks Untergebene waren, und die Piraten konnten nicht aussagen, ohne selbst gehängt zu werden, womit diese Zeugen ebenso wegfielen. Er durfte sicher sein, dass mit einem halbwegs guten Anwalt keine Justiz Hand an ihn legen könnte – dazu war die Geschichte zu verworren, wenn ein Richter nicht wusste, welchen Aussagen er glauben musste. Aber wenn dieser Mörder glaubte, dass ihr Kampf verloren war, nur weil sie sich aus der Distanz nicht gegen den Schuss einer Pistole wehren konnte, dachte er falsch. Sie würde kämpfen bis zum Schluss.

Hastig sah sie sich auf dem Achterdeck des Frachters um, auf dem sie selbst blind keinen falschen Schritt aufgesetzt hätte. Und wie erwartet brachte der Blick die Idee. Sie zog den zweischneidigen Dolch aus ihrem Stiefel – zum Glück hatte Sall ihn ihr wiedergegeben! – und packte mit der anderen Hand die an den Belegnägeln festgezurrte Leine über sich.

„Aye, nämlich, dass ich viel von den Piraten gelernt habe", grinste sie und kappte das Fall des Besansegels. Sie konnte zusehen, wie Sharks hässliches Grinsen erst der Verwunderung, dann dem Verständnis wichen. Gleichzeitig wandte er den Blick nach oben und vergaß dabei, dass er sie erschiessen könnte. Aber ehe er sich besann, verlor der Besanbaum über ihm den Halt und stürzte auf den Meuterer hinab. Als er sich mit einem Hechtsprung retten wollte, begrub das hinterste Segel ihn unter sich. Jedoch hechtete er zu seinem Glück gerade genug weit, um nicht vom Mastbaum erschlagen zu werden.

Sea hatte sich dagegen rechtzeitig aus dem Gefahrenbereich gerollt und stand vom Boden auf, während Shark mühevoll versuchte sich von dem Segel zu befreien. Die Pistole hatte er im Hechtsprung fallen lassen, und der Schuss hatte sich beim Aufschlag gelöst, daher entdeckte sie die nun nutzlose Waffe auf dem Planken. Sea ließ das sich windende Bündel nicht aus den Augen, als sie an die Reling trat. Sie hob ihren Säbel auf und beobachtete einen Augenblick regungslos in Gedanken das zappelnde Segel, aber es war zu groß und zu schwer, als dass der Höllenhund sich hätte befreien können.

Tief atmend wandte Sea schließlich den Blick auf das Großdeck, wo die Piraten gerade dabei waren den Rest der Mannschaft in Schach zu halten. Wie Ochsen auf einem Viehmarkt standen ihre Matrosen an der Reling in Reih und Glied, damit die Piraten die Übersicht behielten. Den meisten von ihnen schien mulmig zumute zu sein, denn auf ihren Gesichtern lagen sehr kritische Blicke. Auch die Matrosen, die nicht eingeweiht worden waren, mussten während dem Kampf offensichtlich gemerkt haben, dass die Piraten nicht hatten über Leichen gehen wollen. Vermutlich deshalb galt dieses Misstrauen in erster Linie den scharfen Pistolen und Säbeln, die trotz des entschiedenen Kampfes noch auf sie gerichtet waren. Sie fragten sich, ob die Piraten noch von ihren Waffen Gebrauch machen würden und ob auf einen simplen Befehl Blut fließen würde? Ihre Matrosen schienen sich dennoch leicht geschlagen gegeben zu haben. Womöglich hatten viele von ihnen Sea in den Wanten des Piratenschiffs entdeckt, und gekämpft hatten nur noch diejenigen, die nicht Lunte gerochen hatten. Den meisten musste jedoch klar geworden sein, dass sie den Überfall organisiert hatte, ob sie nun von Sharks Meuterei gewusst hatten oder nicht. Entsprechend hatten sich nur noch Sharks Anhänger bis aufs Blut verteidigt, die um ihre Anstellung und ihren Hals fürchten mussten, falls Sea Horce wieder Kapitän wurde. Die anderen, ihre treuen Mannschaftsmitglieder, hatten nicht daran gedacht, sich unnötig verdächtig zu machen oder sich gar zu gefährden, indem sie sich einen ernsten Kampf mit den Piraten geliefert hätten. Ihre Freunde, oder eher diejenigen Matrosen, die ein rotes Band am Arm trugen, hatten die Piraten gar nicht erst in Gewahrsam genommen. Sie standen auf der harmlosen Seite der Pistolen hinter den Piraten.

Nach einem erneuten Blick auf das zappelnde und fluchende Segel trat sie auf die Brücke hinunter, und ihre Crew wandte sich nach ihr um.

„Die Piraten der *Queen Roses Death* geben die *Unicorn's Dream* an ihre rechtmäßige Besitzerin zurück", löste Sall schlussendlich seinen Handel ein, als ihre Freunde ihr entgegenkamen. Endlich wollten Rack, Bill und Augenklappe ihr entgegen eilen um ihren verschollenen Kapitän zu begrüßen, aber sie hatte anderes im Sinne. Für Freude war später noch genug Zeit, aber das Ungeziefer wollte sie umgehend von Bord haben.

„Tut mir leid, Freunde, wir begrüßen uns später", befahl sie ihnen sogleich, „Augenklappe! Bill! Sortiert mal die Matrosen aus, die sicher nicht mit Shark unter einer Decke stecken, um den Rest kümmere ich mich. Rack, hilf mir bitte mal mit dem dreckigen Untier, das gerade mein Besansegel besudelt!"

„Aye, Käpt'n!", rief ihr Freund als er ihr auf das Achterdeck folgte.

Freudig wie schon als Schiffsjunge nahm Rack bei jedem Schritt drei Stufen auf einmal und stand einen Sekundenbruchteil später neben ihr vor dem fluchenden Segel. Shark hatte sich nicht befreien können, daher hatte er den Versuch aufgegeben.

„Hilf mir ihn aus dem Segel zu befreien!" Sie zog an dem Segel, damit es sich entwirrte, aber sie bewirkte kaum etwas bevor Rack ins Tuch griff.

„Warst du wirklich auf der *Killing Lady*, Sea? Und Shark hat deinen Vater erschossen? Absichtlich? Wie konntest du den ganzen Tathergang herausfinden?", sprudelten Rack die Fragen nur so aus dem Mund und er machte sich daran, das Segel von seinem ehemaligen Ersten Maat zu ziehen.

„So wahr ich hier stehe und so wahr wie der Leichnam meines Vaters auf dem Meeresgrund liegt!", knurrte sie eiskalt, „den Rest erfährst du später, wenn ich Zeit zum Erzählen habe." Sie konnte zusehen, wie sich Racks Miene verfinsterte, und seine Bewegungen wurden schneller, ruckartiger und gröber mit dem Hass, der in ihm aufflammte. Vielen von ihren Matrosen war nicht nur ihr Kapitän verlorengegangen, sondern auch ein Freund. So manchen von ihnen schien es nach Rache zu gelüsten, nun da endlich feststand, wer Matthew getötet hatte.

Sie behielt den Säbel in der Hand und half Rack nur mit der linken Hand, doch der brauchte ihre Hilfe kaum. Shark versuchte erneut, sich zu befreien, was ihnen dabei half, ihn unter dem Berg von Segeltuch freizulegen. Kaum zogen sie das schwere Tuch von ihm, wurde ihnen auch bewusst, warum er sich nicht hatte befreien können. Der Baum hatte Sharks rechten Arm unter sich eingeklemmt und nagelte ihn so auf den Planken fest. Dazu war er vermutlich auf Höhe des Ellbogens gebrochen, was den Mörder auch vor Schmerz auf dem Boden hielt. Er sagte nichts, und er sah sie nicht an, was ihr nur recht war.

Sea rief einige Namen auf das Großdeck herab, und kurz darauf standen Piraten und Matrosen zur Stelle. Auch Sall trat zu ihnen, obwohl sie nicht nach ihm gerufen hatte. Ihn zog die Neugier an.

„Helft mal mit, den Baum von seinem Arm zu hieven!" Gemeinsam hoben die Männer das Holz an, während Sea ihrem ehemaligen Maat die Klinge unter die Nase hielt. Shark sammelte mit schmerzverzerrtem Gesicht seinen rechten Arm zusammen. Als er sich aufrappelte, ließ Sea zu, dass er sich aufsetzte, aber sie richtete weiterhin ihre Klingenspitze auf ihn. Er schwieg, ohne sie eines Blickes zu würdigen.

Sea wartete darauf, dass er sie ansah oder ansprach, aber er untersuchte nicht einmal seinen Arm. Dass er nur stumm dasaß, ohne sich zu regen, brachte ihr Blut wieder zum Brodeln. Sie hatte nicht viel Geduld mit ihm.

„Man sagt danke, wenn einem jemand hilft!", knurrte sie so bestialisch, dass sie selbst beinahe erschrak. Es dauerte einen Augenblick, dann schnaubte Shark wie ein Bulle, aber kein Dankeswort kam über seine Lippen.

„Sieh mich an, Shark, und sage mir ins Gesicht, warum du meinen Vater getötet hast!", befahl Sea. Ihre Stimme bebte vor Wut, Hass und Trauer. In ihren braunen Augen brannten die Tränen, aber sie wollte diese Antwort hören. Shark ignorierte sie, bis sie die Spitze ihres Säbels dicht unter seine Gurgel führte. Dann endlich wandte er sich nach ihr um. Angewidert sah er sie an, wie ein stechendes Insekt, das er nur zu gerne zerquetschen wollte.

„Die *Unicorn's Dream* gehört mir seit je her durch Erbrecht, und endlich war der Zeitpunkt ideal, um sie mir zu nehmen", knirschte er zwischen seinen gelben Zähnen hervor. Sea reagierte: Sie zog ihren Säbel zurück und packte Shark am Kragen, ohne darüber nachzudenken.

„Nur ich kann meinen Vater beerben!", brannte sie ihm durch die Augen in die Seele. Unter den neugierigen Augen der Umstehenden führte sie die Klingenspitze wieder unter seine Kehle. Hass glänzte in seinen Pupillen, Hass darauf, dass sie Wort gehalten hatte. Und sie erwiderte den Hass wirklich zutiefst! Den Mörder ihres Vaters, sie hatte ihn wirklich vor der Klingenspitze, den Griff an Sharks Kragen. Sea blinzelte nicht, sie hatte keinerlei Mitleid für ihn übrig. Sie holte aus, bereit, dieses Scheusal ins Jenseits zu befördern. Ihre Matrosen rissen entgeistert die Augen auf, als ihnen klar wurde, was geschah, ...als ihnen klar wurde, dass ihre kleine Sea aus purem Hass einen Menschen töten würde. Doch beim Stich überlegte sie es sich anders und zog die Klingenspitze von seinem Hals weg. Stattdessen schlug sie ihm mit voller Wucht den versilberten Griff ins Gesicht. Shark fiel zurück und sie ließ seinen Kragen los. Mit blutverschmiertem Gesicht rappelte er sich wieder auf. Jähzornig und mit einem Hauch Erstaunen starrte er sie an, als er sich mit der Linken über die Wunden rieb.

„Ich bin nicht wie du, Shark, ich bin nach wie vor keine Mörderin", fauchte sie ihn an und sah, wie Sall einige Meter entfernt verständnislos den Kopf schüttelte. „Aber glaub' nicht, dass ich dir je verzeihen könnte." Er sah sie nur kalt an und zog das Blut hoch, das ihm aus der Nase lief.

„Seid so gut, Männer, schafft ihn mir aus den Augen. Setzt ihn zu den anderen und bringt Ray Bandagen und Alkohol, damit er seinen Freund verarzten kann", forderte Sea ihre Matrosen auf und begab sich auf das Großdeck. Es galt noch die restlichen Matrosen zu verlesen, damit die loyalen unter ihnen nicht länger wie Verbrecher in Schach gehalten wurden. Während Sea über das Großdeck schritt, rief sie sich die Szene auf dem Sklavenmarkt wieder in Erinnerung. Sie hatte sich in diesem Moment an keinen ihrer Namen erinnern können, aber die Gesichter der Meuterer waren in ihrem Gedächtnis eingebrannt.

„Bark könnt ihr wieder an die Reling stellen! Der gehört auch zu den Meuterern!", rief sie Augenklappe zu, der diesen gerade aus dem Visier der Piraten befreien wollte. Auf ihren Befehl hin drängte Foncé Bark mit blitzender Klingenspitze wieder an seinen Platz zurück. Der Meuterer hob schützend die Hände vor sich und beobachtete misstrauisch den Säbel, der ihm unter die Nase gehalten wurde.

„Woher wollt Ihr wissen, wer zu den Meuterern gehört und wer nicht, Käpt'n?"

„Denkst du etwa, ich hätte die Handvoll Matrosen, die mit Shark auf dem Schwarzmarkt waren nicht erkannt, Bark? Ich konnte mich in diesem Moment zwar nicht an deinen Namen erinnern, aber dein Gesicht ist mir geblieben", erklärte sie, „deines und die Visagen der anderen Meuterer."

„Außerdem haben auch ich und meine Matrosen eure Gesichter gesehen", meinte Sall beiläufig aus der Entfernung, als er sich lässig auf die Gräting setzte, „sogar ich könnte die Meuterer aussortieren"

Sie schenkte Sall ein Lächeln, ehe sie in kurzen Sätzen und wenigen Gesten die treuen Matrosen aussortierte. Neben Ray und Shark, auf den sein Freund wie wild einredete, blieben fünf weitere an der Reling zurück, denen die Piraten Pistolen und Klingen entgegenhielten. Keinem von ihnen hätte Sea Meuterei zugetraut, aber nun war sie eines besseren belehrt worden. Da die Piraten auf die Meuterer Acht gaben, konnte sie sich zu ihren Matrosen umkehren. Fröhliche, braungebrannte Gesichter betrachteten sie in Festtagslaune, und die Erleichterung stand allen auf der Stirn geschrieben.

Nicht jeder von ihnen war sich ihrer Rückkehr sicher gewesen, aber glücklich darüber waren sie alle. Der engste Freund ihres Vaters breitete die Arme aus und trat mit freudenfeuchten Augen auf sie zu.

„Na, komm endlich her, Liebes, und nimm deinen alten Onkel in die Arme!", lachte Augenklappe Jo, und Sea fiel ihm nur zu gerne um den Hals, wie sie es schon in Kindertagen getan hatte. Wut, Schmerz, Aggression fielen von ihr ab, als er sie an sich drückte, und die Erleichterung, wieder zu Hause zu sein, machte sich in einer euphorischen Welle in ihrem Körper breit. Sie hatte an dem Abend, als Augenklappe ihr vom Tod ihres Vaters erzählt hatte, erwachsen werden müssen, in diesem Moment aber konnte sie sich wieder kindlich freuen. „Ich dachte wirklich, ich hätte nach Matthew nun auch dich verloren", sagte Jo seufzend, „du kannst dir nicht vorstellen, wie erleichtert ich war, als ich deinen Brief las. Wie ist es dir ergangen?"

Sea drückte ihn erneut, bevor sie ihn anstrahlte. „Das werde ich euch genauestens berichten, aber zuerst muss ich mich um die Meuterer kümmern", sagte sie und ließ den engsten Freund ihres Vaters los.

„Nein, zuerst lässt du dich drücken, kleiner Wildfang!" Rack grinste breit auf sie herab, als er an sie herantrat. Er ließ ihr aber nicht die Zeit zu antworten, sondern packte sie und schloss sie in eine Umarmung, die ihr beinahe die Luft zum Atmen nahm. Da Rack ein Hüne von mehr als einem Faden war, baumelten ihre Stiefel frei etwa eine Elle über den Planken. Wie ein Kind legte sie ihm die Arme in den Nacken, um nicht zu rutschen. Ein ganzer Chor von Männerstimmen lachte um sie herum, was Sea nicht weiter wunderte – sie mussten ein komisches Bild abgeben wie Rack sie wie ein Schmusetier im Arm hielt. Dann setzte er sie wieder auf dem Boden ab und grinste: „Glaub ja nicht, dass wir dich jemals wieder aus den Augen lassen! Du ziehst Schwierigkeiten geradezu magisch an. Wer weiß, was als nächstes passiert, falls wir dich noch einmal alleine lassen!"

„Ich werde mich in Schwierigkeiten reiten und wieder aus eigener Kraft rauskommen, wie immer!", antwortete sie und ihre Matrosen lachten darüber, dass Rack niemals ein Wortgefecht gegen sie gewinnen würde. Bill klopfte ihr anerkennend auf die Schulter und umfasste ihre Hand zu einem kräftigen Handschlag.

„Ich wusste, dass du zurückkommst, Sea, gut gemacht! Kapitän Horce würde vor Stolz die Brust schwellen!" Auch die andern Matrosen gaben ihr die Hand und klopften ihr auf die Schulter, um sie zu Hause willkommen zu heißen. Anerkennung zierte die lachenden Gesichter, und keinem Matrosen fiel das Wort „Käpt'n" noch schwer. Sie hatte sich ihren Namen gemacht und ihren Titel verdient!

Allerdings zerstörte Rack ihre Euphorie allzu abrupt, als nach einem Blick auf die Meuterer seine Wut wieder aufflammte. Er hätte Verständnis dafür gehabt, wenn sie Shark getötet hätte, aber er verstand auch, dass sie sich nicht auf sein Niveau begeben wollte. Dann wurde ihm klar, dass es schwierig werden würde, Gerechtigkeit für Kapitän Metthew Horce zu schaffen.

„Was willst du nun eigentlich mit den Meuterern machen?", sorgte sich Rack und deutete mit dem Daumen auf seine ehemaligen Kameraden, „Sea, dir ist hoffentlich klar, dass wir sie nicht vors Gericht schleifen können! Wie sollen wir denn beweisen, dass es tatsächlich Meuterei war? Und Shark können wir auch nicht anzeigen. Selbst wenn wir genügend Augenzeugen hätten, um den Mord zu beweisen, könnte er immer noch behaupten, er hätte seinen Kapitän aus Versehen erwischt! Entschuldige, aber du als Frau hast in einer Verhandlung schlechte Chancen auf den Sieg, da nützen dir womöglich auch deine Kontakte nichts. Und die Mithilfe der Piraten würde dich nur unglaubwürdig machen, wenn wir es mit der reinen Wahrheit versuchen. Wegen illegalem Menschenhandel können wir auch niemanden anzeigen, weil die wichtigsten Zeugen aufgehängt würden, bevor sie aussagen könnten ...“

„Dass ich auf normalem Rechtsweg keine Vergeltung bekomme, war mir von Anfang an klar, Rack, oder was glaubst du, aus welchem Grund ich auf die Hilfe der Piraten gesetzt habe?“, unterbrach sie ihn und hob ihre Stimme zur Befehlslautstärke, „bohrt für jeden Mann, der gemeutert hat, ein Loch in unser kleinstes Beiboot, setzt sie allesamt rein und lasst das Boot zu Wasser. Das Land ist keine Meile entfernt, wenn sie schnell genug schöpfen und pullen, erreichen sie Hispaniola problemlos.“

Rack sah sie erstaunt an, und auch ihre übrige Crew starrte sie an, als hätte sie soeben ein Todesurteil gesprochen. Weder, dass sie jemanden direkt tötete, noch, dass sie jemanden aussetzen würde, konnten sie ihr zutrauen. Sall lächelte zufrieden, auch wenn er genau wusste, dass die Meuterer samt Anführer überleben und vermutlich aufgesammelt würden. Diego und die meisten der Piraten schmunzelten über die Idee, während andere verständnislos den Kopf schüttelten. Sie teilte der Mannschaft mit, dass sie die volle Verantwortung übernahm, und sich an den Köpfen kratzend führten sie ihre Befehle aus. Sea fing Sharks angewiderten Blick auf und starrte zurück, ohne mit den Wimpern zu zucken. Sie hätte dieses Ekel von einem Mörder am liebsten verabscheuend angespuckt – aber gezielt spucken konnte sie nicht.

Stattdessen wandte sie sich nach Augenklappe um, der gerade Rack damit beauftragte, das Beiboot klarzumachen und Bill schickte, um einen Holzbohrer zu besorgen.

„Bring mich bitte mal auf den Stand der Dinge. Wo kommt ihr gerade her und was haben wir geladen?“

„Von St. Kitt and Nevis, wie du bestimmt selbst weißt. Carvendishs monatliche Sendung ist im Bug verstaut, aber den Eilpostsack haben die Beamten Shark nicht anvertraut. Außerdem haben wir einige Fässer besten Irischen Whiskey an Bord, von dem Shark allerdings bereits einen gehörigen Anteil vertilgt hat. Aber mit Geoffrey Willow kann man reden. Es sollte kein Problem sein, ihm dieses angebrochene Fass zu ersetzen." Willow war Kingstons Generalimporteur für luxuriöse Spirituosen und ein pfiffiger Geschäftsmann, der den Marktpreis zu steuern wusste.

„Würde mich nicht wundern, wenn er aus dem kleineren Angebot sofort Kapital schlägt", kicherte Sea, „sonst noch etwas?"

„Eine kleine Kiste Parfumzutaten, sonst nichts", erwiderte Augenklappe und sah zu, wie Bill persönlich sieben Löcher in den Bootsrumpf bohrte, durch die ein Daumen locker passte.

Rack hatte das kleine Ruderboot von seinem Stauplatz hieven und umdrehen lassen, damit Bill leichter hatte bohren können. Es schien bei ihren Matrosen keine Gewissensbisse zu verursachen. Auch sie konnten Shark und den Meuterern auf diese Weise die Meuterei und den Mord an ihrem Freund vergelten. Und diese Strafe war zwar nicht die feine Art, aber die Meuterer würden sie alle unverletzt überleben. Kaum trat Bill nach getaner Arbeit vom Bootsrumpf zurück, wurde das Beiboot wieder umgedreht und an die Davits gehängt. Anschließend besetzten die Piraten das präparierte Boot mit den Meuterern und hielten diese weiterhin gut gelaunt mit Pistolen in Schach, damit keiner auf dumme Ideen kam. Mürrisch verfluchten die Meuterer ihre ehemaligen Kameraden, die Piraten und den Kapitän und wünschten sie allesamt in die Hölle, aber es half ihnen nichts. Langsam ließen die Matrosen das Beiboot ins graue Wasser hinab. Keinerlei Mitleid zeichnete die Gesichter, als würden sie Ratten aussetzen. Die Meuterer starrten wütend die Bordwand hinauf, als könnten sie sich rächen, indem sie den neuen Kapitän mit angewiderten Blicken verbrannten. Sharks hasserfülltes Starren übertraf die Wut der anderen, aber er sagte kein Wort und sprach keinen Fluch aus. Jedoch hielt Sea seinem scharfen Blick unbeeindruckt stand. Er schwor sich gerade, dass er sie in Davy Jones Kiste schicken würde, da war sie sich sicher. Dann wurden schmerzliche Worte aus dem Boot an sie gerichtet, und sie kümmerte sich nicht weiter um ihren ehemaligen Maat.

„Sea, du sollst wissen, dass wir Shark bei der Meuterei nie unterstützt hätten, wenn wir vorher gewusst hätten, dass er Kapitän Horce mit voller Absicht erschossen hat", ließ Ray sie zum Abschied wissen, „einige von uns haben es gesehen und an einen Unfall geglaubt." Es schien ihm leid zu tun, was passiert war, aber er entschuldigte sich nicht für das Geschehene.

„Ich bestrafe euch für die Meuterei und nicht für den Mord, Ray. Aber danke, dass du Shark davon abgehalten hast, mich zu vergiften. Lebt wohl und wagt nicht, mir noch einmal unter die Augen zu treten", verabschiedete sie sich, als das Beiboot das Wasser erreichte. Das Meer trat sofort sprudelnd durch die daumenbreiten Löcher, und die Meuterer begannen sofort damit, sich zu organisieren. Da Bill die Löcher gut verteilt hatte, konnten die Seemänner nicht einfach jeder einen Daumen in ein Loch stecken, sonst konnten sie nicht mehr vernünftig an den Riemen ziehen. Daher setzten sich vier an die Riemen, während die anderen versuchten die Löcher zu verschließen und das Wasser loszuwerden. Sie pressten Kleidungsstücke in die Lecks und begannen eilig Wasser zu schöpfen.

Die Piraten sahen ihnen einen Moment belustigt dabei zu, und auch ihre Matrosen konnten sich ein schadenfrohes Kichern nicht verkneifen, ehe Pierres Stimme ihre Aufmerksamkeit auf ein anderes Boot lenkte.

„Seht mal nach Südosten! Il y a Ramiro et Steps!", mischte er gut gelaunt die Sprachen. Aus Südosten segelte die Jolle für ihre kleine Segelfläche recht zügig auf die noch immer aneinandergefesselten Schiffe zu. In Kürze würden sie das Piratenschiff erreicht haben.

„Und genau zum richtigen Zeitpunkt! Denn was euch betrifft, dreckiges Piratenpack ...", machte sie die Piraten lauthals auf sich aufmerksam. Wie erwartet drehten sich die meisten mit erstaunt verärgerter Miene zu ihr um, wo sie das Mädchen nur breit grinsen sahen. „Ihr seid herzlich eingeladen euch mit dem Irischen Whiskey, der bis unters Deck liegt, zu berauschen bis ihr nicht mehr stehen könnt!"

Der junge Piratenkapitän brach in ein schallendes Lachen aus, während seine Crew durch Johlen und Pfeifen ihr Einverständnis signalisierte. Ihre Matrosen dagegen wirkten erneut etwas perplex, als sie Augenklappe Jo damit beauftragte, das angebrochene Fass an Deck schaffen zu lassen. Rack und Bill nahmen sie misstrauisch beiseite und räusperten sich umständlich.

„Sea, wir wissen, dass sie dir geholfen haben, aber es sind nach wie vor Piraten und eventuell entscheiden sie doch noch, dass sie die *Dream* lieber für sich behalten möchten ...", brachte Rack seine Sorge sehr schnell auf den Punkt.

„Das sind Männer wie ihr, Rack, die meisten von ihnen hatten nur das Pech, zur falschen Zeit am falschen Ort gewesen zu sein. Mindestens die Hälfte der Besatzung der *Rose* hatte gar nicht vorgehabt, in der Piraterie zu versinken ..."

„Und meine Crew hat ebenso allen Grund dazu, misstrauisch zu sein", ergänzte Salls Bariton in ihrem Rücken. Rack und Bill wirbelten erschreckt herum, aber anstatt der offenbar erwarteten Pistole grinste sie der junge Kapitän an. „Schließlich wissen auch wir nicht wer von euch schon in ein paar Tagen Beschreibungen für bessere Phantombilder abgibt", sagte er und wandte sich nach ihr um, „ich finde, wir sollten wieder hinter der Isla Beata ankern, sonst treiben wir bei diesem Wind aufs offene Meer Richtung Westen und damit in die von den Franzosen kontrollierten Gewässer südlich Hispaniolas. Daran dürften ihr und wir gleichermassen keine Freude haben." Spanien und England befanden sich momentan im Frieden, da beide mit Frankreich im Krieg standen, entsprechend wollte Sea lieber nicht in die Nähe eines französischen Seglers kommen, und Sall wollte allen Kriegsschiffen aus dem Weg gehen.

„Ganz in meinem Sinne, Käpt'n Black. Am besten ihr nehmt Ramiro und Steps samt der Jolle wieder an Bord, während ich kurz meine Besatzung neu organisiere. Wir treffen uns dann hinter der Landzunge, einverstanden?"

„Deal", zwinkerte er und begab sich auf seine *Queen Roses Death* zurück, um die Wiederaufnahme der Jolle zu überwachen.

„Den gefürchteten Kapitän Black hätte ich mir älter vorgestellt ... Und wen beförderst du nun zum Ersten Maat, Käpt'n?", fragte Bill, nachdem er dem jungen Piraten einen Augenblick nachgesehen hatte.

Aber sie würde die Frage nicht extra beantworten und hob die Stimme an: „Hergehört, Männer!"

Die Matrosen wandten sich nach ihr um und diejenigen, die den Whiskey holen sollten, streckten einen Augenblick später die Köpfe aus dem Heckniedergang.

„Da uns nun zwei Maate fehlen und wir weniger Hände haben, die anpacken können, müssen wir etwas umorganisieren. John Rackham möchte ich zum Ersten Maat befördern, da kaum jemand so genau weiss, was auf der *Unicorn's Dream* wie anzupacken ist. Irgendwelche Einwände?" Sea wunderte sich nicht im Geringsten darüber, dass es keine Einwände gab. Sie kannte kaum jemanden, der Rack nicht mochte, und mit seinen zehn Jahren Erfahrung kannte er jede Seilwindung und jede Ritze ihres Schiffs, weshalb ihm die anderen Matrosen die Beförderung gönnten. Rack grinste breit, und die Brust schwoll ihm stolz als ihn seine Kameraden beglückwünschten und ihm die Schulter klopften. Bondan, den schlaksigen Fockmastmaat mit dem rothaarigen Wuschelkopf, den er seit sie ihn kannte erfolglos in einem Zopf zu bändigen versuchte, machte sie kurzerhand zum Großmastmaat. Er bedankte sich höflich und gab sich die größte Mühe, einen Freudenausbruch zu verhindern, aber er sah aus, als würde er abends einen flotten Tanz zur Feier des Tages auf die Planken legen. Er schien sich befördert zu fühlen. Die nun freie Stelle im Fockmast überließ sie Bill, der sich anfangs nicht sicher war, ob er einer Führungsrolle gewachsen war. Aber seine Kameraden machten ihm Mut, und so beaufsichtigte er den Fockmast, als sie die Segel wieder setzten.

✶✶✶

Sea wechselte als erstes die Kleider und war noch selten so glücklich über ihre Seekiste gewesen, die immer auf dem Schiff war. Ihren Seesack hatten ihre Freunde Shark mit Müh und Not entreißen können, bevor er ihn von Bord schaffen konnte. Aber selbst dann wenn er ihre Kleider entsorgt hätte, hätte er ihre Kiste im Laderaum vergessen. Während sie den Piraten folgten, flickten ihre Matrosen bereits die kleinen Schäden vom Kampf und räumten das entstandene Durcheinander auf. Sea hatte derweil den Säbel ihres Vaters aufgesammelt und wollte ihn wieder hinlegen, wo er hingehörte – auf die Achtergalerie. Aber als sie die Tür zu ihrer Kabine öffnete, stieß sie beinahe einen Schreckensschrei aus. Shark hatte sich nicht die Mühe gemacht, seine leeren Flaschen wieder unter Deck zu tragen oder seine getragenen Kleider wieder in seinem Seesack zu verstauen. Der Tisch war zugedeckt mit Papier. Es sah aus als hätte ein Hurrikan gewütet. Offenbar war er mit sich selbst nicht so streng, was Ordnung betraf, wie mit den Matrosen.

„Das er so unordentlich ist, hätte ich ihm nach all den Jahren pingeligster Ordnung an Bord nicht zugetraut", sagte Rack mit hochgezogenen Brauen, als er über sie hinweg einen Blick durch die offene Tür wagte.

„So täuscht man sich!"

„Soll ich dir helfen, dein Zimmer aufzuräumen?", grinste ihr selbsternannter Großer Bruder.

„Schon gut, Rack, kümmere dich um das Schiff! Ich werde die Kleider einsammeln, die Flaschen unter Deck tragen und vielleicht das Bett frisch beziehen. Um den Schreibtisch kümmere ich mich auf der Heimreise ..."

Rack wandte sich schulterzuckend ab, und tatsächlich konnte Sea alle Punkte auf ihrer Liste abhaken, ehe sie die Piraten einholten. Ihre Kabine hatte schlimmer ausgesehen, als die Unordnung gewesen war.

***

Die Piraten waren schon ein gutes Stück voraus gewesen, aber da die *Unicorn's Dream* in ihrer Wendigkeit sehr schnell gegen den Wind aufkreuzen konnte, warfen sie beinahe gleichzeitig hinter der Landzunge die Anker.

Anschließend vertäuten die Piraten die beiden Schiffe wieder, ehe sich die Seemänner alle samt über den Iren hermachten. Davon, dass es erst früher Abend war, ließen sie sich nicht stören. Sea wusste nicht, was sie sich unter dem Fest für die Piraten vorgestellt hatte und sie hatte gewusst, dass ihre Matrosen neugierig waren, aber eine Märchenstunde hatte sie nicht erwartet. Ihre Freunde hatten sie im wahrsten Sinne gepackt und mit einem gutgemeinten Becher Irischen Whiskey auf die Gräting gesetzt, damit sie von allen gehört wurde. Ihre Crew scharte sich um sie und machte es sich mit ihren Bechern gemütlich. Und da die Piraten gesellige Kerle waren, scharten sie sich in der zweiten Reihe um sie. Nach wenigen Aufforderungen begann sie zu erzählen, wie es ihr ergangen war. Aber schon nach kürzester Zeit wurde sie aus der zweiten Reihe unterbrochen und ihre Erzählung mit einem neuen Blickwinkel ergänzt. Irgendwann nahm sie den roten Faden wieder auf, jedoch ließen die Ergänzungen und Witze von allen Seiten nicht lange auf sich warten.

So ging es Becher um Becher, Trunkspruch um Trunkspruch und Stunde um Stunde. Sea wurde schon die Kehle wund, als sie um eine Pause bat, die ihr Steps dann auch verschaffte. Er legte den Bogen an die Fiedel, und einer ihrer Matrosen sprang auf, um seine Flöte zu holen. So konnte Bondan seinen Freudentanz ausleben, und mit ihm konnten noch zwei Handvoll ihre Tanzwut besänftigen. Sobald sie wieder an den Rand des Geschehens gerückt war, verzog sie sich auf das Achterdeck.

Es war nicht leiser dort, aber sie hatte einen Moment für sich, um die Nacht zu genießen. Über dem Cap waren die Wolken aufgebrochen, die die letzten Tage getrübt hatten und das glänzende Sternenband funkelte im Norden über Land und Meer. Eine Brise fuhr ihr durch die Haare, und sie sog die Nachtluft tief in die Lungen hinab. Es kühlte ihre Stimmbänder und füllte ihren Brustkorb mit Luft. Sie war wieder zu Hause, aber das Glück wurde vom Schicksal ihres Vaters überschattet. Es war ein großartiges Abenteuer gewesen, aber sie hätte es tausende Mal eingetauscht dafür, dass ihr Dad dafür mit ihr auf dem Achterdeck stehen würde.

Ich hoffe, ich habe dir und Mama alle Ehre gemacht, dachte sie schwermütig und blinzelte in der Hoffnung, keine Tränen vergießen zu müssen. Sie kühlte den Schmerz um ihr Herz mit einem weiteren seufzenden Atemzug. Ich bin zurück und ebenso werde ich mein Leben und die *Unicorn's Dream* irgendwie deichseln, um mich müsst ihr euch keine Sorgen machen.

„Hast du keine Lust mehr zu feiern, Seepferdchen?" Sea wandte das Gesicht nach Salls Bariton um, nur um zu sehen wie er sich neben ihr an die Reling lehnte, anstatt dass er sie in Frieden trauern ließ. Er brachte neben seinem auch ihren Becher mit, den sie auf der Gräting zurückgelassen hatte.

„Ich habe an meinen Vater gedacht ...", sagte sie traurig und war deshalb etwas verwirrt als er schmunzelte.

„Ich hab' gehört, was du seinem Mörder gesagt hast, von wegen dein Vater würde dir stolz auf die Schulter klopfen. Niedlich, dass du ihn selbst nach seinem Tod noch stolz auf sein kleines Mädchen machen möchtest", lächelte er sanft, „aber denkst du, er ist tatsächlich stolz auf dich? Gerächt hast du ihn schließlich nicht, indem du Shark hast leben lassen."

„Eben dass ich mich nicht auf Sharks Niveau begeben habe, wird ihn stolz machen."

Sall wusste offenbar nicht, was er darauf antworten sollte, denn er schwieg. Eine Weile beobachteten sie stumm, wie die Reflektion der Hecklaternen auf den Wogen tanzte. Sea dachte über ihre Reise nach und was alles passiert war seit dem Abend, an dem sie Sharks geimpften Wein getrunken hatte. In den letzten Wochen wäre sie mehrmals beinahe umgebracht worden, und trotzdem hatte sie immer wieder den Kopf aus der Schlinge ziehen können. Eigentlich grenzte es an ein Wunder, dass sie ihr Schiff wieder zurückerobern konnte.

„Und er wird stolz darauf sein, dass ich es aus eigener Kraft geschafft habe, wieder Kapitän der *Unicorn's Dream* zu werden ...", flüsterte sie irgendwann in die Nacht hinaus. Salvador dachte einen Augenblick über ihre Worte nach, ehe er etwas erwiderte.

„Eine beeindruckende Leistung, das muss man dir schon lassen, Seepferdchen", murmelte er fast ärgerlich darüber zugeben zu müssen, dass sie sich als sehr schlagfertig und eigensinnig herausgestellt hatte, obwohl sie nur eine *schwache* Frau war. „Der Überfall war ausgefeilt, wie von einem erfahrenen Piraten geplant. Eigentlich wäre es dumm von mir, dich morgen zurückzulassen."

Sea lächelte selbstzufrieden und beobachtete die Reflektionen auf dem Wasser, ehe sie wieder in den Himmel aufsah. „Ich konnte den Überfall nur so gut planen, weil ich mein Schiff und die Gegend so gut kenne ..."

Ein Windzug trieb die Wolken weiter auseinander und mehr und mehr Sternenlicht schienen aufzuleuchten. Aber der Wind ließ sie frösteln. Sea nahm einen ein Schluck Whiskey aus ihrem Becher, der zumindest ihre Kehle angenehm wärmte. Bald würde sie ihre Kabine nach einem Mantel durchstöbern müssen, weil diese Nacht so außergewöhnlich kühl war.

„Sag mal, habe ich inzwischen die Erlaubnis, dich bei deinem Kosenamen zu nennen? Ich werde schon länger nicht mehr angefahren, wenn ich ihn benutze", versuchte er irgendwann sie zu sticheln, aber sie lächelte nur.

„Nein, hast du nicht, aber ich hab' den Versuch aufgegeben, dich zu erziehen", erwiderte sie, „und ich muss es nicht mehr lange aushalten, bis mich nur noch Math so nennt."

„Ach, Goldlöckchen *darf* dich so nennen?", fragte er erstaunt und verstummte einen Augenblick in Gedanken, „könnte ich nicht das Recht auf den Kosenamen von deinem Vater erben?"

„Sall könnte, Kapitän Black hingegen würde ich dieses Recht nicht zusprechen, aber es interessiert euch beide nicht, ob ich es erlaube, dass ihr mich Seepferdchen nennt. Warum ist dir mein Kosename überhaupt so immens wichtig?"

„Ich würde dich ja Süße nennen, aber diesen Spitznamen habe ich schon für so viele Bräute benutzt. Du brauchtest einen eigenen Übernamen und nichts ist naheliegender"

„Angeber, du elender!", kicherte sie, „Wenn du nicht bald von deinem hohen Ross herunterkommst, darfst du mich künftig mit *Kapitän Horce* ansprechen."

„Was ich, wie du ja weißt, ohnehin nur tue, wenn mir gerade danach ist", grinste er und kippte sich anschließend lässig einen Schluck Whiskey in die Kehle.

Sea atmete tief durch und gab sich geschlagen – dieses Wortgefecht hatte er gewonnen. Was soll's, dachte sie, sie hatte heute alles gewonnen worauf es ihr angekommen war, diese Freude konnte sie dem Piraten lassen. Nach allem, was sie durchgemacht hatten, kam es darauf nun wirklich nicht mehr an. Sie überdachte ihr Abenteuer noch einmal, vollkommen unabsichtlich flogen ihre Gedanken erneut durch die vergangenen Wochen. Dieses Mal blieben ihre Gedanken kurz bei Cod hängen, ehe sie bei dem Kampf mit Night stoppten.

„Möchtest du deinen Dolch eigentlich wiederhaben?"

„Behalt ihn. Er hat dir jetzt schon zwei Mal den Hals gerettet, ich glaube, du brauchst ihn dringender als ich."

„Möglich. Aber ich glaube eher nicht. Schließlich arbeite ich nun wieder als Frachterkapitän und nicht mehr als Schatzsucher." Es würde eine Weile dauern bis sie den Dreh mit dem Transportgeschäft raus haben würde. Das Schiff zu kommandieren war der eine Teil, aber nun bestand ihre nächste Aufgabe darin sich als Geschäftsfrau zu beweisen.

Erneut zog ein kalter Windzug durch ihre Bluse und sie schüttelte sich.

„Entschuldige, Sall, aber ich muss entweder einen Mantel finden oder in meine Kabine gehen, ich erfriere sonst bald, und eigentlich bin ich inzwischen zu müde, um hier herumzustehen", sagte sie und rieb sich die Oberarme warm. Sie wollte schon austrinken und sich abwenden, aber kaum hatte sie die Hand mit dem leeren Becher sinken lassen, legte Sall die Arme um sie. Er würde sie wärmen, damit sie bei ihm an der Reling stehen blieb. Es war erstaunlich, wie gut er sich zusammenreißen konnte. Er versuchte nicht sie umzustimmen, nicht sie erneut zu entführen und auch nicht sie zu verführen, damit sie bei ihm blieb. Seit er sie wieder unterstützte, glaubte sie ihm sogar beinahe, dass er sich verliebt hatte.

„Bist du damit zufrieden, dich auf die Planken zu setzen und an die Reling zu lehnen?", fragte er. Sea brummte nur zustimmend und legte den Kopf an Salls Schulter. So sehr es sie auch nervte, sie würde ihn vermissen. Gegen Ende ihres Abenteuers fand sie tatsächlich noch Gefallen an seinen Flirts. Zum Glück würde sie sich morgen für immer von ihm verabschieden, sonst würde er sie am Ende noch weichklopfen. Gemeinsam setzten sie sich mit dem Rücken zur Reling, und Sea lehnte sich gegen ihn.

Der junge Pirat griff über sich und nahm seinen Becher von der Reling, wo er ihn kurzerhand deponiert hatte, wie auf dem Tresen einer Bar. Er leerte ihn und stellte den Becher neben sich, ehe er Sea an sich bettete und die Arme um sie legte.

„Meine Mannschaft wird mich ein Leben lang damit aufziehen, dass ich mich an die Schulter eines Piraten lehne ...", murmelte sie gegen seinen Hals. Es war unmöglich, dass ihre Crew diesen Flirt nicht mitbekommen hatte.

„Gut so, dann erinnerst du dich ein Leben lang an mich", waren die letzten Worte, die Sea noch aktiv mitbekam. Falls noch Worte folgten, konnte sie sich nicht mehr daran erinnern, weil sie bereits eingenickt war.

∗∗∗

Diesmal erschrak Sea nicht, als am Morgen die ersten Sonnenstrahlen sie zum Blinzeln brachten und das erste, was sie erkennen konnte, ausgerechnet Salls Haifischzahn war. Sie war sich selbst im Traum bewusst gewesen, dass sie die ganze Nacht an seinem Brustkorb gelehnt hatte. Im Traum hatte sie ihr Vater mit missbilligendem Gesicht beobachtet, als überlegte er sich, ein Gewehr zu holen, um den Piraten zu verjagen. Aber sie hatte ihn mit den Erzählungen ihrer letzten Abenteuer festgehalten, und in Bildern war ihre Reise erneut an ihr vorbeigezogen. Sie hatte gerade Math in die Dunkelheit weglaufen sehen, als das Morgenlicht sie geweckt hatte. Sie saß zwischen Salls angewinkelten Beinen und hatte Hals, Brust und Wange in sein Hemd geschmiegt, weil die Nacht offenbar unangenehm kühl gewesen war. Er lehnte mit dem Rücken an der Reling, hatte das Gesicht in ihr Haar gebettet und die Arme um sie gelegt. Und zu ihrer Überraschung stellte sie fest, dass eine wollene Decke über ihnen lag. Verflucht, jemand musste sie nachts zugedeckt haben. Und dieser Jemand würde sie garantiert damit aufziehen.

Sea begann sich zu winden, um sich aufrappeln zu können, und Sall erwachte, als sie den Kopf bewegte. Er wollte das Gesicht gerade wieder in ihre kakaobraunen Haare schmiegen, um weiterzuschlafen, als sie sich aufrichtete, damit er eben dies nicht tun konnte. Sea räkelte und streckte sich, ehe sie die Wolldecke zurückschlug und aufstand. Dann zog sie ihm die Decke weg, als er gähnend die Glieder zur vollen Länge streckte.

„Meine letzte Nacht mit dir hatte ich mir anders vorgestellt ...", brummte der junge Pirat und erhob sich umständlich.

„Ich wünsche dir auch einen guten Morgen, Käpt'n" Als ob es ihr Plan gewesen wäre, bei ihm einzuschlafen! Er sollte besser froh sein, dass sie eingeschlafen war, sonst hätte er die Nacht ganz ohne sie verbracht.

„Guten Morgen, Seepferdchen", sagte er gutmütig und gab ihr einen Kuss auf die Stirn, bevor es ihr bewusst wurde und sie hätte ausweichen können. Aber sie hatte ihren Freunden ohnehin einiges zu erklären, also kam es auf diesen Kuss mehr oder weniger nicht mehr an.

„Ach, lass das sein ...", schob sie ihn dennoch aus Prinzip von sich und wandte sich ab, um sich ihrer Aufgabe als Kapitän zu widmen.

Der Morgen war grau, wie der zuvor, aber er wirkte eher drückend als dramatisch. Die Wellen der See waren dunkel blaugrau, und es blies ein gutmütiger Wind, der nach Regen roch. Aber der Schauer würde vermutlich auf sich warten lassen.

Auf den Schiffen war noch kaum Betrieb, aber auf der *Unicorn's Dream* wirkten die Matrosen eindeutig ausgeschlafener als die Piraten. Die Frühaufsteher unter ihnen erledigten bereits gemütlich die ersten anstehenden Reparaturen. Eine handvoll Matrosen begrüßten sie munter, als sie an ihnen vorbeigingen. In den Händen trugen sie die Werkzeuge, die sie zum Flicken des Besanfalls benötigten. Sie würden gut eine Stunde brauchen, um wiederherzustellen, was sie in einer Sekunde kaputt gemacht hatte. Aber niemand war deswegen aufgebracht – lieber eine kaputte Leine als schon den zweiten toten Kapitän.

Vom Achterdeck her überblickte sie die Decks entlang nach vorne, wo die letzten Überreste des Fests aufgeräumt wurden.

Rack stand am Kompasskasten auf der Kommandobrücke und begrüßte sie, sobald er bemerkte, dass sie wach waren. Offenbar hatte ihn am frühen Morgen der Kater geweckt, sonst würde er nach einem solchen Suff bis in den Nachmittag schlafen, wenn man ihn ließ. Er winkte ihr nur rasch indem er die Hand hob. Eine alte Gewohnheit, die sich nicht verändert hatte und sich trotz ihres Titel als Kapitän vermutlich nie ändern würde.

„Sieh einer an, die beiden Siebenschläfer haben sich auch aus ihren Träumen reißen können", begannen die Sticheleien tatsächlich schon am Morgen. Es war zwar schätzungsweise neun Uhr, aber ihre Nacht war reichlich kühl und auf den Planken reichlich hart gewesen, weshalb Sea noch unausgeschlafen nicht viel Humor hatte. Sall hingegen schien bester Laune zu sein und gab prompt zurück.

„An meiner Stelle hättest du auch gerne länger geschlafen", grinste er noch ein wenig verschlafen. Rack antwortete mit einem unbeeindruckten Schnauben, aber Sall hatte klar getroffen.

„Sehr lustig, ihr beiden ...", murrte sie ihm entgegen, „Rack, weißt du wer mich heute Nacht zugedeckt hat, anstatt mich zu wecken, damit ich mich in mein warmes Bett hätte verdrücken konnen?"

„Bill, wie ich annehme. Er ist nüchtern geblieben, weil ihm unser kleines Fest nicht ganz geheuer war. Die Decke stammt mit Sicherheit aus unserem Laderaum."

„Dann sieh zu, dass sie wieder dorthin kommt und schaff mir unsere Mannschaft an Deck. In einer guten Stunde will ich unterwegs nach Jamaika sein", hielt sie ihm die Wolldecke entgegen, „ich werde mich in der Zwischenzeit von den Piraten verabschieden."

„Aye, Käpt'n", nahm Rack sowohl den Befehl als auch die Decke grinsend entgegen, da es ihn noch immer amüsierte, seine selbsternannte Kleine Schwester mit diesem Titel anzusprechen.

„Na wenn du dich verabschieden willst, Seepferdchen, muss ich aber erst sicherstellen, dass meine Matrosen wach sind", erklärte Sall verschlafen, als Rack sich die Decke über die Schulter warf, „einige von ihnen wären bitter beleidigt, wenn sie deinen Abschied verschlafen würden." Er rieb sich müde mit der Hand übers Gesicht, als er sich auf sein Schiff zurückbegab. Dort begann er sich umzusehen und einige Namen zu rufen, um herauszufinden, wer schon wach war. Sea wollte ihm gerade folgen, doch Rack hielt sie an der Schulter zurück und drehte sie zu sich. Er hatte ein schadenfreudiges, schiefes Grinsen aufgesetzt wie wenn er sie bei einem Streich ertappt hätte.

„Jetzt musst du mir aber trotzdem noch erklären, was denn zwischen dir und diesem Piraten läuft. So wie du dich heute Nacht an den geschmiegt hast, muss der dir ziemlich den Kopf verdreht haben."

„Zwischen uns läuft gar nichts!", machte sie ihm genervt deutlich, aber selbstverständlich zog Rack sie nur zu gerne weiter auf.

„Sieht aber mehr so aus, als hätte er dir dein Herz geraubt", lachte er und beugte sich zu ihrem Ohr vor, wie jedes Mal wenn er ihr etwas flüstern wollte. „Hast du deine Jungfräulichkeit denn noch oder hat er dir die gleich auch noch genommen?"

„Halt den Rand und sieh zu, dass du deine Matrosen aus ihren Hängematten bekommst, Großmaul, ehe ich mich vergesse!", platzte ihr der Kragen. Rack lachte freudig darüber sie mit seiner dummen Stichelei getroffen zu haben, machte sich aber davon, um den Rest der Matrosen an Deck zu läuten.

Gereizt folgte Sea dem jungen Kapitän auf das Piratenschiff und begab sich geradewegs zum Niedergang. Sie wollte bei Luigi anfangen, damit dieser nicht wegen ihr mit seinem Holzbein an Deck klettern musste. Laufen konnte er damit recht gut, aber Treppensteigen war mit der Prothese eine gefährliche Sache. Deshalb hatte er schließlich zumeist die Hafenwache übernommen, da er ohnehin nicht von Bord ging, wenn es nicht nötig war. Sall stand inzwischen mit seinem Ersten Maat auf der Kommandobrücke und diskutierte.

Diego wirkte weder ausgeschlafen noch komplett nüchtern, daher begrüßten sie sich nur mit einem Nicken. Ihn würde sie nachher noch immer verabschieden können, dachte sie und stieg den Heckniedergang des Piratenschiffs hinab, wie sie es in den letzten Wochen jeden Tag getan hatte.

Luigi kochte bereits wieder fröhlich pfeifend, als Sea hoffentlich zum letzten Mal in die Kombüse des Piratenschiffs schritt. Breit unter seinem Schnurrbart hervorlachend sah er sie mit seinem einen Auge an und stemmte die Hände samt Kochlöffel in die Hüften.

„Kommst du um dich zu verabschieden, junge Dame?" Sie nickte breit grinsend.

„Aye, danke für alles Luigi", erwiderte Sea, „ich werde die Gespräche mit dir vermissen."

„Und ich deine Gesellschaft! Pass auf dich auf und leg dich nie wieder mit Piraten an" Sea grinste breit und umarmte den verdutzten Koch. Als sie ihn wieder losließ, stellte sie fest, dass Luigi rot angelaufen war, wie eine gekochte Garnele und betreten grinste.

„Vergiss nicht, die nächste Mahlzeit zu würzen", riet sie zum Abschluss und verließ die Kombüse.

„Und du halt dich von den Franzosen fern", rief er ihr hinterher.

„Aye, verstanden ..."

Aber lang hielt das Versprechen nicht an, denn als sie den Niedergang emporstieg, sah sie Pierre und Foncé je links und rechts von der Passerelle lehnen, so dass sie zwischen ihnen hindurchmusste. Natürlich fingen sie das Mädchen für einen letzten Spaß ab, bevor sie überhaupt die Passerelle betreten konnte.

„Willst du nicht einfach bei uns bleiben? Pirat werden und mit uns auf Kaperfahrt gehen? Jetzt kannst du es dir noch überlegen, Brandfuchs", gab Pierre ihr eine allerletzte Chance.

„Wenn alles gut läuft, fahrt ihr nicht so bald wieder zur See"

„Na und? Kannst dich vorübergehend vom Käpt'n als Kammermädchen anstellen lassen et tu nous accompagnes wenn wir das nächste Mal ausfahren! – Qu'est-ce que tu ris? Ich meine es todernst!"

Sea konnte nicht anders als loszulachen – sie als Kammermädchen! Sall würde sich freuen! Ordnung halten war im Allgemeinen nicht ihre Stärke. Und nicht nur sie lachte, alle lachten – ausnahmslos alle. Jeder Anwesende kannte sie inzwischen gut genug, um zu wissen, dass sie für Hausarbeit nicht zu haben war.

„Ausgerechnet als Kammermädchen! Das ist ein Grund zum Lachen! Ich dachte, du würdest mich besser kennen, Foncé."

„Bon, wenn du dich dir als Kammerkätzchen besser vorstellen kannst ...", lachte der Dunkle. Aber Sall hob genießerisch die Augenbrauen als ob ihm diese Idee gefiele, aber sie antwortete, bevor er den Mund öffnen konnte, um einen Spruch fallenzulassen.

„Nicht frech werden ...", fiel ihre Stimme bedrohlich um eine halbe Oktave ab, und sie hielt Foncé bedrohlich den Zeigefinger unter die Nase.

„Non, Sea, ich dachte eigentlich, dass du dich als Matrose anheuern lassen könntest. Ich würde dafür stimmen, dass wir dich aufnehmen, und ich würde auch eine Änderung unseres Kodex befürworten, damit du die gleichen Rechte bekommst wie wir alle", ergänzte Pierre mit einem Glucksen, als wüsste er um einen schwachen Punkt Bescheid. Gleiche Rechte! Sea glaubte nicht richtig gehört zu haben. Gleiches Mitspracherecht, das Recht offiziell selbst zu entscheiden, abstimmen dürfen – Rechte, die sie nicht in Kingston, nicht unter englischer Krone und sonst nirgends in der Welt jemals haben könnte. Ein Wunsch würde für sie wahr, wenn dieser Fall einträte. Aber sie wandte sich nach ihren Matrosen um und wusste, es hätte einen zu hohen Preis: Sie müsste ihre Moral über den Haufen werfen, ihre Freunde in Kingston hinter sich lassen und die *Unicorn's Dream* entweder vergessen oder zum Piratenschiff verdammen.

„Nein, solange mein altes Leben noch zu retten ist, kann ich nicht Pirat werden. Es wäre gegen meine Überzeugung", erklärte sie.

„Bon, einen Versuch war es wert, mais c'est dommage, du hättest unsere Crew vermutlich gut ergänzt", akzeptierte der Pirat schulterzuckend ihren Entscheid.

„Jetzt hört endlich auf, auf das Mädchen einzureden, sonst überredet ihr sie am Ende tatsächlich", bellte Jack-Knife in die Runde, „sie will nicht, akzeptiert es!" Er verteidigte sie aus reinem Eigennutzen, aber das interessierte die Piraten kaum, sie grinsten nur darüber. Die beiden französischsprachigen Freunde zuckten mit den Schultern und gaben ihr jeder die Hand, um sich zu verabschieden.

„Bon voyage!"

„C'était un plaisir de faire ta connaissance ...", verabschiedete sich Pierre mit Handkuss.

„C'est de moi"

„Wenn sich jetzt alle verabschiedet haben, dann brechen wir auf", beendete der junge Kapitän den Unsinn seiner Matrosen. Er wirkte erstaunlicherweise noch nicht besonders wehmütig wegen des Abschieds, aber er konnte seine Gefühle hervorragend verstecken.

„Na los, Jungs, ihr habt's gehört, macht die Segel klar! Unsere Reise geht weiter!", scheuchte Diego die Matrosen vorfreudig an die Arbeit, „auf nach Tortuga!"

Sall blieb an der Reling neben der Passerelle stehen und sah seinen Matrosen zu, wie sie Tuch setzten und die Leinen lösten, die die Schiffe beieinander hielten. Selbst ein Blinder hätte gesehen, dass er etwas zurücklassen musste, das ihm ans Herz gewachsen war. Dann wandte er sich zu ihr, als sie die Gangway betreten wollte, und hielt sie auf, indem er ihr die Hand entgegenstreckte.

„Kapitän Horce, es hat mich gefreut, mit Euch Geschäfte zu machen! Auf bald!", sagte er, und sie schüttelten sich die Hände wie nach einem ertragreichen Geschäft.

„Keineswegs meinerseits, mir wäre lieber gewesen, mein Schiff nicht erst zu verlieren und ich hoffe, dass wir uns nicht vor dem Jenseits wiedersehen. Illegale Geschäfte sind nicht mein bevorzugtes Handelsgebiet", grinste sie ihn an, „Grüß mir Alma und lass dich nicht hängen!" Sall lachte und seine Freunde stiegen auf dem Großdeck der *Queen Roses Death* in sein Lachen ein, als sie das Schiff wechselte.

„Sea", salutierte Diego wie bei der Marine mit der flachen Hand an der Stirn zum Abschied, „Gute Reise und pass auf dich auf, Brandfuchs." Sie machte zu seinem Amüsement einen Knicks, wie man ihn zum Abschluss eines Tanzes machte.

„Gute Fahrt, Diego"

Auch Sea ließ von Rack ihre Matrosen in die Bäume schicken, und kurz darauf wurden auf beiden Schiffen unter Gesang die Segel gesetzt. Ihre Matrosen hatten angestimmt, um besser im Takt arbeiten zu können, und die Piraten hatten mit eingestimmt. Die Anker wurden im gleichen Takt gehievt und die Brassen mit dem gleichen Rhythmus angezogen. Und die Matrosen sangen absichtlich die berühmtesten Strophen, damit kein Mann in den beiden Chören über ein Wort stolperte. Auch Sea stimmte mit ein, als sie begann den Kurs zu bestimmen.

> „... *Scratch his back with a cat o'nine tails,*
> *Scratch his back with a cat o'nine tails,*
> *Scratch his back with a cat o'nine tails*
> *early in the morning!*

Hooray and up she rises,
Hooray and up she rises,
Hooray and up she rises
Early in the morning ..."

Auf beiden Schiffen wurden die Segel in den Wind gedreht, sie nahmen Fahrt auf und entfernten sich bald zügig voneinander. Die *Unicorn's Dream* hängte die *Queen Roses Death* nach kurzer Zeit ab, obwohl das Piratenschiff noch lange Zeit in Sichtweite war. Sie verfolgte die *Dream* hartnäckig entlang der Südküste Hispaniolas, bis sie hinter ihnen in der Ferne verschwand. Von dann an segelten die Schiffe getrennte Wege.

Sea trug eine unerwartete Schwermut im Herz, als sie feststellte, dass sie das Piratenschiff hinter sich gelassen hatten. Es war eben doch ein Abenteuer gewesen, das sie ihr Leben lang nicht vergessen würde. Aber sie hatte nicht die Möglichkeit lange zu trauern, denn diese wurde von ihrer Euphorie erstickt. Ihre Matrosen löcherten sie mit Fragen, und wenn sie gerade nicht erzählte, wie es ihr ergangen war, brachte sie das Durcheinander in Ordnung, das Shark hinterlassen hatte. Es dauerte Stunden um die Akten im Kartenraum nach ihrem Sinn zu ordnen, gekappte und neue Handelsverbindungen im Papierkram zu erkennen, Zoll- und Transportpapiere zu sortieren und ähnliches. Von ihrer Rückreise bekam sie beinahe nichts mit, sie versank im wahrsten Sinne in Arbeit. Aber so hatte sie doch zumindest sämtlichen Papierkram erledigt, als endlich die Ostküste Jamaikas als dünner, grüner Landstreifen zwischen dem Blau von Himmel und See in Sichtweite kam. Sie freute sich immer auf die Rückkehr, aber sie hatte sich noch nie so sehr auf den Heimathafen gefreut wie jetzt.

Im Heimathafen

Der grüne Landstreifen von Jamaika war zwar schon um die Mittagszeit am Horizont erschienen, aber man konnte Port Royal erst am späten Nachmittag detailreich durch das Fernrohr erkennen. Gegen fünf Uhr passierten sie die Meerenge, und bald darauf wuchsen auf der anderen Seite des Kingston Harbour genannten Meerbusens die Umrisse der inoffiziellen Hauptstadt aus der Landschaft. Sea freute sich unendlich, die ineinander verbauten Häuser mit den engen Straßen wiederzusehen. Durch den dichten Wald aus braunen Dächern zogen nur die wenigsten Straßen überhaupt eine Furche, die meisten Gassen waren vom Meer aus nicht einmal zu erkennen. Sie stand mit dem Fernrohr am Auge in der Fockmarssaling und berechnete, wie viel Zeit sie vermutlich noch brauchten, bis sie anlegen konnten. Normalerweise machte sie jeder Hafen in etwa gleich vorfreudig. Sie liebte jeden Hafen, wie sie es liebte zur See zu fahren, und sie hatte die *Unicorn's Dream* schon immer mehr als ihr zu Hause gesehen, als Kingston an sich. Der Unterschied war, dass sie sich im Heimathafen auf ihre Freunde freute und nicht nur auf frisches Wasser. Am besten wäre wahrscheinlich alle zu versammeln, bevor sie ihre Erlebnisse erzählte, sonst würde sie sich immer wiederholen müssen, bis sie einen rauen Hals bekam. Sie hatte ihr Schiff in einer Meuterei verloren, geholfen, einen verschollenen Schatz zu finden und sich ihr Schiff wieder zurückgeholt, listete sie in Gedanken auf. Ob Albatros wohl vermutet hat, dass er mich in dieses Abenteuer stürzen würde, als er mir die Karte schenkte, überlegte sie sich schmunzelnd. Sea ließ ihren Blick noch einmal über die Hafenstadt schweifen, dann schob sie das Fernrohr zusammen und fixierte es in ihrem Gürtel, um es nicht zu verlieren. Mit viel Zeit kletterte sie über die Webeleinen auf das Großdeck hinab.

„Na, freust du dich, deinen Taugenichts wiederzusehen?", fragte Rack frech, als sie von der Reling auf die Planken hinabsprang.

„Ich werde dir nicht noch einmal erklären, dass er kein Taugenichts ist. Bei dir Sturkopf bringt es nichts!", beendete sie das Thema umgehend, „aber, aye, ich freue mich, ihn wiederzusehen." Hoffentlich wollte er sie überhaupt noch wiedersehen, sie musste ihm doch das Herz gebrochen haben, als sie ihn wegschickte. Knapp eine Stunde später nahm Sea das Fernrohr wieder zur Hand. Inzwischen waren sie nahe genug, um den ganzen Hafen erkennen zu können. Den Seegang ausbalancierend ließ sie ihren Blick über den Kai gleiten, um zu überprüfen, ob sie anlegen konnten. Die größeren Schiffe lagen normalerweise in der Bucht vor Anker, aber die *Unicorn's Dream* war klein genug, um bis an den Steg zu fahren und dort anlegen zu können. Aber da die ankernden Schiffe mit kleinen Ruderbooten beladen und entladen wurden, verstopften diese meistens die Anlegestellen. An ihrem Stammplatz und darum herum versperrten einige Beiboote eines Navy Schiffes den Liegeplatz.

„Unser Liegeplatz ist besetzt", informierte sie Augenklappe, der hinter ihr am Ruder stand, und schob das Fernrohr wieder zusammen. „Rack, wir gehen in der Bucht vor Anker!", befahl sie dem neuen Maat auf das Großdeck hinab.

„Aye, Käpt'n, sollen wir bereits die Segel bergen?", fragte er fröhlich, als er zu den Stufen angetrabt kam.

„Nur die Stagsegel und die Marssegel. Wir ankern ein halbes Kabel nordwestlich dieser Fregatte bei zwei Strich Steuerbord. Vermutlich *HMS Neptune*", erklärte sie und zeigte mit der Hand kurz auf das Schiff der Navy.

„Aye", bestätigte der Erste die Befehle und formte die Hände zu einem Trichter, um sie laut zu wiederholen, „Stagsegel und Marssegel einholen!" Er war zwar verständlich genug, als er über das Deck brüllte, aber an Sharks Lautstärke kam er bei weitem noch nicht heran. Darauf kletterten die Matrosen den Wanten entlang in die Masten. Die dreieckigen Stagsegel, die zwischen den Masten aufgehängt waren, ließen sie auf das Deck hinab. Die trapezförmigen Marssegel zurrten sie an ihren Bäumen fest. Der Wind in den Großsegeln genügte vollkommen, um die *Unicorn's Dream* um die Fregatte herum zu segeln. Sea half Augenklappe das Ruder zu drehen, um ihr Schiff um die Fregatte herum zu steuern, während die Crew die Stagsegel zusammenfaltete.

„Aufschießen, dann Segel back setzen!", befahl sie unüberhörbar, als die Stagsegel in Eile verstaut wurden und der kleine Frachter an der *HMS Neptune* vorbeizog. Sie steuerten den Bugspriet in den Wind, und gleich darauf drehten die Matrosen die Segel aus dem Wind. Schließlich kam sie ein halbes Kabel von der Fregatte entfernt auf den Wellen treibend zum Stillstand. Derweil gab sie das Kommando, den Anker zu

Wasser zu lassen, was der Erste Maat in der Deckmitte wiederholte. Die Decksmatrosen ließen den Anker in die Bucht hinab. Den Befehl, die Segel zu bergen brauchte Rack nicht erst zu wiederholen, damit sich die Matrosen über die Fußpferde entlang den Großbäumen verteilten. Nur Momente später saßen sie in den Rahen, wie Affen auf den Bäumen, um die Großsegel einzuholen. Bald darauf lag die *Unicorn's Dream* ruhig und ordentlich vor Anker.

✳✳✳

Wenig später saß Sea im Bug ihres größten Beiboots. Die Crew legte sich im gleichmäßigen Rhythmus in die Riemen, und der kleine Kutter schaukelte dem Steg entgegen. Ausnahmsweise hatte sie sich zuerst übersetzen lassen, ihr Vater hatte das Verladen der Waren immer selbst organisiert, und unter allen anderen Umständen hätte sie es ihm gleich getan. Aber im Augenblick war ihre Anwesenheit kundzutun wichtiger, daher würde sie ihren Ersten Maat mit dieser Aufgabe betrauen. Rack saß an der Pinne und steuerte sie gekonnt an den hölzernen Anlegesteg. Nachdem die Mannschaft die Riemen eingezogen hatte, kletterte Bill mit der Leine an Land. Er vertäute gerade das Beiboot zwischen den anderen am Steg, als ein lauter Ausruf Sea beinahe zu Tode erschreckte.

„Sea!", schallte es von den Hauswänden am Hafen wieder. Sie drehte sich erschrocken um. Ihr Herzschlag beruhigte sich wieder, als sie eine junge Frau in einem grünen Kleid auf den Steg eilen sah. Mary musste gerade auf dem Weg in den *Rostigen Anker* sein und hatte sie per Zufall auf dem Steg stehen gesehen. Kaum hatte Sea sie erkannt, konnte sie nicht anders, als ihrer Freundin entgegen zu rennen.

„Mary!", jauchzte sie, und die Mädchen schlossen sich in die Arme. Ihr kamen beinahe die Tränen, so sehr freute sie sich, ihre Freundin wiederzusehen.

„Ich konnte die Geschichte, die Math uns erzählte, beinahe nicht glauben, bis er mir die Münze zeigte! Sea, du musst mir alles bis in die kleinsten Einzelheiten erzählen", verlangte sie, als sie sich bei den Armen nahmen und sich anstrahlten. „Ich bin so froh, dass du heil bist! Ich hätte beinahe die Gaststube unter Wasser gesetzt, als ich erfahren habe, dass du entführt wurdest."

„Jetzt übertreib nicht ..." Sea konnte nicht anders, wegen dieser Übertreibung ihrer Freundin setzte sie ein breites Grinsen auf. „Natürlich erzähle ich dir alles, aber ich warne dich, ich habe eine ganze Menge erlebt", warnte sie die Serviertochter.

„Dann hast du doch zumindest etwas zu erzählen, wenn ihr heute Abend in den *Anker* kommt", meinte Mary vorfreudig und sah Rack an, als dieser an Seas Seite trat, „ihr kommt doch heute in den *Anker*? Ich sollte nämlich jetzt zur Arbeit gehen, sonst macht mir mein Chef die Hölle heiß."

Sea verschränkte die Arme vor der Brust und spielte möglichst übertrieben Empörung. „Natürlich! Wohin denn bitte sonst?", quietschte sie gespielt, was den Umstehenden sofort bewusst war, bevor sie mit normalem Tonfall erklärte, „allerdings muss ich vorher noch einige andere Leute besuchen, um ihnen zu zeigen, dass ich mich nicht mehr in den Klauen dieses blutrünstigen Piratenpacks befinde. Ich werde die meisten von ihnen in den *Anker* schicken, damit ich meine Erlebnisse nicht allzu häufig herunterleiern muss."

Mary nickte zustimmend: „Dann reserviere ich eure Stammtische in der Ecke." Dann wandte sie sich an Rack und lächelte ihn dankend an, als hätte er ihr einen Wunsch erfüllt. „Danke, dass du sie zurückgebracht hast. Ich hätte nicht gedacht, dass du dieses Versprechen halten kannst", flüsterte sie ihm gerade laut genug an das Ohr, damit Sea es verstehen konnte. Sie stellte sich auf die Zehenspitzen und gab ihm unauffällig einen dezenten Kuss auf die Lippen. Auf dem Gesicht des Ersten breitete sich ein seliges Lächeln aus, als gäbe es nichts Schlechtes in der Welt. Marys Wangen bekamen einen leichten rosa Schimmer und sie verabschiedete sich. Rack sah ihr sehnsüchtig nach wie sie über den Steg davonging und legte abwesend den Kopf schief, um ihr so lange wie möglich nachzusehen.

Doch Sea bohrte ihm mit emporgezogener Augenbraue den Ellbogen in die Rippen. „Könnte es sein, dass ich etwas Interessantes verpasst habe?", fragte sie verschmitzt. Sie hörte, wie ihre Crew hinter ihnen grollend kicherte, und sie bekam das Gefühl, dass Racks Wangen ebenfalls rosig wurden.

„Ich habe sie einige Male getröstet, als sie sich um dich gesorgt hat", konnte er sie erst ansehen, um sich zu rechtfertigen, „ich konnte einfach nicht zusehen, ohne etwas zu tun. Sie hat so bittere Tränen geweint."

Sea strahlte ihren Freund an. Dass sich die beiden mochten, war ihr schon länger aufgefallen, auch wenn sie es gut versteckten. „Kümmere dich bitte darum, dass die Mannschaft damit beginnt, die *Dream* zu entladen", beauftragte sie ihn, um ihn nicht noch mehr zu löchern. Während Augenklappe und Bill sich zu ihnen gesellten, informierte sie die Bootsmannschaft knapp über das weitere Vorgehen: „Rack übernimmt die Leitung des Entladens der *Unicorn's Dream*, während ich einigen Bekannten mitteile, dass ich noch lebe. In etwa zur Abenddämmerung treffen wir uns im *Anker*, wo ich meine Erlebnisse in allen Einzelheiten erzählen werde." Darauf verabschiedete sie sich und ging eiligen Schrittes den Steg entlang. An dessen Ende warf sie Rack einen prüfenden Blick zu, bevor sie in die Straße zur Stadt einschwenkte. Er würde seine neue Aufgabe sicher annähernd so gut erledigen wie Shark früher.

***

Seas Schritte beschleunigten instinktiv, als sie kurz darauf das Schlagen des Schmiedehammers aus der Ferne vernahm. Weiter unten an der Straße war sie noch mit zackigem Schritt zufrieden gewesen, aber je näher sie der Werkstatt kam, umso schneller lief sie. Vor der an einer Seite geöffneten Schmiede standen an dem Pfahl zwei Pferde angebunden. Ausnahmsweise erkannte sie keines davon aus dem Stall des Gouverneurs, und ausnahmsweise nahm sie sich auch nicht die Zeit, die Tiere zu streicheln. Am Rahmen der geöffneten Seite blieb sie stehen und sah vom Stützbalken aus in das Innere der Werkstatt. Der alte Schmied glühte im Feuer irgendetwas, das er gerade in der Glut drehte. Sein Lehrling stand an dem größeren der beiden Ambosse und bearbeitete ein Hufeisen mit einem Hammer, den Sea vermutlich nicht einmal anheben konnte. Das musste er innerhalb der letzten paar Wochen gelernt haben, denn bevor sie in See gestochen war, hatte er immer nur seinem Lehrmeister geholfen oder Hufnägel hergestellt. In diesem Moment drehte sich der Schmied um und legte mit der Zange eine glühende Eisenstange auf den Amboss, wobei sein Blick auf sie fiel.

„Na so was! Bist du also auch wieder aufgetaucht!", begrüßte er sie gut gelaunt.

Sea winkte ihm freundlich. „Guten Tag, Herr Schmied", sagte sie, und Math sah von seiner Arbeit auf, um herauszufinden, mit wem der

Schmied sprach. Sein Gesichtsausdruck wurde leer und ungläubig, als er sie erkannte und er starrte sie einen Augenblick mit geweiteten Pupillen an, als sähe er einen Geist.

„Guten Tag, Math!", begrüßte sie ihren besten Freund lächelnd, falls er dies nach allem noch war. Den Hammer, den er automatisch wieder vom glühenden Eisen gehoben hatte, ließ er abwesend neben den Amboss fallen. Erst als er klirrend auf dem Boden aufschlug, schien ihm klar zu werden, dass er sie sich nicht einbildete. Wie in Zeitlupe schmiss er die Zange mitsamt dem glühenden Hufeisen ins Kühlwasser. Zischend stieg der Dampf auf, und das Hufeisen färbte sich eisengrau, als es erkaltete. Plötzlich löste er sich aus seiner Erstarrung und stürmte mit drei schnellen Schritten um den Amboss auf sie zu. Sea fiel ihm um den Hals, als er die Arme um sie legte und sie fest an sich drückte. Sie schmiegte sich an seinen Hals. Es war so schön, ihn wieder zu spüren und seinen vom Rauch gedämpften Geruch einzuatmen. Er war noch immer so warm wie das letzte Mal als sie in seinen Armen lag und ihren Kopf an seine Schulter kuschelte. Sie hätte ihn unglaublich gern noch einmal umarmt, bevor sie ihn wegschickte, aber dann wäre er nie gegangen.

„Du bist tatsächlich zurück!", murmelte er und zog sie fester an sich, „Trotz deines Briefes habe ich daran gezweifelt, dass du zurückkommst. Ich dachte, Black würde dich niemals gehen lassen." Unerwartet hemmungslos gab er ihr einen Kuss auf die Stirn. Sea sah zu ihm auf, seine wasserblauen Augen glänzten vor Freude.

„Das hat er auch nicht wirklich freiwillig getan, es hat viel Überredungskunst gebraucht", erklärte sie und kuschelte sich wieder an ihn. Eigentlich hätte sie für immer in diesem Moment verweilen können, doch dann sah sie trotzdem wieder zu ihm auf. Sie konnte nicht mehr verhindern, dass es wie eine Quelle aus ihr sprudelte: „Es tut mir wahnsinnig leid, dass ich dich angelogen habe, Math, aber ich konnte einfach nicht ohne mein Schiff zurückkehren! Und mitnehmen konnte ich dich wirklich nicht, Sall hätte dich umgebracht. Ich schätze es so, dass du für mich nach Tortuga gesegelt bist, aber ich musste dich nach Hause schicken, ich hatte zu viel Angst, dich in diese Sache reinzuziehen und dich noch mehr in Gefahr zu bring ..."

Wahrscheinlich wäre noch einiges aus ihr herausgesprudelt, wenn er sie nicht zum Schweigen gebracht hätte. Math legte sanft seine Lippen auf ihre und gab ihr einen schüchternen, zutiefst genossenen Kuss.

Er tippte ihre Zungenspitze nur kurz an, dann ließ er leider auch schon wieder von ihren Lippen ab. Stattdessen nahm er sie in den Arm, und sie schmiegte sich wieder an seine Schulter. Aber der gute Ton verlangte es, dass Liebe in verschlossene Räume gehörte und nicht in die Öffentlichkeit. Sea war erstaunt, dass er sich eine Liebkosung vor dem Schmied traute. Dieser stand hinter dem Amboss und schüttelte den Kopf über die Unverbesserlichkeit seines Lehrlings. Diese ungehaltene Jugend heutzutage ..., schien er mit einem Lächeln zu denken und in schönen Erinnerungen zu schwelgen, dann ließ er den Hammer wieder auf das Eisen schlagen.

„Mathias", machte er laut auf sich aufmerksam und sein Lehrling wachte wieder in der Realität auf. Math wollte sie schon loslassen, um wieder an seinen Arbeitsplatz zurückgehen, doch der Schmied hielt ihn sogleich auf.

„Dich kann man heut vermutlich für keine sinnvolle Arbeit mehr brauchen, so aufgewühlt wie du jetzt bist. Bring sie nach Hause und pass künftig besser auf sie auf, damit ich dir nie wieder frei geben muss, weil du deine entführte Freundin retten willst", gebot er ihm rau, „du kommst morgen eine Stunde früher und jetzt verschwindet." Was für ein verständnisvoller Mensch er war, konnte der Schmied aber mit aller Rauheit nicht überspielen.

Maths Gesicht hatte sich mit jedem seiner Worte aufgehellt, und als sein Lehrmeister ihm mit der Hand zu gehen befahl, schien seine Laune überbordend zu werden. „Vielen Dank, Meister", grinste er und nahm Sea an die Hand, „danke" Der Schmied winkte ihn ein zweites Mal fort, bevor sie sich verabschiedeten und auf die Straße hinausgingen.

***

Math hielt Sea fest an der Hand, während sie durch die Stadt gingen, als hätte er Angst, sie würde sich in Luft auflösen. Sie ging ganz nahe neben ihm und genoss es, ihren besten Freund wieder bei sich zu haben. Nach seinen Strapazen, bis er Tortuga erreicht hatte, und die Enttäuschung nach ihrer Lüge, war sie unglaublich froh, dass sich in ihrer Freundschaft kaum etwas verändert hatte, außer dass sie intensiver war denn je. Math hatte ein breites Lächeln auf dem Gesicht und seine Augen strahlten vor Glück, weil er seine Sandkastenfreundin zurück hatte. Er zerdrückte ihr beinahe die Finger, so fest hielt er ihre Hand, um zu verhindern, dass jemand sie ihm wieder entreißen konnte.

„Du musst mir erzählen, was du alles erlebt hast, nachdem ich wieder fort war", verlangte er mit funkelnden Pupillen und breitem Lachen.

Sea strahlte zurück und ging ein bisschen näher neben ihm. Sie hatte ihn vermisst und wollte so nah wie möglich bei ihm sein. „Das werde ich, aber erst später im *Anker*, sonst muss ich alles drei Mal erzählen …Wir gehen noch schnell zum Gouverneur und Victoria, um ihnen mitzuteilen, dass ich noch am Leben bin, und ich ihnen mein Abenteuer auch erst im *Anker* erzählen werde", erwiderte sie.

Math schüttelte den Kopf voll Verständnislosigkeit. „Aber mit ihren teuren Kleider fallen die beiden im *Anker* auf wie zwei bunte Hunde. Denkst du nicht, das ist für die nahezu hilflose Victoria ein bisschen gefährlich?"

Sea kicherte darüber, dass er noch immer nicht erkannt hatte, was für Schlitzohren Vater und Tochter waren. „Glaub mir, Edward wird nicht in seinem teuren Mantel kommen, und Victoria wird sich dazu überwinden, das Kleid einer ihrer Mägde anzuziehen, das versichere ich dir", erklärte sie und ordnete in Gedanken schon die Worte, um ihr Abenteuer möglichst spannend klingen zu lassen, ohne es als Seemannsgarn zu verweben. Zuerst musste sie noch die Geschichte mit Albatros erzählen, bevor sie richtig anfangen konnte. Ob sich wohl noch einige Crewmitglieder an ihn erinnerten? Rack vielleicht, er hatte auch häufig seinen Geschichten gelauscht, aber vermutlich würde es einen Moment dauern, bis er sich erinnern würde. Und wenn ihr jemand nicht glauben wollte, dann würde sie ihre Mitbringsel zeigen. Math sah immer wieder zu ihr herüber, um sicherzustellen, dass sie noch da war. Manchmal trafen sich ihre Blicke, und sie lächelten sich an. Wie gut es tat, wieder im Heimathafen bei ihren Freunden zu sein. Gut gelaunt begann sie zu summen, und bald hörte Math ihr selig zu, wie sie eines ihrer Lieblingslieder sang, das sie schon so häufig mit ihrer Crew auf See zu Ende gebracht hatte. Er summte die rege Melodie mit, bis sie die Residenz des Gouverneurs erreichten. In heller Tonlage schallte ihre Stimme von den Gebäuden wider, und die Passanten drehten sich nach ihnen um:

„Hooray and up she rises,
hooray and up she rises,
hooray and up she rises,
early in the morning!

That's what's to do with a drunken sailor,
that's what's to do with a drunken sailor,
that's what's to do with a drunken sailor,
early in the morning"

Nachwort

Lieber Leser,

wackere vier Jahre habe ich an meinem Abenteuer geschrieben. Eigentlich war nur ein Jahr für das Buch geplant gewesen, aber die Geschichte war damals noch nicht reif. Und eigentlich hatte ich mir gesagt, dass ich meine Leser nicht mit einem Nachwort nötige, jedoch sind da noch ein paar Leute, denen ich gerne einige Zeilen schreiben wollte, und den Interessierten möchte ich die Geschichte hinter meinem Roman erzählen.

Dieses Buch ist aus Langeweile entstanden: Es war eine Woche vor meinem sechzehnten Geburtstag an einem grauen Samstag im Herbst abends um sechs, als ich wie damals so häufig wie ein Tiger im Käfig im Haus umherlief, weil ich mich so langweilte. Meine Mutter bügelte im Hinterzimmer, als sie es nicht mehr aushielt, dass ich um sie herumschlich. Ich hätte nicht gedacht, dass ich einmal so dankbar für diesen folgenden Satz sein würde: „Du wolltest doch schon lange ein Buch schreiben. Wenn du dich so langweilst, fang doch damit an ...“ Gesagt, getan. Ich stellte auf dem Tisch neben ihr meinen damals neuen Laptop auf, überlegte mir kurz, welche Geschichte ich aufschreiben wollte, entschied mich für die mit der reifsten Story und begann.

Ich saß nahezu jeden Abend an meiner neuen Aufgabe, und die ersten Kapitel waren bald geschrieben. Meine Lehrerin korrigierte die ersten Kapitel und meine beste Freundin Katja, mein Engelchen, las jedes, so schlecht ich damals noch geschrieben habe. Mit einem kleinen Hilfsmittel, *Das treffende Wort*, dass mir mein Onkel Paul schenkte, wurden meine Texte bald vielseitiger, und heute glaube ich einen Schreibstil zu haben. Viel Zeit verbrachte ich auch mit Recherchen – denn obwohl meine Figuren fiktiv sind, wollte ich sie in dieser realen Welt leben lassen. Alle Schauplätze der Geschichte existieren, auch wenn ich sie ab und an etwas geografisch verändert habe. Insbesondere wollte ich möglichst tatsachentreu wiedergeben, wie das Leben auf Schiffen im Jahr 1707 war, was mir einen meiner engsten Freunde verschaffte. Mein Pirat Reto, ihr könnt ihn euch vorstellen, wie Kapitän Haddock aus den Tim und Struppi Alben, stellte mir sein ganzes Fachwissen zur Verfügung.

Mit dem Wissen wuchs auch die Geschichte, und ich musste viele Szenen überarbeiten oder neu schreiben, um damit zufrieden zu sein. Dieses Buch begleitete mich nach der Schule in mehrere Sprachaufenthalte in England und Frankreich und überstand auch meinen Einstieg in die Berufslehre. Hier ist es nun, das Werk, das mit einem so einfachen Satz begonnen hatte und zu meinem Steckenpferd geworden ist. Ich danke all diesen genannten und ungenannten Personen, die mein Buch zu dem gemacht haben, was es jetzt ist.

Lieber Leser, ich würde mich ausserdem sehr freuen, wenn du deine Meinung zu meinem Roman kundtust. Schreib mir doch via toughgirl@gmx.ch eine Kritik, damit ich meinen Schreibstil noch verbessern kann.

Stefanie Heidi Heuberger wuchs auf einem abgelegenen Bauernhof mit Landgasthof auf, wo sie in früher Jugend eine weitreichende, abenteuerliche Fantasie entwickelte. Ihre Schulzeit verbrachte sie zumeist aus dem Fenster sehend in anderen Welten, ihre Freizeit mit der Nase in  einem Buch, wobei sie zufällig ihre Liebe zur Freiheit der Seefahrt entdeckte. Kurz vor ihrem sechzehnten Geburtstag im November 2011 begann sie in einem Moment der Langeweile die Piratengeschichte zu schreiben, welche das Schreiben zu ihrem Steckenpferd machte. Obwohl vielseitig künstlerisch begabt, entschied sie sich nach einem Sprachaufenthalt in England für eine Ausbildung zur Industriemechanikerin und liess dabei ihre Eindrücke, insbesondere jene als Frau in einem Männerberuf, fortlaufend in ihre Geschichte einfliessen.

Der Familienbetrieb

Brighton Verlag® GmbH

... hat es sich zur Aufgabe gemacht, Bücher und Filme zu veröffentlichen,
die eventuell von großen Verlagen oder dem Mainstream nicht erkannt werden.
Besonders wichtig ist uns bei der Auswahl
unserer Autoren und deren Werke:
Wir bieten Ihnen keine Bücher oder Filme an,
die zu Tausenden an jeder Ecke zu finden sind,
sondern ausgewählte Kunst, deren Wert in ihrer Einzigartigkeit liegt
und die damit – in unseren Augen – für sich selbst sprechen.
Wir sind davon überzeugt, dass Bücher und Filme bereichernd sind,
wenn sie Ihnen Vergnügen bereiten.
Es ist allerdings unbezahlbar, wenn sie Ihnen helfen,
die Welt anders zu sehen als zuvor.

Die Brighton Verlag® GmbH sucht und bietet das Besondere –
lesen Sie selbst und Sie werden sehen ...
Ihr Brighton® Team

Sonja Heckmann
Geschäftsführende Gesellschafterin
she@online.de

Jasmin N. Weidner
Assistenz Geschäftsführung
jasmin.weidner@brightonverlag.com

Ester Meinert
Leitung Vertrieb
ester.meinert@brightonverlag.com

Anne Merker
Sekretariat Brighton® Group
anne.merker@brightonverlag.com

Ernst Trümpelmann
Satz, Buch- & Covergestaltung
ernst.truempelmann@t-online.de

info@brightonverlag.com
www.brightonverlag.com